심훈문학연구총서 4

심훈 문학의 전환

일러두기

1. 이 연구 총서의 논문들은 2016년부터 2019년까지 연구 결과물이다.
2. 논문들은 연도별로 정리하였다.
3. 한자로 쓰인 논문은 한글로 변환하고 한자를 병기하였다.
4. 각주와 참고문헌은 각 논문의 표기 방식에 따랐고, 논문의 출처는 별도로 정리하여 수록하였다.

심훈문학연구총서 4

심훈 문학의 전환

(사)심훈선생기념사업회 엮음
하상일 외 지음

아시아

차례

총서를 펴내며

　심훈(沈熏, 본명 대섭大燮, 1901~1936) 선생의 정신과 문학의 맥을 잇고자 2015년 심훈문학연구소가 설립된 이래, 네 번째 총서를 발간한다. 1960년대부터 1990년대까지 논문을 담은 제1권 『심훈 문학 세계』가 약 30년 세월의 연구를 한데 모아 심훈 연구의 기틀을 잡았다면, 2001년부터 2007년까지 2000년대 논문을 담은 제2권 『심훈 문학의 발견』은 다각도로 전개된 심훈 연구의 방향을 알 수 있게 했다. 2008년부터 2015년까지 발표된 14편의 논문을 수록한 제3권 『심훈 문학의 사유』는 심훈 연구의 새로운 층위와 깊이 있는 고찰을 발견케 한다. 예컨대 그동안 논문으로 다뤄지지 않았던 심훈 선생의 시조 및 아동문학 등을 텍스트로 삼은 논문, 일본과 중국 등 동아시아 국가에서 발견한 선생의 발자취를 통해 작품을 고찰한 연구, 심훈 작품의 초판본과 그 이후 발간된 여러 판본을 비교해 오류를 바로잡는 논문 등이 그 결과물이다. 그리고 2016년부터 2019년까지 발표한 16편의 논문을 수록한 제4권 『심훈 문학의 전환』은 오늘날 여전히 유효한 의미로 다가오는 심훈 문학의 현재적 가치를 다시 들여다보게 한다. 2000년대 이후의 연구물이 지난 30년 동안의 연구물보다 많다는 점과 2015년 이후부터 근래 연구물이 더욱더 많아지는 추세를 통해 학계의 관심과 연구자의 애정을 확인할 수 있었다. 특히 문학과 다른 장르의 융합이 이뤄지고 있는 현실을 반영한 논문, 미디어의 발달과 함께 관심을 받고 있는 스토리텔링, 그리고 사회적 이슈가 되고 있는 페미니즘까지 다양한 시각을 담은 논문들이 많아지고 있다는 점이 고무적이다. 심훈 선생과 그의 문학이 오늘날 현재적 의미와 가치로 태동하고, 더 먼 미래를 향해 문학적 행보를 이어나갈 수 있다는 실감이 무엇보다 큰 희망으로 다가온다.

네 번째 총서를 발간하는 동안 심훈문학연구소 역시 심훈 선생과 관련한 사업을 총체적으로 진행하고자 '심훈선생기념사업회'로 발돋움하였다. 〈심훈의 역사적 의의와 문학사적 위상〉이라는 주제의 창립기념 심포지엄 개최 이후 〈심훈 연구 어디까지 왔나〉와 〈심훈의 동아시아〉를 주제로 두 번의 포럼을 진행하였다. 2021년은 팬데믹 상황을 감안해 제2회 학술상을 수상한 하상일 교수와 함께 〈심훈문학 연구에 관하여〉라는 주제로 대담을 진행해 온라인으로 발표했다. 심훈의 고장, 당진시에서도 매년 〈심훈상록문화제〉를 개최하며 필경사와 심훈기념관이라는 지역 거점을 통해 대중적 관심과 참여를 증대시키고 있다.

심훈 선생은 삼십육 년간의 짧은 생애를 가히 불꽃처럼 살았다. 우리 민족의 가슴을 뜨겁게 울리는 저항시와 시대적 지평을 열게 해준 계몽소설을 다수 집필한 시인이자 소설가. 동시에 영화 제작에 활발하게 참여한 영화인이자 영화소설 등 전에 없던 장르를 최초로 개척했던 종합예술인. 또한, 신문사 기자로 근무하며 펜으로 저항정신을 써 내려간 언론인이자 맹렬히 활동했던 독립운동가. 심훈 선생만큼이나 한 생을 걸고 자신이 할 수 있는 일과 해야만 하는 일을 무결하게 행하고 고르게 성취한 인물도 드물다. 그렇기에 앞으로도 심훈선생기념사업회는 사명감을 가지고 심훈 선생의 문학·예술적 족적과 학술적 위상에 걸맞은 심층적 연구를 진행하고, 한국문학과 문화 전반에 기여할 수 있는 바를 찾아 문학예술의 창조적 활용에 힘을 기울일 것이다.

한 번 깊은 감사의 말씀을 올린다. 마음을 보태주신 그분들의 바람대로 『심훈 문학연구 총서』가 심훈 연구의 든든한 토대가 되어 선생의 업적을 살피고 정신을 전파하는데 기여할 수 있기를 바란다.

(사)심훈선생기념사업회

심훈의 생애와
시세계의 변천

하상일[*]

동의대학교 문예창작학과 교수

---

* 　동의대학교 국어국문·문예창작학과 교수

1. 머리말

심훈은 1901년 9월 12일 경기도 시흥군 신북면 흑석리(지금의 중앙대학교 부근)에서 태어났다. 본명은 대섭大燮이고, 필명 훈熏은 1925년《동아일보》에 「탈춤」을 연재하면서 쓰기 시작했고, 중국 체류 시절에 백랑(白浪)으로 불리기도 했다.[1] 그는 1919년 경성고등보통학교 4학년 재학시에 3·1운동에 가담하여 3월 5일 헌병대에 잡혀 투옥되었고[2], 같은 해 7월에 집행유예로 출옥하였다. 이 사건으로 학교에서 퇴학당하였으며, 1920년 말 중국으로 유학의 길을 떠나 1921년 북경에서 상해, 남경 등을 거쳐 항주 지강대학之江大學에 입학했고, 1923년 중국에서 귀국하였다.

---

[1] 심훈의 <항주유기(杭州遊記)> 연작 가운데 「칠현금(七絃琴)」 말미에 "강반(江畔)에 솟은 지강대학(之江大學) 기숙사(寄宿舍)에 무의(無依)한 한문선생(漢文先生)이 내 방(房)을 침(湛)하야 독거(獨居)하는데 밤마다 칠현금(七絃琴)을 뜯으며 고적(孤寂)한 노경(老境)을 자위(自慰)한다. 그는 나에게 호(號)를 주어 백랑(白浪)이라 불렀다."라고 했다. 『심훈시가집(沈熏詩歌集) 제1집(第一輯)』, 경성세광인쇄사인행(京城世光印刷社印行), 1932, 173쪽. 이 시집은 일본 총독부 검열본 상태로 영인되어 『심훈문학전집① 그날이 오면』(심훈기념사업회 편, 차림, 2000, 156~173쪽)에 수록되어 있다. 본고에서 인용한 시는 기본적으로 이 시집의 검열본을 따랐으며, 『그날이 오면』으로 약칭하고 쪽수만 밝힐 것이다. 그리고 이 시집에 수록되지 않은 시는 『심훈문학전집(沈熏文學全集)』1권(시詩), 탐구당, 1966(이하 『전집』으로 약칭)에서 인용했음을 밝혀둔다.

[2] 심훈은 그날의 일을 다음 해 1920년 3월 5일 일기에서 다음과 같이 기록해두었다. "오늘이 3월(三月) 5일(五日), 나에게 대하여 느낌 많은 날이다. 작년의 오늘 오전 9(九)시 남대문 역전에서 수만(數萬)의 학생과 같이 조선독립(朝鮮獨立) 만세를 불러 일대 시위운동을 하여 피가 끓은 날이요 그날 밤 별궁(別宮) 앞 해명여관(海明旅館) 문전(門前)에서 헌병에게 피체되어 경무총감부(警務總監府) 안인 경성헌병분대(京城憲兵分隊)에 유치되어 밤을 새던 날이다. 그리고 심문(審問)을 받을 때 만세를 불렀다고 바로 말함으로 인연하여 2개월(二個月) 동안이나 고생을 할 줄도 모르고 내어 주기만 바라던 그 날!" 『전집』3, 601쪽.

귀국 직후 신극연구단체인 '극문회劇文會'를 조직하였고 '염군사'의 '극부'에서 활동하기도 했다. 이후 《동아일보》, 《조선일보》 기자 생활을 하면서 소설 창작과 영화 제작을 중심으로 활발한 활동을 하였고, 1927년 봄 영화 공부를 위해 일본으로 건너가 6개월간 체류하면서 영화배우로 활동하기도 했다. 1932년 기자 생활을 비롯해 사회활동 대부분을 청산하고 부모님이 계신 충남 당진군 송악면 부곡리로 내려가 장편소설 창작에 주력하였으며, 1936년 그의 대표작 「상록수」 출판을 위해 서울 한성도서주식회사 2층에서 기거하다가 장티푸스를 얻어 9월 6일 타계하였다.[3]

이상의 개략적인 연보에서 알 수 있듯이, 심훈은 36년이라는 짧은 생애에도 불구하고 중국과 일본을 오가면서 시, 소설, 영화 등 전방위적인 활동을 했고, 그가 남긴 작품 수도 전집 3권 분량이 넘을 정도로 상당히 많은 성과를 이루었다.[4] 하지만 지금까지 심훈에 대한 연구의 대부분은 그가 남긴 소설, 특히 『상록수』를 비롯한 농촌 계몽 서사를 중심으로 이루어졌고, 그의 시에 대한 논의 역시 「그날이 오면」의 저항적 측면에만 집중되어 있었다. 그 결과 그가 중국에 체류하면서 남긴 작품들과 귀국 이후 창작한 시들 그리고 20여 편의 시조 작품 등에 대한 논의는 거의 이루어지지 않았다. 따라서 본고에서는 그의 생애를 따라가면서 각각의 시기마다 어떤 시가 창작되었는지를 밝히고, 각 시기의 작품에 담긴 사회역사적 의미를 분석하는 데 주력하고자 한다. 심훈의 시문학은 역사와 현실에 대한 참여의 성격이 두드러졌다는 사실을 무엇보다도 주목할 때, 시인의 생애와 작품의 관련성에 바탕을 둔 역사전기적 접근은 심훈의 시를 이해하는 데 있어서 가장 유효한 연구방법이 될 것이다.

본고에서는 심훈의 시 창작을 크게 세 시기로 나누어 논의하고자 한다. 첫째 시기는 습작기에서부터 중국 체류 시기까지인 1923년 이전으로 그의 시의 발생학적 토대와 사회역사적 배경을 이해하는 중요한 시기이다. 둘째 시기는 중국에서 귀국한 1923년부터 모든 정치사회적 활동을 접고 충남 당진으로 내려가기 전인 1932년까지로 심훈이 가장 왕성하게 작품 활동을 했던 시기이다. 마지막으로 셋째 시기는 충남 당진

---

3 「심훈 연보」, 『그날이 오면』, 121~122쪽. 이하 심훈의 생애에 대한 서술은 이 책을 주로 참고했음을 밝혀둔다.

4 『심훈문학전집(沈熏文學全集)』1권(시(詩), 「상록수(常綠樹)」, 「탈춤」, 시나리오), 2권(「직녀성(織女星)」, 「동방(東方)의 애인(愛人)」, 단편(短篇)), 3권(「영원(永遠)의 미소(微笑)」, 「불사조(不死鳥)」, 수필(隨筆), 평론(評論), 일기(日記), 서간(書簡)), 탐구당, 1966.

으로 내려가 농촌을 배경으로 장편소설 창작에 매진하다가 갑자기 병이 들어 타계하기 전까지이다. 이러한 시기 구분은 시 창작에만 한정된 것이 아니라 그의 문학 활동 전반을 아우르는 것으로, 한 사람의 문학적 시기 구분이 특정 장르에 따라 달리 나타날 수는 없다는 점에서 보편적인 시기 구분에 바탕을 두고 그의 시세계의 변화 과정을 통시적으로 살펴보고자 했다. 특히 본고는 심훈의 생애를 따라가는 역사전기적 방법에 토대를 둔다는 점에서, 그의 생애에서 가장 큰 굴곡이 있었던 시점을 경계로 삼은 세 시기 구분은 심훈 시의 변화와 의미를 이해하는 중요한 결절점이 될 것이다.

2. 사회주의 문학판의 형성과 중국 체험의 시적 형상화

심훈은 1920년[5]에 북경으로 유학을 떠나 남경, 상해를 거쳐 항주로 가서 지강대학을 다니다가 1923년 졸업도 하지 않은 채 서둘러 귀국을 했다. 앞서 언급한 대로 그동안 심훈 연구는 1930년대 이후 발표된 그의 소설에 치중한 나머지 심훈 문학의 형성기라고 할 수 있는 1920년대 중국 체류 시기에 대해서는 크게 관심을 기울이지 않았다. 사실 심훈이 중국에서 쓴 작품들은 질적 측면에서 뛰어나지는 않지만, 그의 문학적 지향성이 어디에서 비롯되었는지를 파악하는 중요한 단서가 된다는 점에서 상당히 중요한 의미를 지닌다. 1920년대 중국 공산당과의 밀접한 관계 속에서 상해를 중심으로 사회주의 계열 독립운동이 두드러졌다는 사실로 미루어 볼 때, 당시 심훈의 중국행은 단순한 유학으로만 볼 수 없는 어떤 특수한 사정이 있었을 것으로 짐작된다.[6] 즉 심훈의

5 심훈의 북경행은 1919년 설과 1920년 설 두 가지가 있다. 이에 대한 자세한 논의는, 하상일, 「심훈과 중국」<중한일(中韓日) 문화교류(文化交流) 확대(擴大)를 위한 한국어문학(韓國語文學) 및 외국어교육연구(外國語教育研究) 국제학술회의(國制學術會議) 발표논문집>, 절강수인대학교, 2014. 10. 25. 55~56쪽 참조.
6 실제로 심훈은 "나는 맨 처음 그 어른에게로 소개(紹介)를 받아서 북경(北京)으로 갔었다"(「단재(丹齋)와 우당(于堂)(2)」,「전집」3, 492쪽.)라고 밝혔는데, 여기에서 "그 어른"은 우당 이회영을 가리킨다. 그리고 "성암(醒庵)의 소개로 수삼차(數三次) 단재(丹齋)를 만나 뵈었는데 신교(新橋) 무슨 호동(胡同)엔가에 있는 그의 우거(寓居)에서 며칠 저녁 발치잠을 자면서 가까이 그의 성해(聲咳)를 접(接)하였다."(「단재(丹齋)와 우당(于堂)(1)」,「전집」3, 491쪽.)라고도 적어두었는데, 여기에서 "성암(醒庵)"은 이광(李光)으로 이회영과도 아주 가까운 혁명 동지였다. 심훈은 「단재(丹齋)와 우당(于堂)(1)」에서 "성암(醒庵)의 소개로 수삼차(數三次) 단재(丹齋)를 만나뵈었"다고 했는데, 여기에서 "성암(醒庵)"은 이광(李光)이다. "일본 와세다대학과 중국 남경의 민국대학을 졸업한 이광은 신민회원이었고, 이회영과 함께 경학사와 신흥무관학교를 운영한 가까운 동지였다. 그는 임정 임시의정원 의원과 외무부 북경 주재 외무위원을 겸임하며 한중 양국의 외교

중국에서의 행적은 그의 초기 시세계가 어떠한 사상적 거점을 토대로 형성되었는지를 이해하는 아주 특별한 의미를 지니는 것이다. 이 시기에 그가 발표한 시는 북경에서 쓴 「북경北京의 걸인乞人」, 「고루鼓樓의 삼경三更」, 북경에서 상해로 이동하는 중에 쓴 「심야과황과深夜過黃河」, 상해에서 쓴 「상해의 밤」, 남경과 항주에 있을 때 쓴 것으로 그의 첫 번째 부인 이해영에게 보낸 편지에 동봉한 「겨울밤에 내리는 비」, 「기적」, 「전당강 위의 봄밤」, 「뻐꾹새가 운다」, 그리고 〈항주유기杭州遊記〉 연작 시조 14편[7]이 있다. 이 외에 현재까지 알려진 것으로는 귀국 이전의 마지막 작품인 「돌아가지이다」가 있다.

1920년 갑작스러운 심훈의 중국행은 당시 상해를 중심으로 전개되었던 사회주의 독립운동과 어떤 관련성을 맺고 있었던 것으로 보인다. 그렇다면 그는 중국으로 떠나기 전부터 이미 사회주의 사상의 기초적 토대를 형성하고 있었다고 짐작할 수 있는데, 1920년대 사회주의 보급과 전파에 중요한 역할을 했던 『공제共濟』호(1920. 11.)의 〈현상노동가모집발표懸賞勞動歌募集發表〉에 '정丁'으로 선정되어 게재된 「로동의 노래」에서 그 단초를 확인할 수 있다.[8]

일ㅡ. 아츰 해도 아니도든 꼿동산 속에/무엇을 찾고 잇나 별의 무리
　　　　저녁놀이 붉게 비친 풀언덕 우에/무엇을 옴기느냐 개암이 쩨들.
　　후렴 - 방울 방울 흘린 땀으로/불길가튼 우리 피로써
　　　　　　시들어진 무궁화에 물을 쑤리자/한배님의 씨친 겨레 감열케 하자.
이二. 삼천리 살진 덜이 논밧을 가니/이천만의 목숨 줄을 내가 쥐엇고
　　　　달밝은 밤 서늘헌데 이집 저집서/길삼하는 저소리야 듣기 조쿠나.
삼三. 길게 버든 흰 뫼 줄기 노픈 비탈에/괭이잡어 가진 보배 쭐코 파내며

적 사항을 처리할 만큼 중국통이었"다.(이덕일, 「이회영과 젊은 그들」, 역사의아침, 2009, 198쪽.) 이제 스물밖에 되지 않는 청년 심훈이 당시 이러한 항일 망명 지사들과 접촉할 수 있었다는 사실 자체가 그의 중국행을 단순히 유학을 위한 것이었다고는 볼 수 없게 한다. 아마도 당시 심훈은 민족 운동에서 출발해서 무정부주의로 나아갔던 단재와 우당 그리고 이광 등과 같은 아나키스트들의 사상을 많이 동경했던 것으로 보인다. 따라서 당시 심훈의 중국행은 유학으로 가장한 채 정치적 목적을 수행하기 위한 위장된 행로가 아니었을까 추정된다. 하상일, 「심훈의 중국에서의 행적과 시세계의 변화」, 〈2014 월수(越秀)-중원국제한국학연토회(中源國際韓國學研討會) 발표논문집〉, 절강월수외국어대학 한국문화연구소, 2014. 12. 13. 207쪽.

7　「평호추월(平湖秋月)」, 「삼담인월(三潭印月)」, 「채련곡(採蓮曲)」, 「소제춘효(蘇堤春曉)」, 「남병만종(南屛晩鐘)」, 「누외루(樓外樓)」, 「방학정(放鶴亭)」, 「행화촌(杏花村)」, 「악왕분(岳王墳)」, 「고려서(高麗寺)」, 「항성(杭城)의 밤」, 「전당강반(錢塘江畔)에서」, 「목동牧童」, 「칠현금七絃琴」(「그날이 오면」, 156~173쪽.)
8　이 작품의 발굴과 의미에 대한 논의는, 한기형, 「습작기(1919~1920)의 심훈 - 신자료 소개와 관련하여」, 「민족문학사연구」 22호, 민족문학사학회, 2003 참조.

심훈 문학의 전환

신이 나게 쇳떡메를 들러 메치니/간 곳마다 석탄연기 한울을 덥네.

사쯔. 배를 쩨라 넓고 넓은 동해 서해에/푸른 물결 벗을 삼아 고기 낙구고

채처내라 몃 만년을 잠기어 잇는/아름다운 조개들과 진주며 산호.

오五. 풀방석과 자판 우에 티슬 맛이나/로동자의 철퇴가튼 이 손의 힘이

우리 사회 구든 주추되나니/아아! 거룩하다 로동함이여.

- 「로동의 노래(미뢰도레미쏠솔곡죠)」 전문

"아츰 해도 아니도든" 때부터 "저녁놀이 붉게 비친" 때까지 열심히 일하는 노동의 신성함으로 "방울 방울 흘린 쌈으로/불길가튼 우리 피로써/시들어진 무궁화에 물을 쑤리자/한배님의 끼친 겨레 감열케 하자."에서처럼 식민지 조국의 현실을 넘어서고자 하는 굳은 의지를 담은 작품이다. 산에서든 바다에서든 논밭에서든 조국 땅 어디에서나 열심히 일하는 "로동자의 철퇴가튼 이 손의 힘"이야말로 "우리 사회 구든 주추되"는 참된 가치임을 역설하고 있는 것이다. "아아! 거룩하다 로동함이여."와 같이 다소 피상적이고 감상적인 태도를 완전히 벗어나지는 못했지만, 식민지 시대를 살아가는 스무 살 청년의 노동에 대한 신념은 확고하게 보인다. 비록 사회주의 노동에 대한 이해와 수준은 아직 초보적인 단계에 머물러 있었다 하더라도, 당시 심훈에게 사회주의적 노동의 가치는 식민지 현실을 넘어서기 위한 뚜렷한 이념으로 내면화되어 가고 있었던 것이다. 따라서 그는 일본으로의 유학을 결심했던 당초의 계획을 접고 전혀 계획에도 없었던 중국으로의 유학을 감행했다.[9]

---

9 그는 1920년 1월의 일기에서 일본 유학에 대한 결심을 분명히 말했었다. "나의 일본(日本) 유학은 벌써부터의 숙망(宿望)이요, 갈망이다. 여기만 있어 가지고는 아주 못할 것은 아니나 내가 목적하는 문학 길은 닦기가 극난하다. 아무리 원수의 나라라도 서양(西洋)으로 못갈 이상(以上)에는 동양(東洋)에는 일본(日本) 밖에 가 배울 곳이 없다. 그러나 내 주위의 사정은 그를 용서치 않는다. 그러나 나는 기어이 올 봄 안으로는 가고야 말 심산이다. 오는 3월(三月)안에 가서 입학(入學)을 하여도 늦을 것인데 ……어떻든지 도주(逃走)를 하여서라도 가고야 말란다." (『전집』3, 591쪽.) 하지만 3월의 일기에서 "나의 갈망하던 일본(日本) 유학은 3월(三月)에 들어 단념하게 되었다."라고 하면서 네 가지 이유를 말했다. "1(一), 일인(日人)에 대한 감정적(感情的) 증오심이 날로 더해감이요, 2(二), 학비문제(學費問題)니 뒤를 대어줄 형님이 추호의 성의가 없음, 3(三), 2(二)·3(三)년간은 일본(日本)에 가서라도 영어(英語)를 준비해야 하겠는데 그만큼은 못하더라도 청년회관(靑年會館)에서 배울 수 있는 것, 4(四), 영어(英語)와 기타 기초 교육을 닦은 뒤에 서양(西洋) 유학을 바람 등이다. 부친(父親)도 극력 반대이므로."(『전집』3, 608쪽.) 이런 사실로 미루어볼 때, 만일 그가 진정 유학을 목적으로 한 것이었다면 굳이 중국으로 가지는 않았을 것으로 판단된다.

나에게 무엇을 비는가?
푸른 옷 입은 인방隣邦의 걸인이여,
숨도 크게 못 쉬고 쫓겨오는 내 행색行色을 보라,
선불 맞은 어린 짐승이 광야曠野를 헤매는 꼴 같지 않느냐.

정양문正陽門 문루門樓 위에 아침 햇발을 받아
펄펄 날리는 오색기五色旗를 쳐다보라.
네 몸은 비록 헐벗고 굶주렸어도
저 깃발 그늘에서 자라나지 않았는가?

거리거리 병영兵營의 유량한 나발喇叭소리!
내 평생平生엔 한번도 못 들어보던 소리로구나!
호동胡同 속에서 채상菜商의 외치는 굵다란 목청
너희는 마음껏 소리 질러보고 살아왔구나.

저 깃발은 바랬어도 대중화大中華의 자랑이 남고
너의 동족同族은 늙었어도 '잠든 사자獅子'의 위엄威嚴이 떨치거니
저다지도 허리를 굽혀 구구히 무엇을 비는고
천년千年이나 만년萬年이나 따로 살아온 백성百姓이어늘……

때묻은 너의 남루襤樓와 바꾸어준다면
눈물에 젖은 단거리 주의周衣라도 벗어주지 않으랴.
마디마다 사무친 원한을 놓아준다면
살이라도 저며서 길바닥에 뿌려주지 않으랴.
오오 푸른 옷 입은 북국北國의 걸인乞人이여!

― 「북경北京의 걸인乞人」 전문[10]

이 시는 심훈이 중국에서 쓴 첫 번째 시로, 화자와 걸인의 대비를 통해 식민지 청년
으로서의 민족적 열패감을 토로한 작품이다. 인용시에서 화자는 "헐벗고 굶주렸"을망

---

[10] 『그날이 오면』, 141~143쪽.

심훈 문학의 전환

정 "저 깃발 그늘에서 자라"나고 "마음껏 소리 질러보고 살아"온 "걸인"과 "숨도 크게 못 쉬고 쫓겨오는" 화자의 현실적 처지를 대조함으로써, 가난한 삶을 살아가더라도 조국의 하늘 아래에서 자유롭게 살아갈 수 있기를 바라는 마음을 간절히 담고 있다. 비록 "저 깃발은 바랬어도 대중화大中華의 자랑이 남"아 있고, "동족同族은 늙었어도 '잠든 사자獅子'의 위엄威嚴이 떨치"는 중국의 현실 앞에서 망명을 떠나온 화자 자신의 모습이 더없이 초라함을 절실하게 깨달았던 것이다. 그러므로 설령 "남루"일지언정 "걸인"과 처지를 바꾸고 싶은 화자는 "저다지도 허리를 굽혀 구구이 무엇을 비는고" 라고 걸인을 향해 반문한다. 식민지 조선의 현실에 대한 비애로 가득 차 있는 화자의 내면에는 아무리 가난해도 주권主權을 잃어버리지 않은 나라, 어떤 말이든 눈치 보지 않고 마음껏 할 수 있는 나라의 백성으로 살아가고 싶은 간절함이 담겨 있는 것이다.

하지만 이러한 주권국가로서의 중국에 대한 동경과 기대가 그리 오래 가지는 않았다. 그는 중국에 체류하는 2년 남짓 동안 북경에서 남경, 상해를 거쳐 항주에 정착하는 결코 순탄하지 않은 여정을 거쳤다. 심훈은 북경에 체류할 때 우당 이회영에게 "연극공부演劇工夫를 하려고 불란서佛蘭西 같은 데로 가고 싶다는 소망所望"[11]을 말한 적이 있다. 그래서 그는 북경대학 문과에서 극문학을 전공하려고 했는데, 당시 북경대학 학생들의 활기 없는 모습과 희곡 수업을 일주일에 겨우 한 시간 남짓밖에 하지 않는 교과과정에 실망하여 생각을 접었다고 했다.[12] 그런데 프랑스 정부에서 중국 유학생을 모집하는데 조선 학생도 갈 수 있다는 소식을 접하고 무조건 기회를 잡아야 한다는 결심으로 프랑스행 배가 떠나는 상해로 갔다는 것이다.[13] 하지만 그는 상해에서 프랑스행 배를 타지도 않았고, 어떤 이유에서 항주의 지강대학으로 가게 되었는지 그 이유에 대해서도 구체적으로 밝힌 바가 전혀 없다. 아마도 심훈의 중국에서의

---

11 「단재(丹齋)와 우당(于堂)(2)」, 493쪽.

12 당시 북경대학은 차이위안페이(蔡元培)가 교장으로 취임하여 천두슈(陳獨秀), 리다자오(李大釗), 후스(胡適) 등 신문화 운동의 주역들을 교수로 초빙하고, 새로운 학풍 조성을 위해학생들의 자유로운 서클활동을 적극 장려하는 등 대학의 개혁에 박차를 가하는 때였다.(백영서, 「교육독립론자 차이위안페이 – 중국의 대학과 혁명」, 『전환의 시대 대학은 무엇인가』, 한길사, 2000 참조.) 또한 루쉰(魯迅)의 특별 강의로 북경대학 안팎의 많은 학생들이 학교로 몰려드는 그 어느 때보다 활기가 넘치는 곳이었다. 그럼에도 불구하고 당시 북경대학의 분위기를 활기가 없다는 식으로 논평을 한 것은 아마도 어떤 정치적 의도를 은폐하기 위한 담론적 수사가 아니었을까 짐작된다. 당시 심훈은 한 계절도 머무르지 않은 채 북경에서의 계획된 짧은 일정을 마치고 상해로 떠나야 하는 명분을 만들기 위해 의도적으로 북경대학의 분위기를 그런 식으로 몰아가는 거짓 진술을 한 것으로 볼 수 있다. 하상일, 「심훈과 중국」, 58쪽.

13 「무전여행기(無錢旅行記) – 북경(北京)에서 상해(上海)까지 –」, 『전집』3, 506~507쪽.

이동 경로가 이렇게 복잡한 데는 쉽게 말할 수 없는 비밀스러운 사정이 있었을 것으로 짐작된다.[14]

우중충한 농당弄堂 속으로
훈둔장사 모여들어 딱딱이 칠 때면
두 어깨 웅숭그린 년놈의 떠드는 세상,
집집마다 마작麻雀판 두드리는 소리에
아편鴉片에 취한 듯 상해上海의 밤은 깊어가네.

발벗은 소녀少女, 눈먼 늙은이를 이끌며
구슬픈 호궁胡弓에 맞춰 부르는 맹강녀孟姜女 노래,
애처롭구나! 객창客窓에 그 소리 장자腸子를 끊네.

사마로四馬路 오마로五馬路 골목 골목엔
'이쾌양듸 량쾌양듸' 인육人肉의 저자
단속옷 바람으로 숨바꼭질하는 야-지의 콧잔등이엔
매독梅毒이 우글우글 악취惡臭를 풍기네

집 떠난 젊은이들은 노죽老酒잔을 기울여
걷잡을 길 없는 향수鄕愁에 한숨이 길고
취醉하여 취醉하여 뼈속까지 취醉하여서는
팔을 뽑아 장검長劍인 듯 내두르다가
채관菜館 소파에 쓰러지며 통곡痛哭을 하네.

어제도 오늘도 산란散亂한 혁명革命의 꿈자리!

---

14 항주에 있을 때 그의 아내 이해영에게 보낸 편지에서 심훈은 구체적인 사실까지는 밝히지 않았지만 당시 상당한 어려움에 직면해 있었음을 직접적으로 언급했다. "그동안 지난 일과 모든 형편은 어찌 다 쓸 수 있으리까마는 고통도 많이 당하고 모든 일이 마음 같지 않아 실패도 더러 하였으며 지금도 마음 상하는 일은 많으나 그 대신 많은 경험도 하였고, 다 일시의 운명이라 인력으로 어찌 하리까마는 그대의 간곡한 말씀과 같이 결코 낙심하거나 실망할 리 없으며 또는 그리 의지가 박약한 사나이는 아니니 아무 염려 말아 주시오. 다만 내가 무슨 공부를 목적삼아하며, 그것이 어떤 학문이며 장차 어찌해야 할 것인데 지금 내 신세는 어떠하며, 어떤 길을 밟아나아가서 입신하고 출세하려 하는가 하는 데 대하여 그대에게 자세히 알게 하여 드리지 못함은 참으로 큰 유감이외다." 「나의 지극히 사랑하는 해영씨!」, 『전집』3, 616쪽.

용솟음치는 붉은 피 뿌릴 곳을 찾는

'까오리' 망명객亡命客의 심사를 뉘라서 알고

영희원影戱院의 산데리아만 눈물에 젖네.

－「상해上海의 밤」전문[15]

서구적 근대와 제국주의적 근대가 착종된 1920년대 상해의 어두운 밤을 적나라하게 보여주는 작품이다. "두 어깨 웅숭그린 년놈의 떠드는 세상,/집집마다 마작麻雀판 두드리는 소리에/아편鴉片에 취한 듯 상해上海의 밤은 깊어가네."라는 데서 알 수 있듯이, 당시 상해의 모습은 마작, 아편, 매춘 등이 난무하는 자본주의적 모순 공간으로서의 폐해를 그대로 노출하고 있었다. 특히 "사마로四馬路 오마로五馬路 골목 골목"(지금의 푸저우루〈福州路〉와 화이하이중루〈淮海中路〉)은 수많은 희원(戱院 : 전통극 공연장)과 서장(書場 : 사람을 모아 놓고 만담, 야담, 재담을 들려주는 장소), 다관과 무도장, 술집과 여관 등이 넘쳐 났고, 유명한 색정 환락가로 기방들이 줄지어 들어서 있어 떠돌이 기녀들이 엄청난 무리를 이루어 호객을 하는 곳이었다. 식민지 현실을 극복하는 독립운동의 기지로서 열렬히 동경했던 국제적인 도시 상해는 "노죽老酒잔을 기울여/걷잡을 길 없는 향수鄕愁에 한숨"만 나오게 하는, "취醉하여 취醉하여 뼈속까지 취醉하여서는" "채관菜館 소파에 쓰러지며 통곡痛哭을 하"게 만드는 절망의 악순환을 경험하게 할 뿐이었다. 그가 진정으로 동경했던 상해는 조국 독립의 혁명을 가져오는 성지가 아니라 "어제도 오늘도 산란散亂한 혁명革命의 꿈자리!"가 난무하는 곳이었으므로, 화자는 "'까오리'(고려) 망명객亡命客"으로서의 절망적 통한痛恨에 괴로워할 수밖에 없었던 것이다.[16]

결국 그는 상해를 떠나 항주에 머물면서 조국으로 돌아갈 기회를 계속해서 모색했다. 하지만 그 기회는 쉽게 찾아오지 않아서 중국에서 지내는 동안 가장 오랜 시기를 항주에 있어야만 했다. 심훈에게 항주는 "제2第二의 고향故鄕"[17]이라고 스스로 말할 정도로 아주 특별한 곳이었지만, 그는 항주에서 지내던 일들이나 지강대학에서의 일들에 대한 기록을 전혀 남기지 않아 구체적인 활동 사항을 파악하기는 힘들다. 다만 심훈의

---

15 『그날이 오면』, 149~151쪽.

16 하상일, 「심훈의 중국에서의 행적과 시세계의 변화」, 214쪽.

17 『그날이 오면』, 153쪽.

항주 시절은 식민지 조선 청년으로서의 신념보다는 중국에서 겪은 현실적 절망과 회의를 극복하는 과정이었을 것으로 짐작될 뿐이다. 그가 항주에서 쓴 〈항주유기杭州遊記〉 연작이 역사적 주체로서의 자각보다는 조국을 떠나 살아가는 망향객으로서의 비애와 향수 등 개인적인 정서를 두드러지게 표면화시켰다는 사실이 이러한 점을 뒷받침한다. 하지만 이러한 시의 두드러진 변화는 '정치적'인 것으로부터의 좌절에서 비롯된 것이라는 점에서, '정치적'인 것의 탈각이 아니라 '정치적'인 것에 대한 성찰의 문제로 접근하는 것이 바람직하다. 즉 표면적으로는 개인적 서정성의 극대화처럼 보이지만, 심층적으로는 당시 중국 내의 사회주의 독립운동의 분열과 갈등이라는 정치적 상황에 대한 비판을 내면화한 시적 전략을 은폐하고 있는 것으로 이해할 필요가 있는 것이다.

3. 새로운 시대에 대한 열망과 식민지 모순에 맞서는 문학적 실천

심훈은 1923년 대략 만 2년 남짓 되는 중국에서의 순탄치 않은 여정을 끝내고 지강대학을 졸업하지도 않은 채 서둘러 귀국하였다. 지금까지의 논의에서 심훈이 중국으로 떠난 시점에 대해서는 몇 가지 논란이 있어 앞으로 실증적인 자료를 보완하여 좀 더 면밀한 검증을 해야겠지만, 대체로 귀국 시점이 1923년이라는 견해에는 별다른 이견이 없어 보인다.[18] 그의 갑작스러운 귀국은 중국 내 사회주의 독립운동의 분파주의와 내부 갈등에 대한 절망과 회의로 더 이상 중국에 머물러 있어야 할 이유가 없다는 자기성찰의 결과였다. 조국으로 돌아와 기자 생활을 하면서 영화와 문학 창작 활동 등 다양한 분야에서 자기만의 방식으로 독립운동을 전개하겠다는 새로운 결심을 했던 것으로 이해할 수 있다. 귀국 이후 최승일, 나경손, 안석주, 김영팔 등과 교류하면서 신극연구단체인 '극문회'를 조직하고, 1924년 《동아일보》 기자로 입사하여

---

18 안종화의 『한국영화측면비사(韓國映畵側面秘史)』(춘조각, 1962. 12.)에 의하면, <토월회(土月會)> 제2회 공연(1923년 9월)에 네프류도프 역을 맡은 초면의 안석주에게 심훈이 화환을 안겨준 인연으로 그들은 평생에 가장 절친한 동지로 지내면서 이후 문예, 연극, 영화, 기자 생활 등을 같이 했다고 한다. (유병석, 「심훈의 생애 연구」, 『국어교육』제14호, 한국국어교육연구회, 1968, 14쪽 참조) 또한 그는 『심훈시가집(沈熏詩歌集)』 제1집(第一 輯)』을 묶으면서 「밤」을 서시(序詩)로 두었는데, 이 시 말미에 "1923년 겨울 '검은돌' 집에서"라고 써두었다. '검은돌'은 그가 태어난 고향으로 지금의 '흑석동'을 말한다. 그러므로 아무리 길게 잡아도 1923년 여름 이전에는 이미 귀국했을 것이다.

당시 신문에 연재 중이던 번안소설 「미인美人의 한恨」 후반부 번안을 맡기도 한 것은, 이러한 새로운 결심을 구체적으로 실천하기 위한 기본적 토대를 마련하고자 한 데 있었다.

이처럼 심훈에게 있어서 중국에서의 귀국은 새로운 시대를 열어가고자 하는 문학적 열망을 실천하는 결단이었다. 그는 지난 시대의 어두운 역사를 청산하기 위해서는 지금의 현실을 모조리 갈아엎는 파괴와 전복의 과정이 반드시 필요하다고 보았다. 그래서 그는 당대의 현실을 일시에 혼란에 빠뜨리는 "광란狂瀾"을 꿈꾸었다. "세상은 마지막이다", "땅 위의 모든 것을/ 부신듯이 씻어버려라!", "모든 거룩하다는 것 위에/ 벼락불의 세례를 내려라."와 같은 세상의 혼란과 혼돈이 오기를 극단적으로 기원했던 것이다.

> 불어라, 불어!
> 하늘 꼭대기에서
> 내리 질리는 하늬바람.
> 땅덩이 복판에 자루를 박고
> 모든 것을 휩싸서 핑핑 돌려라.
> 머릿속에 맷돌이 돌듯이
> 세상은 마지막이다. 불어오너라.
>
> (중략)
>
> 불이야 불이야!
> 분粉바른 계집의 얼굴을 끄스르고
> '당신을 사랑합니다' 하는
> 조동아리를 지져 놓아라!
> 길로 쌓인 인류人類의 역사歷史를
> 첫 페이지부터 살라버리고
> 천만권千萬卷 거짓말의 기록記錄을
> 모조리 깡그리 태워버려라.

불길이 훨훨 날으며
온 지구地球를 둘러쌌다,
새빨간 혀끝이 하늘을 핥는다,
모든 것은 죽어버렸다,
영원永遠히 영원永遠히 죽어버렸다!
명예名譽도 욕망慾望도 권력權力도 야만野蠻도 문명文明도 ……

바람소리 빗소리!
해가 떨어지고 별은 흩어지며
땅이 울고 바다가 끓는다.
모든 것은 원소元素로 돌아가고
남은 것이란 희멀건 공간空間뿐이다.

오오 이제까지의 인류人類는 멸망滅亡하였다!
오오 오늘까지의 우주宇宙는 개벽開闢하고 말았다!

– 「광란狂瀾의 꿈」중에서[19]

 귀국 직후 발표한 시로 다소 관념적이고 감상적인 인식을 엿보이기는 하지만, 중국에서 돌아온 그가 조국을 어떻게 바라보았으며 새로운 시대에 대해 얼마나 열망하고 있는지를 충분히 알 수 있게 한다. "인류人類의 역사歷史"와 "거짓말의 기록記錄"을 모두 불태워 버리겠다는 단호한 의지는 그가 지난 시대의 역사에 대해서 얼마나 불신하고 있는지를 잘 보여준다. 그래서 그는 "모든 것은 죽어버렸다"고 단언하면서 당대의 현실을 "명예名譽도 욕망慾望도 권력權力도 야만野蠻도 문명文明도" 죽어버린 허상에 지나지 않는다는 뼈아픈 성찰을 이끌어낸다. 결국 "모든 것은 원소元素로 돌아간" "희멀건 공간空間뿐"인 세계에서 화자는 새로운 꿈을 꾸며 다시 시작하고자 한다. 그 꿈이 무엇을 의미하는지 정확히 알 수는 없지만, 화자가 직면한 모순의 시대를 넘어서

---

19 『그날이 오면』, 100~106쪽.

는 어떤 새로운 가능성의 세계를 지향했던 것만은 분명하다. 파괴와 전복의 시대정신으로 절망과 회의로 가득했던 중국에서의 생활을 온전히 극복하고, 다시 돌아온 조국에서 식민지 모순에 맞서는 새로운 희망을 열어가고자 하는 강한 의지를 역설적으로 표명한 것이라고 할 수 있다.

> 높은 곳에 올라 이 땅을 굽어보니
> 큰 봉우리와 작은 뫼뿌리의 어여쁨이여.
> 아지랑이 속으로 시선視線이 녹아드는 곳까지
> 오똑오똑 솟았다가는 굽이져 달리는 그 산줄기
> 네 품에 안겨 뒹굴고 싶도록 아름답구나.
>
> 소나무 감송감송 목멱木覓의 등어리는
> 젖 물고 어루만지던 어머니의 허리와 같고
> 삼각산은 적敵의 앞에 뽑아든 칼끝처럼
> 한번만 찌르면 먹장구름 쏟아질 듯이
> 아직도 네 기상氣象이 늠름凜凜하구나.
>
> 에워싼 것이 바다로되 물결이 성내지 않고
> 샘과 시내로 가늘게 수繡놓았건만
> 그 물이 맑고 그 바다 푸르러서
> 한 모금 마시면 한 백년百年이나 수壽를 할 듯
> 퐁퐁퐁 솟아서는 넘쳐넘쳐 흐르는구나.
>
> 할아버지 주무시는 저 산山기슭에
> 할미꽃이 졸고 뻐꾹새는 울어예네
> 사랑하는 그대여, 당신도 돌아만 가면
> 저 언덕 위에 편안히 묻어드리고
> 그 발치에 나도 누워 깊은 설움 잊으오리다.
>
> 바가지쪽 걸머쥐고 집 떠난 형제兄弟,
> 거치른 벌판에 강냉이 이삭을 줍는 자매姉妹여,

부디부디 백골白骨이나마 이 흙 속에 돌아와 묻히소서.

오오 바라다볼수록 아름다운 나의 강산江山이여!

- 「나의 강산江山이여」 전문[20]

　화자에게 다시 돌아온 조국은 "아름다운 나의 강산江山"이고 "백골白骨이나마 이 흙 속에 돌아와 묻히"고 싶은 영원한 고향이다. 하지만 식민의 현실은 너무나 가혹하여 민족구성원 모두가 이러한 아름다움을 느껴보지도 못한 채 참혹한 생활을 이어가거나 조국을 떠나 먼 타국에서 조국의 독립을 염원해야만 하는 신산한 삶을 살아가고 있을 따름이다. "바가지쪽 걸머쥐고 집 떠난 형제兄弟,/거치른 벌판에 강냉이 이삭을 줍는 자매姉妹"와 같은 현실이 언제 끝날지도 모를 상처와 고통을 깊이 새기고 있었던 것이다. 하지만 화자는 "네 품에 안겨 뒹굴고 싶"고, "젖 물고 어루만지던 어머니의 허리와 같"은 조국에 돌아와 살 수 있다는 것만으로도 얼마나 소중한가를 절감한다. 그리고 "적敵의 앞에 뽑아든 칼끝처럼" "기상氣象이 늠름凜凜"한 산과 "한 모금 마시면 한 백년百年이나 수壽를 할 듯/풍풍풍 솟아서는 넘쳐넘쳐 흐르는" 바다를 바라보면서 결코 희망을 끈을 놓지 않는다. 비록 돌아온 조국은 여전히 식민의 땅이었지만 "그 발치에 나도 누워 깊은 설움 잊으오리다"에서처럼 "설움"을 극복하는 새로운 가치를 발견하고자 했던 것이다.

　이러한 심훈의 새로운 시대에 대한 열망은 사실 중국에서의 절망과 회의를 반드시 넘어서야 한다는 일종의 강박에서 비롯된 것이었다. 또한 1920년대 중반 점점 더 가혹해져가는 식민의 현실에 대한 내면의 저항으로서의 역설적 의지를 강하게 표현한 것으로도 이해할 수 있다. 그 결과 시적 주체의 감정적 태도가 과도하게 부각되어 대상과의 시적 거리 조정을 적정하게 유지하지 못함으로써 관념적이고 직정적인 시의 한계를 노출하고 있기도 하다. 이런 점에서 귀국 직후 그가 쓴 시는 감상적이고 관념적인 현실 인식을 크게 벗어나지 못한 당위적인 시가 대부분이었다. "아아 기나긴 겨울밤에/가늘게 떨며 흐느끼는/고달픈 영혼의 울음소리/별 없는 하늘밑에 들어줄 사람 없구나"(「밤」), "짝잃은 기러기 새벽 하늘에/외마디소리 이끌며 별밭을 가네/단 한 잠도 못맺을 기나긴 겨울밤을/기러기 홀로 나홀로 잠든 천지天地에 울며 헤매네"(「짝

23

---

20 『그날이 오면』, 27~29쪽.

잃은 기러기」)와 같은 절망적 탄식이 그의 시의 주된 정조가 되었던 것이다.

하지만 심훈의 시는 1920년대 후반에 접어들면서 자신이 처한 식민의 현실에 대한 뚜렷한 인식의 전환을 보인다. "이게 자네의 얼굴인가?/여보게 박군朴君, 이게 정말 자네의 얼굴인가?"(「박군朴君의 얼굴」)라는 목소리에서 강렬하게 드러나듯이, 조국 독립을 위해 싸우다 죽은 친구의 죽음 앞에서 오열하기도 하고, "조선은 마음 약한 젊은 사람에게 술을 먹인다/입을 벌리고 독한 술잔으로 들이붓는다"(「조선은 술을 먹인다」)고 말함으로써 조선 청년들을 왜곡시켜 현실에 안주하게 만드는 식민지 현실에 대한 직접적인 비판을 서슴지 않는다. 다시 말해 그의 시는 역사적 주체로서 당대의 현실을 더욱 분명하게 직시함으로써 식민지 모순에 맞서는 저항적 실천의 자세를 다시 한 번 곧추세우는 것이다.

> 궂은 비 줄줄이 내리는 황혼黃昏의 거리를
> 우리들은 동지同志의 관棺을 메고 나간다.
> 만장輓章도 명정銘旌도 세우지 못하고
> 수의壽衣조차 못 입힌 시체屍體를 어깨에 얹고
> 엊그제 떠메어 내오던 옥문獄門을 지나
> 철벅철벅 말없이 무학舞鶴재를 넘는다.
>
> 비는 퍼붓듯 쏟아지고 날은 더욱 저물어
> 가등街燈은 귀화鬼火같이 껌벅이는데
> 동지同志들은 옷을 벗어 관棺 위에 덮는다.
> 평생平生을 헐벗던 알몸이 추울상 싶어
> 얇다란 널조각에 비가 새들지나 않을까 하여
> 단거리 옷을 벗어 겹겹이 덮어준다.
>
> 동지同志들은 여전如前히 입술을 깨물고
> 고개를 숙인 채 저벅저벅 걸어간다.
> 친척親戚도 애인愛人도 따르는 이 없어도
> 저승길까지 지긋지긋 미행이 붙어서
> 조가弔歌도 부르지 못하는 산송장들은

관棺을 메고 철벅철벅 무학舞鶴재를 넘는다.

– 「만가輓歌」 전문[21]

인용시에는 죽은 동지의 장례를 치르는 사람들의 안타까운 슬픔이 온전히 담겨 있다. "궂은 비 줄줄이 내리는 황혼黃昏의 거리", "비는 퍼붓듯 쏟아지고 날은 더욱 저물어"와 같은 상황에서 현실의 가혹함이 그대로 드러나고, "만장輓章도 명정銘旌도 세우지 못하고/수의壽衣조차 못 입힌 시체屍體를 어깨에 얹고" 망자亡者를 떠나보내는 살아남은 동지들의 울분이 느껴진다. "평생平生을 헐벗던 알몸이 추울상 싶어" "단거리 옷을 벗어 겹겹이 덮어"주는 마음밖에는 아무것도 할 수 없는 "동지"들의 슬픔은 어떤 곡哭소리보다도 애잔하고 구슬프다. "저승길까지 지긋지긋 미행이 붙어서/조가弔歌도 부르지 못하는" 엄혹한 현실 앞에서 "산송장"처럼 침묵하고 있을 수밖에 없는 자신들에 대한 원망도 가득하다. 하지만 이러한 처절한 경험은 "입술을 깨물고"라는 데서 유추할 수 있듯이, 앞으로 자신들이 무엇을 해야 하는지를 깨닫는 굳은 결의를 가슴 깊이 새기게 한다. 동지의 마지막 모습조차 올곧게 지켜주지 못하는 모순된 현실에 더 이상 무기력한 존재로 남아 있어서는 안 된다는 뼈아픈 통찰을 하고 있는 것이다. 심훈이 죽은 친구들을 향해 바친 조시弔詩에서 "오냐 박군朴君아/눈은 눈을 빼어서 갚고/이는 이를 뽑아서 갚아 주마!/너와 같이 모든 X를 잊을 때까지/우리들의 심장心臟의 고동鼓動이 끊길 때까지."(「박군朴君의 얼굴」)[22]라고 강한 어조로 말했던 것도 바로 이러한 결의를 담은 의지적 행동이었다고 볼 수 있다.

심훈은 일본에서 영화 공부를 하고 돌아온 1920년대 후반에 이르러, 지난 시절 자신의 사회주의 사상 형성과 독립운동에 많은 영향을 미쳤던 중국에서의 생활을 객관

---

21 『그날이 오면』, 123~125쪽.

22 이 시는 심훈이 박열, 박순병, 박헌영 세 친구를 생각하며 쓴 시이다. 박열과 박헌영은 심훈과 경성고보 동창생이었고 박순병은 시대일보사에서 같이 근무했던 친구였는데, 박열은 '천황 암살 미수사건'으로 무기형을 선고받아 복역하고 있었고, 박순병은 조선공산당 사건으로 구속되어 취조 중에 옥사했으며, 박헌영은 조선공산당 사건으로 구속되어 있었다. 심훈은 1927년 11월 22일 병보석으로 출감하는 박헌영의 처참한 모습을 보면서 이 시를 썼던 것으로 보인다. 특히 박헌영은 심훈 자신이 독립운동을 위해 따라가야 할 이정표와 같은 존재였다. 1930년대 <조선일보>에 연재하다 일제의 검열에 의해 중단된 「동방의 애인」은 1920년대 상해를 무대로 활동했던 공산주의계열 독립운동 조직의 활약상을 담은 작품으로, 주인공 김동렬이 바로 박헌영을 모델로 했고 박진은 심훈 자신의 모습을 투영한 것으로 볼 수 있다. 하상일, 「심훈의 중국에서의 행적과 시세계의 변화」, 210~212쪽 참조.

적으로 인식하고 성찰하는 시간을 가졌다. 특히 상해 체류 당시 해외 독립운동을 바라보며 느꼈던 비판적 인식을 토대로 장편소설『동방의 애인』을 써서 《조선일보》에 연재하기도 했다. 하지만 이 작품은 일제의 검열로 인해 연재가 중단되어 완성을 이루지 못했고[23], 이후 《조선일보》에 연재한 『불사조』마저 검열을 통과하지 못해 게재 정지 처분을 받고 말았다. 미완의 장편소설『동방의 애인』과 『불사조』는 1920년대 후반에서 1930년대로 넘어가면서 심훈이 어떤 사상적 변화를 겪었는지 그 궤적을 유추하는 데도 커다란 의미가 있을 뿐만 아니라, 당시 상해를 중심으로 전개되었던 사회주의 독립운동을 이해하는 데도 중요한 자료적 가치를 지녔다고 할 수 있는데 그 전모를 볼 수 없어서 안타까울 따름이다. 이처럼 연이어 두 번에 걸쳐 《조선일보》 소설 연재를 중지당한 것이 결정적인 계기가 되었던 것인지, 심훈은 이듬해 《조선일보》를 그만두고 경성방송국 문예담당으로 취직했지만 이곳 또한 사상 관계로 그만두어야만 했다. 1920년대 후반에서 1930년대 초반 심훈의 정치사회적 태도와 문학적 지향성이 그 어떤 시절보다도 저항적이고 실천적이었다는 사실은 심훈의 대표시로 알려져 있는 「그날이 오면」만 봐도 충분히 짐작할 수 있다.

그날이 오면 그날이 오며는
삼각산三角山이 일어나 더덩실 춤이라도 추고
한강漢江물이 뒤집혀 용솟음칠 그날이,
이 목숨이 끊기기 전前에 와 주기만 하량이면,
나는 밤하늘에 날으는 까마귀와 같이
종로鐘路의 인경人磬을 머리로 들이받아 울리오리다.
두개골頭蓋骨은 깨어져 산산散散 조각이 나도
기뻐서 죽사오매 오히려 무슨 한恨이 남으오리까.

23 심훈은 『동방의 애인』 연재 중단에 대한 안타까운 심경을 다음과 같이 직접 밝혔다. "『동방의 애인』을 집필(執筆)하는 동안은 평상시(平常時)와 같은 희극적(喜劇的) 태도(態度)를 버리고 찬 방에서도 손에 땀을 쥐며 썼다. 집 세전(貰錢)이 몰려서 들어가지를 못하고 십여회(十餘回)는 공원(公園)벤취나 도서관(圖書館) 구석까지 원고지(原稿紙)를 허리춤에 차고 다니며 계속(繼續)해 왔었다. 전력(全力)을 경도(傾倒)하여 빚어내보려던 빈약(貧弱)하나마 내 정신의 자식(子息)이 불과(不過) 사십회(四十回)에 비명(非命)의 요절(夭折)을 하고 만 것이다. 돌(咄)! 이중(二重) 삼중(三重)의 검열망(檢閱網)! 글줄이나 쓴다는 사람까지도 그와 같이 자상천답적(自相踐踏的) 유린(蹂躪)까지 당하고 말 것인가?"『전집』3, 625쪽.

그날이 와서 오오 그날이 와서

육조六曹 앞 넓은 길을 울며 뛰며 뒹굴어도

그래도 넘치는 기쁨에 가슴이 미어질 듯하거든

드는 칼로 이 몸의 가죽이라도 벗겨서

커다란 북鼓을 만들어 들쳐매고는

여러분의 행렬行列에 앞장을 서오리다.

우렁찬 그 소리를 한번이라도 듣기만 하면

그 자리에 거꾸러져도 눈을 감겠소이다.

- 「그날이 오면」 전문[24]

조국 독립을 간절히 기원하는 화자의 심경을 고백체의 형식으로 담은 식민지 시대 대표적인 저항시이다. 1연에서 화자는 "그날이 오면"이란 가정법의 반복으로 죽음조차 두려워하지 않을 "그날"의 감격이 하루빨리 찾아와주기를 간절히 소망한다. "이 목숨이 끊기기 전前에 와 주기만" 한다면, "밤하늘에 날으는 까마귀와 같이/종로鐘路의 인경人磬을 머리로 들이받아" "두개골頭蓋骨은 깨어져 산산散散 조각이 나도/기뻐서 죽사오매 오히려 무슨 한恨이 남으오리까."라고 말하는 데서 그의 독립에 대한 열망을 온전히 느낄 수 있다. 또한 2연에서는 가정을 현실로 앞당기는 당위적인 어법으로 "이 몸의 가죽이라도 벗겨서/커다란 북을 만들"겠다는 식의 극단적인 비유를 들어 조국 독립의 감격을 앞당기고 싶은 절박한 심정을 토로했다. 즉 화자 자신이 독립운동의 선봉을 울리는 "북"이 되어 그 누구보다도 앞장서 나아가겠다는 결연한 의지를 보여주었던 것이다. 이처럼 심훈은 「그날이 오면」에서 조국의 독립을 이루기 위한 일이라면 자신의 죽음조차 전혀 두려워할 것이 없다는 강인한 의지를 표방하는 데 조금의 주저도 없었다. "우렁찬 그 소리를 한번이라도 듣기만 하면/그 자리에 거꾸러져도 눈을 감겠소이다."에서 강렬하게 드러나듯이, 새로운 시대에 대한 열망과 식민지 모순에 맞서는 저항적 실천이 절정에 이른 심훈 시의 궁극적 세계를 가장 선명하게 보여주었던 것이다.

---

[24] 1930년 3월 1일 기미년독립만세운동을 기념하여 쓴 이 작품의 발표 당시 제목은 「단장이수(斷腸二首)」였고, 2연의 마지막 행이 "그 자리에 거꾸러져도 원(願)이 없겠소이다."로 되어있었는데, 발표 이후 심훈 자신이 제목과 마지막 행을 고쳐 시집으로 묶었다. 『그날이 오면』, 32쪽.

4. 식민지 검열 우회의 전략과 시조 창작의 정신

심훈은 1931년 사상 문제로 경성방송국을 그만둔 이후 서울에서의 모든 일을 정리하고 1932년 그의 부모님이 계신 충남 당진군 송악면 부곡리로 내려갔다.[25] 이때 그는 그동안 썼던 시를 모아서 시집 『그날이 오면』을 출판하려고 준비했으나 일제의 검열을 통과하지 못해 시집 출간을 이루지 못했다. 이처럼 1930년대 들어서면서부터 그의 삶과 문학에 밀어닥친 사상 검열은 아마도 그의 삶이 표면적으로는 역사와 현실의 전면으로부터 한발짝 물러서도록 만드는 결정적 계기가 되었던 것으로 보인다. 그래서 그는 일제의 검열이 자신의 문학 활동을 여지없이 가로막는 상황에서 자신의 사상적 지향성을 일정하게 유지하면서도 검열을 통과할 수 있는 우회적 방법을 모색하지 않을 수 없었다. 따라서 이전에 발표했던 시 『그날이 오면』과 소설 『동방의 애인』, 『불사조』 등이 일제의 검열을 통과하지 못해 완성된 세계를 창출해 내지 못했다는 현실적 한계를 넘어서기 위해, '국가'를 '고향'으로 변형시켜 계몽적 주체의식을 표면화시키는 현실 대응 전략을 전면화했다. 이런 점에서 『상록수』로 대표되는 그의 후기 소설 역시 단순히 계몽의 서사로만 읽어낼 것이 아니라 식민지 내부에서 허용 가능한 사회주의 서사의 변형 혹은 파열로 이해하는 문제의식을 가질 필요가 있다. 즉 1930년대 심훈의 창작 의식은 식민지 검열을 넘어서는 우회의 전략으로 당대 사회의 모순을 직간접적으로 비판하는 저항적 의도를 내재하고 있었다고 보아야 하는 것이다. 『영원永遠의 미소微笑』, 『직녀성織女星』, 『상록수常綠樹』 등 그의 대표 소설은 바로 이러한 변화된 창작 의식을 토대로 완성된 작품들이다.

이러한 변화는 시 분야에서는 시조 창작으로 집중되었음을 특별히 주목할 필요가 있다.[26] 자연과 고향을 주요 제재로 삼는 시조 장르의 본질적 특성은 화자가 직면한 식민지 모순을 우회적으로 담아냄으로써 검열 체계로부터 비교적 자유로울 수 있는

---

25 류양선은 당시 심훈의 낙향 이유로 사회적 요인과 개인적 요인 두 가지를 언급했다. "첫째, 사회적 요인으로서 1931년(年) 만주사변 이래 위축된 KAPF의 활동 대신 각 신문사를 중심으로하여 '브-나로드' 운동이 크게 일어났다는 점이고, 둘째, 개인적인 이유로서 도시생활(都市生活)에 혐오감을 느끼고 있던 심훈(沈熏)이 1930년(年) 안정옥(安貞玉)과 재혼(再婚)하여 가정의 안정을 찾은 후 새로운 출발을 결심하게 되었다는 점이다." 「심훈론」, 『관악어문연구』제5집, 서울대 국어국문학과, 1980, 52쪽.

26 이러한 문제의식에 대한 자세한 논의는, 한만수, 「1930년대 '향토'의 발견과 검열우회」, 『한국문학이론과 비평』30집, 한국문학이론과비평학회, 2006, 379~402면 참조.

아주 유효한 장르로 인식되었기 때문이다.

　　머슴애 거동 보소 하라는 나문 않고
　　잔디밭에 다리 뻗고 청승맞게 피리만 부네
　　무엇이 시름겨워서 마디마디 꺾느냐.

- 「버들 피리」 전문[27]

　　누더기 단벌 옷에 비를 흠뻑 맞으면서
　　늙은이 전대 차고 집집마다 동냥하네
　　기나 긴 원수의 봄을 무얼 먹고 산단말요.

　　당신이 거지라면 내 마음 덜 상할걸
　　엊그제 떠나갔던 박첨지가 저 꼴이라
　　밥 한 술 얻어먹는 죄罪에 얼굴 화끈 다는구료.

- 「원수의 봄」 전문[28]

29

　　심훈의 시조 창작 정신은 국가적이고 공동체적인 정치성의 밑바탕 위에 식민지 검열을 우회하여 당대 사회의 모순을 비판하는 데 근본적 토대가 있었다. 인용시는 "1933년 4월 8일 당진에서"라고 창작 시기가 명시되어 있는 〈농촌農村의 봄〉 연작으로, 농촌의 일상과 풍경을 선경후정先景後情의 전통적 시조 원리에 응축해 놓은 작품이다. 1920년대 역사의 중심에서 독립운동의 여정과 기자로서의 사회적 응시를 잠시 유보해두고 도시를 떠나 농촌으로 내려온 심훈 자신으로 대변되는 화자가 농촌의 정경에서 마주한 순간적 아름다움에 대한 감탄의 정서가 주된 시적 정조를 이루고 있다. 하지만 인용 부분에서 충분히 짐작할 수 있듯이, 화자는 전원으로서의 자연에 대한 경이로움보다는 그 속에서 살아가는 사람들의 고단함과 상처를 응시하는 데 더욱 집중한다. 즉 식민지 시대 농촌의 극심한 가난을 식민지 사회의 구조적 모순으로 읽어내려는 저항적 시선을 내재하고 있다. 하루하루 아무리 성실하게 노동에 매달

---

27 『전집』1, 33~34쪽.
28 『전집』1, 34쪽.

려도 그 대가는 가난을 되물림 하는 것일 뿐이므로, 농촌 "머슴애"의 "버들 피리" 소리를 들으면서 "무엇이 시름겨워서 마디마디 꺾느냐."라고 연민의 시선을 보내지 않을 수 없는 것이다. 그래서 화자는 당시 농촌의 현실을 "누더기 단벌 옷에 비를 흠뻑 맞으면서/늙은이 전대 차고 집집마다 동냥하"는 "무얼 먹고 산단말요"라는 탄식이 절로 나오지 않을 수 없었던 "기나 긴 원수의 봄"으로 인식하게 된다. 그러므로 "당신이 거지라면 내 마음 덜 상할걸"이라고 조금은 냉소적으로 말하는 화자의 태도에는, 거지보다도 못한 삶을 살아가는 참혹한 현실을 직시하지 못하고 오로지 자연의 아름다움을 갈구하거나 그 속에서 평화로움만을 읽어내려 했던 식민지 내부의 시선에 대한 철저한 반성이 내재되어 있다. 화자가 "밥 한 술 얻어먹는 죄罪에 얼굴 화끈" 달아오를 수밖에 없는 것도 이러한 농촌 현실에 대한 비판적 성찰의 결과가 아닐 수 없는 것이다.[29]

아침

서리 찬 새벽부터 뉘집에서 씨아를 트나
우러르니 기러기떼 머리 위에 한 줄기라
이 땅의 무엇이 그리워 밤새가며 왔는고.

낮

볏단 세는 소리 어이 그리 구슬프뇨
싯누런 금 벼이삭 까마귀라 다 쪼는데
오늘도 이팝 한 그릇 못얻어 자셨는가.
밤

창窓 밖에 게 누구요. 부스럭부스럭
아낙네 이슥토록 콩 거두는 소릴세

---

29 실제로 심훈은 "문화계(文化界)에서 활동하고 있으면서도, 농촌(農村)의 피폐(疲弊)에 대하여 항상 개탄(慨歎)"했었다고 한다.(이희승, 「서(序)」, 『전집』1, 10쪽.) 이런 점에서 그의 농촌에 대한 비판적 인식과 1930년대 이후 시조 창작의 정신은 아주 밀접한 관련성이 있다고 판단된다.

달밤이 원수로구려 단 잠 언제 자려오.

- 「근음 삼수近吟 三首」 전문³⁰

인용시는 식민지 농촌에서의 하루의 일상을 따라가면서 농민들의 고단한 노동의 아픔을 담아낸 작품이다. "서리 찬 새벽부터" "달밤"을 넘길 때까지 끝없이 이어지는 노동의 과정이 가난을 넘어서는 최소한의 결과를 가져다주는 것이 당연함에도 불구하고, "오늘도 이팝 한 그릇 못얻어 자셨는가.", "볏단 세는 소리 어이 그리 구슬프뇨"와 같은 절망적 탄식만 더욱 가중시키는 당시 농촌의 모순된 현실에 대한 비판이 직접적으로 드러난다. 특히 "이 땅의 무엇이 그리워 밤새가며 왔는고."라고 하늘을 나는 기러기떼를 향해 외치는 소리는, 지독한 가난과 고통뿐인 현실을 견디며 살아갈 수밖에 없는 식민지 농촌 사람들의 애끓는 절규에 다름 아니다. 그럼에도 불구하고 밤이 "이슥토록 콩 거두는" "아낙네"들의 모습에서 현실에 맞서 싸우지도 못한 채 또다시 자연에 순응하는 나약한 인간의 숙명을 발견하지 않을 수 없다. 화자가 "달밤"마저 "원수"와 같은 표상으로 바라볼 수밖에 없는 이유도 바로 여기에 있다.

시푸른 성낸 파도波濤 백사장白沙場에 몸 부딪고
먹장구름 꿈틀거려 바다 위를 짓누르네
동해東海도 우울憂鬱한 품이 날만 못지 않구나.

풍덩실 몸을 던져 물결과 택견하니
조알만한 세상 근심 거품같이 흩어지네
물가에 가재 집 지으며 하루해를 보내다.

- 「명사십리明沙十里」 전문³¹

해당화海棠花 해당화海棠花 명사십리明沙十里 해당화海棠花야
한 떨기 홀로 핀 게 가엾어서 꺾었거니
네 어찌 가시로 찔러 앙갚음을 하느뇨.

---

30 『전집』1, 35~36쪽.
31 『그날이 오면』, 42쪽.

빨간 피 솟아올라 꽃 입술에 물이 드니
손 끝에 핏방울은 내 입에도 꽃이로다
바닷가 흰 모래 속에 토닥토닥 묻었네.

- 「해당화」 전문[32]

「명사십리明沙十里」는 "시푸른 성낸 파도波濤", "먹장구름"에서 알 수 있듯이 식민지 현실로 고통 받는 조국의 어두운 상황을 위협적인 자연의 모습으로 상징화하고 있다. 바닷가를 거니는 화자의 내면에 가득 찬 암울함을 알기라도 하는 듯, "백사장白沙場에 몸 부딪"는 파도와 "바다 위를 짓누르"는 구름은 화자의 "우울憂鬱한 품"을 더욱 우울하게 할 뿐이다. 하지만 생명 본연의 모습을 간직해야 할 바다의 생명성마저 이미 온갖 상처와 고통에 신음하고 있다고 보는 화자의 현실 인식은 동병상련의 정서로 이러한 모순을 극복하고자 하는 의지로 구현된다. 즉 고통 받는 바다의 모습과 화자 자신의 모습을 동일성의 시선으로 바라봄으로써 바다 고유의 생명성을 다시 회복하고자 하는 소망을 담아내고 있는 것이다. 비록 우울한 바다의 품이지만 그 속에 "풍덩실 몸을 던져 물결과 택견하"는 일체화된 모습에서 당대 현실의 암울함을 극복하고자 하는 적극적인 태도가 엿보인다. 생명 본연의 가치를 잃어버린, 상실된 조국의 상징으로서의 자연의 모습과 온전히 하나됨으로써 "세상근심"을 다 흩어버리고 비로소 "물가에 가재 집 지으며 하루해를 보내"는 평화로움을 되찾고자 간절히 소망하는 것이다.

이러한 문제의식은 「해당화」에서도 그대로 드러나는데, "한 떨기 홀로 핀 게 가엾어서 꺾었"던 "해당화"가 그 깊은 마음은 아랑곳하지 않은 채 "가시로 찔러 앙갚음을 하"는 대결과 갈등이 극단화된 현실을 상징적으로 보여준다. 하지만 이 시에서도 화자는 극단적인 갈등의 결과로 남겨진 "핏방울"을 매개로 "꽃 입술"과 "내 입"에 동시에 맺힌 서로의 고통을 동일선상에서 바라보고 이해하게 한다. 다시 말해 인간과 자연의 오해와 갈등이 생명 본연의 아름다움과 연민의 정서마저 잃어버리게 만든 현실의 지독한 모순으로부터, 이러한 대립과 갈등이 결국에는 서로에게 모두 고통과 상처를 남기는 결과가 될 수밖에 없다는 진정성 있는 자기 성찰을 이끌어내는 것이다. 그러므로 화자는 "바닷가 흰 모래 속에" 상처 난 손가락을 "토닥토닥 묻"으면서 자연의

---

32 『그날이 오면』, 43쪽.

본성으로 인간의 모순을 치유하는 생명의 가치를 지향한다.

　이처럼 심훈의 시조 창작에 내재된 자연 친화의 정신과 생명 의식은 식민지의 극한으로 치달았던 1930년대의 모순된 현실에서 개인적으로든 민족적으로든 생명 본연의 가치를 복원하고 지켜내려는 정신을 표방한 것이다. 비록 시조 장르의 특성상 주제적으로든 형식적으로든 소극적이고 우회적인 측면의 한계가 있지만, 그 안에 식민지 모순을 근원적으로 넘어서려는 저항정신이 내재되어 있었다는 점에서 오히려 적극적인 장르 선택으로 볼 수도 있을 것이다. 즉 식민지 근대의 모순을 극복하는 대안정신으로 생명 본연의 가치를 추구하는 시조 미학의 반근대적 저항성을 적극적으로 활용하려 했던 것이다. 따라서 1930년대에 집중된 심훈의 시조 창작 정신은 현실 정치의 대립과 갈등에서 비롯된 자기모순을 극복하는 새로운 문학적 방향을 실천하려는 구체적인 노력으로 이해할 필요가 있다. 다시 말해 심훈의 생애에서 후반부인 1930년대에 그가 시조 창작으로의 외적 변화를 시도한 것은, 표면적으로는 정치적 태도를 드러내지 않으면서도 심층적으로는 일제의 검열을 우회하려는, 즉 허용 가능한 방식으로 식민지 근대의 모순을 넘어서려는 정치적인 의도의 결과였다고 평가할 수 있는 것이다.

5. 맺음말

　심훈은 1901년 태어나 1936년 타계하기까지 결코 길지 않은 삶을 살았다. 그의 전 생애에 걸쳐 식민지의 그늘은 짙게 깔려 있었고, 그는 이러한 현실을 회피하지 않고 당당하게 맞서는 적극적인 삶의 방식을 선택했다. 식민지 청년으로서, 그리고 문학과 영화를 사랑한 문학인으로서, 그의 생애는 언제나 식민지의 고통과 상처의 중심에 있었으므로 결코 순탄할 수 없었던 복잡한 삶의 연속이었다. 고등학교 시절 3·1독립만세운동에 참여하여 옥고를 치르고 난 후 만 이십 세의 나이로 중국행을 선택하고, 북경, 남경, 상해, 항주로 이어지는 혹독한 여정 속에서 걸출한 독립운동가들과의 교류를 이어갔으며, 귀국 이후에는 신문사 기자 활동을 하면서 중국에서 직접 겪고 보았던 독립 운동의 분파주의에 대한 비판적 성찰을 토대로 진정한 문학의 방향을 깊이 고민했고, 1930년대에는 낙향하여 일제의 검열을 우회하는 소설 창작에 전념했다. 이처럼 그의 생애는 한 순간도 편할 날이 없었던 격동의 식민지를 온전히 살아왔다고 해도 과언이 아니다.

본고는 이러한 심훈의 생애를 크게 세 시기로 나누고, 그의 시세계의 변화와 연속성을 통시적으로 살펴보았다. 첫째 시기는 1923년 중국에서 귀국하기 전까지로, 심훈의 사회주의 사상의 형성과 독립운동의 과정과 관련된 중국에서의 위장된 행로 그리고 그 과정에서 창작된 시 작품을 당시의 정치사회적 지형 속에서 의미를 찾아보았다. 둘째 시기는 중국에서 귀국하여 1930년대 초반 충남 당진으로 낙향하기 전까지로, 중국 상해를 중심으로 전개되었던 독립운동의 분파주의에 대한 절망과 회의를 극복하는 비판적 현실 인식을 토대로, 식민지 청년으로서 조선 독립을 위한 진정한 문학적 방향을 찾고자 했던 심훈의 강한 의지를 그의 시를 통해 읽어내고자 했다. 그 결과 심훈의 시는 1920년대 후반으로 가면서 저항성을 더욱 분명하게 드러내면서 「그날이 오면」이라는 시와 『동방의 애인』이라는 소설로 식민지 현실에 직접적으로 맞서는 결연한 태도를 보이게 되었던 것이다. 하지만 이러한 정치성의 전면화는 1930년대에 접어들면서 일제의 검열 강화에 노출될 수밖에 없었고, 결국 식민지 검열의 한계를 넘어서지 못하고 삭제되거나 연재가 중단되는 미완의 상태로 남게 되고 말았다. 따라서 그는 도시에서의 모든 생활을 접고 낙향한 셋째 시기에 이르러서는 '국가'를 '고향'으로 변형시켜 계몽적 주체의식을 표면화시킴으로써 이러한 현실적 한계를 극복하는 우회의 전략을 새로운 창작의 정신으로 표방하였다. 그의 대표 소설인 『상록수』가 바로 이러한 목적의식에서 비롯된 결과인 것처럼, 그의 시 역시 시조 장르를 의식적으로 선택함으로써 식민지 검열을 넘어서는 외적 변화를 적극적으로 모색했다.

심훈은 36년간의 짧은 생애에도 불구하고 전집 3권 분량이 많은 글을 남겼다. 시, 소설, 수필, 일기, 비평, 시나리오 등 다양한 분야에 걸쳐 그의 문학적 역량은 두드러진 성과를 거두었다. 하지만 지금까지 한국문학 연구는 심훈 연구에 상당히 인색했다고 하지 않을 수 없다. 사실 그의 대표작 『상록수』에 압도된 나머지 다른 작품들에 대한 논의는 거의 중심에 있지 못한 것이 사실이다. 특히 시, 시조, 산문, 비평 등에 대한 논의는 몇몇 논문에서 소략하게 언급되고 있을 뿐이다. 무엇보다도 심훈 연구의 기초적 토대인 정본으로 삼을만한 전집 발간이 아직까지 제대로 이루어지지 않았다는 점도 커다란 문제가 아닐 수 없다. 1966년 발간된 『심훈문학전집沈熏文學全集』세 권은 원본과의 엄밀한 대조 작업을 거치지 않아 오류가 아주 많고, 〈심훈기념사업회〉에서 발간한 『심훈문학전집① 그날이 오면』(차림, 2000) 역시 전집을 토대로 삼은 탓인지 여전히 오류가 고쳐지지 않은 채로 출간되어 결정본으로 삼기 어렵다. 본고의 연구 대상이었던 시의 경우에 한정하더라도, 생전에 그가 출간하려다 일제의 검열에 의해 중단되었던 『심훈시가집沈熏詩歌集 제1집第一輯』(경성세광인쇄사인행京城世光印刷社印行, 1932)이 일본 총독부 검열본 상태의 영인본으로 출간되었음에도 불구하고, 여전히 와전된 텍스트인 『그날이 오면』(1949년 발간, 1951년 한성도서출판주식회사에서 재간행)을 그대로 수록한 『심훈문학전집沈熏文學全集』권을 주된 텍스트로 삼고 있어서 그동안의 심훈 시 연구는 원전 확정에서부터 상당히 많은 문제점을 노출했었다. 짧은 생애에도 불구하고 중국에서의 행적을 비롯한 그의 생애 전반에 대한 전기적 사실도 아직까지 미확인 상태로 남겨진 것이 많아서 그를 대상으로 한 시인론을 완성하는 데도 여러 가지 한계에 부딪치지 않을 수 없다. 앞으로 심훈 연구는 이러한 여러 가지 문제점을 하나하나 해결함으로써, 그의 문학 세계 전반에 걸친 다양한 연구가 확장되고 심화되기를 기대한다.

참고문헌

1. 기본자료

심 훈, 『심훈문학전집① 그날이 오면』, 차림, 2000.

_____ , 『심훈문학전집』1~3, 탐구당, 1966.

2. 단행본/논문/낱글

류양선, 「심훈론」, 『관악어문연구』제5집, 서울대 국어국문학과, 1980. 45~76쪽.

백영서, 「교육독립론자 차이위안페이 - 중국의 대학과 혁명」, 『전환의 시대 대학은 무엇인가』, 한길사,
　　　　2000. 163~185쪽.

유병석, 「심훈의 생애 연구」, 『국어교육』제14호, 한국국어교육연구회, 1968, 10~25쪽.

이덕일, 『이회영과 젊은 그들』, 역사의아침, 2009.

하상일, 「심훈과 중국」, <중한일(中韓日) 문화교류(文化交流) 확대(擴大)를 위한 한국어문학(韓國語文學)
　　　　및 외국어교육연구(外國語敎育硏究) 국제학술회의(國制學術會議) 발표논문집>, 절강수인대학교,
　　　　2014. 10. 25. 55~68쪽.

하상일, 「심훈의 중국에서의 행적과 시세계의 변화」, <2014 월수(越秀)-중원국제한국학연토회(中源國際
　　　　韓國學硏討會) 발표논문집>, 절강월수외국어대학 한국문화연구소, 2014. 12. 13. 201~221쪽.

한기형, 「습작기(1919~1920)의 심훈 - 신자료 소개와 관련하여」, 『민족문학사연구』22호, 민족문학사학회,
　　　　2003. 190~222쪽.

한기형, 「'백랑(白浪)'의 잠행 혹은 만유 - 중국에서의 심훈」, 『민족문학사연구』35, 민족문학사학회, 2007,
　　　　438~460쪽.

한만수, 「1930년대 '향토'의 발견과 검열우회」, 『한국문학이론과비평』30, 한국문학이론과비평학회, 2006,
　　　　379~402쪽.

심훈의 「항주유기杭州遊記」와 시조 창작의 전략

하상일

동의대학교 문예창작학과 교수

1. 머리말

    심훈은 1920년 말부터 1923년 중반까지 만 2년 남짓 중국에서 체류하였다. 그는 처음 북경으로 가서 한 계절도 채 머무르지 않고 남경을 거쳐 상해로 갔다가, 그곳에 서도 오래 머무르지 않고 항주로 가서 지강대학之江大學[1]을 다녔다. 중국에 머무는 동 안 2년이 넘는 거의 대부분의 시기를 항주에서 보냈으니, 그의 중국체류에 대한 기억 은 항주에서의 체험과 만남에 의존하는 것이 당연할 것이다. 하지만 그는 항주에서의 생활에 대한 기록을 거의 남기지 않았다. 게다가 그가 다닌 지강대학에 대해서도 글 을 통해서는 물론이거니와 누군가에게 전하는 말로도 남긴 바가 없어서, 그 당시 심 훈이 항주에서 어떤 일을 겪었는지에 대한 의문은 더욱 증폭된다. 평소 일상의 사소 한 일도 기록으로 남겼고 글을 쓴 날짜까지 일일이 적어두는 꼼꼼한 성격이었다는 점 을 미루어 짐작해보면, 그의 중국 시절 전반에 걸쳐 여러 가지 의혹이 남지 않을 수

---

1 지강대학은 현재 절강(浙江)대학교 지강캠퍼스로 편입된 곳으로 미국 기독교에 의해 세워진 대학이다. 당 시 중국의 13개 교회대학 가운데 가장 먼저 세워진 학교로 화동(華東)지역의 5개 교회대학(금릉(金陵), 동오(東吳), 성요한(聖約翰), 호강(滬江), 지강(之江)) 가운데 거점 대학이었다. 1912년 12월 10일 신해혁 명의 주역 쑨원(孫文)이 지강대학을 시찰하고 강연을 했을 정도로, 당시 이 대학은 서양을 향한 중국 내 의 중요한 통로 역할을 했으며, 학생들은 "타도 제국주의! 타도 매국적(賣國賊)"을 외치며 5·4운동에도 적극 가담하는 등 서구적인 문화와 진보적인 위기를 동시에 배양하고 있는 곳이었다. 隊克勛(Clarence Button Day), 유가봉(劉家峰) 역, 『지강대학(之江大學)』, 주해출판사(珠海出版社), 1999. ; 장문창(張文 昌), 「지강대학(之江大學)」, 『저강문사자료선집(浙江文史資料選輯)』, 1985 참조. 본고에서는 한기형, 「백 랑(白浪)'의 잠행 혹은 만유 - 중국에서의 심훈」, 『민족문학사연구』35, 민족문학사학회, 2007, 454~455 쪽에서 재인용.

없다. 다만 심훈이 그의 아내 이해영에게 보낸 편지(1922년 7월 7일에 쓴 것으로 추정됨)의 내용으로 볼 때, 중국에서의 생활이 아주 힘든 일들의 연속이었으며 쉽게 말할 수 없는 비밀스러운 사정이 있었음을 짐작할 따름이다.[2]

심훈은 항주 체류 시기에 『항주유기杭州遊記』 14편[3]을 썼던 것으로 보인다. 그런데 이 시들은 모두 귀국 이후 10년이 지난 시점에서 당시에 썼던 초고나 메모를 중심으로 다시 쓴 것으로 추정되므로, 그가 항주 체류 시기에 쓴 작품이라고 단정지을 수 있을지에 대해서는 좀 더 면밀한 검토가 필요하다. 그렇지만 이 시들은 그가 항주에 체류할 당시의 생활이나 정서를 이해하는 데 있어서 아주 중요한 작품들이다. 특히 그가 북경과 상해를 거쳐 항주에 정착하게 되는 과정에서 내적으로든 외적으로든 어떤 변화를 겪은 것으로 짐작되는데, 지금으로서는 이러한 변화를 『항주유기杭州遊記』 연작시편 외에는 달리 유추할 방법이 없다. 즉 심훈의 시세계는 항주 이전과 항주 이후에 표면적으로 드러난 정서에 있어서 다소 괴리를 보이는데, 『항주유기杭州遊記』는 그 이유를 밝히는 중요한 단서가 될 수 있는 것이다. 이를 두고 "상해가 공적세계라면 항주는 감각과 정서에 기초한 사私의 발원처"이고, "북경과 상해가 잠행의 공간인 것에 반해 항주는 만유의 장소였다"[4]라고 파악하기도 한다. 하지만 필자는 3·1만세운동으로 옥살이까지 한 이력을 가진 심훈이 만 2년 남짓의 짧은 시기동안 '잠행'과 '만유'라는 극단적인 면모를 동시에 보였을 것이라고는 생각하지 않는다. 또한 그가 항주에 체류

---

2 "그동안 지난 일과 모든 형편은 어찌 다 쓸 수 있으리까마는 고통도 많이 당하고 모든 일이 마음 같지 않아 실패도 더러 하였으며 지금도 마음 상하는 일은 많으나 그 대신 많은 경험도 하였고, 다 일시의 운명이라 인력으로 어찌 하리까마는 그대의 간곡한 말씀과 같이 결코 낙심하거나 실망할 리 없으며 또는 그리 의지가 박약한 사나이는 아니니 아무 염려 말아 주시오. 다만 내가 무슨 공부를 목적삼아하며, 그것이 어떤 학문이며 장차 어찌해야 할 것인데 지금 내 신세는 어떠하며, 어떤 길을 밟아 나아가서 입신하고 출세하려 하는가 하는 데 대하여 그대에게 자세히 알게 하여 드리지 못함은 참으로 큰 유감이외다." 「나의 지극히 사랑하는 해영씨!」, 『심훈문학전집(沈熏文學全集)』 3, 탐구당, 1966, 616쪽. 이하 이 책에서 인용할 때는 『전집』이라 약칭하고 제목, 호수, 쪽수만 밝힐 것이다 .

3 「평호추월平湖秋月」, 「삼담인월(三潭印月)」, 「채련곡(採蓮曲)」, 「소제춘효(蘇堤春曉)」, 「남병만종(南屛晚鐘)」, 「누외루(樓外樓)」, 「방학정(放鶴亭)」, 「행화촌(杏花村)」, 「악왕분(岳王墳)」, 「고려사(高麗寺)」, 「항성(杭城)의 밤」, 「전당강반(錢塘江畔)에서」, 「목동(牧童)」, 「칠현금(七絃琴)」. 이 시들은 모두 일본 총독부 검열본 『심훈시가집(沈熏詩歌集)』 제1집(第一輯)(경성세광인쇄사인행(京城世光印刷社印行), 1932)을 토대로 발간한 『심훈문학전집① 그날이 오면』(심훈기념사업회 편, 차림, 2000, 156~173쪽)에 수록되어 있다. 본고에서 인용한 시는 기본적으로 이 시집의 검열본을 따랐으며, 『그날이 오면』으로 약칭하고 쪽수만 밝힐 것이다. 그리고 이 시집에 수록되지 않은 시는 『심훈문학전집(沈熏文學全集)』 1시(詩), 탐구당, 1966에서 인용했음을 밝혀둔다.

4 한기형, 앞의 글, 453쪽.

심훈 문학의 전환

할 당시에 상해를 왕래하면서 여전히 많은 독립운동가들과 사상적 교류를 나누었다는 사실도 항주 시절을 '만유'의 과정으로만 보기 어렵게 한다. 따라서 표면적인 것과 이면적인 것의 중층성을 중요한 전략으로 삼는 시의 특성을 염두에 두고 항주 이전과 이후를 연속성의 측면에서 이해하고 분석하는 것이 더욱 타당할 것이다.

「항주유기杭州遊記」가 모두 시조라는 점도 특별히 주목해야 할 문제이다. 심훈은 이후에도 〈농촌農村의 봄〉이란 제목 아래 「아침」등 11편, 「근음 삼수近吟 三數」, 「영춘 삼수詠春 三數」, 「명사십리明沙十里」, 「해당화海棠花」, 「송도원松濤園」, 「총석정叢石亭」등 많은 시조를 남겼다. 그렇다면 그에게 시조라는 장르는 어떤 의미를 지니고 있었던 것일까? 그가 시 창작과는 별도로 이렇게 많은 시조를 창작한 이유와 시의 형식과 시조 형식 가운데 한 가지를 선택할 때 어떤 창작 의식의 차이를 가졌는가 하는 의문점에 대해서도 밝힐 필요가 있다. 사실 심훈의 시에는 정형적인 리듬감을 지닌 작품들이 많다. 굳이 시조가 아니더라도 근본적으로 심훈의 시세계는 리듬의식에 바탕을 둔 시적 전략을 지녔다고 볼 수 있는 것이다. 이는 심훈의 시 의식의 근간을 엿볼 수 있게 하는 것으로, 그의 시 창작의 밑바탕이 어디에서 비롯된 것인지를 유추하는 중요한 단서가 될 수도 있다.

이상의 문제의식으로 본고에서는 심훈이 남긴 시조 작품을 대상으로 시조 창작의 전략과 의미를 살펴볼 것이다. 지금까지 심훈에 대한 논의는 그가 남긴 소설을 중심으로 이루어졌고, 그의 시 전반에 대한 논의도 소략하게 있었을 뿐이다. 그 결과 심훈의 시조에 대한 논의는 사실상 관심 밖의 연구 주제였다고 해도 과언이 아니다.[5] 하지만 심훈의 문학 형성기에 해당하는 중국 체류 기간 동안 가장 오랜 시절을 보낸 항주에서 그가 쓴 「항주유기杭州遊記」는, 그의 문학이 어떤 과정을 거쳐 자기 세계를 확장해 갔는지를 이해하는 중요한 토대라는 사실을 간과해서는 안 된다. 특히 이 시들이 왜 시조 형식이어야 했는가에 대한 문제의식은 그의 시 창작의 태도와 의식을 이해하는 데도 의미 있는 근거가 될 수 있다. 항주 체류 시기 심훈의 시가 개인적 서정성의 세계로 급격하게 변화되었다는 사실도 이러한 문제의식을 통해 그 의미를 밝혀낼 수 있을 것이다. 본고에서 심훈의 시조만을 대상으로 논의를 시도하게 된 것은 바로 이러한 문제들을 쟁점적으로 분석하고 이해하려는 데 주된 목적이 있다.

---

5 지금까지 심훈 시조에 대한 연구로는 신웅순의 「심훈 시조 고(考)」(『한국문예비평연구』제36집, 한국현대문예비평학회, 2011. 2.)가 유일하다.

2. 중국 체류 시기의 '정치적' 좌절과 「항주유기杭州遊記」의 서정성

심훈의 중국행은 겉으로는 유학을 목적으로 한 것이었다고 하지만, 실제로는 정치적, 사상적 궤적을 좇아가는 뚜렷한 목적성을 지녔던 것으로 짐작된다. 그는 우당 이회영의 소개로 북경으로 가서 일정 기간 그의 집에서 살았고[6], 이광李光의 소개로 신채호를 만나기도 했다.[7] 이제 갓 스물밖에 되지 않은 청년 심훈이 이회영의 소개로 북경으로 갔다는 사실과 그곳에서 신채호와 같은 혁명 지사들과 두터운 친분과 교류를 가졌었다는 사실만 보더라도, 그의 중국행이 결코 단순한 유학만을 위한 것이 아니었음을 짐작하게 한다. 만일 그가 유학을 목적으로 중국으로 간 것이 사실이었다면 북경대학 입학을 포기하고 굳이 상해로 이동했을 까닭도 없다.[8] 게다가 1920년대 초반 상해는 사회주의 독립운동의 열기가 최고조에 달했던 장소였고, 그의 경성고보 동창생 박헌영과 그를 무척 아꼈다고 하는 여운형 등의 독립지사들이 당시 상해에 머무르고 있었다[9]는 점에서, 심훈의 상해행은 북경으로 가기 이전부터 이미 예정된 수순이었을 것으로 추정된다.

하지만 당시 심훈이 마주한 상해의 모습은 사회주의 독립운동의 이상향으로서의

---

6 심훈은 「단재(丹齋)와 우당(于堂)(2)」에서 "나는 맨 처음 그 어른에게로 소개(紹介)를 받아서 북경(北京)으로 갔었다"(『전집』3, 492쪽.)라고 밝혔는데, "그 어른"은 바로 우당 이회영이다.

7 심훈은 『단재(丹齋)와 우당(于堂)(1)』에서 "성암(醒庵)의 소개로 수삼차(數三次) 단재(丹齋)를 만나 뵈었는데 신교(新橋) 무슨 호동(胡同)엔가에 있는 그의 우거(寓居)에서 며칠 저녁 발치잠을 자면서 가까이 그의 성해(聲咳)를 접(接)하였다."(『전집』3, 491쪽.)라고 했는데, 여기에서 "성암(醒庵)"은 이광으로 이회영과도 아주 가까운 혁명 동지이다. "일본 와세다대학과 중국 남경의 민국대학을 졸업한 이광은 신민회원이었고, 이회영과 함께 경학사와 신흥무관학교를 운영한 가까운 동지였다. 그는 임정 임시의정 원 의원과 외무부 북경 주재 외무위원을 겸임하며 한중 양국의 외교적 사항을 처리할 만큼 중국통이었"다. 이덕일, 『이회영과 젊은 그들』, 역사의아침, 2009, 198쪽.

8 1920년 말의 북경대학은 차이위안페이(蔡元培)가 교장이었고, 천두슈(陳獨秀), 리다자오(李大釗), 후스(胡適) 등 신문화 운동의 주역들이 포진해 있었다.(백영서, 「교육독립론자 차이위안페이 - 중국의 대학과 혁명」, 『전환의 시대 대학은 무엇인가』, 한길사, 2000 참조.) 게다가 루쉰(魯迅)의 특별 강의로 북경대학 안팎의 많은 학생들이 학교로 몰려드는 그 어느 때보다 활기가 넘치는 곳이었다. 그럼에도 불구하고 당시 북경대학의 분위기를 활기가 없다는 식으로 다소 피상적인 논평을 한 것은 아마도 어떤 정치적 의도를 은폐하기 위한 담론적 수사가 아니었을까 짐작된다. 당시 심훈은 한 계절도 머무르지 않은 채 북경에서의 계획된 짧은 일정을 마치고 상해로 떠나야 하는 명분을 만들기 위해 의도적으로 북경대학의 분위기를 그런 식으로 몰아가는 거짓 진술을 한 것으로 볼 수 있다. 하상일, 「심훈과 중국」, <중한일(中韓日) 문화교류(文化交流) 확대(擴大)를 위한 한국어문학(韓國語文學) 및 외국어교육연구(外國語敎育硏究) 국제학술회의(國制學術會議) 발표 논문집>, 절강수인대학교, 2014. 10. 25. 58쪽.

9 심훈은 상해 시절 박헌영을 모델로 소설 「동방의 애인」과 시 「박군의 얼굴」을 썼고, 여운형을 모델로 시 「R씨의 초상」을 썼다.

선망과 동경의 장소가 아니라, 조국을 떠나 중국으로 망명을 선택한 자신의 명분마저 여지없이 무너지게 만드는 절망과 회의의 장소로 인식되었다. 상해파와 이르쿠츠크파[10]로 이원화된 사회주의 진영의 노선 갈등과 조선의 독립을 위한 전진 기지로 기대했던 상해의 제국주의적 모순을 눈앞에서 직시하면서, 식민지 현실을 넘어 찾아온 상해가 또 하나의 식민지임을 절감하는 아이러니한 순간을 경험하게 되었던 것이다. 결국 그는 상해에서마저 정착하지 못하고 항주로 이동하여 지강대학을 다니면서 그곳에서 2년 남짓 중국에서의 대부분의 시절을 보냈다.

그렇다면 이러한 정치적 절망과 회의가 심훈의 항주 시절을 정치적인 것과의 단절 속에서 오로지 유학의 시절로만 지내게 했다고 말할 수 있을까? 그건 분명 아닌 것이 「항주유기杭州遊記」의 머리글에 보면 항주에서도 그는 여전히 많은 독립지사들과 교류를 하면서 지낸 것을 알 수 있다.

> 항주杭州는 나의 제2第二의 고향故鄕이다. 미면약관未免弱冠의 가장 로맨틱하던 시절時節을 이개성상二個星霜이나 서자호西子湖와 錢塘江邊에 두류逗留하였다. 벌써 십년十年이나 되는 옛날이언만 그 명미明媚한 산천山川이 몽매간夢寐間에도 잊히지 않고 그 곳의 단려端麗한 풍물風物이 달콤한 애상哀傷과 함께 지금도 머리속에 채를 잡고 있다. 더구나 그때에 유배流配나 당한 듯이 湖畔에 소요逍遙하시던 명오石吾, 성제省齊 두 분 선생先生님과 고생苦生을 같이 하며 허심탄회虛心坦懷로 교류交流하던 엄일파嚴一波, 여온동廉溫東, 정신국鄭眞國 등等 제우諸友가 몹시 그립다. 유랑민流浪民의 신세身勢 ‥‥‥‥ 부유蜉蝣와 같은지라 한번 동서東西로 흩어진 뒤에는 안신雁信조차 바꾸지 못하니 면면綿綿한 정회情懷가 절계節季를 따라 간절懇切하다. 이제 추억追憶의 실마리를 붙잡고 학창시대學窓時代에 끄적여 두었던 묵은 수첩受牒의 먼지를 털어본다. 그러나 항주杭州와는 인연因緣이 깊던 백낙천白樂天, 소동파蘇東坡 같은 시인詩人의 명편名篇을 예빙例憑치 못하니 생색生色이 적고 또한 고문古文을 섭렵涉獵한 바도 없어 다만 시조체時調体로 십여十餘 습을 벌여볼 뿐이다.[11]

---

10 두 그룹은 혁명노선상의 본질적 차이가 있었다. 상해파는 민족혁명을 일차과제로 한 연속2단계 혁명노선을 취했으며 독자적인 한인공산당 건설을 지향했다. 반면 이르쿠츠크파는 즉각적인 사회주의 혁명을 목표로 한 1단계 혁명노선을 견지했고, 러시아공산당에 가입한 인물들이 주축이었다. 반병률, 「진보적인 민족혁명가, 이동휘」, 『내일을 여는 역사』3, 2000, 165쪽.

11 『그날이 오면』, 153~155쪽.

심훈에게 항주는 "제2第二의 고향故鄉"이라고 스스로 말할 정도로 아주 특별한 곳이었다. 하지만 그는 항주에서 지내던 일들에 대한 기록을 전혀 남기지 않았다. 게다가 당시 그에게 유학이 특별한 의미가 있었다면, 그래서 북경대학을 외면하고 입학한 곳이 지강대학이었다면, 지강대학 시절에 대한 간단한 소개나 감상기라도 있을 법한데 무슨 이유에서인지 어떤 글도 찾을 수 없다. 〈항주유기杭州遊記〉의 시편들도 10년이 지난 시점에서야 "묵은 수첩受牒의 먼지를 털"듯 발표했다고 언급한 것으로 보아, 심훈에게 있어서 항주 시절은 분명 어떤 말할 수 없는 복잡한 사정의 연속이었음에 틀림없다. 그가 1922년부터 이미 귀국을 하려고 결심했었지만 사정이 여의치 않아서 1923년이 되어서야 귀국하게 된 과정도 그의 항주 시절이 여러 가지 어려움들에 부딪혀 결코 순탄하지 않았음을 짐작하게 한다.[12]

앞서 언급했듯이 심훈의 항주 행은 상해에서의 정치적 절망과 회의가 결정적인 영향을 미친 것으로 보인다. 따라서 그가 항주에 왔을 때는 식민지 조선 청년으로서의 절실함보다는 자신에게 닥친 현실적 절망과 회의를 극복하는 새로운 방향을 찾아야 한다는 명분이 더욱 강하게 작용했을 것이다. 그 결과 항주에서 쓴 시들은 역사적 주체로서의 자각보다는 조국을 떠나 살아가는 망향객으로서의 비애와 향수 등 개인적인 정서가 표면화될 수밖에 없었다고 할 수 있다. 따라서 이러한 변화는 북경, 상해 시절의 시들과 비교할 때 심훈의 세계관이 근본적으로 변화한 것처럼 비쳐지기도 한다. 하지만 필자는 이러한 변화를 '단절'이 아닌 '연속'의 측면에서 바라보아야 한다고 생각한다. 즉 항주에서 보인 심훈 시의 변화는 '정치적'인 것으로부터의 좌절에서 비롯된 것이라는 점에서, '정치적'인 것의 탈각이 아니라 '정치적'인 것에 대한 성찰의 문제로 접근하는 것이 바람직하다고 보기 때문이다. 그러므로 〈항주유기杭州遊記〉 시편의 서정성은 표면적으로는 개인적 서정성의 극대화처럼 보이지만, 심층적으로는 당시 중국 내의 정치적 현실에 대한 비판을 내면화한 시적 전략으로 이해할 필요가 있다.

---

12 "나도 올해 귀국할 생각 간절하였으나 내년에나 가게 될 듯 세월은 길고도 빠른 것이라 미구에 기쁜 날이 올 것이외다." 『나의 지극히 사랑하는 해영씨』, 『전집』3, 617쪽. 인용글은 1922년 7월 심훈이 그의 아내에게 보낸 편지의 내용으로, 당시 심훈은 항주에서의 생활도 여러 가지 이유로 어려움을 겪어서 일찍 귀국하려는 마음을 강하게 지니고 있었던 것으로 보인다.

심훈 문학의 전환

1

중천中天의 달빛은 호심湖心으로 쏟아지고

향수鄉愁는 이슬 내리듯 마음속을 적시네

선잠 깬 어린 물새는 뉘 설움에 우느뇨.

2

손바닥 부르트도록 뱃전을 두드리며

「동해東海물과 백두산白頭山」떼를 지어 부르다가

동무를 얼싸 안고서 느껴느껴 울었네.

3.

나 어려 귀 너머로 들었던 적벽부赤壁賦를

운파만리雲波萬里 예 와서 당음唐音 읽듯 외단말가

우화이羽化而 귀향歸鄉하여서 내 어버이 뵈옵고저.

- 「평호추월平湖秋月」 전문[13]

〈항주유기杭州遊記〉는 서호 10경西湖十景이나 정자, 누각 그리고 전통 악기 등을 소재로 자연을 바라보는 화자의 심경을 전통 서정의 세계로 승화시킨 연작시조이다. 즉 그가 항주에 머무를 당시에 서호西湖의 경치를 유람하면서 아름다운 자연 풍광에 자신의 마음을 빗대어 표현함으로써 선경후정先景後情에 바탕을 둔 전통 시가詩歌의 정신을 형상화한 것이다. 이 가운데 「평호추월平湖秋月」은 연시조 작품으로 〈항주유기杭州遊記〉의 전반적인 주제의식을 응축하고 있다. 1연에서 화자는 조국에 대한 "향수鄉愁"와 이국 땅에서 살아가는 망명객으로서의 "설움" 등을 뼈저리게 겪고 있음을 직접적으로 표현한다. 하지만 화자는 이러한 절망적 탄식에 머물러 있기보다는 2연에서처럼 "동무를 얼싸 안고서 느껴느껴" 우는 동지적 연대감으로 지금의 현실을 극복하려는 강한 의지를 보인다. "손바닥 부르트도록 뱃전을 두드리며/「동해東海물과 백두산白頭山」떼를 지어 부르"는 것은 절망적 현실과 타협하지 않으려는 최소한의 의지적 행위라고 할 수 있는 것이다. 그럼에도 불구하고 화자에게 남겨진 지금의 현실은 "나 어려 귀 너머로

---

13 『그날이 오면』, 156~158쪽.

들었던 적벽부赤壁賦를/운파만리雲波萬里 에 와서 당음唐音 읽듯 외단말가"라는 데서 알 수 있듯이, 서호를 바라보면서 중국의 풍류나 경치를 외고 있는 무기력한 자신과 마주할 따름이었다. 중국으로의 망명이 조국의 현실을 타개할 뚜렷한 방향성을 가져다 줄 것이라고 기대했던 자신의 이상이 철저하게 무너지는 순간을 뼈저리게 경험할 수밖에 없었던 것이다. 결국 그에게 남은 것은 "귀향歸鄕하여서 내 어버이 뵈옵고저"와 같이 중국에서의 생활을 정리하고 조국으로 돌아가 새로운 길을 찾고자 하는 것이었다. 이런 점에서 「평호추월平湖秋月」은 자연과 더불어 유유자적하며 자신을 의탁하는 철저하게 개인화된 서정의 세계를 형상화한 것이 아니라, 화자에게 닥친 무기력한 현실과의 긴장과 갈등 속에서 절망과 좌절을 내면화하는 자기성찰적 서정의 세계를 담은 것이라고 할 수 있다.

45

운연雲烟이 잦아진 골에 독경讀經소리 그윽코나
예 와서 고려태자高麗太子 무슨 도道를 닦았던고
그래도 내 집인 양하여 두 번 세 번 찾았네.

- 「고려사高麗寺」 전문[14]

항성杭城의 밤저녁은 개가 짖어 깊어가네
비단緋緞 짜는 오희吳姬는 어이 날밤 새우는고
뉘라서 나그네 근심을 올올이 엮어주리.

- 「항성杭城의 밤」 전문[15]

황혼黃昏의 아기별을 어화漁火와 희롱하고
임립林立한 돛대 위에 하현下弦달이 눈 흘길 제
포구浦口에 돌아드는 배에 호궁胡弓소리 들리네.

- 「전당강반錢塘江畔에서」 전문[16]

---

14 『그날이 오면』, 169쪽.
15 『그날이 오면』, 170쪽.
16 『그날이 오면』, 171쪽.

밤 깊어 벌레 소리 숲 속에 잠들 때면

백발노인白髮老人 홀로 앉아 반은 졸며 탄금彈琴하네

한 곡조曲調 타다 멈추고는 한숨 깊이 쉬더라

- 「칠현금七絃琴」 전문[17]

인용시 네 편은 모두 향수, 근심, 슬픔, 한숨 등 화자가 처한 지금의 현실에 대한 회한과 탄식의 정서를 표면화하고 있다. 「고려사高麗寺」는 고려 태자였던 의천이 머물렀던 곳으로, 화자는 당시 의천의 마음에 지금의 자신을 투영하여 "무슨 도道를 닦았던"지를 묻는다. 이는 지금 화자 자신이 무엇을 위해 항주에 머무르고 있는지를 자문하는 것으로, 중국에서의 생활이 가져다준 깊은 회의를 간접적으로 드러낸 것으로 볼 수 있다. 또한 "그래도 내 집인 양하여 두 번 세 번 찾았네"라는 데서 하루빨리 조국으로 돌아가고 싶은 화자의 소망이 응축되어 있음을 엿볼 수 있기도 하다. 이러한 시적 정서는 매일 같이 엄습해오는 망향객으로서의 외로운 현실 앞에서 "나그네 근심을 올올이 엮어"줄 누군가를 기다리는 「항성杭城의 밤」이나, 지강대학 캠퍼스에서 전당강에서 들려오는 구슬픈 "호궁소리"에 젖어드는 「전당강반錢塘江畔에서」의 화자의 마음에도 온전히 드러난다. 그의 시조가 해금이나 거문고 등 구슬픈 가락을 표현하는 악기를 제재로 삼은 작품이 두드러진 것은 이와 같은 망향의 정서를 자연에 빗대어 형상화는 데 있어서 가장 효과적인 장치가 되기 때문이다. 「칠현금七絃琴」의 거문고 소리에 흐르는 깊은 "한숨"도 바로 이러한 시적 정서를 극대화한 것으로 이해할 수 있다.

이처럼 심훈에게 있어서 항주에서의 생활은 조선 독립을 위한 이상적 동경의 장소였던 중국에 대한 뼈아픈 '자기성찰'의 과정이었다. 이를 통해 그는 식민지 청년으로서 조국의 독립을 위해 어떤 태도를 가져야 하고 또 무엇을 해야 하는가에 대한 올바른 역사 인식을 갖게 되었을 것이다. 즉 그에게 항주 시절은 상해를 중심으로 한 해외 독립운동의 노선 갈등과 분파주의를 극복함으로써 진정한 독립운동의 방향을 찾고자 했던 자기성찰의 시간이었던 것이다. 하지만 약관의 나이를 겨우 넘은 청년 심훈으로서는 이러한 문제의식을 구체적 실천으로 옮기기에는 역부족이었으므로, 그는 문학을 통해 이와 같은 현실 인식을 구체화하는 올바른 방향을 제시하고자 했다.

---

17 『그날이 오면』, 173쪽.

귀국 이후 그가 상해를 비롯한 중국에서의 체험을 토대로 창작한 소설 「동방의 애인」, 「불사조」는 바로 이러한 그의 생각을 담아낸 작품이라고 할 수 있다. 결국 그에게 있어서 중국에서의 체험은 혁명을 꿈꾸는 한 문학 청년이 숱한 갈등과 회의를 거쳐 비로소 올바른 사상과 문학의 길을 찾아가는 성숙의 과정이었다고 할 수 있다. 심훈의 중국에서의 행적과 그의 시조 〈항주유기杭州遊記〉 연작을 '변화'와 '단절'이 아닌 '성찰'과 '연속'으로 읽어야 하는 이유도 바로 여기에 있다.

3. 시조 창작의 전략과 식민지 농촌 현실에 대한 저항의 내면화

심훈의 시조 창작은 〈항주유기杭州遊記〉 연작을 제외하고는 모두 1930년 전후로 이루어졌다. 앞서 밝혔듯이 〈항주유기杭州遊記〉 연작의 경우도 실제로 발표된 것은 1930년대 초반이었다는 점에서 심훈의 시조 창작은 그의 문학 활동 후반기인 1930년대에 집중되었다고 할 수 있다. 특히 이 시기는 그가 1931년 《조선일보》를 그만두고 이듬해 부모님이 계신 충남 당진으로 내려가 살았던 시기로, 「영원永遠의 미소微笑」, 「직녀성織女星」, 「상록수常綠樹」 등 그의 대표 소설을 창작했던 시기와 맞물린다. 그 이전에 발표했던 시 「그날이 오면」과 「동방의 애인」, 「불사조」 등의 소설이 일제의 검열을 통과하지 못해 완성된 세계를 창출해 내지 못했다면, 이 시기에 발표한 그의 소설들은 이러한 검열을 피하는 서사 전략으로 '국가'를 '고향'으로 변형시켜 계몽의 서사로 전이되는 양상을 보였음을 주목할 필요가 있다. 즉 「상록수」로 대표되는 그의 후기 소설을 단순히 계몽의 서사로만 읽어낼 것이 아니라 식민지 내부에서 허용 가능한 사회주의 서사의 변형 혹은 파열로 이해하는 문제의식을 가질 필요가 있는 것이다.[18] 이처럼 1930년대 초반 심훈의 창작의식은 식민지 검열을 넘어서는 우회의 전략을 통해 당대 사회의 모순을 간접적으로 비판하는 더욱 치밀한 의도를 내재하고 있었다.

이 시기 심훈의 시조 창작이 두드러졌던 것 역시 이와 같은 맥락에서 살펴볼 필요가 있다. 즉 식민지 검열 체계로부터 비교적 자유로운 자연과 고향을 제재로 화자의

---

18 이러한 문제의식에 대한 자세한 논의는, 한만수, 「1930년대 '향토'의 발견과 검열우회」, 『한국문학이론과비평』30, 한국문학이론과비평학회, 2006 참조.

모순된 심경을 내면화하기에 가장 적합한 장르가 바로 시조였기 때문이다. 따라서 심훈의 시조를 자연친화自然親和의 전통적 세계관이나 강호한정江湖閑情의 개인적 서정성의 세계로만 이해하는 것은 결코 타당하지 않다. 그의 시조 창작은 식민지의 모순을 내파內破하는 적극적인 형식이었다는 점에서 국가적이고 공동체적인 지향성을 우회하는 시적 전략의 산물이었다는 사실을 결코 간과해서는 안 되는 것이다.

> 소등에 까치 앉아 콕콕 쪼아 이 잡으며
> 두 눈을 꿈벅이며 꼬리 젓는 꼴을 보고
> 그 누가 밉단 말이요, 함께 모두 내 친구를.
>
> — 「내 친구」 전문[19]

> 머슴애 거동 보소 하라는 나문 않고
> 잔디밭에 다리 뻗고 청승맞게 피리만 부네
> 무엇이 시름겨워서 마디마디 꺾느냐.
>
> — 「버들 피리」 전문[20]

> 누더기 단벌 옷에 비를 흠뻑 맞으면서
> 늙은이 전대 차고 집집마다 동냥하네
> 기나 긴 원수의 봄을 무얼 먹고 산단말요.
>
> 당신이 거지라면 내 마음 덜 상할걸
> 엊그제 떠나갔던 박첨지가 저 꼴이라
> 밥 한 술 얻어먹는 죄罪에 얼굴 화끈 다는구료.
>
> — 「원수의 봄」 전문[21]

인용시는 〈농촌農村의 봄〉 연작 11편 가운데 마지막 세 편으로 1933년 4월 8일 당진에서 썼다고 말미에 밝혀져 있다. 〈농촌農村의 봄〉 연작은 심훈이 서울 생활을 청산

---

19 『전집』1, 33쪽.
20 『전집』1, 33~34쪽.
21 『전집』1, 34쪽.

하고 부모님이 계신 농촌에 내려와서 맞이한 봄의 정경을 선경후정의 전통적 시조 형식에 담아낸 작품이다. 그러므로 이 시조는 표면적으로는 도시를 떠나온 화자가 농촌을 바라보는 생경한 아름다움에 대한 내면의 감탄이 주된 정서를 이룬다. 그런데 이러한 감탄의 정서가 커지면 커질수록 그 속에서 살아가는 농촌 사람들에 대한 연민은 더욱 깊어질 수밖에 없다는 데서 이 작품이 지닌 저항적이고 정치적인 의미를 발견할 수 있다. 소 등에 앉아 이를 잡아먹는 까치의 모습을 바라보면서 어느 누구 하나 미울 수 없는 "함께 모두 내 친구를"이라고 말하는 것은, 자연의 평화로움 앞에서 인간의 삶도 편안해질 수 있기를 바라는 마음이 깊숙이 담겨 있는 것이다. 하지만 1930년대 식민지 농촌의 현실은 자연을 바라보는 한가로움 따위는 절대 허용될 수 없었던 신산한 노동의 연속이었음을 간과해서는 안 된다. 그러므로 화자는 미래에 대한 희망마저 꺾여버린 채 힘들고 지친 노동에만 매달려야 하는 농촌 "머슴애"의 "버들 피리" 소리를 들으면서 "무엇이 시름겨워서 마디마디 꺾느냐."라고 안타깝게 묻지 않을 수 없는 것이다.

이런 점에서 〈농촌農村의 봄〉 연작은 심훈에게 농촌 사람들의 고된 일상을 바라보는 현실적 시선을 강력하게 요구하고 있다.[22] 실제로 심훈은 "문화계文化界에서 활동하고 있으면서도, 농촌農村의 피폐疲弊에 대하여 항상 개탄慨歎"[23]했었다고 한다. 당시 농촌의 봄은 도시에서 내려온 화자가 감탄해마지 않았던 생경한 아름다움의 세계와는 거리가 먼, "누더기 단벌 옷에 비를 흠뻑 맞으면서/늙은이 전대 차고 집집마다 동냥하"는 "기나 긴 원수의 봄"으로 인식될 수밖에 없었기 때문이다. 결국 식민지 시기

---

22 심훈은 「1932년(一九三二年)의 문단전망(文壇展望) - 프로문학(文學)에 직언(直言)」에서 민중들의 생활과 일상을 정제된 형식에 담아내는 소박한 '생활시'로서의 시조 장르의 의의에 대해 직접적으로 언급하였는데, 이를 통해 그가 1930년대 이후 시조 창작에 집중한 이유를 짐작할 수 있다. "그 형식(形式)이 옛것이라고 해서 구태여 버릴 필요는 없을 줄 압니다. 작자(作者)에 따라 취편(取便)해서 시조(時調)의 형식으로 쓰는 것이 행습(行習)이 된 사람은 시조(時調)를 쓰고 신시체(新詩體)로 쓰고 싶은 사람은 자유(自由)로이 신시체(新詩體)를 지을 것이지요, 다만 그 형식에다가 새로운 혼(魂)을 주입(注入)하고 못하는데 달릴 것이외다. 그 내용이 여전히 음풍영월식(吟風詠月式)이요, 사군자(四君子) 되풀이요, 그렇지 않으면 〈배불리 먹고 누어 아래 윗배 문지르니 선하품 계계터럼 제절로 나노매라 두어라 온돌 아랫목에 딩구른들 어떠리〉 이 따위와 방사(倣似)한 내용이라면 물론 배격(排擊)하고 아니할 여부(與否)가 없습니다. 시조(時調)는 단편적(斷片的)으로 우리의 실생활(實生活)을 노래하고 기록(記錄)해 두기에는 그 〈품〉이 산만(散漫)한 신시(新詩)보다는 조촐하고 어여쁘다고 생각합니다. 고려자기(高麗磁器)엔들 풍풍 솟아오르는 산간수(山澗水)가 담아지지 않을 리야 없겠지요." 『전집』3, 566쪽.

23 이희승, 「서(序)」, 『전집』1, 10쪽.

농촌의 봄은 긴 겨울을 간신히 버텨온 가난한 삶의 막바지 고비와 같은 시기였다는 점에서, "무얼 먹고 산단말요"라는 탄식이 절로 나오지 않을 수 없었던 것이다. 그러므로 "당신이 거지라면 내 마음 덜 상할걸"이라고 말하는 데는, 거지보다도 못한 삶을 살아가는 극심한 농촌 현실을 직시하지 못하고 오로지 자연의 아름다움을 갈구하거나 그 속에서 평화로움만을 읽어내려 했던 화자의 시선에 대한 철저한 반성이 내재되어 있다. 그러므로 화자가 "밥 한 술 얻어먹는 죄罪에 얼굴 화끈" 달아오를 수밖에 없었던 것은 너무도 당연한 결과가 아닐 수 없다.

> 아침
>
> 서리 찬 새벽부터 뉘집에서 씨아를 트나
> 우러르니 기러기떼 머리 위에 한 줄기라
> 이 땅의 무엇이 그리워 밤새가며 왔는고.
>
> 낮
>
> 볏단 세는 소리 어이 그리 구슬프뇨
> 싯누런 금 벼이삭 까마귀라 다 쪼는데
> 오늘도 이팝 한 그릇 못얻어 자셨는가.
>
> 밤
>
> 창窓 밖에 게 누구요, 부스럭부스럭
> 아낙네 이슥토록 콩 거두는 소릴세
> 달밤이 원수로구려 단 잠 언제 자려오.
>
> ─「근음 삼수近吟 三首」 전문[24]

농촌에서의 하루의 고된 일상을 '아침-낮-밤'의 시간 순서로 그려낸 작품이다. "서

24 『전집』1, 35~36쪽.

리 찬 새벽부터"'달밤'에 이르는 노동이 풍요로움은커녕 "오늘도 이팝 한 그릇 못얻어 자셨는가."와 같은 깊은 탄식만을 남기는 당시 농촌의 현실에 대한 안타까움이 고스란히 묻어난다. 비록 힘들고 지친 시간을 살아왔지만 신산한 노동의 댓가로 남겨진 "볏단 세는 소리"가 모든 설움을 씻어내는 행복을 가져다주어야 할텐데, 오히려 "어이 그리 구슬프뇨"와 같은 통한의 아픔을 더하는 결과만을 안겨주는 악순환의 현실이 너무도 가혹할 따름이다. "이 땅의 무엇이 그리워 밤새가며 왔는고."라고 하늘을 나는 기러기떼를 향해 외치는 소리는, 이렇게 지독한 가난과 고통뿐인 현실을 참고 견디며 살아갈 수밖에 없는 농촌 사람들의 자조적 탄식이 아닐수 없다. 그럼에도 불구하고 밤이 "이슥토록 콩 거두는"'아낙네'들의 일상에서 자연에 순응하는 나약한 인간의 모습을 숙명처럼 끌어안고 살아가는 농민들의 모습을 발견하지 않을 수 없다. 결국 앞서 살펴본 〈농촌農村의 봄〉 연작에서 "봄"을 "원수"로 보았듯이, 화자에게는 "달밤"마저 "원수"와 같은 표상으로 남게 되는 것이다.

이상에서 보았듯이 심훈의 시조 창작은 식민지 검열의 허용 가능한 형식을 통해 당대 사회의 모순을 비판적으로 우회하려는 시적 전략을 지닌 것이다. 이러한 문제의식은 당시 심훈이 '고향'을 어떻게 인식하고 있었느냐 하는 점을 보면 더욱 더 잘 알 수 있다. 그에게 고향의식은 식민지 농촌을 바라보는 내면의식의 근간을 이루는 중요한 모티프로 작용했다. 진정 고향을 가보고 싶지만 아무리 고향이 그리워도 고향에 가지 않겠다는 모순적 태도는 식민지 폭력으로 신음하는 당시 우리 농촌의 훼손된 현실에 대한 저항의 목소리를 역설적으로 담고 있다고 할 수 있는 것이다.

나는 내 고향故鄕에 가지를 않소.
쫓겨난 지가 십년十年이나 되건만
한번도 발을 들여놓지 않았소.
멀기나 한가, 고개 하나 넘어연만
오라는 사람도 없거니와 무얼 보러 가겠소?

개나리 울타리에 꽃 피던 뒷동산은
허리가 잘려 문화주택文化住宅이 서고
사당祠堂 헐린 자리엔 신사神社가 들어앉았다니.

심훈 문학의 전환

전傳하는 말만 들어도 기가 막히는데
내 발로 걸어가서 눈꼴이 틀려 어찌 보겠소?
(중략)

무얼 하려고 내가 그 땅을 다시 밟겠소?
손수 가꾸던 화단花壇 아래 턱이나 고이고 앉아서
지나간 꿈의 자취나 더듬어 보라는 말이요?
추억追憶의 날개나마 마음대로 펼치는 것을
그 날개마저 찢기면 어찌하겠소?

이대로 죽으면 죽었지 가지 않겠소.
빈 손 들고 터벌터벌 그 고개는 넘지 않겠소.
그 산山과 그 들이 내닫듯이 반기고
우리 집 디딤돌에 내 신을 다시 벗기 전前엔
목을 매어 끌어도 내 고향故鄕엔 가지 않겠소.

– 「내 고향故鄕」 중에서[25]

이 시는 식민의 폭압을 이겨내지 못하고 무참히 변해버린 심훈의 고향 흑석리黑石里에 대한 통한의 심정을 담은 작품이다. 유년 시절의 추억이 서린 "개나리 울타리에 꽃 피던 뒷동산"과 같은 자연의 심각한 훼손과 "사당祠堂 헐린 자리엔 신사神社가 들어앉"은 일제의 유산은 화자에게 더 이상 고향을 고향으로 볼 수 없게 하는 깊은 절망을 안겨 주었다. "무얼 하려고 내가 그 땅을 다시 밟겠소?", "이대로 죽으면 죽었지 가지 않겠소.", "목을 매어 끌어도 내 고향故鄕엔 가지 않겠소."라는 극단적인 말들을 서슴지 않는 데서 화자가 느끼는 분노의 감정을 충분히 느낄 수 있다. 이러한 그의 고향 의식은 돌아가야 할 근원적인 장소성을 지닌 일반적인 고향에 대한 인식과는 전혀 다르다는 점을 무엇보다도 주목해야 한다. 그에게 '고향'은 현실의 상처와 모순이 극명하게 드러난 훼손된 장소라는 점에서, 식민지의 폭력과 억압이 정교하게 구축된 '국가'의 또 다른 얼굴에 다름 아닌 것이다. 그러므로 심훈이 고향과 자연을 시적으로 형상화하는

25 『그날이 오면』, 74~77쪽. 『전집』1에는 시 제목이 「고향은 그리워도」로 되어 있다.

것은 이러한 모순의 장소성을 알레고리화하는 우회적 장치로서의 의미가 강하다. 그의 후기 시에서 시조 형식이 두드러진 것은 바로 이러한 지향성을 모색하는 시적 전략의 결과였다고 할 수 있다.

또한 인용시가 "신불출申不出의 취입吹入으로 레코드화化한일도 있다"[26]는 데서 알 수 있듯이, 심훈의 시가 리듬의식에 크게 바탕을 두었다는 사실도 특별히 주목해야 한다. 시조 형식이 아니더라도 그의 시는 규칙적인 음보나 같은 구절의 반복 등을 즐겨 사용함으로써 음악으로서의 시의 본래적 리듬을 아주 잘 구현해냈다. 그의 대표시 「그날이 오면」만 보더라도 1연과 2연의 구조적 유사성과 "그날이 오면, 그날이 오면은", "그날이 와서, 오오 그날이 와서"의 반복은 그의 시가 기본적으로 리듬의식을 크게 의식하고 창작된 것임을 충분히 느끼게 한다. 이외에도 "그림자하고 단 둘이서만 지내는 살림이어늘/천정이 울리도록 그의 이름은 왜 불렀는고/쥐라도 들었을세라 혼자서 얼굴 붉히네."(「고독孤獨」), "내가 부는 피리소리 곡조는 몰라도/그 사람이 그리워 마디마디 꺾이네/길고 가늘게 불러도 불러도 대답 없어서……/봄저녁의 별들만 눈물에 젖네."(「피리」), "하나님이 깊은 밤에 피아노를 두드리시네/건반 위에 춤추는 하얀 손은 보이지 않아도/섬돌에 양철 지붕에 그 소리만 동당 도드랑/이 밤엔 하나님도 적적하셔서 잠 한 숨도 못 이루시네."(「봄비」)에서처럼, 심훈의 시는 규칙적인 음보를 활용한 적극적인 리듬 의식을 시 창작의 원리로 삼았다고 할 수 있다. 그의 시조 창작은 이러한 리듬의식에서 비롯된 자연스러운 선택으로 볼 수도 있다. 즉 내용적으로는 식민지 검열을 우회하는 역설적 고향의식을 가장 잘 구현할 수 있는 장르로, 형식적으로는 시 창작의 본래적 특성인 리듬의식을 극대화하는 장치로 시조 창작이 전략적으로 선택되었다고 할 수 있는 것이다.

4. 맺음말

이상에서 살펴봤듯이 심훈의 시조는 「항주유기杭州遊記」 연작 14편과 〈농촌農村의 봄〉 연작 11편, 「근음 삼수近吟 三首」수 외에도 「영춘 삼수詠春 三首」수, 「명사십리明沙十里」, 「해

---

26 유병석, 「심훈의 생애 연구」, 『국어교육』제14호, 한국국어교육연구회, 1968, 18쪽.

당화海棠花」,「송도원松濤園」,「총석정叢石亭」 등이 있다.「영춘 삼수詠春 三首」가 1929년에
창작한 작품이고 나머지는 모두 1930년대 초중반 심훈이 충남 당진에서 기거할 때 쓴
작품들이다. 앞서 언급한 대로「항주유기杭州遊記」는 1920년대 초반 항주에 머무를 때
쓴 작품이라고는 하지만, 실제로는 이때의 초고를 토대로 1930년 이후 발표한 작품
이라는 점에서 심훈의 시조 창작은 1930년대 초중반인 그의 문학 활동 후기에 집중
되었다고 할 수 있다. 그리고 이 때 그는 일제의 검열로 인해 중단되었던「동방의 애
인」,「불사조」등의 소설과는 달리, '국가'를 '농촌'으로 전환시켜 계몽의 서사로 일제의
검열을 우회하는 전략으로 식민지 현실의 모순을 비판하는「영원永遠의 미소微笑」,「직
녀성織女星」,「상록수常綠樹」등의 작품을 발표했다. 이런 점에서 1930년대 심훈의 시조
창작이 두드러진 사실과 이러한 후기 소설의 전략적 변화는 동시대의 한계를 적극적
으로 헤쳐 나가고자 했던 동일한 문제의식에서 비롯된 결과라고 할 수 있다.

　여기에서 1930년대 후반 문장파들을 중심으로 전개되었던 생명미학에 바탕을 둔
자연시 운동을 주목해볼 필요가 있다. 점점 더 식민지의 극한으로 치달았던 현실에
서 개인적으로든 민족적으로든 생명 본연의 가치를 복원하고 지켜내려는 정신은, 비
록 소극적이고 우회적인 측면이 있다 하더라도 그 안에 식민지 모순을 근원적으로 넘
어서려는 저항정신이 내재되어 있었음을 간과해서는 안 된다. 즉 식민지 근대의 모순
을 극복하는 대안의 정신으로서 생명미학의 가능성이 크게 대두된 것으로 이해할 수
있는 것이다. 이런 점에서 1930년대 심훈의 시조 창작은 농촌 계몽 서사 안에 은폐된
비판적 현실인식과 마찬가지로 '전략적인 자연은둔'[27]의 방식으로 식민지 모순을 역
설적으로 드러내고자 했던 의도된 시적 전략의 결과였다고 할 수 있다. 특히 중국에
서 머무는 동안 사회주의 독립운동 내부의 갈등과 분파주의에서 비롯된 정치적 좌절
과 회의, 그리고 식민지 모순 극복을 위한 망명지로서 가장 이상적 공간으로 선망하
고 기대했던 국제도시 상해의 문명적 타락과 혼돈은, 심훈에게 있어서 제국주의적 근
대 내부의 반생명적 자기모순의 극단으로 인식되지 않을 수 없었던 것이다. 그 결과
식민지 검열을 피하는 우회의 전략으로 생명 본연의 가치를 추구하는 시조 미학의 반

---

27 "자연은둔이란 시중(時中)사상에 따라 출처(出處)를 반복하는 유가들의 기본 전략적 행위이다. 자연은 둔
　　은 바로 생명사상을 기저로 하는 바, 공적 생활에서 생명력을 상실했을 때 자연으로 돌아가 다시금 생명력
　　을 재충전하는 방식이다." 최승호,「이병기, 근대에 대한 서정적 대응방식」, 최승호 편,『서정시의 본질과
　　근대성 비판』, 다운샘, 1999, 186쪽.

근대적 저항성을 적극적으로 활용함으로써, 현실 정치의 대립과 갈등에서 비롯된 자기모순을 극복하는 진정한 독립운동으로서의 문학적 실천을 모색하고자 했던 것이다. 이런 점에서 심훈의 시조 창작 전략은 표면적으로는 정치성을 내세우지 않으면서도 심층적으로는 식민지 근대의 모순을 넘어서려는, 정치성을 내재한 역설적 양식의 적극적 선택으로 평가되어야 한다. 따라서 1930년대 초중반 「항주유기杭州遊記」를 비롯한 심훈의 시조가 지닌 문학사적 의미는 바로 이러한 사회역사적 문제의식과 밀접한 관련 속에서 실증적으로 규명되어야 할 것이다.

참고문헌

1. 기본자료

심 훈, 『심훈문학전집① 그날이 오면』, 차림, 2000.

_____ , 『심훈문학전집』1~3, 탐구당, 1966.

2. 단행본/논문/낱글

백영서, 「교육독립론자 차이위안페이 - 중국의 대학과 혁명」, 『전환의 시대 대학은 무엇인가』, 한길사, 2000. 163~185쪽.

신웅순, 「심훈 시조 고(考)」, 『한국문예비평연구』제36집, 한국현대문예비평학회, 2011. 2, 183~200쪽.

유병석, 「심훈의 생애 연구」, 『국어교육』제14호, 한국국어교육연구회, 1968, 10~25쪽.

이덕일, 『이회영과 젊은 그들』, 역사의아침, 2009.

최승호, 「이병기, 근대에 대한 서정적 대응방식」, 최승호 편, 『서정시의 본질과 근대성 비판』, 다운샘, 1999, 173~190쪽.

하상일, 「심훈과 중국」, <중한일(中韓日) 문화교류(文化交流) 확대(擴大)를 위한 한국어문학(韓國語文學) 및 외국어교육연구(外國語敎育硏究) 국제학술회의(國制學術會議) 발표논문집>, 절강수인대학교, 2014. 10. 25. 55~68쪽.

하상일, 「심훈의 중국에서의 행적과 시세계의 변화」, <2014 월수(越秀)-중원국제한국학연토회(中源國際韓國學硏討會) 발표논문집>, 절강월수외국어대학 한국문화연구소, 2014. 12. 13. 201~221쪽.

한기형, 「습작기(1919~1920)의 심훈 - 신자료 소개와 관련하여」, 『민족문학사연구』22호, 민족문학사학회, 2003. 190~222쪽.

한기형, 「'백랑(白浪)'의 잠행 혹은 만유 - 중국에서의 심훈」, 『민족문학사연구』35, 민족문학사학회, 2007, 438~460쪽.

한만수, 「1930년대 '향토'의 발견과 검열우회」, 『한국문학이론과비평』30, 한국문학이론과비평학회, 2006, 379~402쪽.

심훈 단편소설에 나타난 창작방법 고찰

조선영
중앙대학교 문예창작학과 박사과정 수료

1. 문제제기

　본 연구는 일제 강점기에 활동한 작가 심훈이 남긴 단편소설들을 살펴보고 거기에 드러난 창작방법을 고찰하는 것을 목표로 한다.

　농촌계몽주의 작가로 유명한, 『상록수』의 작가 심훈은 사실 소설뿐 아니라 시와 시나리오, 평론 등 다양한 장르를 아우르며 활동한 작가였다. 그러면서 한편으로는 신문기자이기도 했고, 영화배우 및 영화감독으로도 이름이 높았다.

　1901년부터 1936년까지 심훈은 짧은 생을 살다 갔지만 그가 남긴 삶의 행적은 결코 단순하지 않다.[1] 경성제1고보에 재학 중이던 1919년 3·1 만세운동에 참여했다가 체포되어 구금생활을 했고, 이후 중국으로 유학을 갔다. 돌아와서는 동아일보 기자로 입사해 신극 연구모임인 '극문회'를 조직해 활동했고, 계급문화운동 조직인 '염군사'와 그것이 파스큘라와 합쳐 이루어진 '카프'에도 가담했다가 이탈했다. 또 〈장한몽〉에서 이수일 역을 맡은 일본인 배우가 중간에 사라져 후반부 대역을 맡는 등 영화에 출연하기도 했다. 이후 심훈은 영화 활동에 주력하였는데, 1927년에는 일본의 니카츠촬영소[日活撮影所]로 영화 공부를 떠났다가 돌아와서는 〈먼동이 틀 때〉라는 영화

1　심훈의 생애에 대해선 다음의 자료들을 참고했다. 유병석, 「심훈의 생애 연구」 《국어교육》 14, 한국국어교육연구회, 1968, 10~25면. ; 신경림, 「심훈의 생애와 문학」 『그날이 오면 그날이 오며는』 지문사, 1982, 13~108면.

를 감독해 단성사에서 개봉했다. 영화는 흥행에 성공했지만,[2] 한때 같은 카프 계열에서 활동하던 한설야와 임화 등에게 혹독한 비판을 받았다.[3] 그 뒤 중국에서의 유학경험을 토대로『동방의 애인』, 『불사조』 등의 소설을 연재했으나, 일제의 검열로 모두 중단되었다. 이후 충남 당진으로 낙향하여『영원의 미소』, 『직녀성』 등을 집필하였고, 이때 집필한『상록수』는 동아일보 15주년 기념 현상공모에 당선되어 오늘날까지 유명하게 알려지게 되었다. 심훈은 1936년에『상록수』를 영화화하기 위해 서울에 머물다 장티푸스에 걸려 사망했다.

다양한 분야에서 활동했지만 그중에서도 심훈은 소설 분야에서 가장 많이 연구되었다. 그동안 심훈 소설에 대한 연구는 크게 세 가지 방향으로 이루어졌다. 첫째는 작가의 생애와 작품과의 관련성을 고찰하는 전기적 연구이고, 둘째는 작품을 통해 작가의식을 고찰하는 연구, 셋째는 개별 작품에 대한 연구이다.

전기적 연구는 초창기에 이루어진 성과로서, 유병석[4]과 신경림[5]의 연구가 대표적이다. 일제 강점기라는 시대와의 관련성에서 심훈의 생애를 꼼꼼하게 훑으며 작품을 살폈는데, 생애와 작품 전체를 고찰함으로써 후속 연구를 위한 기초 발판을 마련했다는 데 의의가 있다.

다음으로 작가의식 연구를 들 수 있다. 류양선[6]과 한점돌[7]은 심훈의 작품이 초반엔 서정성에 바탕을 두고 수동적이었지만 식민지 사회를 겪으면서 점차 현실과 대결하는 저항문학으로 성장하였다고 보았다. 박종휘[8]와 최희연[9]은 심훈의 작품이 현실의

---

2 이 작품은 1938년에 열린 조선일보 영화제에서 무성영화 베스트10에서 5위를 차지하였다. 유현목, 『한국 영화발달사』, 한진출판사, 1985, 229면 참고.
3 특히 임화는 <속문학의 대두와 예술문학의 비극-통속소설론에 대하야>(《동아일보》, 1938.11.23.)란 글에서 "중앙일보에 실린 소설 두 편과 동아일보에 당선된 <상록수>는 김말봉씨에 선행하야 예술소설의 불행을 통속소설 발전의 계기로 전황식힌 일인자다."고 하며 심훈을 김말봉에 선행하는 통속작가로 규정지었다.
4 유병석, 「심훈 연구-생애와 작품」 서울대학교 석사학위논문, 1964, 1~113면.
5 신경림, 앞의 책, 지문사, 1982.
6 류양선, 「심훈론-작가의식의 성장과정을 중심으로」《관악어문연구》 5, 서울대학교 국어국문학과, 1980, 45~76면.
7 한점돌, 「심훈의 시와 소설을 통해 본 작가의식의 변모 과정」《국어교육》 41, 한국어교육학회, 1982, 73~89면.
8 박종휘, 「심훈 소설 연구」 서울대학교 석사학위논문, 1989, 1~72면.
9 최희연, 「심훈 소설 연구」 연세대학교 박사학위논문, 1990, 1~142면.

모순을 비판하고 그것을 극복하려는 방법을 모색한 작품이라 평가했고, 신승혜[10]는 심훈의 작품이 초기엔 급진적이다가 후기엔 점진적 경향을 보이게 된 까닭이 당시 식민지 사회를 추상적이고 소박한 차원에서 파악한 현실인식의 단순성 때문이라고 했다. 한편 전영태[11]는 심훈의 문학이 진보주의적 정열과 계몽주의적 이성의 긴장관계로 이루어져 있다고 보았고, 박정희[12]도 심훈의 소설을 계몽적 외부세계와 낭만적 내면세계 사이의 긴장의 산물로 파악하였다.

마지막으로는 개별 작품에 대한 연구를 들 수 있다. 이는 대표작으로 일컬어지는 『상록수』에 대한 연구가 대부분인데, 농촌계몽소설로 가치가 있다고 하는 긍정적 평가[13]와 리얼리즘 문학에 미달하는 통속적 작품이라는 부정적 평가[14]로 대별된다.

이러한 세 가지 방향의 연구 외에도 최근에는 심훈의 이력과 관련지어 심훈의 문학이 저널리즘의 영향을 받았다는 관점의 연구[15]와 영화인의 관점에서 소설을 고찰한 연구[16] 등도 이루어지고 있다.

그런데 이 연구들은 대부분 심훈의 장편소설만을 대상으로 한 것이다. 그렇다고 심훈이 단편소설을 창작하지 않은 것은 아니다. 수가 많지는 않지만 단편소설도 함께 전해지고 있다.

---

10 신승혜, 「심훈 소설 연구」, 고려대학교 석사학위논문, 1992, 1~78면.
11 전영태, 「진보주의적 정열과 계몽주의적 이성-심훈론」, 김용성·우한용 편, 『제3판 한국근현대작가연구』, 삼지원, 2001, 355~379면.
12 박정희, 「심훈 소설 연구」, 서울대학교 석사학위논문, 2003, 1~93면
13 전광용, 「『상록수』 고-작가의식을 중심으로」, 『동아문화』 5, 서울대학교 동아문화연구소, 1966, 61~82면. ; 홍이섭, 「30년대초의 농촌과 심훈 문학」, 『창작과비평』 7, 창작과비평사, 1972, 가을, 581~595면. ; 이두성, 「심훈의 『상록수』를 중심으로 한 계몽주의문학 연구」, 『명지어문학』 9, 명지어문학회, 1977, 129~157면. ; 구수경, 「심훈의 『상록수』 고」, 『어문연구』 19, 어문연구학회, 1989, 435~449면.
14 송백헌, 「심훈의 『상록수』-희생양의 이미지」, 『언어.문학연구』 5, 언어문학연구회, 1985, 139~149면. ; 김종욱, 「『상록수』의 '통속성'과 영화적 구성원리」, 『외국문학』 34, 열음사, 1993, 148~163면.
15 박정희, 「1920~30년대 한국소설과 저널리즘의 상관성 연구」, 서울대학교 박사학위논문, 2014, 61~109면.
16 박정희, 「영화감독 심훈의 소설 『상록수』 연구」, 『한국현대문학연구』 21, 한국현대문학회, 2007, 109~141면. ; 김외곤, 「심훈 문학과 영화의 상호텍스트성」, 『한국현대문학연구』 31, 한국현대문학회, 2010, 111~135면. ; 전우형, 「심훈 영화비평의 전문성과 보편성 지향의 의미」, 『대중서사연구』 18, 대중서사학회, 2012, 71~97면.

연번	작품명	발표연도	구분
1	찬미가에 싸인 원혼	1920	단편
2	탈춤	1926	영화소설
3	기남의 모험	1928	영화소설
4	오월비상	1929	단편
5	동방의 애인 (미완)	1930	장편
6	불사조 (미완)	1931	장편
7	영원의 미소	1933	장편
8	직녀성	1934	장편
9	상록수	1935	장편
10	황공의 최후	1936	단편

현재 전하는 심훈의 소설은 장.단편 아울러 11편이다. 심훈의 일기(1920. 1. 3. ~ 6. 1.)[17]를 보면 그가 창작한 소설이 더 있을 것으로 추정되지만 현재 전하고 있는 것은 다음의 11편뿐이다.

11편 중 장편은 5편이다. 이중 『동방의 애인』과 『불사조』는 미완성 작품으로서 현재 전하는 분량은 중편 정도밖에 되지 않지만, 전해지는 내용을 볼 때 완성작은 장편이 되고도 남음직하여 현재 장편소설로 분류된다. 그리고 같은 소재를 온건하게 가다듬어 집필한 것이 완성작 『직녀성』이라는 연관성을 전제로[18] 많은 연구에서 언급되었다. 또 『영원의 미소』와 『상록수』는 각각 주인공이 도시에서 농촌으로 낙향하기까지의 과정과 낙향 이후의 삶을 다루었다는 점에서 중요시 연구되었다.

한편 〈탈춤〉과 〈기남의 모험〉은 장편의 분량은 아니지만, 영화 제작을 염두에 둔 영화소설이라는 특징이 있다. 〈탈춤〉은 『찬미가에 싸인 원혼』이 발견되기 이전까지는[19] 심훈이 쓴 최초의 소설작품으로 여겨졌고, 이 작품을 발표할 때부터 심훈이 '대섭'이라는 본명 대신 '훈'이라는 필명을 썼기에 많은 주목을 받았다. 또 동일작품으로 시나리오가 전해지고 있고, 실제 영화 제작 단계까지 추진[20]한 것이었기에 그 의의가 각별

---

17 『심훈문학전집』 3, 탐구당, 1966. 581~613면.(이하 『전집』 이라 한다.)

18 한양숙, 「심훈연구-작가의식을 중심으로」 계명대학교 석사학위논문, 1986, 32면. ; 김종성, 「심훈 소설 연구-인물의 갈등과 주제의 형상화 구도를 중심으로」 성균관대학교 석사학위논문, 2002, 18면.

19 『찬미가에 싸인 원혼』은 한기형 교수에 의해 문예동인지 《신청년》 제3호가 발굴되면서 새롭게 발견된 작품이다.《중앙일보》 (2002.12.9.) 참고.

20 신경림, 앞의 책, 38면.

했다. 이에 반해 〈기남의 모험〉은 《새벗》(1928. 11.)에 실린 소년 영화소설로 현재 연재분 가운데 1회분만 전하고 있어 관심을 받고 있지 못한 실정이다. 훗날 나머지 자료가 발굴된다면, 영화소설이라는 공통된 특징 하에 〈탈춤〉과의 비교연구가 기대된다.

장편소설과 영화소설을 제외하고 남게 되는 작품은 「찬미가에 싸인 원혼」, 「오월비상」, 「황공의 최후」, 「여우목도리」의 4편이다. 이는 모두 단편소설로서[21] 장편소설에 비해 그 내용이 신변잡기적이라 하여[22] 그동안 주목받지 못했다. 그래서 유병석의 연구[23]에서 간단히 언급된 것을 제외하고, 대부분의 연구에서 심훈의 단편소설은 다루어지지 않았다.

그러나 창작방법을 고찰하는 경우에 단편소설은 아주 중요한 대상 자료가 된다. 문예 창작의 과정은 작가가 자기의 미학적 이상에 따라 인간과 그 삶을 묘사하는 과정으로서, 창작방법이란 작가가 생활 소재를 취사선택하고 평가하며 예술적으로 형상화하는 원칙과 그 전全 과정에서 의거하는 형상 창조의 틀을 말한다.[24] 단편소설은 갈등이 복합적으로 드러나는 것이 아니기 때문에 작가의 창작방법을 집중적으로 살피기에 적합하다. 앞선 4편의 단편소설은 그 내용과 주제가 각기 다르지만, 단편소설이 창작되는 과정에서 공통적으로 드러나는 작가만의 방법이 있었을 것이다. 그리고 이렇게 단편소설을 창작한 과정과 방법이 장편소설을 창작하는 데에 영향을 미쳤을 가능성도 매우 높기에, 본 작업은 심훈 문학의 창작방법 전체를 살펴보는 데 하나의 근거가 될 수 있을 것이라 생각한다.

---

21 최근 발간된 김종욱·박정희 엮음, 「심훈 전집」(글누림출판사, 2016.)에서는 「여우목도리」를 '단편소설'이 아닌 '수필 및 기타'로 분류하여 '단편소설'에는 나머지 3편만 수록하였다. 이렇게 분류한 까닭에 대해선 별다른 언급이 없어 정확히 알 수는 없지만, 「여우목도리」가 세태에 대한 단상을 적은 《동아일보》 '여행스켓취'란에 연재된 여느 글들과 다를 바 없다고 생각해 심훈이 창작한 단편소설들과는 차별성이 있다고 본 듯하다. 그러나 이전의 연구에서 모두 「여우목도리」를 단편소설로 인정하고 있고, '최 군'과 '아내'라는 등장인물 간의 갈등을 통해 당시의 세태를 보여주고 있으므로 본고에서도 이를 단편소설로 보고 논의하고자 한다.
22 최희연, 앞의 논문, 13면.
23 유병석, 앞의 논문, 90~91면.
24 김형수, 「삶은 언제 예술이 되는가」 아시아, 2014, 173면.

2. 현실 체험의 소설적 형상화 과정

1) 인상적 경험과 기억의 서사

흔히 심훈의 작품은 삶의 전기적 요소와 관련이 깊다고 한다. 그래서 초창기에는 심훈의 생애를 바탕으로 작품을 살펴보는 방식으로 연구가 이루어졌다. 실제 심훈의 단편소설들을 보면 직접 경험했던 일을 바탕으로 창작된 경우가 대부분이다.

현재 전하는 심훈의 소설들 가운데 최초의 작품이라고 여겨지는 「찬미가에 싸인 원혼」[25]은 심훈이 3.1만세운동에 참여하여 체포된 후 감옥에서 경험한 일을 바탕으로 한 것이다. 이 작품은 1920년 8월에 발행한 《신청년》 제3호에 발표된 글로, 이때는 '훈'이란 필명을 쓰기 전이라 '심대섭' 본명으로 글이 실려 있다. 1920년 3월 16일자 심훈의 일기를 보면 "종일 들어앉아 찬미가에 싸인 원혼이라 하고 작년에 감옥 안에서 천도교대교구장(서울)이 돌아갈 때와 그의 시체를 보고 그 감상을 쓴 것이다. 그의 임종을 적은 것이다. 보아서 《신청년》의 방군(方君)에게 줄 작정이다."[26]고 적혀 있다. 심훈은 1919년에 3.1만세운동에 참여했다가 5일 밤 별궁(현 덕수궁) 앞 해명여관 문전에서 일제 헌병에게 체포되어 서대문 형무소에 수감되었는데,[27] 이때 감옥에서 겪었던 일을 바탕으로 「찬미가에 싸인 원혼」을 창작했다고 밝히고 있는 것이다.

이 작품 외에 심훈이 감옥에서 적은 것으로 유명한 것이 〈감옥에서 어머님께 올리는 글월〉(이하 〈어머님께〉로 표기)이라는 편지글이다. 동일한 장소와 시간에서 겪었던 경험을 바탕으로 했다는 점에서 이 편지글과 「찬미가에 싸인 원혼」이 서로 관계가 있음을 알 수 있다. 그러나 〈어머님께〉와 「찬미가에 싸인 원혼」은 편지글과 소설이라는 장르적 차이로 인해, 같은 상황을 묘사하고 표현하는 데 있어서는 차이가 있다.

제가 들어있는 방은 28호실인데 성명 삼자도 떼어버리고 2007호로만 행세합니다. 두 간도 못되는 방 속에 열아홉 명이나 비웃두름 엮이듯 했는데 그중에는 목사님도 있고 시골서 온 상투장이도 있구요, 우리 할아버지처럼 수염 잘난 천도교 도사도 계십

---

25 작품은 「영인 신청년 제1.2.3.4.6호」, 『근대서지』 1, 근대서지학회, 2015, 741~906면에 실린 자료를 바탕으로 하였다. (이하 「영인 신청년」이라 표기한다.)

26 『전집』 3, 탐구당, 1966, 604면.

27 위의 책, 601면.

니다. 그밖에는 그날 함께 날뛰던 저의 동무들인데 제 나이가 제일 어려서 귀염을 받는답니다.[28]

칠십이 넘은 이 풍신조혼 노인은 천도교의 서울대교구장이라는대 수일 전에 붓잡히어 호정출입도 병으로 인하야 인력거로나 하는 그를 치운 거리로 발을 벗겨 십리나 되는 이곳까지 끌고 와서 돌부리에 채이고 가시에 찔닌 발에는 노쇠한 검푸른 피가 엉긔고 두 눈은 우묵하게 들어갓섯다. 이로 말미암어 그는 나흘 전붓터 병이 들엇다. (중략) 환자의 머리맛헤는 금년 십육세 되는 K소년이 타올에 냉수를 축여 더운 이마를 축여주고 잇다. 노인이 처음 들어와 K를 보고 극히 통분한 어조로 "에 몹쓸 놈들, 저 어린 애를 잡아다 무엇허려누." 하며 K의 등을 어루만지며 "처음 보것만 내 막니 손자 갓해셔 귀엽다." 하엿다. K군도 조부의 생각이 나는 듯이 고개를 숙이고 듯고만 잇섯다. 그러한 관계로 불과 수일에 이 노인과 소년은 다른 사람들보다 더 갓가와지게 되었다.[29]

〈어머님께〉에서는 자신이 감옥에 들어오게 된 경위를 설명한 뒤, 감옥에 있는 사람들을 마치 풍경처럼 설명한다. 노인도 '천도교 도사'로만 슬쩍 언급되어 있고, '나'는 함께 잡혀간 동무들 중 나이가 가장 어리다고만 되어 있어 둘의 관계가 긴밀하지 않음을 알 수 있다. 이에 반해 『찬미가에 싸인 원혼』에서는 천도교 서울대교 구장 노인과 나이 어린 K소년의 관계가 돈독하게 드러나고 있다.

며칠 전에는 생후 처음으로 감방 속에서 죽는 사람의 그 임종을 같이 하였습니다. 돌아간 사람은 먼 시골의 무슨 교를 믿는 노인이었는데 경찰서에서 다리 하나를 못 쓰게 되어 나와서 이곳에 온 뒤에도 밤이면 몹시 앓았습니다. 병감은 만원이라고 옮겨 주지도 않고 쇠잔한 몸에 그 독은 나날이 뼈에 사무쳐 어제는 아침부터 신음하는 소리가 더 높았습니다.[30]

깁허가는 밤과 함께 노인의 고통이 점점 더함애 여러 사람은 의논하고 간슈를 불너 애원하엿다. "여긔 급한 환자가 잇스니 의사를 좀 불너 주시오.", "의사? 이 밤중에 의사가 올 듯십으냐." 하고 소리를 질르며 가려 하는 것을 성미 급한 R군이 문 압으로 닥

---

28 『전집』 1, 탐구당, 1966, 19면.
29 「영인 신청년」 《근대서지》 1, 근대서지학회, 2015, 861면.
30 『전집』 1, 탐구당, 1966, 21면.

어안즈며 "여보 당장 사람이 죽는 데야 이럴 슈가 잇소? 이곳에셔 사람이 죽으면 당신에게는 책임이 업난 줄 아오? 당신도 사람이거든 생각을 좀 해보." 그는 소래를 버럭 질러 "머야? 건방진 놈들 △△△△△△△" 고 질타하며 독사갓흔 눈을 흘겨 여러 사람의 얼골을 쏘았다.[31]

노인이 죽게 되는 상황을 묘사하는 데 있어서도 〈어머님께〉에서는 "임종을 같이 하였습니다."라고 결과를 먼저 알려주고 글을 시작했다. "돌아간 사람은 먼 시골의 무슨 교를 믿는 노인이었는데"라고 하면서 앞서 소개했던 천도교 도사와 연관을 짓지 않았고, 병감이 만원이라 옮겨주지 않은 상황도 간단한 설명으로 대신했다. 이에 반해 「찬미가에 싸인 원혼」에서는 상황을 자세하게 묘사해 긴장감을 더했다. 노인의 고통이 점점 더해짐에도 일본인 간수가 의사를 불러줄 생각도 안하고 오히려 윽박지르는 장면을 통해 일제의 매정함과 무자비함을 폭로했다.

그의 호흡이 점점 가빠지는 것을 본 저는 제 무릎을 벼개 삼아 그의 머리를 괴었더니 그는 떨리는 손을 더듬더듬하여 제 손을 찾아 쥐더이다. (중략) 그는 마지막 힘을 다하여 몸을 벌떡 솟치더니 "여러분!" 하고 큰 목소리로 무거이 입을 열었습니다. 찢어질 듯이 긴장된 얼굴의 힘줄과 표정이 그날 수천 명 교도 앞에서 연설을 할 때의 그 목소리가 이와 같이 우렁찼을 것입니다. 그러나 우리는 마침내 그의 연설을 듣지 못했습니다. "여러분!" 하고는 뒤미처 목에 가래가 끓어오르기 때문에 ……… 그러면서도 그는 우리에게 무엇을 바라는 것 같아서 어느 한 분이 유언할 것이 없느냐 물으매 그는 조용히 머리를 흔들어 보이나 그래도 흐려가는 눈은 꼭 무엇을 애원하는 듯합니다마는 그의 마지막 소청을 들어 줄 그 무엇이나 우리가 가졌겠습니까.[32]

"오늘이 내 몸을 얽은 쇠줄을 끄는 날이오. 겸하야 길-이 행복을 누리러 가는 큰 영광을 엇는 날이요 ………" 말이 끈치며 노인의 불불 떨니는 손을 들어 힘잇는 디로 여러 사람의 손을 차례로 쥐엿다. 불덩이 갓흔 여러 청춘의 열혈이 그의 찬 손에 주사하엿스나 아모 효력은 업고 K소년의 한 방울 두 방울 떠르트리는 더운 눈물만 노인의 이마에 떠러질 뿐이다. 노인은 감으랴든 눈을 다시 뜨며 "나는 ……… 여러분의 자손은

31 「영인 신청년」『근대서지』1, 근대서지학회, 2015, 860면.
32 『전집』1, 탐구당, 1966, 22면.

△△△△△△△△△△△△△△△△△△△△△△△△△△△△△△는 것이요." 하고 끓어오
르는 담을 억지로 진정하고 눈을 옴겨 K소년을 쳐다보며 "공부 ……… 잘 ………"하고
말을 맞치 못하야 눈이 감겼다. 이 말을 알어들은 K소년은 노인의 가삼에 두 손을 언지
며 피끌는 소래로 "오오- 할아버지, 안녕히 가십시오!" 이 말이 노인의 귀에 들녓는지
아니 들녓는지 ……… 이때에 다른 사람이 "댁에 유언하실 것이 업슴니까?" 하고 물엇
다. 그러나 노인은 머리를 조곰 흔들 뿐이엇다.[33]

〈어머님께〉에서 임종의 순간에 노인은 "여러분!" 하고 소리친 뒤 아무런 말도 잇지
못하는데, 아마도 이것이 작가가 현실에서 가장 아쉬웠던 순간일 것이다. 그래서인지
「찬미가에 싸인 원혼」에서는 노인이 "오늘이 내 몸의 얽은 쇠줄을 끊는 날이오, 길이
행복을 누리러 가는 큰 영광을 얻는 날"이라면서 자신의 죽음에 의미를 부여하고 있
다. 또 비록 일제의 검열로 삭제되었지만 "여러분의 자손은………"이라고 하면서 자
신의 의지와 생각을 전달하고 있다. 현실에서 아쉬웠던 순간을 허구로 되살리며 주제
의식을 공고히 한 것이다.

그리고 〈어머님께〉에서는 노인이 숨이 가빠져 '나'가 자신의 무릎에 노인의 머리를
괴어주자 노인이 '나'의 손을 잡아 쥐었다. 이 장면에서야 그동안 아무 상관없던 노인
과 '나'가 관계를 맺게 되었다. 이에 반해 「찬미가에 싸인 원혼」에서는 저물어가는 세
대인 노인과 미래를 책임질 젊은 세대인 K소년이 이전부터 관계가 돈독한 사이로 드
러남으로써, 노인은 죽어가는 와중에도 "공부……… 잘………"이라며 소년에게 당부
의 말을 전할 수 있었다.

우리는 약속이나 한 듯이 나직나직한 목소리로 그날에 여럿이 떼 지어 부르던 노래
를 일제히 부르기 시작했습니다. (중략) 그가 애원하던 것은 그 노래인 것이 틀림없었
을 것입니다. 우리는 최후의 일각의 원혼을 위로하기에는 가슴 한복판을 울리는 그 노
래밖에 없었습니다. 후렴이 끝나자 그는 한 덩이 시뻘건 선지피를 제 옷자락에 토하고
는 영영 숨이 끊어지고 말더이다.[34]

---

33 「영인 신청년」 「근대서지」 1, 근대서지학회, 2015, 860~859면.
34 「전집」 1, 탐구당, 1966, 22면.

노인은 잠이 드는 것갓치 칠십 년 동안의 고해에 빠지기 전의 낙원으로 돌아갓다. 자유의 천국으로 우리를 남겨두고 그만 홀로 영원히 돌아가고 말엇다. 여러 청년은 마음을 모아 상제께 기도하고 소리를 합해 "날빗보다 더 밝은 천당 밋는 것으로 멀리 뵈네/ 잇슬 곳 예비하신 구쥬 우리들을 기다리시네/ 멧칠 후 멧칠 후 요단강 건너가 맛나리/ 멧칠 후 멧칠 후 요단강 건너가 맛나리" 찬미가를 가늘게 불넛다.[35]

〈어머님께〉에서는 '죽은 노인'을 '원혼'으로 표현하고 있다. "원혼을 위로하기에는" "그 노래밖에 없었을 것"이라며 노래를 불렀다. 그래서 원혼을 위로하는 노래가 끝나자마자 노인의 숨이 끊어진 것이다. 그러나 『찬미가에 싸인 원혼』에서는 죽은 노인을 원혼으로 그리고 있지 않다. 노인이 "잠드는 것같이" "고해에 빠지기 전의 낙원", "자유의 천국"으로 돌아갔다는 표현에서도 알 수 있듯, 노인이 죽음을 통해 비로소 모든 고해로부터 벗어나 낙원, 천국으로 돌아갔다고 보았다. 즉 '죽은 노인'이 아닌 '죽기 전 삶을 살아가던 노인'을 '원혼'으로 보고 있는 것이다. 노인이 죽은 뒤에야 청년들이 모여 노래를 부르는데, 이때 노래는 원혼을 위로하는 기능이 아닌 영혼을 자유의 천국으로 안내하는 기능을 한다. 그래서 소설에서만 그 노래가 '찬미가'라는 사실과 가사까지 구체적으로 드러나는 것이다.

실제로 이때 감옥에서 죽은 이는 천도교 서울대교구장 장기렴張基濂으로, 당시 천도교 기관지 《천도교회월보》에 그의 죽음에 대해 실려 있다.[36] 이 작품은 1920년 8월에 발표되었지만, 심훈이 이 작품을 창작한 때는 그의 일기를 참고해보면 1920년 3월이다. 심훈은 3월이 되기 전부터 이미 1919년 3.1만세운동과 감옥살이에 대한 회한에 젖어 있었고,[37] 그 경험을 살려 작품을 창작한 것이다. 감옥에서 겪었을 수많은 사건들

---

35 「영인 신청년」 《근대서지》 1, 근대서지학회, 2015, 859면.

36 "장기렴은 1919년 당시 67세였다. 천도교 기관지 『천도교회월보』 제106호(1919.6.)는 그의 죽음에 대해 '경성대교구장 장기렴 씨가 오월 삼십일일 상오 사시에 환원 엿더라.(64면)'라고 짤막하게 전하고 있다." 한기형, 「습작기(1919~1920)의 심훈-신자료 소개와 관련하여」, 『민족문학사연구』 22, 민족문학사연구소, 2003, 196면.

37 2월 13일 일기에서 그는 "아- 벌써 일월도 지나고 이월도 반이나 지나니 작년이 어제 같은데 며칠 아니면 돌이 돌아오는구나. 우리의 신성한 자유를 위하여 분기하던 때, 자손만대의 영화를 위하여 수만의 동포를 희생하던 때. 아! 돌아오도다. 느낌 많은 봄은 돌아오도다."라고 적고 있고, 3월 1일자에는 "오늘이 우리 단족에 전천년 후만대에 기념할 삼월 일일! 우리 민족이 자유민과 우리나라가 독립국임을 세계만방에 선언하여 무궁화 삼천리가 자유를 갈구하는 만세의 부르짖음으로 이천만의 동포가 일시에 분기열광하여 뒤끓던 날!"이라며 그 감격스러움을 표현하고 있다. 『전집』 3, 탐구당, 1966, 596면, 600면.

심훈 문학의 전환

가운데 노인의 죽음을 소설화한 까닭은 두 가지로 추측해볼 수 있다. 하나는 감옥에서 가장 나이어린 소년으로서 가장 늙은 노인의 죽음을 맞닥뜨린 것이 충격적인 사건이었기 때문일 것이고, 또 하나는 아무런 상관도 없던 노인이 죽음의 순간에 이르러 나의 무릎을 베게 삼아 베고 손을 그러쥔 것이 인상적이었기 때문일 것으로 짐작한다.

다음에 살펴볼 「오월비상五月飛上」은 1929년 3월 20일과 21일, 이틀에 걸쳐 조선일보에 발표한 짧은 소설로,[38] 당시 조선일보 학예부에서 3월 1일부터 30일까지 15명의 작가에게 청탁하여 기획한 '장편소설掌篇小說' 가운데 심훈이 쓴 것[39]이다. 이 작품은 「찬미가에 싸인 원혼」이 발표된 지 9년 만에 발표된 두 번째 단편소설로, 그 사이 심훈은 영화 활동에 몰두했었다. 1927년에는 직접 〈먼동이 틀 때〉라는 영화를 감독하여 단성사에서 개봉했는데, 이 작품으로 인해 심훈은 1928년 카프 계열 소장파인 한설야, 임화 등과 논쟁하였다.[40] 카프 계열의 작가들은 심훈의 작품이 계급의식이 결여된 대중의 기호에 결합한 작품이라고 비판하였고,[41] 이에 심훈은 "막시즘의 견지로써만 영화를 보고 이른바 유물사관적 변증법을 가지고 '키네마'를 척도하려 함은 예술의 본질조차 터득하지 못한 고루한 편견에 지나지 못함"[42]이라고 반박하였다. 「오월비상」은 이러한 논쟁 뒤에 발표된 첫 작품으로서 주목을 요한다.

'오월비상'이란 여자가 한을 품으면 오뉴월에도 서리가 내린다는 의미의 한자성어로, 이를 제목으로 내세운 것으로 보아 이 작품이 여인의 한恨과 관련 있음을 짐작할 수 있다. 작품의 내용은 전반부와 후반부로 나뉘는데, 전반부는 태식에게 어떤 여인이 만나보고 싶다는 편지를 보내오는 것으로 시작된다.

---

38 「오월비상」은 탐구당에서 발간된 『전집』(1966년)에는 수록되어 있지 않다. 그전까지는 이 작품이 알려지지 않았다가 다른 심훈의 유고들과 함께 발견되어 《문학사상》 통권 66호(1978년 3월호)에 발표되었고, 이후 삼성출판사에서 1978년 7월 1일자로 발간된 『한국현대문학전집』 7에 수록되었다. 본 논문에서는 『한국현대문학전집』에 수록된 작품을 자료로 하였다.

39 김종욱·박정희 엮음, 『심훈 전집8-영화평론 외』, 글누림출판사, 2016, 305면.

40 〈먼동이 틀 때〉에 대해, 한설야는 중외일보에 '만년설'이란 필명으로 「영화예술에 대한 관견」(1928. 7.1.~7.9.)라는 제목으로 이 영화를 비판했다. 이에 대해 심훈은 「우리 민중은 어떠한 예술을 요구하는가」(1928.7.11.~7.27.)란 글로 이를 반박했고, 이에 다시 임화가 「조선영화가 가진 반동적 소시민성의 말살-심훈 등의 도량에 향하야」(1928.7.28.~8.4.)를 발표하여 심훈을 재비판하였다.

41 신경림, 앞의 책, 35면.

42 『전집』 3, 탐구당, 1966, 533면.

연필로 급하게 갈긴 글씨가 소홀해 보이기도 하고 사연이 서양말의 서투른 직역도 같아서 간신히 뜯어는 보았으나 끝에 쓴 R자가 피血로 쓴 글씨임에는 놀라지 않을 수 없었다.[43]

서양말의 서투른 직역 같다는 표현과 R이라는 이니셜, 피로 쓴 글씨가 궁금증을 불러일으키지만 여기에서 태식은 상대가 누군지 기억해내지 못했다. 그날 밤 아홉시 취운정에서 만나기로 하고 기다리지만 상대는 끝내 나타나지 않았다. 전반부에서는 단서만 주고 해결은 해주지 않아 독자의 궁금증을 불러일으킨다. 후반부에서는 그런 일이 있고 다섯 해가 지난 뒤로 설정되었다. 태식은 선술집에서 한 일본인 형사를 만나게 되는데, 그는 상해에서 돌아올 때부터 줄기차게 태식을 감시하던 형사였다. 형사는 예전에 그 편지를 보낸 이가 해삼위(블라디보스토크)에서 찾아온 유다였으며, 자신이 태식의 집을 찾아 헤매는 유다를 잡아다 쫓아버렸고, 그 뒤 유다는 고향에 돌아가 죽었다고 알려줬다. 그제야 태식은 상해 유학시절 만났던 유다의 존재를 기억해냈다.

태식이가 상해서 학교에 다닐 때 토요일 밤마다 아라사 사람의 구락부 무도회에서 '유다'를 처음 보았다. 동화의 나라에서 꾸어다 박은 듯한 크고 검은 눈동자. 두 갈래로 땋아 늘인 구름 머리서 서양 여자와 같이 균제된 체격. 그 소녀는 언제든지 백합꽃같이 청초한 하얀 양복을 입고 있었다.[44]

유병석에 따르면 심훈은 '회상기回想記'(잡지 설문에의 답)라는 글에서 중국 유학 시절에 만난 '류-다'라는 잊지 못하는 여인이 있다고 밝혔다고 했다.[45] 또 심훈이 1933년 5월 《신동아》에 발표한 「경도京都의 일활촬영소日活攝影所」라는 수필에서 "나는 워낙 감정의 분량이 넘쳐서 이지력으로 차고 만만하게 누르지를 못합니다. 더구나 친한 친구 하나 없는 벽강궁촌에서 지내게 되니까, 믿던 사람도 그립고 정들었던 사람의 생각이 불현듯이 나면 홀로 누워 베개를 적실 때가 있습니다. 그중에도 이성으로는 황포탄黃浦灘 그믐밤에 울며 잡은 소매를 뿌리치고, 해삼위로 떠나간 '김류-다',

---

43 『한국현대문학전집』 7, 삼성출판사, 1978, 316면.
44 위의 책, 318면.
45 유병석, 앞의 논문, 91면.

(중략) 쥐가 쥐꼬리를 물듯하고 머릿속에서 맴을 돕니다."[46]라고 썼는데, 여기에서 상해의 황포탄 그믐밤에 해삼위로 떠나간 '김류-다'란 인물이 소설 속 인물과 연관이 있음을 짐작할 수 있다. 또 작품 속에 제시된 약속 장소가 '취운정'으로 되어 있는데, '취운정'은 심훈의 일기에도 자주 나오는 곳으로 심훈이 가족을 만나거나 가족의 소식을 듣기 위해 자주 찾아가던 정자이다.

태식은 일본인 형사 때문에 유다와 만나지 못한 것에 대해 분노로 몸을 치떨었다.

> 몹시도 분한 생각에 떨리는 손으로 단도나 뽑듯이 만년필 뚜껑을 뽑았다. 검푸른 잉크가 정맥혈 같이 종이 위에 쏟아진다. 태식이는 잉크방울을 손가락으로 찍어 피로써 피를 씻는 듯이 "이 계집애를 어느 놈이 죽였느냐?" 하고 유다가 피로 쓴 R자 위에다 굵다랗게 눌러 썼다.[47]

이 작품은 표면적으로는 형사로 인해 만나지 못하게 된 남녀의 안타까운 사연을 이야기하고 있지만, 실상은 일제의 악랄함을 드러내고 민족의 한을 보여주는 이야기이다. 한편으로 이 작품은 독립운동의 한 방향을 보여준 것으로도 해석되는데, 해삼위는 한때 한국 독립운동의 한 거점을 이루었던 곳으로서 상해에 살다가 비밀한 길을 떠나 해삼위에서 조선의 태식을 만나러 온 유다는 모종의 첩보활동을 하다 실패해 추방당한 것으로도 볼 수 있다.[48]

앞서 밝혔듯 이 작품은 카프 계열 작가들과 심훈이 논쟁을 한 이후에 나온 첫 작품이다. 논쟁 이후에 나온 작품이다 보니 앞선 작품인 〈탈춤〉이나 〈먼동이 틀 때〉처럼 재미만을 위주로 하지 않았다. 재미도 염두에 두면서 당시 시대 상황에 대한 자각이 드러나는 방향으로 작품을 창작하였다. 이러한 창작 방향의 전환은 이후 작품에도 영향을 미친 듯한데, 바로 다음에 발표된 『동방의 애인』도 상해 독립 운동가들의 이야기를 그린 것이다.

심훈은 1920년 겨울 중국으로 유학을 떠났다. 북경으로 갔다가 상해를 거쳐 항주

---

46 심훈, 김종욱·박정희 엮음, 「경도의 일활촬영소」, 『심훈 전집1-심훈 시가집 외』 글누림출판사, 2016, 293~294면.
47 『한국현대문학전집』 7, 삼성출판사, 1978, 319면.
48 곽근, 「한국 항일문학 연구-심훈 소설을 중심으로」 『동국어문논집』 7, 동국대학교 국어국문학과, 1997, 275면.

70

지강대학에 입학했다는 행적만 남아있을 뿐, 그의 유학생활에 대해선 자세히 알려진 바가 없다. 유학생활 중 그가 창작한 시들과 아내 이해영에게 보냈던 편지, 중국에서 만난 사람들에 대한 회고 등을 통해 재구해볼 뿐이다. 그만큼 자료가 부족한 상황에서 「오월비상」이나 『동방의 애인』과 같은 작품들은 유학생활이 얼마나 심훈에게 강렬한 인상을 남겼는지 반증해주는 증거인 동시에, 중국 유학생활을 유추해볼 수 있는 자료가 된다.

　이렇듯 심훈은 소설의 제재를 거창한 데서 찾거나 억지로 꾸며 만들어내지 않았다. 자신이 경험한 일들 가운데 기억에 인상적으로 남는 순간을 바탕으로 소설적으로 형상화하였다.

2) 일상의 구체화와 의미화

　심훈은 가까운 곳에서 소설의 제재를 찾았다. 자신이 직접 경험한 것과 그중 인상적인 기억을 소설적으로 형상화시키면서, 한편으로는 사소하다고 지나쳐버리기 쉬운 개인의 일상도 소설의 제재가 될 수 있다고 여겼다.

　「황공의 최후」는 심훈 연보에 따르면 수필 「사지의 일생」을 고쳐 소설화한 것으로, 1933년에 초고를 탈고하였고 이를 1936년 1월에 잡지 《신동아》에 발표했다.[49] 『전집』 제2권에 실린 「황공의 최후」를 보면 그 표지에 "민중서관본 『한국문학전집』에 수록된 바 있는 이 단편 「황공의 최후」는 1933년 발표분이었고, 여기에 실리는 것은 1935년에 작자 자신이 다시 손을 대고 늘여 완성시킨 원고로서 1936년 《신동아》 신년호에 소재된 것임."[50]이라고 밝히고 있다. 즉 현재 『전집』에 수록되어 알려진 「황공의 최후」는 1936년 1월 발표분으로서, 민중서관 전집에 수록된 작품과는 다르다는 것이다.[51] 실제로 1959년에 출판된 민중서관본 『한국문학전집』 제17권 심훈편을 보면 '황공의

---

49 신경림, 앞의 책, 328면.
50 『전집』 2, 탐구당, 1966, 609면. 『심훈기념관자료집』(도서출판 맥, 2011, 101면.)에 따르면 탐구당에서 발행된 이 『전집』은 심훈의 셋째 아들 심재호가 책임 편집한 것으로 아버지의 문학세계를 총정리한 것이다.
51 2016년에 발행된 김종욱·박정희 엮음의 『심훈 전집』에도 1936년 1월 발표분만 수록되어 있다. 심훈이 요절한 이후 그의 소설들이 당대에 단행본으로 편집되는 과정, 해방 이후 전집이 간행되는 과정에서 편집자들의 의도에 의해 텍스트들이 축소되거나 변형된 사례들도 있었는데(미완의 『불사조』가 둘째 형 심명섭에 의해 완결되기도 했다), 민중서관본 작품도 당시 편집자의 의도에 따라 1933년 초고가 수록되게 된 것이 아닌가 생각한다. 심훈은 초고를 여러 번 개작하여 1936년 1월 《신동아》에 「황공의 최후」를 발표했는데, 이는 심훈 생전에 발표된 것으로서 이 작품을 선본(善本)으로 삼는 것이 적절하다고 생각한다. 물론 이에 대해선 추후 더 면밀한 검토가 필요할 것이다.

최후'란 제목으로 작품이 실려 있다. 심훈 연보와 『전집』에서 언급한 바에 따라 이 작품이 1933년에 탈고한 초고임을 추측할 수 있다. 그런데 유병석은 "초고에 의하면 원래 수필로 『사지의 일생』이라 되어 있다. 『한국문학전집』에 수록되다."[52]고 했다. 이때 언급한 『한국문학전집』은 정황상 1959년 민중서관본을 말하는 것으로,[53] 유병석은 여기에 수록된 「황공의 최후」를 초고이자 수필 「사지의 일생」으로 해석한 듯하다. 실제로 『한국문학전집』에 실린 작품을 《신동아》에 발표된 작품과 비교해 보면, 내용의 구성이 다를 뿐 아니라 처음부터 끝까지 개를 '사지'란 명칭으로 일관하고 있으며 '나'와 '사지'의 관계에만 치중하고 있다. 소설의 특성보다는 수필의 특성이 강하게 드러난다는 의미이다. '사지의 일생'이란 제목으로 발표된 작품이 아직까지 발견되지는 않았지만,[54] 『한국문학전집』에 수록된 작품이 수필 「사지의 일생」일 가능성은 아주 높은 것 같다. 설령 그것이 '황공의 최후'란 제목으로 된 소설 초고라 할지라도 수필적 특성이 강하게 드러나 있어 소설보다는 수필에 더 가깝다고 볼 수 있을 것이다. 수필은 작가가 실제 겪은 일을 써내려간 것으로 소설의 기법과는 차이가 있다. 수필적 특성이 주로 드러나는 초고와 여러 번 개작하여 소설적 특성이 도드라지는 발표작의 비교를 통해서도 소설화 과정을 살필 수 있을 것이다.

《신동아》본은 다음과 같이 시작한다.

> 하루 아츰에 직업을 잃고 서울의 거리를 헤매 다니던 나는 넌덜머리가 나던 도회지의 곁방살이를 단념하고 시굴로 내려왔다. 시골로 왔대야 내 앞으로 밭 한 뙈기나마 있는 것도 아니요 겨우 논마지기나 하는 삼촌의 집에 다시 밥버리를 잡을 때까지 임시로 덧부치기 노릇을 할 수밖에 다른 도리가 없었던 것이다. 나이가 어린 아내와 두 살 먹은 아들놈 하나밖에는 딸린 사람이 없어서 식구는 단촐하지만 한 푼의 수입도 없는

---

52 이는 유병석이 본문에서 "(1933년) 단편 「황공의 최후」를 탈고하였으나 발표되기는 1936년 1월호 《신동아》 지상(紙上)이다"(15면)고 언급한 부분의 주석으로 달린 내용이다. 유병석, 앞의 논문, 33면.

53 민중서관본 『한국문학전집』은 총 35권으로 발행되어 1960년대 후반까지 대표적인 문학전집으로서의 지위를 누리고 기능하였다. 이 전집의 특징에 주목할 필요가 있는데, 이 전집에 속한 작가.작품의 명단.목록과 구성방식이 거의 1980년대 중반까지 크게 변형되지 않은 '한국문학전집'의 '원형'이자 전형을 보여주기 때문이다. 천정환, 「한국문학전집과 정전화-한국문학전집사(초)」, 『현대소설연구』 37, 한국현대소설학회, 2008, 93~94면 참고.

54 수필 <사지의 일생>의 존재는 오로지 연보를 통해서만 알 수 있고, 심훈이 당시에 <사지의 일생>과 「황공의 최후」 초고를 어느 지면에 발표했는지에 대해선 현재로선 알 수가 없다.

터에 뼈가 휘도록 농사를 지으시는 작은 아버지의 밥을 손끝 맺고 앉아서 받아먹자니 비록 보리곱살미나마 목구멍에 넘어가기를 않을 때가 많었다. (중략) 철아닌 궂은 비가 온종일 질금거리는 어느날 황혼때엿다. 그날도 나는 침울한 방속에서 뛰어나와 급한 볼일이나 잇는것처럼 우산도 아니 받고 주막거리고 건너갓다. 아궁이 앞에서 술을 데우는 노파의 부지깽이를 빼어서 갖이고 검불을 긁어 넣으면서 비에 젖은 바지를 말리는데 무엇이 곁에와서 바시락거리더니 살금살금 발등을 간지른다. 고개를 홱 돌리니 그것은 토시 만한 노놈 강아지엇다. (중략) 내놓지를 않는 것을 술상을 들고 방으로 들어간 틈을 타서 바둥거리는 놈을 번 들어 얼른 두루마기 속에다 숨겨갖이고 휭낳게 집으로 돌아왔엇다.[55]

여기에서는 주인공 '나'의 상황과 주변인물들이 장황하게 나온다. 서울에서 직업을 잃고 시골로 낙향하여 작은삼촌 댁에서 머문다는 것과 아내와 아이가 딸려 있다는 것, 주막에서 누렁이를 얻어오게 되는 과정이 상세하게 나와 있다. 이것은 소설적으로 설정한 상황으로, 나의 절박함과 처량함 그리고 누렁이와의 애틋함이 강조되고 있다. 이에 반해 초고에서는 사지에 대한 묘사로 바로 시작된다.

될 성부른 나무는 떡잎부터 안다더니 '사지'는 강아지 적부터 생김생김이 걸출이었다. 두 눈이 유난히도 열째고 목덜미를 쥐면 가죽이 한줌이나 늘어나서 얼마든지 자랄 여유가 있어 보였다. 게다가 털은 금빛같이 싯누런 수놈이라 누가 보든지 한번 쓰다듬어 주고 싶도록 탐스러웠다. 이웃동네 태생인데 겨우 젖이 떨어진 것이 내 외투 주머니에 딸려온 뒤로는 내가 자는 방 윗목에 희연궤짝을 들여놓고 짚 위에 목화송이를 깔고 토닥토닥 등을 두드려재웠다.[56]

초고에서는 '나'의 상황이나 주변인물에 대해서 전혀 드러나지 않는다. 그리고 사지를 얻게 된 과정도 "이웃동네 태생인데 겨우 젖이 떨어진 것이 내 외투 주머니에 딸려"왔다고 약술되어 있을 뿐이다. 초고에서 사지에 대한 묘사로 시작한 첫 장면은 《신동아》본에서 사지와의 만남 이후에야 나온다.

---

55 《신동아》 1월호, 1936, 238~239면.
56 『한국문학전집』 17, 민중서관, 1959, 527면.

심훈 문학의 전환

될 성부른 나무는 떡잎부터 알어본다더니 '누렁이'는 강아지시대부터 그 생김생김
이 출중하엿다. 순전한 조선의 토종이면서도 '쉐퍼-드'니 '셋터'니 하는 서양개 만치나
두 눈에 총기가 들어보이고 목덜미를 쥐면 가죽이 한줌이나 늘어나서 얼마든지 자라
날 여유를 보엿다. 게다가 털은 금벼 이삭같이 싯누런 수놈이라 개를 싫여하는 안해까
지도 "이렇게 남스럽게 생긴 강아진 첨밧네."하고 머리를 쓰다듬어 주었다. 내가 자는
방 윗목에다가 희연괴짝을 들여놓고 자근 어머니 몰래 목화송이를 훔처다가 그 속에
깔어 주고는 밤마다 토닥 토닥 두드려 재워 주엇다.[57]

비슷하게 서술된 것 같지만, 표현상에도 차이가 있다. 《신동아》본이 사지의 생김
새에 대해서도 서양개들을 비교하면서 구체적으로 설명하고 있고, 작은삼촌 댁에 내
려와 있는 상황을 살려 주변인물인 아내와 작은어머니까지 등장시키고 있다. 초고가
오로지 '나'와 '사지'의 관계에만 집중하고 있고, 주변인물에 대해선 언급조차 없는
것과 대조적이다.

그러자 내가 두어달동안 서울 가 있다가 내려와보니 어느 겨울에 보았는지 동구 밖
으로 말처럼 네굽을 몰고 달려나와서 길길이 뛰어 오르며 두레를 노는 머슴애 벙거지
의 긴 상무를 내두르듯 꼬리를 흔들며 어쩔줄을 모르고 반기는 '사지'는 그동안에 더
엄청나게 컸다. (중략) 양지쪽에서 낮잠을 자다가 기지개를 켜고 땅을 딩구는 것을 보
면 천연 동물원의 암사자였다. 그래서 나는 그때부터 '누렁아' 하고 부르던 아명을 버
리고 '사지'라는 관명을 지어 불러 주었던 것이다.[58]

그러다가 나는 두어달동안이나 서울로 올라가서 취직운동을 하다가 실패를 하고 두
어깨가 축 처저갖이고 내려왔다. 가족을 대할 면목조차 없어서 기신없는 걸음거리를
동리 밖의 장승이 선고개를 넘어오는데 다박솔밑에 누-런 것이 쭈그리고 앉엇다가 어
느름에 나를 보앗는지 말처럼 네 굽을 몰며 달려왔다. (중략) 귓바퀴에서 바람이 일도
록 꼴리를 흔드는 누렁이의 목을 꺼안어 주려니 부지중에 콧마루가 제려지는 것을 깨
달았다. 그동안에 '누렁이'는 엄청나게 컸다. (중략) 집에 와서 들으니 '누렁이'는 내가
없는 동안 날마다 아츰저녁으로 장승박이 언덕으로 올나가 북쪽 하늘을 울어러 한바

---

57 《신동아》 1월호, 1936, 239~240면.
58 『한국문학전집』 17, 528면.

탕씨 짖고 내가 타고 가든 승합자동차가 지나가서 나리는 사람이 없는 것을 확실히 안 뒤에야 집으로 돌아오기를 하루도 빼어놓지 않엇다 한다. 개가 사람 한목도 더 먹는다고 걱정을 하시든 자근 아버지까지도 "저건 영물이야 함부로 다르지 못헐 즘승이다" 하시고 일테면 경이원지敬而遠之를 하시게까지 되엇다. (중략) 양지짝에서 낮잠을 자다가 기지개를 키며 딩구는 것을 보면 천연 동물원에서 본 사자와 같엇다. 그래서 나는 그때부턱 '누렁하'하고 불르든 아명을 버리고 '사지'라는 별명을 지어불럿고 어느때에는 친한 친구를 부르듯이 "여황공黃公!" 하고 관명까지 지어서 불러주엇다. 아닌게 아니라 '황공'이라는 점잖은 이름이 '누렁이'에게는 잘맞는 것 같엇다.[59]

초고에서는 '나'가 두어 달 동안 서울에 다녀온 이유가 드러나지 않고, 돌아왔을 때 사지가 반겨주는 것에 대해서도 짤막하게 언급한다. 이에 반해 《신동아》본에서는 '나'가 서울에 취직운동을 하러 갔다가 실패하여 온 일과 그때 나를 반겨주는 사지의 모습이 상세히 드러나 있어, '나'와 '사지'의 관계가 돈독함을 보여주고 있다. 현실에서 보잘 것 없고 처량한 '나'에게 있어 위안이 되는 존재가 바로 사지인 것이다. 또 그 동안 사지가 '나'를 매일같이 애타게 기다렸다는 사실과 주변인물들이 사지를 가리켜 "저건 영물이야"라고 말하는 장면 등을 통해 사지가 보통 개와는 다른 특별한 존재임을 부각시키고 있다. 또 제목이 「황공의 최후」임에도 불구하고 초고에서는 '황공'이라는 명칭이 전혀 나오지 않는다. 암사자와 닮아서 '누렁이'라는 아명을 버리고 '사지'라고 불러주었다고만 되어 있다. 이에 반해 《신동아》본에서는 '사지'라는 별명을 지어 불렀고 어느 때는 '황공'이라며 관명을 부르게 되었다고 밝히며, '사지'를 계속 '황공'이라 칭하고 있다. 누렁이를 가리키는 '황黃'에 공적을 기리는 의미의 '공公'을 붙여 누렁이의 존재를 높이고 있는 것이다.

주변인물들에게 영물로 취급받은 사지는 "월낙 걸대가 커서 여간 누른밥 찌꺼기 쯤으로는 양이 차지를 않는지" 참새와 쥐를 잡아먹기를 반복하더니 기어코는 이웃 범롱이네 닭을 물어버렸다. 이는 초고와 《신동아》본 모두에 나오는 사건으로 '나'는 범롱에게 대신 닭 값을 물어주고 그이후로 '나'와 사지의 관계는 서먹해지게 되었다. 사지의 사냥은 계속되고 마을 사람들과 삼촌 내외는 개를 없애라고 성화를 하였지만 그래

---

59 《신동아》 1월호, 1936, 241면.

도 '나'는 절대 그럴 수 없다며 사지의 편을 들었다. 그러던 중 마을에 미친개가 나타나 '나'가 미친개와 대결하는 상황이 벌어지고, 이때 사지가 미친개로부터 '나'를 구하게 된다. 이 부분은 《신동아》본과 초고 모두에서 드러나는 핵심적인 장면인데, 《신동아》본 에서는 다음과 같이 표현되어 있다.

> 삼촌은 마침 초상집에 가시고 머슴도 들에 나가고 없는데 안에서들은 내다보고 "아 이 저를 어찌나 저를 어찌나?" 하고 부들 부들 떨기만 할뿐 미친개는 어느 겨를에 획 하고 내뒤로 돌아와서 바지자락을 물고 늘어졌다. 하마터면 종아리를 물닐뻔 했는데 겁결에 댓돌을 헛따려서 몽둥이는 두동강에 났다. 그러니 맨손으로는 더구나 당할 장 사가 없다. 쩔쩔 매는 찰나에 미친개는 시-ㄱ 하더니 이리같은 이빨로 내 발뒤꿈치를 물었다. "애고머니! 저를 어쩌나?" 하는 안해의 외치는 소리가 들리자 나는 "사지야!" 하고 소리를 버럭 질렀다. 정 형세가 급하니까 구원병을 청하지 않을수 없었던 것이다. (중략) 대번에 미친개의 넓적다리를 물어박지르는 바람에 나는 구원을 받었다. 요행고 무신우로 물렷기 때문에 상처는 나지 않었다.[60]

여기에서는 미친개가 나타난 장면을 장황하게 묘사하였다. 특히 '나'가 미친개에 게 발뒤꿈치를 물렸다고 하여 긴장감을 한껏 조성하면서 상황을 급박하게 몰아간 다. 사지에 의해 구원받고 나서야 다시 보니 고무신 위로 물린 것이기 때문에 상처 가 나지 않았다는 식으로 긴장을 풀어주어 소설적 재미를 더하고 있다.

초고에서는 이런 일이 있은 지 일주일 뒤에 '나'가 사십 리도 넘는 읍에 볼일이 생 겨서 갔다가 비에 막혀 사흘 만에 집에 돌아왔다. 《신동아》본에서는 "그런지 한달쯤 뒤에 삼촌의 심부름으로 오십 리도 넘는 군청에 볼일이 생겨서 갔다가 비에 막혀서 사흘만에야 집에 돌아왔다."고 표현하고 있다. 이렇게 주인공이 잠시 집을 비운 사이 마을 사람들은 사지를 잡아먹고야 말았다. 사지의 영웅적 행동에 만족했던 '나'와 달리 마을 사람들은 사지에게 더 불안함을 느낀 것이다. 초고와 《신동아》본 모두에서 '나'는 마을 사람들을 찾아가 화를 내고, 솥에서 끓고 있는 사지의 몸통과 백정이 발라놓은 사지의 살점을 보며 오열한다. 그런 뒤 초고에서는 '나'가 자신의 무력함을 한탄하며 우는 것으로 작품을 마무리한다.

---

60 《신동아》 1월호, 1936, 247~248면.

나는 집에 돌아와 마루 끝에 털썩 걸터앉아 주루룩 주주룩 떨어지는 섬돌의 낙수 소리를 들으며 두 손으로 얼굴을 가리고 만 이태도 살지 못하고 비명에 횡사한 '사지'의 일생을 더듬어 보았다.[61]

이에 반해 《신동아》본에서는 마지막 부분에 동경서 친구가 부쳐준 신문에 실린 기사를 실어놓고 자신의 감회를 덧붙였다.

"사랑해주던 주인 XXX박사가 세상을 떠난 후 진날 마른날을 가리지 않고 사년동안이나 조석으로 정거장에 나와서 주인을 기다리며 슬품에 저저잇던 동경 포티ﾎ구락부의 명예회원인 충견 하찌공ﾊﾁﾏ이 노환으로 세상을 버렷다."는 것과 그 임종하던 모양이며 수많은 아이들과 어른들에게 싸여서 조상을 받는 '하찌공ﾊﾁﾏ'의 사진까지 커다랗게 낫다. 사단으로 나려뽑은 기사는 대신이 죽었서도 그보다 더 크게 취급은 하지 못했으리라.[62]

우리나라에서는 충직한 개가 자신의 소명을 다하여도 결국 사람에 의해 잡아먹히고 마는데, 강대국인 일본에서는 충견 하찌 공이 세상을 떠나자 인간보다 더 나은 대우를 받으며 장례를 치러주고 있다고 비교하여 서술하고 있다. 이 부분은 개의 안타까운 죽음을 슬퍼하는 것에 그치는 것이 아니라, 앞에서 풀어낸 이야기 전체를 상징화함으로써 소설의 주제의식을 확고히 시키는 장면으로 기능한다.

초고가 '나'와 '사지'와의 관계를 중심으로 이야기가 단선적으로 이루어져 수필적인 특성이 컸다면, 여러 번 개작의 과정을 거친 《신동아》본은 '나'와 '사지'를 둘러싼 외부세계도 함께 그려냄으로써 이야기의 재미를 더하고 있다.

당시 「황공의 최후」를 읽고 이종수는 1936년 1월 22일자 《동아일보》에 '소설에 나타난 인텔리'라는 제목으로 "이 작품은 충견의 불쌍한 일생을 그린 것이지마는 그 실은 '나'라고 하는 실직 인텔리가 자기를 개의 신세에 비기고 조선에 태워나서 밥도 배불리 못 얻어먹는 것을 탄식하고, 또는 강자가 약자의 육체적 노동결과를 먹는 것이 비겁하지안흔가 하야 은隱히 조선에 태워나서도 배불리 먹어야 하겠다는 것을 말하고

---

61 『한국문학전집』 17, 538면.
62 《신동아》 1월호, 1936, 250면.

있다. 그리고 강자가 약자의 것을 강탈하는 것은 비겁하다고 하야 인도상 당연한 요구를 요구하고 잇다고 볼 수 잇다.”라는 평을 실었다. 이 글이 일본보다 약자인 우리가 더 약자인 개를 부려먹은 뒤 잡아먹는 것은 비겁한 일이라고 비판하고 있다고 본 것이다. 그리고 작품에서 드러난 약자인 ‘개’는 결국 현실에서 아무런 힘도 없는 ‘나’, 즉 취직운동에 번번이 실패하여 낙향해 농사일이나 거드는 인텔리의 처지를 비유적으로 표현한 것이라 했다. 즉, 심훈이 초고에서와 달리 주인공 ‘나’의 처지를 강조하여 드러내고 마지막 부분에서 신문기사를 인용해 일본의 경우와 비교한 것은, 작품의 주제의식을 부각하여 이것이 개인적인 이야기에 머물지 않고 사회적 의미를 담을 수 있도록 했던 장치였던 것이다.

한편 개인적 일상을 담은 수필에서 시작해 소설적으로 형상화된 「황공의 최후」와 달리 「여우목도리」는 보편화된 일상의 한 단면을 포착해 보여준 짧은 소설이다. 이 작품은 1936년 1월 25일 《동아일보》의 ‘인생스켓취’란에 소개되었다. 당시 ‘인생스켓취’란에는 여러 문인들이 사회적 현상이나 삶의 한 부분에 대해 자신만의 생각이나 느낌을 표현한 글들이 주로 실렸는데, 심훈은 세태에 대한 자신의 생각을 직접 글로 드러내기보다는 콩트 형식을 빌려 표현하였다.

어느 관청에서 고원노릇을 하는 최 군은 상여금으로 구십 원을 받아 돌아왔는데 마침 그날이 결혼 1주년 기념일이었다. 그래서 아내와 외식을 한 뒤 백화점에 선물을 사주러 갔다.

> “반지 사료?” 직업을 얻기 전에 집세에 몰려 결혼반지를 잡혔다가 떠내려 보낸 생각을 한 것이다. “……” 아내는 머리만 짤래짤래 흔든다. “그럼 우데마낀?” 팔뚝시계는 월선에 고져준다고 끼고 나니나가 어느 카페에서 술값으로 쳐맡기고 어태 찾지를 못했다. “……” 아내는 여전히 고개를 끄덕이지 않는다. “그럼 위층으로 올라갑시다.” 내외는 쌍나란히 승강기를 탔다. 최 군은 ‘핸드백이나 코티분 같은 화장품이나 사려나보다’ 하고 별배처럼 뒤를 따르는데 아내는 이것도 저것도 다 마다고 모물毛物을 늘어놓은 진열장 앞에가 발을 멈춘다.[63]

---

63 『전집』 2, 탐구당, 1966, 630면.

아내가 원하는 선물이 무엇일지 점점 궁금증을 불러일으키는 부분이다. 아내는 곧바로 자신이 원하는 것을 직접 말하지 않고 조용히 최 군을 끌고 위층으로 올라갔다. 아내가 말없이 여우목도리를 이리 저리 둘러보는 장면에서는 긴장감을 더해진다.

> '제에기, 외투하구 양복 월부는 어떡한담' 혼자 중얼거리며 뒤통수를 긁었다. 두 달씩이나 상여금 핑계만 하고 밀려 내려오던 싸전과 반찬가게며 나뭇장 앞을 죄진 놈처럼 고개를 푹 수그리고 지나쳤다. 아내는 의기양양해서 구두 뒷축이 일어서라 하고 골목 쪽으로 달랑거리며 들어가는데 몸이 출석거리는대로 목에 휘감긴 누우런 짐승이 꼬리를 살래살래 내젓는다. 최 군은 어쩐지 여우에게 홀린 것 같았다. 아내가 목도리에 홀린 것이 아니라, 저 자신이 두 눈을 뜬 채 정말 여우한테 홀려서, 으슥한 골짜구니로 자꾸만 끌려 들어가는 것 같았다.[64]

작품에 드러난 상황을 보면 최 군은 적은 월급으로 넉넉하지 못하게 살고 있다. 칠원짜리 곁방살이를 살면서 양복은 월부로 갚고 있는 중이고, 싸전과 반찬가게, 나뭇장에는 외상으로 생필품을 꾸어다 살았다. 상여금이 많이 나왔으니 그것으로 일부는 기분을 낸다 치더라도 대부분은 빚을 갚고 알뜰히 사용했어야 하는 상황인 것이다. 그러나 결국 최 군은 남은 돈을 몽땅 털어 여우목도리를 아내에게 사주었다. 그러면서 "아내가 목도리에 홀린 것이 아니라 저 자신이 두 눈을 뜬 채 정말 여우한테 홀"린 것 같다고 표현하며 끝을 맺고 있다.

1920년대 이후로 신여성을 중심으로 개량한복과 양장의 착용이 확대됨에 따라 오페라백과 부채 등의 장신구가 유행하였는데, 여러 장신구들 가운데 특히 여우목도리는 사치 풍조를 조장한다고 하여 사회적 지탄을 받기도 했다.[65] 여러 문인들이 여우목도리에 대한 글을 썼는데, 이 작품도 그중 하나라 볼 수 있을 것이다. 개인의 일상은 아니더라도 당시에 흔히 볼 수 있을 법한 보편화된 일상을 포착해 소설적으로 형상화한 것이다. "저 자신이 두 눈을 뜬 채 정말 여우에게 홀"린 것 같다는 단 한줄의

---

64 위의 책, 631~632면.
65 당시 안석영, 김기림 등은 여우목도리가 유행하는 풍조에 대해 비판하는 글을 조선일보 등에 발표했다. 김주리, 「근대적 패션의 성립과 1930년대 문학의 변모」《한국현대문학연구》7, 한국현대문학회, 1999, 129~131면 참조.

표현을 통해 현실감 없고 앞날에 대해 대책 없이 행동하면서 유행만 좇는 세태를 간접적으로 비판했다.

이처럼 심훈은 개인적 일상이나 보편화된 일상에서 소설적 제재를 찾아 이를 긴장감 있게 구체화했다. 그리고 이를 소설적으로 형상화하여 당시의 사회적·시대적 의미를 부여하였다.

3. 체험적 문학관 추구와 방법적 특징

1) 체험적 리얼리티의 강화

심훈은 자신의 실제 체험을 단편소설로 창작하였다. 자신이 경험했던 일들 가운데 인상적이었던 순간을 포착하여 작품으로 형상화하기도 하였고, 일상적인 일들에 대해 관심을 갖고 그것을 구체화하여 새로운 의미를 부여하기도 하였다. 이렇게 창작된 심훈의 단편소설에는 무엇보다도 체험적 리얼리티가 강화되어 드러난다. 체험적 리얼리티의 강화를 위해 심훈이 활용한 방법은 크게 두 가지로 볼 수 있다.

우선은 작자와 서술자의 근친성을 들 수 있다. 작자와 서술자는 작품 안팎에서 각각 작품을 이끌어가는 주체이다. 작품에 따라 작자와 서술자의 거리는 가까울 수도 있고 멀 수도 있는데 심훈의 단편소설에서는 작자와 서술자의 거리가 무척 가깝게 드러난다. 심훈의 작품을 '작자 내 서술자 시점'과 '서술자 내 작자 시점'으로 나누어 고찰할 수 있는데, '작자 내 서술자 시점'은 체험적 작가 중심의 서술이고, '서술자 내 작자 시점'은 서술자 중심의 서술이다.[66] 「황공의 최후」는 '나'라는 주인공을 내세워 '작자 내 서술자 시점'을 구현한 경우로서 이때 독자는 '나'라는 동질감 때문에 작가의 목소리를 가깝게 접할 수 있다. 이에 반해 「찬미가에 싸인 원혼」, 「오월비상」, 「여우목도리」는 각각 '노인'과 'K소년', '태식', '최 군' 등의 인물을 주인공으로 하여 '서술자 내 작자 시점'을 내세운 경우로서 독자는 서술자의 목소리를 통해 작자를 간접적으로 접하게 된다. '작자 내 서술자 시점'을 사용한 「황공의 최후」가 자전적 성격이 강하게 드

---

66 박성혜, 「박완서 소설의 창작방법론 연구-중.단편소설의 서사화기법을 중심으로」, 단국대학교 박사학위 논문, 2014, 68면.

러난다면, '서술자 내 작자 시점'을 사용한 나머지 작품들은 자전적 체험이 객관화됨으로써 사회나 시대현실에 대한 비판적 성격이 좀 더 강하게 드러난다. 이러한 차이가 있기는 하지만 심훈이 원체험에 기반을 두고 당대의 문제의식과 결합하여 소설로 형상화했기 때문에, 각각의 단편소설은 서로 다른 시점으로 쓰였더라도 모든 작품에서 작자와 서술자의 거리는 가까울 수밖에 없다.

두 번째로 심훈은 원체험을 소설화하는 과정에서 자신과 직접적 관련을 맺은 대상을 모델로 활용하였다. 「찬미가에 싸인 원혼」은 스스로도 밝혔듯, 서대문 형무소에 수감되어 있을 당시 천도교 서울대교구장이 임종할 시의 상황을 보고 창작한 것이다. 앞에서 살펴보았던 것처럼 심훈은 "그의 호흡이 점점 가빠지는 것을 본 저는 제 무릎을 벼개 삼아 그의 머리를 괴었더니 그는 떨리는 손을 더듬더듬하여 제 손을 찾아 쥐"[67]던 짧은 인연을 바탕으로 그를 모델로 하여 작품을 창작하였다. 그리고 K소년은 당시 감옥 안에서 나이가 제일 어렸던 작자 자신이 모델이었다. 「오월비상」의 '태식'도 작자 자신이 모델이었고, 멀리서 태식을 찾아온 유다는 심훈이 중국 상해에서 유학생활을 하던 중 만났던 '유다'가 모델이었다. 「황공의 최후」 역시 '사지의 일생'이라는 수필에서 개작을 거친 작품으로 작자 자신과 그가 기르던 '개'가 모델로 활용되었음을 알 수 있다. 「여우목도리」의 경우 주인공 '최군'이 작자 자신을 모델로 한 것인지에 대해서는 분명하게 알 수 없지만, '최 군'의 목소리를 빌려 여우목도리가 유행하던 세태를 비판하던 작자 자신의 목소리를 간접적으로 드러내고 있으므로 '최 군'과 작자 간의 동질성을 짐작해볼 수 있다.

심훈은 단편소설뿐 아니라 장편소설에서도 실존에 있는 인물을 모델로 활용하여 작품을 창작한 경우가 많다. 『불사조』의 정희와 『직녀성』의 인숙은 전통적 가치를 따르던 여인으로서 서구의 문화에 눈을 뜬 남편에게 버림받는 인물로 나오는데, 이는 심훈의 조강치처였다가 나중에 이혼하게 된 이해영이 모델이라는 평이 많다.[68] 『동방의 애인』에 등장하는 동렬, 세정, 박진 등의 인물도 심훈과 함께 중국 유학생활을 하고 귀국 후 함께 동아일보에 입사했던 임원근, 허정숙, 박헌영을 모델로 했다는 해석이

---

67 『전집』 3, 탐구당, 1966, 22면.
68 유병석, 앞의 논문, 62면.

있다.[69] 또 『영원의 미소』에 등장하는 여주인공 최계숙은 당시 광주학생운동의 출중한 인물이던 송계월이 모델이고, 『영원의 미소』의 남주인공 김수영과 『상록수』의 박동혁은 농촌계몽운동에 힘쓰는 인물로서 심훈의 장조카인 심재영이 모델이라고 한다.[70] 『상록수』의 희생적 여주인공 채영신이 실제인물 최용신을 모델로 하였다는 사실[71]은 이미 널리 알려진 사실이다.

단편소설에서 심훈이 자신과 직접적으로 연관을 맺은 인물만을 대상으로 하였다면, 장편소설에서는 자신과 직접적 연관이 있는 인물뿐 아니라 간접적으로도 당대에 유명하게 알려진 인물까지 범위를 넓혀 모델로 삼았던 것이다. 그리고 단편소설에서는 남자주인공이 작자 자신과 동질성을 지닌 인물로 설정하였는데, 장편소설에서는 작자 자신을 직접적으로 투영하지 않은 주변인물도 남주인공으로 설정하였음을 알 수 있다. 단편소설에 비해 장편소설에서 모델의 범위가 더 확대된 것이다.

단편소설은 갈등이 단선적이고 등장인물도 한정적임에 따라 작자의 원체험에서 크게 벗어나지 않고 작자와 서술자의 거리가 가깝게 드러났다. 그러나 장편소설의 경우 등장인물들 간의 관계와 갈등이 복합적으로 제시됨에 따라, 소재를 취사선택하는 과정에서도 작자와 서술자의 근친성이 일관되게 드러난다고 보기는 어렵다. 이렇듯 원체험과 직접적인 관련 하에 창작된 단편소설은 작자와 서술자의 관계와 가깝게 드러나고, 작자와 직접적으로 관계 맺은 인물이 모델로 활용되는 방식으로 작품에서 체험적 리얼리티가 강화되어 드러났다고 볼 수 있다.

2) 동질적 관계의 파탄과 울분의 미학

소설 작품은 등장인물들 간의 다양한 관계로 이루어지기 마련이다. 그리고 아무리 짧은 소설이더라도 등장인물들 간의 관계는 일관되게 드러나지 않고 서사의 진행에 따라 역동적으로 변화한다. 심훈이 남긴 4편의 단편소설에도 역시 다양한 인물관계가 드러나고 서사의 진행에 따라 그 관계가 변화하는데, 그 관계의 변화양상에 주목할 필요가 있다.

---

69 최희연, 앞의 논문, 62면.

70 김종성, 앞의 논문, 18~19면 참고.

71 조남현, 「상록수 연구」, 《인문논총》 35, 서울대학교 인문학연구원, 1996, 26~29면 참고.

「찬미가에 싸인 원혼」에서 노인과 K소년은 함께 감옥생활을 하는 처지로, 노인은 K를 보며 '막내 손자 같아 귀엽다'고 하고, K소년도 조부를 대하듯 하여 돈독한 관계를 형성하고 있었다. 그러나 노인의 병이 갈수록 깊어짐에도 일본인 간수가 의사를 불러주지 않아 결국 노인은 죽음에 이르게 되고, 이로 인해 노인과 K소년은 서로 헤어지게 된다. 노인과 K소년의 동질적 관계가 일제라는 외압으로 인해 좌절되어 버리고 만 것이다.

이러한 관계 변화는 「오월비상」에서도 마찬가지로 드러난다. '태식'과 '유다'는 상해 유학시절 만난 사이로, "어느 날 XX들을 몰래 실어가는 기선 한 척이, 밤중에 물결만 미친 듯이 날뛰는 황포탄 바다 밖에 닿았다. 청인의 종선은 유다의 남매를 싣고 해안을 떠나"[72]게 되어 중국에서 어쩔 수 없이 헤어지게 되었다. 오랜만에 유다가 태식을 찾아 조선까지 왔는데도 일본 경찰이 "붙잡아다가 취조를 해보고 쫓아보내"[73]버려 만나지 못하게 되었다. 둘의 관계가 역시나 일본 경찰이라는 외압에 의해 결합하지 못하고 파탄되어 버리고 만 것이다.

「황공의 최후」에서는 '나'와 '황공'의 끈끈한 관계가 마을 사람들에 의해 '황공'이 죽게 됨으로써 좌절되었고, 「여우목도리」에서도 '여우목도리'라는 당시 유행하던 자본의 산물로 인해 '최 군'과 아내의 관계가 더 이상 예전처럼 돌이킬 수 없는 것이 되어 버리고 말았다.

4편의 단편소설 모두에서 처음에는 동질적 관계로 등장했던 인물들이 사건이 진행되어 갈수록 그 관계가 분리, 좌절되어 버리고 만 것이다. 그런데 그 관계가 파탄된 이유가 어쩔 수 없는 거대한 외부 압력 때문이다. 그래서 작품의 말미에서 주인공은 강한 울분을 표출한다. '울분'이란 몹시 억울하고 분한 마음을 표현하는 것으로, 관계를 파탄에 이르게 한 '외부 압력'에 대해 비판적 시선을 던지는 것이다.

심훈의 장편소설에서도 다양한 관계가 드러난다. 특히 남녀를 중심으로 한 관계가 주로 드러나는데, 장편소설에서는 동질적 관계가 외부의 압력에 의해 분리, 좌절되기보다는 외부의 압력에도 불구하고 통합되는 이상적 관계가 제시되는 경향을 보인다. 『불사조』에서 흥룡과 덕순의 결혼, 『영원의 미소』에서 수영과 계숙의 결혼, 『상록수』에서의 동혁과 영신의 결합과정이 그러한데, 이를 통해 심훈이 민족을 위한 행위의 수

72 『한국현대문학전집』 7, 삼성출판사, 1978, 319면.
73 위의 책, 318면.

단으로서 가장 작은 사회인 가정에서부터의 의식결합이 중요함을 강조하고 있다[74]고 보았다. 이성간의 사랑을 동지애로 치환하고 있는 것이다. 『동방의 애인』에서 동렬과 세정의 결혼도 같은 의미로 이해할 수 있을 것이고, 『직녀성』에서도 구여성인 인숙이 남편 봉환에게 버림받기는 했지만 주변의 '봉희와 세철의 결혼'을 통해 이상적 관계를 제시함으로써 인숙이 과거의 인습을 깨우치고 새롭게 나아갈 수 있도록 했다고 볼 수 있다. 장편소설에도 외부의 압력이 드러나고 이에 대한 울분이 표출되기도 하지만, 장편의 주인공들은 결국 외부의 압력을 극복하고 '관계의 통합'을 이루어 내며 '그럼에도 불구하고'라는 반전의 미학을 그려내는 것이다.

단편소설은 장편소설처럼 다양한 관계를 제시하여 현실을 극복하고 나아가 하나의 이상과 목표를 제시하고 있지 못하다. 동질적 관계가 외압에 의해 파탄에 이르고 울분을 표출하는 것으로 끝맺고 있다. 이는 단편소설이 대부분 작자의 원체험을 바탕으로 소설화되었기 때문인 까닭으로 보인다. 그러나 울분 뒤에 따르는 것이 비판의식과 극복 의지일 것이다. 심훈은 단편소설이라는 형식 안에 관계가 파탄되는 과정을 집약적이고 상세하게 그려냄으로써 울분을 표출하여 독자들의 공감을 이끌어내고자 했던 듯하다. 울분의 미학을 추구함으로써 독자들이 부당한 현실에 대해 새롭게 깨닫고 극복 의지를 되새길 수 있는 계기로 삼았다고 생각한다.

4. 결론

심훈의 단편소설들은 그동안 장편소설에 비해 거의 주목을 받지 못했다. 장편소설들이 당시의 유행한 사상이나 주의를 담고 있었던 데 반해 단편소설들은 그렇지 못하다고 평가되었기 때문이다. 심훈의 단편소설들이 내용도 짧고 간략하기는 하지만 그렇다고 문제의식이 결여된 신변잡기적 내용으로 일관된 작품들이라고 보기는 어렵다. 쉬운 이야기에서 출발하여 당시의 사회상과 시대적 문제의식, 지식인으로서의 고민까지 담아내려고 했다.

심훈의 단편소설이 단순하고 평이하단 인상을 주는 까닭은 앞서 살핀 것처럼 자신

---

74 한양숙, 앞의 논문, 25면 참고.

이 경험한 일들 가운데 인상적인 것을 포착하여 서술했고, 일상에서 흔히 겪을 법한 일을 소설화했기 때문이다. 그리고 이러한 소설화 과정은 그가 다양한 작품 활동을 하면서 추구했던 예술관과 통한다고 할 수 있다. 심훈이 카프 계열 작가인 한설야와 임화 등과 논쟁할 때 개진한 반박문 「우리 민중은 어떠한 예술을 요구하는가」를 통해 심훈의 예술관을 엿볼 수 있다.

> 오락과 위안! 헐벗고 굶주리는 백성일수록 오락을 갈구하고 고민과 억울에 부대끼는 민중이기 때문에 위적문제를 무시하고 등한치 못하는 것이다. 그러므로 어느 시기까지는 한 가지 주의의 선전도구로 이용할 공상을 버리고 온전히 대중의 위로품으로서 영화의 제작가치를 삼자는 말이다. (중략) 말하자면 부르조아지의 생활에서 온갖 흑막을 들추고 가진 죄악을 폭로시켜서 대중에게 관조의 힘을 갖게 하고 그들로 하여금 대상에게 증오감과 투쟁의식을 고무시키는 간접적 효과를 나타나게 하는 것이 신흥예술의 본령이요 또한 사명이 아닐까?[75]

이 글에서 그는 대중에게 오락과 위안을 줄 수 있는 예술을 추구해야 한다고 하고 있다. 그리고 「문예작품의 영화화 문제」라는 글에서 "영화의 스토리는 어디까지든지 훌륭한 것이 아니면 안 됩니다. 그리고 그 훌륭한 이야기는 아주 단순한 방법으로써 충분히 무식한 사람도 이해할 수 있도록 설명을 해야 합니다."라고 피력하고 있다. 물론 영화예술의 경우를 언급한 글이지만, 대중에게 쉽게 다가갈 수 있도록 쉽고 단순해야 한다고 주장하는 그의 예술관은 문학에도 마찬가지로 영향을 미쳤다고 볼 수 있다.

> 우리가 눈앞에 당하고 있는 좀 더 생생한 사실과 인물을 그려서 대중의 가슴에 실감과 감격을 아울러 못박아줄만한 제재를 골라가지고 기교껏 표현할 것입니다. 엄연한 현실을 그대로 방불케 할 자유가 없는 고충이야 동정 못하는 바는 아닙니다. 그러나 그렇다고 눈뜨고는 차마 볼 수 없는 모든 현상은 전연 돌보지 않고 몇 세기씩 기어 올라가서 진부한 테마에 매달리는 구차한 수단을 상습적으로 쓸 필요는 없을 것입니다. 그것은 너무나 비겁한 현실도피인 까닭입니다. (중략) 그러므로 앞으로 이른바 민족주의 문학은 그 주의를 고수하는 작가들 자체가 좀 더 엄숙한 리얼리즘에 입각하여 방향을

---

75 「우리 민중은 어떠한 예술을 요구하는가」(《중외일보》, 1928.7.11.~7.27.), 『전집』 3, 탐구당, 1966, 541면.

전환하기에 혼신의 노력을 하지 않으면 안 되리라고 생각합니다.[76]

　　그보다도 우심한 것은 농민이나 노동자와 같은 독서수준이 어방 없이 얕은 근로대중을 상대로 써야만 할 '프로'파에 속하는 논객들의 문장이다. 행문이 나무때기와 같이 딱딱하고 읽기에 꽤 까다롭게만 쓰는 것이 특징인 데는 질색할 노릇이다. (중략) 예를 들면 춘원 같은 선배가 한학에 소양이 없고 외래어의 조예가 얕아서 논문이나 소설에 그만치 평이한 글을 쓰는 것은 아닐 것이다. "우리 지식계급을 표준하지 말고 무지한 구소설 독자층에서도 읽고 뜻을 알 만한 정도로 글을 써야 한다. 될 수 있는 대로 한 사람이라도 많이 읽히는 것이 상책이다."라고 주장하고 또 그 자신이 오늘날까지 실천해왔기 때문에 그는 아직도 현문단의 누구보다도 다수한 독자를 획득하고 있는 것이 아닐까. 사상이나 주의에 공명하고 아니하는 것은 별개 문제로 만인이 이해할 수 있도록 붓을 놀리는 것이 가장 현명한 방책이다.[77]

　　일련의 글들을 통해 심훈은 꾸준히 '예술을 대중에게로'라는 대중지향적 예술관을 피력했다. 그리고 되도록 평이한 언어로 쉽게 써야 하고, 눈앞에 당하고 있는 생생한 사실과 인물을 그려서 대중에게 실감과 감격을 주는 리얼리즘에 입각하여 소설을 써야 한다고 주장했다.

　　심훈은 자신의 예술관에 따라 자신의 경험과 일상에서 리얼리티가 확보된 소설적 재제를 찾았다. 작자와 서술자의 거리를 가깝게 하고 주변인물들을 모델로 활용하여 작품이 보편적 공감대를 확보할 수 있게 했다. 그리고 동질적 관계가 분리되는 울분을 표출함으로써 시대적 문제의식까지 담고자 노력하였다. 이는 대중들이 쉽게 이해하고 오락과 위안을 얻는 한편 간접적으로는 문제의식도 느끼게 해야 한다는, 심훈이 추구했던 대중지향적 예술관에서 비롯한 것이라 할 수 있다.

　　본 연구에서는 그동안 도외시되었던 심훈의 단편소설을 대상으로 그 창작기법을 고찰하였다. 심훈은 시와 소설뿐 아니라 수필과 평론 등도 많이 남겼는데, 마침 단편소설과 관련된 수필 등의 글이 남아 있어 이를 소설과 비교하며 창작방법을 살필 수 있었다. 본 연구에서는 단편소설에 드러난 창작기법을 살폈지만, 이는 심훈이 장편소

---

76 「1932년의 문단전망-프로문학에 직언」(《동아일보》, 1932.1.15.~1.16.), 『전집』 3, 탐구당, 1966, 565~566면.
77 「무딘 연장과 녹이 슬은 무기-언어와 문장에 관한 우감(偶感)」(《동아일보》, 1934.6.15.), 『전집』 3, 탐구당, 1966, 562~563면.

설과 시, 시나리오 등 다양한 문학예술을 창작할 때 활용한 방법론들 가운데 일부분일 것이다. 심훈이 생전에 창작한 다양한 장르의 작품들과 그 창작과정 및 방법을 총체적으로 아울러 고찰하기 위해서는, 심훈의 생애와 그가 살았던 시대에 대한 넓은 안목을 가지고 그가 창작한 다양한 작품들을 꼼꼼히 살펴야 할 것이다. 그것은 후속 연구 과제로 남기기로 하고, 심훈의 창작방법론을 세우는 하나의 시도로서 본 연구의 의의를 삼고자 한다.

참고문헌

1. 기본자료

심 훈, 「황공의 최후」,《신동아》1월호, 1936.
_____ , 「황공의 최후」,『한국문학전집』17, 민중서관, 1959.
_____ , 「오월비상」,『한국현대문학전집』7, 삼성출판사, 1978.
_____ , 「찬미가에 싸인 원혼」,『영인 신청년 제1.2.3.4.6호』《근대서지》1, 근대서지학회, 2015, 741~906면.
_____ , 『심훈문학전집』1, 2, 3, 탐구당, 1966.
김종욱·박정희 편, 『심훈 전집』1~8, 글누림, 2016.

2. 단행본

구수경.심훈문학연구소, 『심훈 문학 세계』, 아시아, 2016.
김형수, 『삶은 언제 예술이 되는가』, 아시아, 2014.
신경림, 『그날이 오면 그날이 오며는』, 지문사, 1982.
유현목, 『한국영화발달사』, 한진출판사, 1985.
『심훈기념관자료집』, 도서출판 맥, 2011.

3. 논문

곽 근, 「한국 항일문학 연구-심훈 소설을 중심으로」,《동국어문논집》7, 동국대학교 국어국문학과, 1997,
263~281면.
구수경, 「심훈의 『상록수』고」,《어문연구》19, 어문연구학회, 1989, 435~449면.
김외곤, 「심훈 문학과 영화의 상호텍스트성」,《한국현대문학연구》31, 한국현대문학회, 2010, 111~135면.
김종성, 「심훈 소설 연구-인물의 갈등과 주제의 형상화 구도를 중심으로」, 성균관대학교 석사학위논문,
2002, 1~58면.
김종욱, 「『상록수』의 '통속성'과 영화적 구성원리」,《외국문학》34, 열음사, 1993, 148~163면.
김주리, 「근대적 패션의 성립과 1930년대 문학의 변모」,《한국현대문학연구》7, 한국현대문학회, 1999,
123~150면.
류양선, 「심훈론-작가의식의 성장과정을 중심으로」,《관악어문연구》5, 서울대학교 국어국문학과, 1980,
45~76면.
박성혜, 「박완서 소설의 창작방법론 연구-중.단편소설의 서사화기법을 중심으로」, 단국대학교 박사학위논
문, 2014, 1~126면.
박정희, 「심훈 소설 연구」, 서울대학교 석사학위논문, 2003, 1~93면.
_____ , 「영화감독 심훈의 소설 『상록수』연구」,《한국현대문학연구》21, 한국현대문학회, 2007, 109~141면.
_____ , 「1920~30년대 한국소설과 저널리즘의 상관성 연구」, 서울대학교 박사학위논문, 2014, 1~181면.
박종휘, 「심훈 소설 연구」, 서울대학교 석사학위논문, 1989, 1~72면.
송백헌, 「심훈의 『상록수』-희생양의 이미지」,《언어.문학연구》5, 언어문학연구회, 1985, 139~149면.
신승혜, 「심훈 소설 연구」, 고려대학교 석사학위논문, 1992, 1~78면.
유병석, 「심훈의 생애 연구」,《국어교육》14, 한국국어교육연구회, 1968, 10~25면.
_____ , 「심훈 연구-생애와 작품」, 서울대학교 석사학위논문, 1964, 1~113면.
이두성, 「심훈의 『상록수』를 중심으로 한 계몽주의문학 연구」,《명지어문학》9, 명지어문학회, 1977,
129~157면.

전광용, 「『상록수』고-작가의식을 중심으로」, 《동아문화》 5, 서울대학교 동아문화연구소, 1966, 61~82면.

전영태, 「진보주의적 정열과 계몽주의적 이성-심훈론」, 김용성·우한용 편, 『제3판 한국근현대작가연구』, 삼지원, 2001, 355~379면.

전우형, 「심훈 영화비평의 전문성과 보편성 지향의 의미」, 《대중서사연구》 18, 대중서사학회, 2012, 71~97면.

천정환, 「한국문학전집과 정전화-한국문학전집사(초)」, 《현대소설연구》 37, 한국현대소설학회, 2008, 85~124면.

최희연, 「심훈 소설 연구」, 연세대학교 박사학위논문, 1990, 1~142면.

한기형, 「습작기(1919~1920)의 심훈-신자료 소개와 관련하여」, 《민족문학사연구》 22, 민족문학사연구소, 2003, 190~222면.

한양숙, 「심훈연구-작가의식을 중심으로」, 계명대학교 석사학위논문, 1986, 1~83면.

한점돌, 「심훈의 시와 소설을 통해 본 작가의식의 변모 과정」, 《국어교육》 41, 한국어교육학회, 1982, 73~89면.

홍이섭, 「30년대초의 농촌과 심훈 문학-『상록수』를 중심으로」, 《창작과비평》 7, 창작과 비평사, 1972, 가을, 581~595면.

실추된 남성 사회와 결여가 있는 여성
- 심훈의 소설을 중심으로[*]

장인수

제주대학교 국어국문학과 교수

---

[*]   이 논문은 2016년 제주대학교 혁신지원사업에 의하여 연구되었음.

1. 문제제기

심훈은 「그날이 오면」의 시인, 『상록수』의 작가로 널리 알려져 있다. 그는 3·1운동에 참여하고 '염군사'에 가담하여 활동했으며, 기자이자 영화인으로도 이름이 높다. 그러나 그 유명세에 비하면 그의 작품 세계는 아직 전체적으로 조망되고 있지 못한 감이 있다. 그는 1930년대 초중반 한국소설사에 있어서 매우 중요한 신문소설 작가 중의 한 명으로 기억됨직하다. 『조선일보』에 「동방의 애인」(1930. 10. 21. ~12. 10.), 「불사조」(1931. 8. 16. ~1932. 2. 29.)를 연재하다가 그는 잇따라 일제의 검열 때문에 연재를 중단해야만 했다. 《조선중앙일보》에는 『영원의미소』(1933. 7. 10. ~1934. 1. 10.), 『직녀성』(1934. 3. 24. ~1935. 2. 26.)을, 《동아일보》에 『상록수』(1935. 9. 10. ~1936. 2. 15.)를 연재했다. 심훈의 정력적인 활동은 양적으로나 질적으로나 무시할 수 없는 수준임에도 정당한 평가를 받지 못하고 있다.

심훈의 소설은 통속소설로 비판을 당하기도 하지만,[1] 1930년대 그의 소설들이 단순히 흥미 본위에 그친 것만은 아니다. 그는 일제에 의한 검열의 피해를 가장 뼈저리게 경험한 작가로서, 검열의 우회로에 대해 깊이 고민한 끝에 연애 문제나 지리멸렬한 가족사와 같은 반복되는 모티프에 이르렀다. 그러면서도 그는 계몽적 주체로서의 윤리적인 문제, 이상주의적인 비전을 자신의 소설에 담아내려고 노력했다. 따라서 그의 소설 세계

---

[1]　임화, 임화문학예술전집 편찬위원회 편(2009), 「통속소설론」, 『문학의 논리』, 소명출판, 315쪽.

는 비록 단조롭기는 할지언정 그것을 통속적이라고만 치지도외하기 어려운 면이 있다.

심훈 연구는 그의 3·1운동 체험이나 중국에서의 행적이 밝혀지면서 전기를 맞았다.[2] 이들 연구는 심훈의 당대 문학장에서의 위치를 실증적인 자료를 바탕으로 재조정하면서 그의 문학을 국권 회복을 위한 노력의 소산으로 바라보고 있다. 이들은 심훈 문학에서 '중국' 혹은 '러시아'라는 표상이 함축하고 있는 공간적인 의미를 추적하면서 그의 작품들을 동아시아적인 전망 속에서 '재발견'하려고 한다.

심훈의 사상적 배경, 독서 체험, 영향 관계 등에 대한 관심은 그 과정에서 연구의 의의가 커졌다.[3] 무로후세 코신室伏高信의 심훈에 대한 영향 등을 밝혀낸 것은 주목할 만하다. 그러나 심훈의 사상은 어느 한 사람의 영향이라기보다 중층적인 영향 관계 속에서 해명되어야 할 과제이기도 하다.

심훈의 소설에서 근대적 주체의 형성 과정을 살핀 연구들도 일정한 성과를 거두었다.[4] 이들 연구는 계몽 주체로서 남성과 여성의 위계를 살핀다든지 연애와 돈의 모순 관계에 집중하고 있다. 본 논문은 이들 연구 성과를 부분적으로 계승하고 있다.

『직녀성』, 『상록수』 등 소설에서 심훈은 여성의 성장이나 여성 영웅에 대해 비중을 크게 두었다. 물론 그것은 얼마간 당대 독자 대중의 취향을 반영한 것이기도 하겠지만, 그것이 전부라고는 할 수 없다. 그의 소설에는 국권 상실 이후 무너져가는 구질서와 식민지 권력에서 원천적으로 배제된 '실추된 남성 사회'의 어두운 현실들이 여성들의 서사와 대비되고 있다. 심훈은 식민지 사회에서 '남성들의 서사=정치'가 불가능함을 몸소 체험했다. 그래서 그는 그의 소설을 여성들의 서사로 써내려갔다. 흥미로운 것은 그가 '결여가

2 한기형(2007), 「'백랑'의 잠행 혹은 만유—중국에서의 심훈」, 『민족문학사연구』35, 민족문학사학회, 438~460쪽.; 한기형(2008), 「서사의 로칼리티, 소실된 동아시아—심훈의 중국체험과 『동방의 애인』」, 《대동문화연구》63, 성균관대 대동문화연구원, 425~447쪽.; 하상일(2015), 「심훈과 중국」, 『비평문학』55, 한국비평문학회, 201~231쪽.; 박정희(2016), 「심훈 문학과 3.1운동의 '기억학'」, 《인문과학연구논총》제37권 1, 명지대학교 인문과학연구소, 87~119쪽.; 하상일(2016), 「심훈의 생애와 시세계의 변천」, 《동북아문화연구》49, 동북아시아문화학회, 95~116쪽.

3 권철호(2014), 「심훈의 장편소설에 나타나는 '사랑의 공동체'—무로후세 코신의 수용 양상을 중심으로」, 《민족문학사연구》55, 민족문학사학회, 179~209쪽.; 권철호(2015), 「심훈의 장편소설 『직녀성』 재고」, 《어문연구》166, 한국어문교육연구회, 257~285쪽.

4 김화선(2007), 「심훈의 『영원의 미소』에 나타난 근대적 글쓰기의 양상」, 《비평문학》26, 한국비평문학회, 7~29쪽.; 이혜령(2007), 「신문.브나로드.소설—리터러시의 위계질서와 그 표상」, 《한국근대문학연구》15, 한국근대문학회, 165~196쪽.; 강지윤(2014), 「한국문학의 금욕주의자들」, 《사이間SAI》16, 국제한국문학문화학회, 189~221쪽.; 엄상희(2014), 「심훈 장편소설의 '동지적 사랑'이 지닌 의의와 한계」, 《인문과학연구》22, 대구가톨릭대학교 인문과학연구소, 1~24쪽.

장인수 | 실추된 남성 사회와 결여가 있는 여성 - 심훈의 소설을 중심으로

있는 여성들'을 그리고 있으며 그와 같은 지향이 '추녀'의 표상에 이르고 있다는 점이다.

주지하다시피 심훈은 계몽주의적인 비전을 가지고 있었다. 그는 '조혼'과 같은 구질서와 대립하면서 부르주아 근대주의자의 일면을 보여준다. 그러나 한편으로는 국권 침탈 이전의 '농촌 공동체'에 대한 향수를 보이기도 한다. 이와 같은 심훈 문학의 복잡성은 '여성'을 바라보는 그의 시각에도 그대로 반영되어 있다. 그는 얼마간 당대의 여성혐오적 시선으로 여성을 상대화하면서도, 여성의 각성과 연대에서 새로운 사회의 가능성을 탐색하기도 한다. 그 때문에 심훈 문학의 복잡성, 혹은 모순성을 제대로 이해하기 위해서는 우선 그의 소설에 나타난 그의 여성의식을 실마리로 삼아볼 수도 있을 것이다. 그런 의미에서 이 논문에서는 심훈이 '결여가 있는 여성들'을 그린 것의 의미와, 그의 소설 속에 나타난 여성상의 의의에 대해 살펴보고자 한다.[5]

2. 남성 사회의 실추를 반영하는 남성 인물들과 여성혐오 의식

심훈의 소설에서 '남성'들은 근대 사회에 적응하지 못한 존재들로 그려진다. 구사회의 일원으로서 남성들은 '조혼'과 같은 가족제도의 악습으로 인해 사적 영역에 있어서 안정감을 갖지 못한다. 그들은 자기보다 낮은 신분의 여성들과의 관계를 통해 남성성을 인정받으려 하거나, 국제연애를 통해 남성적 권위를 회복하고자 한다. 그러나 그들은 자신의 '신의信義 없음'에 대한 대가로 '화류병'에 걸리고, 그들의 '부'와 '명성'은 하루아침에 무너진다. 사회운동에 참여하는 또 다른 부류의 남성들 역시 근대 사회에 잘 적응하지 못한다. 그들에게는 생활의 방편이 없다. 그리고 '연애'에 매달리기에는 공적인 영역에서의 책무, '운동'이 더 시급한 과제로 그들에게 주어져 있다. 그들은 이 우선 순위에 의해서 연애를 유예한다. 이 두 부류의 남성 인물들은 남성 사회의 실추를 반영하고 있다. 식민지 조선의 남성들에게 '사회'란 없다. '구조로서의 사회'는 제국에 의해 독점되어 있었기 때문이다. 이 사회 없는 '남성'들은 '여성'을 상

---

5   본 연구의 저본은 김종욱·박정희가 엮은 『심훈문학전집』(글누림, 2016)이다. 이 전집은 단행본이나 선행 전집이 아니라 심훈이 신문에 연재했던 것을 엮은 것이다. 본 논문에서는 심훈 소설의 제목과 참고 쪽수만을 밝히도록 한다.

대화하는 여성혐오 전략을 통하지 않고서는 남성으로서 존립할 수 없었다. 그들에게 '여성'은 성적 도구이거나 '조련'의 대상이었다.

1) 남성성을 결여한 '미남들'의 실패한 연애

우선 『동방의 애인』의 '상호', 『불사조』의 '계훈', 『직녀성』의 '봉환'으로 이어지는 남성 인물들의 계보에 대해 살펴볼 필요가 있다. 심훈은 이들을 모두 '미남'으로 묘사한다. '상호'는 "머리에 기름을 바르고 다니는" "해끄무레하게 생긴" 청년으로 '박진'에게 위화감을 주는 인물이다. 그의 "간드러진 목소리"를 듣고 '박진'은 "'조놈의 것도 사내자식으로 생겨먹었나?'" 하고 생각한다.[6] '계훈'은 "나이가 아직 삼십도 채 되지 못한 드물게 보는 미남자"로 독일에서는 "여자들의 연모를 한 몸에 받아 삼각 사각 관계가 얼크러져서 머리를 앓을 지경"이었다.[7] '봉환' 역시 그 처남인 '경직'에 의하면 인물만은 자신의 누이보다 나은 미남자로 '도화, 사요코, 강보배' 등의 여성들과 연애에 골몰하게 된다.

이들 미남들은 남성들의 영역인 '정치'의 세계가 아니라 '예술'에서 근대를 추구하는 존재들이다. 그러나 그들의 예술은 연애의 파탄과 더불어 모두 실패하고 만다. 그들은 열심히 근대 여성의 뒤꽁무니를 따라다니기는 하지만, 남성답지 못하다는 평판을 얻게 된다. '상호'는 '조놈의 것도 사내자식으로 생겨먹었나?' 하는 뒷공론의 대상이 되고, 악몽에 시달리는 '계훈'을 '줄리아'는 도무지 사나이답지 않고 겁쟁이라고 고쳐 생각하게 된다. '봉환' 역시 '도화' 같은 비천한 신분의 여자에게는 성욕을 느끼면서도 조혼한 처 '인숙'에게는 쉽게 다가가지 못한다. 그들은 여성에게 믿음을 주지 못하는 남성답지 못한 존재로 낙인찍힌다. 또한 그들은 '화류병'에 걸렸거나 '히스테리' 증세를 보인다. '줄리아'가 떠난 뒤 '계훈'은 히스테리 증세를 보인다. "계훈이는 양관으로 돌아온 후에도 날이 밝을 때까지 눈을 붙일 수 없었다. 유리창으로 부챗살같이 쏘아 들어오는 아침 햇발에 바늘 끝같이 날카로워진 신경이 꼭꼭 찔리는 것 같아서 휘장을 치고 고꾸라지듯이 침대 위에 가 쓰러졌다."고 하는 대목에서도 그의 히스테리는 드러난다.[8] 그는 야반도주를 한 '줄리아'와 '스투핀'을 금강산에까지 쫓아갔다

---

6 「동방의 애인」『동방의 애인.불사조』, 75~76쪽.
7 「불사조」위의 책, 136~137쪽.
8 위의 책, 283쪽.

가 권총 오발로 신경을 다치는 바람에 바이올리니스트로서의 경력도 더 이상 이어갈 수 없게 된다. 한편 '봉환'은 '사요코'에게 옮은 악성 임질을 '인숙'과 '보배'에게 차례로 전염시킨다. '강보배'의 집안에서는 '봉환'을 사기 혐의로 고발하고 그 여파로 인해 '윤자작'의 집안은 회복 불능의 상태로 가세가 기운다.

'계훈'과 '봉환'이 국제연애를 하고 있는 점은 주목된다. 심훈이 두 장편에 국제연애를 주요한 모티프로 활용하고 있는 것은 의미가 없지 않다. '계훈'이 보기에 경성의 모던 걸들은 육체미에 있어서 '줄리아'와 비교할 수도 없다. '줄리아'야말로 "자기의 예술이 구라파를 정복한 살아 있는 증거"이기도 했다.[9] '이과회二科會'나 '제전帝展'을 운위하게끔 된 '봉환'에게 '인숙'과 같은 구식여자는 가당치 않았다. '사요코'야말로 그에게 영감을 주는 뮤즈였다. '계훈'과 '봉환'은 결여된 자신들의 남성성을 국제연애를 통해 보완하고자 한다. 그들의 욕망은 '근대 예술'에 이르는 길로 설명될 수 있다. 거기에 이르지 않고는 '남성'이 될 수도 없었다. '줄리아'와 '사요코'는 그것을 매개하는 일종의 장치였다. 따라서 그들의 국제연애가 파탄에 직면했을 때, 그들은 더 이상 '남성'일 수 없게 된다. 그들에게는 페인으로서 인생을 낭비하는 길밖에 남아 있지 않았다.

2) 현실의 중압과 연애의 유예

「불사조」의 '정혁'과 『영원의 미소』의 '병식'은 앞 장의 '에로 청년들'과는 다른 부류다. 두 사람은 모두 일본 유학을 다녀온 엘리트지만, 경성에 돌아와서는 왠지 풀이 죽어 지낸다. '정혁'은 이미 여러 차례의 감옥살이로 '운동'에 대한 회의에 빠진 상태다. 취직은 전과 때문에 가망이 없고 사돈인 '김 장관'의 배려로 겨우 살아간다. '병식'은 신문사 문선공으로 일하지만 직장에서 의취가 맞는 사람이 없고, 가정의 불화도 끊이지 않는다. 그는 '계숙'을 짝사랑한다. 그러나 자신은 이미 처자식을 거느리고 있는 처지이기 때문에 '계숙' 앞에 떳떳하게 나서지 못한다. 그들은 '의남매'가 된다. '병식'은 '계숙'에 대한 정념이 솟을수록 "바위덩이 같은 근심"이 생기는 앰비밸런트한 상황에 봉착한다.[10] 직장마저 폐쇄되자 '병식'은 '수영'과 '계숙'의 사랑이 이루어지기를 기원하는 유서를 남기고 자살한다. '정혁'과 '병식'은 항상 술에 절어서 살아간다. 이와

---

9   위의 책, 170쪽.
10 『영원의 미소』, 2016, 62~63쪽.

같은 음주의 양상은 당대 무기력한 지식 청년들의 전형으로서 거론할 만하다.

『동방의 애인』의 등장인물들은 식민지 현실에 중압을 느낀다. '동렬'과 '박진'이 상해로 탈출한 후에야 연애를 시작할 수 있었다는 것은 의미심장하다. 경성에서 그들은 온전한 '남성'이 될 수 없다. 오직 독립운동의 본산인 상해에 이르고 나서야 그들의 남성성은 겨우 회복된다. '동렬'은 무기력하지는 않지만 다소 금욕적인 태도를 견지한다. '운동' 관계로 알게 된 '세정'에 대해 '동렬'은 성적 긴장감을 느끼지만 애써 "순전한 남녀 간의 동지"로서만 만나려고 한다.[11] 상해로 떠나온 뒤 '세정'이 불쑥 뒤따라오자 그는 당황한다. "우리는 달콤한 사랑을 속삭이고 있을 겨를도 없거니와 큰일을 경륜하는 사람으로는 무엇보다도 여자가 금물"이라고 그는 생각한다.[12] 그리고 '세정'과의 밀회를 상해 독립운동 그룹의 지도자 중 한 사람인 '×씨'에게 들켰을 때 "저희 둘이 청춘이라는 것도 잊어버리려" 했다고 변명한다.[13] '×씨'는 이들 청춘 남녀에게 "훌륭한 ××꾼을 낳아라!"라고 하는 축복을 내린다.[14] 그때에야 비로소 '동렬'의 연애에 대한 죄의식은 누그러진다. '연애'와 '운동' 사이의 모순이 다음 세대를 생산하는 사명 앞에서 일시에 소거되었던 것이다. 한편 '박진'은 '×씨'의 주선으로 중국의 한 군관학교에 편입하여 독립군의 길에 한 발짝 다가선다. 그가 '영숙'의 침실로 돌진하여 구혼할 수 있었던 데는 그의 신체를 둘러싼 '황갈색 군복'의 힘이 컸다.

정도의 차이는 있지만 『불사조』의 '흥룡'도 연애를 뒤로 미루는 태도를 보인다. "사업과 연애를 구별하자"고 그는 다짐한다.[15] 그는 '에로 청년들'의 연애와는 다른 것을 추구한다. '덕순'은 그에게 있어서 '미인'은 아니지만 "영양부족으로 빈혈증에 걸린 여직공이 대부분인" 가운데 유독 "뛰어나게 혈색이 좋고 체격이 건강하게" 생겨서 호감을 주는 여인이다.[16] 이 '건강'의 표식은 분명히 '에로 청년들'의 병증과 대비된다. 그리고 그것은 세대 재생산의 사명과 무관해 보이지만은 않는다.

『영원의 미소』의 '수영'도 농촌운동에 투신을 하기로 마음을 먹자 '계숙'과의 연애 문

---

11 「동방의 애인」 앞의 책, 43~44쪽.
12 위의 책, 54쪽.
13 위의 책, 89쪽.
14 위의 책, 90~91쪽.
15 「불사조」 앞의 책, 263쪽.
16 위의 책, 264쪽.

제를 유예하려는 듯한 태도를 취한다. 모던 걸 '계숙'을 농촌의 생활인으로 개조하기 위해서는 많은 시간과 노력이 필요하리라고 '수영'은 지레 걱정을 한다. 그는 연애를 포기하고 "흙의 사도"가 되고자 한다.[17] 물론 '수영'과 '계숙'의 연애 감정은 그렇게 쉽게 정리되지는 않는다. 그럼에도 '계숙'을 동지로서 믿지 못하고 개조의 대상으로만 인식하는 '수영'의 태도는 답답함을 자아낸다.

식민지 조선의 현실은 이렇게 지식 엘리트 청년들에게도 중압감을 주는 것이었다. 그들은 식민지 현실에 대한 응전과 연애를 양립할 수 없는 문제로 인식하는 경향이 있었다. '동렬'이 '연애'에서 세대재생산의 사명을 확인하고 나서야 '세정'과의 혼인으로 나아갈 수 있었다면, '수영'은 모던 걸 '계숙'의 개조와 '농촌 개조'를 포개어 놓는 지점에 이르러서야 겨우 죄의식을 덜고 고향으로 향할 수 있었다.

3) 여성혐오와 관음증적 시선

심훈이 처음으로 완결을 지은 장편『영원의 미소』는 조금 특이한, 음미해 볼 만한 구조를 취하고 있다. 탐정소설이 아님에도 등장인물들은 서로를 염탐한다. '병식'은 자신이 짝사랑하는 '계숙'을 미행하여 얻은 정보를 '수영'에게 전한다. "계숙이가 정말 경호의 미끼를 단단히 물었네그려."라고 '병식'은 '수영'에게 고자질하듯 한다. '수영'은 '병식'의 이 비상식적인 염탐을 묵인할 뿐 아니라 오히려 '병식'에게 의존하여 '계숙'의 일상을 훔쳐보고 싶어 한다. 그런가 하면 '경호'는 사촌누이 '경자'를 통해 '계숙'을 감시한다. '경자'만으로는 부족하다고 생각해서 '경호'는 염탐 하나를 더 늘릴 궁리를 하기도 한다. 『영원의 미소』는 '수영'과 '경호'가 '계숙'을 사이에 두고 서로 욕망의 대결을 펼치는 이야기거니와, 욕망하는 자와 그 대상 사이에 간자를 매개로 하고 있는 관음증적 구도를 취하고 있다. 거기에는 '관찰하는 남성'과 '관찰 당하는 여성'의 시선의 비대칭성이 존재한다.

'계숙'은 애초에 장안의 유명인사로서 관음증적 시선을 유발하는 존재다. "그는 신여성들 사이에, 또는 젊은 학생들 사이에, 누구나 모르는 사람이 없을 만치 유명한 여자"라고 작가는 쓴다.[18] '계숙'은 경향에 '잔 다르크' 혹은 '로자'로서 이름이 나 있다.

---

17 『영원의 미소』, 앞의 책, 318쪽.
18 위의 책, 24쪽.

그런 '계숙'이 백화점에 다니게 된 것이다. 백화점은 자본주의 근대의 상징으로서 식민지인의 근대를 향한 욕망을 상품에 대한 욕망으로 대체하도록 '유혹'하는 공간이다. 이 대체 자체가 관음증적이라는 것은 두말할 필요가 없다. 국민국가 없는 식민지인들에게 '근대'는 요원한 것이다. 그들은 꿀 수도 없고 꾸어서도 안 되는 꿈을 보고 있는 것이다. 그들이 상품을 구매할 때 그들은 근대의 외피만을 소비하게 된다. 근대를 향한 그들의 욕망은 아직 채워지지 않았으므로 다시 백화점으로 달려가지 않을 수 없다. 모던 걸과 모던 보이 들이 수시로 백화점에 드나드는 이유다. 그런 공간에서 '계숙'은 만인의 시선에 노출된다. '세일즈걸'로서, 혹은 '우리꼬賣リ구'로서 그녀는 이 다수의 관음증적 시선에서 벗어나지 못한다.

『영원의 미소』는 일종의 세태소설로서 '계숙'을 비롯한 신여성들의 '패션'을 관음증적으로 추적한다.

> ① 검정 두루마기를 짤막하게 입고 미색 목도리 한 자락을 등 뒤로 멋지게 넘겼다. 계숙이는 내려서면서 왼편 소매를 들추어 팔뚝시계를 보고는 시선을 사방으로 두른다.
> ② 머리를 지져서 몇 가닥을 이마에 꼬부려 붙이고, 눈썹을 그리고 한 갑에 이 원이나 하는 코티 분을 바른 제 얼굴을 들여다보았다. 비단 안을 받친 유록빛 외투에, 녹피 장갑에, 굽 높은 구두에, 아주 모던 걸로 변한 저의 차림차림을 둘러보고 굽어보았다.
> ③ 앙바틈한 몸에는 역시 까만 털을 댄 외투를 입고 허리띠를 졸라맸다. 악어 껍질로 만든 핸드백을 들고, 키가 커 보이게 하느라고 특별 주문을 했는지, 몸이 앞으로 곤두박힐 만큼이나 뒤축이 높은 캥거루 구두를 신었다.
> ④ 수영의 눈도 비단양말에 덧버선을 신은 두 여사의 종아리로-부터 머리를 지져서 꼬부려 붙인 경자의 좁다란 이마까지 얼른 다녀내려갔다.
> ⑤ 경자는 무대 뒤 화장실에서 화장을 하는 여배우 모양으로, 웃통을 벗고 겨우 젖꼭지만 가리고는 아침 화장을 한다. 코티 분과 폼페이안 향수 냄새를 머리가 아프도록 풍기고 앉았다.[19]

---

19 위의 책, ① 27쪽, ② 87쪽, ③ 125~126쪽, ④ 158쪽, ⑤ 268쪽.

신여성들의 '패션'은 '부랑청년, 모던 보이, 씨크 보이'의 '패션'과 짝을 이룬다. 작가가 이러한 세태를 부정적으로 보고 있는 것은 물론이다. 작가의 페르소나라고 할 수 있는 '수영'은 "그 병은 계숙 씨 혼자만 걸린 병이 아니에요. 공부깨나 한 조선의 젊은 남녀가 다 이 병에 걸렸다구 해도 과언이 아니지요. 즉 아무 하는 일 없이 막연하게 번화한 도회지만 동경하고 시골은 사람이 살지 못하는 데로만 여기는 병"이라고 하여 젊은이들의 '패션'을 병적인 것으로 인식한다.[20] '수영'이 "제 버릇이 다 생기고 지루 꾀어진 여자 하나를 길을 들이고 조련을 시키는 시간과 노력"을 차라리 다른 일에 기울인다면 더 많은 일을 할 수 있으리라고 생각하는 것은 모두 그러한 인식에서 나온 것이다.[21] 즉, 그는 여성을 '조련의 대상'으로 보고 있는 것이다. '수영'이 여성, 특히 '계숙'을 '조련의 대상'으로까지 볼 수 있게 된 것은 소설 초반부의 '수영'을 생각하면 상당히 큰 변화다. '수영'은 연애에 대해 잘 모르는 인물로 그려졌다. '병식'의 중개가 필요한 인물이었다. 그러던 것이 소설 후반부에 오면 '조련' 운운까지 하게 된 것이다. '수영'은 신여성 '계숙'의 육체를 관음증적으로 감시하고 규율하려 한다. '계숙'에게서 이 '패션'이 소거되지 않는 한 '수영'은 '계숙'을 사랑의 대상으로서 승인할 수 없으며, 금욕주의자로 거듭 회귀할 수밖에 없다.[22]

『영원의 미소』의 관음증적 구도는 『직녀성』의 '봉환'이 비천한 여성과의 관계를 통해 남성성을 회복하고자 하는 것과 유사한 욕망에 기대고 있다. 그것은 당대 여성 사회를 상대화함으로써 남성의 권위를 인정 받고 남성성을 회복하고자 하는 욕망이 반영된 것이었다. 이 관음증적 구도는 기실 「동방의 애인」에 편재해 있는 여성혐오에 그 기원이 있다. 「동방의 애인」의 '박진'은 여성을 '고양이' 같은 존재로, "장난감밖에 되지 못하는 것"으로 인식한다. "여자들도 근래에 와서는 '해방'이니 '경제적 자립'이니 하고 노-란 기염을 토하긴 하여도 결국은 선천적으로 남자에게 종속된 사람의 반편 이외의 아무것도 아니라"고 그는 생각한다.[23] 『영원의 미소』 후반부의 '수영', 「불사조」의 '흥룡', 『직녀성』의 '세철' 등 외향적 성격의 남성들은 얼마간 이 '박진'의 여성관에서

---

20 위의 책, 423~424쪽.
21 위의 책, 317~318쪽.
22 한국 계몽주의 서사에 나타난 금욕주의적 주체들이 사랑과 자본의 경쟁에서, 강박적으로 자본의 층위를 제거하려고 했다는 점에 대해서는 다음을 참고할 것. 강지윤, 앞의 논문, 212~214쪽.
23 「동방의 애인」 앞의 책, 119쪽.

심훈 문학의 전환

자유롭지 않다. 그들의 '남성다움'은 여성을 '고양이' 같은 존재로 상대화함으로써 비로소 담보될 수 있었다.

3. '연대' 하는 여성들 사이의 '친밀감'과 '추醜'의 표상

심훈에게 식민지 조선은 '남성들의 사회'가 현실적으로 성립 불가능한 공간으로 여겨졌다. 그 대안으로 그는 그의 소설들에서 '여성들의 사회'를 모색했던 것이다. 그의 소설들이 '여성의 성장'이라는 테마를 되풀이하여 보여주는 데는 그와 같은 사정이 개재해 있었다. 그의 소설에는 사회가 제대로 기능을 하지 않게 된 식민지적 상황에 대한 불만과 그로 인한 노스탤지어가 드러난다. '농촌 공동체'에 대한 향수의 형태로 그것은 제시된다. 심훈은 조혼과 같은 구질서를 일관되게 비판하면서도 '농촌 공동체'로 돌아간다. 거기에서 그는 여성들의 '친밀감'과 '연대'를 그리고자 한다. 특히 그는 구질서와 절연된 '결여가 있는 여성'을 주인공으로 내세운다. '추녀'는 그가 창조한 여성들 중에서 가장 결여가 많다. 그러나 그 '추녀'는 소비적인 자본주의 사회에서 가장 낯설고 위협적인 타자이기도 하다.

1) '친밀감'과 공동체에 대한 노스탤지어

신여성을 주인공으로 하는 『영원의 미소』를 예외로 하면, 심훈의 장편은 모두 여성 인물들 사이의 '친밀감'을 강조하고 있다. 「동방의 애인」의 '세정과 영숙', 『불사조』의 '정희와 덕순', 『직녀성』의 '인숙과 봉희, 복순, 정자' 등 사이의 친밀감은 이들 소설의 서사 전개에 있어서 큰 비중을 자지한다.

「동방의 애인」은 미완결 작품이기는 하지만 여성 인물들 사이 친밀감의 원형을 보여준다. 이 소설에서 작가는 동지애의 다양한 가능성을 몇 가지 조합으로 실험하고 있다. '동렬과 박진' 사이의 남성 간 동지애, '동렬과 세정' 사이의 남녀 간 동지애, 그리고 '세정과 영숙' 사이의 여성 간 동지애가 그것이다. 그 중 남녀 간 동지애는 세대 재생산의 임무와 맞물려 '혼인'으로까지 이어진다는 것은 이미 살펴본 바 있다. '동렬과 세정'의 혼인은 만인의 축복을 받지만, '박진'은 두 지인의 혼인으로 인해 쓸쓸함을 느끼고 자신도 혼인의 대상자를 얻기 위해 '영숙'에게 간다. '남녀 간 동지애'가 결실을 맺는 순간 '남성 간 동지애'에는 '질투'라는 부산물이 일순간이기는 하지만 개입한다. 그에 비해 '세정과 영숙'의 관계에는 그러한 부산물의 개입이 없다. '세정'은 "수다스러운 사람을 싫어하건만" '영숙'에게는 너그럽다. '세정'은 '영숙'의 목소리가 "종달새같이 애티 있는" 소리라고 생각한다. 그리고 "처녀답고 순진한 점이 동생처럼 귀엽기도" 했다.[24] 여기에는 아직 '동지애'라고 할 만한 공공영역에서의 연대까지는 개입되어 있지 않다. 두 사람 사이에는 사회적 연대감 이전의 '친밀감'이 개재되어 있다. 물론 「동방의 애인」은 미완결로 남은 작품이기 때문에 '세정과 영숙'의 동지애에 큰 의미가 있는 것은 아니다. 소설의 도입부에 이미 '영숙'이 '세정'이나 '박진'과의 관계에서 이탈하여 먼 곳으로 떠났음이 드러나 있기도 하다. 그러나 이 '여성 간의 친밀한 관계'는 이후 심훈 소설에서 일관성 있게 반복된다.

심훈이 여성 인물들 사이의 '친밀감'을 통해 무엇을 보여주려고 했는지는 「불사조」에서 더 선명하게 드러난다. 「불사조」의 '덕순'은 자신과 신분 계급이 다른 '정희'에 대해 묘한 친근감을 느낀다.

덕순이가 처음 정희를 볼 때에는 '흥 양반의 딸이로구나, 부잣집 며느리의 티가 배었구나' 하고 일종의 계급적 감정으로 대하였다. 그러나 몇 번 두고 만나볼수록 친숙해지고 정희의 처지를 동정하게까지 되었다. 옷매무새라든지 행동거지는 비록 유산계급의 놀고먹는 여자의 탈을 벗지 '못하였으나 마음을 쓰는 것이 곱고 얌전하고 누구에게나 태를 부리기커녕은 사람을 대하는 태도가 퍽 겸손한데 호감을 가지게 되었다. 같은 여성으로서 피차에 불행한 처지를 동정한다느니보다도 흥룡이와 같이 유모의 젖을 나눠 먹고 자랐다는데 남유달리 친친한 느낌을 받는 것이었다. 상하와 반상의 계급만 없는 처지였다면 정희와 흥룡이는 누님 동생하고 친남매처럼 지냈을 것이다. 그러면 흥룡의 누이 되는 정희는 나한테 시누이뻘이 될 것이 아닌가?[25]

'정희'는 훼손된 남성 사회의 희생자로 그려진다. 그러면서도 남편인 '계훈'이 외도 끝에 자신에게로 다시 돌아오리라는 부질없는 희망에 매달린다. '덕순'은 "개성이 바

---

24 위의 책, 68쪽.
25 「불사조」 앞의 책, 368~369쪽.

심훈 문학의 전환

야흐로 눈뜨기 시작하는" 동성同性을 위해 힘껏 돕고 싶으나, 한편으로 '정희'에게는 더 큰 시련이 필요하리라고 고쳐 생각한다.[26] '정희'에 대한 '덕순'의 마음은 운동이나 이론 차원의 연대 의식이라기보다는 '친밀감'에 머물러 있다. '덕순'은 '정희'를 자신의 시누이나 되는 것처럼 여기고 있는 것이다. 이 '친밀감'에 힘입어 종국에 '정희'는 '도깨비의 소굴'과 같은 시가를 떠난다. 비록 계급적 연대 의식에까지 이어지고 있지 않으나 이들 사이의 '친밀감'은 그 의의가 작지 않다. 작가는 '정혁'으로 대변되는 조직의 논리에 대해 이 '친밀감'을 배치하고 있기 때문이다. '흥룡'이 고문 후유증으로 거의 앉은뱅이가 되다시피 하여 출소할 때까지 '정혁'은 면회 한번 없이 관헌의 추적을 피해 숨어 다니기만 한다. 그에 반해 '덕순'은 '흥룡'이 쾌차하더라도 다시 일제에 의해 부자유한 몸이 되기 십상이라고 속으로 생각하면서도 그에 대한 헌신을 다짐한다. '덕순'의 감성에 작가가 동정적 태도를 취하고 있음은 물론이다. 엘리트의 지도에 의한 각성이 아니라 여성들 스스로의 자발적인 연합에서 작가는 여성 '사회'의 가능성을 타진하고 있었던 것이다.

여성 인물들 간 '친밀감'의 구조는 『직녀성』에서 더 발전된 형태로 반복된다. 여성 운동가 '복순'은 '인숙'에게 『인형의 집』이나 엘렌 케이의 사상에 대해 알려줌으로써 근대적인 사고를 심어준다.[27] 여의사 '정자'도 '인숙'을 무조건적으로 후원하고 격려한다. '인숙'은 시누이인 '봉희'와도 '친 동기간 같은 사이'가 된다. 이들의 관계에는 논리적으로 설명할 수 없는 심정적인 끌림이 개재되어 있다.

기실 심훈 소설에 나타나는 이 여성 인물 간의 '친밀감'의 구조는 남성 사회의 전망 없음에서 비롯한 '노스탤지어'와 관계가 있다. 사회가 제대로 기능을 하지 않는다고 하는 불안은 다음과 같은 네 가지 노스탤지어를 유발한다. ① '고향의 안락함'이 있던 황금시대로부터의 이탈과 같은 역사적 하강 또는 상실의 감각, ② 인격적 전체성 및 도덕적 확실성의 부재 또는 상실에 대한 감각, ③ 진실된 사회적 관계가 소멸함에 따라 개인적 자유와 자율성이 상실되었다는 감각, ④ 간결성, 개인적 진정성, 감정적 자발성이 상실되었다는 감각 등이 그것이다.[28] 이 노스탤지어가 심훈으로 하여금 '농촌'

---

26 위의 책, 369쪽.
27 『직녀성(하)』 209쪽.
28 앤서니 엘리엇·버나드 터너, 김정환 옮김(2015), 『사회론』 이학사, 88~90쪽.

으로 향하게 했다. 심훈이 1차 대전을 기점으로 도시 문명의 시대가 가고 자연과 농촌에 기반을 둔 '문화'의 시대가 오리라고 한 무로후세 코신(室伏高信)의 사상적 영향권 아래 있었다고 하는 선행 연구는 이 지점에서 되새겨 볼 만하다.[29] 또한 그것은 1930년대 농촌소설이 검열의 우회로서 '국가'를 '고향'으로 변형시킨 사실과도 무관하지 않다.[30] 그는 '끈끈함'과 '친밀감'을 그 속성으로 하는 공동체(=국가)의 회복을 지향했다. 그래서 『직녀성』이 다음과 같은 장면에서 멈추고 있는 것은 의미심장하다.

> 식사는 즐겁게 끝났다. 이 고장의 형편과 인정풍속을 이야기하고 또한 여러 식구가 소임은 각각 다르나, 앞으로 한마음 한뜻으로 활동해 나아갈 것을 의논하느라고 밤이 이슥해가는 줄을 몰랐다. 다 각기 적으나마 벌어들이는 대로 공평히 추렴을 내어서 생활을 하여 나갈 것과, 될 수 있는 데까지 생활비를 절약해서 여유를 만들어 ××학원과 유치원에 바칠 것이며 (인숙의 월급은 삼십 원으로 정하였다 하나 이십 원만 받으리라 하였다) 조그만 나라를 다스리듯이 이 공동 가정의 대표자로는 복순을 내세워 외교를 맡게 하고, 살림을 주장해 하는 것과 어린애를 양육하는 책임은 인숙이가 지고, 회계위원 노릇은 봉희가 하는데, 세철은 몸을 몇으로 쪼개고 싶도록 바쁜 터이라, 무임소대신 격으로 대두리 일을 통찰하기로 헌법을 제정하였다.[31]

구소설과 신소설, 신파소설의 이야기 전통을 횡단하면서[32] 이 소설은 전근대적인 비전과는 전혀 다른 비전에 도달한다. 심훈은 가족제도의 구습에 젖은 가부장제의 폐해를 비판하고 대안가족의 형태를 제시한다. '복순', '인숙', '세철', '봉희' 등은 경성을 떠나 원산에서도 더 들어간 작은 도회에 정착한다. 이들에게는 각각의 직분이 있으나, 거기에 권위주의적인 위계가 설정되어 있는 것은 아니다. 그들은 자아와 타자 사이에 끈끈한 유대감을 형성하고 있으며 상호적인 사회를 만들기 위해 합의와 협력을 게을리 하지 않는다. 심훈이 지향한 농촌운동의 이상도 이 장면에서 그리 먼 곳에 있지 않았다.

---

29 권철호, 「심훈의 장편소설에 나타나는 '사랑의 공동체'」 앞의 논문, 192~193쪽.
30 한기형, 「서사의 로칼리티, 소실된 동아시아」 앞의 논문, 440~443쪽.
31 『직녀성(하)』 앞의 책, 421쪽.
32 최원식(2002), 「서구 근대소설 대 동아시아 서사—심훈 『직녀성』의 계보」 《대동문화연구》40, 성균관대 대동문화연구원, 149쪽.

2) 결여가 있는 여성과 '추'의 표상

심훈 소설에서 여성 인물들이 그 '친밀감'을 바탕으로 '연대'할 수 있는 배경에는 그들이 전통적인 가족의 가호에서 벗어나 있다는 조건도 있다. 『동방의 애인』의 '세정'은 만주로 건너간 '동렬'을 위해 먼저 '어머니'를 배신하고 가산을 빼돌려서 도주한다. 『불사조』의 '정희'에게 '친정'은 어머니가 이미 부재한 공간이며 안식처로서의 기능을 상실한 곳이다. 『영원의 미소』의 '계숙' 역시 어려서 어머니를 잃고 부모의 정을 모른 채 일찍이 독립적인 삶을 영위해간다. 『직녀성』의 '인숙'은 친정이 식민지기에 처참하게 몰락한다. 그 과정에서 부모님을 모두 비참하게 잃는다. 심훈이 '어머니 결여'를 상당히 의식적인 코드로 활용했음은 거의 틀림없다. 심훈 소설의 여성 주인공들은 어머니와 사별하거나 절연함으로써 낡은 세계에서 벗어나 새로운 '친밀감'의 대상을, '연대'의 대상을 찾게 된다.

심훈 소설에서 여성들은 '결여가 있는 인물'로서 그려져 있는 것이다. 그 중에서도 『직녀성』의 '복순'은 가장 큰 '결여가 있는 인물'이다. 그녀는 사생아이고 종의 딸이다. 민적에도 이름이 없는 여자다. 더욱이 그녀는 '추녀'로 묘사된다. '추녀'가 심훈 소설에 나타나는 여성 전체를 대변하고 있다고는 물론 말할 수 없다. 그러나 '복순'에 한정되는 표상이라 해도, 심훈이 이 '추녀'의 표상에 이르고 있다는 것은 의미심장하다.

> 복순이란 여자를 가까이 보니 나이는 스물 서넛이나 된 듯 살결이 거무스름하고 젖가슴이 벌어진 것이 튼튼하게는 생겼으나, 손발이 상스럽게 큰 것이 맨 먼저 눈에 띄었다. 기름이란 한 번도 발라보지 못한 듯한 머리털은 주황빛이요. 코는 찌그러진 듯이 넓적한데 두꺼운 윗입술은 건순이 져서 짧은 인중을 말아 올렸다. 어느 모로 뜯어보아도 여자답고 어여쁜 구석이라고는 한군데도 발견할 수 없다.[33]

이와 같은 묘사는 긍정적인 인물에 대한 묘사치고는 이례적이다. 물론 '복순'의 '추'는 여성들 사이의 경쟁심이나 질투심으로부터 그녀를 자유롭게 해주는 장치 구실을 하고 있다. 예를 들어 '인숙'은 자신의 남편인 '봉환'이 '복순'을 덮치려고 하는 모습을 보고 배반감으로 괴로워하지만, '복순'이 해명을 하자 맥이 빠질 정도로 허무하게

---

[33] 『직녀성(상)』 195쪽.

오해를 푼다. 심지어 '인숙'은 이 사건을 계기로 '복순'과 '친밀한 관계'가 된다.

그러나 '추'의 표상은 더 많은 것을 내포하고 있다. 그것은 '부르주아 남성 사회'를 위협한다. 부르주아 남성 사회는 '코티 분'을 바르는 '모던 걸'이나 '솜털 하나 없이 매끈한' 여성화된 '에로 청년'으로 표상된다. 즉, 그것은 소비적이고 향락적인 것을 대변한다. 그와 같은 사회에서 '추'는 가장 결여된 이미지다. '추녀'는 소비적이고 향락적인 부르주아 사회에서 가장 낯선 타자에 다름 아니다. 이 '추녀'의 방에는 "새빨간 표지에 눈에 서투른 글자로 박은 책인데 가타카나로 '부르주아'니 '프롤레타리아'니 하는 글자"가 박힌 책들이 있다.[34] 그리고 그녀는 '인숙'에게 근대적인 사고를 주입한다. '복순'은 남자도 여자와 마찬가지로 정조를 지켜야 한다는 '위험한 사상'을 '인숙'에게 전파한다. '복순'은 모종의 사상 관련 사건에 연루되어 투옥되었다가 한참만에야 출소한다. 『직녀성』에서 '추'의 표상은 사회주의에 대해 더 이상 공공연히 말할 수 없게 된 1930년대 중반에 사회주의와 여성주의를 대신하는 것으로서의 의미를 가지고 출현했다는 점에서 소설사적인 의의가 작지 않다.

심훈은 그의 소설에서 전망 없는 남성 사회가 아니라 여성의 연대에서 새로운 사회의 가능성을 모색하고자 했다. 그 과정에서 그는 점점 여성 영웅을 향해 나아갔다. 비록 그가 근대적 주체의 기획에 있어서 언제나 시간적 지체를 경험할 수밖에 없었던 여성을 그리는 데 그쳤다고 하더라도,[35] 그가 여성의 서사를 중요시했다는 것을 과소평가해서는 안 된다. 그는 『상록수』의 '채영신'에 이른다. 그녀는 '자퇴'를 통해 학교에서 이탈하여 농촌으로 향한다. 농촌은 '동혁'에게는 고향이지만, '영신'에게는 타지라는 점도 그녀를 '결여'의 상태에 처하게 한다. '추'라기보다 단순히 꾸미지 않는다거나 외모에 신경을 쓰지 않는다는 정도로 순치되어 있지만 '영신' 역시 『직녀성』 '복순'을 계승하고 있다. '영신'은 '화장품'과 인연이 없고 "얼굴에 두드러진 특징은 없어도" "두 눈에는 인텔리(지식계급) 여성다운 이지"가 빛난다.[36] 더욱이 그녀는 '모친'이 정해준 혼처를 거부함으로써 어머니 결여의 상태를 자초한다. 그녀는 혈연의 정을 거부하고 '미스 필링스'와 같은 외로운 이방인을 롤 모델로 삼는다. '청석골'에서 그녀는

---

34 위의 책, 199쪽.
35 이혜령, 앞의 논문, 187~188쪽.
36 『상록수』 26~27쪽.

말 그대로 이방인이다. 강습소를 짓기 위한 기금을 마련하기 위해 인근 마을을 헤매고 다니는 그녀의 모습은 『직녀성』 '복순'만큼이나 구 전통을 대변하고 있는 측에게는 거북함을 느끼게 하는 것이었다.

심훈은 일관성 있게 로자 룩셈부르크 같은 여성 위인을 그리고자 했다. 「동방의 애인」의 '세정'은 로자의 전기를 읽고 있고, 「불사조」의 '흥룡'은 '덕순'을 마음속으로 "오오 나의 '로-자' 나의 태양!"이라고 부른다. 『영원의 미소』의 '계숙'은 '잔 다르크'나 '로자'와 같은 여인과 비견할 만한 존재로 세인들의 선망의 대상이 된다. 로자 룩셈부르크는 사회주의 정당의 관료화를 비판하고, 자발적인 노동자 투쟁을 강조한 여성 사회주의 운동가로 알려져 있다. 그에 따라 레닌은 그녀가 쓴 글을 처음 읽고 "동지도 없이 분투하는 외로운 사람"을 떠올리기도 했다.[37] 『상록수』는 심훈 소설 중 로자 룩셈부르크의 사상에 가장 근접해 있다. '박동혁'의 입을 통해 심훈은 "높직이 앉아서 민중을 관찰하거나 연구의 대상으로 삼으려는 태도를 단연히 버리고" "우리 조선 사람이, 제 힘으로써 다시 살아나기 위한" 사업을 어디까지나 '자력'으로 해야 한다고 말한다.[38] '영신'은 그에 대한 실천으로서 농촌운동에 투신한다. 거기서 허망하게도 그녀는 몸을 혹사한 대가로 죽게 된다. 그녀는 거의 혼자 농촌사업의 재원을 마련하기 위해 동분서주하고, 감정을 허비하며 다닌다. 그리고 배움에 목마른 아이들을 위해 헌신한다. 로자가 그랬듯이 그녀도 관료화한 조직에 기대지 않고 '농민' 스스로의 투쟁을 통해 삶을 향상시키고자 한다. 그녀는 언제나 농민들에게 모범을 보이기 위해 무리하게 노동한다. 심훈의 다른 장편들에 비해 '영신'이 '친밀감'을 가지고 교류할 만한 여성 인물이 『상록수』에는 거의 그려져 있지 않다. 『상록수』에서 심훈은 '연대'의 가치보다 자발성, 자력갱생, 그리고 그러한 가치를 구현한 '영웅'을 창출하고자 했다. '영신'의 죽음은 일종의 성화聖化였던 셈이다. 그녀의 죽음이 그녀의 어머니에게 알려지지 않는다고 하는 점은 시사하는 바가 없지 않다. 그녀는 어머니를 그리워하고 걱정하지만 결국 어머니의 집으로 돌아가지는 않는다. 영웅이 되기 위해 그녀는 '결여된 여성', '미스 필링스'와 같은 상태로 남아 있어야 했다.

---

37 토니 클리프, 조효래 옮김(2014), 『로자 룩셈부르크의 사상』 책갈피, 20~28쪽.
38 『상록수』 앞의 책, 23쪽.

4. 결론

심훈은 그의 장편소설에서 남성 사회의 실추를 그리는 한편, 여성의 성장에 대해 묘사했다. 그의 소설에서 남성들은 근대 권력에서 배제되고 남성성을 박탈당한 모습으로 재현된다. 그들은 '에로청년'이 되거나 '금욕주의자'가 되지 않을 수 없었다.

근대적 외양을 흉내 낸 '에로청년'들은 구질서를 대표하는 조혼한 아내가 아니라 근대를 대변하는 신여성을 욕망하고 그들에게서 승인을 받음으로써 진짜 남자가 되려고 한다. 심훈은 그 극단적인 예를 '국제연애'에서 찾고 있다. 심훈 소설의 남성들은 제국의 여성들에게서 승인을 받고자 하지만, 그러한 욕망은 번번이 좌절된다. 오히려 그들은 '화류병'을 얻음으로써 남성성을 영원히 박탈당한다. '금욕주의자'들은 연애와 식민지적 모순 사이에서 갈등한다. 그들은 연애보다는 '운동'이 더 시급한 과제라는 강박을 가지고 있다. 그래서 그들은 여성을 '누이'나 '동지'로서만 인식하려고 든다. 그들의 연애는 독립운동의 근거지인 '상해'에 이르러서야 겨우 가능해진다. 그것도 세대재생산이라는 민족적 과업과 연애가 일치될 때에야 그것은 용인된다. 혹은 '중국군'의 복장을 두르고 '군인'의 신체에 가까이 다가서고 나서야 그들은 진짜 남자가 되어 구혼을 할 수 있었다.

식민지 조선의 실추된 남성 사회는 심훈 소설에서 여성혐오와 관음증적 시선에 의해 구조적으로 떠받혀진다. 심훈은 신여성을 혐오와 관음증적 감시 속에 방치해둠으로써 여성을 상대화하고 겨우 남성 사회의 실추를 만회하는 전략을 취한다.

기본적으로 심훈의 소설들은 남성 중심적이다. 그러나 그가 여성들의 성장을 비중 있게 다루고 있는 것도 엄연한 사실이다. 그것은 건실한 운동가로서의 남성들 역시 '운동' 속에 있는 한 일제의 탄압에서 자유로울 수 없다는 점과, 남성들의 '운동'이 이론 투쟁으로 경화되고 내부적으로 분열되어 있다는 점과 무관하지 않다. 그와 같은 조건들은 그의 소설에서 여성의 중요성을 제고한다.

심훈은 제국의 지배가 미치지 않는 공동체에 대한 노스탤지어 속에서 '연대'로서의 사회가 가능한 지점을 모색한다. 그는 여성들 사이의 친밀감을 즐겨 다루었고, 거기에서 '연대'의 가능성을 타진하기도 한다. 그리고 그 가능성을 높이기 위해 그는 여성들을 '결여가 있는 인물'로 묘사한다. 부모와는 절연하고 조혼한 남편과는 이혼한다든지, 학교를 자퇴하고 화장은 하지 않는 '추녀'라든지 하는 표상에 그는 이른다. 그녀들은 사회주의에 친연성을 띤 채 제국의 질서를 위협하고, 제국의 감시가 소홀해진 틈을 타서 '대안적인 세계'를 구현하는 데 큰 역할을 한다. 심훈 소설에서 '국가'가 '고향'으로 대체되었다고 한다면, '여성' 역시 탈여성화한, 결여된 형상으로 '남성'을 대신하고 있었다.

참고문헌

1. 기본자료

김종욱·박정희 편, 『동방의 애인.불사조』 글누림, 2016.

_____ , 『영원의 미소』 글누림, 2016.

_____ , 『직녀성』(상), (하), 글누림, 2016.

_____ , 『상록수』 글누림, 2016.

2. 단행본

임　화, 임화문학예술전집 편찬위원회 편(2009), 「통속소설론」, 『문학의 논리』 소명출판, 315쪽.

앤서니 엘리엇·버나드 터너, 김정환 옮김(2015), 『사회론』, 이학사, 88~90쪽.

토니 클리프, 조효래 옮김, 『로자 룩셈부르크의 사상』, 책갈피, 2014, 20~28쪽.

3. 학술논문

강지윤(2014), 「한국문학의 금욕주의자들」, 《사이間SAI》16, 국제한국문학문화학회, 189~221쪽.

권철호(2014), 「심훈의 장편소설에 나타나는 '사랑의 공동체'- 무로후세 코신의 수용 양상을 중심으로」,
　　　　　《민족문학사연구》55, 민족문학사학회, 179~209쪽.

_____(2015), 「심훈의 장편소설 『직녀성』 재고」, 《어문연구》166, 한국어문교육연구회, 257~285쪽.

김화선(2007), 「심훈의 『영원의 미소』에 나타난 근대적 글쓰기의 양상」, 『비평문학』26, 한국비평학회,
　　　　　7~29쪽.

박정희(2016), 「심훈 문학과 3.1운동의 '기억학'」, 《인문과학연구논총》제37권 1호, 명지대학교 인문과학연
　　　　　구소, 87~119쪽.

엄상희(2014), 「심훈 장편소설의 '동지적 사랑'이 지닌 의의와 한계」, 《인문과학연구》22, 대구가톨릭대학교
　　　　　인문과학연구소, 1~24쪽.

이혜령(2007), 「신문.브나로드.소설 - 리터러시의 위계질서와 그 표상」, 《한국근대문학연구》15, 한국근대
　　　　　문학회, 165~196쪽.

최원식(2002), 「서구 근대소설 대 동아시아 서사 - 심훈 『직녀성』의 계보」, 《대동문화연구》40, 성균관대
　　　　　대동문화연구원, 137~152쪽.

하상일(2015), 「심훈과 중국」, 《비평문학》55, 한국비평학회, 201~231쪽.

_____(2016), 「심훈의 생애와 시세계의 변천」, 《동북아문화연구》49, 동북아시아문화학회, 95~116쪽.

한기형(2007), 「'백랑'의 잠행 혹은 만유 - 중국에서의 심훈」, 《민족문학사연구》35, 민족문학사학회,
　　　　　438~460쪽.

_____(2008), 「서사의 로칼리티, 소실된 동아시아 - 심훈의 중국체험과 『동방의 애인』」, 《대동문화연구》
　　　　　63, 성균관대 대동문화연구원, 425~447쪽.

심훈의 서사텍스트와 남성 영웅의 형상

엄상희

경희대학교 후마니타스칼리지(국제)

1. 서론

심훈(1901~1936)은 36세에 요절하여 비교적 짧은 생애를 보냈지만, 상당히 다채로운 사상적, 예술적 편력을 지녔던 것으로 알려져 있다. 시인이자 소설가였고, 연극·영화에 관여하였으며, 다수의 영화 평론을 남긴 비평가이기도 했던 그는 종합예술인의 면모를 지닌 모더니스트였다.[1] 심훈에 대한 최근의 연구에서는 심훈을 농촌계몽소설『상록수』의 작가로만 기억하던 문학사의 편협한 시각에서 벗어나서, 3.1운동 이후의 사상적 행적을 추적하거나, 영화와 비평 활동을 종합적으로 고찰함으로써, 심훈의 작품세계에 대한 온당한 평가를 내리려고 노력했다.[2] 그중 심훈의 1920년대 영화

---

1 심훈이 새로운 근대문물과 대중문화를 빠르게 받아들일 수 있었던 데에는 그의 세대적 특수성과 신문기자라는 직업의 특성 덕분이기도 했다. 심훈은 서구적 근대의 음악, 무용, 미술, 연극, 영화에 대한 다양한 관심을 지니고 있었고, 윤극영, 안정옥, 이승만, 안석주, 최승일, 이경손, 안종화 등 각 분야의 근대 예술가들과 교류했다. (김외곤, 2010: 112-115)

2 임화(1940)는 「통속소설론」에서 심훈에 대해 '예술소설의 불행을 통속소설 발전의 계기로 전화시킨 일인자'라고 혹평함으로써, 심훈은 KAPF계열의 사회주의 문학가 계보에서 배제된다. 그 이후 심훈은 『상록수』중심으로 조명되었고 '소시민적 자유주의자', '민족계몽주의자'로 이해되어왔다. 1960년대에 들어서 유병석(1964)의 『심훈연구』는 심훈 생애에 대한 실증적 조사를 통해, 심훈의 사상적 편력을 재구성하고 심훈 사상에 대한 재평가의 시발점을 마련한다. 이후 홍이섭(1972)의 「1930년대 초 농촌과 심훈문학」 이주형(1981)의 『1930년대 한국장편소설연구』는 심훈의 장편소설 『동방의 애인』(1930), 『불사조』(1930) 등이 혁명적 지식인들의 행적을 대담하게 다루고 있는 '맑스주의적 통속소설'에 호응하는 소설로 재평가하여, 심훈의 사상적 행보가 알려진 바와는 다르다는 점을 입증한다. 최원식(1999)은 「심훈 연구 서설」에서 이를 바탕으로 심훈이 3.1운동 이후 중국 망명, 유학, 귀국 후의 연극, 영화 활동 및 염군사 가입 등 매우 다채로운 사상적, 예술적 편력을 지녔고, 다방면의 인사들과 친교를 맺어왔음을 실증적으로 밝혀낸 바 있다.

수업 및 제작 경험은 1930년대 장편소설의 창작과 직·간접적인 영향관계를 형성하고 있기에 주목된다.[3]

심훈은 1920년대 중반 동아일보에 영화소설 『탈춤』(1926년 11월 9일~12월 16일)을 연재하여 화제가 되기도 했으며, 그 이듬해에는 무성영화 〈먼동이 틀 때〉(1927년 단성사 개봉)의 각본, 감독을 맡아 제작·상영하였고 상당한 호평을 받았다.[4] 그는 〈먼동이 틀 때〉 단 한 작품만을 영화로 제작한 영화감독이었지만, 장편소설 집필에 몰두하던 1933~34년 즈음에도 열악한 재정 상태를 극복하면 다시 메가폰을 잡고 영화를 찍고 싶어 했다. 하지만 1936년에 『상록수』를 직접 영화화하기 위해 동분서주하던 중 급작스럽게 병사하고 만다. 소설가이자 시인으로 알려진 심훈이지만, 그에게 영화는 문학만큼이나 혹은 그 이상으로 중요한 열망의 대상이었던 듯하다.

> 영화映畵는 나의 청춘기靑春期의 가장 귀중한 시간時間과 정력精力을 허비虛費시켰고 그 제작製作을 필생畢生의 사업事業으로 삼으려고 직접간접直接間接으로 간여干與했던 것이다. 처음부터 문필文筆로서 미고米鹽의 대代를 얻으려함이 본망本望이 아니었기 때문에 벽촌僻村에 와서 그 생활이 몹시 단조單調로울수록 인이 박힌 것처럼 영화映畵가 그립다. …… 그러나 주위周圍의 모든 정세情勢를 냉정히 살펴볼 때 큰 자본資本과 우리의 손으로 다뤄보지도 못한 기계적機械的 시설施設이 없이는 영화제작映畵製作이 다만 몽상夢想에 지나지 못하는 것을 생각할 때, 현재의 영화인映畵人들의 손으로 만들어 내놓은 작품作品을 감상鑑賞해볼 때, 환멸幻滅과 절망絶望이 앞을 서는 것이 사실이다.[5]

여러 편의 장편소설을 연재한 1935년까지도 작가 자신의 '본망本望'이 문필로 먹고 사는 것은 아니었으며, '필생畢生의 사업事業'은 영화제작이었다고 할 정도로 심훈은 영화라는 매체에 매료되었던 것처럼 보인다. 직접적인 영화제작의 현장은 1927년

---

3 영화와 소설 창작 사이의 영향관계는 영화화를 염두에 두고 장편소설을 창작한 경우와 작가가 의식하지 않았지만 장편소설의 서사담론의 전개과정에 개입하는 의식적, 무의식적 영화기법의 영향으로 대별해볼 수 있다.

4 『탈춤』은 《동아일보》(1926년 11월 8일)에 '조선서는 처음 창작되는 영화소설'이라고 예고 광고된다. 그러나 『탈춤』이 최초의 영화소설인지에 대해서는 논란의 여지가 있다. 『먼동이 틀 때』는 '하나의 숏 안에서 카메라를 이동시키는 등의 새로운 촬영기법'을 시도한 작품으로 영상 미학적으로 가작(佳作)이었다고 평가되었다. (안종화, 1998: 115)

5 심훈, 『심훈문학전집』 3, 1966, 554쪽.

이후로 떠났지만,[6] 신문사기자였던 그는 지속적으로 영화비평을 지면에 발표하는 등, 영화 자체와 멀어지지는 않는다. 1920년대는 조선인의 자본과 기술로 순수한 조선영화를 만들기란 쉽지 않고, 영화에 대한 총독부 검열은 가혹했지만 심훈처럼 대단한 열정을 지닌 영화인들이 넘쳐났고, 경성거리에는 영화제작소 간판이 난립했다.[7] 그러나 실제 영화를 제작한 경험이 있는 심훈은 역설적으로 현재의 조선인에게 수준 높은 영화의 제작이 '몽상夢想'에 지나지 않는다는 현실을 인식하고 절망한다. 낙향 이후 장편소설 창작에 매진하게 되는 1930년대의 심훈에게 1920년대 청년기의 '귀중한 시간과 정력'을 쏟아 부은 영화체험은 장편소설 창작의 원천이 된다고 볼 수 있다.

1930년대 심훈 장편소설의 영화적 구성 원리에 관한 선행 연구사는 크게 1) 장편소설의 내적 구조분석과 영화적 서사 전개방식의 유사성 연구와 2) 소설 『상록수』와 시나리오 『상록수』의 상호텍스트성 연구로 나뉜다.

김종욱(1993: 151-156)은 '장면 중심'으로 구성된 심훈의 『상록수』는 집필단계에서 이미 영화적 기법들을 염두에 두고 있었을 것으로 파악한다. 그는 장면 중심으로 서사를 구성할 때, 서사의 시간적 흐름이 단절되기 때문에 사건들이 급진전한다는 약점이 생기는데, 이를 메워주는 것이 영화에서의 전달 수단의 하나인 '음악의 사용'이라고 보았다. 『상록수』의 전체구조는 소설 도입부의 '쌍두취 행진곡'이 표상하는 두 주인공의 끊임없는 전진에 있다는 것이다. 송지현(1993: 426-427)은 『직녀성』의 인물들이 행위 및 성격의 묘사를 통해 여성수난을 심층적으로 드러내기보다, '보여주기 showing'위주의 나열식 서술을 택하였다면서, 이 작품이 '읽는 시나리오'로서의 가능성을 배제하지 않기 때문이라고 보았고, 문광영(2002: 131-139) 역시 『직녀성』이

---

6 심훈은 1925년 이경손 감독의 영화 <장한몽> 촬영 당시, 잠적한 주연배우 주삼손의 대역으로 후반부의 이수일 역을 맡아 연기한 일을 계기로 영화계와 인연을 맺었다. 이후에 그는 영화소설 『탈춤』을 연재했고, 이 작품을 영화로 만들려고 했으나 실패한다. 그리고 일본으로 건너가 교토의 닛카츠(日活) 촬영소 무라타 미노루(村田實) 감독 밑에서 연기 및 연출 수업을 받고 귀국한다. 일본에서 배워온 촬영기법을 동원하여 제작한 작품이 <먼동이 틀 때>다. 1925년부터 1927년까지 심훈은 20대 후반을 영화수업에 바친 것이다.

7 1922년 4월에 '흥행 및 흥행장 취체 규칙'이 공포되고 조선영화계의 검열문제는 1926년 조선총독부령 제57호로 '활동사진필름검열규칙'이 제정되어 그해 8월1일부터 시행되었다. 이 규칙은 종래 검열방식과 달리 규칙 제1조에서 검열의 대상이 되는 필름을 이전의 영리흥행용 필름에서 '다중이 관람하는 필름'으로 확대시켰다. 이들의 검열이란 영화 자체뿐만 아니라, 영화인의 인신구속까지 포함한 것이었다. (김수남, 2011: 141-190)

문학에서 영화로 장르를 전환시킬 수 있도록 '서사적 공간' 중심으로 이야기를 전개시키고 있다고 분석한다. 요약하면 심훈 장편소설의 서사 구성 원리는 '장면 중심'의 '보여주기showing'식 서술에 의존하고 있다는 것이다. 그런데 이와 같은 서사의 방식에 대해, 박정희(2007: 132-137)는 영화감독 심훈의 지의식이 영회의 최소 서술단위인 샷shot, 즉 장면을 수집하고, 서사의 내적 연관성을 철저히 따지기 보다는 연애와 계몽으로 양분되는 장면, 장면을 적절하게 배치하면서 관객 설득의 효과를 높여가는 방식이라고 해석한 바 있다. 김외곤(2010: 121-130)은 심훈이 소설장르를 영화장르로 각색하는 '상호텍스트성'intertexuality의 실천을 해왔다는 점에 주목하여, 소설 『상록수』와 시나리오 〈상록수〉의 비교 검토의 필요성을 제기한다. 그는 문학에서 영화로의 장르이동을 통해 소설의 서브플롯이 삭제되고, 인물의 구성 역시 단순해졌음을 확인한다. 이러한 장르이동이 용이했던 까닭으로, 소설이 행동 중심의 선조적 구성, 교차 편집, 장면화 할 대상들의 정교한 배치 등으로 이루어졌기 때문이라고 본다.

이처럼 심훈의 문학과 영화의 상호교섭의 양상을 전제로 한 선행 연구사들은 심훈 장편소설의 구성 및 서술방식의 특징을 영화적 서사구성의 원리로 설명해왔다. 여기에는 심훈의 스토리텔링 방식에 영화제작의 체험이 지배적인 영향을 미쳤을 것이라는 관점이 놓여있다. 그런데 선행 연구사에서는 심훈의 영화텍스트에 대한 직접적인 고찰보다는 대표적인 장편소설 1-2편의 서사구성방식의 특징이 영화적 재현 방식과 유사하다는 점에 착안하여 심훈 소설의 영화적 특성을 추출한다. 심훈의 1920년대 영화체험 내지 영화텍스트 쓰기의 경험이 직·간접적으로 소설쓰기에 영향을 미쳤으리라는 가정은 그가 영화와 소설에 전념한 시기 사이의 간격이 크지 않다는 점과 소설 창작을 하는 동안에도 계속해서 영화평을 써왔고, 또 영화제작의 꿈을 간직하고 있었다는 점에 비추어 볼 때 타당성이 높다. 그런데 이와 같은 가정 하에 영화인이자 문학가로서의 심훈의 독특한 서사세계를 종합적으로 조명해 볼 필요는 제기되었으나, 심훈의 영화와 소설 텍스트들의 상호 연관관계를 비교·검토하는 작업은 아직 많이 이루어지지 않았다. 『탈춤』은 주로 영화소설 연구에서 영화와 소설의 중간·혼합장르 속성을 보여주는 효시 작품으로 다루어졌고,[8] 〈먼동이 틀 때〉 역시 1920년대 영화사에서 주목할 만한 작품의 하나 정도로 언급되어 왔다.

따라서 이 논문은 우선적으로 심훈의 영화텍스트(영화소설 및 시나리오 『탈춤』과 시나리오 〈먼동이 틀 때〉)가 1930년 이후의 장편소설 창작에 미친 영향 관계가 무엇이었는지를 살펴보도록 하겠다.

심훈은 하나의 텍스트를 장르를 바꿔가면서 다시쓰기re-writing를 시도하거나, 연재 중단 당한 장편소설의 경우 새로운 작품으로 고쳐쓰기remake를 반복했다.[9] 그 결과 짧은 기간 동안 상당히 밀도 있는 다작多作활동을 해온 심훈의 서사 작품들에는 공통적으로 반복되는 모티프들이 존재한다. 그중에서도 『탈춤』의 '악한을 응징하는 영웅적 인물인 강흥열'이 보여주는 활약상은 장편소설에서 민중혁명가, 독립운동가의 암약으로 변화 발전하여 지속적으로 등장한다. 이와 같은 인물형의 반복은 심훈의 행동주의적 사상과도 맞닿아 있지만, 한편으로는 영화적 스펙터클의 도입에 이러한 영웅적 인물의 활약이 필요하기 때문에 반복된다고도 볼 수 있다. 영화텍스트들은 물론이고 소설텍스트를 서술할 때, 심훈은 무엇보다 행위와 사건이 벌어지는 장소의 분위기나 인물의 모습을 시각적으로 재현하는데 공을 기울인다. 이와 같은 심훈의 창작 방법은 서사구성의 측면에서, 또 문체적 측면에서 확인된다.

이 논문은 먼저 『탈춤』과 〈먼동이 틀 때〉의 남성 영웅형의 인물이 영화적 스펙터클 및 스릴의 창출 효과에 기여하는 바를 살펴보고, 인물의 상황, 갈등, 심리 등을 시각적으로 상징화하는 모티프의 재현방식을 찾아보도록 하겠다. 나아가 이와 같은 서사구성의 요소들이 심훈 소설 텍스트 내에서 영화적 상상력의 하나로 변주되는 양상을 첫 장편소설 『동방의 애인』 및 『불사조』에서 확인해봄으로써, 심훈 영화텍스트와 소설텍스트들이 공유하는 모티프들의 의미를 분석해보고자 한다.

---

8 영화소설 연구로는 김경수(1999), 김려실(2002), 강옥희(2006), 전우형(2006) 등이 있다. 이제까지 최초의 영화소설은 심훈의 『탈춤』(1926년 11월9일~12월 16일)으로 알려졌으나, 전우형(2006: 1)은 김일영의 『삼림(森林)의 섭언(囁言)』(《매일신보》(1926.9.19.~11.3))이 시기적으로 약간 앞서는 최초의 영화소설이라는 것을 밝혔다.

9 『불사조』(1930)는 『직녀성』(1934)으로, 『영원의 미소』(1933)는 『상록수』(1935)로 개편, 확대되어 보다 완성도 높은 새로운 작품으로 쓰였다. 이는 검열로 인한 강제 중단에 직면하여, 심훈이 자신이 쓰고자 했던 이야기를 식민지 현실의 벽을 피해가면서, 완성할 수 있는 길을 모색하는 과정에서 비롯된 고투의 흔적이다.

2. 『탈춤』의 스펙터클과 광인 영웅의 활약

1926년 동아일보에 연재된 심훈의 영화소설 『탈춤』은 흥행 면에서 상당히 성공적이었지만,[10] 영화로 만들어지진 못했다. 심훈의 회고에 따르면 영화소설 『탈춤』은 연재 후, 영화로 제작하기 위해 양정고보 생도 윤석중과 함께 시나리오로 각색해 놓았는데, 촬영개시 6일전에 무산되어버렸다고 한다. 이유는 『탈춤』이 부르조아의 생활이면生活裏面을 유치하게나마 그린 것'이 되어, 스케일이 커졌고 촬영인원과 자본이 많이 들어가게 되었기 때문이다(심훈(전집1), 1966: 577). 이처럼 자본의 한계에도 불구하고, 영화텍스트를 쓰는 작가 심훈의 영화적 상상력에 있어서 시각적 스펙터클의 확보는 중요한 요소로 작용한다.[11]

벤야민에 의하면 '영화는 카메라의 사물파악 능력으로 진부한 주위환경-술집과 대도시의 거리, 정거장과 공장 등등-에 천착함으로써, 우리가 전혀 상상하지 못했던 공간을 확보'함으로써, 확대된 공간, 연장된 움직임을 통해 우리의 지각을 바꾸어 놓는다(Benjamin, Walter, 1936, 반성완, 1999: 222). 그래서 초기 영화 관객들에게 영화는 그 자체로 하나의 스펙터클spectacle이기도 했고, 시각에 가해진 충격이기도 했다.[12] 그런데 이 새로운 구경거리-영화-는 시간이 흐를수록 '깜짝 놀랄 만한 장관', '육체에 위협을 가하는 액션', '자연 재해나 재난' 등, 프레임 안에 담아내는 장면들의 스케일 확대와 폭력적인 액션의 결합을 통해서 관객을 자극하고 흥분시킨다. 영화의 스펙터클은 시간이 흐를수록 서스펜스와 스릴을 느끼게 하는 장면, 과도한 파토스와 액션의 결합, 그로 인한 흥분의 고조와 감각적 쾌감을 강조하는 장면으로 의미가

---

10 1926년 『탈춤』 연재 이후, 중외일보, 조선일보 등의 경쟁 신문사에서도 앞 다투어 영화소설을 연재하였는데, '영화소설', '키네소설' 등의 레테르가 붙은 독물(毒物)로서의 영화소설이 영화와 소설의 혼합장르로서 꾸준히 잡지상에 게재되어왔다.

11 발터 벤야민은 영화라는 매체 자체가 혁명적으로 새로운 스펙터클이라는 관점에서 영화를 이해한다. 즉 영화는 근대인에게 새로운 시각적 체험을 전달함으로써, 시각의 무의식을 발견하게끔 했는데, 그런 의미에서 영화=스펙터클(spectacle), 즉 새로운 볼거리인 것이다. 현재 스펙터클은 블록버스터 영화의 장관들, 첨단영상기술이 구현된 영상미학을 연상시키는 개념이지만, 이 논문에서는 1920년대 무성영화시대의 시각적 스펙터클로서 새로운 근대문물, 풍속 등이 전해준 시각적 충격, 호기심을 볼거리로 제시한 화면들을 총칭하도록 하겠다. (Benjamin, Walter, 1936, 반성완, 1999: 212-229)

12 "활동사진이 도입될 당시에는 10분 미만의 기차역, 폭포수 등의 장면을 촬영한 실사기록이 대부분이었다. 그러나 단순한 실사기록은 점점 관객의 호기심을 끌수 없게 되면서, 활동사진이 트릭의 요소가 있는, 꾸며진 이야기의 영화(映畵)로 바뀌어간다." (김미현 외(外), 2006: 19)

이동하였다.[13] 심훈의 영화적 상상력에 있어서 시각적 스펙터클의 구성 요소 또한 '액션'이 결합된 '서스펜스와 스릴을 느끼게 하는 장면'이다.

실제 영상으로 재현할 때 많은 촬영인원이 동원될 법한 『탈춤』의 스펙터클한 장면을 꼽자면 플롯의 절정부에 해당하는 '결혼식장' 장章이다. 영화소설 『탈춤』의 제1회 연재분은 '결혼식장에 난입한 괴한이 신부를 납치하는 사건'과 같은 극적인 장면으로 시작하여 충격과 호기심을 유발하고 있다. 시간의 흐름을 파괴하는 역전적 구성방식으로 당시로서는 상당한 파격을 선보였던 첫 장면은 『탈춤』의 서사적 갈등과 부조리가 극적으로 폭발하는 제17번째 장을 압축적으로 제시한 것이다. 영상으로 재현되었다면 이 첫 장면이 지닌 충격 효과는 관객의 흥분과 몰입을 유발하기에 충분했을 것이다. 화려한 예배당의 서양식 결혼식은 당대 관객에게는 하나의 구경거리인데, 이 경사스러운 잔칫날이 난데없는 괴한의 침입으로 인해 아수라장이 되고, '괴한은 누구인가. 왜 신부를 납치해서 사라져버리는가. 괴한이 안고 온 아기는 누구의 아기인가' 등등 서사의 초입부터 당혹스러운 의문을 남기기 때문이다. 그런데 시나리오 『탈춤』에서는 오히려 강렬한 인트로 씬이었던 '결혼식장'의 장면을 삭제하고, S#1 '오의 숙소' 장면으로 시작한다. #S1에서는 흥열과 일영이 등장하여, 전날 우연히 테니스코트 바깥을 걸어가던 이혜경을 만나서 설레었다는 이야기를 나눈다. 오일영과 이혜경의 만남도 대화를 통해 설명하는 식으로 생략되었다. 이러한 변화는 일차적으로는 영화소설을 시나리오로 각색하면서 필연적으로 상영시간의 제한을 고려할 수밖에 없는데서 오는 생략에 기인한다. 영화소설의 장면들 및 등장인물은 시나리오 『탈춤』에서는 한결 간결하게 정리되는 동시에, 플래시백, 평행편집, 버즈아이드뷰 등의 다양한 편집 및 촬영기법을 시도하고 있다(조혜정, 2007: 184). 그러면 '결혼식장' 장면을 시나리오에서는 서사의 흐름에 맞추어 절정 단계(#S112~#S123)에 배치한 까닭은 무엇이었을까. 몇 가지로 해석해볼 수 있다. 첫 장면에 '결혼식장에 난입한 괴한의 신부 납치' 장면을 쓰지 못한 까닭은 동원해야 할 엑스트라가 많은 장면 수를 최대한 줄여보

---

13 이와 같은 스펙터클을 구성요소로 하는 장르들은 대체로 갱스터 무비, 웨스턴(서부극), 공포영화, 전쟁영화 등이다. 스티브 닐, 벤 싱어와 같은 멜로드라마 연구자는 19세기의 무대 멜로드라마가 액션과 서스펜스가 어우러진 할리우드 장르들과 유사성이 있음에 주목하였다.(Mercer,John & Shingler,Martin, 2004, 변재란, 2011: 54)

려는 노력의 일환이었을 수 있다. 심훈은 영화소설 『탈춤』의 연재 당시 제17장의 실연 사진이 마련되지 못하여, 서술형식상의 파탄을 감수한 채, 어색한 영화 콘티의 형식으로 이 장면을 연재한 바가 있다.

다른 한편으로는 영화소설이 '괴한의 난입과 신부의 납치'라는 범죄형식의 사건 이후에, 이 사건의 내막을 파헤치는 방식의 정탐구조를 부분적으로 모방하고 있다면, 시나리오는 장면과 장면의 연속성이 복잡해지기 때문에 이와 같은 수수께끼의 구조는 기피한 것이라 보인다(강현구, 2004: 19). 무성영화는 변사의 해설과 자막의 도움을 받지만, 소설이나 발성영화에 비해 스토리 전달력이 떨어진다. 따라서 단순하고 선조적인 플롯구조가 선호된다. 그리고 서스펜스와 스펙터클의 수용효과라는 측면에서 생각해 보면, 결혼식장면을 인트로 씬으로 사용할 때, 얻을 수 있는 충격효과와 관객 몰입도 보다는 서사적 긴장이 절정에 이르렀을 때, 가장 스펙터클한 볼거리를 제공하는 편을 선택한 것일 수 있다. 후자가 여주인공의 비극을 지켜보는 관객의 카타르시스를 극대화하기에 적합하다. 즉 결혼식장의 신부 납치는 사실상 신부 구출이었음을 미리 인지하는 편보다는, 여주인공의 깨어진 행복과 잘못된 선택이 악한과의 결혼으로 극에 이르고, 관객의 안타까움이 고조되었을 때 펼쳐지는 구원자의 활약이 훨씬 더 큰 시각적 쾌락을 전달하기 때문이다.

『탈춤』은 연인 오일영-이혜경의 사랑을 방해하는 백만장자의 아들 임준상을 '강흥열'이 응징하는 내용의 서사로 이루어져 있다. 영화소설 『탈춤』은 강흥열의 활약을 반복적으로 등장시킨다. 그는 종종 '시꺼먼 그림자'로 표현이 되는데, 이혜경이 위험에 처할 때마다 나타나서 그녀를 구출해내는 격투를 벌이고, 자신의 정체를 드러내지 않은 채 임준상을 골탕 먹인다.

○ 흥열은 혜경의 비명을 듣고 길이 넘는 담 위에서 사뿟 뛰어내려 **검은 마스크로 얼굴을 가리고** 소리 나는 곳을 찾는다. 저 편 유리창에 두 남녀가 껴안고 다투는 그림자가 비친다. 흥열은 그 곳을 향해서 달음질을 하려 할 즈음 청지기가 행랑아범을 데리고 목목이 지켜 서서 칠 팔명이 한꺼번에 흥열에게 달려든다. 흥열은 달려드는 대로 닥치는 대로 집어 팽개를 친다. 격투……격투……격투……격투……흥열은 번개와 같이 몸을 날려 칠팔 명 장정을 다 때려눕히고 혜경의 소리

가 나는 곳으로 달려간다.[14]

○ …… 기다란 손을 내밀어 혜경의 허리를 끌어안으려 할 때 이불 위에 난데없는 **시꺼먼 그림자**가 어른거린다. ……과연 유리창 밖에서 그 무서운 괴상한 사람이 거닐고 있다. 준상은 겁결에 제 방으로 뛰어가서 금고 속에 넣어둔 육혈포를 꺼내어 알을 재워가지고 돌아왔다. ……총소리가 나자 쓰러진 사람은 흥열이었다.[15]

○ S#27 실내室內
커어튼 사이로 내미는 육혈포六穴砲
육혈포六穴砲를 비틀어 빼앗고 커어튼 자락과 함께 임林을 발길로 질러 넘어뜨리는 강姜(F·S)
강姜, 쫓아 들어간다.
흔들이는 휘장
강姜, 이李를 들쳐 안고 나온다.
문門안으로 달려드는 김金, 강姜 발길로 지르고 빠져 나가다가 육혈포六穴砲를 던져준다.(F·S)
김金, 반쯤 일어나 육혈포六穴砲를 집어들고 강姜에게 겨냥하여 한 방 터뜨린다.
S#28 마당
이李를 안은 강姜. 넘어지려하다가 비웃으며 손을 벌려 보인다.
손과 탄환彈丸 오五 육개六個(C·U)
탄환彈丸을 담 밖으로 집어 던지며(M·S)
『용, 용 죽겠지?』[16]

영화소설 『탈춤』에서는 흥열의 격투와 혜경 구출 장면이 세 번 등장하며, 그 외에도 서술자에 의해 준상을 여러 번 골탕 먹인 적이 있다고 이야기된다. 시나리오 『탈춤』에서는 여러 번의 격투장면을 S#20에서 S#28까지 연속적 시퀀스로 모아놓았다. 『탈춤』은 탐욕스러운 세속적 악한(혹은 방탕아)이 가난한 연인의 사랑을 방해하고, 결국에는

14 심훈, 『심훈문학전집』 1, 1966, 399쪽.
15 심훈, 『심훈문학전집』 1, 1966, 419쪽.
16 심훈, 『심훈문학전집』 1, 1966, 521-522쪽.

돈의 힘으로 여주인공을 빼앗는 서사로, 흔히 볼 수 있는 유형의 신파적인 이야기이다. 게다가 남주인공은 조혼한 아내를 고향에 두고 있다는 점이나, 여주인공의 집안이 부유한 악한의 마름으로 종속되어 있다는 점 등은 1920년대 단편서사에 반영된 시대적 갈등-전통과 봉건, 지주 대 소작인-으로 새로울 것이 없다. 하지만 신파적 애정 삼각 갈등의 진행에 있어서, 남주인공이 무력하고 허무주의적으로 대응하는 데 반해, 그의 친구 강흥열은 여주인공을 보호하고 구출하는 데 있어서 적극적이다(강현구, 2004: 73). 강흥열이라는 액션 히어로의 활약은 '여주인공의 위기 → 검은 마스크의 영웅으로 등장 → 격투 끝에 구출' 순으로 진행되면서, 위기와 긴장감을 통쾌하게 해소한다. 이와 같은 강흥열의 활약은 신파적인 애정비극에 활극적인 활력과 박진감을 불어넣는다. 동시에 시각적 스펙터클의 형성에 있어서 중심요소가 된다.

영화소설 『탈춤』에서는 강흥열의 형상은 정체를 알 수 없는 복면 괴한으로 일관하고 있고, 육혈포에 맞아 쓰러지는 등의 비장한 느낌을 지니고 있다. 하지만 시나리오 『탈춤』에서는 인용한 S#27-S#28에서처럼 흥열의 액션은 날쌘 행동력으로 순간적 기지를 발휘하는 등 보다 활기찬 느낌으로 진행된다. 액션씬에서 흥열이 악한을 보다 통쾌하게 물리침으로써, 그의 영웅적 면모가 강조되고, 선과 악의 대결구도에서 선의 승리가 선명해질 수 있도록 고려한 장면이다.

강흥열은 『아리랑』의 '최영진'(나운규 役)을 연상시키는 광인-영웅이다. 그런데 강흥열의 광증은 기미년 3.1운동으로 인한 옥살이와 그 후유증 때문으로 영화소설에서 설명된다(심훈(전집1), 1966: 391). 강흥열의 내력을 3.1운동과 연결시키는 것은 흥열의 활약으로 이루어진 활극적 요소가 단지 사랑하는 여인을 지키기 위한 행위일 뿐 아니라, 임준상으로 대표되는 친일부르주아지와의 대결이라는 의미를 띠게 된다. 강흥열은 '불을 보면 미쳐나는 사람'으로, '화종소리만 들리면 불난 곳으로 쫓아가서 춤을 추고 기뻐서 가로 뛰고 세로 뛰다가 뭇매를 맞기도 했다'고 이야기된다. 다소 상징적으로만 서술된 강흥열의 광기는 시나리오에서 보다 분명한 의미로 구체화된다. 즉 이 광인의 춤이 '돈의 탈을 쓴 놈, 권세의 탈을 쓴 놈, 명예, 지위의 탈을 쓴 놈들'의 허위와 위선으로 가득한 탈춤의 판에 철퇴를 가하는 춤이라는 것이다. 1920년대 청년들에게 3.1운동의 좌절과 친일세력의 득세와 같은 현실 상황은 미치지 않고는 참기 힘든 울분을 안겨주었다. 심훈은 위기에 처한 약자를 구원하고 악한을 응징하는 영웅 캐릭터를 통해 식민현실이 야기하는 울화증으로부터 잠시나마 벗어나는 순간을 서사화한다. 그래서 강흥열과 같은 남성 영웅의 형상이 남주인공보다 훨씬 큰 활약을 한다는 점은 『탈춤』을 애정 삼각 갈등에서 빚어지는 비극과 실연失戀 이야기를 넘어서서, 지배층의 부패와 타락을 폭로하고 민중적 저항에너지의 분출구로서 영화를 상상하고 있었던 작가의 의도로 읽힌다.

3. <먼동이 틀 때>의 이동촬영기법과 영웅형상의 변주

영화〈먼동이 틀 때〉[17]는 필름은 남아있지 않으나, 시나리오가 존재하여 영화의 내용과 자세한 촬영기법을 알 수 있다. 〈먼동이 틀 때〉는 심훈의 회고에 따르면 『탈춤』의 제작이 무산된 후, '초조한 심정으로 각본을 고르던 중', 우연히 신문에 게재된 「어둠에서 어둠으로」라는 제하의 전과자 로맨스를 소재로 '하룻밤 만에 육백여 컷을 일기가성一氣呵成으로 작성한 것'이라 한다(심훈(전집1), 1966: 577). 심훈은 하룻밤 만에 즉흥적으로 완성한 것이라고 하지만, 시나리오를 통해 확인할 수 있는 〈먼동이 틀 때〉는 구성 수준이나 촬영기법, 무대배경 등의 예술적 수준이 높은 영화로 평가되었다. 안종화의 회고에 따르면 〈먼동이 틀 때〉는 개봉 이후 호평이 이어졌는데 이는 당연한 결과였다고 한다. 당시 이동촬영의 수법은 자동차에 카메라를 싣고 전진과 후퇴를 반복하던 정도였지만, 심훈은 일본에서 배워온 새로운 이동촬영의 수법—하나의 숏shot 안에서 카메라를 이동하여 촬영하는 PAN기법—을 그대로 활용·성공하였다. 또 미술가 이승만의 무대장치는 우수했고, 심훈과 함께 닛카츠 촬영소에서 연출수업을 받고 돌아온 배우 강홍식이 주인공 광진 역을 맡아 열연했다. (안종화, 1998: 115) 조선 무성영화시대의 최고의 문제작 〈아리랑〉에 필적할 만한 수작이라는 평가를 받은 〈먼동이 틀 때〉는 1938년 조선일보가 주최한 영화제에서 무성영화 베스트10 가운데 5위(2,810표)를 차지하

---

17 〈먼동이 틀 때〉는 계림영화사의 조일제가 일본에서 영화수업을 마치고 귀국한 심훈에게 제작을 제안하여 만들어진다. 각본·감독은 심훈, 주연은 강홍식, 신일선. 1927년 10월 26일 단성사에서 개봉했고, 변사는 우정식이 맡아보았다. (이영일, 2004: 115-116)

기도 했다.

시나리오 〈먼동이 틀 때〉의 기술記述은 매우 꼼꼼하고 세밀하여 쇼트의 사이즈(FS, MS, LS, C...), 장면전환기법(FI, FO, OL, Iris in...), 자막표시(T), 이동촬영, 팬(PAN), 회상(DE), 인서트(INSERT) 등을 자유롭게 구사하고 있다(조혜정, 2007: 184). 〈먼동이 틀 때〉는 주인공이 머무는 도시 공간을 따라가면서, 10년 만에 출소한 주인공 김광진의 고독한 상황을 연출해낸다. 〈먼동이 틀 때〉의 분위기는 신산스럽고 어둡다. 이 작품의 첫 장면은 '감옥에서 출소한 김광진이 아무도 배웅을 나와 있지 않은 교도소 문 밖을 빠져나와 교도소의 긴 담장을 걸어가는 것'으로 시작되는데, 광진은 10년 전 아내와 함께 살던 옛 골목을 찾아가서, 아내의 행방을 물어보지만 누구도 아는 이가 없다. 그들이 살던 옛 집터는 '뼈대만 남아있는 폐허'다.

(T) (3)
『이 집터에 살고 있던 사람 어디로 갔을까요?』
30三○ 전경前景의 이인二人 진鎭의 어깨 너머로 『모르겠오』 손짓 가버려(F)
31三一 진鎭, 배후로부터 머리를 들려고 한다.(BO·V)
32三二 진鎭, 비통悲痛의 얼굴. (B.F.O)[18]

30컷~32컷에서 카메라는 전경前景으로부터 광진의 얼굴까지 이동하는데, '비통한 얼굴'이 강조되면서 암전(F.O)된다. 이처럼 콘티뉴어티 시나리오인 〈먼동이 틀 때〉는 샷shot의 시각적 구성을 통해, 주인공의 질망, 변해버린 도시 풍경, 남루한 사람들의 삶을 표현하며, 때로는 주인공의 의식 속을 흘러가는 '회상된 과거'에 대한 심리적 정황을 몽타주로 처리하여 보여주기도 한다.

(T) (6)
하루 아침에 폭풍暴風이 이르렀을 때
40四○ 마루 바닥(나막신 하나)(M.S) 구두발굽 저벅저벅
41四一 벽壁.(F) 많은 그림자 지나간다.
42四二 마루 바닥 (M.S) 금붕어 항아리 낙파落破

---

18 심훈, 『심훈문학전집』 1, 1966, 558쪽.

43四三 금붕어. 세 마리 포독 포독 (C)

44四四 진진鎭과 포박捕縛.

폭풍暴風이는 가슴은 뛰어라 (O.V)[19]

    40~44컷은 10년 전 단란했던 아내와의 한때가 광진의 체포로 끝이 나던 날을 회상하는 장면이다. 벽을 지나가는 '많은 그림자'로 처리한 순사들이 집안에 들이닥치던 날, 광진은 붙잡혀갔다. 그런데 포박당한 광진을 비추기 직전, 카메라는 어항이 마룻바닥에 깨지고 금붕어 세 마리가 파닥거리는 장면을 클로즈업한다. 광진이 어떤 이유로 체포되었는지는 알 수 없으나, 이날의 '폭풍'이 '스위트 홈'을 파탄내고, 젊은 부부의 행복은 깨어지고 말았다는 것은 잘 전달된다.

    이처럼 1927년의 〈먼동이 틀 때〉는 영화가 시각적으로 이야기를 전달하는 매체임을 선명하게 보여주고 있고, 이야기의 전달 수단이 다름 아닌 카메라라는 점을 강조한다. 전과자 김광진이 을씨년스러운 경성 거리를 방황하는 발길을 따라가면서 〈먼동이 틀 때〉의 서사는 전개되는데, 그는 옛 집터에서 일어나서, '선술집-파고다 공원-다시 선술집-여관-다시 골목' 등을 돌아다닌다. 선술집에서는 지갑을 도둑맞아서 여급 순이의 도움으로 밥값을 치르고 나오는 수모를 겪기도 하고, 파고다 공원에서는 그가 찾아다니는 아내 은숙과 우연히 스쳐지나가기도 하며, 다시 선술집에서는 순이를 희롱하는 박철을 쫓아버리기도 한다. 이와 같은 광진의 이동 경로는 수감생활 동안 모든 것을 잃어버린 남자의 갈 곳 없는 스산한 처지를 시각화하기에 적합한 장소들이다. 동시에 '도시 경성'의 후미진 골목 마다 비루하게 생을 이어가는 인간 군상들의 모습이 재현되는 장소이기도 하다. 그중에서 특히 광진이 '술집 여급 순이'를 두고 벌어지는 다툼에 휘말려들게 된 선술집은 영락한 식민지 도시민들이 각박한 삶의 속살을 감추지 못한 채 악다구니를 쓰며 살고 있는 심란한 공간이다. 그곳에는 부랑자와 소매치기들이 드나들고, 빚에 팔려온 여급이 술을 따르다 희롱을 당하기도 하며, 박철과 같은 파락호가 거들먹거리는 곳이다.

    '선술집'에서 광진은 뜻하지 않게 박철을 혼내준다. 순이는 전날 지갑을 도둑맞은 광진의 밥값을 대신 내준 일이 있다. 순이를 희롱하는 박철을 식당의 한쪽에서 지켜보던

---

19 심훈, 『심훈문학전집』 1, 1966, 558쪽.

광진이 일어나서 카리스마 넘치는 행동으로 저지시킨다. 선술집에서 종종 일어나는 취객의 여급 희롱사건이지만, 그 여급의 애인이 지켜보고 있고, 교도소에서 이제 막 출소한 전과자인 주인공이 이 소동을 묵묵히 바라보고 있다는 점에서 위기감이 조성된다.

137—三七 이伊, 철喆, 기타. 철喆 일어나 무식하게 이伊를 덥석하고 키스를 하려고. (F)

138—三八 이伊, 비명 (C)

239—三九 희熙, 젓가락 던지고 분연히 기립(M.S)

140—四○ 철喆, 이伊, 희熙, 철喆에게 달려드는 희熙, 이伊를 빼앗으려고(F)

141—四一 철喆, 이伊, 희熙 한주먹에 쓰러지는 희熙, 철喆, 이伊에게 키스(F)

143—四三 진鎭, 무겁게 일어선다.

144—四四 일동, 진鎭을 주목.

145—四五 철喆, 진鎭을 보고 키스를 끊고, 멈칫 (M.S.B)

(중략)

151—五一 진鎭과 식탁. 그릇들……와르르륵 (M.S)

152—五二 일동. 웃적 뒤로 밀리는 일동

153—五三 철喆, 움칫움칫 뒤로 물러서는 철喆(F)[20]

137~153컷은 주인공의 액션이 크거나, 격렬한 격투가 이루어지진 않으나, 그의 행동은 약한 처지에 놓인 여자를 괴롭히는 박철이라는 악한을 위압할 정도의 힘을 발휘한다. 이 장면에서 광진이라는 전과자는 딱한 처지의 사람들에게 연민을 지니고 있고, 그들을 괴롭히는 자들에게 분노하는 성격의 인물이라는 사실을 알게 된다. 그날 밤 광진은 순이를 자신의 숙소로 데리고 가고, 잠시 순이의 모습에 성적으로 흥분이 되기도 한다. 하지만, 빚에 묶여서 여급이 된 순이의 사정을 듣고 그녀가 애인 영희와 새 출발을 할 수 있도록 도와준다. 10여 년의 옥살이로 집도 잃고, 아내도 잃어버린 보잘것없는 이 남자는 오히려 불행한 처지의 가난한 연인을 구원해주는 자로 나서는 것이다. 광진은 가난한 연인의 사랑을 방해하는 타락자를 쫓아버렸다. 그리고 또 그 타락자에게 겁탈을 당할 위기에 처한 아내를 우연히 구한다. 세속적 악한으로부터 연약한 여성을 구출한다는 점에서 광진은 『탈춤』의 강흥열과 유사한 역할을 하고 있다.

---

20 심훈, 『심훈문학전집』 1, 1966, 563쪽.

강홍열이 영화 전체에 활극적인 활기와 긴박감을 불어넣으면서 악한과 대결, 응징하는 민중영웅의 형상을 닮아있다면, 광진은 감옥살이로 아내를 잃고 도시 주변부를 떠도는 전과자라는 어두운 이력을 지닌 고독한 남자다. 하지만 그는 예기치 않게 위기에 처한 여인을 구하느라, 다시 한 번 체포되는데, 그 여인이 바로 출옥 후 찾아 헤맨 아내였다. '죄 없는 죄'를 저지르고, 재회하길 소망했던 아내와 곧 다시 '이별해야만 하는 짧은 재회'라는 아이러니한 상황 속에서, 광진은 다시 붙들려 간다.

4. 장편소설에 나타난 영화적 상상력과 영웅모티프

심훈의 장편소설에는 심훈의 영화체험 내지 영화에 대한 애착이 부분적으로 투사된 장면들이 있다. 일례로 1934년의 작품 『직녀성』(조선중앙일보 연재, 1934)에는 활동사진의 재미에 빠져 지내다, 급기야 초야를 치르기도 전에 이성에 눈 떠버린 새서방 봉환의 일화가 등장한다. 작가가 어린 시절에 보았음직한 '환등기구' 놀이나, 연속사진(활동사진)의 감상 체험 등이 소설의 인물을 통해 상기되고 있는 장면은 인상적이다. 활동사진이 상영되는 극장 안에서 소년은 '활극이나 정탐극 같은 것이 어깻바람이 나도록 신이' 나서 손뼉을 친다. 또 서양 남녀들이 살을 맞대고 춤을 추거나 입맞추는 '연애극'이 상영될 때는 야릇한 충동을 느끼기도 하는데, 만약 **필름**이 끊겨서 불이 끔벅하고 꺼지기라도 하면, "불 켜라, 불 켜!"하고 저 만큼씩 한 학생들이 소리를 지른다. (심훈(전집2), 1966: 105, 108, 134)' 근대 여명기, 사춘기 소년의 기억에 강렬한 인상을 남긴 신문물은 다름 아닌 영화였다. 유소년기 영화체험을 등장인물에 투사시킨 장면 외에도, 심훈의 장편소설에는 영화를 직접적으로 연상하면서 서술하는 문장들이 자주 눈에 띈다.

> ○ 아랫입술을 지그시 깨물고 호외의 내용을 들여다보고 섰자니, 여러 가지 가슴 쓰라린 추억의 토막토막이 끊어지려는 **활동사진의 필름처럼** 머리 속을 획획 달렸다.[21]

---

21 심훈, 『심훈문학전집』 3, 1966, 18쪽.

○ '인생의 제일 행복하다는 혼인 날 밤에 방자스럽게 내가 왜 눈물을 흘릴까보냐' 하면서도 주름살 잡힌 어머니의 얼굴이 **활동사진의 환상장면처럼** 머리를 들면 천정에서 - 고개를 돌리면 맞은 쪽 벽에서 너무나 똑똑히 나타났다. (『동방의 애인』)[22]

○ 여자들은 깡충 뛰어 올랐다가 주저 앉았다. 피아노 앞에 앉으며 악보를 들치던 독일 여자도 두 손으로 젖가슴을 움켜쥐며 **활동사진 배우 같이** 놀랐다. (『불사조』)[23]

등장인물이 '쓰라린 추억들'에 잠겨드는 심리적 과정을 영화의 플래시백 효과와도 같이 서술하거나, 그리운 어머니의 얼굴을 디졸브 화면처럼 배치해보면서 서술하는 문장은 심훈이 영화텍스트를 기술記述할 때의 촬영 기법을 소설을 쓸 때에도 한 번씩 떠올리고 있는 예를 보여준다. 또한 인물의 표정, 인상 등에 대해서도 '활동사진 배우'의 연기를 떠올리는 것은 묘사의 방법에 있어서도 습관적으로 '활동사진'의 영상을 마음속으로 그려보기 때문일 것이다. 이처럼 심훈은 장편소설을 창작할 때도 종종 영화적으로 사고하고, 장면들을 시각화하면서 서술해가곤 한다. 그 영향은 장면, 분위기 묘사의 구체성으로, 행위의 대담성, 대사의 간결성으로 나타난다.

1920년대 중 후반의 영화소설 및 시나리오 『탈춤』과 영화 〈먼동이 틀 때〉의 창작은 심훈에게 영화적 서사하기의 방법을 체득하게 했다. 특히 직접 메가폰을 들고 작품으로 완성한 〈먼동이 틀 때〉 연출의 경험은 카메라로 이야기하는 방법을 직접적으로 실천했으며, 그 성과를 영상으로 확인했다는 점에서 매우 중요한 의의를 지닌다. 이러한 경험은 1930년 이후에 창작·발표한 장편소설에도 직·간접적으로 흔적을 남긴다. 특히 내용의 급진적 전개로 말미암아 연재중단을 당했던 『동방의 애인』(조선일보, 1930)과 『불사조』(조선일보, 1930)의 경우, 영웅적 인물의 활약에 의한 활극적 요소의 도입과 시각적 스펙터클의 창출을 통해 긴장감을 높여갔던 『탈춤』의 영향이 강하게 남아있다. 지배층에 도전하는 젊은 혁명운동가의 활약이 그려진 『동방의 애인』에서는 만주에서 조선으로의 잠입 장면으로 소설이 시작된다. 주인공 박진은 순사의 추격을 받게 되자 교묘하게 그를 좇는 순사를 따돌리고 달리는 기차에서 탈출해버리는데,

---

22 심훈, 『심훈문학전집』 2, 1966, 595-596쪽.
23 심훈, 『심훈문학전집』 3, 1966, 307쪽.

이러한 추격과 탈출 장면은 당대에 인기 있었던 수입 영화 장르인 서부극의 스펙터클을 연상하게 만드는 장면이다.

> 차장은 『빠가야 야쓰다!』하고 두덜대면서 호각을 불자 차는 다시 움직이기 시작한다. 그 때에 마침 차련관 정거장을 떠난 화물열차가 천천히 마주 오는 것을 보고 이편 차의 기관수는 지나온 정거장에 통지할 일을 전하는 그 순간이었다. 이 쪽 열차의 변소 들창에서 시꺼먼 것이 성큼 뛰어내리더니 저 쪽 화물차로 날짐승 같이 붙어 오르는 그림자가 언뜻 보였다. 그러나 사람이 치어죽은 편을 보며 아직도 떠들썩하던 판이라 아무도 그 그림자를 발견한 사람이 없었던 것이다.[24]

XX단의 중요한 분자가 조선에 잠입하여 임무를 수행할 것이라는 밀정의 보고를 듣고 경성행 특별급행열차를 검사하는 순사에게 주인공 박진은 발각될 위기에 처한다. 하지만 때마침 철로에 노인이 뛰어들어 자살하는 사건이 벌어지고, 박진은 열차에서 뛰어내려 마주 달려오는 화물차로 날아간다. 기차 안에서 이루어지는 추격과 탈주의 장면은 현재는 많은 액션 영화에서 반복 재현된 까닭에 일종의 클리셰에 해당한다. 하지만 1930년이라면, 장편소설 첫 도입부가 이와 같은 액션활극의 스펙터클한 장면으로부터 시작된 점은 주목할 만하다. 왜냐하면 새로운 대중문화의 출현 속에서 근대소설이 영화와 상호 교섭하는 초기 단계의 예시가 되기 때문이다. 마치 영화에서 본 듯한 장면으로 소설도 시작하는 것, 혹은 영화적 상상력으로 소설의 서사를 구성하는 것이 가능해지기까지는 일정 정도 영화체험이 쌓여야 한다. 유·소년기 활동사진이라는 신기한 서구 근대문물을 구경했던 경험이 있고, 청년기에는 조선 무성영화전성기의 한복판에서 영화를 만들기 위해 동분서주했던 경험을 지닌 심훈 세대의 이야기에서야 비로소 영화적으로 상상하고, 영화적으로 서술하는 일이 가능해진 것이다.

『동방의 애인』은 소설의 무대를 국제적으로 확장하여, 중국 상해의 망명 투사들의 성장 과정과 국제당 청년대회가 열리는 모스크바 방문까지를 다루다 검열로 인한 연재 중단을 당했다. 장편소설에서는 영화소설이나 시나리오에서 보여줄 수 있었던 스펙터클한 장면보다 훨씬 더 스케일이 커졌다. 소설적 재현은 영화를 제약하는 자본으

---

24 심훈, 『심훈문학전집』 2, 1966, 544쪽.

심훈 문학의 전환

로부터 자유롭기 때문이다. 이 소설의 공간은 만주에서 조선으로, 조선에서 중국 상해로, 다시 상해에서 모스크바로 확장이 된다. 혁명가로 성장한 주인공이 활약하는 무대는 국제적이다. 『불사조』의 경우에도 '서울 장안에 돈 있는 사람, 지식계급, 모던걸이 총출동으로 한자리에 모였다 하여도 지나치는 말이 아닌' 성황리에 개최된 바이올리니스트 김계훈의 귀국 연주회 장면으로 시작된다. 『불사조』의 '음악회'는 화려한 부르주아 문화의 공간으로 그려지는데, 타락한 백만장자의 아들 김계훈의 불륜과 전처에 대한 핍박이 폭로되는 장소라는 점에서, 『탈춤』의 결혼식장과 유사한 공간이다. 『불사조』의 '음악회'에서는 여러 가지 소동이 벌어지는데, 바이올린 연주자인 김계훈은 앵콜요청에 무성의하게 응함으로써 관객의 야유를 받기도 하고, 흥룡 등의 청년들이 탐욕스러운 김계훈 부자를 공격하기 위해 소동을 벌이다 체포당하기도 한다. 이외에도 『불사조』는 사치스러운 연회, 호텔 생활, 그리고 부르주아들의 치정관계가 부른 격투와 총격 등의 선정적인 볼거리들이 다양하게 등장한다. 그렇기 때문에 김계훈으로 대표되는 부패한 지배층에 저항하는 행랑어멈의 아들 흥룡의 활동과 그의 동지이자 연인인 덕순의 강인함은 더욱 긍정적으로 그려진다.

영화소설과 시나리오에서 주목되는 남성 영웅의 형상은 은유적 의미와 도식적 틀속에서 '세속적 악한이나 타락자'들을 민중의 편에서 혼내주는 복면괴한이거나, 우수어린 전과자였다. 하지만 장편소설에서는 이러한 남성 영웅의 인물 형상으로 독립운동, 민중운동에 뛰어든 의지적인 혁명가들이 직접 등장한다. 그들이 저항하는 대상은 식민지 제국주의 권력이고, 친일부르주아지이다. 『동방의 애인』은 3.1운동 이후, 중국으로 망명한 3.1세대들이 1920년대 동안 어떻게 혁명 사상을 받아들이고, 독립운동 투사로 성장하였는가를 연애의 문제, 진로의 문제 등을 놓고 풀어가는 이야기이다. 또 『불사조』에 등장하는 흥룡은 하층계급출신으로 독립혁명운동 군자금마련에 나선다. 흥룡이 강인한 혁명가로 성장하고, 덕순과 동지적 관계에서 연인으로 발전하는 이야기는 이 소설의 중심 서사는 아니지만, 가부장제에 의한 구여성 정희의 억눌린 생활이나, 외국 유학파 예술가인 김계훈의 타락상, 지식인 운동가인 정혁의 무기력함과 대비되어 작가의 심층적인 주제의식을 드러낸다. 이후의 심훈 장편소설에서 강인하고 의지적이며 행동으로 운동을 실천하는 인물은 계속 변화, 발전해간다. 이들의 실천 운동은 끊임없는 자기 헌신, 희생을 동반하지만, 그들은 대개 영웅적인 면모가 있어서,

상황이 어려워도 끝내 실천 운동 – 민족 해방, 계급해방-을 포기하지 않는다. 이와 같은 남성 영웅의 형상은 『탈춤』의 강흥열에서부터 시작되었다고 볼 수 있겠다.

5. 결론

심훈(1901-1936)은 1920년대 조선 무성영화의 전성기에 영화소설 『탈춤』(1926)을 발표하여 화제가 되었고, 그 이듬해에는 영화 〈먼동이 틀 때〉(1927)를 각본·감독하여 호평을 받았다. 심훈의 1920년대 영화 제작 경험은 1930년대 장편소설의 창작에 직·간접적인 영향을 미쳤을 것으로 사료된다. 이 논문은 심훈의 영화텍스트 『탈춤』과 〈먼동이 틀 때〉의 분석을 바탕으로, 심훈의 장편소설 창작과정에 영화를 위해 쓰인 서사텍스트가 남긴 흔적과 영향을 살펴보고자 했다.

영화는 무엇보다 시각적인 볼거리, 즉 스펙터클로서 근대인을 매혹시킨 매체이다. 초창기 조선의 영화 관객에게 인기를 끌었던 서부활극은 조선의 무성영화 제작은 물론, 장편소설의 창작에도 영향을 미쳤다. 심훈의 영화소설 및 시나리오 『탈춤』은 애정 삼각 갈등 외에 '강흥열'이라는 인물이 펼치는 활극적 요소를 도입하여 시각적 스펙터클을 창출한다. 또한 영화 〈먼동이 틀 때〉는 전과자 '김광진'이 출소한 후 방황하는 도중에 만난 가난한 연인을 도와 망명시키는 이야기인데, 다양한 촬영기법을 이용하여 삶의 기반을 상실한 남자의 착잡한 심리의 시각적 재현에 성공한 작품이다. 두 영화텍스트에는 애정갈등을 겪는 연인의 조력자가 주인공으로 등장하여 악한과 대결하는 영웅서사의 특징을 보인다는 공통점이 있다. 그런 까닭에 두 작품 모두 서사의 클라이맥스에는 남성 영웅 캐릭터가 한바탕 소동을 일으키는 격투-구출신이 등장한다. 그런데 이후의 심훈 장편소설에서도 이러한 남성 영웅 캐릭터는 중요한 비중을 지니고서 재등장하며, 특히 민족적, 사회적 불의에 저항하는 주체로 자리매김한다. 연재중단당한 미완의 작품이긴 하지만, 초기 장편소설 『동방의 애인』, 『불사조』에서는 1920년대 무성영화시대의 인기장르였던 '활극'의 흔적이 엿보이는 장면 서술이 특징적이다. 또한 『탈춤』 및 〈먼동이 틀 때〉의 남성 영웅 캐릭터와 궤를 같이 하는 민족영웅의 형상들이 서사의 핵심 메시지를 표현하고 있다. 이는 1920년대에 영화텍스트

쓰기로 서사물의 창작을 본격적으로 시작했던 심훈의 독특한 작가수업이 이후의 장편소설 창작에도 강한 흔적과 영향을 남기고 있음을 예증한다고 볼 수 있다.

참고문헌

1. 기본자료

강옥희, 「식민지 시기 영화소설 연구」, 《민족문학사연구》32, 민족문학사학회, 2006. 182-213쪽.

강현구, 『대중문화와 문학』, 보고사, 2004.

김경수, 「한국 근대소설과 영화의 교섭양상 연구-근대소설의 형성과 영화적 체험」, 《서강어문》15, 서강어
문학회, 1999. 159~196쪽.

김려실, 『영화소설연구』, 연세대학교 석사논문, 2002.

김미현 외(外), 『한국영화사-개화기(開化期)에서 개화기(開花期)까지』, 영화진흥위원회 이론총서36, 커뮤니
케이션북스, 2006.

김수남, 『광복이전 조선 영화사』, 도서출판 월인, 2011.

김종욱, 「『상록수』의 '통속성'과 영화적 구성원리」, 《외국문학》34, 1993. 148~163쪽.

김외곤, 「심훈 문학의 영화와 상호텍스트성」, 《한국현대문학연구》31, 한국현대문학회, 2010. 111~135쪽.

문광영, 「심훈의 장편 『직녀성』의 소설 기법」, 《교육논총》20, 인천교육대학교, 2002. 129~164쪽.

박정희, 「영화감독 심훈(沈熏)의 소설 『상록수』연구」, 《한국현대문학연구》21, 한국현대문학회, 2007.
109~141쪽.

송지현, 「심훈의 『직녀성』고(考)」, 《한국언어문학》31, 한국언어문학회, 1993. 417~429쪽.

심　훈, 『심훈 문학 전집』1~3, 탐구당, 1966.

안종화, 『한국영화측면비사』(1962) 귀중신서1, 현대미학사, 1998.

이영일, 『한국영화전사』 개정증보판, 소도, 2004.

이주형, 『1930년대 한국장편소설연구』, 서울대학교 박사논문, 1981.

전우형, 『1920~1930년대 영화소설 연구』, 서울대학교 박사논문, 2006.

조혜정, 「심훈의 영화적 지향성과 현실인식 연구」, 《영화연구》31, 한국영화학회, 2007. 163~195쪽.

최원식, 『한국근대문학을 찾아서』, 인하대출판부, 1999.

홍이섭, 「1930년대 초 농촌과 심훈문학」, 《창작과 비평》1972 가을호, 창작과비평사.

한기형, 「'백랑(白浪)'의 잠행 혹은 만유-중국에서의 심훈」, 《민족문학사연구》35, 민족문학사학회, 2007.
438~460쪽.

발터 벤야민, 반성완 옮김, 「기술복제시대의 예술작품」, 『발터벤야민의 문예이론』, 민음사, 1983.

존 머서, 마틴 싱글러, 변재란 옮김, 『멜로드라마-장르, 스타일, 감수성』, 커뮤니케이션북스, 2011.

심훈 시조 연구[*]

김준^{**}

* 이 논문은 육군사관학교 화랑대연구소의 국고연구비를 지원 받아서 작성된 논문임.
** 논문 수록 당시 소속: 육군사관학교 국어철학과 교수사관
현재 소속: 육군사관학교 국어철학과 강사

1. 머리말

본고의 목표는 심훈의 시조에 대한 인식을 개괄적으로 살펴봄으로써 심훈 시조 연구의 외연을 확장하는 계기를 마련하는 데 있다. 심훈에 대한 그간의 연구는 영화 및 소설에 집중한 경향이 강했다. 현재까지 심훈의 시조를 중심으로 논의를 전개한 선행 연구는 두 편의 학술논문 정도를 꼽을 수 있다. 먼저, 심훈 시조 연구의 초창기 성과라 할 수 있는 신웅순의 논문에서는 다음과 같은 사항을 다루었다.[1] 그는 심훈 시조의 창작 시기를 1920년대와 1930년대로 대분한 후에 각 시기별 형식과 내용의 특징을 분석하였다. 1920년대에 창작된 시조가 형식상의 완성도가 미흡함을 지적하면서 습작기의 작품으로 파악하였으며 1930년대에 창작된 시조는 이전에 창작된 시조에 비해 형식적인 미숙성에서 탈피하였다고 보았다.

그러나 신웅순의 연구에서는 심훈 시조의 형식적인 완성도를 심훈의 관점이 아닌, 현재 통용되고 있는 보편적인 관점을 잣대로 했다는 데 문제가 있다. 이와 같은 문제점은 현전하는 심훈의 작품에서 어느 작품을 시조로 볼 수 있는지에 대한 범위가 불분명하다는 점과도 연결된다. 따라서 본고에서는 심훈이 시조체 또는 시조형식이라고 언급한 작품을 중심으로 선별해 보았다. 심훈이 이러한 용어를 사용한 사례는 「소항주유기」 관련 작품들이 있는데, 이들 작품의 형식적 특징을 모본으로 삼아서 이와 비슷

---

1   신웅순, 「심훈 시조 고(考)」, 『한국현대문예비평연구』 36집, 한국현대문학비평학회, 2011.

한 작품만을 시조로 추려볼 것이다.

심훈 시조에 대한 다음 선행연구로는 하상일의 연구를 들 수 있다.[2] 그는 심훈이 중국 항주에 있었던 시기를 다룬 『항주유기杭州遊記』에 있는 시조 작품을 중심으로 연구하였다. 그에 따르면 심훈은 식민지 조국의 현실을 타개할 방책을 찾기 위해 중국을 가게 되었지만, 그곳에서 이상과 현실의 괴리를 느끼게 되었고 실망하게 되었다고 한다. 여기에 망향객의 슬픔이라는 정서까지 더해지게 되었고 이를 내면화하는 자기성찰적 세계를 시조에 담아냈다고 보고 있다. 다른 하나는 1930년대 심훈이 농촌에 대한 모습을 투영한 시조를 분석하였다. 그는 자유로운 자연과 고향을 제재로 한 농촌 시조 이면에 담겨 있는 저항적 정신을 도출하였다. 다시 말해서 당시 심훈의 농촌 시조는 겉으로는 강호한정의 시조로 보이지만 내면은 식민지 현실의 모순을 타파하고자 했던 바람이 깃들어 있는 것으로 보았다. 여기서 그는 강호한정을 위시한 시조 작품이 일제의 검열을 우회하는 데 적합한 장르라는 결론을 내렸다.

하상일의 연구는 심훈이 항주에 있을 당시 그의 행적과 시대적 상황을 소상하게 밝혔다는 데 소기의 성과가 있다. 아울러 1930년대 심훈의 농촌계몽사상과 시조를 결부 지으면서 농촌 현실을 다룬 시조들의 이면에 감추어진 내용을 분석했다는 점 또한 나름의 의의가 있다. 그러나 1930년대 농촌 현실을 보여주는 방식에 있어서 식민지 시기 검열을 우회하기 위해 시조를 택했다는 점은 선뜻 수긍하기가 어렵다. 강호한정을 다룬 시조 작품들도 형식 자체는 다른 내용을 노래하고 있는 여타의 시조와 동일하며, 그 내용을 풀어나가는 방식에 있어서 변별점을 갖기 때문이다. 또한 일제가 대한제국 지배의 야욕을 드러내기 시작한 개화기의 신문과 잡지에는 일제에 항거하는 내용을 담은 수많은 시조 작품이 산출되었다. 이와 같은 사실을 상기해 보면 시조의 형식 자체가 식민지 시기 검열에 대한 우회를 담보한다고 보기 어렵다.

본고에서는 위에서 언급한 선행연구를 참고로 하되 미진한 부분을 보충하기 위해서, 다음과 같은 순서로 논의를 전개할 것이다. 우선, 심훈이 시조라는 장르를 언제부터 인식하기 시작했는지 검토할 것이다. 심훈이 시조를 창작하기 위해서는 시조에 대한 접근이 선행되어야 한다고 본다. 이와 관련해서는 심훈의 성장 과정을 살펴보면서

---

2 하상일, 「심훈의 『항주유기(杭州遊記)』와 시조 창작의 전략」, 『비평문학(批評文學)』 61집, 한국비평문학회, 2016.

해답의 실마리를 찾아볼 것이다. 다음으로는 심훈 시조의 현황에 대해 살펴볼 것이다. 심훈의 다수의 작품 중에서 시조로 볼 수 있는 작품은 어떠한 것이 있는지에 대해 살펴볼 것이다. 다음으로는 심훈 시조의 내용적 특징에 대해 검토할 것이다. 심훈이 시조를 창작함에 있어서 어떤 내용을 담아내고자 했는지에 대해 살펴보는 작업까지 더해진다면, 심훈 시조에 대한 개괄적인 특성을 짚어내는 계기가 마련될 수 있으리라 본다.

2. 성장 과정에서의 시조 체험

이 장에서는 심훈이 시조를 언제부터 인식하기 시작했는지에 대해서 살펴보고자 한다. 심훈이 다수의 시조 작품을 창작하기 위해서는, 시조에 대한 접근과 이해가 선행되어야 가능했을 것이기 때문이다. 이에 대한 실마리는 그의 성장 과정에서부터 찾아볼 수 있다. 심훈 전집에 있는 작가 연보에 따르면 "심훈의 본관은 청송靑松으로 소현왕후를 배출한 명문가였다. 부친은 당시 '신북면장'을 지냈으며, 충남 당진에서 추수를 해 올리는 3백석 지주로서 넉넉한 살림이었다. 어머니 윤씨는 기억력이 탁월했으며 글재주가 있었고 친척모임에는 그의 시조 읊기가 반드시 들어갔을 정도였다고 한다."라는 내용이 있다.[3] 이 내용에서 어머니 해평 윤씨가 시조 읊기에 어느 정도 재능이 있었다는 사실은 눈여겨볼 만한 부분이다.

또한 이러한 내용은 심재영과 윤극영, 이해영 등 심훈 가문 관계자 및 동료들의 말을 정리한 류병석의 연구와도 연계해서 살펴볼 수 있다. 류병석은 그의 연구에서 "심훈의 선천적인 문학적 재질 내지 예술적 재질과 직선적 행동양식은 주로 외조부 현구와 모친인 윤씨의 끼친 바요, 반면에 가끔 번뜩이는 그의 학자적 명철성과 분석력은 부친의 끼친 바에 틀림없다."라고 언급하였다.[4] 물론 심훈의 문학적 재능이 어머니 해평 윤씨와 관계가 있다고 해서, 심훈이 직접적으로 시조에 대한 가르침을 받았는지에 대해서는 명확하게 입증할 수는 없다. 하지만 심훈이 문학적 역량을 만들어가는

3   심훈 지음, 김종욱·박정희 엮음, 『심훈 전집 8』(영화평론 외), 글누림 출판사, 2016, 553면.(이하 『심훈 전집 8』로 약술하여 인용함)
4   류병석, 「심훈의 생애 연구」, 심훈문학연구소 엮음, 『심훈 문학 세계』, 아시아, 2016, 24면.

과정에는 노래를 통해 시조를 듣는 경험이 분명 있었으리라 생각한다.

아버님께 종아리 맞고 배우든 적벽부赤壁賦를
운양만리雲恙萬里 예 와서 천자千字 읽듯 외우단말가
우화이羽化而 귀향歸鄕하야 어버이 뵈옵과저[5]

위에 제시된 작품은 심훈이 항주에 있었던 경험을 바탕으로 지은 작품인 「서호월
야西湖月夜」 중 세 번째 수이다. 이 작품에서는 고향에 대한 그리움을 느낌과 동시에
어버이를 뵙고 싶어 하는 간절함이 묻어나온다. 아울러 여기서 추가적으로 알 수 있
는 사실은 심훈은 어렸을 때에 아버지로부터 종아리를 맞아가면서 「적벽부赤壁賦」를
배웠다는 것이다. 그리고 청년이 되어 직접 항주에 갔을 때 어렸을 때부터 배웠던 「적
벽부」를 떠올리는 데 그치는 것이 아니라 시조를 창작하여 입으로 자연스럽게 읊조렸
던 것이다. 주지하다시피 심훈의 가문은 조선시대부터 요직을 두루 거친 양반 가문이
었기 때문에 정통 한문학을 중시한 교육이 심훈의 성장 과정에 있어서 상당한 영향을
끼쳤으리라고 본다. 따라서 심훈은 어렸을 때부터 「적벽부」뿐만 아니라 한문학의 다
양한 운문 작품까지도 체득했을 것이라는 추측을 해 본다.

위에서 언급한 내용을 종합해 보면 다음과 같이 정리할 수 있을 것이다. 심훈은 어
머니 해평 윤씨로부터 시조를 귀로 듣는 체험을 했을 것이다. 그리고 아버지로부터
한문학의 다양한 운문을 학습했는데, 이때 구술행위가 동반된 학습이 진행되었을 것이
다. 심훈의 이와 같은 성장 과정과 수학 과정은 모두 유년기에 이루어졌다. 따라서
심훈의 시조에 대한 인식은 어렸을 때부터 가능했을 것이다. 더 나아가서 이와 같은
사실을 바탕으로 그의 시집 제목을 『심훈시가집沈熏詩歌集』으로 명명한 이유 또한 유추
해 볼 수 있다.

머리말씀[6]
나는 쓰기를 위해서 시를 써본 적이 없습니다. 더구나 시인이 되려는 생각도 해보지

---

5 심훈 지음, 김종욱·박정희 엮음, 『심훈 전집 1』(심훈 시가집 외), 글누림 출판사, 2016, 158면.(이하 『심훈
   전집 1』로 약술하여 인용함)
6 『심훈 전집 8』, 15-16면.

아니하였습니다. 다만 닳다가 미칠 듯이 파도치는 정열에 마음이 부대끼면, 죄수가 손톱 끝으로 감방의 벽을 긁어 낙서하듯 한 것이, 그럭저럭 근 백수百首나 되기에, 한 곳에 묶어보다가 이 보잘 것 없는 시가집詩歌集이 이루어진 것입니다.

　■　☆

시가에 관한 이론이나 예투例套의 겸사謙辭는 늘어놓지 않습니다마는, 막상 책상머리에 어중이떠중이 모인 것들을 쓰다듬어 보자니 이목표目이 반듯한 놈은 거의 한 수首도 거의 없었습니다. 그러나 병신자식이기 때문에 차마 버리기 어렵고, 솔직한 내 마음의 결정結晶인지라, 지구知舊에게 하소연이나 해보고 싶은 서글픈 충동으로 누더기를 기워서 조각보를 만들어 본 것입니다.

　☆　■

삼십이면 선[立]다는데 나는 아직 배밀이도 하지 못합니다. 부질없는 번뇌로, 마음의 방황으로, 머리 둘 곳을 모르다가 고개를 쳐드니, 어느덧 내 몸이 삼십의 마루터기 위에 섰습니다. 걸어온 길바닥에 발자국 하나도 남기지 못한 채 나이만 들었으니, 하염없게 생명이 좀 쏠린 생각을 할 때마다. 몸서리를 치는 자아를 발견합니다. 그러나 앞으로 제법 걸음발을 타게 되는 날까지의, 내 정감情感의 파동波動은, 이따위 변변치 못한 기록으로 나타나지는 않으리라고, 스스로 믿고 기다립니다.

1932년 9월 가배절嘉俳節 이튿날
당진唐津 향제鄕第에서 심훈

위에 제시된 인용문은 심훈의 시가집詩歌集『그날이 오면』의 머리말이다. 심훈은 자신의 보잘 것 없는 작품들을 한데 모으다 보니 '시가집'이 이루어졌다고 하고 있다. 그리고 작품을 모으게 된 이유에 대해서 '솔직한 내 마음의 결정인지라, 지구에게 하소연이나 해보고 싶은 서글픈 충동으로 누더기를 기워서 조각보를 만들어 본 것입니다.'라는 말로 대신하고 있다. 즉, 심훈 자신의 정회를 담아낸 것을 정리한 작품집이라고 할 수 있다. 그러나 굳이 '시가집'이라는 용어를 사용한 까닭은 무엇일까. 분명이 작품집에는 시조도 적지 않은 비중을 차지하고 있지만, 시詩가 다수를 차지하고 있다. 따라서 시가집으로 명명하는 것은 다소 어색해 보일 수 있다.

이에 대한 해답의 실마리를 찾기 위해서 머리말 첫 구절인 '나는 쓰기를 위해서시를 써본 적이 없습니다.'라는 대목을 눈여겨볼 필요가 있다. 이 작품집에는 시와

심훈 문학의 전환

시조가 함께 수록되어 있으므로, 이 구절에서 언급된 '시'는 시조를 포함한 개념일 것이다. 그리고 심훈은 쓰기를 위해서 시를 써본 적이 없다고 하고 있다. 이 문맥을 다른 의미로도 해석할 수 있겠지만, 시는 작필행위에 그치는 것이 아니라 읊조리는 구술행위가 동반되어야 한다는 심훈의 의식이 은연중에 투영된 것이 아닌가 생각한다.

3. 시조 작품 현황

앞 장에서 심훈의 성장 과정과 수학 과정을 살펴봄으로써 유년기부터 시조에 대한 체험이 이루어졌을 가능성을 타진할 수 있었다. 이 장에서는 유년기부터 시조를 체험했던 심훈이 어느 정도의 작품을 창작했는지에 에 대해 알아보고자 한다. 심훈이 시조체時調體 또는 시조 형식이라는 말을 직접적으로 언급함과 동시에 다수의 작품을 함께 제시한 것은 『삼천리三千里』(1931년 6월호)에 수록된 「천하天下의 절승絶勝 소항주유기蘇杭州遊記」에서 찾아볼 수 있다.[7]

> 항주杭州는 나의 제2第二의고향故鄕이다. 미면약관未免弱冠의 가장 로맨틱하든 시절時節을 이개성상二個星霜이나 서자호西子湖와 전당강변錢塘江畔에서 소요逍遙하얏다. 벌서 십년十年이갓가운 넷날이엿만 그명미明媚한 산천山川이 몽매간夢寐間에도 잇치지안코 어려서 정情들엇든 그곳의단려端麗한 풍물風物이 달콤한 애상哀傷과함께 지금도 머리속에 채를 잡고 잇다. 더구나 그째에 고생苦生을 가티하여 허심탄회虛心坦懷로 교류交遊하든

---

7 「소항주유기」 글은 『그날이 오면』에도 수록되어 있다(심훈, 『그날이 오면』(심훈 시가집 친필 영인본.일제시대 조선총독부 검열 판), 도서출판 맥, 2013).《삼천리》에 수록된 것과 내용적으로 비교해 볼 때 큰 차이점은 없다. 『그날이 오면』에서는 "다만 시조체(時調體)로 십여수(十餘首)를 버려볼뿐이다"라고 말하였음을 알 수 있다. 즉, 심훈은 '시조 형식'과 '시조체'라는 용어를 각각 사용했다는 사실을 확인할 수 있지만, 해당 내용을 볼 때 해석의 문제가 될 만한 정도는 아니다. 따라서 이 부분에서 차이점이 갖는 의미에 대해서는 다루지 않는다. 아울러 「소항주유기」 관련 시조는 자료집마다 약간의 차이를 보이고 있다. 『심훈시가집(沈熏詩歌集)』의 작품을 대부분 반영한 『심훈문학전집(沈熏文學全集) 1』(1966, 탐구당(探求堂))과 『심훈전집 1』(2016, 글누림 출판사)은 차이점이 거의 없다. 그러나 이들 전집에는 수록되어 있지만 《삼천리》에는 수록되지 않은 시조가 있다. 해당 시조는 「삼담인월(三潭印月)」, 「방학정(放鶴亭)」, 「고려사(高麗寺)」이다. 심훈이 『심훈시가집』을 1932년 즈음에 출판하고자 했던 시도를 고려한다면, 1931년 6월호 《삼천리》에 수록되지 않은 세 수의 시조는 시가집을 만들 당시 당시에 추가되었을 것으로 보인다. 따라서 본고에서는 「소항주유기」 관련 시조는 《삼천리》에 있는 작품이 가장 우선한 것으로 보았다. 물론 세 수의 시조 또한 심훈의 다른 시조들과 형식상의 큰 차이점을 보이고 있지 않다.

엄일파嚴一波, 염온동廉溫東, 류우상劉禹相, 정진국鄭鎭國, 등제우等諸友가 몹시그립다. 유
랑민流浪民의신세身勢 부유浮蝣와가튼지라 한번 동서東西로 흐터진뒤에는 안언雁信조차
밧구지못하니 면면綿綿한 정회情懷가 절계季節을쌀어 것잡을길업다.

　파인쯰이 이글을청請한뜻은 6월호지六月號誌에 총령재淸涼劑로 이바지하고자함이
겟스나 중원中原의시인詩人중에도, 이두李杜는 고사姑捨하고 항주자사杭州刺史로 역임歷
任하얏든 소동파蘇東坡, 백락천白樂天가튼분의 옥장가구玉章佳汁을 인용引用하지못하니
생색生色이적고 필자筆者의 비재菲材로는 고문古文을 섭렵涉獵한바도업스니 다만 추억追
憶의 실마리를 붓잡고 학창시대學窓時代에 쓰적여 두엇든 묵은수첩手帖의 먼지를 털어볼
쑨이다. 이러한 종류種類의글은 시조時調의형식形式을 빌어 약념을 처야만 청보견문靑褓
犬糞이나 되겟는데 사도斯道의 조예造詣조차업슴을 새삼스러히 차탄嗟嘆할 다름이다.[8]

위에 제시된 인용문에서 알 수 있는 사실을 요약해 보면 다음과 같다. 심훈은 항주를
떠난 지 10년이 넘었지만 항주에 대해 애틋한 감정을 가지고 있다. 이러한 감정은 항주
의 수려한 자연풍광에 대한 것만이 아니다. 석오와 성재 선생님을 비롯해서 엄일파와
염온동 그리고 정진국 등 교유관계를 맺었던 이들에 대한 그리움이 더해진 까닭이다.
그러나 이들 또한 자신과 크게 다르지 않은 유랑민 신세이기에 흩어진 뒤에는 안부조
차 묻지 못하는 상황이다. 그래서 계절이 바뀌는 때가 오면 이런 아쉬움은 깊어져만 가
는 것이다. 심훈은 이러한 정회를 풀기 위해서 글을 써보려고 한다. 그러나 자신의 능
력이 부족함을 자책하며, 항주와 깊은 연관이 있는 백낙천과 소동파 같은 시인들의 글
을 인용하지 못함을 아쉬워한다. 이에 대한 차선책으로 자신의 마음을 달래고자 시조
형식으로 십여 수를 작성해 본다고 하고 있으며〈서호월야西湖月夜〉,〈누외루樓外樓〉,〈채
련곡採蓮曲〉,〈남병만종南屛晚鍾〉,〈소제춘효白堤春曉〉,〈항성杭城의 밤〉,〈악왕묘岳王廟〉,
〈전당錢塘의 황혼黃昏〉,〈목동牧童〉,〈칠현금七絃琴〉등의 작품이 이에 해당된다.
　「천하天下의 절승絶勝 소항주유기蘇杭州遊記」와 함께 수록된 시조 작품들은 일반적으
로 3장 구성에 4음보, 각 음보마다 적게는 3글자에서 많게는 7자까지 자수를 갖는
형식을 갖추고 있다. 시조 형태의 특징에 대해서 정병욱은 "음수율을 살펴보면 3.4
조 또는 4.4조가 기본 운율로 되어 있다. 그러나 이 기본 운율에 1음절, 또는 2음
절 정도의 가감은 무방하다. 그러나 종장은 음수율의 규제를 받아 제1구는 3음절로

---

8 《삼천리》, 1931. 6. 문예란.

고정되며 종장 제2구는 반드시 5음절 이상이어야 한다. 이 같은 종장의 제약은 시조 형태의 정형整型과 아울러 평면성을 탈피하는 시적 생동감을 깃들게 한다."라고 하였 다.[9] 이를 참고할 때 심훈 시조의 형식은 전체적으로 시조의 기본적인 음수율과 음보 율을 충족하고 있음을 알 수 있다. 그러나 종장의 가감이 지나친 경우도 종종 있는데 심훈은 고시조의 형태를 크게 변형하지 않는 범위 내에서 시조를 창작했지만 종장의 형식적 제약에 대해서는 크게 개의치 않았던 것으로 보인다. 「천하天下의 절승絕勝 소 항주유기蘇杭州遊記」에 있는 작품의 형식적 특징을 표본으로 설정하여, 이 작품들과 형식이 유사한 것을 추려보면 다음과 같다.

제목	발표매체	발표시기	창작일	기타
	일기[11]		1920.03.29.	2 수
명사십리明沙十里	신여성新女性	1933.08.	1932.08.19.	
해당화海棠花	신여성新女性	1933.08.	1932.08.19.	
송도원松濤園	신여성新女性	1933.08.	1932.08.02	
총석정叢石亭	신여성新女性	1933.08.	1933.08.10.	
농촌農村의 봄	중앙中央	1933.04.	1933.04.08.	11 수
근음삼수近吟三首	조선중앙일보	1934.11.02.	12.11	3 수
삼담인월三潭印月	심훈시가집	1931.06.	1931.06.	항주유기 작품
방학정放鶴亭	심훈시가집	1931.06.	1931.06.	항주유기 작품
고려사高麗寺	심훈시가집	1931.06.	1931.06.	항주유기 작품

〈표1〉[10]

위에 제시된 〈표 1〉은 앞서 언급했던 「천하天下의 절승絕勝 소항주유기蘇杭州遊記」에 있는 작품과 유사한 형식을 갖춘 것을 정리한 것이다. 여기에는 심훈의 일기에 있는 두 작품, 「농촌의 봄」이라는 큰 제목 아래 '아침', '창을 여니', '마당에서', '나물 캐는 처녀', '달밤', '벗에게', '보리밭', '소', '내 친구', '버들피리', '원수의 봄'이라는 소제를 가진 작품, 「근음삼수近吟三首」 아래에 '아침', '낮', '밤'이라는 작품 등이 있다. 작품의

9   정병욱, 『증보판 한국고전시가론』(개정판), 신구문화사, 2008, 202면.
10 이 표에 있는 내용은 『심훈 전집 1』 351-355면에 있는 작품 연보를 참고해서 정리한 것이다. 다만 「근음삼
    수」의 창작일에 대해서는 검토가 필요하다고 본다. 《조선중앙일보》를 확인한 결과 「근음삼수」의 창작일
    은 12월 11일로도 읽을 수 있겠지만 10월 21일로 읽을 수 있는 여지가 있기 때문이다.(본문 <그림 1> 참조.)
    《조선중앙일보》는 미디어가온에서 제공하는 고신문 데이터베이스에서 검색했다.(http://211.43.216.33/
    mediagaon/before90List.do)

제목을 기준으로 편수를 산출했을 때 심훈의 시조는 모두 33수 정도에 달한다고 볼 수 있다.[11] 여기서 흥미로운 점은 항주에 있을 당시 유랑민으로서의 심회를 풀어낸 11수를 제외할 경우, 전체 22수 중 다수의 작품이 식민지 농촌 현실을 핍진하게 보여 주는 작품들로 구성되어 있는 점이다. 「농촌의 봄」과 「근음삼수近吟三首」가 여기에 해당 된다고 볼 수 있다. 이들 작품은 1933~1934년경에 창작된 것으로 보이는데, 심훈이 1932년경에 낙향해서 농촌계몽운동에 관심을 가지고 활동한 것과 무관하지 않을 것 이다. 이 부분에 대해서는 다음 장에서 자세히 살펴보기로 한다.

〈그림 1〉

4. 시조 창작을 통한 식민지 농촌 현실 반영

앞 장에서 살펴본 바와 같이 심훈은 33수 가량의 시조를 창작했다. 이 중에서 항주 에 있을 당시 유랑민으로서의 심회를 노래한 작품 11수를 제외할 때, 22수 중 다수의 작품이 식민지 조선 농촌의 현실을 반영하고 있다. 이는 시조가 담아내야 할 내용이 나 가치에 대한 심훈의 인식이 투영된 것으로 보인다. 이 장에서는 심훈은 시조가 담 아내야 할 내용을 무엇으로 보았는지에 대해 살펴보고자 한다.

심훈의 경우 시조에 대해서 자신의 의견을 담아낸 글을 많이 남긴 편은 아니다.

---

11 심훈의 시조는 연시조의 형태도 있으므로, 작품의 편수는 무엇을 기준으로 삼느냐에 따라 달라질 수 있는 부분이다. 본고에서 말하고 싶은 바는 심훈은 「소항주유기」에서 보여주었던 시조 형식을 일관성 있게 견 지했으며, 연시조 또한 비교적 많이 창작했다는 사실에 주목하고자 하였다.

1926년 최남선이 "시조時調는 조선인朝鮮人의 손으로 인류人類의 음률계音律界에 제출提出된 일시형—詩形이다. 조선朝鮮의 풍토風土와 조선인朝鮮人의 성정性情이 음조音調를 빌어 그 와동渦動의 일형상—形相을 구현具現한 것이다. 음파音波의 우에 던진 조선아朝鮮我의 그림자이다. 어써케 자기自記 그대로를 가락잇는 말로 그려낼가 하야 조선인朝鮮人이 오랜오랜동안 여러가지로 애를 쓰고서 이째까지 도달到達한 막다란 골이다."[12]라고 하면서, 이른바 시조부흥에 대한 논의를 촉발했을 때에도 구체적인 견해를 드러내지는 않았다. 비교적 구체적인 시각이 드러나 있는 글은 1932년 《동아일보》에서 「32년三二年 문단전망文壇展望」 중 시조의 향방에 대해 여러 논자들의 견해를 담은 특집 기사를 수록했었는데 심훈도 시조에 대한 자신의 생각을 나타냈다.

"시조時調는 드디어 「사군자四君子」의 뒤를 쫓음에 이르렀다."(문학연구가 김진섭)

"시조時調를 음악적音樂的으로 연상聯想하여 보기 때문에 문제問題가 되는 듯합니다. 순문학적純文學的으로만 보면 그만 아닙니까?"(소설가 염상섭)

"시조작가時調作家는 의미적意味的 신내용新內容을 다만 시조단時調檀의 신생명新生命을 발전發展시킬 의무義務가 있는 줄 압니다."(평론가 함일돈)

"시조時調의 진전進展은 대단히 기쁜 일이외다. 그 시조형時調形에다가 시대미時代味를 넣었으면 하는 것이 나의 희망希望이외다."(시인 김안서)

"시조時調는 경이원지敬而遠之할 것으로 안다. 시조時調 때문에 젊은 시인詩人들이 얼마나 옹졸해지는가?"(소설가 이태준)

"그야말로 없어도 안될 것이요 자라지도 않을 것입니다."(소설가 최독견)

"시조時調는 참되고도 새로워야 할 것입니다."(시조작가 이병기)

"시조문체時調文體가 봉건적封建的이기 때문에 가장 퇴폐적頹廢的이요 보수적保守的이요 국수적國粹的인 내용內容 밖에는 아니 담기질 것입니다."(창작가 송영)

"다른 내용內容과 형식形式을 빌지 않고는—그 새로운 진로進路를 개척開拓할 수 없으며, 이러한 적용適用이 도저히 불능不能이라면 그것은 언제든지 그 이상의 진전進展 없이 그 모양의 한계限界에 국한局限될 수밖에 없는 것이다. 여기에 그 장점長點과 단처短處가 있을 것이니 그 지지층支持層은 점차 국부화할 것이다."(문학연구가 정인섭)[13]

---

12 최남선, 「조선국민문학(朝鮮國民文學)으로서의 시조(時調)」, 『조선문단』, 5월호, 1926.(『육당 최남선 전집』 4, 역락, 2005, 85-90면)

13 「32년(三二年) 문단전망(文壇展望)」, 《동아일보》, 1932. 2. 16(우은진, 「1930년대 '전통' 인식과 시조담론」, 『한국문학논총』 제63집, 한국문학회, 2013, 206면에서 재인용)

위에 제시된 자료는 해당 기사 자료를 정리한 것이다. 이 자료를 정리한 우은진은 "시조 장르에 대한 현재적인 '새로움'의 요구는 시조에 대해 옹호 또는 절충의 견해를 보이는 논자들의 공통된 의견"이라고 언급했다. 다시 말해서 각 논자들이 추구하고 있는 시조가 나아가야 할 방향은 다를지라도, 시조의 존재 자체에 대해서는 부정하지 않고 있으며 현재와 접점을 찾을 수 있는 매개체로서 의미부여를 하고 있는 것이다. 심훈도 시조의 존재를 인정하면서 변화가 필요하다는 입장으로 다음과 같은 생각을 드러냈다.

> 그 형식에 옛것이라고 해서 구태여 버릴 필요는 없을 줄 압니다. 작자에 따라 취편取便해서 시조의 형식으로 쓰는 것이 행습行習이 된 사람은 시조를 쓰고 신시체新詩體로 쓰고 싶은 사람은 자유로시 신체시를 지을 것이지요. 다만 그 형식에다가 새로운 혼을 주입하고 못하는 데 달릴 것이외다. 그 내용이 여전히 음풍영월식이요 사군자 뒤풀이요 그렇지 않으면
> "배불리 먹고 누워 아래 윗배 문지르니
> 선하품 게게트림 저절로 나노매라
> 두어라 온돌 아랫목에 뒹구른들 어떠리"
> 이 따위와 방사한 내용이라면 물론 배격하고 아니할 여부가 없습니다. 시조는 단편적으로 우리의 실생활을 노래하고 기록해두기에는 그 폼이 산만한 신시보다는 조촐하고 어여쁘다고 생각합니다. 고려자기엔들 퐁퐁 솟아오르는 산간수山澗水가 담아지지 않을 리야 없겠지요.[14]

심훈은 시조가 고전에 속하는 장르임을 인정한다. 하지만 단순히 오래되었다고 해서 버려야 된다는 점에 대해서는 동의하지 않는다. 이것은 작자 개인의 취향에 따라 시조가 몸에 익숙한 사람은 시조로, 신체시로 작성하고 싶은 사람은 자유시로 작성하면 된다고 보기 때문이다. 다만, 시조가 음풍영월이나 사군자 뒤풀이 같은 방사한 내용보다는 새로운 시대에 걸맞은 내용을 시조에 담아내야 함을 말하고 있다. 특히 시조는 민족 고유의 정형시로서 우리의 생활을 기록함에 있어서 용이할 뿐만 아니라 노래까지 할 수 있는 특징을 가지고 있음을 강조한다. 심훈은 당시 우리 민족의 실생활을 담아낼 때 일정한 의미를 가질 수 있다고 본 것이다. 시조에 대한 심훈의 이와

---

14 『심훈 전집 8』, 229-230면.

같은 생각은 그가 충남 당진으로 낙향했을 즈음까지 이어진다.

　　내 무슨 지사志士어니 국사를 위하여 발분하였는가. 시불리혜時不利兮하여 유사지
적幽師志的 강개慷慨에 피눈물을 뿌리면 일신의 절조나마 지키고자 백골이 평안히 묻힐
곳을 찾아 이곳에 와 누운 것이면 그야말로 한운야학閑雲野鶴으로 벗을 삼을 마음의 여
유나 있을 것이 아닌가.

　　동창이 밝았느냐 노고지리 우지진다
　　소 치는 아해놈은 상기 아니 일었느냐
　　재 넘어 사래 긴 밭을 언제 갈려 하느니.

　　내 무슨 태평성대의 일민逸民이어니 삼십에 겨우 귀가 달린 청춘의 몸으로 어느 새
남구만南九萬 옹의 심경을 본떠 보려 함인가. 이 피폐한 농촌을 음풍영월吟風詠月의 대상
을 삼고저 일부러 당진 구석으로 귀양살이를 온 것일까.
　　내 무슨 은일군자隱逸君子어니 인생의 허함과 세사世事의 무상함을 활연대오豁然大
悟하였던가. 매화로 아내를 삼고 학으로 아들을 삼아 일생을 고산孤山에 은루隱漏하던
송나라 처사 임포林逋를 흉내 내고자 하루저녁 서회抒懷할 벗은커녕 말동무조차 없는
이 한미한 조선의 서촉西蜀 땅에 칩거하는 것인가.(「필경사잡기」 중中)[15]

　　위에 제시된 인용문은 『필경사잡기』의 일부이다. 여기서 심훈은 고향에 온 것에 대
해서 자문을 하고 있다. 비록 음풍영월을 하기 위해서 고향에 온 것은 아니지만 피폐
한 농촌의 현실을 보니, 자신이 고향으로 돌아오게 된 이유를 묻지 않을 수 없었던 것
이다. 심훈이 바라본 농촌의 피폐함은 남구만 시조에 대한 설명을 참고하면 조금 더
구체적으로 생각해 볼 수 있다. 정주동 『진본 청구영언』을 교주하면서 남구만의 시
조에 대해 "이 시조時調는 「동창東窓」을 제외除外하고는 순純우리말로 되어 있다. 전
출前出 육수六首에서 말한 것처럼 순전純全히 우리말을 구사驅使하여 한국韓國의 농
촌農村의 아침 특特히 식전食前의 정경情景이 눈 앞에 선명鮮明해지도록 그려 내었

---

15 『심훈 전집 1』, 310-311면.

으며, 소박素朴하고 구수한 겨레의 정서情緒가 무르익는 노래다.[16]"라는 평을 내렸다.[17] 다시 말하면 남구만은 순우리말을 통해 우리 민족 고유의 따뜻한 정감이 느껴지는 농촌을 그려냈다면, 심훈이 느꼈던 피폐한 농촌이라는 것은 이와 같은 요소가 결핍된 장소였던 것이다.

심훈이 남구만의 시조를 통해 심훈이 고향에 온 이유에 대해 되돌아보았다면, 자연 속에서 은일하는 임포의 경우를 통해서는 농촌에서 자신이 해야 될 역할은 무엇인지에 대해서 되돌아보고 있다. 심훈은 당시의 농촌 현실을 이와 같은 질문에는 심훈이 당시의 농촌 현실을 "자연을 바라보는 한가로움 따위는 절대 허용될 수 없었던 신산한 노동의 연속[18]"으로 바라보았기에 이러한 현실 속에서 '칩거'하고 있는 자신을 성찰한 것이다. 식민지 조선의 농촌 현실에 대한 피폐함과 모순을 포착한 심훈은 자신의 문학 작품에 이를 투영하였다. 「필경사잡기」가 발표된 시기가 1935년인데 이는 심훈의 대표작인 『상록수』가 완성된 해와 동일하다. 그러나 심훈은 소설로만 당시의 모습을 그려내지는 않았다. 심훈은 시조가 우리 민족의 생활 모습을 가장 잘 담아낼 수 있다고 밝혔듯이 당시 농촌의 현실을 보여주는 시조를 창작하였다.

근음삼수近吟三首[19]

-아침-
서리 찬 새벽부터 뉘 집에서 씨아를 트나
우러러 보니 기러기 떼 머리 위에 한 줄기라
이 땅의 무엇이 그리워 밤새 가며 왔는고

-낮-
볏단 세는 소리 어이 그리 구슬프뇨
싯누런 금 벼이삭 까마귀라 다 쪼는데

---

16 정주동 교주, 『진본 청구영언』, 명문당, 1957, 326면.
17 심훈이 고시조 중 하나인 남구만의 작품을 인용한 것으로 보아 고시조 작품에 대한 이해가 어느 정도 있었을 것으로 보인다.
18 하상일, 같은 논문, 216면.
19 『심훈 전집 1』, 228면.

오늘도 이팝 한 그릇 못 얻어 자셨는가

-밤-
창밖에 게 누구요, 부스럭 부스럭
아낙네 이슥토록 콩 거두는 소릴세
달밤이 원수로구려 단잠 언제 자려오

위에 제시된 작품은 「근음삼수」로 당시 농촌의 현실을 핍진하게 보여주는 작품이다. 표면적으로 보기에는 하상일이 "농촌에서의 하루의 고된 일상을 '아침-낮-밤'의 시간 순서로 그려낸 작품[20]"라고 언급했듯이 고단한 일상을 살아가는 농민의 모습을 보여 주는 농촌의 하루로 볼 수 있다. 하지만 이와 같은 일상은 단순히 하루에 머무는 것이 아니라, 식민지 농촌 현실에서는 계속해서 순회할 수밖에 없는 시대적 단위로 치환된 다고 볼 수 있다. 이는 '낮'의 종장 첫 구인 "오늘도"라는 시어에서 생각해 볼 수 있다.

심훈은 이와 같은 상황을 자신이 체험한 바를 서술하거나 느낀 바를 풀어내는 방식 이 아닌 관찰자의 입장에서 상황을 그려내고 있다. 예를 들어 '낮'의 경우를 살펴보면 "볏단 세는 소리 어이 그리 구슬프뇨"라고 질문을 하고 있는데, 이는 볏단을 세는 주 체가 스스로 하는 말이라기보다는 제3자가 질문한다고 하는 것이 자연스럽다. 중장 에서는 까마귀가 누렇게 익은 벼이삭을 쪼고 있는 사실을 전달해주고 있으며, 종장에 서는 "이팝 한 그릇 못 얻어 자셨는가"라는 질문을 던지고 있다. 제3자의 입장에서 농 촌 현실을 바라보는 수사법은, 당시의 농촌 현실에 대해 감정에 호소하기보다는 비교 적 객관적으로 세태를 보여주는 효과를 가져다준다고 볼 수 있다.

이를 통해서 생각해 볼 때 심훈은 시대정신에 부합하지 않은 방사한 시조를 지양 하고 현실의 문제를 반영할 수 있는 시조를 창작해야 한다는 자신의 지론을 실천하는 단계에까지 나아갔다고 할 수 있다. 하상일은 심훈이 식민지 농촌의 현실을 보여주기 위한 방편으로 시조를 창작한 이유에 대해서 "심훈의 시조 창작은 식민지 검열의 허 용 가능한 형식을 통해 당대 사회의 모순을 비판적으로 우회하려는 시적 전략을 지닌

---

20 하상일, 같은 논문, 218면.

것이다.[21]"라고 보았다. 그러나 앞 장에서 살펴보았듯이 심훈이 식민지 조선 농촌 현실의 모습을 드러내기 위해 시조를 선택한 것은, 민족 고유의 정형시인 시조가 우리 민족의 생활을 가장 잘 보여줄 수 있다는 생각이 전제가 있었기 때문이다. 시조라는 장르 또는 형식 자체가 우회성을 담보하는 것이 아니기 때문이다.

5. 맺음말

본고는 심훈의 시조에 대한 인식을 개괄적으로 살펴봄으로써 심훈 시조 연구의 외연을 확장하는 계기를 마련한다는 데 목표를 두고 논의를 시작하였다. 특히 심훈이 시조를 창작하기 위해서는 해당 장르에 대한 선이해가 필요하다고 볼 수 있다. 따라서 심훈이 언제부터 시조를 경험했는지에 대해 검토하는 작업이 필요하다는 문제의식을 가지고 심훈의 성장 과정을 살펴보면서 시조를 체험했을 가능성에 대해 짚어보았는데, 어머니 해평 윤씨가 시조에 능하다는 점, 성년이 되어 항주에 있을 당시 아버지와의 추억을 시조 창작을 통해 입으로 읊조렸다는 사실을 알게 되었다.

다음으로 심훈 시조의 시조 작품 현황에 대해 살펴보았다. 선행연구에서는 심훈의 시조 작품에 대한 구체적인 범위를 설정하지 않고, 시조와 형식이 비슷한 작품 모두 대상으로 삼았다는 데 문제점이 있었다. 따라서 본고에서는 심훈 시조는 구체적으로 어떠한 형식을 갖추고 있는지부터 살펴보았다. 표본은 「소항주유기」에 있는 작품들을 대상으로 삼았다. 이유는 심훈이 「소항주유기」에서 '시조 형식'(또는 '시조체')을 통해 정회를 풀어간다고 했기 때문이다. 다시 말해서 심훈이 '시조 형식'이라는 말을 이 글에서 거의 최초로 했다고 볼 수 있기에, 심훈의 시조 형식을 추적하는 데 용이하리라 생각했기 때문이다. 그 결과 작품의 제목을 기준으로 보았을 때, 심훈의 시조는 33수 가량으로 추산할 수 있음을 알게 되었다.

여기서 흥미로운 점은 33수의 작품이 모두 평시조로 정형을 유지했다는 것이다. 「내가 존경하는 현대 조선의 작가와 외국인에게 자랑할 작품」에서 존경하는 시조 작가로

---

21 하상일, 같은 논문, 219면.

이은상을 꼽았던 사실[22]을 고려한다면, 시조 창작에 있어서 형식적으로는 이에 영향을 받았으리라 생각된다. 오세영이 "형식적인 측면에서 노산의 시조는 그가 소위 '양장시조兩章時調'라 부른 바 있는 일종의 실험시형을 제외하곤 전통적인 규범에서 크게 벗어나지 않는다."[23]라고 언급했듯이 이은상의 시조도 대체적으로 평시조를 창작했던 것이다. 다만 '노산의 시조가 내용적으로 볼 때 기행시와 전쟁시가 다수를 차지하고 있다는 사실'[24]과 관련지어 볼 때, 심훈의 창작 경향은 여기에서 거리를 두고 있다. 심훈의 작품 중에서 「소항주유기」 작품 11수를 뺄 경우, 다수의 작품이 식민지 농촌 현실을 반영하고 있는데, 이와 같은 경향에 대해서는 제4장과 연계해서 살펴보았다.

1926년 최남선의 논의를 중심으로 전개된 시조부흥론 논쟁에는 수많은 논자들이 참여해서 시조론을 펼쳐나갔다. 그러나 이 논의에서 심훈의 시조론을 찾아보기 어렵다. 그의 구체적인 생각을 엿볼 수 있는 글은 1932년 《동아일보》에서 마련한 「32년三二年 문단전망文壇展望」이라는 특집 기사에서 찾아볼 수 있다. 그는 여기서 가람 이병기를 비롯한 다수의 논자들과 마찬가지로, 시조의 존재 가치를 인정함과 동시에 일정한 개혁이 필요하다는 입장을 피력했다. 심훈은 시조의 존재 가치에 대해서 우리 민족 고유의 시로 우리 민족의 실생활을 가장 잘 보여줄 수 있다고 보았다. 그리고 시조가 나아가야 할 방향에 대해 시대정신에 부합하지 않는 방사한 내용을 담으면 안 되며, 현실의 문제를 적실하게 보여줄 수 있는 시조를 창작해야 함을 강조했다. 시조에 대한 심훈의 이와 같은 지론은 「필경사잡기」에서 자신이 고향에 내려온 이유를 성찰하는 데서 찾아볼 수 있었으며, 당시 농촌의 현실을 보여줄 수 있는 시조를 직접 창작하는 단계에까지 나아갔음을 알 수 있었다.

1930년대 시조 또는 시조론 전개에 있어서 중요한 위치에 있었던 이들에 비해, 심훈이 남긴 시조 작품과 시조론이 양과 질에 있어서 일정한 한계를 갖고 있다. 그러나

---

22 설문의 1:내가 존경하는 조선의 작가와 그의 작품 누구누구 할 것 없이 나에게 선배가 되는 분은 누구나 다 존경합니다. 어느 방면으로나 다소간 영향을 받았고 또한 어느 점으로나 나와 같은 무명의 문학청년으로서는 보고 배우고 본받을 게 많은 것이 사실이기 때문입니다. 게으른 탓으로 남의 작품을 골고루 읽지는 못하오나 내가 보아오는 이른바 중견작가로는 이기영 씨의 농촌을 제재로 한 작품. 이은상 씨의 시조. 이태준 씨의 소설.(아직까지는 소품문(小品文)과 단편에 있어서) 유치진 씨의 희곡에 기대를 하고 있습니다. 그밖에는 좀 더 두고 보아서 회답하리다.(『심훈 전집 8』, 522면)

23 오세영, 「노산 이은상 시조론」, 김제현 외, 『한국 현대시조 작가론 I』, 태학사, 2002, 53면.

24 오세영, 같은 글, 같은 책, 59면.

김준 | 심훈 시조 연구

심훈은 시조 창작과 시조론을 전개함에 있어서, 민족 고유의 정체성을 찾기 위한 일환으로 시조의 형식과 미를 탐구하기보다는 식민지 농촌 현실을 핍진하게 그려내야 한다는 데 주안점을 두었다. 심훈의 이와 같은 시각은 당시 시조 개혁 방향을 다양한 관점에서 바라볼 수 있는 계기가 될 수 있다는 점에 의의가 있다고 할 수 있다.

참고문헌

1. 자료

《동아일보》

《삼천리》

《신여성》

『육당 최남선 전집』 4, 역락, 2005.

《조선중앙일보》

《중앙》

김종욱·박정희 편, 『심훈 전집』, 1, 8, 글누림, 2016.

심   훈, 『심훈문학전집(沈熏文學全集) 1』, 1966, 탐구당(探求堂).

_____, 『심훈문학전집(沈熏文學全集) 3』, 1966, 탐구당(探求堂).

2. 단행본

구수경 외 지음, 심훈문학연구소 엮음, 『심훈 문학 세계』, 아시아, 2016.

심재호 지음, 충남연구원 기획, 『심훈을 찾아서』, 문화의 힘, 2016.

심   훈, 『그날이 오면』(심훈 시가집 친필 영인본·일제시대 조선총독부 검열 판), 도서출판 맥, 2013.

오세영, 「노산 이은상 시조론」, 김제현 외, 『한국 현대시조 작가론 Ⅰ』, 태학사, 2002.

이은상 지음, 김복근·하순희 엮음, 『가고파』(노산 이은상 시조선집), 도서출판 경남, 2012.

정병욱, 『증보판 한국고전시가론』(개정판), 신구문화사, 2008.

정주동 교주, 『진본 청구영언』, 명문당, 1957.

3. 논문

신웅순, 「심훈 시조 고(考)」, 『한국현대문예비평연구』 36집, 한국현대문학비평학회, 2011.

우은진, 「1930년대 '전통' 인식과 시조담론」, 『한국문학논총』 제63집, 한국문학회, 2013.

하상일, 「심훈의 「항주유기(杭州遊記)」와 시조 창작의 전략」, 『비평문학(批評文學)』 61집, 한국비평문학회, 2016.

4. 사이트

국사편찬위원회, 한국사데이터베이스 http://db.history.go.kr

미디어가온 고신문 데이터베이스 http://211.43.216.33/mediagaon/before90List.do

심훈의 전기적 생애에 따른 시나리오의 변모 양상 고찰*

오영미[**]

한국교통대학교 글로벌어문학부 교수

---

* 이 논문은 2017년도 한국교통대학교의 지원을 받아 수행된 연구임.

** 한국교통대학교 글로벌어문학부 한국어문학전공 교수

1. 여는 말

심훈 영화의 전성기였던 1920년대는 전문적인 영화 시나리오가 탄생하기 이전의 무성영화 시대였다. 영화사가들은 이 시기를 무성영화의 전성기라 표현한다. 한국영화의 효시라 인정받는 윤백남의 〈월하의 맹서〉(1923)가 제작됐고, 시나리오의 이행기적 전사물로서 언급되는 영화소설 형태의 심훈의 〈탈춤〉(1926), 나운규의 〈아리랑〉(1926)이 나왔으며, 현존하는 최고最古의 시나리오로서 인정받는 〈효녀 심청전〉(1925)이 등장한 시기이다. 이렇게 최초라는 수식어가 붙는 이 시기의 영화 현상은 대중예술의 산물로서 영화 예술이 본격화된 시기임을 뒷받침해준다. 1920년대 초중반에 이루어지는 이러한 영화의 흐름 속에 심훈이 위치해 있다는 사실은 그가 한국영화의 초창기에 역시 '최초'라는 수식어가 붙는 사적인 위상 속에 놓여있음을 의미한다.

한국영화사에서 심훈이 갖는 위치는, 전문적인 시나리오 작가가 존재하지 않았던 무성영화기에 비로소 시나리오 작가라는 이름을 붙여도 좋다는 사실에 있다. 한국 무성영화기에 대한 몇몇의 다른 입장에도 불구하고, 〈탈춤〉은 영화소설의 형식을 띤 최초이자 최고最古의 작품으로 불린다.[1] 영화소설은 일제의 문화통치 정책의 일환으로 언론이나 잡지 창간이 활발했던 1920년대에, 독자들의 읽을거리를 위하여 다양한 모

---

1   1989년 <효녀심청전>이 발굴됨에 따라 그동안 실물 형태를 확인할 수 있었던 가장 오래된 자료인 <탈춤>이 '지상에 발표된 최초의 시나리오'(김수남)라는 평가로 바뀌게 된다. 그러나 그보다 앞선 고전 각색물에 대한 다양한 시각들이 이어지면서, <효녀심청전>에 대한 논의도 수정을 받고 있는 입장이다.

색2이 이루어지던 시기적 특수성이 낳은 중간적 형식의 장르였다. 언론인으로 살아가던 심훈은 영화에 대해서도 남다른 관심을 가지고 있었으므로 그가 영화소설을 쓰게 된 것은 어쩌면 당연한 결과였는지도 모르겠다. 그러나 우리 작가에 의한 창작 시나리오가 나온 이후에도 영화소설의 형태는 창작되고 향유3되고 있었으니, 일부의 연구가 그렇듯 영화소설을 시나리오의 전단계로 규명하기보다는 중간적 혼재 장르로서의 특성으로 이해하는 게 좋겠다.4

심훈은 영화소설 이후에도 시나리오 〈탈춤〉 〈먼동이 틀 때〉 〈대경성광상곡〉 〈상록수〉 등을 창작했다. 고전물 각색이 주류를 이루던 당대 영화 풍토에서는 드물게 오리지널 시나리오를 창작한 심훈은 〈아리랑〉의 나운규와 더불어 시나리오사에서 중요한 위치를 차지하는데, 그나마 〈아리랑〉은 영화소설의 형태로 전해져 와서, 독자적 장르 인식을 지닌 시나리오로서는 또 최초라는 위치에 자리할 수밖에 없다.

심훈 시대의 영화 시나리오 양상에 대해 증언하고 있는 이영일은 '이때만 해도 시나리오를 쓰는 방법을 몰라 10전짜리 소설원본을 읽으며 찍어야할 자리에 밑줄을 치는 것이 바로 시나리오였다.'라고 회고하고 있다. 이영일이 회고하는 당대의 영화 현장은 시나리오에 대한 기본적 인식조차 없던 맹아기의 자화상이었다. 극예술에 관심이 많았던 심훈은 이러한 조선의 현실을 인식하고, 프랑스 유학을 꿈꾸었고, 〈탈춤〉으로 시나리오 작가에서 나아가 영화 제작의 본격적 단계에 있던 시기에는 일본 유학을 시도했다. 비록 작고하기까지 짧은 생애였지만 영화를 향한 열정과 그것을 실현하기 위한 노정 속에 그의 시나리오 수편이 자리하기에 이러한 상호 관계를 그의 시나리오 연구의 발판으로 삼으려고 한다.

이 연구는 한국 시나리오 작가 연구의 일환에서 출발하였고, 한국에서 시나리오 작가가 문학적으로도 영화적으로도 본격적인 고찰의 대상이 되지 못했던 미비점에 착안하였다. 심훈의 경우 다른 시나리오 작가에 비해 집적된 연구 성과가 방대한 편인데, 이들이 대부분 소설과 생애사적 연구에 바쳐져 있으며 시나리오 연구는 미미한 편이다.

---

2 강옥희, 「식민지 시기 영화소설 연구」, 《민족문학사연구》 통권 32호, 민족문학사학회, 2006, 188면.

3 위의 연구에 의하면, 〈탈춤〉 이후 1939년까지 영화소설의 형식은 유지되고 있었던 것으로 보인다.

4 당시 동아일보 영화소설 공모(1937.1.1.) 내용을 보면, "지상에 게재하면 읽는 영화가 되고, 다소의 씨나리오적 각색을 더하면 촬영대본이 될 수 있는"이라고 영화소설을 규정하고 있다. 문학과 영화의 특성이 결합된 중간적 형태에 대한 인식이 그대로 남아 있음을 볼 수 있다.

심훈의 시나리오에 대한 연구는, 우리 시나리오의 발전단계에 대한 체계적 시도가 이루어진 김수남의 연구[5]를 대표적으로 언급할 수 있는데, 이 연구는 심훈 시나리오에 대한 정치한 분석보다는 영화소설의 사적인 맥락을 고찰한 의의가 있다. 이어지는 심훈 연구는 영화소설의 관점에서 〈탈춤〉을 분석한 것[6]과, 작품 분석 위주로 〈탈춤〉〈먼 동이 틀 때〉〈상록수〉를 분석한 조혜정의 논문[7]이 가장 본격적인 단계라고 보여지며, 나운규의 〈아리랑〉의 콘텍스트를 연구하는 맥락에서 〈먼동이 틀 때〉와의 영향관계를 지적한 이효인의 논문[8], 그리고 문학과 영화의 상호텍스트성이라는 관점 하에 〈상록 수〉를 위주로 분석한 김외곤의 논문[9], 자막 연구의 일환으로 부분적 언급이 이루어진 신원선의 연구[10] 등을 들 수 있다.

이들 연구에서 공통적으로 드러나는 한계는 심훈의 시나리오 전반을 아우르는 시 각을 갖추지 못했다는 것이다. 비록 조혜정의 연구에서 심훈 시나리오에 대한 작품 분석이 정밀하게 이루어지고 있지만 그것이 어떻게 형성됐는지에 대한 연결고리를 가지지 못한 채 심훈 시나리오 세 편에 대한 분석만이 이루어져 그의 시나리오의 현 상적 고찰에 머물고 있다. 작품을 형식적으로 분석하는 작업도 선결해야 할 과제이 지만, 한국 시나리오사에서 심훈이 갖는 선구적 위치를 고려하면 그를 분석하는 방 법론이 시대를 읽는 방법이 될 수 있다고 본다. 심훈과 동시대의 영화인들이 대부분 유사한 궤적을 보이며, 유사한 환경에서 그에 대응하는 방법도 유사한 경우가 많다 고 판단되기 때문이다.

이러한 연구 현황에서, 본고는 심훈의 시나리오에 대하여 형식적으로 혹은 의식적 으로 보다 전체적인 맥락을 짚어갈 필요가 있으며, 시나리오 작가로서 그의 위치를

5   김수남, 「해방 전 한국 사실주의 시나리오 연구」, 《영화연구》 14호, 한국영화학회, 1998.
6   전홍남, 「심훈의 영화소설 <탈춤>과 문화사적 의미」, 《한국언어문학》 제52집, 한국언어문학회, 2004. 주인, 「영화소설정립을 위한 일고-심훈의 <탈춤>과 영화평론을 중심으로」, 《어문연구》 통권 130호, 한 국어문교육연구회, 2006.
7   조혜정, 「심훈의 영화적 지향성과 현실인식 연구-<탈춤> <먼동이 틀 때> <상록수>를 중심으로」, 《영화 연구》 31호, 한국영화학회, 2007.
8   이효인, 「영화 <아리랑>의 컨텍스트 연구-<아리랑>이 받은 영향과 끼친 영향을 중심으로」, 《현대영화연 구》 24호, 한양대학교 현대영화연구소, 2016.
9   김외곤, 「심훈 문학과 영화의 상호텍스트성」, 《한국현대문학연구》 제31집, 한국현대문학회, 2010.
10 신원선, 「현존 한국 무성영화 연구-중간해설 자막과 촬영미학을 중심으로」, 《한민족문화연구》28집, 한민 족문화학회, 2009.

가늠할 필요성을 가지게 되었다. 그래서 그의 시나리오가 갖는 내적인 맥락과 외적인 영향 관계에 주목할 것이며 당대 영화 시나리오의 관계들 속에서 그의 위치를 가늠해 볼 것이다. 또한 현존하는 자료를 많이 가지지 못한 후대의 연구자로서 그의 전기적 사실과 작품을 연결하는 관점은 매우 유효한 고리일 수 있기에 내적 변주의 동력으로서 전기적 체험에 대한 요인도 참고가 될 것이다. 이런 맥락에서 그가 남긴 영화평도 작품 분석과 영화 인식을 고찰해 볼 수 있는 자료가 된다.

심훈은 1901년에 태어나 36년에 작고하기까지 영화소설 한 편과 시나리오 네 편, 다수의 영화평론을 남겼고, 영화 한 편을 제작했으나 필름이 남아 있지 않다. 연극예술에 관심을 두어 중국 유학을 했고, 영화 공부를 위하여 일본에 몇 개월간 체류한 경험도 있다. 『상록수』가 갖는 교과서적인 지명도 때문에 소설가로서 많이 알려져 있지만[11] 그가 평생 지향하고 갈망했던 장르는 영화였다는 것을 많은 연구들이 입증하고 있다. 그의 살아생전 마지막 작업이 소설 『상록수』를 시나리오로 각각색하여 영화화하려는 것이었다는 전기적 기록도 그렇거니와 마지막까지 영화평론에 대한 기록과 유고가 나온 것을 보면 이 또한 영화에 대한 그의 열망을 알수 있게 한다. 시나 소설은 인쇄매체라는 보다 손쉬운 발표 기회가 있지만 영화는 자본과 검열이라는 녹녹치 않은 장애 요인이 있어 그가 지닌 열정만큼 누리지 못하였을 것임은 짐작하고도 남음이 있다.

심훈은 영화 관련 첫 작품인 〈탈춤〉을 쓰기 바로 전해에 영화 〈장한몽〉에 대역으로 입문하게 되어 이 시기의 신파극의 영향관계에 놓여 있는 영화상황을 목도했을 것으로 보인다. 이후 〈탈춤〉에서 〈먼동이 틀 때〉로 이어지는 과정에 일본 닛카츠 영화사에서의 무라타 미노루 감독과의 만남이 이루어지고, 〈상록수〉로 이어지는 과정에서 당진으로의 낙향하게 된다. 본고는 이런 영화 노정을 기반으로 그의 작품을 분석할 것이며, 그 결과로 텍스트가 갖는 사적인 위상도 진단해 보려고 한다. 심훈의 시나리오는 〈탈춤〉〈먼동이 틀 때〉〈상록수〉〈대경성광상곡〉의 네 편이 전해져 온다. 최초의 영화소설로 언급되는 〈탈춤〉은 시나리오로의 이행기적 의의를 인정받지만 심훈의 시나리오 세계에 대한 본격적인 논의를 위하여 시나리오 형식을 갖춘 〈탈춤〉 시나리오만을

---

11 2016년 글누림에서 간행된 『심훈 전집』의 수록 자료에 의하면, 작가론 31편, 시론 17편, 소설론 79편, 영화론 9편(신문단평 제외), 학위논문 50편(영화나 시나리오 관련 1-2편)으로 방대한 연구 성과가 이루어져 있지만 영화 관련 연구는 왜소하고, 더욱이 시나리오 작가로서의 연구물은 아주 미미하고 부분적이다.

연구의 대상으로 삼고자 하며, 비록 완성된 형태는 아니지만 시나리오라는 이름을 달고 나온 〈대경성광상곡〉도 그의 시나리오 세계를 유추할 자료로서의 의의를 두어 연구 대상에 포함시키고자 한다.

2. 심훈 시나리오의 특징

1) 반복과 변주로서의 삼각구도

심훈의 영화세계를 엿볼 수 있는 두 개념은 프롤레타리아와 대중성이다. 그는 〈먼동이 틀 때〉를 두고 한설야와 벌어진 논쟁[12]에서 우리 영화가 지향해야 할 바는 프롤레타리아 영화이지만 검열이나 예산 등의 영화 현실을 감안하지 않은 비난은 수용할 수 없다고 논박하면서 대중적인 제재에 대한 견해를 이렇게 제시한다.

> 말하자면 부르주아지의 생활에서 온갖 흑막을 들추고 갖은 죄악을 폭로시켜서 대중에게 관조의 힘을 가지게 하고 그들로 하여금 대상에게 투쟁의식을 고무시키는, 간접적 효과를 나타나게 하는 것이 신흥예술의 본령이요 또한 사명이 아닐까?
> …내 생각 같아서는 모든 제재 가운데에 우리에게 절박한 실감을 주고 흥미를 끌며 검열관계로도 비교적 자유롭게 취급할 수 있는 것은 성애문제性愛問題일까 한다. 즉 연애문제 - 결혼 이혼 문제 - 양성 도덕과 남녀 해방 문제….
> 동시에 참나무 장작같이 딱딱한 관념화한 내용의 작품보다도 목하의 우리 민중은 누구나 이러한 종류의 영화를 자못 큰 흥미와 기대를 우리에게 요구하고 있는 것이 아닐까 한다.[13]

성애 문제를 당대 현실을 감안한 가장 대중적인 제재라고 보았던 심훈의 견해는 시나리오 창작에 있어서 삼각구도라는 인물관계의 틀로 형상화된다. 남녀의 사랑은

---

12 심훈의 영화 <먼동이 틀 때>에 대하여 당시 프로진영이었던 한설야는 만년설이라는 필명으로 《중외일보》에 공격적 비평문을 기고하였고, 이에 반박하는 심훈의 글이 수 차례 나뉘어 게재되었다. 이는 이듬해 임화의 비평으로까지 이어지며 장기간의 유명한 논쟁일화를 남겼다.
13 심훈, 「우리 민중은 어떠한 영화를 요구하는가?-를 논하여 '만년설' 군에게」, 《중외일보》, 1928.7.25. (심훈 전집 8: 영화평론 외 재수록)

대중예술 역사상 가장 흥미로운 소재이면서 당시 전래된 신파극이나 심훈 시대의 영화는 물론 멜로드라마의 대중적 속성에 가장 부합되는 소재이기도 하다. 심훈이 성애에 주목한 것은 영화의식으로서가 아니라 표현방식의 문제 때문이었다. 일제 강점기와 민족현실이라는 시대의 중압감에서 프롤레타리아적 영화관을 기반으로 하지만 그 표현에 있어서는 가장 대중적인 것을 취해야 한다는 것이었다.

이효인은 〈아리랑〉의 콘텍스트를 연구하면서[14] 〈아리랑〉 〈유랑〉 〈먼동이 틀 때〉에서 반복되는 인물설정과 활극성을 지적하였고, 그들 간의 영향관계를 진술한 바 있는데, 거슬러 올라 이광수의 〈무정〉과 그리피스의 〈폭풍의 고아들〉에서 영향의 기원을 찾고 있다. 심훈의 시나리오에서도 반복되는 이러한 인물 구도는 이효인의 결론처럼 '영향관계'의 산물이라기보다 당대 대중예술의 동시적 현상으로서 검열과 같은 억압의 장치를 피할 수 있는 보편적 모티프이자 수단이었다고 보는 것이 옳겠다. 성애를 대중적 소재의 방안으로 꺼내놓고 식민지 현실에 대한 엄격한 현실인식을 요구하던 심훈의 입장이 그만의 고유한 영화인식이 아니라는 것을 말함이다.

심훈은 1926년 〈탈춤〉을 연재하기 바로 전해에 〈장한몽〉에서 이수일 역을 대역하면서 영화에 처음 입문하였다고 한다. 〈장한몽〉은 일본 소설 『곤지키야사金色夜叉』를 조중환이 번안한 것으로, 신파극의 전형적인 소재인 젊은 남녀와 악인의 삼각구도를 중심으로 스토리가 전개된다. 이 작품에 심훈이 출연했다고 해서 그의 시나리오에 직접적인 영향을 끼쳤다고 단언할 수는 없지만 각색된 고전물 이외에 창작물을 찾기 어렵던 당시 영화계에서 심훈의 영화적 첫 경험이 그의 영화세계와 전혀 무관하다고 볼 수는 없겠다. 성애를 영화의 주효한 제재로 보았던 심훈의 의식과도 통하는 지점이며, 이러한 삼각구도는 이효인의 연구에서도 지적했듯이 〈아리랑〉 〈유랑〉에서도 반복되는 현상으로 당시 대중예술의 현주소를 말해주는 것이라 볼 수 있다.

이러한 성애 기반의 삼각구도는 신파극에서 이어지는 대중추수적인 기반 외에도, 계몽적 주제들에서도 멀지 않아 보이는데, 이는 조선의 선구적 지식인으로서의 그의 입장과도 무관하지 않아 보인다. 신파극은 주지하다시피 권선징악, 풍속개량, 민지개발, 진충갈력 등을 주제의식으로 계몽성을 드러냈는데, 심훈의 항일과 관련한 여러

---

14 이효인, 앞의 글, 183-187면.

기록이나 '조선의 현실'을 위한 여러 영화평에서 영화전문인은 물론 오피니언 리더로서의 입장도 충분히 개진되고 있기 때문이다. 뒤에서 다시 분석이 이어지겠지만 이러한 계몽적 현실인식은 삼각구도의 한 축이 일제 강점기하의 조선의 현실을 담은 인물이라는 데서도 볼 수 있다.

그의 첫 시나리오 〈탈춤〉에서 취한 이러한 삼각구도는 〈먼동이 틀 때〉 〈상록수〉로 이어지면서 반복과 변주가 이루어지는데, 〈탈춤〉의 경우를 먼저 살펴보자. 이 작품의 삼각구도는 남자 주인공인 오일영과 여자 주인공 이혜경, 악인형의 임준상으로 구축된다. 오일영은 유부남 신분으로 이혜경을 사랑하지만 임준상은 재력으로 이혜경의 아버지를 매수하고 협박해 그녀와의 결혼을 추진한다. 오일영도 유부남이라는 떳떳하지 못한 입장이지만, 임준상은 유부남인 데다 하녀를 범해 임신을 시키기도 하고, 다른 여자들과의 관계도 복잡한 부도덕한 인물로 그려진다. 그래서 이혜경을 사랑하는 오일영도 도덕상의 결점을 안고 있지만 임준상에 비해 상대적으로 약화된 부도덕함으로 비난의 화살이 가지 않게 그려진다.

비극의 주동 인물의 '도덕적 정의'는 아리스토텔레스의 시학 이후 비극 서사물의 전통을 이룬다. 이것이 무너지면 주인공으로서의 성격형성에 실패해 비극적 웅장함을 얻을 수 없다. 그래서 오일영의 부도덕성은 비극적 주인공 형성에 있어 마이너스 요인으로 작용한다. 그러다 보니 작중에서 희생형 캐릭터인 이혜경을 보호하고 임준상을 처단하는 역할을 강홍렬이 부여받게 되고 오일영은 무기력한 지식인으로 남아 있게 된다. 더욱이 강홍렬의 광인적 이미지를 불꽃으로 상징화하면서 그는 주인공을 능가하는 강렬함 속에 놓여 있게 된다.

그런데 심훈이 강홍렬을 이렇게 캐릭터화 한 근저에는 식민지적 현실에 대한 사실적 지향성이 놓여 있다. 시나리오 상으로는 생략이 돼 있지만 영화소설을 보면 3.1운동 등의 항일 사건으로 광인이 될 수밖에 없는 사연을 지니고 있다. 〈탈춤〉에 대한 조혜정의 연구[15]에서 주요 캐릭터 네 사람 중 강홍렬과 〈아리랑〉의 최영진의 유사함을 언급한 것은 이러한 맥락에서 주목해 볼 만하다. 최영진이 그렇듯 강홍렬도 식민지하에서 광인이 되었으니 그 영향관계를 유추해 볼 수도 있겠고, 지주 신분의 악인형인

15 조혜정, 앞의 글, 169-172면.

임준상과 더불어 심훈이 놓칠 수 없었던 동시대적 캐릭터인 것만은 분명하다. 심훈이 나운규의 인물에게서 영향을 받았든 아니든, 심훈은 '성애' 소재와 식민지적 현실 인식이라는 두 개의 키를 모두 쥐고 주인공과 조력자가 역전되는 작법상의 결점을 보여주고 있는 것이다.

이렇듯 남녀 삼각구도의 인물구축과 악인형 지주 임준상의 처벌은 이 시나리오의 원작격인 영화소설의 장르적 속성과도 통한다고 볼 수 있다. 영화소설은 대중들의 새로운 읽을거리를 위하여 고안된 대중을 위한 장르였던 것이다.

심훈이 영화에 입문하게 된 계기가 되었던 〈장한몽〉에서도 반복되는 구도이기도 하지만, 남녀의 삼각구도는 멜로드라마의 공식으로서 그의 대중적 선택이었고, 여기에 여성형 캐릭터의 희생이라는 신파극적 선택이 더해지고, 식민지 현실인식이 삼각구도의 폭을 확장시키면서 보다 상투화된 삼각구도를 보여주고 있다.

이러한 삼각구도는 〈먼동이 틀 때〉로도 이어지는데, 여기서 심훈의 영화에 영향을 미쳤을 것으로 보이는 전기적 기록을 참고하면서 그 반복과 변주는 어떻게 이루어지는지 살펴보아야 하겠다. 〈탈춤〉의 시나리오를 각색하고 영화화를 추진하던 심훈은 결정적으로 투자가 불발되면서 제작을 포기하게 된다.[16] 촬영 불발의 이유는 비용의 문제로 보이는데, 심훈은 훗날 회고에서 〈탈춤〉이 나름 부르주아의 생활을 다루었기에 스케일이 클 수밖에 없었다고 진술하고 있다.

제작비 문제로 촬영을 할 수 없었던 이런 경험은 다음 작품인 〈먼동이 틀 때〉를 쓰면서 부담이 되지 않을 수 없었다. 그런 연유에서인지 〈먼동이 틀 때〉의 삼각구도는 경제적 중심에서 주변부로 밀려나 생활고를 겪고 있는 인물들로 이루어진다. 주인공 김광진은 오랜 수감 후 막 출소한 인물이며, 그의 아내 윤은숙은 책을 팔아 연명하는 처지다. 악인형 박철은 건달패로 설정돼 있고, 여러 연구자들이 이중 플롯으로 지적한 인물인 안순이와 조영희는 술집 종업원과 가난한 시인이다.

〈탈춤〉에서처럼 지주와 사음이라는 경제적 상하관계가 인물형의 구동 원리로 작동하지는 않지만 이미 이들은 가난이라는 어두운 현실 앞에 놓여 있다. 안순이가 200원에

---

16 심훈, 「〈먼동이 틀 때〉의 회고」, 『심훈 전집 8: 영화평론 외』, 글누림, 2016, 211면. "…〈탈춤〉은 부르주아의 생활이면을 유치하나마 그린 것이 되기 때문에 스케일이 여간 크지 않고 출연 인원도 엄청나게 많은 동시에 한 이천 원 한도하고 촬영비를 내게 되는 터이라 그러한 여러 가지 이유로 도저히 실현시킬 수 없는 난관에 봉착하고 말았다."

팔려온 몸이라는 설정은 일제강점기 배경 서사물에서 자주 등장하는 딸 팔기 모티프라고 볼 수 있으며, '멀리 가고 싶어요. 자유로운 나라로…' '대지는 넓어도 몸담을 곳없는 무리들' '어둠에 쌓였던 이 땅에도 먼동이 터 올 때'와 같은 자막은 식민지 청년들의 현실도피적 양상에서 자주 목도되는 진술이다. 그래서 〈탈춤〉이 식민지 현실 인식의 상류층 삼각구도라면, 〈먼동이 틀 때〉는 식민지 현실 배경의 서민층 삼각구도를보여준다고 할 수 있다. 계급적 불평등에 대한 설정이나 광인형의 설정이 없다 해서식민지적 현실이 아니라고 보기는 어렵다는 판단이다.

〈탈춤〉에서 〈먼동이 틀 때〉로 넘어오는 사이 심훈의 전기에 있어 또 하나 주목할 사실은 그의 일본 영화 체험이다. 1927년 2월에서 5월까지 약 3개월간 일본의 닛카츠 촬영소로 간 심훈은 무라타 미노루 감독 밑에서 새로운 연출 수법을 배웠다고 한다. 1920년대의 일본도 무성영화의 시대였다. 리얼리즘이 등장하고 신파극이 현대극으로 변하면서 그로 인한 여러 징후들을 드러내던 시기였다. 특히 심훈이 일본에 머물면서 수학했던 미노루 감독은 노동자들에게 극 연구를 지도하며 노동쟁의를 다룬 프롤레타리아 연극과 프로키노 영화 운동의 촉매제 역할을 하였던 사람이다.[17] 일찍이 프롤레타리아 영화에 대한 신념을 밝히기도 했던[18] 심훈이 몇 개월간의 일본 체류 기간 동안 미노루 감독에게 많은 영향을 받았을 것이라는 전제는 그리 어렵지 않아 보인다. 미노루 감독은 일본의 무성영화기에 서구의 영향을 받아 형식적, 내용적으로 서구적인 징후가 가장 두드러지는 감독으로도 유명하다.[19]

그래서 미노루 감독과의 만남을 통한 심훈의 일본체험은 두 개의 키워드 '프롤레타리아'와 '서구'로 요약해 볼 수 있겠다. '서구'의 영향력은 뒷장에서 후술하기로 하고, 여기서는 신파에서 현대극과 리얼리즘으로 변화된 일본영화계의 변혁기적 흐름이 심훈이 〈탈춤〉에서 〈먼동이 틀 때〉로 변수되는 근저에 사리 잡고 있음에 주목해 보고자 한다. 〈먼동이 틀 때〉를 다시 살펴보자.

---

17 구견서(具見書), 「일본 영화의 형성과 전개-무성영화를 중심으로」, 《일본학보》 제59집, 한국일본학회, 2004, 495-497면.
18 심훈은 1922년 염군사를 조직하고, 1925년에는 KAPF에 가담하였다. <장한몽>으로 영화에 입문하기 전부터 프롤레타리아 사상의 기반이 있었던 것으로 보인다.
19 동의대학교 영상미디어센터, 『근현대 영화인사전』, http://100.daum.net/encyclopedia/view/94X XX-kang084, 2018.8.5.검색.

오영미 | 심훈의 전기적 생애에 따른 시나리오의 변모 양상 고찰

출감한 남자주인공과 헤어져 있는 그의 아내, 그리고 아내를 탐하는 건달의 삼각구도가 기본을 이루는 〈먼동이 틀 때〉는 서브플롯[20]으로써 사랑하는 젊은 연인의 이야기를 다룬다. 이영일은 남자주인공 김광진이 박철의 마수에서 아내를 구하고 가진 돈으로 순이를 술집에서 구출해 영희와 함께 떠나게 한다는 설정을 두고, 신세대를 향한 구세대의 희생이라고 해석하기도 한다.[21] 이 대목을 통하여 출감 후 다시 투옥돼야 하는 광진의 현실을 도덕적 정서로 마감하려 한 작가의 의도가 분명해 보이는데, 그것은 〈탈춤〉에서처럼 식민지 현실에 기반한 삼각구도가 약화된 원인으로 해석된다.

여기서 악인형 캐릭터 박철의 성격화로 인한 단순성의 문제가 대두된다. 악인형 주동인물 박철과 주인공 김광진의 상호관계가 단순해지면서 영화는 공적 의미망을 벗어나 개인적 영역으로 축소되고 만다. 광진이 감옥을 가게 된 사연의 플래시백 씬은 파멸의 원인이 화목했던 어느 시절 그의 가정에 들이닥친 정체불명의 악의 그림자 때문이고, 아내를 구하며 재범을 저지르게 되는 것도 단순 치정에 머물러 있게 되는 것이다. 그래서 그의 불행이 시대적 함의를 획득하지 못하고, 박철의 악행도 단순한 난봉꾼으로서의 그것에 머문다.

여기서 서브플롯의 역할이 대두된다. 광진의 마지막을 순이를 향한 선행으로 더블플롯화한 것은 이들 메인플롯 상의 삼각구도가 가지는 단순성에 주제적 무게를 부가하기 위한 장치로 읽힌다. 광진이 단순히 아내를 구하려다가 재수감되는 상황으로 그려진다면, 이 구도는 신파극의 상투적 삼각구도를 반복하는 셈이 된다.

그런데 여기서 메인 플롯과 서브플롯 사이의 주제적 고리를 느슨하게 만드는 결함이 있으니 이는 이 영화의 개봉 당시 격렬한 논쟁을 벌였던 프로 진영의 지적과도 연관이 있다. 이 작품을 광진의 희생과 순이의 자유, 그리고 그들의 더블 플롯으로 본다면 광진과 순이에 얽힌 씬은 해석이 애매해진다. 다음 장면을 보자.

---

20 〈먼동이 틀 때〉를 이중 플롯으로 해석하며 단순한 재범이 아니라 여인의 빚을 갚아 주기 위한 희생이며 암흑세계와 자유에 대한 갈망 또는 이상향을 대비시킨 것' (이영일, 한국영화전사, 소도, 2004)이란 견해를 인용하며 '과거세대의 희생을 통해서 다음 세대에게 희망의 씨앗을 품게 한다'라고 재 진술한 조혜정의 견해(앞의 글)를 들 수 있다.

21 한국예술연구소 편, 『이영일의 한국영화사강의록』, 소도, 2002, 136면.

심훈 문학의 전환

T. (26) 하늘과 땅 사이에 그림자 하나뿐이다 (F.O)

　217 램프 멍-히 (F.I)

　218-A 불과 타는 기름 (F.O)

　218-B 진, 성적 흥분, 멀거니 본다.

　219 이, 수태睡態

　220. 진, 전진 흥분 영전.

T. (27) 억지로 말라붙은 청춘의 가슴, 아직도 정열의 불길은 꺼지지 않았던가.

(〈먼동이 틀 때〉 중에서)

갈 곳 없는 광진이 순이의 숙소에서 하룻밤 같이 묵게 된 장면이다. 순이가 잠든 모습을 보며 광진이 성적 흥분을 느끼는데, 자막에는 '억지로 말라붙은 청춘의 가슴, 아직도 정열의 불길은 꺼지지 않았던가.'라고 돼 있다. 이어서 두 사람을 목격한 순이의 애인 영희가 오해하여 폭력을 행사할 때 광진은 의연히 일어나 '오냐 내 몸을 또 한 번 희생하는 한이 있더라도.'라고 하며 순이를 도와주기로 결심한다. 이 장면에 제기되는 문제는 광진의 말라붙은 성욕을 시각화하려는 이유가 무엇인가에 있다. 그의 오랜 수감 생활을 표현하려는 것인가.

주인공의 성격형성에 방해가 되는 이러한 결함에도 불구하고, 심훈의 극적인 선택은 장면이 주는 강렬함에 방점을 찍고 싶었던 것이 아닐까 판단된다. 이 작품은 전반적으로 사건의 변화보다는 인물의 내면 상황과 그 분위기를 노출시키는 각종의 상징적 장치를 영상화하는 데 주력하고 있으니 말이다. 그러한 결과로 메인플롯과 서브플롯을 연결하는 장치로써, 광진과 순이의 장면은 프로 진영의 한설야의 지적대로 감상성의 일맥락으로 드러나는 게 아닐까 싶다.

이렇게 〈먼동이 틀 때〉는 주인공 남자, 그의 여자, 여자를 탐내는 악인형 남자라는 삼각구도에 있어서 〈탈춤〉을 반복하는 서사구도를 보인다. 〈탈춤〉이 삼각구도에서 식민지적 사회상을 반영한 인물형을 구축했다면, 〈먼동이 틀 때〉는 더블 플롯을 통하여 대사회적 의미 획득으로 변주되고 있음을 볼 수 있다.

이 작품을 크랭크인하기 전 심훈이 수학했던 일본의 미노루 감독이 의식적으로는 프롤레타리아 예술을, 형식상으로는 서구의 세례를 받았음을 이미 진술한 바 있었다. 〈먼동이 틀 때〉는 미노루 감독과 심훈의 영향관계를 유추해 볼 만한 특징들이 변주된 삼각구도 양상에서도 발견된다. 〈탈춤〉에서 〈먼동이 틀 때〉에 이르는 삼각구도의 반복은 유산자와 무산자의 대립이라는 면에서는 변함이 없지만, 〈탈춤〉이 인물관계상의 신파적인 과장과 정조가 드러나는 반면, 〈먼동이 틀 때〉는 현대적인 분위기와 영상을 보여준다.[22] 여기서 임화가 내놓은 감상평에 눈여겨볼 만한 대목이 있다.

> 심훈 씨의 원작 감독으로 '먼동이 틀 때'를 강홍식, 신일선을 주연으로 제작하여 조선 영화사상 드물게 보는 양심적 제작태도를 보였다. 그것은 **서구의 문예영화**를 접하는 듯한 것으로 '개척자'를 만일 실패한 문예영화라 하면 '먼동이 틀 때'는 비교적 성공한 문예영화라 할 수 있다. 여하간 이 작품은 '아리랑'과 더불어 기억해둘 우수작이다.[23]

서구의 문예영화를 접하는 듯하다고 평한 임화의 시선은 이 영화가 무성영화기의 영화적 관행과 많은 부분 다르다는 것을 의미한다. 권선징악이라는 고전적 결말 방식에 머문 〈탈춤〉에서 나아가 악인형에 대한 응징이 의도와 목적보다는 운명과 우연에 기대 있다는 면에서 서구의 문예영화를 연결해 볼 수 있는 것이다. 이것을 더욱이 '양심적 제작태도'라는 표현을 쓰는데 지나치게 대중적인 구도에 머물지 않고 작품성을 향해 있다는 의미로 받아들여진다.

〈먼동이 틀 때〉에서 그의 마지막 시나리오인 〈상록수〉로 이어지는 시기, 심훈은 충남 당진으로 낙향한다. 소설 『상록수』가 농촌을 배경으로 계몽운동에 뛰어든 젊은이들의 사랑과 희생이라는 주제를 다루게 된 배경에 심훈의 농촌체험이 자리 잡고 있음은 모두 알려진 사실이다. 이때의 낙향체험이 소설 『상록수』로 이어졌지만 심훈의 내면에는 영화에 대한 열정이 살아 있어[24] 이것을 시나리오로 각색하고 영화로 만들 계획을 세우고 있던 차 뜻을 이루지 못한 채 요절하고 만다. 소설과 시나리오가 같은

---

22 김외곤은 심훈의 미노루 감독 하에서의 영화 수학이 이 영화를 성공으로 이끌 요인이 되었다고 지적하며 촬영기법은 물론 영화주제에 있어서도 유사하다고 진술한 바 있다. (김외곤, 앞의 글, 127면)

23 임화, 「조선영화발달소사」(1941), 김종욱 편저, 『실록 한국영화총서: 제1집(1903~1945.8) 상』, 국학자료원, 2002, 76면.

24 "영화는 나의 청춘기의 가장 귀중한 시간과 정력을 허비시켰고 그 제작을 필생의 사업으로 직접 간접으로 간여해 왔던 것이다. 처음부터 문필로써 미염(米鹽)의 대를 얻으려 함이 본망이 아니었기 때문에 벽촌에 와서 그 생활이 몹시 단조로울수록 '인'이 박힌 것처럼 영화가 그립다. 애착의 도가 한층 더해가고 실연한 애인만치나 아직도 미련이 남아 있다." 심훈, 「다시금 본질을 구명하고 영화의 상도(常道)에로: 단편적인 우감수제」, 『심훈 전집 8: 영화평론 외』, 글누림, 2016, 197면.

작가에 의해 각색을 거쳤다는 면에서 〈상록수〉는 심훈의 영상과 소설을 비교적 측면에서 바라보는 많은 연구자들의 관심이 되어 왔다.[25] 현재 시나리오로 전해져 오는 〈상록수〉는 소설과 대동소이한 내러티브로 이루어져 있지만 영상 장르의 특성상 서사의 생략과 행동 위주의 글쓰기로 변모돼 있는 것을 볼 수 있다.

심훈의 완성 시나리오 세 편에서 가장 계몽성이 두드러지는 〈상록수〉는 앞의 두 작품에서 반복됐던 사랑과 파멸의 삼각 인물 구도가 다른 양상으로 변주되고 있음을 볼 수 있다. 박동혁과 채영신의 사랑은 그대로 삼각변의 두 자리에 위치하지만 악인형의 경우 사랑을 매개로 연결돼 있지 않다는 것이다. 〈상록수〉의 악인형 강기천은 채영신과 이성관계로 얽히지 않는 대신 박동혁이 감옥을 가게 되는 계기가 된다. 돈으로 건배를 매수하고 농우회 회장에 오르는 강기천은 일제 강점기 농촌의 현실을 더욱 곤궁하게 만드는 지주의 아들로 그 인물배경에 있어서는 〈탈춤〉의 구도가 반복되는 셈이다. 이것은 주인공의 목표에 장애가 되는 안타고니스트로서 〈탈춤〉의 임준상이나 〈먼동이 틀 때〉의 박철과 같이 모두 극적인 역할과 비중에 있어서는 같은 구도에 놓여 있다고 볼 수 있다.

그렇다면 심훈이 전작의 두 편에서 구축했던 성애의 삼각구도가 〈상록수〉에서 변주가 일어나는 까닭은 무엇일까. 좀 더 정확히 의문을 갖자면 성애를 다루되 악인형의 인물과 갈등을 조성하지 않은 이유는 무엇인가. 그 답은 극적 주인공이 갖는 내적인 목표가 다르기 때문으로 보인다. 즉 〈탈춤〉에서 오일영이 이혜경과의 사랑을 이루는 일, 〈먼동이 틀 때〉의 김광진이 출소 후 아내를 찾는 일 외에 극적인 설정이 전무하다는 것이다. 그러나 〈상록수〉는 박동혁이 채영신과 사랑을 하면서도 그의 목표는 농촌계몽에 있었기 때문에 굳이 이 목표의식을 삼각구도의 성애로 포장할 필요가 없었던 것이다.

2) 표현주의 영화의 영향

심훈이 외국 영화에 대해서 남긴 영화평을 보면, 표현주의 시대의 독일 영화 두 편에 대한 찬사가 두드러진다. 1920년대 독일에서 발흥해 일본으로 건너간, 바로 그 시기에

---

25 김종욱, 「『상록수』의 '통속성'과 영화적 구성원리」, 《외국문학》 제34호, 열음사, 1993. 김경수, 「한국근대소설과 영화의 교섭양상 연구: 근대소설의 형성과 영화체험」, 《서강어문》 제15집, 서강어문학회, 1999. 박정희, 「영화감독 심훈의 소설 〈상록수〉 연구」, 《한국현대문학연구》 제21집, 한국현대문학회, 2007. 김외곤, 앞의 글, 2010.

일본에서 수학한 경험이 있는 조선의 인사들은 표현주의의 영향을 직간접으로 받은 것으로 보인다.[26] 심훈의 경우도 1920년대의 일본 경험으로 표현주의를 접했을 것으로 보이며, 특히 밀접했던 미노루 감독은 〈세이사쿠의 아내〉(1924)에서 표현주의 기법을 실험한 것으로 일본영화사에서 유명하다. 심훈이 일본 수학 후 제작한 〈먼동이 틀 때〉와 〈대경성광상곡〉에서 이러한 표현주의적 징후들이 특히 두드러지는 것을 보면 그의 일본 체험과 표현주의의 영향은 가능한 연결고리가 된다.

심훈의 영화평에 등장하는 두 편의 표현주의 영화는 빌헬름 무르나우 감독의 〈최후의 인〉(「마지막 웃음」으로 개제·출시돼 있다)(1924)[27]과 프리츠 랑 감독의 〈메트로폴리스〉(1927)[28]이다. 〈마지막 웃음〉에 대하여는 '세계영화사상에 대서특필할 만한 순수영화'라고 극찬하면서 그 세부적 가치를 언급하고 있는데, '1. 스토리가 ○에 가깝도록 단순한 것, 1. 표현수법이 무대극의 약속이나 전통을 걷어차 버리고 자막의 힘도 빌리지 않고서 어떠한 예술의 표현형식을 가지고도 나타낼 수 없는 영화 독특의 경지를 밟은 것, 1. 촬영이 회화적 유동미의 극치를 보여주는 것.' 등을 들고 있다.

여기서 먼저 주목해 볼 것은 '단순한 스토리'에 대한 그의 생각이다. 서사물의 한 범주에서 내러티브를 기반으로 하는 영화가 극적인 순간들을 담아내기 위해서는 스토리가 적절하게 구축돼야 함에도 불구하고 그는 여러 편의 영화평에서 단순한 스토리를 바람직한 영화의 덕목으로 보고 있다. 물론 이러한 사고의 기반에는 대중적인 것이 무엇인지에 대한 심훈의 고찰이 들어 있기는 하지만 당시 유행처럼 몰려오던 서구 영화 사조의 영향이 보이는 견해임을 알 수 있다.

당시 일본의 영화계도 '시대극'으로 대표되던 신파 시대의 서사 특성에 싫증을 느끼고 러시아나 독일 등지의 외부 세례를 물씬 받고 있었던 시절이었기 때문에 심훈의 전기적인 경험으로 인한 영향관계도 추론해 볼 수 있겠다. 그러나 일본은 특유의 예능적 전통 때문에 미노루 감독 같은 서구영화에 경도된 일부의 영화가 있었음에도 주류적인 영화 관습은 따로 존재하고 있었다. 예를 들어 클로즈업이나 몽타쥬 같은 영화만의 특수한 언어들을 즐겨 사용하지 않았다는 것이다. 이는 연극 무대를

26 극작가 김우진이 1920년대에 일본 유학 경험으로 표현주의 희곡 <난파>를 창작한 바 있다.
27 심훈, 「<최후의 인>의 내용 가치」, 《조선일보》, 1928.1.14-17. (『심훈 전집 8: 영화평론 외』, 재수록)
28 심훈, 「프리츠 랑의 역작 <메트로폴리스>」, 《조선일보》, 1929.4.30 (『심훈 전집 8: 영화평론 외』, 재수록)

사실적 거리에서 카메라를 고정시킨 채 촬영하던 관습적 잔재가 너무 강했기 때문이다.[29] 심훈이 서구 사조의 영향을 받았다면, 일본의 주류적 전통이 아니라 미노루 같은 서구 취향의 영화인의 영향이 컸음을 의미한다.

사물의 예술적 재현에 있어 외적인 사실성을 거부하고 표면에 드러나지 않은 사물의 잠재적 의미구현에 가치를 두었던 표현주의[30]가 간단하고 대담한 줄거리 구성을 특징으로 하는 것은 주지의 사실이다. 더불어 자막을 극도로 생략하고 영상미를 발휘한다는 〈최후의 인〉의 특성도 표현주의의 맥락에서 두드러지는 양상이며, 심훈의 경우 〈탈춤〉에서 〈먼동이 틀 때〉로 옮겨가면서 보이는 변화지점과도 일맥상통한다.

심훈이 극찬을 마다하지 않았던 무르나우의 〈최후의 인〉은 호텔의 문지기 노릇을 하는 한 노인이 딸의 결혼을 앞두고 직장을 잃게 되면서 벌어지는 심리를 표현주의적으로 형상화한 영화이다. 주인공 노인의 상실감이나 번민의 내면을 표현하기 위해 비전vision, 클로즈업, 인위적 조명 등이 두드러지게 사용되었고, 심훈도 이 영화의 수직이동촬영이나 주관과 객관의 전도 등을 높이 사면서 종래의 영화는 영화가 아니었다고 단언하기까지 한다. 또한 〈메트로폴리스〉의 경우도 '노사협조'라는 결말에 대해서는 불만이 있지만 미래사회에 대한 관조가 뛰어나고 무엇보다 세트촬영이 압권이었다는 지적을 한다. 이는 표현 내용보다는 기술적인 측면에 강점을 두는 견해이다.

그러면 심훈의 이런 표현주의 영화에의 경도가 시나리오 상에는 어떻게 구현되어 있는지 살펴보고자 한다. 일본 체험 이후, 당진으로의 낙향 사이에 창작된 두 편의 시나리오 〈먼동이 틀 때〉와 〈대경성광상곡〉에서 그의 표현주의적 영향을 목도하게 되는데, 〈먼동이 틀 때〉를 먼저 들여다보자.

이 시나리오는 전반적으로 인물의 행동이나 상징적 장치를 자막 없이 잡아가는 경향이 두드러지며, 무성영화기의 특징이라 할 수 있는 자막처리도 최소한에 그치고 있다. 그래서 하나의 서사가 변화하는 과정을 보여주는 일반적인 시나리오라기보다 무언의 영상을 지시해 나가는 대본의 느낌을 전해준다. 주인공 김광진이 출소하여 자신의 집을 찾아가는 첫 장면은 대사 없이 인물의 그림자를 좇는 방식이다. 그나마도 낯선 사람을 붙잡고 자신의 집이 어디로 떠났느냐고 묻는 첫 자막에 이르면, 이 사람의

---

29 이와모토 겐지, 「1930년대 이전 일본 영화의 형식」, 『필름 컬쳐 2』, 한나래, 1998, 20-40면.
30 이승구·이용관 엮음, 『영화용어해설집』, 영화진흥공사, 1993, 479면.

행동이 진짜 자신의 집을 찾는다기보다 갈 곳을 몰라 헤매고 있다는 느낌이 든다. 그래서 광진의 뒤를 따라가는 카메라는 영상에 대한 지시라기보다 그의 불안한 심리를 표현하는 상징적 연출이 된다. 디자인과 세트가 하나의 연기를 담당하는 표현주의의 특징적 카메라 움직임을 볼 수 있는 대목이기도 하다. 이런 불안한 인물 포착의 카메라 워킹에 이어 드디어 그가 10년을 감옥에서 보내고 출소한 사람임을 자막을 통하여 알려주게 되는데 표현주의 영화가 내적 인간의식의 절박한 상태를 객관적인 상징을 통해 양식화하려는 경향[31]이 두드러지듯이 인물의 실제적인 상황의 드러냄과 같은 사실주의적인 장치와는 거리가 있는 방식임이 드러난다.

〈최후의 인〉에서 주인공 노인의 의식과 무의식이 충돌하는 장면을 왜곡 혹은 과장의 수법으로 자주 노출시켰듯이, 이 시나리오도 플래시백으로 단란했지만 파괴돼버린 광진의 과거를 표현주의적 기법으로 보여준다.

S. (4) 추억-부부 가정. 마루 (O.V)

35 진. 손에 실패를 감고 실 끝을 따라 위를 쳐다보며 단락하게 창가唱歌

36 아내(淑), 창가

37 풍금 앞에 소녀 둘 (M.S, F.O) [급춈]

38 보표 <홈스위트 홈> 중

39 진과 숙. [배경 금붕어] (B)

    가까이 앉아 창가를 맞춰 부르는 얼굴 (F.O)

T (6) 하루아침에 폭풍이 이르렀을 때

40 마룻바닥 (나막신 하나) (M.S)

    구두발굽 저벅저벅

41 벽. (F) 많은 그림자 지나간다.

42 마룻바닥. (M.S) 금붕어 항아리 낙파落破

43 금붕어. 세 마리 포득포득(C)

44 진과 포박(포박)

    폭풍 이는 가슴은 뛰어라(O.V)

---

31 이승구.이용관, 앞의 책, 479면.

심훈 문학의 전환

이 장면에는 '하루아침에 폭풍이 이르렀을 때'라는 짧은 자막 외에는 모두가 단절된 몽타주로 연결돼 있다. 자막의 짧은 문장은 씬의 전달 의도를 함축하고 있어서, 대사가 없이 영상만으로 그 상징적 의도를 충분히 구사해 내는 수법은 당시 영화로서는 보기 힘든 면모였다.[32] 현실과는 다른 시간과 영화적 공간을 만들어 시각적 리듬을 형성하는 몽타주의 이론에 기초한 영상 구성으로 보인다. 표현주의뿐만 아니라 서구의 예술영화에서 유행처럼 다가온 초현실적 편집 영상의 묘미를 느끼게 하는 부분이다. 이외에도 씬6의 쇼트 넘버 156/157을 보면 30분간의 시간의 흐름을 표현하는데 시계를 클로즈업한 두 개가 영상이 단절적으로 연결되는 것도 보인다.

심훈은 〈최후의 인〉이 '승강기를 좌표축으로 한 수직적 이동촬영을 비롯해서 실로 경탄할만한 새로운 표현방식을 우리에게 보여준다.'라고 호평하였다. 그런데 안종화는 그의 〈조선영화측면비사〉에서, 〈먼동이 틀 때〉가 일본에서 배워온 새로운 이동촬영을 선보였다고 회고한 바 있다. 그가 영화 작업을 하면서 어떤 지향점과 좌표축을 지녔었는지, 그리고 일본 영화 체험에서 무엇에 영향을 받았는지 추론해 볼 만한 대목이다. 카메라가 자유자재로 이동을 하여서 물상을 포착할 수 있는 영화예술의 시대가 올 것이라는 예측 하에 써내려간 〈대경성광상곡〉[33]은 일정한 스토리도 없이 영상 표현과 인물 포착만으로 전형적인 표현주의의 색채가 드러난다. 서론緒論 외에는 더 이상의 시나리오가 완성되지도 않았고, 전해져 오지도 않는 상황이지만 그 짧은 단상만으로도 어떤 세계를 지향했는지 포착해 볼 만하다.

서론緒論

　…

　△…자정 밤중이다. 무섭도록 캄캄하다. 스크린도 한 이 분 동안이ㅏ 암흑 속에서 떨릴 뿐.

　△…짙은 회색으로 찬찬히 밝아지면 수없이 피우다가 반 토막씩 꺼버린 궐련초 꼭지가 꽂힌 재떨이, 침울한 방 윗목에 내어던져 산산 조각난 술병, 물주전자 등…

---

32 김외곤이나 조혜정의 앞선 연구에서 <먼동이 틀 때>의 이러한 기법적인 우수함에 대하여 진술한 바 있으며, 일찍이 임화도 이 영화가 마치 서구의 문예영화를 접하는 듯한 느낌을 갖는다고 평한 바 있다. (임화, 「조선영화발달소사」, 『삼천리』, 1941.6)

33 《중외일보》, 1928.10.29.(1회; 미완). 필자명은 심훈(沈熏). 다음 일자에는 "사정에 의하여 오늘부터 게재치 못하옵니다."라는 기사를 싣고 있다. (『심훈 전집 7: 영화소설.시나리오』, 글누림, 2016, 360면 재인용.)

△…창밖에는 달도 별도 없는 하늘 씽 씽 달리는 구름장 문풍지 우는 소리. (1)

△…방 한 구석에 흐트러진 신문 잡지. 쓰다가 꾸겨 던진 원고지거기에 봉발을 틀
어박고 눈은 다시 뜨지 않을 것처럼 감은 채 움직이지 않는 것은 어떤 사람의 얼
굴이다. (2)

△…무엇에 놀라듯 눈을 번쩍 뜨고 천정을 노린다. 거꾸로 매어달린 눈동자, 정기
없이 구르는 흰자위의 여백.

△…텅 빈 천정 속에는 쥐란 놈이 이빨을 박-ㄱ 갈고 까만 고양이는 용마루를 타
고 넘는다.

△…젊은 사람은 담배를 피워 물고 흡연을 했다가 긴 한숨과 함께 길게 내 뿜는다. (3)

△…천정으로 뭉게뭉게 서리어 올라가는 담배연기가 금세로 군용비행기 꼬랑지에
서 뿜어내는 청와사로 변한다. 스크린 전폭을 덮는 빽빽한 연기가 흐트러짐에 따
라 그 밑으로 진흙 빛의 지구덩이가 핑글핑글 돌고 있다.

△…서반구-대서양-동반구-태평양-아세아-대륙-여기 와서 지구는 자전을 그친
다. 동반구 동북쪽에 매어 달린 조그만 반도 커다란 버러지처럼 꿈틀거린다. (4)

△…병든 누에와 같은 이 버러지가 박테리아가 번식하듯이 퍼져서 현미경 속으로
들여다보는 것처럼 수만 수천만 개로 분열하여 오물거린다.

<대경성광상곡> (괄호 안 숫자는 필자 표기)

아직 구체적 내러티브를 담지하고 있지 않은 서론 부분의 〈대경성광상곡〉이다.
이 부분의 지시 사항만 보더라도 작가가 어떤 느낌으로 시나리오를 구성해 나갈지
감을 잡기에 충분해 보인다. 여러 가지의 단편적인 영상과 그 안의 등장인물 한 사
람, 그리고 공간적 배경을 상징하는 영상으로 이루어진 이 짧은 글 속에서 〈먼동이
틀 때〉보다 강화된 전위적화면을 볼 수 있다. 극적인 내용은 위의 표기된 괄호 숫자
를 따라 4개 정도의 흐름을 보이는데, '불안하고 어두운 화면작가로 보이는 인물의
등장-내면이 불편해 보이는 상황-지구의 동반구 한국 땅 제시-박테리아처럼 오물
거리는 지구인들'로 보인다. 이 화면을 토대로 유추해 보건대, 주변의 현실과 내면
의 번민이 가득 찬 작가가 담배와 술에 절어 글쓰기를 하고 있고, 그가 살고 있는 이
한반도는 벌레들이 오물거리는 그런 더러운 현실이다 정도로 의도를 파악해 볼 수 있
겠다. 이는 마치 반내러티브나 불연속적 이미지에 집중하는 전위영화의 화면을 보는
듯한데, 유일한 등장인물이 앞으로 어떤 내러티브 속에 놓이게 될지에 따라 주제적

향방은 정해지겠으나, 심훈이 매료되었던 표현주의적 영상이 고뇌하는 작가를 포착하고 있음을 볼 수 있다.

이렇게 두 편의 시나리오에 드러나는 영상의 성향을 보거나 〈최후의 인〉과 〈메트로폴리스〉라는 두 편의 표현주의적 영화에 대한 극찬을 미루어 보건대, 심훈이 직간접으로 그로부터 영향을 받았음을 추정해 볼 수 있다. 또한 두 편의 시나리오가 모두 일본 체험 이후 쓰여졌고 그가 수학했던 무라타 미노루 감독이 서구의 영향관계가 뚜렷한 인물이라는 면에서 그 시기 심훈의 영화세계 연원을 짐작해 볼 수 있겠다.

3) 발성영화로의 이행기적 특징

세계영화사에서는 1927년에 등장한 〈재즈싱어〉를 발성영화의 시초로 보고, 일본 영화는 이보다 다소 늦은 1931년 〈마담과 아내〉를, 그리고 우리 영화사에서는 1935년 〈춘향전〉을 꼽고 있다. 발성영화가 영화산업이 발전한 서구에서 이미 기술적 실험이 이루어지던 시절, 우리 영화계는 그에 대한 바람은 있을지언정 발을 내딛기 어려운 상황이었다. 1935년에 〈춘향전〉이 선을 보였지만 심훈은 영화평[34]을 통하여 당대 발성영화에 대한 부정적 현실 판단을 하고 있었다. 판단의 요지는 향후 영화계가 발성영화 시대로 가겠지만 아직 우리 영화의 현 단계는 제대로 만든 무성영화도 없는 형편이라는 것이었다. 그래서 발성영화는 시기상조이며, 몇몇 선보이는 발성영화도 조악하기가 이를 데 없다는 것이고, 제대로 된 무성영화 한 편이 어줍잖게 흉내 낸 발성영화보다 낫다는 것이었다. 그의 이러한 판단은 발성영화의 절대적 가치에 대한 판단이 아니라 조선의 현실에 대비해 본 비교적 관점이었다. 그의 영화평을 보면 발성영화 발달에 대한 해박한 정보와 지식을 지니고 있었고, 현실적 혜안도 지니고 있었던 것으로 보인다.

『상록수』는 1935년에 동아일보에 소설로 연재되이 1936년에 그기 요절하기 전까지 시나리오로 각색되었고[35], 이 시기는 발성영화 〈춘향전〉이 나온 시기와 겹친다.

---

34 심훈 역, 「발성영화론」, 『조선지광』, 1929.1. (『심훈 전집 8: 영화평론 외』)
　심훈, 「조선서 토키는 시기상조다」, 『조선영화』 1936.11. (『심훈 전집 8: 영화평론 외』)
35 〈상록수〉는 경성의 종로 제2정목에 위치한 '고려영화주식회사'의 이름으로 이창용이 처음으로 제작하려 했던 영화로, 주연은 강홍식과 전옥, 촬영은 양세웅과 이창용, 감독은 심훈이 맡아 음향판 10권 장편영화로 제작한다는 계획까지 발표했으나 제작되지는 못했고, 심훈은 그해 9월, 병으로 요절하면서 영화작업은 불발로 끝나고 말았다. 한국영상자료원 편, 『고려영화 협회와 영화 신체제: 1936-1941』, 한국영상자료원, 2007, 202-203면.

그는 살아생전에 발성영화 시스템에 의한 영화를 보고 작고한 셈이다. 기술의 성숙도를 떠나서 발성 영화를 표방한 영화가 만들어졌다는 것은 이미 영화계에서 내적인 열망과 초보적 기술 수준이라도 형성이 됐음을 의미한다. 그런데 당대 영화인으로서 선구적이고 전문적인 입장을 가지고 있었던 심훈이 〈상록수〉에 이르러서도 왜 무성영화를 고집했을까 라는 의문을 가질 수 있다. 이 의문을 가지고 시나리오 〈상록수〉를 살펴본 결과 전前편의 무성영화 시나리오와는 다르게 발성영화의 대본에 근접해 있으면서 자막 처리 등의 무성영화적 표현방법을 차용했다는 판단이 들었다.

무성영화에서 발성영화로 진행되면서 영화의 여러 요소 중 배우들의 음성 연기를 이끄는 시나리오 상의 변화는 매우 큰 것이었다. 그래서 발성영화에 걸맞은 시나리오를 제대로 쓸 수 있는 작가들을 많은 영화에서 필요로 하였고, 시나리오 작가의 대사 능력은 문학의 다른 장르와 구분되는 영상 장르만의 장기가 되었다고 볼 수 있다. 이러한 변화는 일단 무성영화에서 자막으로 제시되는 시나리오적 역량, 다시 말하면 눈으로 보는 문장을 적재적소에 위치시킬 수 있는 역량이 배우의 연기를 이끌어내는 대사의 능력으로 바뀐다. 그래서 무성영화에서 영상이나 배우의 행동에 방점을 두었던 것이 대부분 대사로 전환되면서 표현상의 증량을 초래하게 된 것이다.

심훈의 〈상록수〉도 그의 다른 시나리오에 비해 자막의 수가 확연하게 늘어났음을 볼 수 있다. 씬3의 한곡리 장면을 예로 들어 자막만을 추출해보자.

S3.
(은행나무 밑에서 글을 가르치는 정경)
T 그러나 여러분!
T 여러분은 우리를 못살게 구는 적이 어디 있는 줄 압니까?
T 그렇소!
T 그건 탈선이요.
T 어째서 탈선이란 말요?
T 중지시킬 권리가 없소!
T 말해라 말해.
T 박군의 의견은 매우 좋으니 계몽운동은 끝가지 계몽운동에만 그칠
　 것을 단단히 주의해야 합니다.

심훈 문학의 전환

T 어이 추워.

T 끝으로 여자계몽대원 중에 가장 좋은 성적을 보여준 채영신 양을
  소개 하겠습니다.

T 저는 아무 말도 하기 싫습니다.

T 이유를 말합시다

T 그 대신 독창이라두 시키세.

T 간단하게나마 말씀해 주시지요.

T 첫째 이런 자리에까지 남녀를 구별해서 맨꼬랑지로 말을 하라는 것
  이 불쾌합니다.

T 둘째는 속에 있는 말을 하면 사회자가 또 제재를 할 테니까 그렇게
  구차스레 말할 필요가 없습니다.

T 아까 박동혁 군이 말할 때는 시간이 없다고 주의한 겝니다.

T 사회!

T 무슨 말이요.

T 우리는 밤을 새우는 한이 있더라도.

T 그럼 내년에는 맨 먼저 언권을 드릴테니.

T 저는 금년...

T 박동혁 씨의 의견에 전연 동감입니다.

174

  주인공 박동혁과 채영신이 만나는 간친회장의 한 장면에서 다른 지시문은 빼고 자막만을 연결해 본 결과, 이는 무성영화의 자막이라기보다 발성영화의 대사 처리에 가까워 보인다. 한 씬에서 이렇게 많은 자막을 노출시킨다는 것이 무성영화에서 가능했을까를 생각해 볼 수 있겠다. 무성영화기의 자막은 오늘날의 자막과 다르게 검은 화면에 잠시 노출시켰다가 영상으로 넘어가던 형식이었다. 이 자막을 감당하기 위해서는 검은 화면이 영상 장면만큼 필요해서 실제 영상의 진행이 불가능할 것으로 보인다.

  무성영화는 주지하다시피 음소거 상태의 필름 기술 때문에 배우의 대사에서 가장 필요하다고 판단되는 부분에만 자막을 사용하다 보니 영상이나 배우의 행동 연기에 치중하는 편이다. 무성영화의 이러한 미숙함을 보완하기 위해 일본이나 한국에서 변사라는 또 다른 배우가 필름 밖의 연기를 통하여 내용을 포장했다는 것은 잘 알려진 사실이다. 변사의 효용적 측면의 하나는, 문맹률이 높았던 당시 대중들이 소리로

영화를 이해할 수 있는 좋은 도구였다는 데 있다.[36] 이러한 변사의 기능은 시나리오 상에서 자막을 최소화[37]하는 대신 현장 애드립으로 대중의 반응을 이끌어내는 무성영화기의 필요불가결한 존재로서 작용했다. 그래서 무성영화기 시나리오의 발전이라는 입장에서 보면, 시나리오상의 단점을 보완하기도 했지만 그 발전을 오히려 저해시키는 순기능과 역기능이 모두 존재했다고 볼 수 있다. 〈먼동이 틀 때〉나 〈대경성광상곡〉은 표현상의 주안점이 다른 원인으로 대사의 양이 무성영화 수준 정도에 있는 반면, 〈상록수〉는 위의 예에서 보듯이 대사만으로도 극의 진행이나 인물의 성격을 알수 있게 해준다. 이는 발성영화기 이후 시나리오의 발전에 있어 현대적 진전을 의미하는 것으로, 김수남은 한국사실주의 시나리오 연구[38]에서 '현대 시나리오의 면모를 갖추었다.'라는 표현을 쓰고 있다.

그러면 발성영화 이후 달라진 현대 시나리오의 면모는 무엇인가. 그것은 극 양식 (대사체 장르)에 있어 대사가 지니는 일반적인 기능과 깊은 연관이 있다. 대사의 기능은 '1. 인물의 성격 표현 2. 인물의 행동 지시 3. 스토리의 전개'를 들 수 있다.[39] 재론의 여지없이 동의하게 되는 오늘날 이러한 시나리오 대사의 기능은 무성영화 시기의 자막으로는 도달하지 못했던 한계였다.

그런데 시나리오 〈상록수〉는 무성영화 방식의 자막으로 처리된 대사들에서 인물의 성격, 행동, 스토리의 진전까지 모두 자연스럽게 기능화되고 있다. 자막 이외의 나머지 지시문들을 현대 시나리오에서 지문이 하는 역할로 분류하면 완벽한 대사로서의

---

36 권용민, 「변사, 전통과 근대화의 중간자」, 『필름 컬처 2』, 한나래, 1998, 40-49면.
박영산, 「변사와 벤시의 탄생에 대한 비교연구」, 《비교한국학》 21권 1호, 국제비교한국학회, 2013.
신원선, 앞의 논문, 315면

37 무성영화기의 시나리오 <효녀심청전>을 연구한 허찬의 논의에 의하면, 자막의 양이 관객이 읽어 내리기 힘들 정도로 많은 양상에 대하여, 변사를 위한 보조 자막이었을 가능성을 제기하기도 한다. 그러나 이렇게 특수한 경우를 제외하면 일반적으로 자막은 발성영화 시기의 대사에 비할 바가 못 될 정도로 최소화돼 있다. 허찬, 「<효녀심청전>을 통해 살펴본 초창기 무성영화의 시나리오에 관한 연구」, 《인문과학》제101집, 연세대학교 인문학연구원, 2014, 63면.

38 김수남, 앞의 논문, 137면.

39 Clara Beranger, "Dialogue", Writing for the Screen, Wm. C. Brown Company, 1950. (이영일, 『영화개론』, 집문당, 1997, 181면, 재인용)
"다이얼로그의 기능으로 1. 시간, 장소, 과거에 대한 지식을 준다. 2. 등장인물을 분명하게 한다. 3. 관객에게 반응과 관능을 환기시키다. 4. 액션을 수반한다. 5. 극적 흥미를 만들어주며 스토리를 진전시킨다. 5. 듣기에 매우 즐거운 것이다."

기능을 수행하고 있는 것이다.[40] 그러나 이처럼 〈상록수〉의 자막이 발성영화 대사의 기능을 담당하고 있기는 하지만 아직 무성영화기의 자막이 갖는 기능에 머무르는 경우도 보인다. 예를 들어 〈상록수〉의 마지막 씬에서 쓰여진 자막을 보자.

> T 과거를 돌아다보고 슬퍼하지 마라.
> T 오직 현재를 믿고 나아가거라.
> T 억세게 사나이답게 미래를 맞으라.

(〈상록수〉 마지막 씬 일부)

이런 자막은 등장인물의 대사라기보다는 주인공 박동혁에게 투영된 작가의 의식 표현이라고 봄이 맞다. 무성영화에서는 자막이 작가의 주제의식을 생경하게 드러내기도 하였으니 말이다. 그래서 좀 더 정확하게 〈상록수〉의 자막 양상을 종합해 보면, 무성영화의 자막과 발성영화의 대사의 기능이 혼재된 양상을 보인다고 하는 게 좋겠다.

〈상록수〉를 대사 기능의 관점에서 봤을 때, 30년대의 심훈은 의식적으로는 발성영화를 반대하고 있었지만 자신의 시나리오는 이미 발성영화의 작법 안에서 창작되고 있었음을 알게 해준다. 그것이 의식적이든 아니든, 영화 기술의 발전과 더불어 시나리오도 함께 진전될 수밖에 없었던 현실을 보게 되는 것이며, 무성영화기의 형식으로는 〈상록수〉의 각색을 효율적으로 할 수 없었음을 의미하기도 한다.

3. 닫는 말

이상의 논의를 종합해 보면 다음과 같다. 대중성에 영화의 효용적 인식을 가졌던 심훈이 그의 시나리오에서 인물의 삼각구도를 즐겨 사용한 것을 볼 수 있었고, 여기서 대중성 인식뿐만 아니라 식민지 현실에 대한 그의 입장과 낙향 이후 변모되는 과정을

---

40 이 부분에 대하여 신원선은 앞의 논문에서, 〈탈춤〉 〈상록수〉 모두 인물의 대사가 자막으로 처리된 것을 제외하고는 현대의 시나리오와 유사한 형태를 띠고 있다고 한 바 있다. 그러나 이 논의는 중간해설자막의 기능이라는 입장에서 나온 것이라 심훈의 자막이 발성영화의 시나리오와 유사하다는 의미는 아니라고 보인다.

오영미 | 심훈의 전기적 생애에 따른 시나리오의 변모 양상 고찰

추적해 볼 수도 있었다. 또한 일본 영화계 체험 시기에 스승이었던 무라타 미노루의 영향을 받은 것으로 추정되고, 그의 영화평에서도 드러나듯이 표현주의 영화에 대한 관심에 주목했고, 이러한 그의 인식이 시나리오에 영향을 받은 양상을 분석하였다. 그리고 한국에 발성영화가 등장했던 시기와 맞물리는 시나리오 〈상록수〉에서 무성영화 시나리오이지만 발성영화를 지향한 흔적들을 발견하게 되었다.

이 논문은 한국 시나리오 작가 연구의 일환으로 심훈의 시나리오 세계를 고찰하는 데 목적을 두고 진행되었다. 그동안 심훈에 관한 연구는 주로 소설가적 면모와 생애사적 연구에 치중되었다. 소설 『상록수』의 작가로 더 많이 알려져 있던 탓으로 보이는데, 삶의 족적이나 남아 있는 작품의 영화사적 가치로 보더라도 깊이 있는 연구의 진전과 축적이 있어야 할 것으로 보인다. 그의 시나리오에 주목하여 연구한 몇몇 연구 성과가 보이지만 문학과 영화의 상관관계 속에서 내러티브와 주제 연구에 치중돼 있거나 영화소설의 기원적 의미규명 등에 집중돼 있다. 그래서 본 논의는 심훈 시대의 필름이나 여타의 기록들이 부재한 상황에서 더욱 중요해질 수밖에 없는 전기적 기록과 작품의 변모과정을 연결해 보고, 시나리오 전반을 아우르는 특징이 무엇인지에 대하여 주목하고자 하였다. 이런 관점에서 미완의 작품이지만 그동안 여타 연구에서 다루어지지 않았던 〈대경성광상곡〉을 포함시켰다.

논의의 결과로, 심훈의 시나리오사적 위치를 규명해 보면, 한국 영화 초창기의 선구적 지식인으로 영화소설과 전문적 시나리오 작가로서 최초라고 이름 붙일 수 있으며, 일본을 통해 받아들인 서구의 표현주의적 영화의 영향을 받았고, 식민지 현실에 대한 민족적 인식과, 무성영화기에 살면서 발성영화로의 이행기적 흔적을 창작세계의 특징으로 지니고 있는 작가라고 할 수 있겠다.

심훈의 시나리오사적 위상에 대한 이러한 진단은 매우 조심스럽다. 무성영화기의 자료가 제대로 남아있지 않아 전후관계를 파악하기 어려운 데다, 영화 맹아기의 상황에 대한 학자들의 추정과 근거 발굴이 계속 이어지고 있는 상황이라 심훈 이전의 자료양상에 따라 수정이 얼마든지 가능하기 때문이다. 그래서 '현재 발굴된'이라는 수식어를 전제로 하면서 심훈에 대한 자리매김을 한다는 입장을 밝히며, 앞으로 이 부분의 연구를 위한 디딤돌 연구가 되기를 바라는 마음이다.

참고문헌

1. 기본자료

김종욱·박정희 편, 『심훈 전집 7 : 영화소설·시나리오』, 글누림, 2016.

2. 단행본

김시우, 『이것이 일본영화다』, 아선미디어, 1998.

김종욱 편저, 『실록 한국영화총서: 제1집(1903~1945.8) 상』, 국학자료원, 2002.

안종화, 『한국영화측면비사』, 현대미학사, 1998.

이승구·이용관 엮음, 『영화용어해설집』, 영화진흥공사, 1993.

이영일, 『영화개론』, 집문당, 1997

_____, 『한국영화전사』, 소도, 2004.

한국영상자료원 편, 『고려영화 협회와 영화 신체제: 1936-1941』, 한국영상자료원, 2007.

한국예술연구소 편, 『이영일의 한국영화사강의록』, 소도, 2002.

3. 논문 및 기타

강옥희, 「식민지 시기 영화소설 연구」, 《민족문학사연구》 통권 32호, 민족문학사학회, 2006.

구견서(具見書), 「일본 영화의 형성과 전개-무성영화를 중심으로」, 《일본학보》 제59집, 한국일본학회, 2004.

권용민, 「변사, 전통과 근대화의 중간자」, 『필름 컬쳐 2』, 한나래, 1998.

김경수, 「한국근대소설과 영화의 교섭양상 연구: 근대소설의 형성과 영화체험」, 《서강어문》 제15집, 서강어문학회, 1999.

김수남, 「해방 전 한국 사실주의 시나리오 연구」, 《영화연구》 14호, 한국영화학회, 1998.

김외곤, 「심훈 문학과 영화의 상호텍스트성」, 《한국현대문학연구》 제31집, 한국현대문학회, 2010.

김종욱, 「『상록수』의 '통속성'과 영화적 구성원리」, 《외국문학》 제34호, 열음사, 1993.

동의대학교 영상미디어센터, 『근현대 영화인사전』, http://100.daum.net/encyclopedia/view/94XXXkang 084, 2018.8.5.검색.

박정희, 「영화감독 심훈의 소설 『상록수』 연구」, 《한국현대문학연구》 제21집, 한국현대문학회, 2007.

박영산, 「변사와 벤시의 탄생에 대한 비교연구」, 《비교한국학》 21권 1호, 국제비교한국학회, 2013.

신원선, 「현존 한국 무성영화 연구-중간해설 자막과 촬영미학을 중심으로」, 《한민족문화연구》 28집, 한민족문화학회, 2009.

이와모토 겐지, 「1930년대 이전 일본 영화의 형식」, 『필름 컬쳐 2』, 한나래, 1998.

이효인, 「영화 <아리랑>의 컨텍스트 연구-<아리랑>이 받은 영향과 끼친 영향을 중심으로」, 《현대영화연구》 24호, 한양대학교 현대영화연구소, 2016.

전흥남, 「심훈의 영화소설 <탈춤>과 문화사적 의미」, 《한국언어문학》 제52집, 한국언어문학회, 2004.

조혜정, 「심훈의 영화적 지향성과 현실인식 연구-<탈춤> <먼동이 틀 때> <상록수>를 중심으로」, 《영화연구》 31호, 한국영화학회, 2007.

주 인, 「영화소설정립을 위한 일고-심훈의 <탈춤>과 영화평론을 중심으로」, 《어문연구》 통권 130호, 한국어문교육연구회, 2006.

허 찬, 「<효녀심청전>을 통해 살펴본 초창기 무성영화의 시나리오에 관한 연구」, 《인문과학》제101집, 연세대학교 인문학연구원, 2014.

『상록수』와 『사선死線을 넘어서』에 나타난 영향 관계 연구*
- 농촌 공동체의 의미를 중심으로

김정신**

경북대학교 교양교육센터

---

* 이 논문은 『현대문학이론연구』 제74집(2018.9.30.) 77-105쪽에 게재된 것을 그대로 싣는다.

** 김정신(金貞信)은 경북대학교 국어교육과를 졸업하고 경북대학교 대학원 국어국문학과에서 석·박사 과정을 수료하고 <서정주 시의 변모 과정 연구>로 박사 학위를 취득했다. 2019년 2월에는 한국외국어대학교 대학원 일어일문학과에서 <다카무라 고타로(高村光太郞) 시에 나타난 공간의 표상 연구>로 석사 학위를 취득했다. 1995년 8월부터 경북대학교에서 문학의 이해 등을 가르쳐 왔으며, 현재는 경북대학교 교육혁신본부 교양교육센터에서 대학 글쓰기를 강의하고 있다. 전공 분야는 서정주와 최승자 시 연구이고, 현재의 관심 분야는 한일 근현대 비교 문학이다. 저서로는 ≪서정주 시정신≫(국학자료원, 2002), ≪한국 근·현대시 바로 보기≫(새미, 2009), ≪고통의 시 쓰기, 사랑의 시 읽기≫(아모르문디, 2019)가 있고, 시집으로는 ≪묘비묘비묘비≫(시세계, 1992), ≪이 그물을 어찌하랴≫(문학의전당, 2008) , ≪당신이 나의 배후가 되었다≫(문학의전당, 2020)가 있으며, 공역서로 ≪지에코초≫(지식을만드는지식, 2020),≪일본 명단편선 7≫(지식을만드는지식, 2021)이 있다.

1. 서론

심훈에 대한 선행연구는 크게 세 가지로 볼 수 있다. 첫째, 전기적 연구로, 류병석은 심훈 같이 생애와 그의 작품세계가 합일되는 작가에 있어서는, 그의 생장사生長史 및 생활사가 곧 작품의 형성과 발전에 동궤라고 보았다.[1] 둘째, 심훈의 작가 의식에 관한 연구로, 한점돌은 심훈의 작가의식의 변모는 일제의 식민정책에 대응하면서 민족운동을 전개해 나간 당시의 사회사와 구조적으로 동일하다는 지적을 하였다.[2] 또 전영태는 심훈이 진보주의적 정열과 계몽주의적 이성 사이에서 방황하면서도 삶에 대한 집중적 체험을 갈구하고 사회에 대한 전체적 조망을 획득하고자 했는데, 특히 영화에서 소설로의 방향 전환을 작가의 예술세계의 근본적인 변화라고 보았다.[3] 셋째, 심훈 소설에 관한 연구, 특히 『상록수』에 관한 연구는 긍정적인 평가와 부정적인 평가를 볼 수 있다. 전자의 경우, 류양선은 『상록수』가 기독교 쪽의 농촌계몽운동을 수용한 작품으로 보았고[4], 전광용은 이 작품이 1930년대의 농촌의 단면을 치밀하게

1 류병석, 「심훈(沈熏)의 생애 연구(生涯 硏究)」, 《국어교육》 14권 0호, 1968.12, 20쪽.
2 한점돌, 「심훈(沈熏)의 시(詩)와 소설(小說)을 통해 본 작가의식(作家意識)의 변모과정(變貌過程)」, 《국어교육》 41호 0호, 1982.2, 85쪽.
3 전영태, 「진보주의적 정열과 계몽주의적 이성—심훈론」 김용성·우한용 공편, 『한국근대작가 연구』 삼지원, 1985, 335쪽, 324쪽.
4 류양선, 「『상록수』론」 《한국의 현대문학》 제4집, 1995.2, 13쪽; 류양선, 「심훈의 『상록수』 모델론」 《한국현대문학연구》 13집, 2003.6, 244쪽.

그려 민중 속으로 들어가는 행동의 실천방안으로 문화면의 계몽과 경제면의 부흥을 그려 보이고 있다고 평가하였다.[5] 후자의 경우, 김화선은 『상록수』에 나타난 한글보급은 민족이라는 상상의 공동체를 형성하는 것으로, 민족의 고향은 될 수 있어도 국가의 고향은 될 수 없다고 보았다. 이는 조선이 처한 식민지 현실을 제대로 사유하지 못한 작가 심훈이 가진 한계이자 일제식민담론에 포섭될 수밖에 없었던 한글보급운동의 한계로 보았다.[6] 또 최희연은 심훈의 소설이 사회주의 이데올로기를 방법론으로 채택하여 현실의 모순을 비판하고 그것을 극복하려는 방법을 모색하였다[7]고 보았다.

이외에 심훈에게 영향을 끼친 가가와 도요히코와 그 영향을 받은 작가와 조선 기독교사회주의자들을 다룬 연구[8]를 들 수 있다. 정혜영은 심훈의 『상록수』와 가가와 도요히코의 『사선死線을 넘어서』가 서로 영향 관계에 있다고 보았고, 김남식은 가가와 도요히코의 빈민굴운동에 초점을 맞춰 고찰하였다. 또 김종규는 가가와 도요히코가 한국 교회에 끼친 영향을, 김병희와 김권정, 강민경은 가가와 도요히코에게 영향을 받은 조선 사회주의운동가들에 대해 자세히 다뤘다.

『사선死線을 넘어서』는 빈민굴 전도에 헌신했던 가가와 도요히코(賀川豊彦; 1888-1960)의 자전적 장편소설로, 1920년에 출판되어 베스트셀러가 된 작품이다. 가가와 도요히코는 고베神戶에 있는 후키아이신가와葺合新川란 빈민촌에 들어가 가난한 자와 생활하면서 그들을 위해 봉사했던 체험을 작품 속에 그려 놓았다. 당시 신가와新川 슬럼가는, 산업화 및 도시화에 의한 인구 집중이 노동문제와 빈민문제의 원인이 되고, 여러 가지 생활문제가 발생하기 시작한 지역이었다. 가가와 도요히코는 이런 고베神戶

5 전광용, 「심훈과 『상록수』」, 『한국현대문학논고』, 민음사, 1986, 100-118쪽.

6 김화선, 「한글보급과 민족형성의 양상—심훈의 『상록수』를 중심으로」, 《어문연구》 제51집, 2006, 83쪽.

7 최희연, 「심훈(沈熏) 소설 연구」, 연세대 박사논문, 1990, 133쪽.

8 김병희, 「유재기의 예수촌사상과 농촌운동」, 계명대 역사학박사논문, 2008; 김권정, 「1920—1930년대 유재기의 농촌운동과 기독교사회사상」, 『한국민족운동사연구』 60호, 2009.9; 김종규, 「가가와도요히코(賀川豊彦)가 한국교회에 끼친 영향」, 감리교 신학대학교 석사논문, 2010; 이선혜·정지웅, 「가가와도요히코와 한국의 관련성에 관한 고찰—한국 사회복지교육의 선구자, 김덕준에의 영향을 중심으로」, Journal of Church Social Work, vol.13, 2010.8; 김남식, 「가가와 도요히코(賀川豊彦)의 빈민운동 연구」, 『신학지남』 78권 1호, 2011.3; 강민경, 「일제하 한국의 기독교 사회주의 연구—'기독교농촌연구회' 주도 인물들의 사상과 활동을 중심으로」, 이화여대 석사논문, 2013; 정혜영, 「심훈 '상록수'와 가가와 도요히코」, 『매일신문』, 2015.3.21.; 黑田四郎, 대구대(大邱大) 가가와 도요히코 연구회(賀川豊彦研究會) 번역, 『나의 가가와 도요히코(賀川豊彦) 연구』, 대구대학교출판부, 1985; 이선혜(李善惠), 「賀川豊彦の農村社会事業の思想と實踐に関する一考察—『農村社会事業』(1933) を通して—」, 『キリスト教社會福祉学研究』 44号, 2011; 李善惠, 「賀川豊彦と韓国とのかかわりに関する研究」, 『キリスト教社會福祉学研究』 46号, 2013.

심훈 문학의 전환

슬럼가의 빈민의 대다수가 농촌의 빈민으로, 결국 이 도시의 노동자 문제는 근본적으로 빈곤한 농촌 사람들이 도시로 흘러들어온 것이기에, 농촌사회사업의 필요성을 절실히 느끼고 있었다. 그리하여 그는 정신 갱생 없이는 농촌의 갱생은 있을 수 없다고 보았고, 이 농촌 구제의 근본정신(결국 농촌사회사업의 사상)을 '토지에의 사랑', '이웃에의 사랑', '하나님에의 사랑'이라고 주장하였다. [9]

또 가가와 도요히코는 1920-1930년대 네 차례에 걸쳐 한국을 방문한 바 있는 기독교사회주의자로서 일본의 태평양전쟁 참전에 반대하여 감옥에 수감되기도 했고, 종전 후 일본의 조선 침략 행위에 대해 한국 정부에 사과하는 등 자신의 사상을 행동으로서 실천하기도 하였다. [10] 따라서 본고는 비교문학적 관점에서 심훈의 『상록수』와 가가와 도요히코의 일본 소설인 『사선死線을 넘어서』를 분석하고자 한다. 논자는 두 소설이 함의하고 있는 상호텍스트적 의미를 기독교적 영향관계를 통해 밝히고자 한다. 특히 기독교적 사회주의를 '토지사랑, 이웃사랑, 하나님 사랑'으로 보고, 이를 농촌을 계몽하고 구제하고자 하는 근본정신이자 '애愛'의 실천으로 보았다. 이에 본고는 기독교적 영향관계의 관점에서 『상록수』의 '농촌 공동체 건설'의 의미를 새롭게 해석하고자 한 점에서 선행연구들과 차별된다고 볼 수 있다. 이러한 점을 바탕으로 가가와 도요히코의 반제국주의적 면모에서 심훈이 바라본 것은 무엇이었는지, 또 한때 카프 결성 때 발기인이었던 심훈이 『상록수』에서 박동혁과 채영신을 통해 그려내고자 했던 농촌 공동체는 어떤 의미를 띠는지, 마르크시즘과 기독교사상을 어떻게 그려내고 있는지 살펴보기로 한다. 또 가가와 도요히코의 기독교사회주의를 받아들인 조선인 사회운동가들로 배민수, 최문식, 유재기 등이 추구한 공동체, 예수촌 건설과는 어떠한 맥락에서 연결되는지 살펴보기로 한다.

---

9   이선혜(李善惠),「賀川豊彦の農村社会事業の思想と實踐に関する一考察―『農村社会事業』(1933)を通して―」앞의 책, 33-44쪽에서 부분 발췌.

10 정혜영, 앞의 글, 《매일신문》, 2015. 3. 21, 13쪽.

2. 가가와 도요히코賀川豊彦의 기독교사회주의의 수용과 예수촌

1) 가가와 도요히코賀川豊彦의 기독교사회주의 수용

가가와 도요히코는 1888년 7월 10일 고베神戸에서 아버지 가가와 준이치賀川純一와 기생인 어머니 스가오 가메管生 かめ 사이에서 차남으로 태어났다. 그는 일찍 부모를 여의고 누나 사카에榮와 함께 가가와 본가로 입양되었다. 이때부터 그는 '첩의 자식' 이라는 이유 하나만으로 온갖 욕설과 말할 수 없는 학대와 수모를 겪으며 자랐다. 그러던 중 중학생 때 처음으로 갔던 교회에서 그는 '로간' 선교사와 '마이어스' 선교사의 영어반에 다니면서 기독교를 받아들였다. 그가 성경 읽기를 권유받고 처음 읽은 부분은 "백합화를 생각하여 보라 실도 만들지 않고 짜지도 아니하느니라 그러나 내가 너희에게 말하노니 솔로몬의 모든 영광으로도 입은 것이 이 꽃 하나만큼 훌륭하지 못하였느니라"[11]라는 누가복음 12장 27절이었다. 1904년 2월 21일 그는 마이어스에게 세례를 받고 그의 도움으로 다음 해 메이지明治학원고등학부의 신학과 예과에 입학하였으나, 폐병이 악화되면서 고베神戸신학교로 옮겼다. 1909년 12월 24일 그는 빈민굴에 들어가 전도를 시작하였다. 1913년 5월 그는 아오키 조주로靑木證十郎 목사의 주례로 시바 하루芝はる와 결혼하여 빈민굴을 위해 헌신의 삶을 살았다. 그들은 빈민굴 전도를 위해 같은 신앙과 사명을 가지고 결혼했으며, 인간 중심의 결혼이 아니라 하나님을 위한 결혼을 했다. 그러다가 가가와는 미국 프린스턴 신학교 유학 생활을 마치고 귀국하여 노동조합, 학교를 위한 인재양성뿐만 아니라 문서를 통해 계몽운동을 전개하였다.[12] 그의 후키아이신가와葺合新川에서의 빈민굴 생활이 1920년 자전적 소설 『사선死線을 넘어서』로 출판되자 베스트셀러가 되어 13개국의 언어로 번역되었다. 평생 짐이기도 했던 폐병을 앓으면서 빈민굴에서 그가 투쟁했던 것은 '가난과 신병과 사회악'이었으나, 그는 끊임없이 활동하는 가운데 하나님의 나라는 영적인 세계인 동시에 경제적, 사회적인 것이기도 하며 양자의 통일로서 이해하였다. 이런 의미에서 노동운동, 농민운동은 그에게 있어서 하나님의 나라 운동의 한 측면에 불과했다. 따라서 그가 노동운동의 지도자가 된 것도, 농민조합의 창립자가 된 것도 그에게 있어

---

11 『개역개정판 좋은 성경』 성서원, 2010, 115쪽.
12 김종규, 「가가와 도요히코(賀川豊彦)가 한국교회에 끼친 영향」 감리교 신학대학교 석사논문, 2010, 14쪽.

선 '하나님의 나라 운동'의 하나의 형태에 불과했던 것이다. 그에게 있어서 하나님 나라, 즉 천국은 바로 그가 살고 있던 현실이었던 것이다.[13]

　그러나 오해하지 말아야 할 것은 <u>예수 종교운동의 근본적 기초는 결코 공산운동 그 것만이 목적이 아니며 재산의 분배 또는 소유가 있는 이상 생리적으로 결함이 있고 정 신적으로 괴로움을 당하는 사람들을 구제하여 생명의 모든 방면에 있어서 그가 생각한 '하나님'의 영광을 나타내기 위해 모든 인간의 고통을 구제하고 또는 발전시키는 것이 그 근본적 동기였다고 생각한다. 경제적 평등운동은 다만 이 큰 운동의 일면으로서 발 전된 것이지</u> 전체의 운동은 아니라고 할 수 있다. 이것이 오늘날의 사회주의운동이 모 든 문제를 경제운동만으로 보려는 것의 특별한 차이점이라고 할 수 있다.[14]
(밑줄-인용자)

이와 같이 가가와는 맑스주의 유물사관과 구별되는 생명가치·노동가치·인격가치의 유물적 도덕사관을 내세우며 상품주의와 기계적 노예제도에 맞서는 '애愛의 사회주의 운동'을 주창하였다.[15] 그는 공창제도의 폐지, 노동조합의 결성, 빈민 문제해소방안 등을 제시하면서, 모든 면의 사회문제를 기독교 사회주의라는 측면에서 해결하고자 했다. 그는 덴마크의 그룬트비히의 애신愛神·애린愛隣·애토愛土의 삼애주의 사상에 영 향을 받아서 그리스도의 봉사정신이 일본의 농촌문제를 해결할 수 있는 방안이라 여 겼다.[16] 그는 가난한 농민과 빈곤 문제를 해결하기 위해 빈민굴 전도와 농업협동조합 과 농민복음학교를 설립하여 활동했는데, 노동가치 신성함과 자본주의의 모순을 반 대한다는 점에서 맑스주의와 그 견해를 같이 했으나, 인류의 발전이 경제가치나 생존 경쟁으로 말미암은 것이 아니라 '애愛'에 기초한 사회의 협동일치에서 비롯되었다는 점에서 맑시스트와 근본적으로 구별되었다.[17]

---

13 김종규, 위의 논문, 25-26쪽.
14 賀川豊彦, 「基督教社會主義論」『社會問題講座 第十一卷』 新潮社, 1927, 2-3쪽. 김종규, 위의 논문, 29쪽 재인용.
15 賀川豊彦, 「基督教社會主義論」『賀川豊彦著作集』 第十卷, キリスト新聞社, 1964, 253-263쪽. 김권정, 「1920—1930년대 유재기의 농촌운동과 기독교사회사상」《한국민족운동사연구》 60호, 2009.9, 175쪽 재인용.
16 김병희, 「유재기의 예수촌사상과 농촌운동」 계명대 역사학박사논문, 2008, 37-41쪽.
17 김권정, 앞의 글, 175쪽.

나는 기독교 사회주의자이다. 그러나 그것과 동시에 무저항주의자無抵抗主義者이다. 빈민굴貧民窟에 온 것은 빈민의 구제와 감화感化를 위해 온 것이다. 그렇지만 염려하지 말라. 노동자들도 존귀하고, 빈민들도 구제하려고 하는 내가 사람을 죽이는 것들은 결코 꾸미지 않을테니 안심해 달라. 나는 모든 사람을 존경한다. 노동자들도 모든 사람을 존경한다. 그래서 나는 기독교 사회주의자라고 말할까, 아니면 예수주의자主義者라고 말 하는 것이 좋다.[18]

위의 글은 가가와의 자서전적 소설 『사선死線을 넘어서』에서 니이미 에이치新見榮一가 기독교 사회주의에 대해 말한 관점을 보여주고 있다. 이런 가가와가 한국을 방문한 것은 네 차례에 걸쳐 이루어졌다.[19]

지나를 보고 문화가 동쪽으로 흘러간 순서에 따라 조선에 들어가 일본에 도착해서, 나는 억누를 수 없는 어떤 우울에 중독되어 있었습니다. 새로운 빛 강한 빛이, 어두운 아시아에 비쳐 나오지 않으면 안 된다고 나는 느끼고 있었습니다.(이선혜 밑줄, 인용자 번역)

하마다浜田는 가가와가 1920년 8월 상해일본YMCA에서의 하기강좌의 강사를 마친 후, 한국을 경유하여 일본에 돌아간 일이 상해일본YMCA 기관지《상해청년》1920년 9월호부터 인용·제시되고 있다고 밝혔다. 가가와가 처음으로 한국을 방문한 것은 1920년 9월이고, 『벽의 소리 들을 때』의 기술은 가가와의 실체험에 의거하고 있는 것으로 추측된다.

만 9년 전에는 크리스마스쯤이었지만, 압록강 상류에서 빙취氷橇에 왔던 추억이 깊었다. 그 밤 곧 기차로 조선으로 건너갔다. 그리고 경성에 도착한 것은 다음 날 아침이었지만, 경성대학을 방문해서 그 규모의 꽤나 작은 것에 놀랐고, 오히려 지질조사서의 좋은 연구를 보고 감탄했다.…(중략)… 만 9년 정도 오지 않았더니, 경성도 착각할 정도로 아름답게 되었고, 미국의 시골 마을에 간 듯한 느낌이 들었다.(이선혜 밑줄, 인용자 번역)

---

18 賀川豊彦全集刊行会編, 『賀川豊彦全集 14』 キリスト新聞社, 1981, 207-208쪽. 김종규, 앞의 논문, 31-32쪽 재인용.
19 李善惠, 「賀川豊彦と韓国とのかかわりに関する研究」 앞의 책, 27-32쪽에서 부분 발췌.

심훈 문학의 전환

위의 글은 《구름기둥》 1938년 8월호에 게재된 것인데, 가가와가 그 9년 전에 해당하는 1929년 두 번째 한국을 방문한 것으로 추측할 수 있는 기록이다.

가가와의 세 번째 한국 방문은 1938년 6월 20일에 조선을 경유해서 시모노세키下関에 상륙했다는 기록이 있다.

1939년 가가와의 네 번째 한국 방문은 전도가 목적이었다. 그의 전도의 일정은 일본그리스도교연합회와 조선그리스도교연합회와의 협력 속에서 행해진 행사였다.

> "빈민굴貧民窟에서 몸을 이르킨 사회사업가 하천풍언賀川豊彦씨는 이번 조선 기독교 도들의 청함을 받어 전조선순회의길에 올랐는데 오늘(7七일) 오후 6六시 부산釜山에 상육, 대구, 금천, 대전을 거처 경성에 11十一일(토土) 오후 4四시 18十八분 경성에 도착 동일 오후 6六시 조선호텔에서 환영회를 하고 12十二일(일요) 오전 10十시 욱정旭町메소지스트교회에서 설교, 동일(일요) 오후 2二시 반 정동제일교회貞洞第一敎會에서 연합설교회 동일 오후 7七시 반 정동제일교회貞洞第一敎會에서 일반강연이 잇다. 13十三일(월요)에는 오후 4四시 반부민관에서 학생을 위한강연, 동일 오후 7七시 반에는 부민관에서 일반강연이 잇으리라 한다. 그리고 14十四일에는 신의주, 15十五일에는 선천, 16十六일에는 함흥, 20二十일에 청진, 입일廿一에 나진, 23二十三일에 전주, 군산, 24廿四일에 리리裡里 광주, 25廿五일에 목포 등지로 순회강연을 하리라 한다."[20]

'빈민굴의 사회사업가'인 가가와의 한국 방문은 일본에 돌아가 전개할 전도, 사회운동의 계획을 수렴함에 있어서 중요한 경험이 되었다.[21] 또 그는 제2차세계대전 중에 전국반전동맹을 결성하여 일본의 침략전쟁을 주장하다가 옥고를 치루기도 했고, 종전 후 일제의 조선 침략을 한국 정부에 사과하는 등 몸소 행동으로 보여주는 실천가였다. 이렇듯 그는 활발한 활동을 통해 노벨평화상의 후보에까지 올랐지만, 수상을 하지 못하고 1960년 4월 23일 생을 마감했다.

---

20 《동아일보》, 1939년 11월 8일자 기사. 김종규, 앞의 논문, 37쪽 재인용. 김종규의 논문에는 빠진 부분이 있다. 이는 이선혜(李善惠) 논문에서 보충한다. 헤드라인 "賀川豊彦―조선순회강연"이 앞부분에 빠져 있고, 또 "16(十六)일에는 함흥"에서 "16(十六)일에는 평양, 18(十八)일에는 원산, 19(十九)일에는 함흥"으로 밑줄 친 부분이 빠져 있다.

21 김종규, 앞의 논문, 40쪽.

2) 한국의 기독교사회주의의 형성과 예수촌 건설

한국에서 '기독교사회주의'에 대해 본격적으로 논의된 것은 1920-1930년대이다. 3·1운동 실패 후 공산주의의 반기독교운동이 전개되면서 기독교와 사회주의 간의 대화와 협력, 공존을 모색하려는 사람들이 나타나면서 '기독교사회주의' 사상이 형성[22]된 것이다.

기독교사회주의Christian Socialism는 1848년 영국의 차티스트운동이 실패로 끝난 직후 성공회 신부인 모리스Frederick D.Maurice와 킹슬리Charles Kingsley 등에 의해 처음 제창되었다. 이들은 마르크스주의의 유물사관·계급투쟁·폭력혁명론을 부정하고 산업사회의 역사적 지평에서 예수의 하느님나라운동과 초대교회 공동체 전통을 재해석하여 형제애와 협동원리에 기초한 민중적 사회의 대안을 모색하려 했다. [23]

이러한 사조가 한국 기독교계에 사회주의적 실천의 논리로서 수용되기 시작한 것은 가가와 도요히코의 글이 국내에 소개된 1925년 무렵이었다. 이 무렵 가가와는 농촌이 피폐한 원인으로서, 자작농업의 감소, 자작농민과 자작소작의 증가를 들고, 일본에 있어서 약 일천만인의 농민을 빈곤한 농장 노동자로 보았다. 그리하여 도시 빈민 구제를 실시함과 함께, 농촌사회사업도 일으키지 않으면 안 된다고 주장하였다. 당시 신카와新川 슬럼가는, 산업화 및 도시화에 의한 인구 집중이 노동문제와 빈민문제의 원인이 되고, 여러 가지 생활문제가 발생하기 시작한 지역이었다. 고베神戶 슬럼가의 빈민의 대다수가 농촌의 빈민으로 결국 이 도시의 노동자 문제는 근본적으로 빈곤한 농촌 사람들이 도시로 흘러들어와 일하지 않으면 안 되는 상황으로부터 생겨난 것임을 깨달았기 때문에, 농촌사회사업의 필요성을 절실히 느끼고 있었다. 그리하여 그는 어떻게 해서라도 정신 갱생을 하지 않으면, 농촌의 갱생은 있을 수 없다고 보았다. 이 농촌 구제의 근본정신(결국 농촌사회사업의 사상)은, '토지에의 사랑', '이웃에의 사랑', '하나님에의 사랑'이라고 주장하고 있다. [24]

---

22 강민경, 앞의 논문, 70쪽.

23 기독교사회주의는 유토피아 사회주의자 생시몽이 『신기독교론』(1825)에서 형제애에 입각한 원시기독교의 도덕률을 산업사회에 적용해 가난한 계급의 삶을 도덕적·물질적으로 신속하게 개선해야 한다고 주장한 데서 그 연원을 찾기도 하지만, '기독교사회주의'라는 개념을 처음으로 사용한 것은 모리스였다(장규식, 「1920년대 개조론의 확산과 기독교사회주의의 수용·정착」 《역사문제연구》 제21호, 2009.4, 112쪽).

24 이선혜(李善惠) 「賀川豊彦の農村社会事業の思想と實踐に関する一考察—『農村社会事業』(1933) を通して一」 앞의 책, 33-44쪽에서 부분 발췌.

가가와의 이런 신국운동 곧 하느님나라운동과 애愛의 사회주의는 '기독교와 사회주의' 담론을 통해 사회개조론의 새로운 지평에 눈을 뜬 한국 기독교계의 청년학생층에게 기독교 정신에 입각한 사회주의적 실천의 유력한 길로 받아들여졌다. 그리하여 가가와의 사상으로 무장하고 그의 실천을 따라하는 이들이 생겨났는데, 기독교농촌연구회의 주축을 이룬 배민수·최문식·유재기 등이 그 대표적인 경우였다. 배문수는 후기 장로교 농촌운동을 주도하며 '정신적 물질운동'과 '애의 천국' 건설론을 제창하였는데, 이는 가가와가 유물사관에 맞서 제시한 유물적 도덕사관과 신국운동론과 일맥상통한다. 또 최문식은 가가와의 신국운동을 이어받아 한국 기독교 사회주의를 수용하고 이를 토착화[25]하는 데 천착하였다.

또 유재기는 3·1운동 체험을 통해 민족의식이 각성·형성된 이후 기독교를 수용하였다. 맹의와E. F. McFarland 선교사의 조사助事가 되어 농촌순회 전도활동을 통해 식민지 조선사회의 가장 큰 문제가 농촌문제이며, 전 인구의 80%가 거주하는 조선의 농민·농촌이 그대로 내팽개쳐 있다는 사실을 깊이 깨달았다. 그 원인으로는 일본제국주의의 수탈적인 식민정책에서 비롯되었고, 농민층의 자각과 개선을 통한 변화의지가 현저하게 침체되어 있는 게 큰 몫을 차지한다[26]고 보았다. 그는 『사선死線을 넘어서』에 큰 감동을 받아, 평양의 빈민굴 토성낭에 들어가 빈민선교활동을 벌이고 예수의 '애愛'에 기초한 기독교사회주의에 공감하여 이를 실천적 이념 방향으로 삼아 일생을 농촌운동에 투신하였다. 그런 점에서 폭력혁명을 통해 사회를 변혁하려는 맑스주의와 근본적으로 구별되었다.[27]

여기에서 유재기가 언급한 예수촌 건설은 '한 손에는 복음을 들고 한 손에는 쟁기를 들고' 영적 생활과 물적 생활을 동시에 책임지는 정신적 물질운동이며, 이 땅에 지상천국을 건설하여 천국복음을 누리며 살게 하겠다는 지상천국건설운동을 뜻한다. 그는 예수촌의 성공이 농촌연구회의 회원들이야말로 예수촌 건설을 가능케 하는 '그리스도의 정병표兵', '예수촌 건설의 순교자殉敎者'임을 강조하고, 불합리한 경제구조 문제를 예수의 정신에 기초해 해결하고자 주장하였다. 예수촌건설의 실천방안으로

---

25 강민경, 앞의 논문, 2013, 73쪽.
26 김권정, 앞의 글, 172-173쪽.
27 김권정, 위의 글, 175쪽, 185쪽.

김정신 | 『상록수』와 『사선을 넘어서』에 나타난 영향 관계 연구 - 농촌 공동체의 의미를 중심으로

는 조직적 협동생활로 기독교 협동조합운동 및 기독교농우회를 조직한다는 것이다. 농촌 마을 단위로 기독교 신앙인공동체를 조직한다는 계획 아래 지방농촌회 교회와 연계된 농우회를 조직하고, 농민 교인들의 경제적 자립과 농촌의 복음화를 도모하는 기독교 농촌협동조합운동을 주 내용으로 하였다.[28] 그러나 1930년대 말 일본의 군국주의가 노골적으로 탄압하자, 기독교사회운동이 침체해갔고, 이런 혼란 속에서 유재기도 '농우회 사건'으로 큰 고초를 겪었다.

이렇게 가가와의 '애愛의 사회주의'로 이론적 무장을 한 한국의 기독교사회주의자들은 1929년 기독교농촌연구회를 결성하여 기독주의적 농촌사업에 착수하면서, '예수촌'의 건설을 그 목표로 내걸었다. 기독교사회주의는 기독교농촌연구회 단계에 이르러 마르크스주의와 구별되는 나름의 이상사회 구현의 논리로서 기독주의(십자가주의)와, 농촌교회와 협동조합에 기반한 예수촌 건설운동(정신적 물질운동)을 양대 축으로 이론과 실천의 체계를 갖추고 한국사회에 뿌리 내렸다. 그리스도의 박애주의와 표준적 토지소유의 실현, 협동조합의 조직을 통한 상호부조의 협동생활, 농촌복음화를 요체로 하는 예수촌 건설론은 1933년 장로회총회 농촌부에 상설기관이 설치된 이후 기독교농촌연구회 그룹이 주도한 후기 장로회 농촌운동의 기본 목표로 자리잡았다.[29]

3. 『상록수』와 『사선死線을 넘어서』의 영향관계

1) 『사선死線을 넘어서』에 나타난 '애愛'의 빈민굴운동과 농민운동

가가와 도요히코(賀川豊彦, 1888~1960)는 일본이 낳은 세계적인 위인이요, 성자요, 다정다감한 시인이요, 이름있는 생물학자이다.[30] 가가와는 19세 때, 풍교豊橋에서 40일간 노방전도를 하다가 심하게 각혈을 했는데, 고베신학교 시절 재발하여 임종이 가까웠을 때 하나님과 만남을 체험함으로써 첫 번째의 사선을 넘었다.

---

28 김권정, 위의 글, 187-188쪽, 201쪽.
29 장규식, 앞의 글, 133-134쪽.
30 한인환, 「머리말」 하천풍언(賀川豊彦), 한인환 역, 『사선(死線)을 넘어서(상(上))』 한종출판사, 1975.

심훈 문학의 전환

이렇게 하여 풍교豐橋에서 40일간 노방전도를 한 결과 심한 각혈을 하고 말았읍니다. 그것은 선생이 19세 때입니다. 그리고 고베신학교에 있을 때에 또 다시 재발하였읍니다. 의사도 이제는 가망이 없다고 말해서 마야스선교사가 도꾸지마로부터 와서 고별의 말을 하며 찬송도 했읍니다. 그러나 임종이 가까왔을 때 선생은 서쪽을 향하여 누워 있었읍니다. 석양빛이 선생 얼굴을 비쳤을 때 황홀한 경지에 들어가 하나님과 자기가 한 몸이 된 느낌이 들었읍니다. 그리고 갑자기 혈담이 나오며 호흡 곤란이 멈추고 열이 내렸읍니다. <u>선생은 그 때에 첫 번째의 사선을 넘었던 것입니다.</u>

그리고 포군蒲郡에 가서 휴양하여 약간 건강이 회복되었을 때 고베신학교에 복교하여 공부를 계속했읍니다. 그러나, 폐병은 재발되어 의사는 가가와 선생의 용태를 진찰하고 "당신은 3년밖에 살 수 없읍니다"라고 선고했읍니다. 거기에서 선생은 "겨우 3년밖에 못산다면 좋은 일을 하고 죽자"라고 결심하고 용합신천茸合新川에 있는 빈민굴에 몸을 던진 것입니다……(중략)……

그러나 선생은 "하나님과 함께 남은 생활을 보내자"라고 생각하여 빈민굴에 들어갔던 것입니다. 당시 용합신천茸合新川은 유명한 빈민굴로서 가지각색의 범죄자들이 들끓었고 특히 청부, 어린이 살인자들이 있었읍니다. 가난하여 식생활에 곤란을 느끼는 사람들이 모여들어 실로 비참한 생활을 하고 있었읍니다. 여기에 몸을 던진 선생은 등불을 밝히고 노방전도를 시작했읍니다.[31](이하 밑줄─인용자)

무토 토미오武藤富男 박사는 가가와가 빈민굴에 투신할 때의 모습을 다음과 같이 묘사하고 있다.

1909년 12월 24일 선생은 짐차에 침구 2개, 대나무짐짝 1개, 책 보따리 1개를 싣고 동급생이 뒤에서 밀어주고 자기 자신이 짐차를 끌고 후끼아이의 빈민굴로 옮겨 왔읍니다. 현관이 2첩疊(다다미 2개)와 안쪽이 3첩疊 모두 5첩疊밖에 없읍니다. 벽에는 피가 묻은 흔적이 있읍니다. 그곳은 살인이 난 집으로 아무도 세를 들려는 사람이 없는 집입니다. 집세가 하루에 70전이었지만 월 2원이면 10전을 에누리해 준다기에 2원에 세를 들었읍니다. 선생은 거기에 들어가 전도를 시작했읍니다. 생활비는 원고를 쓰기도 하고 또 학교에

---

31 賀川豊彦, 한인환 역, 武藤富男, 「하천풍언(賀川豊彦)을 말함」 위의 책, 9-10쪽. 국립국어원 일본어 가나 표기법에 의하면, 위의 인용문에서 '풍교(豊橋)'는 '도요하시(豊橋)'로, '포군(蒲郡)'은 '가마고리(蒲郡)'로, '용합신천(茸合新川)'는 '후키아이신가와(茸合新川)'로 읽는 게 바른 표기이다. 이하 인용된 글에서도 번역된 대로 표기했지만, 고쳐 읽는 게 바른 표기로 보인다.

서 학생들을 가르치기도 하고 보험회사에 근무하여 받는 돈으로 생활을 하며 전도했읍니다. 빈민굴의 생활은 매우 비참하여 보통 사람이면 하루도 견디기 어려울 것입니다.[32]

1909년부터 14년간 빈민굴에서 지낸(그중 2년간은 프린스턴 신학교 유학) 가가와의 생활을 그린 것이 바로 1920년에 출판된 자서전적 소설 『사선死線을 넘어서』이다. 『사선死線을 넘어서』는 3권으로 되어 있다. 『사선死線을 넘어서(상上)』은 한인환 번역으로 1975년 한종출판사에서 출간되었다. 내용으로는 「머리말」, 무토 토미오武藤富男의 「하천풍언賀川豊彦을 말함」에 이어 59장의 내용으로 이루어져 있다. 이 책은 가가와의 분신인 니히미 에이이치新見榮一의 메이지학원 시절로부터 시작되어 빈민굴 생활이 주를 이루고 있다.

아무래도 가까운 장래에 죽을걸, 1-2년 길게 살아 삼년안에 페로 죽을걸, 죽을 때까지 있는 용기를 다하여 가장 좋은 생활을 하리라고 결심하였다. 그는 전혀 토인비나 후레데릭이나 마리우스나 찰스, 킹슬레의 기독교 사회주의로 기울어갔다. 그리고 다만 유물적唯物的 막시즘으로 만족할 수 없게 되었다. 그러나 그는 현대 교회가 육을 떠나, 경제 문제를 떠나, 사랑을 이야기 하는데 반대했다. 그는 사랑은 육을 쓰지 않으면 안 된다고 생각했다. ……(중략)……
그래서 그는 러시아 혁명가貧民窟植民運動家들이 『인민속으로』 "V·Narod!" 『인민속으로』 "V·Narod!"라고 한 것과 토인비나 빈민굴식민운동가들이 빈민속으로 들어간 것을 생각하고 꼭 빈민굴에 가자, 그리고 빈민과 노동자 사이에 노동조합운동을 일으킬 기회가 있다면 곧 그쪽으로 옮아가자고 생각하였다.[33]

이어 "태양太陽을 쓰는 자者"란 부제가 붙어 있는 『사선死線을 넘어서(중中)』는 장신덕의 번역으로, 1975년 한종출판사에서 간행되었다. 내용으로는 「역자의 말」, 무토 토미오武藤富男의 「하천풍언賀川豊彦을 말함」에 이어 58장의 내용으로 이루어져 있다. 다음은 검사실에서의 니히미 에이이치新見榮一와 검사와의 대화인데, 이를 통해 가가와의 사상을 엿볼 수 있다.

---

32 賀川豊彦, 한인환 역, 武藤富男, 위의 글, 11쪽.
33 賀川豊彦, 한인환 역, 『사선(死線)을 넘어서(상(上))』, 한종출판사, 1975, 267-268쪽.

심훈 문학의 전환

『자네는 평소에도 대단히 격렬激烈한 논쟁을 잘 한다던데, 자네의 주의主義란 도대
체 무슨 주의主義인가?』

『나의 주의主義는 기독교 사회주의입니다.』

『그렇다면—먹히지 않는다는 말인가?』

『아닙니다. 그런 말이 아닙니다. 가난한 사람들과 학대 받는 노동자들이 정당한 취
급 받기를 요구하고 있는 것입니다.』

……(중략)……

『나는 인간양심人間良心의 회개와 노동조합의 발달에 의하여 올 수 있다고 믿습니다.』

『자네가 말하는 노동조합이란 무엇인가?』

에이이찌는 이런 질문에 구태여 대답하지 않으면 않되는가 싶을때에 실망 했다.

『노동조합에는 자본주의로부터의 압제壓制를 벗어나기 위한 노동자조합입니다.』

『결국 사회주의와 같은 것인가?』

『사회주의는 주의主義입니다만 노동조합은 산 노동자의 단체입니다.』

『그렇다면 스트라익을 하기 위한 조합인가?』

『아니지요. 스트라익을 하는 것이 목적이 아니라 노동자의 지위를 향상시키려는 데
목적이 있읍니다.』

……(중략)……

『역시 빈민굴이 좋구나! 빈민굴이 좋아! 이토록 아이들 틈에서 사랑 받고 흠모 받으
며 어찌 빈민굴 밖으로 떠날 수 있으리.』[34]

가가와는 에이이찌를 통해 자신이 기독교사회주의자임을 밝히고, 또 노동조합의 필
요성을 역설하고 있다. 그러면서도 에이이찌는 빈민굴에서의 생활에 만족스러워한다.

에이이찌는 그런 입장에서의 강력한 사회정책이나, 대중심리를 충동하는 사회혁
명 설이 인류의 영원한 생명을 구원하는 길은 아니라는 것을 잘 알고 있다. 그래서 인
간을 악의 밑바닥에서 구원 하시려는 하나님의 능력이 어떤것인지를 보이기 위해 빈
민굴에 온 것이었다. 그래서 에이이찌는 빈민굴에서, 가난한 사람들에게 혁명 하라고
도 말하지 않으며, 부자들 만을 나쁘다고도 하지 않는다. 다만 구원의 길 만을 가르치
고 있는 것 뿐이다.[35]

34 賀川豊彦, 장신덕 역, 『사선(死線)을 넘어서(중(中))』 한종출판사, 1975, 19-23쪽.
35 賀川豊彦, 장신덕 역, 위의 책, 237쪽.

김정신 | 『상록수』와 『사선을 넘어서』에 나타난 영향 관계 연구 - 농촌 공동체의 의미를 중심으로

이런 빈민굴은 "취미도 없고 변화도 없고 여인도 없고 사랑도 없고 있다면 전염병과 매독과 도박과 싸움과 매음과 살인과 쓰리와 찐삐라 뿐이다."(258쪽) 이런 생활 속에서 전도사가 된 에이이찌는 원칙에 벗어난 학문을 하는 여인보다는 인간답게 생생하게 살아 있는 여공 중에서 일생의 좋은 반려자를 선택하기로 결심한다. 마침내 에이이찌와 히구찌 기애꼬樋口嘉惠子는 하나님 전에서 찬송가와 기도 속에 부부가 되어 곧 빈민굴로 돌아온다. 두 사람은 상의 끝에 에이이찌는 미국으로, 히구찌는 요꼬하마의 교리쯔共立 여자 신학교에 들어가, 공부를 마치고 3년 후에 만나기로 한다. 마침내 에이이찌는 미국에서 돌아오는 갑판에서 무릎 끓고 하나님께 기도한다.

> 그는 일본으로 돌아가 태양을 쏘는 아들이 되어, 일본의 가난한 사람들과 그 하대속의 노동자들을 구원하기 위해 다시 빈민굴에 들어간다. 그는 일본을 보다 자유로운 나라를 만들기 위해, 노동자의 노동조합을 만든다! 그것을 위해 그는 결코 XX에서 물러서지 않는다. 그러나 <u>그는 최후까지 예수의 제자로서 노자勞資의 전쟁에 폭력은 사용하지 않는다</u>. 그는 남을 탓하기 전에 먼저 스스로 십자가를 진다. 그는 결코 악마와 타협하지 않는다. 적이 칼을 빼어 들어도, 자신은 칼을 빼지 않는다. 끝까지 그는 공의公義와 인도人道에 의해 적과 싸우고, 전폐하여 땅에 뭉개져 십자가 위에 쓸어지는 날까지 분투하자. <u>일본을 구할 길은 자유 노동조합 외로 길이 없다.</u>[36]

이런 결심을 하고 돌아오는 그를 요꼬하마에서 제일 먼저 마중해준 사람은 아내 기애꼬이다. 2년 9개월 만에 둘은 재회한다.

> 그래서 그는 우선 그의 일거리를 셋으로 나누기로 했다.
> 범죄자나, 반사회성의 사람들, 그리고 스스로의 몸가짐이 나빠서 밑바닥에 빠지는 자들은 역시, 예수님이 구원의 종교로 설득시키지 않으면 안되겠고─스스로 감당할 길이 없는 병자들을 구하기 위하여는 구제방법을 취하여 줘야 할 것과, 사회제도가 나빠서 즉, <u>자본주의의 빗나간 점을 위해 그리고 밑바닥에 빠져있는 자들을 위하여는 노동조합을 일으키지 않으면 안되는 일. 즉 빈민굴을 구원하기 위해 그는 동시에 종교가이며, 의사이며, 또는 노동운동자가 되지 않으면 안된다고 생각했다.</u>……(중략)……

---

36 賀川豊彦, 장신덕 역, 위의 책, 314쪽.

그는 빈민굴이 아직 잠에서 깨이기 전에 이른 아침에 해안에 나가서 기도드렸다.[37]

다음으로 "벽의 소리 들을 때"란 부제가 붙어 있는 『사선死線을 넘어서(하下)』는 장신덕의 번역으로, 1975년 한종출판사에서 간행되었다. 내용으로는 「역자의 말」에 이어 82장의 내용으로 이루어져 있다. 에이이찌는 소비조합과 8시간 노동제 실시에 성공하며 구매조합을 계획하기도 한다. 그러다가 중국 방문에 이어 한국을 방문한다.

한국에 들어오니 걸인의 나라에 온 것같다. 서울에 들어와 봐도 어쩐지 안정감이 들지 못한다. 일본인은 일본인끼리 한국인은 한국인끼리 각각 모여 산다. 양민족간에 있는 정복자와 피정복자와의 관계가 완연히 나타난다. 서울의 가난한 집을 보고 돌았다. 허리를 굽히지 않고는 들어갈 수 없는 나지막한 집이나마 잘 정돈된 생활을 하고 있어, 어딘지 모르게 듬직해 보였다.
중국의 빈민굴과는 전혀 취미와 방향이 다르다. 제법 교양미가 있는 국민으로 보였다. 여기에서 한국인에 대한 존경심이 다시 높이 평가되었다.
부산에서 모지門司로 돌아오니 길은 산중에서 도시로 빠져나온 기분이었다. 모든 것이 편리하게 준비가 잘 되어 있다. 그 반면에 너무 복잡 협소하여 숨이 가쁘다. 미국에서 돌아왔을 때와 같이 만주 한국에서 돌아온 그의 귀국 첫 인상은 역시 일본의 과잉 인구였다.[38]

에이이찌는 새로운 일에 착수한다. 그것은 농민조합의 운동이다. 그에게 남아 있는 한 가지 일은 농촌의 소작인에 대한 운동이다. 그리고 그것은 계몽적으로 서서히 개조운동부터 착수해 들어가지 않으면 안 되는 일이다.

니히미는 농민 조합의 사업이 바빠지면서 신학교를 사양하고, 아예 저술에만 전념하여, 그것으로 수입을 잡기로 하고 마을에서 마을로 농민 조합의 선전을 돌았다. 빈민굴의 생활로 피로에 지친 그에게는 농촌에서의 왕복길은 그야말로 인스프레이숀 이었다. 그는 반슈播州의 큰 강 유역에 자리잡은 이호가와楫保川, 가고가와加古川, 이찌가와市川 이렇게 세곳을 바쁘게 오르락 거리다가 마침내 많은 농민조합이 완성되었다.

37 賀川豊彦, 장신덕 역, 위의 책, 340-341쪽.
38 賀川豊彦, 장신덕 역, 『사선(死線)을 넘어서(하(下))』, 한종출판사, 1975, 335쪽.

그는 또한 기따가와우찌北河內의 동래마다 야마시로山城의 쯔즈끼鑶喜군의 남부까지
농민조합의 강연으로 나갔다. 어느 곳에 가던지 농민들은 친절하고 공손하고 그들은
언제나 니히미의 마음의 상처를 싸매어 주었다. 그들은 자본가들에게 반항할때에도
조금도 몰상식한 언사는 쓰지 아니했다. 혹시 원망하는 말이 있다 해도 독기를 품어 말
하지 아니했다. 그들에게는 대지의 호흡이 깃들여서, 도저히 도시의 빈민굴 사람들 같
은 성격적으로 타락된 일이 없었다.[39]

　다오까田岡 농장도 마침내는 농민조합의 세력을 인정하고 소작제도를 발표하여, 농
민에게 생활 보장을 약속했다. 그래서, 만 1년만에 다오까 농장의 문제도 무사히 해결
되고, 농민측의 승리는 완전히 보장되었다.[40]

　이처럼 『사선死線을 넘어서』에서 보듯, 가가와의 빈민운동은 사회운동과 하나님나
라운동으로 확장되었다. 그는 노동운동을 전개하였고, 일본 농민조합을 결성하여 농
민해방론을 주창하였다. 이 모든 것은 빈민의 인격상실과 그 회복에 초점을 맞추었
고, 이것이 하나님나라운동으로 승화된 것[41]을 볼 수 있다.

2) 『상록수』에 나타난 농촌 공동체 건설의 의미

　심훈은 1901년 9월 12일 서울에서 심상정과 윤씨 사이에서 3남 1녀 중 막내로 태
어났다. 그는 3·1운동에 연루되어 3개월 동안 형무소 경험을 하였는데, 이때 "어머님
보다 더 크신 어머님을 위하여"[42] 헌신할 결심을 하였다. 1919년 말 그는 중국으로 건
너가 민주주의, 무정부주의, 사회주의 사이에서 사상적 모색을 하다가 귀국하여 염군
사에 가담하고, 1925년 파스큘라와 합동으로 카프를 결성할 때 발기인으로 활동했
다. 그러나 그는 사회주의 사상에 공감하면서도 카프지도부에 대한 반발로서가 아니

39　賀川豊彦, 장신덕 역, 위의 책, 381쪽.
40　賀川豊彦, 장신덕 역, 위의 책, 390쪽.
41　김남식, 「가가와 도요히코(賀川豊彦)의 빈민운동 연구」 『신학지남』 78권 1호, 2011.3, 174쪽. 각주 29)에도
　　언급되었지만, 국립국어원 일본어 가나 표기법에 의하면, '가고가와(加古川)'는 '가코가와'로, '이찌가와(市
　　川)'는 '이치가와'로, '기따가와우찌(北河內)'는 '기타가와치'로, '쯔즈끼(鑶喜)'는 '쓰즈키'로, '다오까(田岡)'
　　는 '다오카'로 읽는 게 바른 표기이다.
42　심훈, 「감옥에서 어머님께 올린 글월」 『심훈문학전집』 1권, 19쪽. 김성욱, 「심훈의 『상록수(常綠樹)』 연구」
　　한양대 석사논문, 2003, 12쪽 재인용.

심훈 문학의 전환

라 내면의 복잡함과 현실적 상황 때문에 카프에서 탈퇴하였다.[43]

1927년 심훈은 자신의 원작, 각색, 감독한 영화〈먼동이 틀 때〉가 흥행에 성공했으나, 임화, 한설야로부터 계급의식의 결여, 대중 추수주의, 소시민성 등의 면모를 보인다는 혹독한 비판을 받았다. 1930년에는『동방의 애인』을 동아일보에 연재하였으나 일제의 검열에 의해 중단되고, 이를 개작하여『불사조』로 연재하려다가 게재정지처분을 받았다. 또한 1932년 시집『그날이 오면』을 발표했으나, 일제의 검열로 인해 출간되지 못했다. 이로 인해 그의 생활은 정신적, 육체적으로 건강하지 못한 삶이었기 때문에 충남 당진군 송악면 부곡리로 낙향한 이후,『영원의 미소』,『직녀성』,『상록수』 등의 소설을 쓰게 되었다.[44] 부곡리에서의 필경사 생활은 도시 지식인으로서의 내적 성찰의 계기가 되었으며, 식민지 조선의 참상을 극명하게 보여주는 농촌의 현실을 실감하고 이를 관념이나 이데올로기 이전에 구체적인 현실의 개선책을 모색하게 하였다.[45]

1931년 동아일보는 '브나로드'란 표어를 내걸고 문맹 퇴치와 농민 계몽을 그 주된 사업으로 하는 농촌계몽운동을 전개하였다. 그러나 전국적으로 확대된 농촌계몽운동이 민족·민중운동으로 그 성격이 변형되면서 일제 당국의 제재를 받아 막을 내리게 되었다.

이러한 시대적 배경 하에 심훈의『상록수』는 동아일보 창간 15주년 기념 장편소설 공모 당선작으로 1935년 9월 10일부터 1936년 2월 15일까지 연재되었다.[46] 동아일보는 1935년 3월에 앞으로 4월 1일자로 창간 15주년을 맞는 것을 기념하기 위해 상금 5백원을 걸고 장편소설을 공모하였다. 그리고는 "조선朝鮮의 농촌農村 산촌山村을 배경背景으로 하여 조선朝鮮의 독자적獨自的 색채色彩와 정조情調를 가미加味할 것", "인물 중에는 한 사람 쯤은 조선청년朝鮮青年으로서의 명랑明朗하고 진취적進取的인 성격을 설정할 것", "신문소설新聞小說이니만치 사건事件은 흥미興味있게 전개展開시켜 도회인都會人 농촌農村 산촌인山村人을 물론하고 다 열독熱讀하도록 할 것"[47] 등의 조건을 내걸었다.

『상록수』는 한곡리漢谷里에서 농촌 봉사에 앞장섰던 박동혁과 청석골에서 헌신적

---

43 김성욱, 위의 논문, 12-13쪽.
44 김성욱, 위의 논문, 13-20쪽.
45 최희연, 앞의 논문, 21쪽, 29-30쪽.
46 조남현, 「머리말」심훈,『상록수』, 서울대학교출판부, 1996, ⅴ 쪽.
47 《동아일보》, 1935.3.20. 조남현,「『상록수』연구」심훈, 위의 책, 365쪽.

인 봉사활동에 몸을 바친 채영신과의 사이에 얽힌 사랑과 농촌계몽운동이라는 주제가 병렬적으로 구성된 작품[48]이다. 『상록수』는 ○○일보사에서 주최하는 학생계몽운동에 참가했던 대원들을 위로하는 다과회에서 XX고등농림의 박동혁과 XX여자 신학교의 채영신의 만남으로 시작된다. 그들은 동지애로 뭉쳐 서로 편지를 주고받으며 사랑을 키워간다.

> 「그러치만 저역시 여러분께 우리 계몽대의 운동이 글자를 가르치는 데만 그치지말고 한거름 더 나아가서 우리 민족의 거의 전부라고 할만한 절대다수인농민들의 살길을 열어주기 위해서 위선그네들에게 희망의 정신을 너허주자는…」[49]

그들은 농민운동을 하는 데 있어서는 뜻을 같이 한다. 그러나 그들의 근본 정신에 있어서는 차이를 보인다.

> 「참 영신씨는 크리스챤(예수교신자)이시지요?」
> 「전 어려서 버텀 믿어왔어요. 왜 동혁씨는 요새 유행하는 맑스주의자서요?」
> 「글쎄요……그건 차차 두구보시면 알겟지요. 아무튼 신념信念을 굳게 허기 위해서나 봉사奉仕의 정신을 갖기위해서는 신앙생활을 허는것두 조켓지요. 그러치만 자본주의에 아첨을 허는, 그따위 타락헌 종교는 믿구싶지 안허요」(38쪽)

영신은 기독교 신자로 묘사되고 있는 반면, 동혁은 마르크시스트로 묘사되고 있다. 영신은 "청석골로 나려가, 자리를 잡은뒤에 야학의 교장겸 소사의 일까지 겹쳐하고, 어린애들에게는 보모요, 부녀자들의 지도자일뿐아니라, 교회의 관계로 전도부인노릇도 하고 간단한 병이면 의사노릇까지 하여왔다. 그러니 몸 하나를 열에 쪼개내도 감당을 못할만치나 바쁘게 지내던 사람"(98–99쪽)이었다. 그러던 그가 일과 사랑 사이에서 고민을 하게 된다.

---

48 송백헌, 『한국현대소설작품론』 문장, 1981, 198쪽. 이경진, 「심훈의 『상록수(常綠樹)』연구—작품 준석을 중심으로」 고려대 석사논문, 1982, 6쪽 재인용.
49 심훈, 앞의 책, 17쪽. 이하 『상록수』를 인용하는 데는 괄호 안에 쪽수만 표기한다.

「하느님, 일과 사랑과 두가지중에, 한가지를택해주시옵소서. 저의족속의 불행을 건지기 위해서 이한몸을 바치겠다고, 당신께 맹서한 저로서는, 지금두가지 길을 함께 밟을 수가 없는 처지에 부닥처습니다. 오오 그러나 하느님 저는 그 두가지중에, 어느 한 가지를 버릴수도 없읍니다」(103쪽)

「누구던지 학교로 오너라.」
「배우고야 무슨 일이던지 한다」
나무에 올르고 담장에 매어달린 아이들은 일제히 입을 열어, 목구녁이 찢어저라고 그 독본의 구절을 바라다보고 읽는다. 바락바락 질른는 그 소리는 글을 외는것이 아니라, 어찌 들으면 누구에게 발악을 하는 것 같다.(138쪽)
「삼三천리반도 금수강산
하나님이 주신 내동산」
하고 제이二백구십+장 찬송가를 부른다.
「일하러 가세! 일하러 가!」(187쪽)

아이들을 가르치면서 영신은 한곡리에서 애향가를 부르듯이, 무슨 때엔 교가校歌처럼 아이들과 함께 찬송가를 즐겨 부른다. 그러나 동혁은 그들의 농촌계몽사업에 한계가 있음을 깨닫는다.

「참 그래요. 무엇보다두 먼저 생활이 잇구서 그 다음에 문화사업이구 계몽운동이구 잇슬것가태요.」(246쪽)

(이번 기회에 영신에게도 선언한것처럼 제일보부터 다시 내드디지 안흐면 안된다! 표면적表面的인 문화운동文化運動에서 실질적實質的인 경제운동經濟運動으로ー)(253쪽)

「지금 우리의 형편으로는 계몽적인 문화운동도 해야 하지만 무슨일에든지 토대가 되는 경제운동이 더욱 시급하다」는것을 역설하고 저의 경험을 이야기하엿다.(354쪽)

박동혁이 농민에게 가장 시급한 문제는 가난의 해결임을 깨닫고 정신적 문화적 계몽을 목표로 했던 농촌운동을 실질적인 경제운동으로 방향을 바꾸게 되는데[50] 그가 제기한 고리금지, 부채탕감, 소작권 이동금지, 반상 타파 등의 자력갱생론은 마르크시스트였기에 가능했다.[51] 그리고 영신은 좁은 교회당 건물에 넘쳐나는 아이들로 인해 야학당을 지었지만 맹장염으로 쓰러지고 만다. 동혁이 그 소식을 듣고 달려와 영신을 간호하다가 한곡리로 돌아가 보니 강기천이 농촌계몽운동에 훼방을 놓고 있었다. 이에 동생 동화가 회관에 불을 지르고 동혁은 이로 인해 투옥된다. 동혁이 출옥하고 보니 영신은 이미 죽어 있었다. 동혁은 영신의 못다 한 일까지 이루겠다고 결심하며 한곡리로 돌아가는 것으로 결말이 끝난다.

> 회관이 낙성되는날 그 기쁨을 영원히 기념하기 위해서 회원들과 함께 패어다 싥은 상록수常綠樹들이 키도듬음을하며 동혁을 반기는듯.
> 「오오 너이들은 기나긴 겨울에 그눈바람을 맛구두 싱싱허구나 저러케 시푸르구나!」
> 동혁의 거름은 차츰차츰 빨라젓다. 잿배기를 넘다가 그는팔을 내저으며
> 「비 바람은 험궂고
> 물결은 사나워도
> 피와땀을 흘려가며
> 우리고향 직히세!」
> 하고 애향가愛鄕歌의 후렴을 불럿다. 일부러 불른것이 아니라 저도 모르게 불러진것인데, 앞산의비인 골짜구니는, 그 음향을 받어 쩌렁쩌렁 울엇다.(360쪽)

『상록수』는 영신의 죽음으로 모든 갈등을 마무리하고 어두운 시대에 상록수처럼 푸른 희망과 이상을 주는 결말로 끝맺고 있다.

그런데 1931년에 김일대金一大는 당시 조선 농민운동의 계통[52]을 다음과 같이 정리했다.

일一. 당국當局의 식민정책植民政策에 의依한 세농민구제사업細農民救濟事業

이二. 기독교基督敎 포교布敎 정책政策에 의依한 농촌진흥사업農村振興事業

---

50 최희연, 앞의 논문, 105-106쪽.
51 조남현, 「『상록수』연구」심훈, 앞의 책, 384쪽.
52 김일대(金一大), 「천도교 농민운동의 이론과 실제」『동광(東光)』, 1931.4., 42쪽. 조남현, 「『상록수』연구」심훈, 앞의 책, 369-370쪽 재인용.

삼三. 사회주의社會主義 실현정책實現政策에 의依한 계급투쟁운동階級鬪爭運動

사四. 사회파괴정책社會破壞政策에 의依한 무정부주의운동無政府主義運動

오五. 지상천국건설정책地上天國建設政策에 의依한 조선농민사朝鮮農民社 활동活動

『상록수』에서는 채영신에 의해 1번과 2번의 사업이 주도되고 박동혁에 의해 1번과 3번의 운동이 펼쳐진 것으로 서술되고 있다. 그리고 남녀주인공이 식자운동을 중심으로 하여 생활개선, 협동조합운동 그리고 소작운동을 부분적으로 시도하고 있음을 보여준다. 박동혁이 고리대금업자인 강기천으로부터 항복을 받아낸 것은 소작운동을 실천에 옮긴 것이다.[53]

이와 관련하여 『상록수』는 브나로드 운동보다는 기독교의 농촌계몽운동과 관계가 깊고,[54] 실제 심훈의 작은 형 심명섭이 감리교 목사였던 점과 『상록수』의 여주인공 채영신이 기독교인으로 설정된 점 등을 볼 때, 기독교 영향을 받은 것으로 보인다. 최용신은 가가와 도요히코의 고향 고베에 있는 고베여자신학교神戶女子神學校에 유학했으나 각기병으로 조선으로 돌아와 장중첩증으로 1935년 강습소를 부탁한다는 유언을 남기고 죽었다. 그런 최용신을 모델로[55] 기독교 쪽의 농촌계몽운동을 『상록수』에 수용한 심훈은 예수의 희생적인 봉사의 정신, 곧 농촌계몽운동 끝에 병을 얻어 비슷하게 구현시켜 놓았다. 결국 심훈의 무의식 속에는 가가와 도요히코가 자리잡고 있으며, 박동혁을 통해 민족주의(민족주의 좌파)의 경향을 보이고, 최용신의 삶과 죽음에서 진정한 의미의 기독교적 농촌운동을 발견하고, 그것을 채영신에 투영시킨 것이다. 이렇게 볼 때 『상록수』는 비타협적 민족주의라는 사상적 바탕 위에 씌어졌으면서도, 기독교 쪽의 농촌계몽운동을 수용한 작품[56]에 가까운 것이다.

또한 동혁이 영신의 죽음을 비극으로만 여기지 않고 그녀가 못다 한 뜻을 이루려는

---

53 심훈, 앞의 책, 370쪽.

54 류양선, 「『상록수(常綠樹)』론」 앞의 책, 13쪽.

55 실제로 작중인물인 영신은 조선 기독교여자청년회로부터 농촌계몽사업 요원으로 파견되어 계몽운동을 헌신적으로 수행하다 숨진 최용신을 모델로 하였다는 설도 있다(유달영, 『최용신 양의 생애』 아테네사, 1956. 최희연, 앞의 논문, 90쪽 재인용).

56 류양선, 「심훈(沈熏)의 『상록수(常綠樹)』 모델론—'상록수'로 살아있는 '사랑'의 여인상」 앞의 책, 244쪽, 255쪽, 262-263쪽.

비장한 각오로 농촌활동을 할 것을 결심함으로써 남녀 간의 못다 한 사랑[57]이 민족애라는 더욱 가치 있는 사랑 속에 계속 이어져 있음을 암시하고 있다. 이것이 바로 개인주의를 넘어선 공동체 의식[58]인 것이며, 그것은 곧 사랑의 공동체인 것이다.

『상록수』에 구현된 채영신의 사랑의 모습에는 몇 가지의 의미가 담겨 있다. 채영신은 일과 사랑 사이에서 갈등을 하는데, 청석골에서의 농촌계몽운동, 즉 민족에 대한 사랑과 연인 동혁에 대한 사랑이 그것이다. 그러나 채영신은 일과 사랑을 넘어선 하나님에 대한 사랑으로 수렴되고 있다. 이는 채영신에 의해 새로운 농촌 공동체를 건설하려는 의미라고 볼 수 있다. 이 '애愛'의 공동체야말로 농민과 빈민 등 가난하고 소외받은 자들의 생활을 개선하고 그들과의 공동체적 삶을 추구했던 가가와 도요히코로부터 강하게 영향을 받은 조선의 작가와 기독교 사회운동가들인 것이다. 배민수, 최문식, 유재기 등이 바로 그들이며, 그들이 주창한 예수촌 건설이 심훈이 『상록수』에서 구현하고 있는 것과 맞물린다. 심훈은 이러한 공동체의 삶을 위해서 무조건 자신을 헌신하고, 희생하는 사람들만이 지닐 수 있는 '순정純正한 정신의 힘'을 그려내고 있으며, 이 힘이야말로 일본 제국의 이기적 욕망에 맞설 수 있는 가장 강력한 무기인 것이다. 심훈이, 그리고 조선의 젊은 엘리트들이 일본인 가가와 도요히코에게 열광했던 것은 역설적이게도 그에게서 일본제국에 맞설 수 있는 그 '순정한 정신의 힘'을 발견했기 때문[59]인 것이다. 필자는 이처럼 가가와 도요히코에게 있었던 기독교 정신의 바탕인 '애愛'를 심훈이 채영신을 통해 조선 농민들을 향한 '애愛'를 그려냈다고 보았다. 이는 심훈의 작가의식이 두 주인공에 양분되어 있었던 것, 즉 박동혁을 통해서는 마르크시즘을, 그리고 채영신을 통해서는 하나님 나라의 건설을 부르짖다가 결국은 이 두 주인공을 연합시켜, 애愛의 기독교사회주의라는 농촌 공동체의 건설을 추구한 것이라고 보았다.

---

57 권철호는 심훈 소설에서 남녀 간의 애정 갈등이 주요 모티프로 나타나는 것은 단순히 통속적인 흥미만을 고려한 것이 아니라, 당대 사회문제 제반을 다루기 위한 서사적 장치임을 보여준다고 보았다. 곧 심훈이 장편소설에서 계급과 민족의 문제를 연애서사로 풀어내고, '사랑'이라는 관점을 통해 민족과 계급의 문제를 주장하는 다소 낭만주의적이고 이상주의적 관점을 보여주었던 것에는 무로후세의 영향이 컸던 것으로 보고, 이러한 '사랑'을 통해 새로운 공동체를 구축할 수 있다고 보았다(권철호, 「심훈의 장편소설에 나타나는 '사랑의 공동체'—무로후세 코신[室伏高信]의 수용 양상을 중심으로」, 『민족문학사연구』 55권 0호, 2014, 189쪽, 195-196쪽).

58 최희연, 앞의 논문, 103-104쪽.

59 정혜영, 앞의 글, 13쪽.

5. 결론

가가와 도요히코는 1909년 12월 24일부터 14년간 후키아이신가와芙合新川 빈민굴에 들어가 헌신의 삶을 살았다. 그가 주창한 기독교사회주의Christian Socialism는 1848년 모리스와 킹슬리 등에 의해 예수의 하느님나라운동과 초대교회 공동체 전통을 재해석하여 형제애와 협동원리에 기초한 민중적 사회의 대안이 모색되었다. 가가와는 '토지사랑', '이웃사랑', '하나님사랑'이 농촌 구제의 근본정신임을 역설하며 '애愛의 사회주의'를 주장했다.

그의 자서전적 소설『사선死線을 넘어서』(1920)는 출판되자 베스트셀러가 되어 13개국의 언어로 번역되었다. 『사선死線을 넘어서』의 한국어 번역은『사선死線을 넘어서(상上)』(한인환 역), 『사선死線을 넘어서—태양太陽을 쏘는 자者(중中)』(장신덕 역), 『사선死線을 넘어서—벽의 소리 들을 때(하下)』(장신덕 역)가 있다. 중권에서 주인공 니히미 에이이찌新見榮一는 자신이 기독교사회주의자임을 밝히고, 노동조합의 필요성을 역설하고 있다. 하권에서는 소비조합, 8시간 노동제 실시, 구매조합 계획, 농촌의 소작인에 대한 운동 등 서서히 개조운동부터 착수해 나가는 면을 보여준다.

심훈의『상록수』는 1931년 '브나로드' 농촌계몽운동이 민족·민중운동으로 그 성격이 변형되면서 일제 당국의 제재를 받아 막을 내린 후, 1935년 동아일보 창간 15주년 기념 장편소설 공모에 당선된 작품이다. 이는 한곡리에서 농촌 봉사에 앞장섰던 박동혁과 청석골에서 헌신적인 봉사활동에 몸을 바친 채영신의 사랑과 농촌계몽운동을 보여준다. 조선 농민운동 중 '당국當局의 식민정책植民政策에 의依한 세농민구제사업細農民救濟事業'에는 박동혁과 채영신이 뜻을 같이 하나, 근본정신에서는 차이가 난다. 채영신은 '기독교基督教 포교布教 정책政策에 의依한 농촌진흥사업農村振興事業'을 주도하고, 박동혁은 '사회주의社會主義 실현정책實現政策에 의依한 계급투쟁운동階級鬪爭運動'을 펼친다. 채영신은 일과 사랑 사이에서 갈등하다가 결국 하나님에 대한 사랑으로 수렴되고 있다. 심훈은 박동혁을 통해서는 마르크시즘이, 채영신을 통해서는 하나님 나라의 건설로 양분되었던 것을 연합시켜 '애愛의 기독교사회주의'라는 농촌 공동체의 건설을 추구한 점을 보여준다. 이 점이 가가와 도요히코의 기독교사회주의와 다르다. 이 '애愛'의 공동체야말로 농민과 빈민들과의 공동체적 삶을 추구했던 배민수, 최문식, 유재기 등이 주창한 예수촌 건설이라는 공동체와도 맞물리고 있다. 즉 가가와의 작품이 하나님 나라운동으로 승화되는 것을 지향했다면, 『상록수』는 기독교와 마르크시즘의 결합 내지는 전략적 연합의 모색이 중층적으로 암시되어 있다.

심훈 문학의 전환

참고문헌

1. 1차 자료(작품)

심 훈, 『상록수』 서울대학교출판부, 1996.

賀川豊彦, 한인환 역, 『死線을 넘어서(上)』, 한종출판사, 1975.

賀川豊彦, 장신덕 역, 『死線을 넘어서(中)』, 한종출판사, 1975.

賀川豊彦, 장신덕 역, 『死線을 넘어서(下)』, 한종출판사, 1975.

2. 연구논저

강민경, 「일제하 한국의 기독교 사회주의 연구—'기독교농촌연구회' 주도 인물들의 사상과 활동을 중심으로」, 이화여대 석사논문, 2013.

권철호, 「심훈의 장편소설에 나타난 '사랑의 공동체'—무로후세 코신[室伏高信]의 수용 양상을 중심으로」, 《민족문학사연구》 55권 0호, 2014.

김권정, 「1920—1930년대 유재기의 농촌운동과 기독교사회사상」, 《한국민족운동사연구》 60호, 2009.9.

김남식, 「가가와 도요히코(賀川豊彦)의 빈민운동 연구」, 《신학지남》 78권 1호, 2011.3.

김병희, 「유재기의 예수촌사상과 농촌운동」, 계명대 역사학박사논문, 2008.

김성욱, 「심훈의 『상록수』 연구」, 한양대 석사논문, 2003.8.

김종규, 「가가와 도요히코(賀川豊彦)가 한국교회에 끼친 영향」, 감리교 신학대학교 석사논문, 2010.

류병석, 「심훈(沈熏)의 생애(生涯) 연구(研究)」, 《국어교육》 14권 0호, 1968.12,

류양선, 「『상록수』론」, 《한국의 현대문학》 제4집, 1995.2.

류양선, 「심훈의 『상록수』 모델론」, 《한국현대문학연구》 13집, 2003.6.

이경진, 「심훈의 『상록수(常綠樹)』 연구—작품 준석을 중심으로」, 고려대 석사논문, 1982,

이선혜·정지웅, 「가가와도요히코와 한국의 관련성에 관한 고찰—한국 사회복지교육의 선구자, 김덕준에의 영향을 중심으로」 Journal of Church Social Work, vol.13, 2010.8.

장규식, 「1920년대 개조론의 확산과 기독교사회주의의 수용·정착」, 《역사문제연구》 제21호, 2009.4.

전영태, 「진보주의적 정열과 계몽주의적 이성—심훈론」 김용성·우한용 공편, 『한국근대작가 연구』 삼지원, 1985.

정혜영, 「심훈의 '상록수'와 가가와 도요히코(賀川豊彦)」, 《매일신문》, 2015.3.21.

최희연, 「심훈(沈熏) 소설 연구」, 연세대 박사논문, 1990.

한점돌, 「심훈(沈熏)의 시(詩)와 소설(小說)을 통해 본 작가의식(作家意識)의 변모과정(變貌過程)」, 《국어교육》 41호 0호, 1982.2

黑田四郎, 大邱大賀川豊彦研究會 번역, 『나의 賀川豊彦 연구』 대구대학교출판부, 1985.

李善惠, 「賀川豊彦の農村社会事業の思想と實踐に關するー考察—『農村社会事業』(1933) を通して—」『キリスト教社會福祉学研究』44号, 2011.

李善惠, 「賀川豊彦と韓国とのかかわりに関する研究」, 『キリスト教社會福祉学研究』46号, 2013.

심훈의 상해시절과 「동방의 애인」*

하상일**

동의대학교 문예창작학과 교수

* 이 논문은 2017년 대한민국 교육부와 한국연구재단의 지원을 받아 수행된 연구임(NRF-2017S1A5A2A0
   2067448).

** 하상일(河相一), 동의대학교

1. 심훈과 상해

 심훈은 1919년 경성제일고등보통학교 4학년 재학 중에 기미독립만세운동에 가담하여 3월 5일 체포되었고, 서대문형무소에 투옥되어 같은 해 11월 6일에 집행유예로 출옥되었다.[1] 그리고 이듬해인 1920년 중국으로 가서 북경–상해–남경을 거쳐 항주에 정착하였고, 1921년 지강대학之江大學[2]에 입학하여 2년 정도 다니다가 졸업도 하지 않은 채 1923년 중반에 귀국하였다.[3] 이처럼 심훈은 1920년 겨울부터 1923년 여름 무렵까지, 햇수로는 4년에 걸쳐 만 2년 남짓을 중국에서 보냈다. 비교적 짧은 기간이었음에도 불구하고 북경에서 항주에 이르는 아주 복잡한 여정을 거쳤는데, 표면

---

1 대전정부청사 국가기록원에 보존되어 있는 「심대섭 판결문」(대정(大正) 8년(八年) 11월9十一月) 6일(六日))에 따르면, 심훈은 당시에 김응관 외 72명과 함께 보안법 위반과 출판법 위반으로 재판을 받았다. 이 때 심훈은 치안방해죄로 '징역(懲役) 6월(六月) 단(但) 미결구유일수(未決拘留日數) 90일(九十日) 명본형산입(各本刑算入) 상3년간(尚三年間) 형집행유예(形執行猶豫)'를 선고받았는데, 이 판결에 근거하여 국가보훈처에서는 심훈이 1919년 11월 6일 집행유예로 풀려난 것으로 정리하였다. 안보문제연구원, 「이 달의 독립운동가–문학작품을 통해 항일의식을 고취시킨 심훈」 통일로 157(2001.9), 106쪽.
2 지강대학은 현재 절강(浙江)대학교 지강캠퍼스로 편입된 곳으로 미국 기독교에 의해 세워진 대학이다. 당시 중국의 13개 교회대학 가운데 가장 먼저 세워진 학교로 화동(華東) 지역의 5개 교회대학(금릉·동오·성요한·호강·지강(金陵·東吳·聖約翰·滬江·之江)) 가운데 거점 대학이었다. 당시 이 대학은 서양을 향한 중국 내의 중요한 통로 역할을 했으며, 학생들은 5·4운동에도 적극 가담하는 등 서구적인 문화와 진보적인 의식을 동시에 배양하는 곳이었다. 張立程·汪林茂, 지강대학사(之江大學史)(항주출판사(杭州出版社), 2015) 참조.
3 현재 『심훈 전집』 9~10권 작업을 진행 중인 김종욱 교수에 의하면, 『매일신문』에 「1923년 4월 30일 심대섭 씨 귀국」이라는 기사가 실렸다고 하므로, 전집 발간 이후 정확한 사항을 확인할 것을 미리 밝혀둔다.

적으로는 유학이 목적이었다고 밝혔지만 이회영 신채호 등 당시 중국에서 활동하던 독립운동의 거목들과 직접적으로 교류를 했다는 점에서 실제로는 독립운동과 관련된 어떤 중요한 역할을 수행하기 위한 목적이 아니었을까 추정된다.[4] 게다가 심훈이 북경에서 상해로 이동하는 과정이 그의 경성고보 동창생 박헌영의 동선動線과 겹친다는 사실[5]과 상해 시절 그가 여운형과 밀접한 교류를 나누었다는 점[6]을 특별히 주목한다면, 심훈의 중국행은 단순히 유학을 목적으로 한 것이 아니라 식민지 청년으로서 조국 독립을 위한 정치적 목적을 수행하기 위한 과정이었을 것으로 유추할 수 있다.

물론 당시 심훈이 북경에서 상해로 이동하게 된 명확한 이유를 실증할 만한 자료는 현재로서는 남겨진 것이 전혀 없다. 다만 그가 중국으로 가기 직전 사회주의에 깊

---

4 실제로 심훈은 "나는 맨 처음 그 어른에게로 소개를 받아서 북경으로 갔었다"(「필경사잡기(筆耕舍雜記)-단재(丹齋)와 우당(于堂)(2)」 김종욱·박정희 엮음, 『심훈 전집1-심훈시가집 외』(글누림, 2016), 326쪽)라고 밝혔는데, 여기에서 "그 어른"은 우당 이회영을 가리킨다(이하 심훈의 작품과 산문 인용은 모두 전집에서 했으므로 제목과 전집 권수, 쪽수만 밝히기로 한다.). 그리고 "성암(醒庵)의 소개로 수삼차 단재를 만나 뵈었는데 신교(新橋) 무슨 호동(胡同)엔가에 있는 그의 우거(寓居)에서 며칠 저녁 발칫잠을 자면서 가까이 그의 성해(聲咳)를 접하였다."(「필경사잡기(筆耕舍雜記)-단재(丹齋)와 우당(于堂) (1)」『심훈 전집1』, 324쪽)라고도 적어두었는데, 여기에서 "성암"은 이광(李光)으로 이회영과도 아주 가까운 혁명 동지였다. 일본 와세다대학과 중국 남경의 민국대학을 졸업한 이광은 신민회 회원이었고, 이회영과 함께 경학사와 신흥무관학교를 운영한 가까운 동지였다. 그는 임정 임시의정원 의원과 외무부 북경 주재 외무위원을 겸임하며 한중 양국의 외교적 사항을 처리할 만큼 중국통이었다(이덕일, 『이회영과 젊은 그들』(역사의 아침, 2009), 198쪽).

5 박헌영은 1920년 11월 동경을 떠나 나가사키를 경유하여 상해로 망명하여 1921년 3월 이르쿠츠파 공산당의 지휘를 받는 고려공산청년단 상해회 결성에 참가했고, 같은 해 5월에 안병찬 김만겸 여운형 조동우 등이 주도하는 이르쿠츠파 고려공산당에 입당 했다(임경석, 『이정 박헌영 일대기』(역사비평사, 2004), 65~68쪽 참조). 심훈의 시 「박 군(君)의 얼굴」(『심훈 전집 1』, 69~70쪽)에는 3명의 '박 군'이 등장하는데 박헌영 박열 박순 병이 실제 인물이다. 박헌영과 박열은 경성고보 동창생이었고, 박순병은 『시대일보사』에 서 같이 근무했던 친구였다. 박열은 '천황 암살 미수사건'으로 무기형을 선고받아 당시 복역 중이었고, 박순병은 조선공산당 사건으로 구속되어 취조 중에 옥사했으며, 박헌영은 조선공산당 사건으로 구속되었다가 1927년 11월 22일 병보석으로 출감했다. 이 시는 당시 출감하는 박헌영의 처참한 모습을 보고 동지들의 고통과 슬픔을 형상화한 것이다(하상일, 「심훈의 중국 체류기 시 연구」『한민족문화연구』 51(한민족문화학회, 2015.10.31), 89쪽). 그리고 본고의 연구 대상인 심훈의 소설 「동방의 애인」의 두 주인공 김동렬과 박진은, 독립운동을 목적으로 상해로 온 심훈 자신이나 박헌영과 같은 식민지 청년의 모습을 형상화한 것으로 추정된다.

6 「조선신문발달사(朝鮮新聞發達史)」(『신동아(新東亞)』 1934년 5월호)에 의하면, 『중앙일보(中央日報)』는 1933년 2월 대전에 서 출옥한 여운형을 사장으로 추대하고 같은 해 3월에 『조선중앙일보(朝鮮中央日報)』로 제호를 바꾸었다. 여운형은 상해에 있을 때부터 심훈을 대단히 아끼던 처지로서, 심훈이 「영원의 미소」와 「직녀성」을 『조선중앙일보(朝鮮中央日報)』에 연재하여 생활의 곤경을 조금이라도 면할 수 있도록 적극적으로 도왔다. 심훈의 영결식에서 그의 마지막 시 작품인 「절필(絶筆)」을 울면서 낭독한 사람이 여운형이었을 정도로 두 사람의 관계는 아주 각별했다(유병석, 「심훈의 생애 연구」 앞의 글, 18~19쪽 참조). 이런 사실로 미루어 볼 때, 심훈의 시 가운데 「R씨의 초상(肖像)」(『심훈 전집 1』, 129~130쪽)은 여운형을 모델로 한 것으로 보인다.

심훈 문학의 전환

은 관심을 가지고 있었다[7]는 점에서, 1920년대 초반 동아시아 사회주의 운동의 중심지로 급부상했던 상해로의 이동은 필연적인 수순이 아니었을까 생각된다. 1920년 8월 상해에서는 상해사회주의청년단이 설립되었고, 1921년 7월에는 중국공산당 창립 제1대회가 개최되었다. 5 · 4운동의 영향을 받은 청년 학생들이 『성기평론星期評論』 · 『각오覺悟』 · 『신청년新靑年』 등의 급진적인 매체를 중심으로 모여들었고,[8] 조선인 사회주의자들의 움직임도 활발하여 이동휘를 중심으로 한 상해파 공산당이 1920년 5월경 조직되었으며, 이를 확대 개편하여 1921년 5월 고려공산당이 결성되기도 했다.[9] 이처럼 1920년대 초반 상해는 심훈에게 있어서 자신의 사상적 토대를 형성하고 문학적 실천의 발판을 마련하는 가장 이상적인 장소가 되기에 충분했을 것이다.

하지만 1920년대 상해의 모습은 사회주의 독립운동의 방향성을 모색했던 심훈이 이상적으로만 바라볼 수 없는 이중성을 지닌 도시이기도 했다. 즉 상해임시정부를 중심으로 한 독립운동 내부의 첨예한 갈등과 상해파와 이르쿠츠크파[10]로 노선 투쟁을 했던 사회주의 운동의 분파주의가 극단적 상황으로 치달았던 때이기도 했던 것이다. 게다가 조선 독립의 이정표라는 기대감으로 찾아온 동아시아 사회주의 운동의 중심지 상해가 '조계지'[11]라는 식민지적 상황을 그대로 노출하고 있었다는 점도 결코 외

---

7 심훈은 중국으로 떠나기 직전 사회주의 성향의 잡지 『공제(共濟)』 2(1920.10.11)의 '현상노동가' 모집에 「노동의 노래」를 투고하였다. 이 작품에 대해 한기형은, "민족주의적 구절"과 "사회주의적 노동예찬이 공존하고 있"는 것으로 해석하였다. 한기형, 「습작기(1919~1920) 의 심훈-신자료 소개와 관련하여」 『민족문학사연구』 22(민족문학사학회, 2003).

8 백영서, 『중국현대대학문화연구』(일조각, 1994), 259~260쪽 참조.

9 반병률, 『성재 이동휘 일대기』(범우사, 1998), 265~266쪽 참조.

10 두 그룹은 혁명노선 상의 본질적 차이가 있었다. 상해파는 민족혁명을 일차과제로 한 연속 2단계 혁명노선을 취하면서 독자적인 한인공산당 건설을 지향했던 반면, 이르쿠츠크파는 즉각적인 사회주의 혁명을 목표로 한 1단계 혁명노선을 견지하면서 러시아공산 당에 가입한 인물들이 주축이었다. 반병률, 『진보적인 민족혁명가, 이동휘』 『내일을 여는 역사』 3(2000), 165쪽.

11 1842년 8월 청나라 정부는 아편전쟁의 패배에 대한 책임으로 영국과 남경조약을 체결했는데, 이 조약으로 광주(廣州)·복주(福州)·하문(廈門)·영파(寧波)·상해(上海) 등 다섯 개 항구를 통상 항구로 개항하기로 했다. 그리고 1843년 주상해 영국영사 밸푸어가 상해에 도착함으로써 공식적인 개항 절차가 마무리되었다. 밸푸어는 1843년 청정부와 체결한 호문조약(虎門條約) 제7조 "중국의 지방관리들은 영사관과 함께 각 지방의 민정을 살피고, 거주지 혹은 기지로 사용할 지역을 의논·결정하여 영국인에게 주도록 한다"는 내용에 근거하여, 상해도대(上海道臺)에게 영국인 거주지의 설립을 요구하였다. 이후 두 사람의 협상으로 『상해토지장정(上海土地章程)』을 체결하였 는데, 그 결과 영국인은 양순빈(洋涇浜)(현재 연안중로(延安中路)) 이북, 이가장(李家莊)(현재 복경동로(北京東路) 부근) 이남의 토지를 임대하였고, 가옥도 건축할 수 있게 되어 영국인 거류지로 되었다. 이는 서양 식민 주의 국가가 중국에 설치한 첫 번째 거류지였다. 손과지, 『상해한인사회사(上海韓人社會史)1910~1945』(한울, 2011), 28쪽 참조.

면할 수 없는 사실이었다. 당시 상해의 모습은 사회주의적 이상향이라는 표면에 가려진 채 식민지 근대의 모순을 고스란히 안고 있는 곳이었음을 직시하지 않을 수 없었던 것이다. 따라서 심훈은 서구적 근대와 제국주의적 근대가 착종된 상해에서 식민지 조선과 전혀 다를 바 없는 절망적이고 비관적인 현실을 경험해야만 했다. 이러한 상해의 이중성과 모순에 대한 경험은 귀국 이후 그의 문학적 행보에 아주 중요한 계기로 작용하기도 했다. 심훈에게 있어서 상해 시절은 혁명을 꿈꾸던 식민지 청년이 서구적 근대와 제국주의적 근대의 모순 속에서 올바른 사상과 독립의 방향을 찾아가는 의미 있는 성찰의 기회가 되었다고 할 수 있기 때문이다. 따라서 그는 상해 시절의 경험을 토대로 독립운동 내부와 외부의 갈등과 모순을 통합적으로 해소하는 정치적 방향을 서사적으로 담아내는 것을 중요한 소설적 과제로 삼았다. 비록 일제의 검열로 인해 미완의 상태로 중단되고 말았지만, 심훈 소설의 사상적 토대와 이데올로기적 지향을 이해하는 가장 문제적인 작품으로 「동방의 애인」[12]을 특별히 주목해야 하는 이유는 바로 여기에 있다.

2. 식민지 시기 상해의 이중성과 독립운동의 노선 갈등에 대한 비판

식민지 시기 중국 상해는 '동방의 파리' '동방의 런던' 등으로 명명될 정도로 서구 근대 문명을 이해하고 수용하는 핵심적인 통로 역할을 했던 동양 최대의 국제도시였다. 또한 1921년 중국 공산당이 제1차 대회를 개최하면서 사회주의 혁명의 거점 도시로서의 저항적 특성도 아울러 지닌 곳이었다. 따라서 식민지 조선의 지식인과 청년들은 이러한 상해의 양면성을 주목함으로써 근대 문명에 대한 이해를 바탕으로 급변하는 세계정세에 올바르게 대응하는 혁명 전략을 세우고자 했다. 특히 당시 상해에는 대한민국임시정부가 있었다는 점에서 근대 교육을 바탕으로 한 독립운동의 새로운

12 1930년 10월 21일부터 1930년 12월 10일까지 《조선일보》에 총 39회 연재되었고, 삽화는 안석주가 그렸다. 이 작품은 아무런 언급 없이 연재가 중단되었는데, 다만 이듬해 「불사조」 연재를 예고하면서 심훈을 "얼마 전에 어떠한 사정으로 중단된 「동방의 애인」을 집필하였던"(《조선일보》 1931년 8월 12일자) 작가라고 소개하는 것으로 볼 때, 이 작품이 타의에 의해 중단되었음을 짐작할 수 있다. 「작품 서지 해제」 「심훈 전집 2-동방의 애인·불사조」

방향을 설정하고 준비하는 가장 이상적인 장소가 되기에 충분했다.[13]

하지만 이러한 국제도시 상해의 두 가지 측면은 그 내부에 또 다른 식민성을 은폐하고 있었음을 간과해서는 안 된다. 즉 당시 상해가 보여준 서구적 근대의 모습 안에는 제국주의적 시선이 깊숙이 침투되어 있었던 것이다. 따라서 식민지 조선의 지식인과 청년들이 상해를 바라보는 시각에는 국제도시로서의 '세계성'에 대한 동경과 조계지의 현실이 보여주는 굴욕적인 '식민성'의 폐해에 대한 비판이 혼재된 이중적 태도가 공존했다. 게다가 상해임시정부를 중심으로 한 조선 독립운동의 양상이 민족주의 공산주의 무정부주의 등 이념과 노선의 차이에서 비롯된 대립과 갈등이 노골화됨에 따라, 그들에게 식민지 조선의 독립이라는 혁명적 과제는 심각한 자기모순을 지닌 한계 상황으로 다가오지 않을 수 없었을 것이다.

1920년대 중국으로 건너간 심훈은 바로 이러한 상해의 이중성과 독립운동 내부의 분파주의적 갈등에 크게 실망했던 것으로 보인다. 동양 최대의 국제도시이면서 조선의 독립이라는 혁명을 꿈꾸는 도시였던 상해에 대한 절대적인 동경은, 자본주의의 타락과 제국주의의 음험한 지배가 만연된 현실을 목격하면서 철저하게 좌절되었다. 또한 조선 독립이라는 공통의 목표를 지향하면서도 국가나 민족보다는 권력화된 개인의 모습을 앞세우는 독립운동가들의 태도를 비판하지 않을 수 없었다. 「상해의 밤」은 이러한 심훈의 복잡한 심경을 담은 것으로, 당시 상해로 이주한 식민지 청년과 지식인들의 비판적 현실 인식과 내적 고통을 형상화하고 있는 작품이다.

우중충한 '농당弄堂'속으로
'훈둔'장사 모여들어 딱따기 칠 때면
두 어깨 웅숭그린 연놈의 떠드는 세상,
집집마다 마작판 뚜드리는 소리에
아편에 취한 듯 상해의 밤은 깊어가네

발벗은 소녀, 눈먼 늙은이를 이끌며
구슬픈 호궁胡弓에 맞춰 부르는 맹강녀孟姜女 노래,

---

13 하상일, 「근대 상해 이주 한국 문인의 상해 인식과 상해 지역 대학의 영향」, 『해항도시 문화교섭학』 14(한국 해양대학교 국제해양문제연구소, 2016.4), 97~125쪽 참조.

애처롭구나! 객창客窓에 그 소리 장자腸子를 끊네

사마로四馬路 오마로五馬路 골목골목엔
'이쾌양듸', '량쾌양듸' 인육人肉의 저자,
단속곳 바람으로 숨바꼭질하는 '야-지'의 콧잔등이엔
매독이 우글우글 악취를 풍기네

집 떠난 젊은이들은 노주老酒잔을 기울여
걷잡을 길 없는 향수에 한숨이 길고
취하여 취하여 뼛속까지 취하여서는
팔을 뽑아 장검長劍인 듯 내두르다가
채관菜館 소파에 쓰러지며 통곡을 하네

어제도 오늘도 산란散亂한 혁명의 꿈자리!
용솟음치는 붉은 피 뿌릴 곳을 찾는
'까오리' 망명객의 심사를 뉘라서 알고
영희원影戲院의 산데리아만 눈물에 젖네

– 상해上海의 밤 전문[14]

이 시는 그의 소설 「동방의 애인」에 삽입되어 있는 작품으로, 주인공 김동렬과 박진이 기미독립만세운동으로 옥고를 치르고 출옥한 이후 본격적으로 독립운동에 헌신할 목적으로 중국 상해로 이동하여 처음으로 마주한 상해 거리의 모습을 담은 것이다. "상해! 상해! 흰옷 입은 무리들이 그 당시에 얼마나 정다이 부르던 도회였던고! 모든 우리의 억울과 불평이 그곳의 안테나를 통하여 온 세계에 방송되는 듯하였고 이 땅의 어둠을 헤쳐 볼 새로운 서광도 그곳으로부터 비춰올 듯이 믿어보지도 않았던가?"[15]에서처럼, 그들은 당시 상해를 식민지 조선의 현실을 극복하는 "새로운 서광"을 안겨줄 가장 이상적인 도시로 인식하였다. 두 주인공이 서대문 감옥을 나오자

---

14 『심훈 전집 1』, 153~154쪽.
15 「동방의 애인」『심훈 전집 2』, 37쪽. 이하 동방의 애인 을 인용한 경우는 모두 이 책에서 한 것이므로 제목과 쪽수만 밝히기로 한다.

마자 "넓은 무대를 찾자! 우리가 마음껏 소리 지르고 힘껏 뛰어볼 곳"[16]을 외치며 상해로 향했던 것도 바로 이러한 상해의 모습에 대한 무한한 동경때문이었다. 하지만 실제로 그들이 마주한 상해의 현실은 마작 아편 매춘 등이 난무하는 등 타락한 자본의 폐해로 들끓고 있었는데, 당시 "사마로四馬路 오마로五馬路"를 중심으로 펼쳐진 상해 중심가의 모습은 서구적 근대 내부에 도사린 제국주의가 상업적이고 소비적인 문화를 조장함으로써 '환각 상태'[17] 빠져 있는 것과 같은 모습이었다고 해도 과언이 아니다. 이처럼 문명의 도시이면서 혁명의 도시라고 생각했던 상해가 오히려 절망의 도시이면서 암울의 도시일지도 모른다는 근대적 모순에 대한 발견은, 식민지 조선의 청년들에게 "노주老酒잔을 기울"이고 "한숨"과 "통곡" 속에서 살아갈 수밖에 없는 극심한 좌절을 안겨주었다. "어제도 오늘도 산란散亂한 혁명의 꿈자리!"로 인해 "눈물"을 흘리는 "'까오리'망명객"의 처지로 전락하지 않을 수 없었던 것이다.

따라서 당시 상해로 이주한 식민지 청년들은 이러한 상해의 모순을 직시하면서 이를 어떻게 극복할 것인가에 대한 자기성찰의 과정을 내면화하는 데 주력했다. 상해로 표상된 왜곡된 근대의 내부에 은폐된 자본주의적 모순과 제국주의적 시선을 냉정하게 비판함으로써, 타락과 분열로 표면화된 식민지 근대의 폐해를 극복하는 진정한 주체의 모습을 찾고자 했던 것이다. 이는 식민지 조국의 현실을 극복하는 새로운 가능성을 발견하고자 했던 궁극적 목적에도 부합하는 일이었다. 심훈이 「동방의 애인」 첫머리에서 「작자의 말」을 통해 밝혔듯이, "남녀 간에 맺어지는 연애의 결과는 조그만 보금자리를 얽어놓는 데 지나지 못"하므로 "보다 더 크고 깊고 변함이 없는 사랑 가운데 살아야 하겠"다는 다짐을 하고, "우리 민족과 같은 계급에 처한 남녀노소가 사랑에 겨워 껴안고 몸부림칠 만한 새로운 공통된 애인을 발견치 않고는 견디지 못할 것"[18]이라고 강조한 이유도 바로 여기에 있다. 결국 여기에서 말하는 '공통된 애인'이란 민족이나 계급보다는 개인을 앞세우는 독립운동 노선의 대립과 갈등을 해소하고 통합하는 새로운 길을 제시하고자 한 것으로 볼 수 있다. 또한 심훈은 조선 독립을 위해 무엇보다도 중요하게 해결해야 할 과제는 "무산대중이 짓밟히는 계급"의 문제라는 점

---

16 「동방의 애인」 36쪽.
17 니웨이[倪伟], 「'마도(魔都)' 모던」 《ASIA》 25, 2012 여름호, 30~31쪽.
18 「동방의 애인」 15쪽.

을 강조했다. 이를 통해 심훈은 계급투쟁을 통한 무산자계급의 승리와 해방을 가져오는 것이야말로 조선 독립을 위한 필수적인 과정이 되어야 한다는, 그래서 사회주의 독립운동의 방향을 명확하게 설정하고자 했던 의도를 드러낸 것으로 이해할 수 있다.

X씨를 중심으로 동렬이와 또 진이와 그리고 그들의 동지들은 지난날의 모든 관념과 '삼천리강토'니 '이천만 동포'니 하는 민족에 대한 전통적 애착심까지도 버리고 새로운 문제를 내걸었다.

"왜 우리는 이다지 굶주리고 헐벗었느냐."

하는 것이 그 문제의 큰 제목이었다. 전 세계의 무산대중이 짓밟히는 계급이 모두 이 문제 밑에서 신음하고 있는 것은 확실하다. 이 문제를 먼저 해결치 못하고는 결정적 답안이 풀려나올 수가 없다 하였다. 따라서 이대로만 지내면 조선의 장래는 더욱 암담할 뿐이라 하였다.

'왜 XX를 받느냐?'

하는 문제는 '왜 굶주리느냐?'하는 문제와 비교하면 실로 문젯거리도 되지 않을 만한 제삼 제사의 지엽 문제요. 근본 문제가 해결됨을 따라서 자연히 소멸될 부칙附則과 같은 작은 조목이라 하였다.

─과학적으로 또는 논리학論理學적으로 설명은 되지 못하여 대단히 간단하나마 그럭저럭하여 그 당시 그 곳에 재류하던 일부의 지도자들과 또 그들을 따르는 청년들은 앞으로 나아갈 목표를 바꾸고 의식意識을 전환하였던 것이다.

그 새로운 길로 매진하기 위하여는 무엇보다도 굳은 단결과 세밀한 조직이 필요하였다.

　　×

얼마 후에 동렬과 진이와 세정이는 X씨가 지도하고 모든 책임을 지고 있는 당 XX부에 입당하였다. 세정이는 물론 동렬의 열렬한 설명에 공명하고 감화를 받아 자진하여 맨 처음으로 여자 당원이 된 것이었다.

[…중략] 어느 날 깊은 밤에 X씨의 집 아래층 밀실에서 세 사람의 입당식이 거행되었다. 간단한 절차가 끝난 뒤에 X씨는 세 동지의 손을 단단히 쥐며(그 때부터는 '동포'니 '형제자매'니 하는 말을 집어치우고 피차에 '동지'라고만 불렀다.)

"우리는 이제로부터 생사를 같이 할 동지가 된 것이요! 동시에 비밀을 엄수할 것은 물론 각자의 자유로운 행동은 금할 것이요. 당의 명령에 절대 복종할 것을 맹세하시오!"

하고 다 같이 X은테를 두른 XX의 사진 앞에서 손을 들어 맹세하였다.[19]

「동방의 애인」은 1920년대 상해를 배경으로 활동했던 공산주의계열 독립운동 조직의 활약상을 담은 작품이다.[20] 인용문에서 'X씨'로 거명된 인물은 당시 상해 지역 한인공산당 중앙위원장이었던 이동휘로 추정되는데, 그는 1921년 5월 개최된 상해 고려공산당(상해파) 위원장으로 선출되기도 했다.[21] 앞서 언급했듯이 1920년대 상해 지역 한국 공산주의 운동은 이동휘를 중심으로 한 상해파와 러시아 공산당원들을 주축으로 한 이르쿠츠크파 사이의 노선 갈등이 첨예하게 부각되었다. 한국 공산주의 운동사에 적지 않은 해악을 끼친 이 두 노선의 갈등과 대립은, 상해 지역 공산주의 운동의 주도권을 쥐고 있었던 상해파와 이를 빼앗으려 했던 이르쿠츠크파 사이의 권력 다툼에서 비롯되었다. 그 결과 당시 상해파는 이동휘를 비롯한 핵심 간부가 러시아 공산당에는 가입하지 않았을 정도로 한국 민족혁명운동의 전통을 강조하는 독자적인 노선을 추구했던 데서, 두 노선 간의 갈등은 더욱 극으로 치달았던 것이다.[22]

하지만 심훈의 「동방의 애인」의 서사적 양상은 이러한 역사적 사실과는 전혀 다르게 전개된다는 점에서 그의 소설적 의도를 주목할 필요가 있다. 즉 상해파와 이르쿠

---

19 「동방의 애인」 81~82쪽.
20 이 작품을 1928년 12월 코민테른집행위원회에서 결의한 「조선문제에 대한 코민테른집행위원화 결의」 즉 '12월 테제'와 관련지어 논의한 이해영의 논문은 주목할 만하다. 12월 테제는 당시 사회주의 운동의 강령적 문서로 작용했다는 점에서, 1930년 발표된 「동방의 애인」은 이와 밀접한 연관이 있을 것으로 보고 있다. 이해영, 「'12월 테제'와 심훈 '주의자 소설'의 거리」 「중국해양대학교 해외한국학 중핵대학사업단 2단계 제4회 국제학술대회 논문집」(중국해양대학교 한국학연구소, 2018.5.19), 211쪽.
21 반병률, 「성재 이동휘 일대기」(범우사, 1998), 265~266쪽 참조.
22 반병률, 「이동휘-선구적 민족혁명가·공산주의운동가」 「한국사 시민강좌」 47(일 조각, 2010), 9~11쪽 참조.

츠크파로 각각 노선을 달리했던 이동휘와 박헌영의 실제적 관계를 소설 속에서는 "공통된 애인"을 지향하는 동지적 관계로 설정하고 있다는 점에서 상당히 문제적인 것이다. 이는 당시 상해를 중심으로 노골화되었던 사회주의 독립운동의 분파주의를 극복하는 통합의 방향을 제시하고자 했던 심훈의 소설적 의도를 드러낸 것으로 볼 수 있다. 이동휘와 박헌영의 실제적 대립을 X씨와 김동렬 박진의 동지적 연대로 묶어 두 세력 간의 통합을 시도하고, 이들이 X씨의 주선으로 공산당에 입당하는 과정을 보여 줌으로써, 두 노선 간의 극심한 대립과 갈등이 첨예하게 부각되었던 역사적 상황을 뒤집는 새로운 문제의식을 서사적으로 형상화하고자 했던 것이다. 이에 대해 "심훈은 박헌영의 행적을 서사적인 골격으로 삼으면서도 혁명운동의 방향은 이동휘의 민족적 사회주의 노선을 지지했던 것"[23]으로 파악한 견해는 상당히 설득력이 있다. 일제의 검열로 인해 주인공 김동렬 일행이 모스크바에서 상해로 돌아온 시점에서부터 연재가 중단되어 그 이후의 서사적 전개를 알 수는 없지만, 소설 속에 구현된 X씨와 이들의 동지적 연대는 당시 상해 지역 독립운동의 노선 갈등을 해소하고 통합함으로써 새로운 사회주의 독립운동의 방향을 제시하고자 했던 작가 의식의 결과라고 할 수 있는 것이다.[24]

이처럼 「동방의 애인」은 상해임시정부를 비롯한 민족주의계열 공산주의계열 무정부주의계열의 정치 조직, '상해대한인민단' '상해거류민단' 등의 교민 단체, '의열단' '한인애국단' 등 상해 지역 비밀결사조직이 펼쳤던 독립운동의 활약상에 대한 직접적인 관심 속에서 이루어졌다. 즉 식민지 시기 상해는 해외 한인 독립운동의 거점 역할을 했다는 점에서, 1920년대 상해임시정부를 중심으로 형성되었던 독립운동의 실상에 대한 비판적 문제의식은, 제재적 차원이든 주제적 차원이든 심훈의 소설에 있어서 가장 중요한 문제제기가 되었음에 틀림없는 것이다. 특히 이러한 그의 시도가 계급이나 이념을 직접적으로 표출하는 카프 식의 창작방법과 일정한 거리를 두고 대중의 관심과 이해를 기반으로 하는 대중 서사의 형식으로 구체화되었다는 점에서 더욱 문제

---

23 한기형, 「서사의 로칼리티, 소실된 동아시아-심훈의 중국체험과 『동방의 애인』」 『대동문화연구』 63(성균관대 대동문화연구원, 2008), 432쪽.
24 하상일, 「심훈과 중국」, 『한중일(中韓日) 문화교류(文化交流) 확대(擴大)를 위한 한국어문학(韓國語文學) 및 외국어교육연구국제학술회의(外國語敎育硏究國制學術會議) 발표논문집』(절강수인대학교, 2014.10.25), 65~66쪽.

적이다. 그 결과 심훈의 소설은 민족주의 진영과 사회주의 진영 모두로부터 비판받으면서 통속적 사회주의 경향의 작가로 치부되기까지 했다. 남녀 간의 연애 문제를 중심 서사 구조로 삼아 민족과 계급이라는 사회 문제에 대한 대중들의 관심과 이해를 이끌어내고자 했던 「동방의 애인」은 당시로서는 상당히 논쟁적인 작품이 되지 않을 수 없었을 것이다. 동지적 연대로서의 사회주의 공동체를 지향했던 소설적 의도를 온전히 실현하기 위해서는 무엇보다도 대중 독자와의 관계를 염두에 두지 않으면 안 된다는 심훈의 문제의식은, 1930년대 이후 우리 소설의 서사적 변화와 이데올로기적 특성을 이해하는 데도 상당히 중요한 의미를 지녔다고 할 수 있다.

3. 연애 서사의 대중화 전략과 사회주의 공동체 지향

「동방의 애인」의 기본적인 서사 구조는 연애소설의 형식으로 이루어져 있다. 김동렬과 세정, 박진과 영숙의 연애를 표층적인 서사 구조로 삼으면서 이들의 동지적 연대와 그에 따른 자본주의적이고 통속적인 연애에 대한 비판적 문제의식을 드러낸다. 즉 "남녀 간에 맺어지는 연애"가 아닌 "우리 민족과 같은 계급에 처한 남녀노소가 사랑에 겨워 껴안고 몸무림칠 만한" 사랑을 강조함으로써, 식민지 청년들에게 조국 독립을 위해 헌신하는 과정 속에서 성취되는 동지적 연대로서의 연애의 참모습을 제시하고자 했던 것이다. 특히 민족과 계급에 기초한 사랑이라는 문제의식은 자본주의적 타락으로 표면화된 상해의 세속적 현실에 대한 비판과 무관하지 않은 듯하다. 연애의 낭만성이 자본주의적으로 왜곡된 폐해를 가장 적나라하게 드러낸 곳이 바로 상해라는 점에서, 민족과 계급을 사랑과 연애의 가장 본질적인 토대로 삼은 동지적 연대에 기반한 사회주의적 연애의 가능성을 서사적으로 실현하고자 한 것이다.

심훈은 민중이 요구하는 바람직한 영화의 모습을 언급하면서 "프롤레타리아의 영화가 아니면 안 될 것"이라고 말한 바 있다. 또한 "아무 의식도 없고 현실을 앞에 놓고도 들여다볼 줄 모르는 '청맹과니'들이 애상적 센티멘털리즘의 사도로 한갓 유행기분으로써 청춘과 사랑을 구가하고 헐가의 비극을 보여주는 그따위 작품이란 것들을 단연히 일소해버리는 것 또한 당연히 해야 할 일"[25]이라고 강조하기도 했다. 이러한 문제의식에서 엿볼 수 있듯이, 그는 연애의 형식을 자신의 소설적 의도를 효과적으로 드러내기 위한 대중 서사 전략으로 사용하는 데 초점을 두었다. 즉 계급주의적 목적성을 과도하게 드러내기보다는 연애의 통속성을 의도적으로 노출함으로써, 자본주의의 폐해가 노골화된 세속적 사랑을 역설적으로 비판하고자 했다. 「동방의 애인」에서 동렬과 세정의 사랑은 동지적 연대를 모범적으로 실천하는 바람직한 관계로 설정하면서, 세속적이고 자본주의적인 태도를 벗어나지 못하는 영숙을 냉정하게 비판하는 박진의 모습을 대비적으로 서술하고 있는 것도 바로 이러한 문제의식을 더욱 선명하게 부각하려는 의도에서 비롯된 것이다.

> 진이는 고생살이에서 더 상큼해진 세정의 콧날과 핏기 없는 얼굴을 유심히 바라다보며
>
> "세정 씨도 퍽 상했구려!"
>
> 세정이는 그 말의 뜻을 '영숙이는 그동안 어디 가 있나요?'하는 말로 약삭빨리 번역을 해서 들었다.
>
> "줄곧 몸이 성치 않아요. 저- 그런데 영숙이는요 지금 동경 가 있어요. 어린애는 시골집에 맡기고요. 벌써 아셨는지도 모르지만 […후략]."
>
> 진이는 소리 없이 이를 갈며 깊은 한숨을 입술로 깨물었다. '흥 이번에는 또 어떤 놈하고 갔노?' 하는 독백獨白이 터져 나올 뻔했던 것이다. 세정이는 동정을 지나쳐 몹시 가여운 생각에 눈두덩이 뜨거워짐을 깨닫고 고개를 돌렸다. -영숙이란 여자는 불과 수 년 전에 박진이와 결혼식까지 하고 귀여운 아들까지 낳은 여자의 이름이었다.[26]

「동방의 애인」은 박진이 어떤 정치적 목적을 갖고 국내로 잠입하는 과정에서 일본 경찰의 검문을 극적으로 모면하고 김동렬에게 찾아오는 것으로 시작된다. 소설의 첫머리에서 인물들이 처한 상황과 지난 이야기의 줄거리는 미완성작인 이 작품의 중단된 이후부터의 서사가 있어야 정확히 알 수 있다. 즉 상해를 중심으로 한 식민지 청년들의 동지적 연대와 러시아에서 개최된 국제당 청년대회 참가 이후 김동렬과 박진의

---

25 「우리 민중은 어떠한 영화를 요구하는가?-를 논하여 '만년설' 군에게」, 『심훈 전집 8-영화평론 외』 77~78쪽.

26 「동방의 애인」 32~33쪽.

정치적 행보, 그리고 세정과 영숙의 구체적인 활동 양상은 역전 구조로 이루어진 서사 구조 상 소설의 첫머리에서 대략적으로 짐작만 할 수 있을 뿐이다. 아마도 동렬과 세정의 동지적 연대를 소설 전체의 핵심적 서사 구조로 삼으면서, 박진과 영숙의 관계를 병렬적으로 제시하여 영숙의 연애관에 내재된 자본주의적 세속성을 비판하는 방향으로 전개되었을 것으로 보인다. 그 결과 동렬과 세정은 국내로 돌아와 조선 독립을 위해 열정적으로 헌신하는 인물로 그려지고, 박진은 X씨의 주선으로 군관학교를 졸업하고 중국에서 무장활동을 통해 독립운동을 이어나간 반면, 영숙은 낭만적 사랑과 자본주의적 연애의 통속성을 벗어나지 못한 채 이들과의 동지적 연대를 외면하며 살아가는 인물로 그려졌을 것이다. 하지만 이러한 부정적 인물로서의 영숙의 존재는 심훈이 대중과의 소통을 넓히기 위한 방편으로 불가피하게 선택한 인물 설정으로, 세속적 사랑의 폐해를 비판함으로써 사회주의에 기초한 동지적 연대의 중요성을 강조하기 위한 전략적 장치로 기능하고 있는 것이다. 즉 당시 카프가 추구했던 민족과 계급에 토대를 둔 식민지 현실 비판이 일제의 검열을 통과하지 못하는 현실적 한계에 직면했다는 점에서, 세속적이고 자본주의적으로 타락해 가는 조선의 현실을 우회적으로 비판하는 방식으로 연애 서사의 통속성을 의도적으로 부각시킨 것으로 볼 수 있는 것이다. 연애와 사랑 그리고 결혼에 내재된 자본주의적 속성이 가장 순수한 인간관계마저 상품화의 영역으로 왜곡시켜버리고, 민족과 계급의 현실에 기초한 '동지'라는 근본적 관계마저 외면하는 세속적 타락을 끊임없이 조장하고 있음을 비판하고자 했던 것이다.

사실 이러한 문제의식은 카프와의 논쟁 과정에서 심훈이 서사의 대중적 형식에 대해 밝힌 주장에서 이미 제시된 바 있다. 그는 카프 초창기 활동에도 불구하고 한설야 임화 등과 계급문예의 올바른 방향을 두고 격론을 주고받으면서, 이후 카프와 일정한 거리를 두고 독자적 노선을 추구했다.[27] 카프 측의 입장은 대체로 심훈의 소설을 두고 마르크스주의적 문제의식을 갖고는 있지만 그것을 형상화하는 방식에 있어서는 지나치게 통속적이라는 비판이 지배적이었다. 이에 대해 심훈은 연애 서사의 형식은 대중과의 소통을 시도하는 의미있는 소설 창작 전략이므로, 계급의식을 직접

---

27 만년설, 「영화예술에 대한 관견(管見)」, 『중외일보』 1928년 7월 1일~9일자; 심훈, 「우리 민중은 어떠한 영화를 요구하는가?-를 논하여 '만년설' 군에게」, 『중외일보』 1928년 7월 11일~27일자; 임화, 「조선 영화가 가진 반동적 소시민성」, 『중외일보』 1928년 7월 28일~8월 4일자; 임화, 「통속소설론」, 『문학의 논리』(학예사, 1940), 399쪽.

적으로 노출하는 카프 작가의 이념적 노선은 오히려 대중으로부터 외면당하기 일쑤임을 비판하는 데 초점을 두었다. 이는 김기진의 통속소설론과 일정 부분 같은 맥락을 지닌 것으로, "마르크스주의 문예는 무엇보다도 첫째 독자 대중을 붙잡지 않으면 아니 된다. 이 의미에 있어서 마르크스주의 문예가의 통속소설로의 진전은 필요하다"[28]는 논리와 거의 일치한다. 다만 심훈은 이러한 통속소설에서 대중에 영합하는 타락의 양상에 대해서만큼은 반드시 경계해야 한다는 점을 분명하게 인식하고 있었다. 「동방의 애인」에서 영숙이라는 인물의 설정을 사회주의 청년들이 동지적 연대의 과정에서 무엇을 경계하고 비판해야 하는지를 명확하게 제시하기 위한 전략적 장치라고 보는 이유도 바로 여기에 있다.

이처럼 심훈은 연애 서사의 형식을 민족과 계급의 문제와 연결지어 식민지 현실과 자본주의적 타락을 극복하는 서사 전략으로 삼고자 했다. 이는 그가 상해 시절 경험한 서구적 근대 내부에 은폐된 자본주의의 폐해와 제국주의의 속성을 비판적으로 의식한 결과라고 할 수 있다. 심훈은 연애의 결과인 결혼이라는 제도가 "소유의 원리"에 기반을 두는 데서 아주 큰 모순을 지니고 있다는 점에서 결혼의 자본주의적 속성을 강하게 비판했다. 따라서 그는 "남녀의 양성을 서로 결합시키는 것은 결혼이 아니요 연애"라고 하면서, "연애가 일종의 예술인 동시에 그 실현도 또한 예술적이 되지 않으면 안 된다"는 "예술로서의 결혼"이라는 "창조"의 가치를 "소유"를 넘어서는 참된 지향으로 보았다.[29] 결국 그는 연애 서사의 대중화 전략을 통해 자본주의적 통속성을 넘어서 진정한 의미에서 사회주의 공동체를 실현하는 구체적인 방향을 찾고자 했다. 이러한 사회주의 공동체의 지향은 소설 속에서 동렬과 세정이 당시 상해 지역 독립운동의 노선 갈등에 대해 한목소리로 비판을 하는 데서 더욱 분명하게 드러난다.

---

28 김기진, 「문예시대관 단편 (4) 대중의 영합은 타락」, 『조선일보』 1928년 11월 13일 자; 임규찬 한기형 편, 『카프비평자료총서 III-제1차 방향전환과 대중화 논쟁』(태학사, 1995), 488쪽.

29 「편상(片想)-결혼의 예술화」, 『심훈 전집 1』, 241~247쪽. 이처럼 심훈이 연애 서사의 형식을 통해 민족과 계급의 문제를 낭만주의적이고 이상주의적 관점으로 바라본 것은 무로후세 코신[伏代高信]의 영향이 컸다고 보는 연구가 있어 주목된다. 실제로 심훈은 무로후세 코신의 저작들을 다수 소장하고 있었으며, 그의 글 「결혼의 예술화」 말미에 무로후세 코신의 논문을 참고했음을 밝히기도 했다. 권철호, 「심훈의 장편소설에 나타나는 '사랑의 공동체'- 무로후세 코신[伏代高信]의 수용 양상을 중심으로」, 『민족문학사 연구』 55(민족문학사학회, 2014), 179~209쪽 참조.

심훈 문학의 전환

조금 있으려니 여기저기서 이상한 소리가 들린다. 그것은 연못 속의 금붕어들이 뛰어올라 던져주는 미끼를 따먹는 소리 같으나 구석구석에 숨어 앉은 남쪽 구라파의 젊은 남녀들이 정열을 식히는 소리였다. 동렬이는 그 곁에 수건을 깔고 앉으며 심호흡을 하듯 기다란 한숨을 내뿜는다. 그 한숨은 '우리가 언제까지나 이렇게 로맨틱한 풍경화 속에 들어 있을까' 하는 달콤하고도 묵직한 탄식이었다.

세정이는 발끝으로 갈대 잎새를 가닥질하면서

"여기 형편이 그렇도록 한심한 줄은 몰랐어요. 무슨 파派 무슨 파를 갈라가지고 싸움질을 하는 심사도 알 수 없지만, 북도 사람이고 남도 사람이고 간에 우리의 목표는 꼭 한 가지가 아니에요? 왜들 그럴까요?"

"모두 각자위대장이니까 우선 앞장을 나선 사람들의 노루꼬리만한 자존심부터 불살라 버려야 할 것입니다. 다음으로는 단체운동에 아무런 훈련도 받지 못한 과도기過渡期의 인물들이 함부로 날뛰는 까닭도 있지요."

"몇 시간 동안 말씀을 들은 것만으로는 쉽사리 이해할 수 없지만 제 생각 같아서는 그네들의 싸움이란 전날의 ××를 망해놓던 그 버릇을 되풀이하는 것 같구먼요. 적어도 몇 만 명이 ×린 붉은 ×를 짓밟으면서 그 위에서 싸움이 무슨 싸움이야요?"

"나는 그들이 하는 일은 듣기만 해도 속이 상합니다. 가공적架空的 민족주의! 환멸幻滅거리지요. 우리는 다른 길을 밟아야 할 것입니다!"[30]

심훈은 동렬과 세정의 목소리를 통해 독립운동에 가담한 사람들이 조직보다는 개인을 앞세움으로써 각자 대장 노릇을 하려는 권력지향적 태도가 파벌을 조장하고 조직 내외의 갈등과 대립을 확산시키고 있음을 철저하게 비판했다. 그리고 이러한 노선 갈등은 결국 "몇 만 명이 (흘)린 붉은 (피)를 짓밟"는 "가공적 민족주의"의 허위성을 드러낸 것이라는 점에서 "환멸거리"가 되지 않을 수 없다고 보았다. 따라서 그들은 "전날의 ××를 망해놓던 그 버릇을 되풀이하는" 독립운동의 전철을 되밟지 않기 위해서 "다른 길"을 가야 한다고 굳게 다짐한다. 여기에서 말하는 "다른 길"은 가

---

30 「동방의 애인」 65~66쪽.

장 우선적으로는 독립운동 세력의 분파주의를 극복하여 통합적인 방향으로 나아가는 것이고, 그 다음으로는 독립운동의 지향점을 무산계급의 해방과 연결 지어 사회주의 혁명으로 나아가도록 하는 것이다. 동렬과 세정이 공산당에 입당한 후 "세정이는 동렬이가 지시하는 대로 스크랩북에 무산계급운동에 관한 기사를 오려 붙이기도 하고 세계 약소민족의 분포分布와 생활 상태며", "각 도시의 공장 노동들의 노동시간과 임금 기타에 관한 통계를 세밀하게 뽑는"[31] 일을 하는 데서, 이러한 사회주의적 지향성은 더욱 뚜렷하게 부각된다. 이처럼 동렬과 세정의 연애는 "남쪽 구라파의 젊은 남녀들이 정열을 식히는 소리"나 "로맨틱한 풍경화"와 같은 세속적이고 통속적인 방향을 철저하게 경계하면서, 남녀 간의 개인적 연애를 넘어서 동지적 연대의 과정으로 성숙되는 공동체적 지향성을 확고하게 보여주었다. "연애는 인생에게 큰일인 것이 틀림없다. 그러나 우리는 달콤한 사랑을 속삭이고 있을 겨를도 없거니와 큰일을 경륜하는 사람으로는 무엇보다도 여자가 금물이니 가장 큰 장애물"[32]이라고까지 생각하는 동렬의 입장에서, 그가 지향하는 '새로운 길'과 '공통된 애인'을 찾는 연애의 형식은 자연스럽게 사회주의 공동체의 '동지적 연대'의 과정으로 통합되고 있는 것이다.

　　앞서 언급한 대로 1920년대 초반 중국 상해는 동아시아 사회주의 운동의 중심지였다. 그리고 심훈은 중국으로 떠나기 직전 사회주의 성향의 잡지 『공제共濟』에 「노동의 노래」를 투고할 정도로 사회주의에도 깊은 관심을 가졌었다. 또한 「동방의 애인」의 후속 작품인 「불사조」[33]에는 이러한 무산계급 청년들의 급진적 행동주의와 계급투쟁 그리고 사회주의 운동 노선이 더욱 직접적으로 드러난다. 결국 심훈은 '연애 서사'라는 대중적 형식에 대한 비판적 성찰을 바탕으로 민족주의와 계급주의 양 진영과도 일정한 거리를 두면서 사회주의 독립운동의 실천적 성격을 강화하는 뚜렷한 목적과 방향을 제시하고자 했던 것으로 보인다. 이런 점에서 비록 미완의 작품으로 서사의 전모를 상세하게 파악할 수는 없지만, 계급과 민족을 통합하는 사회주의 공동체의 바람직한 모델로서 '공통된 애인'의 모습을 서사적으로 구현한 「동방의 애인」은, 심훈의 소설 세계에서 특별히 주목해야 하는 작품임에 틀림없다.

---

31 「동방의 애인」 84쪽.
32 「동방의 애인」 54쪽.
33 《조선일보》 1931년 8월 16일~1932년 2월 29일자.

4. 「동방의 애인」 이후 사상적 실천과 문학적 방향

앞에서 살펴봤듯이 식민지 시기 상해는 근대적 도시로서의 '세계성'을 전유하는 긍정적 측면과 '식민성'의 굴욕을 환기하는 부정적 측면이 공존하는 역사적 장소였다. 심훈은 이러한 상해의 모순적 현실을 동시에 바라보는 이중적이고 양가적인 시선으로 근대 문명의 이면에 담긴 퇴폐성과 식민성을 비판하는 데 주력했다. 즉 식민지 근대의 이면에 가려진 궁핍과 억압을 통해 상해의 이중성과 모순을 자각함으로써, 이러한 식민지 근대의 모순을 고스란히 안고 있는 조국의 현실을 비판하는 사상적 실천과 문학적 방향에 대한 깊은 성찰을 했던 것이다. 귀국 이후 그가 기자 생활을 하면서 영화와 문학 창작 활동 등 다양한 분야로 활동 영역을 넓혀 간 것은, 상해의 이중성과 모순을 뛰어넘어 자기만의 방식으로 독립운동을 전개하겠다는 새로운 결심을 구체적으로 실천하는 과정이었다고 할 수 있다. 즉 최승일 나경손 안석주 김영팔 등과 교류하면서 신극연구단체인 '극문회'를 조직하고, 1924년 《동아일보》기자로 입사하여 당시 신문에 연재 중이던 번안소설 「미인美人의 한恨」 후반부 번안을 맡기도 하는 등 활발한 활동을 이어갔던 것이다. 1930년 발표한 소설 「동방의 애인」과 시 「그날이 오면」[34]은, 이와 같은 그의 문제의식이 정점에 이르렀을 때의 결과물이었다고 할 수 있다.

심훈은 1931년 사상 문제로 경성방송국을 그만둔 이후 서울에서의 모든 일을 정리하고 1932년 그의 부모님이 계신 충남 당진군 송악면 부곡리로 내려갔다.[35] 이때 그는 그동안 썼던 시를 모아서 시집 『그날이 오면』을 출판하려고 준비했으나 일제의 검열을 통과하지 못해 시집 출간을 이루지 못했다. 1930년대에 접어들면서부터 그의 삶과 문학에 밀어닥친 이러한 사상 검열은, 이후 그의 문학적 행보가 표면적으로는 역사와 현실의 전면으로부터 한 발짝 물러서게 되는 결정적 계기로 작용하였다. 일

---

34 1930년 3월 1일 기미년독립만세운동을 기념하여 쓴 이 작품의 발표 당시 제목은 「단장이수(斷腸二首)」였고, 2연의 마지막 행이 "그 자리에 거꾸러져도 원(願)이 없겠소이다"로 되어있었는데, 발표 이후 심훈 자신이 제목과 마지막 행을 고쳐 시집으로 묶었다. 『심훈 전집 1』, 37쪽.

35 류양선은 당시 심훈의 낙향 이유로 사회적 요인과 개인적 요인 두 가지를 언급했다. "첫째, 사회적 요인으로서 1931년 만주사변 이래 위축된 KAPF의 활동 대신 각 신문사를 중심으로 '브-나로드' 운동이 크게 일어났다는 점이고, 둘째, 개인적 이유로서 도시생활(都市生活)에 혐오감을 느끼고 있던 심훈(沈熏)이 1930년(年) 안정옥(安貞玉)과 재혼(再婚)하여 가정의 안정을 찾은 후 새로운 출발을 결심하게 되었다는 점이다." 「심훈론」, 『관악어문연구』5(서울대 국어국문학과, 1980), 52쪽.

제의 검열이 자신의 문학 활동을 여지없이 가로 막는 상황에서, 자신의 사상적 실천을 일정하게 유지하면서도 검열을 통과할 수 있는 우회적인 방식으로의 문학적 방향을 모색하지 않을 수 없었던 것이다. 따라서 그는 시 「그날이 오면」과 소설 「동방의 애인」,「불사조」등이 일제의 검열을 통과하지 못해 완성된 세계를 창출해 내지 못했다는 현실적 한계를 넘어서기 위해, '국가'를 '고향'으로 변형시키는 문학적 변화를 두드러지게 드러냈다. 1930년대 이후 그의 시가 전통 서정의 방식으로 기울어져 가는 점이나, 고향의 풍경과 생활을 제재로 삼은 시조 창작을 집중적으로 보였던 점, 그리고 그의 소설이 농촌 계몽을 주제로 한 고향 서사의 양상으로 변화된 것은 바로 이러한 이유에서 비롯된 결과였다.

이런 점에서 1930년대 이후 심훈의 문학적 변화를 일제 검열에 굴복한 현실 타협의 결과물로 보거나, 정치적이든 개인적이든 현실과의 대결에 실패한 작가의식에서 비롯된 한계로 보는 시각은 다소 편협한 관점이 아닐 수 없다. 「상록수」로 대표되는 그의 후기 소설을 단순히 계몽의 서사로만 읽어낼 것이 아니라, 식민지 내부에서 허용 가능한 사회주의 서사의 변형 혹은 파열로 이해하는 문제의식을 가질 필요도 있는 것이다.[36] 즉 1930년대 심훈의 작품에 내재된 식민지 검열을 넘어서는 우회의 전략은, 당대 사회의 모순을 직간접적으로 비판하는 정치적 성격을 지녔음을 간과해서는 안 되는 것이다.

심훈은 36년간의 짧은 생애에도 불구하고 시 소설 수필 일기 비평 시나리오 등 여러 분야에 걸쳐 전집 8권[37] 분량의 많은 글을 남겼다. 하지만 지금까지 한국문학 연구자들은 심훈을 주요 연구 대상으로 삼는 데 상당히 인색했다. 또한 그의 대표작 「상록수」에 압도된 나머지 다른 작품들에 대한 논의도 상대적으로 부족했던 것이 사실이다. 특히 시 시조 산문 비평 등에 대한 논의는 몇몇 논문에서 소략하게 언급되었을 뿐만 아니라, 본고의 연구 대상인 「동방의 애인」에 대한 논의 역시 거의 이루어지지 않았다. 최근 들어 『심훈 전집』이 재출간된 것을 계기로 그의 문학 세계를 집중적으로 논의하는 학술대회가 열리고, 그가 남긴 여러 장르의 작품들에 대한 다양한 논문이 제

---

36 한만수, 「1930년대 '향토'의 발견과 검열우회」, 『한국문학이론과비평』 30(한국문학이론과비평학회, 2006), 379~402쪽 참조.

37 1966년 탐구당에서 출간된 전집은 3권으로 되어 있었으나, 2016년 김종욱·박정희에 의해 재편집되어 글누림에서 간행된 전집은 모두 8권으로 구성되어 있다.

출되고 있어 상당히 고무적이다.[38] 다만 최근 연구에 있어서도 특정 작품이나 주제에 한정된 논의를 크게 벗어나지는 못하고 있는 것 같아 아쉬움이 남는다. 심훈의 문학 세계는 크게 세 시기로 정리될 수 있다. 첫째 시기는 1923년 중국에서 귀국하기 전까지이고, 둘째 시기는 중국에서 귀국하여 1930년대 초반 충남 당진으로 낙향하기 전까지이며, 셋째 시기는 낙향 이후 농촌 계몽 서사와 시조 창작에 전념하다 생을 마감한 때까지이다.[39] 앞으로 심훈 연구는 이 세 시기를 통시적으로 분석하고 이해하는 연구 방향으로 심화될 필요가 있다. 본고에서 그의 상해 시절을 배경으로 삼은 「동방의 애인」을 주목하여 그의 초기 문학 활동의 사상적 토대가 되었던 사회주의 독립운동의 방향을 대중 서사의 형식과 관련 지어 살펴보고자 했던 것은, 바로 이러한 연구 방향으로 나아가기 위한 출발점에 대한 이해를 새롭게 정립할 필요가 있다고 보았기 때문이다. 따라서 앞으로 심훈의 소설에 대한 연구는 특정한 시대나 이념에 편중되거나 특정 작품의 주제의식에 한정된 논의를 넘어서서, 그의 문학 세계 전체를 일관되게 분석하고 평가하는 종합적인 연구가 요구된다는 점을 특별히 강조해 두고자 한다.

---

38 그동안 심훈 연구의 성과에 대한 개괄적 정리는 다음 논문을 참고할 만하다. 정은경, 「심훈 문학 연구현황과 과제-2000년대 이후 새로운 연구 동향을 중심으로」, 『심훈 연구 어디까지 왔나』(심훈선생기념사업회 출범기념포럼 자료집, 2017.12.19), 24~40쪽.
39 하상일, 「심훈의 생애와 시세계의 변천」, 『동북아문화연구』 49(동북아시아문화학회, 2016.12), 30쪽 참조.

참고문헌

『심훈문학전집(沈熏文學全集)』 1권(詩), 탐구당, 1966,

김기진, 「문예시대관 단편(4) 대중의 영합은 타락」, 《조선일보》 1928년 11월 13일자.

김종욱·박정희 편, 『심훈 전집 1 : 심훈시가집 외』, 글누림, 2016.

_____ , 『심훈전집 8 : 영화평론 외』, 글누림, 2016.

만년설, 「영화예술에 대한 관견(管見)」, 《중외일보》 1928년 7월 1일~9일자.

심   훈, 「우리 민중은 어떠한 영화를 요구하는가? -를 논하여 '만년설'군에게」, 《중외일보》 1928년 7월
　　　　11일~27일자.

심훈기념사업회 편, 『심훈문학전집① 그날이 오면』, 차림, 2000.

임   화, 조선 영화가 가진 반동적 소시민성, 《중외일보》 1928년 7월 28일~8월 4일자.

_____ , 「통속소설론」, 『문학의 논리』, 학예사, 1940.

권철호, 「심훈의 장편소설에 나타나는 '사랑의 공동체' 무로후세 코 신[伏代高信]의 수용 양상을 중심으로」,
　　　　『민족문학사연구』 55, 민족문학사학회, 2014.

반병률, 『성재 이동휘 일대기』, 범우사, 1998.

_____ , 「이동휘-선구적 민족혁명가·공산주의운동가」, 『한국사시민 강좌』 47, 일조각, 2010.

백영서, 『중국현대대학문화연구』, 일조각, 1994.

_____ , 「교육독립론자 차이위안페이 - 중국의 대학과 혁명」, 『전환의 시대 대학은 무엇인가』, 한길사, 2000.

손과지, 『상해한인사회사(上海韓人社會史) 1910~1945』, 한울, 2011.

유병석, 「심훈의 생애 연구」, 『국어교육』 14, 한국국어교육연구회, 1968.

윤석중, 「인물론 심훈(沈熏)」, 『신문과 방송』, 한국언론진흥재단, 1978.

이덕일, 『이회영과 젊은 그들』, 역사의아침, 2009.

이해영, 「'12월 테제'와 심훈 '주의자 소설'의 거리」, 『중국해양대학교 해외한국학 중핵대학사업단 2단계
　　　　제4회 국제학술대회 논문집』, 중국해양대학교 한국학연구소, 2018.

임경석, 『이정 박헌영 일대기』, 역사비평사, 2004.

정은경, 「심훈 문학 연구현황과 과제 - 2000년대 이후 새로운 연구 동향을 중심으로」, 『심훈 연구 어디까지
　　　　왔나(심훈선생기념사 업회 출범기념포럼 자료집)』, 2017.

조영록, 「일제 강점기 항주(恒州) 고려사(高麗寺)의 재발견과 중건주비회(重建籌備會)」, 『한국근현대 사학회』
　　　　53, 2016.

최기영, 「1910~1920년대 杭州의 한인유학생」, 『서강인문논총』 39, 서강대 인문과학연구소, 2014.

하상일, 「심훈의 중국에서의 행적과 시세계의 변화」, 『2014 월수(越秀)-중원국제한국학연토회(中源國際韓
　　　　國學硏討會) 발표논문집』, 절강월수외국어대학 한국문화 연구소, 2014.

_____ , 「심훈의 중국 체류기 시 연구」, 『한민족문화연구』 51, 한민족문 화학회, 2015.

_____ , 「심훈과 중국」, 『비평문학』 55, 한국비평문학회, 2015.

_____ , 「근대 상해 이주 한국 문인의 상해 인식과 상해 지역 대학의 영향」, 『해항도시문화교섭학』 14, 한국
　　　　해양대학교 국제해양문 제연구소, 2016.

_____ , 「심훈의 생애와 시세계의 변천」, 『동북아문화연구』 49, 동북아시아문화학회, 2016.

_____ , 「심훈의 항주유기(杭州遊記)와 시조 창작의 전략」, 『비평문학』 61, 한국 비평문학회, 2016.

심훈의 '주의자 소설'과 '12월 테제'*

이해영

중국해양대학교 교수

---

* 이 논문은 2014년 대한민국 교육부와 한국학중앙연구원(한국학진흥사업단)을 통해 해외한국학중핵대학 육성사업의 지원을 받아 수행된 연구임(AKS-2014-OLU-2250004).

1. 심훈의 중국 체험과 '주의자 소설'[1] 사이의 거리

심훈의 장편소설 『동방의 애인』과 『불사조』는 그의 중국 체험을 소재로 하고 있으며 주의자들의 사랑 즉 붉은 연애와 그들의 불굴의 투쟁을 다룬 것으로 하여 《조선일보》 연재 중, 일제의 검열에 의해 중단된 것으로 익히 알려져 왔다. 즉 1919년 경성고등보통학교 4학년 재학 시, 3.1 만세운동에 가담하여 투옥된 심훈이 집행유예로 출옥 후, 1920년 겨울, 중국으로 탈출하였고 1923년 여름까지 선후로 북경, 상해, 남경을 거쳐 항주의 지강대학에 에 머물렀으며[2] 이 기간 동안 민족주의자, 무정부주의자, 사회주의자들과 교유하였고 사회주의사상을 받아들였다는 것이다.[3] 또한 이러한 체험과 사상적 편력이 그의 소설 창작의 소재이자 바탕이 되었다는 것이다. 여기서 유의할 점은 상해에서의 한인 사회주의자들의 애정과 투쟁을 그린 『동방의 애인』은 심훈의

---

1 여기서 주의자는 사회주의자를 지칭하는 것이며 '주의자 소설'이란 사회주의자들의 사랑과 혁명투쟁 등을 다룬 소설을 지칭한다.

2 심훈의 중국으로의 탈출 시점에 대해서는 1919년 겨울이라는 설과 1920년 겨울이라는 설 두 가지 견해가 있으며 두 견해 모두 나름대로의 근거를 갖고 있는 것으로 그의 중국행 시기에 대해서는 아직 실증적 확인이 명확히 이루어지 못한 상태이다. 그러나 그의 귀국 시점이 1923년 여름이전이라는 데는 대체적으로 이견이 없다. 이에 대해서는 유병석, 「심훈의 생애 연구」 《국어교육》제14호, 한국국어교육연구회, 1968, 14쪽; 한기형, 「'백랑(白浪)'의 잠행 혹은 만유-중국에서의 심훈」 《민족문학사연구》35, 민족문학사학회, 2007, 442면; 하상일, 「심훈과 중국」 《비평문학》55, 2015, 203~204쪽; 하상일, 「심훈의 중국 체류기 시 연구」 《한민족문화연구》제51집, 2015, 78~80쪽; 하상일, 「심훈의 생애와 시세계의 변천」 《동북아 문화 연구》49, 2016, 97쪽 참조.

3 최원식, 「심훈연구서설(沈熏研究序說)」 『한국근대문학을 찾아서』 인하대학교출판부, 1999, 250~251쪽.

중국 체험과 직결되는 것이지만 식민지 조선 국내에서의 사회주의자들의 애정과 투쟁을 다룬 『불사조』에는 정작 중국 체험이 직접적으로 드러나지 않는다는 점이다. 그럼에도 기존의 평가는 "귀국 이후 그의 문학 활동이 본격적인 궤도에 진입하여 중국에서의 성찰적 인식을 『동방의 애인』, 『불사조』와 같은 소설을 통해 이끌어낼 수 있었던 것도 바로 이러한 중국에서의 생활이 가져다준 의미 있는 결과였다"[4]라고 하면서 『불사조』역시 심훈의 중국 체험의 산물임을 확인하고 있다. 이는 그의 소설들에서 드러나는 사회주의사상이 중국 체험의 연장과 계속임을 전제로 한 것이다.

그런데 심훈은 그의 중국 체험과 관련하여 이 두 편의 소설 외에 중국 체류 시기에 쓴 것으로 추정되는 시 「북경北京의 걸인乞人」, 「고루鼓樓의 삼경三更」, 「심야과황하深夜過黃河」, 「상해의 밤」, 「돌아가지이다」 등 5편[5], 부인 이해영에게 보낸 편지 속에 동봉한 「겨울밤에 내리는 비」, 「기적汽笛」, 「전당강 위의 봄밤」, 「뻐꾹새가 운다」 등 4편의 시가 있다. 문제는 중국 체류 시기의 시편들에는 역사적 주체로서의 자각, 식민지 청년의 혁명에 대한 열정과 고뇌 및 절망과 회의를 동반한 뼈아픈 자기 성찰의식 등이 뚜렷이 드러나고 있는데[6] 반해 사회주의사상은 거의 체현되지 않았다는 것이다.[7] 그렇다면 그의 중국 체험을 소재로 한 위의 두 편의 소설에 드러나는 뚜렷한 사회주의사상은 대체 어디서 온 것일까? 여기서 우리는 심훈의 중국 체험이 이루어진 1920년부터 1923년이라는 시점과 두 편의 소설이 발표된 1930년, 1931년이라는 시점 사이에 놓인 무려 7년이라는 시간적 거리를 주목해볼 필요가 있다. 두 편의 소설로 하여금 연재 중, 일제의 검열에 의해 중단되도록 한 강렬한 사회주의사상은 두말할 것도 없이 귀국 후의 7년간이라는 시간의 누적이 만들어낸 것일 것이다. 이 7년간은 심훈에게 있어서 영화와 소설

---

4 하상일, 「심훈의 중국 체류기 시 연구」, 《한민족문화연구》 제51집, 2015, 101쪽.
5 이 5편의 시는 심훈의 유고 시집 『그날이 오면』에 수록되어 있는데 그가 모든 시의 창작 말미에 적어놓은 연도에 근거하면 중국 체류 시, 창작한 것이 분명하다.
6 심훈의 중국 체류기 시편들에 나타난 작가의식 내지 사상적 경향에 대해서는 하상일의 위의 논문들 참조.
7 이와 관련하여 하상일은 "1920년 갑작스런 심훈의 중국행은 당시 상해를 중심으로 전개되었던 사회주의 독립운동과 어떤 관련성을 맺고 있었던 것으로 보인다. 그렇다면 그는 중국으로 떠나기 전부터 이미 사회주의 사상의 기초적 토대를 형성하고 있었다고 짐작할 수 있는데, 1920년대 사회주의 보급과 전파에 중요한 역할을 했던 『공제(共濟)』2호(1920.11)의 <현상노동가모집발표(懸賞勞動歌募集發表)>에 '정(丁)'으로 선정되어 게재된 「로동의 노래」에서 그 단초를 확인할 수 있다"고 보았다.(하상일, 「심훈의 생애와 시 세계의 변천」 위의 글, 97~98쪽.) 이 시에 대해 한기형은 "민족주의적 구절"과 "사회주의적 노동예찬이 공존하고 있"는 것으로 해석하였다.(한기형, 「'백랑(白浪)'의 잠행 혹은 만유-중국에서의 심훈」 위의 글, 444~445쪽.)

사이를 넘나드는 창작의 모색기이기도 했을 것이고 또한 그가 1920년대 초 중국에서 접한 사회주의사상의 모종 심화와 전환이 일어나는 시간이었을 것이다.

심훈의 중국 체험에 대한 기존의 연구는 체험과 소설 창작의 시점 사이에 놓인 이 시간적 괴리와 변화에 대해 그다지 주목하지 않았다. 지금까지 심훈의 중국 체험에 대한 연구는 주로 중국 체류 시기에 쓴 시가 작품에 집중되어있으며 중국 체험의 산물이라고 하는 두 편의 소설에 대한 연구는 매우 소략하게 이루어졌다. 그나마 중국 체험을 직접적으로 드러낸 『동방의 애인』에 대해서는 그 주인공의 원형[8], 문학과 국가의 관계[9], 사회주의자들 간의 분파 투쟁과 노선 투쟁에 대한 심훈의 고민과 회의 및 그에 대한 심훈 나름의 통합으로의 견해[10] 등 어느 정도 진전된 연구가 이루어졌으나 『불사조』의 경우는 중국 체험의 산물이라고 하면서도 그것이 구체적으로 어떻게 중국 체험과 연결되는지에 대한 연구는 전무한 상황이다. 이는 두 편의 소설이 검열로 인해 연재 도중 중단됨으로 미완으로 남은 것, 심훈의 중국에서의 행적이 정확한 기록의 부재로 말미암아 완전히 복원되지 못한 것 등에도 그 원인이 있다. 이런 맥락에서 본고는 기존 논의의 기초 위에서 심훈의 중국 체험과 소설 창작의 시점 사이에 놓인 7년간이라는 시간적 거리와 사상적 누적과 변화 및 전환의 계기를 주목하면서 그러한 전환의 계기가 무엇인지를 살펴보는 것을 목표로 한다. 이를 위해 본고는 심훈의 사회주의사상이 집중적으로 체현된 『동방의 애인』, 『불사조』, 『영원의 미소』[11] 세 편[12]의 소설을 연구대상으로 심훈 소설에 나타나는 사회주의사상을 살펴보고 그의 중국 체험의 연장으로서의 사회주의 사상의 심화와 전환의 계기를 주목하고자 한다.

8 『동방의 애인』의 주인공의 원형에 대해서는 주인공 박진이 박헌영을 모델로 했을 것이라는 견해(최원식, 「심훈연구서설(沈熏研究序說)」『한국근대문학을 찾아서』, 인하대학교출판부, 1999, 250쪽.)와 주인공 김동렬이 박헌영을 모델로 했다는 견해(하상일, 「심훈과 중국」 위의 글, 218쪽)가 있다. 그 외, 김동렬이 박헌영을 모델로 했고 x씨는 이동휘를 모델로 했으며 심훈은 박헌영의 행적을 서사적인 골격으로 삼으면서도 혁명운동의 방향은 이동휘의 민족적 사회주의 노선을 지지했다는 견해(한기형, 「서사의 로칼리티, 소실된 동아시아-심훈의 중국체험과 『동방의 애인』」《대동문화연구》제63집, 2008, 432쪽)도 있다.
9 한기형, 「서사의 로칼리티, 소실된 동아시아-심훈의 중국체험과 『동방의 애인』」 위의 글.
10 하상일, 「심훈과 중국」 앞의 글.
11 『영원의 미소』는 심훈의 중국 체험과는 직접적 연관이 없는 것으로 알려져 왔으나 소설이 주의자의 투쟁을 다루고 있고 또 강렬한 사회주의 사상이 드러나고 있는 점, 그리고 심훈의 사회주의 사상이 중국 체험의 연장이고 계속이라는 점으로 미루어 본고의 연구대상으로 삼고자 한다.
12 『동방의 애인』, 『불사조』, 『영원의 미소』 등 세 편의 소설 모두 주의자들의 투옥 체험과 불굴의 의지, 출옥 후의 열렬한 투쟁을 다루었다는 점에서 이 세편의 소설을 "심훈의 주의자 소설 삼부작"으로 묶어 본고의 연구대상으로 삼는다.

심훈 문학의 전환

2. 심훈의 '주의자 소설' 삼부작이 포획한 조선 사회주의의 영향

1) 사회주의 혁명을 통한 계급해방과 민족해방의 동시 추구

심훈은 흔히 "민족적 사회주의자" 내지 "사회주의의 민족화"를 추구한 것으로 알려져 있으며 그의 사상적 경향에 대해서는 아직도 이렇다 할 명쾌한 결론을 내리지 못하고 있다. 이는 심훈에게 있어서 민족과 계급 두 문제가 동시에 사유되고 있었음을 의미한다.

심훈의 소설 『동방의 애인』에서 주인공 동렬은 "'조선 놈'이란 것이 사랑하는 사람을 껴안지도 못하게 했습니다. '무산자'라는 것이 여자를 거느릴 자격까지 우리에게 빼앗아 갔습니다"[13]라고 외친다. 이를 두고 한기형은 동렬에게 '민족'과 '계급'은 같은 차원의 문제로 인식되고 있다고 지적하였다.[14] 실제로 심훈은 그의 여러 소설들에서 이 '조선', '조선 놈'에 대해 언급하면서 그것을 계급문제와 연결시켰다. '아아 사랑이 죄다. 조선 놈에겐 사랑을 받는 것도 무거운 고통일 뿐이다!', '지금 우리 조선엔 이런 처지를 당하고 있는 부모가 몇 천으로 헤일 만큼 많습니다. 참 정말 기막힌 형편에서 죽도 살도 못하는 사람이 여간 많지 않은데 우리가 울고 서러워만 한다고 억울한 일이 피겠습니까?', '먹는다는 것 굶어 죽지 않기 위한 우리의 노력이란 인생으로서 더구나 조선 사람으로서는 가장 큰 고통이요 또한 고작 가는 비극이다', '그만 사정으로 자살을 한다면 조선 사람은 벌써 씨도 안 남았게요'[15]라는 외침과 절규들을 통해 심훈이 '조선'을 계급과 동질적인 것으로 파악하였고 또한 그가 얼마나 민족과 계급의 문제를 격렬하게 고민하고 있었는지 알 수 있다. 그런데 심훈의 이러한 민족과 계급의 문제에 대한 고민과 사유는 다만 즉흥적이고 감성적 차원의 것이 아니며 식민지 조선의 현실에 대한 날카로운 해부와 통찰에 기초하고 있다.

---

13 심훈, 『동방의 애인』, 『동방의 애인·불사조』, 한국: 글누림, 2016, 89쪽.(『동방의 애인』은 1930년 10월21일부터 1930년 12월 10일까지 《조선일보》에 총 39회 연재되었음. 작품은 아무런 언급이 없이 연재가 중단되었음. 글누림은 이를 저본으로 전집을 출간하였음. 본고에서는 글누림에서 출간한 전집을 텍스트로 함.)

14 한기형, 「서사의 로칼리티, 소실된 동아시아-심훈의 중국체험과 『동방의 애인』」, 앞의 글, 428쪽.

15 심훈, 『불사조』, 앞의 책, 363~370쪽.(『불사조』는 1931년 8월16일부터 1932년 2월29일까지 《조선일보》에 연재되다가 중단되었음. 글누림에서는 이를 저본으로 전집을 출간하였음. 본고에서는 글누림에서 출간한 전집을 텍스트로 함.)

읍내까지 간신히 대어 들어가서는 알코올 한 병과 '붕산연고' 한 통을 사가지고 왔다. 쓸 만한 약도 없거니와, 의사라고는 공의 한 사람과, 지질치 않은 개업 의사 둘밖에 없는데 하나도 만날 수 없었다. <u>군내의 인구가 육칠만 명이나 된다는데, 의료기관은 말도 말고, 의사가 겨우 세 사람밖에 없다는 것도 놀라울만한 사실이 아닐 수 없었다.</u> 이 시골의 백성들은 병만 들면 상약이나 해보다가 직접으로 공동묘지로 찾아간다. 역질이니 양마마니 하는 전염병이 한번 돌기만 하면 어린애를 열 스무 명씩 삼태기로 쳐담아낸다. 지난 해 봄에도 이름도 모르는 병에 집집마다 서너살이나 먹여 다 키워 놓은 어린애만 하나씩을 추렴을 내듯이 내어다버렸다 는 것은 데리고 간 머슴애의 이야기였다. <u>그렇건만 관청에서는 나와서 조사 한번도 아니한다. 그러나 세금 독촉이나 담배나 밀주를 뒤지기 위해서는 뻔질나게 자전거 바퀴를 달린다는 것이다.</u>(밑줄 인용자)**16**

위의 인용문은 식민지 조선농촌의 낙후한 의료시설과 의료혜택이라고는 전혀 누리지 못하고 가난과 병마와 죽음에서 허덕이고 있는 가난한 농촌 백성들의 비참한 삶을 보여주고 있다. 인구 육칠만 명에 의료기관도 없고 의사가 단 세 사람뿐이라는 구체적인 수치는 심훈이 얼마나 조선 농촌의 피폐한 현실과 가난한 농민들의 삶에 대해 관심을 기울이고 있는지를 잘 보여주는 대목이다. 그런데 심훈은 병에 걸리기만 하면 치료도 받지 못하고 공동묘지로 직행하거나 한번 전염병이 돌기만 하면 어린애를 "삼태기로 쳐담아내"는 식민지 조선 농촌의 처참한 현실이 결코 가난 때문만은 아닌 것이라고 꼬집는다. 이러한 열악한 상태를 초래하고 그것을 더욱 악화시키고 있는 것은 바로 "나와서 조사 한번도 아니하"는 관청의 무관심 때문이라고 고발하고 있다. 가장 기초적인 기반 자체조차 갖추지 못한 거의 무에 가까운 취약한 의료시설과 가난과 병마에 시달리는 농민들의 비참한 삶에 대해 점검하고 조사해야 할 관청은 "그러나 세금 독촉이나 담배나 밀주를 뒤지기 위해서는 뻔질나게 자전거 바퀴를 달린다"고 대조함으로써 농민들의 삶과 복지 향상에는 뒷전이고 그들에 대한 착취에만 열을 올리고 있는 식민지 관청의 행태를 비판하고 있다. 즉 조선농촌의 황폐화가 식민지 관청의 의도적인 관리 부실 내지 착취와 억압 때문이라고 함으로써 가난과 빈궁의 문제를 민

16 심훈, 『영원의 미소』, 한국:글누림, 2016, 460쪽.
『영원의 미소』는 《조선중앙일보》에 1933년 7월10일부터 1934년 1월10일까지 연재되었으며 글누림은 이를 저본으로 전집을 출간하였다. 본고는 글누림에서 출간한 전집을 텍스트로 삼았다.

심훈 문학의 전환

족적 차원의 문제로 끌어올리고 있다. 심훈에게 있어서 민족과 계급의 문제 내지 관계가 어떻게 사유되고 있는지를 잘 보여주는 부분이다.

심훈은 이러한 민족과 계급의 문제를 동시에 해결할 수 있는 대안으로 사회주의사상 내지 사회주의혁명을 제시하고 있다. 그는 『동방의 애인』 연재 시, 「작자의 말」에서 "우리는 보다 더 크고 깊고 변함이 없는 사랑 가운데 살아야 하겠습니다. 그러려면 우리 민족과 같은 계급에 처한 남녀노소가 사랑에 겨워 껴안고 몸부림칠 만한 새로운 공통된 애인을 발견치 않고는 견디지 못할 것입니다"[17]고 말하고 있는데 여기서 "우리 민족과 같은 계급에 처한 남녀노소가 사랑에 겨워 껴안고 몸부림칠 만한 새로운 공통된 애인"이란 바로 '사회주의'를 표상하는 것이다.[18] 사회주의가 대안일 수밖에 없는 이유에 대해 심훈은 "무슨 파派 무슨 파를 갈라 가지고 싸움질을 하"고 "단체운동에 아무 훈련도 받지 못한 과도기過渡期의 인물들이 함부로 날뛰는" 민족주의자들에 의해서는 민족의 독립도 계급의 해방도 불가능함을 지적하면서 "가공적架空的 민족주의! 환멸幻滅거리지요. 우리는 다른 길을 밟아야 할것입니다!"[19]라고 서슴없이 부르짖는다. 여기서 '다른 길'이란 바로 사회주의 혁명을 가리킬 것이다. 사회주의 혁명에 대한 선택과 각오에 대해 심훈은 "O씨를 중심으로 동렬이와 또 진이와 그리고 그들의 동지들은 지난날의 모든 관념과 '삼천리강토'니 '이천만 동포'니 하는 민족에 대한 전통적 애착심까지도 버리고 새로운 문제를 내걸었다"고 쓰고 있다. 사회주의 혁명의 길을 가기 위해서는 우선 민족에 대한 기존의 인식 즉 민족은 절대적이라는 민족 지상주의 내지 민족에 대한 무조건적이고 무원칙한 애정 등을 과감히 폐기해야 함을 역설하고 있다. 여기에는 민족문제와 계급문제에 대한 심훈 나름의 이해가 뒷받침되고 있다.

"왜 우리는 이다지도 굶주리고 헐벗었느냐?"

하는 것이 그 문제의 큰 제목이었다. 전 세계의 무산대중이 짓밟히는 계급이 모두 이 문제 밑에서 신음하고 있는 것은 확실하다. 이 문제를 먼저 해결치 못하고는 결정적 답안이 풀려나올 수가 없다 하였다. 따라서 이대로만 지내면 조선의 장래는 더욱 암담할 뿐이라 하였다.

---

17 심훈, 『동방의 애인』 앞의 책, 15쪽.
18 한기형, 위의 글, 428쪽.
19 심훈, 『동방의 애인』, 앞의 책, 66쪽.

"왜 XX를 받느냐?"

하는 문제는 "왜 굶주리느냐?"하는 문제와 비교하면 실로 문젯거리도 되지 않을 만한 제삼 제사의 지엽 문제요. 근본 문제가 해결됨을 따라서 자연히 소멸될 부칙附則과 같은 조목이라 하였다.[20]

위의 인용문에서 보다시피 심훈은 "굶주리"는 문제 즉 무산계급의 문제를 그 무엇보다도 우선하는 문제로 보았다. 이 계급문제의 해결이 없이는 "조선의 장래는 더욱 암담할 뿐"이라고 하면서 계급문제의 해결 즉 사회혁명이 우선하지 않는 한 식민지의 문제 즉 민족의 문제도 희망이 없다고 보았다. "굶주리"는 문제 즉 계급의 문제는 가장 근본적인 문제이고 이 근본문제가 해결된다면 식민지의 문제도 "자연히 소멸될 부칙附則과 같은 조목"이라고 보았다. 그리하여 "얼마 후에 동렬과 진이와 그리고 세정이는 X씨가 지도하고 모든 책임을 지고 있는 ○○당 XX부에 입당하였"고 "그때부터는 '동포'니 '형제자매'니 하는 말을 집어치우고 피차에 '동지'라고만 불렀"[21]다. 즉 사회주의 혁명의 길을 선택한 것이다. 이처럼 심훈은 사회주의 혁명을 통해 계급의 문제 즉 계급해방이 이루어지면 민족해방도 따라서 획득할 수 있는 것으로 보았다. 이는 계급해방을 우선함으로써 민족해방을 포기한 것이 아니라 사회주의 혁명을 대안으로 선택함으로써 민족해방의 문제를 사회주의 혁명을 통해 이룩하려고 한 것으로 보아야 할 것이다. 실제로 심훈은 사회주의 혁명을 계급문제와 식민지의 문제를 해결할 수 있는 대안으로 보았고 계급해방을 우선하는 근본적인 문제로 보았으나 민족해방의 문제는 결코 포기할 수 없는 것으로 보았다. 즉 민족해방의 문제는 사회주의 혁명 속에서 계급해방과 함께 추구해야할 공동의 목표이자 포기할 수 없는 영원한 과제였다. 그리하여 두 공산당원 즉 주의자인 김동렬과 강세정의 결혼식에서는 〈인터내셔널〉을 합창하지만 "내지에서는 구경할 수 없는 선명히 물들인 '옛날기'도 한몫 끼어서 '나도 여기 있다'는 듯이 너펄거렸"[22]다. 즉 어떤 경우에도 조선을, 민족을 상징하는 '옛날 기'는 포기될 수 없으며 〈인터내셔널〉과 그것은 동시에 나란히 갈 수 있으며 또 가야 하는 것이다. 또한 오랜 세월 해외에서 독립운동에 투신해왔고 그 무렵은 민족의 해방을 위한

---

20 심훈, 『동방의 애인』 위의 책, 82쪽.
21 심훈, 『동방의 애인』 위의 책, 82쪽.
22 심훈, 『동방의 애인』 위의 책, 107쪽.

길로 사회주의혁명의 길을 대안으로 선택하여 상해파 고려공산당을 창립한 공산주의의 원로 지도자 모씨 즉 이동휘[23] 역시 이날만큼은 "불빛에 눈이 부시도록 흰 설백색 조선 두루마기를 입었"는데 "그것은 이십 년 만에 흰옷을 몸에 걸친 것이었"[24]다. 공산주의자들에게도 민족은 소중한 것이며 그래서 그들이 사회주의혁명을 선택한 것은 결국 민족해방을 포기한 것이 아니라 민족해방을 이룰 유일한 대안으로 사회주의혁명을 선택한 것임을 보여준다. 즉 이때 사회주의 혁명은 대안이자 방법이지 목표는 아니며 목표는 역시 계급과 민족의 해방인 것이다. 이는 심훈이 문학창작방법 등의 면에서 견해의 차이 및 모종의 원인으로 카프에서 이탈했지만 "우리가 현단계에 처해서 영화가 참다운 의의와 가치가 있는 영화가 되려며는 물론 프롤레타리아의 영화가 아니면 안 될 것이다. 왜 그러냐 하면 프롤레타리아만이 사회구성의 진정한 자태를 볼 줄 알고 가장 합리적인 이론을 가지고 또한 그를 수행하고야 말 역사적 사명을 띠고 있음이 분명한 까닭이다."[25]고 원칙적으로 프로문학을 지지했던[26] 것과 일맥상통한다. 심훈은 계급해방과 민족해방의 최종 실현이라는 역사적 사명을 완성할 역량으로 프롤레타리아만이 가능하다고 보았던 것이다.

2) 농민계급과의 결합을 통한 소부르주아 지식계급의 철저한 자기 개조

심훈은 흔히 『상록수』의 작가로 알려져 왔으며 그의 대표작 『상록수』는 《동아일보》 주최 브나로드운동의 현상 공모작이다. 그러나 『상록수』가 과연 브나로드운동에 영합한 것이냐 아니면 브나로드운동이라는 합법적인 틀을 이용하여 농촌 즉 고향에 대한 사랑을 강조한 것이냐에 대해서는 아직까지 상당한 논란의 여지를 남기고 있다. 그런데 『상록수』 이전 즉 1933년에 창작하였고 역시 지식인의 농촌운동을 다룬 『영원의 미소』에서 심훈은 브나로드운동 혹은 농촌진흥운동에 대해 날카롭게 비판하고 있다.

23 한기형, 앞의 글, 431쪽.
24 심훈, 『동방의 애인』, 앞의 책, 107쪽.
25 심훈, 「우리 민중은 어떠한 영화를 요구하는가?-를 논하여 '만년설' 군에게」, 『영화평론 외』, 글누림, 2016, 77쪽.
26 최원식, 「심훈연구서설(沈熏研究序說)」, 앞의 글, 259쪽.

"…신문 잡지에는 밤낮 '브나로드'니 '농촌으로 돌아가라'느니 하구 떠들지 않나? 그렇지만 공부한 똑똑한 사람은 어디 하나나 농촌으로 돌아오던가? 눈을 씻구 봐두 그림자도 구경할 수가 없네그려."

……

"저희들은 편하게 의자나 타구 앉아서 월급이나 타먹고, 양복떼기나 뻗질르구서 소위 행세를 하러 다닌단 말일세. 무슨 지도잔 체하구 입버릇으루 애꿎은 농촌을 찾는 게지. 우리가 피땀을 흘리며 농사를 지어다바치는 외씨 같은 이팝만 먹고 누웠으니깐 두루 인젠 염치가 없어서 그따위 잠꼬대를 하는 거란 말야."

……

"참, 정말 우리 조선 사람의 살 길이 농촌운동에 있구. 우리 청년들의 나아갈 막다른 길이 농촌이라는 각오를 단단히 했을 것 같으면. 그자들의 손목에는 금두껍을 씌워서 호미자루가 쥐어지질 않는단 말인가? 그래 어떤 놈은 똥거름 냄새가 구수해서 떡 주무르듯 하는 줄 아나?"[27]

주인공 김수영과 그의 동무들은 소위 식민 국가가 내세우고 있는 브나로드 운동 내지 농촌진흥운동이 얼마나 농촌의 실상과 동떨어져 있고 농민들의 삶과는 무관한 것인지를 신랄하게 비판하고 있다. 또한 그러한 브나로드운동이나 농촌운동의 주역이라고 하는 지식계급이 실은 농민들의 삶과는 유리된 도회적 삶을 살고 있으며 농민들의 지도자인 척하지만 농민들의 삶의 개선과 농촌 진흥에는 전혀 관심이 없다고 함으로써 소위 행세나 하고 다니는 지식계급의 허위성을 폭로하고 있다. 동시에 김수영은 도회지의 지식계급뿐 아니라 실제로 농민으로 농사를 지어가면서 진지하게 농촌진흥운동에 접근하고 있는 그의 동무들 즉 농촌의 젊은이들마저 "야학을 설치하고 상투를 깎고, 무슨 조합을 만드는 것이 농촌운동의 전부로 알고, 다만 막연하게 '동네 일'을 한다는 것"에 대해서 "크게 생각해볼 점"이라고 하면서[28] 반성하고 있다. "'우리의 농촌운동이란 무슨 필요로 무엇을 어떻게 하는 운동인가' 하는 근본문제에 들어서는 아주 깜깜한 모양"이고 "어쩌면 각지에서 떠드는 즉 고무신을 신지 마라-흰 옷을 입지 마라, 가마니를 쳐라-이런 따위의 운동으로 여기는 것"에 대해 심훈은 "그네들

---

27 심훈, 『영원의 미소』 255-256쪽.
28 심훈, 위의 책, 254쪽.

이 아무 이론의 근거를, 즉 문제의 핵심核心을 꿰뚫어 보지 못하고 유행을 따라서 남의 숭내만 내려는 것이 무엇보다도 딱하였다. 슬프기도 하였다"[29]라고 현재 진행되고 있는 농촌운동의 맹목성, 표층성에 대해 반성하고 있다. 이러한 반성을 통해 현재 국가에 의해 주도되고 있는 소위 브나로드운동이나 농촌진흥운동 모두 식민지 조선농촌이 안고 있는 현실적 문제의 핵심이나 본질적인 모순에는 닿지 못하는 지극히 지엽적이고 표층적인 차원에 머물러 있음을 비판하고 있다. 그렇다면 심훈이 생각하고 있는 "문제의 핵심을 꿰뚫어 보"는 농촌운동은 무엇인가? 그것에 대하여 심훈은 다음과 같이 자기의 견해를 피력하고 있다.

> "자네들 말마따나 요새 신문이나 잡지에 떠드는 개념적槪念的이요 미적지근한 농촌 운동이라는 것부터 냉정하게 비판을 해본 뒤에 <u>우리 현실에 가장 적절한 이론을 세워서 새로이 출발을 하지 않으면 안 되네. 그 새로운 이론을 세우고 참 정말 막다른 골목에 다달어 굶어 죽을 수밖에 없는 우리 빈궁한 농민들의 살 길을 위해서, 즉 우리의 이익을 위해서, 싸워나가려면</u> 그만치 단단한 준비가 있어야겠다는 것이 내 의견일세…"
> ……
> "…그렇지만 우리가 다 같이 생각해보세. <u>지금 우리 조선의</u>…"
> 수영이는 거의 두 시간동안이나 한자리에 꼬박이 앉아서 평소에 생각한 바, 조선의 현실과 농촌운동에 관한 이론을 발표하였다…(밑줄: 인용자)[30]

심훈은 막다른 골목에 이르러 굶어 죽을 수밖에 없는 우리 빈궁한 농민들의 살길을 위해서, 이익을 위해서는 지금 조선의 현실에 맞는 새로운 이론을 세워야 한다고 주장한다. 하지만 정작 그 "조선의 현실"에 맞는 "새로운 이론"이 무엇인지에 대해서는 생략부호로 대체하고 있다. 아마 일제의 검열을 의식한 우회의 수법일 것이다. 그리고 그는 "우리의 몸뚱이가 한 개인의 사유물이 아니라는 것" 그리고 "그 몸뚱이를 한 뭉텅이루 뭉칠 것"[31]을 강조하는데 이는 사회주의자들의 모종 구호를 방불케 한다. 이 지점이 바로 『상록수』와 『영원의 미소』가 갈리는 지점이다. 여기서 우리는 『상록수』

---

29 심훈, 위의 책, 254쪽.
30 심훈, 위의 책, 257-258쪽.
31 심훈, 위의 책, 258쪽.

가 농촌운동에 지대한 관심을 갖고 있는 학생들의 활동을 다룬 것과는 달리 『영원의 미소』는 주의자들의 출옥 이후를 다루고 있다는 점에 주목해야 한다. 비록 심훈은 '작자의 말'에서 "나는 이 소설에 나오는 지극히 평범한 인물을 통해서 1930년대의 조선의 공기를 호흡하는 젊은 사람들의 생활과 또 그 앞날의 동향을 생각해보았습니다. 그것을 여러 가지 거북한 조건 밑에서 써본 것입니다"[32]고 쓰고 있지만 정작 소설은 전혀 평범하지 않은 그 시대에 지극히 특수한 사람들−열렬한 주의자들의 출옥 이후에 대해 쓰고 있다. 심훈의 '주의자 소설' 삼부작에는 서대문 형무소가 자주 등장하는데 『영원의 미소』역시 예외가 아니다. "인왕산 골짜기로 피어오르는 뽀얀 밤안개 속에 눈雪을 뒤집어쓰고 너부죽이 엎드린 것은 서대문 형무소다. 성벽처럼 드높은 벽돌담 죽음의 신호탑信號塔인 듯 우뚝 솟은 굴뚝!"[33]으로 표상되는 서대문 형무소는 주인공 김수영이 어떠한 사건에 앞장을 섰다가 몇 달간 투옥되어 심문과 취조를 받던 곳이다.

> 그것은 아직도 고생을 하고 있는 동지들에게 미안한 생각이었다. 수영의 눈앞으로는 물에 빠져 죽은 시체와 같이 살이 뿌옇게 부푼 어느 친구의 얼굴이 봉긋이 떠오른다. 그 얼굴이 저를 비웃는 듯이 히죽이죽 웃기도 하고 그런 얼굴이 금세 백이 되고, 천이 되어 일제히 눈을 흡뜨고 앞으로 왈칵 달려들기도 한다. 생각만 해도 마음 괴로운 이 얼굴 저 얼굴이 감옥의 하늘을 온통 뒤덮었다가는 또다시 안개 속으로 뿌옇게 사라지곤 한다. 그중에는 그곳에서 죽어 나온 어느 동무의 얼굴도 섞여 있는 것 같다.[34]

수영은 서대문 형무소를 지나칠 때마다 감옥에서 고락을 같이 하던 동지들의 고문에 찌든 얼굴과 그 속에서 죽어 나온 어느 동무의 얼굴을 떠올리며 아직도 감옥에서 고생하고 있는 동지들에게 미안한 마음을 갖는다. 이는 그가 함께 투쟁하고 있던 동지들을 잊지 않고 있으며 그의 주의와 투쟁을 결코 포기하지 않았음을 의미한다. 실제로 출옥 후, 수영은 감옥에 갔던 전력 때문에 취직을 못하여 "내가 무얼 얻어먹자구 서울 바닥에서 이 고생을 하나?", "고생 끝에는 무엇이 올까? XX운동−감옥−자기희생−, 명예, 공명심, 그러고는 연애−또 그러고는 남는 것이 과연 무엇이냐? 청춘

---

32 심훈, 위의 책, 13쪽.
33 심훈, 위의 책, 21쪽.
34 심훈, 위의 책, 22쪽.

이 시들어가는 것과 배고파 졸아붙은 창자뿐이 아니냐?!"[35]고 절망하고 회의하기도 하지만 그러나 끝내 자기의 주의와 투쟁에 대한 신념을 포기하지 않는다. 그가 "소위 지식분자로는 누구나 천하게 여기는 신문 배달부 노릇을 해서 구차하게끔 연명"하는 것도 실은 "어떻게든지 밥이나 얻어먹어 가면서 지난날의 동지들과 서서히 기초운동을 하려는 결심이었다. 그러려면 시골로 내려가서는 연락도 취할 수 없을 뿐 아니라, 그래도 서울 바닥에서 무슨 구멍을 뚫어야겠다 하고 시골집에 내려갈 것은 단념을 했"[36]기 때문이다. 이는 수영이 주의와 신념을 위해서는 지식분자의 체면을 벗어버리고 가두의 노동자로 될 만큼 굳은 의지와 단단한 마음을 갖고 있음을 보여준다. 그러나 "벌써부터 공허한 도회의 생활에 넌덜머리가 나서 제 고향으로 돌아가 농민들과 똑같은 생활을 하며, 농촌운동에 몸을 바칠 결심을 단단히 하고 있었던"[37] 수영은 어머니의 병환으로 낙향하게 되며 고향인 '가난고지' 농민들의 비참한 삶의 현장을 보고 강한 충격을 받는다. 수영은 들에 나갔다가 우연히 아버지 점심을 갖고 가는 길에 굶주림을 못 이겨 풀밭에 쓰러진 정남이를 발견하며 그를 집에 데려다주게 된다. 거기서 굶어 울고 있는 정남의 동생들과 굶어 거의 쓰러지게 된 정남의 어머니의 참상을 목격하고 "지옥이 따로 없구나"라고 절규한다.

　　그런데 그네들이 진종일 몸을 판 삯은 얼마나 되는가? 겨우 삼십 전이다! 그 삼십 전도 날마다 또박또박 받는 것이 아니다. 원뚝매기 하는 주인에게 지난 해 이른 겨울부터 돈도 취해다 쓰고 양식도 장리長利로 꾸어 다 먹었기 때문에 그 품삯으로 메꾸어 나가는 사람이 거지반이라는 것을 수영이는 지난밤에도 동무들에게서 들었었다.[38]

　　수영은 '가난고지' 농민들의 참혹한 생활이 "진종일 몸을 판 삯"으로 "겨우 삼십 전" 밖에 안 되는 턱없이 싼 염가의 인건비밖에 받지 못하는 가혹한 노동력 착취 때문이며 장리長利로 꾸어다 먹은 쌀을 그 품삯으로 갚아나가야 하는 악순환 때문이라고 식민지 조선농촌의 근원적인 모순을 파헤치고 있다. 수영은 "그것은 농촌이 '피폐'하다

35　심훈, 위의 책, 104쪽.
36　심훈, 위의 책, 114쪽.
37　심훈, 위의 책, 204쪽.
38　심훈, 위의 책, 312-313쪽.

든가, '몰락'되었다든가 하는 말로는 도저히 형용을 할 수 없는 참혹한 정경"이라고 하면서 "동정을 한다든지 눈물이 난다든지 하는 것도 어느 정도까지의 이야기였"다고 부르짖었다.

'남의 논마지기나 얻어 하는 우리 집도. 여기 앉아서 남의 일처럼 구경을 하고 앉았는 나도, 조만간 저이들과 같이 되겠구나. 내 등에도 저 지게나 바소쿠라가 지워지겠구나.' 하니 몸서리가 쳐졌다.
그것은 공상에서 나오는 어떠한 예감이 아니고. 바로 눈앞에 닥쳐오는 엄숙한 사실이었다.
그 사실 앞에서 수영이는 몸과 마음이 함께 떨리지 않을 수 없었다. 입술을 꼭 물고 앉았으려니 <u>부잣집 마름의 아들로 태어난 제가. 손끝 맺고 앉아 있는 저 자신이, 모든 사람에게 대한 몹시 미안한 생각이 들었다.</u> 그 감정은 일종의 공포恐怖와도 같아서 더 앉아 있기가 송구할 지경이었다.
'저 사람들을 저대로 내버려 둘것이냐? 그렇다. <u>나부터도 그들의 속으로 뛰어들어야겠다.</u> 그러고 나서⋯.'[39]

수영은 이러한 염가의 노동력 착취와 장리와 같은 농촌의 생산관계의 근원적인 모순이 해결되지 않는 한, 농민들의 삶은 더욱 악화될 것은 불 보듯 뻔할 것이며 부잣집 마름인 자기 집도, 마름의 아들인 자기도 곧 그러한 나락에 떨어질 것이라고 몸서리를 친다. 부잣집 마름의 아들로 태어나 지금까지 손끝 맺고 앉아 지식계급으로 살아온 자신에 대해 수영은 모든 사람에 대해 몹시 미안한 생각이 들었다고 하면서 "나부터도 그들의 속으로 뛰어들어야겠다"고 지식계급으로서의 자신의 철저한 개조를 다짐한다. 이러한 결심은 곧 조선의 지식계급에 대한 예리한 비판으로 이어진다.

"지식계급이 어느 시대에든지 무식하고 어리석은 민중들을 끌고 나가고, 그들을 ⋯ 하는 역할役割까지 하는 게지만 지금 조선의 지식분자 같아서야 무슨 일을 하겠나? 얼굴이 새하얀 학생 퇴물은 실제 사회에 있어서, 더구나 농촌에 있어서는 아무짝에 쓸모가 없는 무용지물일세. 구름같이 떠돌아서 가나오나 거추장스럽기만 할 뿐이지."[40]

---

39 심훈, 위의 책, 313쪽.
40 심훈, 위의 책, 315쪽.

조선의 지식계급이 현재로서는 민중을 지도하고 이끌어나갈 지도자의 역할을 수행하지 못하고 있으며 특히 농촌에서는 아무런 역할도 하지 못하고 있음을 통렬히 꼬집고 있다. 지금까지 지식계급이 해왔던 소위 브나로드운동이니 농촌진흥운동이니 모두 농촌의 현실적 문제를 해결하고 농민들의 극도로 궁핍하고 참혹한 삶을 개선하는 것에는 아무런 의미도 없었음을 비판하고 있다. 이러한 준엄한 비판과 자기비판은 곧 지식계급의 철저한 개조의 문제와 맞닿아 있다.

> 우리 동네에는 순박하고 건실한 동지를 추리면 칠팔 명이나 있네. 그녀들은 이른바 도회적 고민을 모르는 사람들일세. 동시에 지도 여하에 따라서는 이 동네의 중심 세력을 이룰 만한 전위분자가 될 수 있을 뿐이 아니라, 새로운 의식을 주입시키는 대로 어떻게든지 될 수 있는 소질을 가진 청년들일세. 동시에 우선 이 조그만 동네 하나만이라도 한 덩어리로 뭉치는 것과, 자기의 환경을 정당히 인식시키고 앞으로 용기있게 나아가게 하는 것이 당면한 나의 의무로 아네. 앞으로 무슨 일이 있든지, 어떠한 박해가 닥쳐오든지 이 동네의 젊은 사람들만은 가시덤불과 같이 한데 엉키고 상록수常綠樹처럼 꿋꿋이 버티어 나갈 것을 단단히 믿는 바일세.[41]

지식계급의 허물을 벗어버리고 농민들 속에 들어가 그들을 지도하여 전위분자로 만든다는 수영의 자기 개조 방안이다. 순박하고 건실한 농민들을 골라 "새로운 의식"을 주입시켜 그들을 "한 덩어리"로 뭉치게 하고 "자기의 환경을 정당히 인식시킴"으로써 "어떠한 박해"가 닥쳐오든지 꿋꿋이 버티어 나갈 것이라는 수영의 결심은 자못 처절하다. 이때의 "새로운 의식"이 사회주의사상을 암시하는 것임은 미루어 짐작할 수 있다. 심훈이 글 중에 "수영이가 시골로 내려가 어떠한 계획으로 어떻게 활동할 것을 계숙에게 힘들여 말한 가장 중요한 내용을, 부득이한 사정으로 쓰지 못하는 것을 크게 유감으로 생각합니다"[42]고 넌지시 암시하고 있음은 이를 더욱 뒷받침해주고 있다. 동시에 수영은 도시의 미련을 버리지 못하고 하마터면 타락의 심연에 빠질 번한 동지이자 연인인 계숙에게 "지식 있는 조선의 젊은 사람들이 거진 다 이 도회병, 인텔리병에 걸려서 나아갈 길을 찾지 못하구 헤매어 돌아다니는 동안에는 조선은 영원히

41 심훈, 위의 책, 377쪽.
42 심훈, 위의 책, 404쪽.

캄캄한 밤을 면치 못한단 말씀이에요!"[43]라고 도회병에 걸린 지식계급의 생활을 청산하고 농민들 속에서 철저한 자기 개조를 할 것을 촉구한다. 그리하여 계숙 역시 구두를 벗어버리고 짚신을 신음으로써 지식계급의 허물을 벗어버린다. 농민계급과의 결합을 통한 지식계급의 철저한 자기 개조에 대한 수영의 결심이 얼마나 큰지는 그가 대를 이어 생계의 수단으로 유지하여 오던 지주이자 상전 조경호 집안과의 지주와 마름의 관계를 자기 손으로 끝내 끊어버리고 소작하던 전부의 토지와 살고 있던 집마저 내어놓겠다고 조경호에게 통보하는 데서 충분히 드러난다. 그러므로 '아아 인제는 아주 나락 톨 없는 무산자가 되구 말았구나!'[44]라는 수영의 절규는 그만큼 무겁고 힘 있는 것이었다. 마름의 아들이 아닌 완전한 무산자가 됨으로써만이 농민계급의 일원으로 될 수 있고 철저한 자기 개조에 이를 수 있다고 심훈은 본 것이다. "오냐. 어떠한 고난이 닥쳐오더라도 뚫고 나가자! 맨주먹으로 헤치고 나가자! 그 길밖에 없다. 인제부터 내 힘을 시험할 때가 온 것이다. 아산이 깨어지나 평택이 무너지나 단판씨름을 할 때가 닥쳐 온 것이다!"[45]라는 수영의 절규는 지식계급의 철저한 자기 개조의 끝이 어떤 것인지를 잘 보여준다.

3) 노동계급의 혁명성 긍정과 지식계급의 파쟁성 비판

심훈의 '주의자 소설'에서 지식계급이 개조의 대상이라면 노동계급은 투철한 혁명성과 강철같은 의지를 가진 계급으로 각인되어있다. 주의자들의 감옥 투쟁과 체험을 다룬 『불사조』의 인쇄공장 노동자 흥룡이와 고무공장 여공 덕순이는 바로 그러한 불굴의 의지를 가진 노동계급의 일원이다.

다리팔을 척 늘어뜨리고 쓰러져있으면서도 만족한 웃음이 아직도 핏기가 돌지 못한 흥룡의 입모습을 새었다.
"사지를 각을 떠내는 한이 있더라도…."
하고는 허청대고 코웃음을 쳤다. 흥룡이는 고통을 참는 힘과 누구에게나 굽히지 않는 자신의 의지력을 믿었다. 생사람의 숨이 턱턱 막히고 당장에 맥이 끊어지게 되는

---

43 심훈, 위의 책, 424쪽.
44 심훈, 위의 책, 471쪽.
45 심훈, 위의 책, 471쪽.

데도 깜깜하고 정신을 잃은 그 순간까지 그 입은 무쇠병목과 같이 한 번 다문 채 벌리지를 않았다.

"아니다! 난 모른다!"

한 마디로 끝까지 버티어서 몇 번이나 면소가 되어 나온 어느 선배와, 법정에서 혀를 깨물고 공술을 거절한 어떤 동지의 얼굴을 눈앞에 그리면서 죽을 고비를 간신히 참아 넘겼던 것이다.

"그까짓 일답지 않은 일에 오장까지 쏟아놓을 양이면 정말 큰일을 당하면 어떻게할꼬-"

"내 육신은 언제든지 죽을 수 있다. 그러나 내 의지만은, 정당하다고 믿는 신념만은 올가미를 씌울 수도 없고 칼끝도 총알도 건드리지를 못한다!"[46]

감옥에서 모진 고문을 당하면서도 끝끝내 비밀을 지켜 동지들을 보호하는 흥룡의 불굴의 모습이다. 죽기를 각오하고 참을 수 없는 악형에 맞서 싸우는 흥룡이의 굳센 의지는 "동지 간에 생색을 내는 데는 앞장을 서고 급하면 약빨리 꽁무니를 빼는" 같은 운동선상의 선배였던 소부르주아 지식계급 정혁이와의 대비를 통하여 극명하게 드러난다. 정혁이는 "일본 어느 사립대학 출신으로 잡지사에도 오랫동안 관계를 맺었다가 이 사건 저 사건으로 이삼 차나 큰 집 출입을 한"[47] 전형적인 소부르주아 지식계급 출신의 주의자이다. 흥룡이가 감옥에 잡혀가게 된 것도 실은 일은 정혁이가 꾸미고 위험한 곳에는 흥룡이를 보냈기 때문이다. 덕순의 말을 빌면 "앞장을 서는 어렵고 위험한 일은 다른 사람을 시키고 자기 자신은 언제든지 등 뒤에 숨어 다니며 줄만 잡아당겨 동지를 조종하려"[48]는 것이다. 자기가 꾸민 일로 하여 흥룡이가 감옥에 잡혀간 후, 정혁이는 혹 연루될까 두려워 흥룡의 애인 덕순이도 찾아보지 못하고 피해 다니기만 하며 흥룡이가 출옥하는 날은 감옥 앞에도 마중가지 못하고 길에서 기다린다. 정혁은 비단 투쟁에서 앞장서지 못하고 뒤로만 숨을 뿐 아니라 자기 자신과 가족의 생계에 대해서도 특별한 대책이 없으며 회의와 절망에 빠져 있다. 정혁은 사회주의자로서 낙인이 찍혀 있어 취직도 할 수 없고 원고를 쓴다고 하여도 원고료도 벌 수 없다. 아직

---

46 심훈, 『불사조』, 앞의 책, 262쪽.
47 심훈, 위의 책, 142쪽.
48 심훈, 위의 책, 322쪽.

일말의 양심이 남아 있어 반동분자와 관계를 맺는 데까지 가지는 않았으나 생계에 대해 어떠한 대책도 세우지 못하고 있으며 술을 마시고 애꿎은 가족에게 분풀이나 하고 주정이나 하는 파락호로 타락해간다.

> 기분에 띄워서 향방 없이 무슨 운동을 한다고 돌아다닐 때에는 집안 살림이라든지 처가속에 관한 일은 자기와는 백판 상관이 없는 일처럼 거들떠보지도 않고 생각하는 것조차 운동자로서 무슨 욕되는 일같이 여겨왔던 것은 사실이다. 그러나 옴치고 뛸 수 없는 각박한 현실은 덮어두었던 모든 문제를 들추어내어 한꺼번에 혁이의 머릿속을 지글지글 끓이는 것이다.[49]

소위 정혁의 투쟁이 얼마나 관념적이고 현실을 떠난 것인지를 잘 보여준다. 그가 주의와 운동에 투신한 것은 그 무슨 투철한 신념에 의한 것이기 보다는 "기분에 띄워서", "향방 없이" 한 것에 불과하며 자기 가족의 생계에는 전혀 무관심하였다. 그는 가족의 생계문제를 생각하는 것조차 운동자로서는 불가능한 것으로 생각해왔지만 아무리 운동자라도 정작 이러한 현실적인 문제를 결코 회피할 수 없고 떠날 수 없었던 것이다. 운동자로서, 주의자로서 정혁의 사상이 놓인 현실적 기반이 얼마나 취약한 것인지를 잘 보여준다. 그 스스로도 "이제까지 자기가 취해온 태도와 행동은 수박 겉핥기로 하나도 문제의 핵심을 뚫고 들어가지 못하였다. 한 마디로 줄여서 말한다면 너무나 관념적觀念的이었던 것이다. 자기 자신을 위하여 아내와 자녀를 위하여 또는 널리 이 사회를 위하여 노력한 아무 효력조차 찾을 수가 없으니 빈손으로 허공을 더듬는 것 같을 뿐이다."[50]고 자조하고 있으며 짙은 허무에 빠져 있다. 동생 정희의 시댁인 봉건 관료이자 자본가인 김장관 집에서 정희를 시집보낸 대가로 대어주는 식량을 얻어먹기도 싫고 허구한 날 기생 퇴물림들과 술판에 빠져 있고 유흥으로 서화나 치고 있는 아버지 정진사의 완고한 봉건성에도 비판적이지만 그러나 그러한 봉건 가정을 완전히 박차고 나올 결심도 갖고 있지 못하며 정 배가 고프고 대책이 없으면 다시 집으로 들어가는 생활을 반복한다. 이는 정혁이의 주의 내지 운동이 현실적 삶

---

49 최원식, 앞의 글, 331쪽.
50 심훈, 앞의 책, 332쪽.

에 확고히 뿌리 내리지 못하고 현실과 유리되어 있기 때문이다.

이에 비해 홍룡이와 덕순의 이념과 투쟁은 단호하면서도 현실에 단단히 뿌리내리고 있다. 홍룡이는 출옥한 날 저녁, 자기 집에서 당장 나가라는 김장관의 호령에 분노하여 어머니의 만류도 뿌리치고 덕순이와 함께 분연히 김장관의 행랑방을 박차고 나간다. 그러나 거리로 나와 정작 갈 데가 막연하여 덕순이가 정혁의 집으로 가 하룻밤 지내는 게 어떠냐고 물었을 때, 홍룡이는 "안돼요. 그놈의 집이 그놈의 집이지요."[51] 라고 강경하게 거절한다. 그리고 같이 출옥하여 간도로 가는 동무가 든 여관으로 가자고 한다. 홍룡의 비타협적 면모와 굳은 의지를 잘 보여준다. "그만 일에 우리의 의지意志가 꺾이구 사상이 변할 것 같아요? 모두가 우리에게는 좋은 체험이지요. 의식을 더 한층 북돋아줄 뿐이니까요"[52]라고 홍룡이는 덕순에게 자기의 강철 같은 의지와 확고한 신념을 드러낸다.

> "그래두 용하게 참으셨어요. 혼자 도맡아 고생을 하셨지요. 정혁이 같은 사람은 홍룡 씨한테 절을 골백번이나 해두 차건만 어쩌면 그렇게 냉정한지 몰라요. 오늘두 중간에서 내빼는 것만 보세요."
> "남의 말 할게 있어요? 정혁이란 인물은 우리 운동 선상에서는 벌써 과거의 인물인걸. 소'부르'의 근성이 골수까지 밴 사람이라면 더 평할 여지가 없겠지요…"[53]

소부르주아 지식계급이 운동의 중심이었던 시대는 이미 과거가 되었고 그들과의 철저한 결별을 통해 가장 비타협적이고 가장 혁명적인 노동계급이 운동의 중심이 되어야 하는 것이 지금의 시대적 요구임을 보여주고 있다. 소부르주아 및 부르주아 반동계급과의 비타협적 의지가 얼마나 단호한지는 홍룡이가 단돈 한 푼도 없이 여관에 있으면서도 어머니를 통해 전해온 정희의 돈을 "주머닛돈이 쌈짓돈이지 그놈의 집에서 나온 돈은 다 마찬가지가 아니야요?"[54]라고 일언지하에 거절하는 데서 잘 나타난다. 결국 돈의 출처가 부정하지 않음을 알고 그제서야 그 돈으로 용산 공장 근처에 셋

---

51 심훈, 위의 책.
52 심훈, 위의 책.
53 심훈, 위의 책, 403쪽.
54 심훈, 위의 책, 408쪽.

집을 구하고 덕순이는 정미소의 여공으로 다시 취직하여 생활을 꾸려나가기로 한다. 감옥에서 겪은 모진 고문으로 다리를 못 쓰게 되고 김장관의 행랑채에서 쫓겨나 무일푼의 처지가 되었으면서도 굴하지 않고 공장에 다니면서 흥룡이와의 생계를 꾸려나가려는 덕순의 강고한 결심을 통해 그들의 주의에 대한 신념이, 그들의 투쟁이 얼마나 현실적 기반 위에 확고하게 자리 잡고 있는지 잘 보여주고 있다.

이처럼 소부르주아 지식계급의 관념성, 허약성에 대한 폭로와 그들과의 철저하고 단호한 결별과 함께 심훈이 강조하고 있는 것은 소부르주아 지식계급의 파쟁성에 대한 비판과 극복이다. 흥룡이는 감방에서 강도, 살인미수, 폭발물 취체 위반 같은 무시무시한 죄명을 걸머진 직접 행동패들인 간도 공산당 일파와 XX사건에 앞장을 서서 기골이 장대한 북관의 청년들을 만난다. "오랫동안 꺼둘려 다니며 경찰서에서 심한 취조를 당했었건만 그래도 그 기상과 그 태도는 조금도 변함이 없"[55]다.

> 그 중에도 흥룡이가 이상하게 생각한 것은 그들이 이론을 좋아하지 않는 것이다.
> "몰락의 과정을 과정하고 있는 부르주아지들의… 목적의식은 역사적 필연으로 자연생장기에 있어서…"
> 이런 따위의 알아듣기 어려운 물 건너 문자를 연방 써가면서 노닥거리는 것으로 일을 삼지 않는 것이다.
> 그들은 다만 골수에까지 배인 우직하고 열렬한 X급의식과 제 피를 XX 먹는 자에 대하여 육체적으로 XX을 계속할 뿐이다. 닭과 같이 싸우고 성난 황소처럼 들이받고 때로는 주린 맹수와 같이 상대자에게 달려들어 살점을 물어뜯을 뿐이다. 이른바 이론이나 캐고 앉아있는 나약한 지식계급으로서는 근처도 가기 어려운 야수성野獸性이 충만한 것이다. 흥룡이는 그들의 성격이 부러웠다.[56]

흥룡이가 이들을 부러워하고 좋아하는 것은 그들이 이론을 좋아하지 않는 건강한 행동주의자들이기 때문이다. 이론이나 캐고 앉아 있는 것은 나약한 지식계급이나 하는 일이라고 지식계급의 이론 중심주의, 이로 인한 파쟁성과 파당성에 대해 비판하고 있다. 이들에 비해 간도 공산당 일파나 북관의 청년들은 "나약한 지식계급으로서는

---

55 심훈, 위의 책, 361쪽.
56 심훈, 위의 책, 361쪽.

근처도 가기 어려운 야수성이 충만한" 혁명자들인 것이다. 『영원한 미소』에서도 김수
영은 "이론이란 결국 공상일세. 우리는 인제버틈 붓끝으로나 입부리로 떠들기만 하는
것을 부끄러워 할 줄 알아야 하네"[57]라고 하며 이론의 위해성과 이론 중심주의에 빠
져있는 지식계급을 비판하고 있다. 이는 카프문인들에 대한 심훈의 비판과도 맥을 같
이하고 있다.

> 세계 각국의 사전을 뒤져보아도 알 길 없는 '목적의식성', '자연생장기', '과정을 과
> 정하고' 등등 기괴한 문자만을 나열해 가지고 소위 이론투쟁을 하는 것으로 소일의 묘
> 법妙法을 삼다가 그나마도 밑천이 긁히면 모모某某를 일축一蹴하느니 이놈 너는 수완가
> 다 하고 갖은 욕설을 퍼부어가며 실컷 서로 쥐어뜯고 나니 다시 무료해진지라 영화나
> 어수룩한 양 싶어서 자웅을 분간할 수 없는 까마귀 떼의 하나를 대표하여 우리에게 싸
> 움을 청하는 모양인가?[58]

'목적의식성', '자연생장기', '과정을 과정하고'라는 표현은 명백히 일본식 사회주의
문예운동의 이론주의와 그 파당성에 대한 야유이다.[59] 이는 프로문학의 주역들을 "장
작개비를 집는 듯한 이론조각과 난삽한 감상문"[60]의 주체로 혹독하게 비판한 것과도
같은 맥락에 놓인다. 심훈이 카프에서 탈퇴한 주원인으로 알려진 카프의 '부락적 폐
쇄주의'와 '교조성'에 대한 비판의식[61] 역시 지식계급의 이론 중심주의와 파쟁성에 대
한 거부와 같은 선상에 놓여 있다.

3. 심훈식 사회주의사상의 기원에 대한 추론

위에서 살펴본 심훈의 '주의자 소설' 삼부작은 1930년부터 1933년까지 사이에 창
작되었으며 그 중, 『동방의 애인』, 『불사조』는 《조선일보》 연재 도중 검열에 의해 중단

---

57 심훈, 『영원의 미소』 앞의 책, 165쪽.
58 심훈, 「우리의 민중은 어떠한 영화를 요구하는가-를 논하여 '만년설' 군에게」 앞의 글, 75~76쪽.
59 한기형, 앞의 글, 429쪽.
60 심훈, 「프로문학에 직언 1, 2, 3」, 『영화평론 외』 230쪽.
61 최원식, 「심훈연구서설」 『한국근대문학을 찾아서』 인하대 출판부, 1999. 257~260쪽.

되었다. 소설들에는 주의자들의 투옥, 감옥에서의 모진 고문과 취조 과정, 그리고 거기에 맞서 비밀을 엄수하여 동지들을 보호하기 위한 옥내 투쟁, 출옥 후의 지속적인 투쟁, 압록강 국경을 넘는 열차를 타고 조선에 잠입하다가 형사에게 쫓겨 열차에서 뛰어내리는 주의자의 목숨을 건 탈주 등 엄청난 사건들을 직접적으로 형상화하고 있다. 이는 당시 카프진영 주역들의 작품에서도 찾아볼 수 없는 특이한 풍경이다. 심훈은 이런 주의자들의 주의와 이념을 위한 열렬한 투쟁장면과 불굴의 의지와 신념을 통해 소설 속에 그 나름의 강력한 사회주의사상을 투사하고 있다. 이러한 사회주의사상이 막바로 그의 중국 체험의 결과물이 아님은 위에서 살펴보았거니와 그렇다면 구경 무엇이 심훈 소설의 저 사회주의에 대한 도저한 신념과 열렬한 신봉을 만들어낸 것일까. 여기서 우리는 그의 중국 체험이 종결되던 1923년과 첫 '주의자 소설'『동방의 애인』이 연재되던 1930년 사이, 그 무렵에 조선 공산주의 진영을 강타한 한 문건을 떠올려볼 필요가 있다. 「조선농민 및 노동자의 임무에 관한 테제―12월 테제―」라는 제목 하의 이 문건에서 우리는 당시 코민테른이 조선 사회주의자들에게 내린 사회주의 운동방침의 전환에 관한 결의의 내용을 볼 수 있다.

> 사회적, 경제적 실질實質에 의해 단지 일본제국주의에 대해서 뿐 아니라 조선 봉건제도에 대해서도 조선혁명이 실행되어야 할 이유가 여기에 있다…
>
> 혁명은 전자본주의적 존속을 파괴하고 토지관계를 근본적으로 개조하여 자본주의적 압박으로부터 토지를 해방하는 일에 직면하고 있다. 조선혁명은 토지혁명이어야 한다. 이렇게 하여 제국주의의 타도 및 토지문제의 혁명적 해결을 초래한다…
>
> 조선공산주의자가 자기의 행동에 의해 토지문제와 민족혁명을 조직적으로 결합할 수 없다면 조선 프롤레타리아트는 민족해방운동의 지도자가 될 수 없다…
>
> 동시에 토지혁명의 전개 없이는 민족해방투쟁의 승리는 얻어지지 않는다. 민족해방운동과 토지에 대한 항쟁의 결합이 거의 없었기 때문에 근년(1919년, 1920년) 혁명운동은 미약했고 실패로 돌아갔던 것이다…[62]

---

62 한대희 편역, 「조선농민 및 노동자의 임무에 관한 테제」, 『식민지시대 사회운동』, 한국: 한울림, 1986, 208~209쪽.(이 책의 서문에 보면 '12월 테제'는 김정명(金正明) 편, 『조선독립운동(朝鮮獨立運動)V : 공산주의운동편(共産主義運動篇)』, 동경(東京): 원서방(原書房), 1967의 해당 부분을 옮긴 것.)

테제는 조선은 일본의 완전한 식민지로 공업의 발달은 방해받고 있으며 농업에서의 경제관계는 전前자본제적 형태를 유지하고 있으므로 조선혁명은 일본제국주의로부터의 민족해방과 토지혁명 즉 계급해방을 위한 사회주의혁명이라고 하고 있다. 동시에 테제는 "조선혁명은 토지혁명이어야 하"며 "토지혁명의 전개 없이는 민족해방투쟁의 승리는 얻어지지 않는다"고 사회주의혁명이 민족혁명에 우선하는 과제임을 강조하였으며 토지혁명과 민족혁명을 조직적으로 결합해야 한다고 주장하였다. 1919년의 3.1운동 등 민족해방운동이 실패로 돌아간 것은 토지혁명이 전제되지 않았기 때문이라고 보고 있다. 사회주의를 제외한 어떠한 정치세력도 민족운동의 혁명적 성격을 약화시키리라는 것, 이것이 '12월 테제' 이후 조선 사회주의운동 방향전환의 주요 내용이었다. 이제 민족혁명은 노동계급 전위정당으로서 '공산당'이 토지문제의 혁명적 해결방안을 가지고 농민을 지도할 때에만 가능하게 되었다. 민족혁명과 사회혁명이 동일시되기에 이른 것이며 사회혁명역량의 강화만이 민족혁명의 성공을 보장할 수 있다는 방침에 다다른 것이다. 민족혁명과 사회혁명 사이에 '만리장성'이 무너지면서 민족혁명은 사회혁명과는 다른 독자적인 질을 가진다는 인식은 사라지게 되었다. 노동자계급의 반제국주의적이며 반자본가적인 투쟁을 혁명적인 사회주의 운동가들이 이끌어 조직하는 것, 사회주의 운동가들이 농민의 토지에 대한 요구를 토지혁명의 방식으로 지도하는 것, 이것이야말로 민족혁명을 승리로 이끌기 위한 필요한 조건이자 또한 충분한 조건인 것이다.[63] 그들은 민족혁명을 사회혁명 속으로 해소시킴으로써 계급적인 것과 민족적인 것이라는 서로 다른 과제를 "부르주아에 반대하는 부르주아민주주의 혁명"이라는 하나의 과제로 만들었다.[64]

테제는 또 "경작지면적의 확장, 관개설비, 관개예정지 확장, 치산治山, 농사 개량 등 조차 조선인의 생활상태를 개선할 수 없었다. 왜냐하면 이들 모든 사업은 일본제국주의의 야망을 충족하기 위해서만 수행되었기 때문이다"[65]고 일제가 식민지 조선에서 추진하고 있는 농촌진흥운동 내지 브나로드 운동의 허위성과 실질에 대해 폭로하고 있다. 테제는 조선공산주의자의 허약함을 반성하고 그것의 철저한 개조를 위해

63 류준범, 「1930~40년대 사회주의 운동가들의 '민족혁명'에 대한 인식」, 『역사문제연구』 제4호, 2000, 112~113쪽.
64 류준범, 위의 글, 115쪽.
65 한대희 편역, 앞의 글, 206쪽.

서는 노동자와 농민 속으로 들어가야 한다고 주장한다.

어거에 있어서 공산당원은 거의 모두 지식계급 및 학생뿐이었기 때문에 당으로서

> 과거에 있어서 공산당원은 거의 모두 지식계급 및 학생뿐이었기 때문에 당으로서
> 는 공산정치의 실현은 고사하고 필요한 조직적 연대의 실행도 곤란했다. 이것이 바로
> 조선공산당의 제1사업이 과거의 오류를 청산할 필요가 있다는 소이所以이다. 당의 개
> 조문제를 빼고는 따로 절실한 문제는 없다. 당을 소부르주아지 및 지식계급으로써 조
> 직하고 노동자와의 관계를 소홀하게 한 점이 현재까지 조선공산주의의 영구적 위기를
> 낳게 한 주요한 원인이다…
> 　조선공산주의자는 일대노력을 기울여 첫째로 노동자를, 둘째로 빈농을 획득하지 않
> 으면 안 된다. 주의자는 당黨대중의 목적달성을 위해서 구식 조직방법과 지식계급의
> 주장을 버리고 특히 기업 및 신디케이트에 있어서의 공작에 노력해야만 앞서 말한 대
> 사업을 완성할 수가 있다…
> 　농민에 대한 행동에 관해서 당은 소작인 및 반半 소작인 속에서 강력하게 활동해
> 야 한다…[66]

여기서 당의 개조 문제란 바로 당원의 거의 대부분을 이루는 소부르주아 지식계급
의 철저한 자기 개조를 의미한다. 이러한 당의 개조를 위해 조선공산주의자는 지식계
급의 주장을 버리고 노동자와 빈농을 획득해야 한다는 것이다. 노동자·농민 대중에
근거하여 사회주의 대열의 재편성을 이루려는 활동상의 방향전환은 사회주의자들의
조직적 허약함에 대한 반성과 연결된 것이긴 하지만, 그것은 조직상의 방침 그 이상
을 의미한다. '조선혁명'에 대한 사회주의자들의 인식변화가 조직상의 활동방침을 변
경시켜 놓은 것이다. 따로이 민족혁명을 강화하기 위해 다른 정치세력과 연합된 전선
을 만들려는 노력은 무의미하며 때론 유해하다. 사회주의자들의 생각에는 노동자·농
민의 일상적 투쟁에 사회주의자들이 결합하여 그 투쟁을 강화하는 것, 이렇게 '민중
역량'을 강화하는 것만이 민족혁명을 위한 유일한 길이었다.[67]

---

66 한대희 편역, 위의 글, 211쪽.
67 류준범, 앞의 글, 114쪽.

심훈 문학의 전환

조선의 공산당운동의 당면한 주요방침은 한편으로 프롤레타리아 혁명운동을 왕성하게 하여 소부르조아 민족운동으로부터 완전히 분리시키고, 다른 한편으로 계급의식을 강조하면서…

조선의 주의자는 자기의 모든 공작, 자기의 모든 임무로부터 명백히 소부르조아 당파를 분리시키고 혁명적 노동운동의 완전한 독자성을 엄중히 지켜나가야 한다…[68]

테제는 또 프롤레타리아 혁명운동을 강화하기 위해서는 소부르주아와 완전히 결별해야 하며 그렇게 하여 노동운동의 독자성과 혁명성을 지켜갈 것을 강조하고 있다. 12월테제의 기반이 되고 있는 코민테른 제6회 대회에서 채택한 「식민지·반식민지 국가의 혁명운동에 대하여」에서는 소부르주아 정치조직들이 민족혁명적 성격에서 급속히 민족개량주의적으로 변모하고 있음을 지적하고 있다. 이 테제는 식민지의 기본적인 정치지형을 제국주의/민족개량주의/민족혁명이라는 세 가지로 구분하고 있다. 이같은 구분에서 소부르주아의 독자적인 정치조직이란 민족개량주의적 조직 내지는 곧 그렇게 될 조직에 불과한 것이다.[69]

또한 테제는 그 첫머리에 "공산당 조직의 곤란함은…일본제국주의의 탄압뿐만 아니라 조선의 공산운동을 수년 동안 괴롭히고 있는 내부의 알력·파쟁으로부터 오고 있다. 그리하여 부르조아계급의 백색白色테러 폭압 및 내홍内訌과 파쟁은 조선 프롤레타리아의 공산주의 전위대를 조직함에 있어서 가장 커다란 장애가 되고 있다"[70]고 조선 사회주의운동에서의 파쟁의 위해성에 대해 날카롭게 비판하고 있으며 이에 대한 극복이 급선무임을 강조하고 있다.

공교롭게도 이러한 '12월 테제'의 내용은 위에서 살펴본 심훈의 '주의자 소설' 삼부작이 포획한 조선 사회주의의 방향과 매우 닮아 있다. 심훈이 「12월 테제」를 보았는지는 현재 확인할 방법이 없다. 다만 1928년 12월 코민테른집행위원회에서 결의한 「조선문제에 대한 코민테른집행위원회의 결의」 즉 이른바 '12월 테제'가 "이후 조선 사회주의운동의 일반 지침서와 같은 구실을 했"고 "12월 테제는 당시 사회주의자들에게

68 한대희 편역, 앞의 글, 213쪽.
69 류준범, 앞의 글, 111쪽.
70 한대희 편역, 앞의 글, 205쪽.

250

운동방침의 전환을 의미하는 것으로 이후 사회주의 운동의 강령적 문서로 작용했"[71] 음을 염두에 둔다면 우리는 심훈이 「12월 테제」를 보았을 가능성을 배제할 수 없다. 또한 심훈은 중국 체류 시, 이동휘, 여운형 등 사회주의자들과 교류하였고 귀국하여 동아일보 시절 박헌영·임원근·허정숙 등 공산주의자들과 함께 활약하다가 '철필구락부' 사건으로 퇴사하였다.[72] 이를 두고 홍효민은 그가 "동아일보에서 점차로 사회주의적인 분위기를 조성하기에 힘을 썼었다"[73]고 회고하였다. 심훈은 홍명희와도 깊은 관계를 유지하였다. 그리고 심훈은 조선공산당 사건으로 구속되었다가 1927년 11월 22일 병보석으로 출감한 박헌영의 처참한 몰골에 분개하여 그의 출감에 즈음하여 「박군의 얼굴」이라는 시를 발표하였다. 이러한 일련의 행적은 그가 지속적으로 공산주의 운동에 관심을 갖고 있었음을 보여준다. 그러므로 사회주의자들에게 강령적 문서로 작용했고 신간회 해소 운동의 근거가 되었던 이 문건을 심훈이 보았을 가능성은 무엇보다 높다. 그의 '주의자 소설' 삼부작이 포획한 조선 사회주의의 방향이 '12월 테제'의 주장과 거의 닮았음은 무엇보다 유력한 증거가 아닐 수 없다.

4. 결론

이상에서 본고는 심훈의 사회주의사상이 집중적으로 체현된 『동방의 애인』, 『불사조』, 『영원의 미소』 세 편의 소설을 연구대상으로 심훈 소설에 나타나는 사회주의사상을 살펴보고 그의 중국 체험의 연장으로서의 사회주의 사상의 심화와 전환의 계기를 주목하였다.

위의 세 편의 장편소설은 중국에서 귀국 후 7년 뒤, 1930년경부터 1933년까지 발표한 것으로 모두 주의자들의 투옥체험과 불굴의 투쟁, 출옥 후의 지속적인 투쟁 등을 다루고 있으며 이를 통해 심훈은 나름대로 조선의 사회주의가 나아가야 할 방향에 대해 포획하고 있다. 첫째, 심훈은 사회주의 혁명을 계급문제와 식민지의 문제를 해

---

71 류준범, 앞의 글, 103쪽.
72 최원식, 앞의 글, 251~253쪽.
73 홍효민, 「상록수와 심훈」, 『현대문학』(1963년 1월호), 269~270쪽.(최원식, 위의 글, 252쪽 재인용.)

결할 수 있는 대안으로 보았고 계급해방을 우선하는 근본적인 문제로 보았으나 민족해방의 문제는 결코 포기할 수 없는 것으로 보았다. 즉 민족해방의 문제는 사회주의 혁명 속에서 계급해방과 함께 추구해야할 공동의 목표이자 포기할 수 없는 영원한 과제라는 것이다. 심훈은 민족과 계급을 동시에 사유하고 있었으며 이러한 민족과 계급에 대한 고민은 식민지 조선농촌의 현실에 대한 날카로운 해부와 통찰에 기초하고 있다. 둘째, 농민계급과의 결합을 통한 소부르주아 지식계급의 철저한 자기 개조가 절실하다고 보았다. 심훈은 지금까지 지식계급이 해왔던 소위 브나로드운동이니 농촌진흥운동이니 모두 농촌의 현실적 문제를 해결하고 농민들의 극도로 궁핍하고 참혹한 삶을 개선하는 것에는 아무런 의미도 없었음을 비판하고 있다. 이러한 준엄한 비판과 자기비판은 곧 지식계급의 철저한 개조의 문제와 맞닿아 있는 것이었다. 셋째, 심훈은 노동계급의 혁명성을 긍정하고 지식계급의 파쟁성에 대해 비판하였으며 그것을 극복해야 한다고 보았다. 소부르주아 지식계급이 운동의 중심이었던 시대는 이미 과거가 되었고 그들과의 철저한 결별을 통해 가장 비타협적이고 가장 혁명적인 노동계급이 운동의 중심이 되어야 하는 것이 지금의 시대적 요구임을 보여주고 있다.

위의 심훈의 '주의자 소설' 삼부작이 포획한 조선 사회주의의 방향은 공교롭게도 1928년 12월 코민테른집행위원회에서 결의한 「조선문제에 대한 코민테른집행위원회의 결의」 즉 이른바 '12월 테제'와 매우 닮아 있다. 심훈이 「12월 테제」를 보았는지는 현재 확인할 방법이 없다. 다만 '12월 테제'가 "이후 조선 사회주의운동의 일반 지침서와 같은 구실을 했"고 "12월 테제는 당시 사회주의자들에게 운동방침의 전환을 의미하는 것으로 이후 사회주의 운동의 강령적 문서로 작용했"음을 염두에 둔다면 우리는 심훈이 「12월 테제」를 보았을 가능성을 배제할 수 없다. 또한 심훈이 중국 체류 시기 및 귀국하여 동아일보 시절, 지속적으로 공산주의자들과 교류하고 함께 활약하였던 점, 그리고 조선공산당 사건으로 구속되었다가 병으로 출감한 박헌영을 모델로 「박 군의 얼굴」이라는 시를 발표하였던 점 등 일련의 행적은 그가 지속적으로 공산주의운동에 관심을 갖고 있었음을 보여준다. 그러므로 사회주의자들에게 강령적 문서로 작용했고 신간회 해소 운동의 근거가 되었던 이 문건을 심훈이 보았을 가능성은 무엇보다 높다. 그의 '주의자 소설' 삼부작이 포획한 조선 사회주의의 방향이 '12월 테제'의 주장과 거의 닮았음은 무엇보다 유력한 증거가 아닐 수 없다.

그럼에도 불구하고 당시 심훈의 처지와 문학 활동 그리고 사회주의적 민족주의자 등으로 분류되기도 했던 그의 사상적 편력을 생각한다면 심훈의 그런 소설들이 공산주의에 대한 깊은 관심과 철저한 이해 위에서 씌어졌으리라고는 생각되지 않는다. 어쩌면 '주의자 소설' 삼부작으로 묶을 수 있는 이 세 편의 소설은 사회주의 문제에 끝까지 깊은 관심을 가졌던 지식인의 과거 공산주의 운동의 역사적 평가로 이해하는 것이 가능하지 않을까? 사회주의 문제에 깊은 관심을 가졌던 심훈은 그 평가척도로 당시 아마도 제법 알려져 있을 '12월 테제'를 끌고 들어왔을 것이다.

심훈 문학의 전환

참고문헌

1. 기본자료

심 훈, 『동방의 애인 · 불사조』, 글누림, 2016.

_____, 『영원의 미소』, 글누림, 2016.

_____, 『영화평론 외』, 글누림, 2016.

_____, 『심훈 시가집 외』, 글누림, 2016.

2. 논문

유병석, 「심훈의 생애 연구」, 《국어교육》 제14호, 한국국어교육연구회, 1968.

한기형, 「'백랑(白浪)'의 잠행 혹은 만유-중국에서의 심훈」, 《민족문학사연구》 35, 민족문학사학회, 2007.

_____, 「서사의 로칼리티, 소실된 동아시아-심훈의 중국체험과 『동방의 애인』」, 《대동문화연구》 제63집, 2008.

하상일, 「심훈과 중국」, 《비평문학》 55, 2015.

_____, 「심훈의 중국 체류기 시 연구」, 《한민족문화연구》 제51집, 2015.

_____, 「심훈의 생애와 시세계의 변천」, 《동북아 문화 연구》 49, 2016.

한대희 편역, 「조선농민 및 노동자의 임무에 관한 테제」, 『식민지시대 사회운동』, 한국: 한울림, 1986.

최원식, 「심훈연구서설(沈熏研究序說)」, 『한국근대문학을 찾아서』, 인하대학교출판부, 1999.

류준범, 「1930~40년대 사회주의 운동가들의 '민족혁명'에 대한 인식」, 《역사문제연구》 제4호, 2000.

        「조선농민 및 노동자의 임무에 관한 테제」.

심훈과 항주

하상일*
동의대학교 문예창작학과 교수

*   동의대학교 한국어문학과

1. 심훈의 중국행

심훈은 1919년 경성고보 재학 중 3·1운동으로 옥고를 치르고 나온 이후[1] 중국으로 망명 유학을 떠났다. 심훈의 중국행 시기에 대해서는 지금까지 1919년 겨울과 1920년 겨울 두 가지 견해가 있었다. 우선 1919년 겨울이라는 견해는, 심훈이 남긴 글과 시에 적힌 날짜와 윤석중의 회고에 근거하여 신빙성 있는 사실로 추정되었다. 심훈은 "기미년己未年 겨울 옥고를 치르고 난 나는 어색한 청복淸服으로 변장하고 봉천을 거쳐 북경으로 탈주하였다. 몇 달 동안 그곳에 두류逗留하며 연골에 견디기 어려운 풍상을 겪다가 성암醒庵의 소개로 수삼차 단재를 만나 뵈었는데 신교新橋 무슨 호동胡同엔가에 있는 그의 우거寓居에서 며칠 저녁 발칫잠을 자면서 가까이 그의 성해聲骸를 접하였다."[2]라고, 1919년 겨울 중국 북경에서 겪었던 일을 비교적 상세하게 기록하였다. 또한 "나는 맨 처음 그 어른에게로 소개를 받아서 북경으로 갔었

---

1 대전정부청사 국가기록원에 보존되어 있는 <심대섭 판결문>(대정(大正) 8년(八年) 11월(十一月) 6일(六日))에 따르면, 심훈은 당시에 김응관 외 72명과 함께 보안법 위반과 출판법 위반으로 재판을 받았다. 이 때 심훈은 치안방해죄로 '징역(懲役) 6월(六月) 단(但) 미결구유일수(未決拘留日數) 90일(九十日) 명본형산입상3년문(各本刑算入尙三年間) 형집행유예(形執行猶豫)'를 선고받았는데, 이 판결에 근거하여 국가보훈처에서는 심훈이 1919년 11월 6일 집행유예로 풀려난 것으로 정리하였다. 안보문제연구원, 「이 달의 독립운동가 - 문학작품을 통해 항일의식을 고취시킨 심훈」, ≪통일로≫ 157호, 2001. 9, 106쪽. (조제웅, 「심훈 시 연구」, 영남대 박사논문, 2006, 28쪽에서 재인용.)

2 심훈, 「필경사잡기(筆耕舍雜記)-단재(丹齋)와 우당(于堂)(1)」 김종욱·박정희 엮음, 심훈 전집 1 : 심훈시가집 외 , 글누림, 2016, 323~324쪽. 이하 심훈의 글 인용은 이 전집에서 했으므로 제목과 전집 권수, 쪽수만 밝히기로 한다.

다. 부모의 슬하를 떠나보지 못하던 십구 세의 소년은 우당장于堂丈과 그 어른의 영식인 규용奎龍 씨의 친절한 접대를 받으며 월여를 묵었었다."[3]라고 한 데서, 북경으로 갔던 당시의 나이를 "십구 세"로 밝혔다. 그리고 북경에서 지낼 때 심훈은 「북경의 걸인」, 「고루鼓樓의 삼경三更」 두 편의 시를 남겼는데, 작품 끝부분에 적어 놓은 창작 날짜와 장소를 보면 "1919년 12월 북경에서"라고 되어 있다. 이후 그가 시집 출간을 위해 묶은 『심훈시가집沈熏詩歌集 제1집第一輯』(경성세광인쇄사인행京城世光印刷社印行)에서도 '1919년에서 1932년'까지 창작한 시를 모은 것으로 표기하고 이 두 편을 1919년 작품으로 명시하였다.[4] 만일 그가 1920년 겨울 북경으로 간 것이 사실이라면, 심훈은 자신의 중국행과 관련한 행적에 대해 같은 오류를 반복하고 있다고 볼 수밖에 없다. 하지만 현재로서는 이렇게 판단할 만한 명확한 근거를 제시하기 어렵다는 점에서, 그의 중국행 시기를 1919년으로 보는 견해를 무조건 부정할 수는 없을 듯하다. 더군다나 "그가 3·1운동運動 당시 제일고보第一高普(경기고京畿高)에서 쫓겨나 중국中國으로 가서 망명유학亡命留學을 다섯 해 동안 한 적이 있는데"[5]라는 윤석중의 회고에서 "다섯 해"에 주목한다면, 1919년을 포함해야 1923년 귀국까지의 기간과 일치한다는 점에서 1919년 설은 일정 부분 설득력을 지닌다는 사실도 간과해서는 안 되는 것이다.

다음으로 1920년 겨울 중국으로 떠났다는 견해는, 그가 1920년 1월 3일부터 6월 1일까지 5개월 남짓의 일기[6]를 남겼다는 데 근거를 두고 있다. 일기의 내용은 이희승, 박종화, 방정환 등 여러 문인들과의 교류와 습작 활동 등 당시 한국에서의 일상적인 생활에 대한 기록을 비교적 상세하게 담고 있어서, 1919년에 이미 중국으로 떠났다는 견해는 전혀 신빙성이 없다는 주장을 뒷받침한다. 지금까지 심훈에 대한 연보는 대부분 이 일기에 근거하여 1920년 북경으로 떠난 것으로 정리하였고, 최근 학계의 논의 역시 대체로 이 견해를 따르는 것으로 일반화되어 있다. 결국 1919년 중국행에 대한 심훈 자신의 기록은 오류일 것이라는 추정을 기정사실로 받아들인 셈인데, 그가 남긴 글과 기록이 서로 어긋나는 점이 많고 혼선도 있다는 점에서 이러한 판단은

---

3 「필경사잡기(筆耕舍雜記)-단재(丹齋)와 우당(于堂)(2)」, 심훈 전집 1 : 심훈시가집 외 , 326쪽.
4 『심훈 전집 1 : 심훈시가집 외』, 148~151쪽.
5 윤석중, 「인물론- 심훈(沈熏)」, 『신문과 방송』, 한국언론진흥재단, 1978, 74쪽.
6 『심훈전집 8 : 영화평론 외』, 413~475쪽.

일면 타당하다. 하지만 앞서 언급한 대로 1919년 설을 논리적으로 부정할 만한 명확한 근거가 현재로서는 없다는 점에서 무조건 1920년 설을 인정하는 것도 바람직하다고 볼 수는 없다. 따라서 심훈의 중국행에 대한 논의는 앞으로 실증적인 자료를 보완함으로써 더욱 명확하게 정리될 필요가 있다.

그렇다면 심훈의 중국행은 무슨 이유와 목적을 가지고 이루어진 것일까? 심훈은 자신의 중국행 목적에 대해 "북경대학의 문과를 다니며 극문학을 전공하려던"[7] 것이었다고 밝힌 바 있다. 하지만 이러한 그의 말은 정치적 목적을 은폐하기 위한 위장술이 아니었을까 짐작된다. 그가 줄곧 언급했던 일본으로의 유학 계획을 접고 갑자기 중국으로 유학을 갔다는 점도 이러한 추정을 뒷받침한다.[8] 게다가 심훈이 북경에 도착해서 이회영, 신채호 등 항일 망명인사들을 접촉하고 그들의 집에서 머물렀다는 점을 주목할 필요가 있는데, 우당과 단재의 사상적 실천은 심훈의 문학과 사상이 형성되는 중요한 토대가 되었을 것으로 추정된다.[9] 당시 심훈은 민족 운동에서 출발해서 무정부주의로 나아갔던 신채호, 이회영 등 아나키스트들의 사상을 많이 동경했던 것으로 보인다. 따라서 심훈의 중국행은 어떤 정치적 목적을 수행하기 위해 유학으로

---

7 「무전여행기:북경에서 상해까지」, 『심훈 전집 1 : 심훈시가집 외』, 340쪽.

8 그는 1920년 1월의 일기에서 일본 유학에 대한 결심을 분명히 말했었다. "나의 일본 유학은 벌써부터의 숙망(宿望)이요, 갈망이다. 여기만 있어 가지고는 아주 못할 것은 아니나 내가 목적하는 문학 길은 닦기가 극난하다. 아무리 원수의 나라라도 서양으로 못갈 이상에는 동양에는 일본밖에 가 배울 곳이 없다. 그러나 내 주위의 사정은 그를 용서치 않는다. 그러나 나는 기어이 올 봄 안으로는 가고야 말 심산이다. 오는 3월 안에 가서 입학을 하여도 늦을 것인데 ……어떻든지 도주를 하여서라도 가고야 말란다." (『심훈전집 8 : 영화평론 외』, 433쪽.) 그런데 3월의 일기에서 "나의 갈망하던 일본 유학은 3월에 들어 단념하게 되었다."라고 하면서 네 가지 이유를 말했다. "1, 일인(日人)에 대한 감정적 증오심이 날로 더해감이요, 2, 학비 문제니 뒤를 대어줄 형님이 추호의 성의가 없음, 3, 2·3년간은 일본에 가서라도 영어를 준비해야 하겠는데 그만큼은 못하더라도 청년회관에서 배울 수 있는 것, 4, 영어와 기타 기초 교육을 닦은 뒤에 서양유학을바람 등이다. 부친도 극력 반대이므로." (『심훈전집 8 : 영화평론 외』, 465~466쪽.) 이런 사실로 미루어볼 때, 만일 그의 중국행이 진정 유학을 목적으로 한 것이었다면 굳이 중국으로 가지는 않았을 것으로 판단된다.

9 실제로 심훈은 "나는 맨 처음 그 어른에게로 소개를 받아서 북경으로 갔었다" (「필경사잡기(筆耕舍雜記)-단재(丹齋)와 우당(于堂)(2)」, 앞의 책, 326쪽)라고 밝혔는데, 여기에서 "그 어른"은 우당 이회영을 가리킨다. 그리고 "성암(醒庵)의 소개로 수삼차 단재를 만나 뵈었는데 신교(新橋) 무슨 호동(胡同)엔가에 있는 그의 우거(寓居)에서 며칠 저녁 발칫잠을 자면서 가까이 그의 성해(聲咳)를 접하였다." (「필경사잡기(筆耕舍雜記)-단재(丹齋)와 우당(于堂)(1)」, 앞의 책, 324쪽)라고도 적어두었는데, 여기에서 "성암"은 이광(李光)으로 이회영과도 아주 가까운 혁명 동지였다. 일본 와세다대학과 중국 남경의 민국대학을 졸업한 이광은 신민회원이었고, 이회영과 함께 경학사와 신흥무관학교를 운영한 가까운 동지였다. 그는 임정 임시의정원 의원과 외무부 북경 주재 외무위원을 겸임하며 한중 양국의 외교적 사항을 처리할 만큼 중국통이었다.(이덕일, 『이회영과 젊은 그들』, 역사의아침, 2009, 198쪽.)

가장한 위장된 행로였을 가능성이 많다.[10] 식민지 청년으로서 조국의 현실을 올바르게 직시함으로써 새로운 시대를 열어나가고자 했던 그의 정치적 목표의식이 중국행을 결심하는 데 결정적으로 작용했다고 할 수 있는 것이다.[11]

2. 심훈의 중국 인식과 복잡한 이동 경로

심훈의 중국 생활은 북경을 시작으로 상해, 남경을 거쳐 항주에 정착하는 아주 복잡한 여정으로 이루어졌다. 그가 중국에 머문 기간이 2년 남짓에 불과하다는 점을 고려하면, 그의 중국 생활은 순탄하지 못한 여러 사정이 있었던 것으로 짐작된다. 게다가 유학을 목적으로 중국으로 갔다는 그의 증언에 따를 때, 가장 오랫동안 머물렀던 항주 지강대학을 졸업도 하지 않은 채 서둘러 귀국을 했다는 점도 중국에서의 행적이 지닌 여러 의혹들을 증폭시킨다. 따라서 심훈의 중국행이 치밀하게 계산된 일종의 "트릭"[12]일 가능성이 많다고 보는 시각은 상당히 설득력이 있다. 심훈이 북경에 잠시 머물다 상해로 이동하는 과정을 보면 이러한 추정은 더욱 신빙성 있는 사실로 드러난다. 그는 북경대학에서 극문학을 전공하겠다던 애초에 밝힌 계획을 접으면서, "그 당시 나로서는 그네들의 기상이 너무나 활달치 못함에 실망치 않을 수 없었다"라고 석연찮은 변명을 했다. 하지만 1920년대 북경대학의 사정을 보면, 심훈의 이러한 논평은 전혀 사실과 부합되지 않은 억지스러운 발언임을 알 수 있다. 1920년 말 북경대학은 천두슈陳獨秀, 리다자오李大釗, 후스胡適 등 신문화 운동의 주역들이 포진해 있어 그 어느 때보다 활기가 넘치는 곳이었으므로,[13] 이러한 심훈의 논평은 정치적 의도를 은폐하

---

10 하상일, 「심훈의 중국에서의 행적과 시세계의 변화」, ≪2014 월수(越秀)-중원국제한국학연토회(中源國際韓國學硏討會) 발표논문집≫, 절강월수외국어대학 한국문화연구소, 2014. 12. 13. 207쪽.
11 심훈의 중국행이 1920년 말에 이루어진 것이 분명하다면, 그가 중국으로 떠나기 직전 사회주의 성향의 잡지 『공제(共濟)』 2호(1920. 10. 11.)의 '현상노동가' 모집에 투고한 「노동의 노래」를 보면 당시 그가 사회주의에도 깊은 관심을 가지고 있었음을 알 수 있다. 한기형의 「습작기(1919~1920)의 심훈 - 신자료 소개와 관련하여」(『민족문학사연구』 22호, 민족문학사학회, 2003) 참조.
12 한기형, 「'백랑(白浪)'의 잠행 혹은 만유 - 중국에서의 심훈」, 앞의 책, 447쪽.
13 이에 대한 자세한 내용은 '백영서, 「교육독립론자 차이위안페이 - 중국의 대학과 혁명」, 『전환의 시대 대학은 무엇인가』, 한길사, 2000.' 참조.

기 위한 일종의 담론적 수사였을 가능성이 많다.[14]

주지하다시피 1920년대 초반 중국 상해는 동아시아 사회주의 운동의 중심지였다. 심훈이 중국으로 가기 직전에 보인 사회주의에 대한 관심과, 그의 경성고등보통학교 동창생 박헌영[15]이 당시 상해에 있었다는 사실 등이 주목되는 이유도 바로 여기에 있다. 하지만 실제로 그가 마주한 중국 상해의 모습은 식민지 현실을 극복하기 위한 혁명 도시로서의 기대감과는 전혀 다른 실망감을 안겨주었다. 당시 상해는 여러 분파로 대립하는 임시정부의 노선 갈등으로 혼란스러웠을 뿐만 아니라, 근대 자본의 유입에 따른 세속적 타락이 난무하는 혼돈의 도시로 다가왔기 때문이다. 1921년 중국 공산당이 제1차 대회를 가졌던 공산주의혁명의 발상지라고는 믿기 어려울 정도로, 제국주의 열강들이 자국의 이익을 위해 각축전을 벌이는 가장 식민지적 장소이기도 했던 곳이 바로 상해였던 것이다. 이러한 상해의 이중성과 양가성을 인식한 데서 비롯된 심훈의 절망과 탄식은 그의 시 「상해의 밤」에 고스란히 담겨 있다.

우중충한 '농당弄堂' 속으로
'훈둔'장사 모여들어 딱따기 칠 때면
두 어깨 웅숭그린 연놈의 떠드는 세상,
집집마다 마작판 뚜드리는 소리에
아편에 취한 듯 상해의 밤은 깊어가네

발벗은 소녀, 눈먼 늙은이를 이끌며
구슬픈 호궁胡弓에 맞춰 부르는 맹강녀孟姜女 노래,
애처롭구나! 객창客窓에 그 소리 장자腸子를 끊네

사마로四馬路 오마로五馬路 골목골목엔
'이쾌양듸', '량쾌양듸' 인육人肉의 저자,
단속곳 바람으로 숨바꼭질하는 '야-지'의 콧잔등이엔
매독이 우글우글 악취를 풍기네

---

14 하상일, 「심훈과 중국」, 『비평문학』 55, 한국비평문학회, 2015. 3. 31, 208~209쪽.
15 심훈의 소설 「동방의 애인」과 시 「박군의 얼굴」은 박헌영을 모델로 쓴 작품이다.

집 떠난 젊은이들은 노주老酒잔을 기울여
걷잡을 길 없는 향수에 한숨이 길고
취하여 취하여 뼛속까지 취하여서는
팔을 뽑아 장검長劍인 듯 내두르다가
채관菜館 소파에 쓰러지며 통곡을 하네

어제도 오늘도 산란散亂한 혁명의 꿈자리!
용솟음치는 붉은 피 뿌릴 곳을 찾는
'까오리' 망명객의 심사를 뉘라서 알고
영희원影戱院의 산데리아만 눈물에 젖네

– 「상해上海의 밤」 전문16

　서구적 근대와 제국주의적 근대가 착종된 1920년대 상해의 어두운 밤을 적나라하게 보여주는 작품이다. 당시 상해의 모습은 마작, 아편, 매춘 등이 난무하는 자본주의적 모순 공간으로서의 폐해를 그대로 노출하고 있었다. 특히 "사마로 오마로 골목골목"은 다관과 무도장, 술집과 여관 등이 넘쳐 났고, 기방들이 줄지어 들어서 있어 떠돌이 기녀들이 엄청난 무리를 이루어 호객을 하는 곳이었다.[17] 이처럼 심훈이 진정으로 동경했던 조국 독립과 혁명을 준비하는 성지가 아니라 "산란한 혁명의 꿈자리!"로 실망감을 안겨주는 곳이 바로 상해였으므로, 그는 "망명객"으로서의 깊은 절망과 탄식에 빠질 수밖에 없었을 것이다. 아마도 그가 상해에도 오래 머물지 않은 채 항주로 떠났던 이유와 그곳에서 지강대학之江大學[18]에 입학하게 된 사정은, 식민지 청년으로서 조국 독립에 대한 남다른 포부를 가지고 북경을 거쳐 상해로 왔던 자신의 행보에 대한 실망과 좌절이 크게 작용한 결과가 아니었을까 생각된다.

---

16 『심훈 전집 1 : 심훈시가집 외』, 153~154쪽.

17 니웨이(倪伟), 「마도(魔都)' 모던」, 『ASIA』 25, 2012 여름호, 30~31쪽.

18 지강대학은 현재 절강(浙江)대학교 지강캠퍼스로 편입된 곳으로 미국 기독교에 의해 세워진 대학이다. 당시 중국의 13개 교회대학 가운데 가장 먼저 세워진 학교로 화동(華東) 지역의 5개 교회대학(금릉(金陵), 동오(東吳), 성요한(聖約翰), 호강(滬江), 지강(之江)) 가운데 거점 대학이었다. 당시 이 대학은 서양을 향한 중국 내의 중요한 통로 역할을 했으며, 학생들은 5.4운동에도 적극 가담하는 등 서구적인 문화와 진보적인 의식을 동시에 배양하고 있는 곳이었다. 張立程, 汪林茂, 『지강대학사(之江大學史)』, 항주출판사(杭州出版社), 2015 참조.

심훈 문학의 전환

물론 심훈이 상해를 떠나 항주에 정착한 까닭이 무엇이었는지, 어떤 이유에서 지강대학을 다니게 되었는지는 현재로서는 정확히 알 길이 없다. 다만 그가 항주에서 보낸 시절이 상해에서의 경험에서 비롯된 중국에 대한 인식이 정치적으로나 사상적으로 상당한 혼란을 가져왔다는 점은 충분히 짐작하고도 남음이 있다.

　　항주는 나의 제2의 고향이다. 미면약관未免弱冠의 가장 로맨틱하던 시절을 이개성상二個星霜이나 서자호西子湖와 전당강변錢塘江邊에 두류逗留하였다. 벌써 10년이나 되는 옛날이언만 그 명미明媚한 산천이 몽침간夢寐間에도 잊히지 않고 그 곳의 단려端麗한 풍물이 달콤한 애상과 함께 지금도 머릿속에 채를 잡고 있다. 더구나 그 때에 유배나 당한 듯이 호반湖畔에 소요逍遙하시던 석오石吾, 성재省齊 두 분 선생님과 고생을 같이 하며 허심탄회로 교유하던 엄일파嚴一波, 염온동廉溫東, 정진국鄭鎭國 등 제우諸友가 몹시 그립다. 유랑민의 신세 ─ 부유蜉蝣와 같은지라 한 번 동서로 흩어진 뒤에는 안신雁信조차 바꾸지 못하니 면면綿綿한 정회가 절계節季를 따라 간절하다. 이제 추억의 실마리를 붙잡고 학창시대에 끄적여 두었던 묵은 수첩의 먼지를 털어본다. 그러나 항주와는 인연이 깊던 백낙천白樂天, 소동파蘇東坡 같은 시인의 명편名篇을 예빙例憑치 못하니 생색生色이 적고 또한 고문古文을 섭렵한 바도 없어 다만 시조체時調体로 십여 수十餘首를 벌여볼 뿐이다.[19]

심훈은 항주를 "제2의 고향"이라고 말할 정도로 아주 특별한 곳으로 생각했고, 실제로 그가 중국에서 보낸 2년 남짓의 기간 동안 가장 오랜 시간을 보낸 곳도 항주이다. 그에게 중국 유학이 애초부터 특별한 의미가 있는 것이었다면, 지강대학 시절에 대한 간단한 소개나 감상기라도 있을 법한데 무슨 이유에서인지 어떤 글도 찾을 수 없다. 심훈이 그의 아내에게 보낸 편지[20]를 보면, 그는 1922년부터 귀국을 할 생각이었지만 사정이 여의치 않아서 1923년이 되어서야 귀국하게 되었음을 알 수 있다. 이처럼 그의 항주 시절은 망명객의 처지에서 비롯된 자기 회의에 깊이 빠져 있었던 방황의

──────────

19 『심훈 전집 1 : 심훈시가집 외』, 156쪽.

20 "그동안 지난 일과 모든 형편은 어찌 다 쓸 수 있으리까마는 고통도 많이 당하고 모든 일이 마음 같지 않아 실패도 더러 하였으며 지금도 마음 상하는 일은 많으나 그 대신 많은 경험도 하였고, 다 일시의 운명이라 인력으로 어찌 하리까마는 그대의 간곡한 말씀과 같이 결코 낙심하거나 실망할 리 없으며 또는 그리 의지가 박약한 사나이는 아니니 아무 염려 말아 주시오. 다만 내가 무슨 공부를 목적 삼아하며, 그것이 어떤 학문이며 장차 어찌해야 할 것인데 지금 내 신세는 어떠하며, 어떤 길을 밟아 나아가서 입신하고 출세하려 하는가 하는 데 대하여 그대에게 자세히 알게 하여 드리지 못함은 참으로 큰 유감이외다." 「나의 지극히 사랑하는 해영씨!」, 『심훈전집 8 : 영화평론 외』, 478~479쪽.

하상일 | 심훈과 항주

시절이었다. 그 결과 북경, 상해에서 쓴 시와 남경, 항주에서 쓴 시 사이에 일정한 괴리를 보이는데, 즉 남경과 항주에서 쓴 시들은 역사적 주체로서의 자각보다는 조국을 떠나 살아가는 망향객으로서의 비애와 향수 등 개인적인 정서가 두드러지게 드러나는 것이다. 이에 대해 "상해가 공적 세계라면 항주는 감각과 정서에 기초한 사私의 발원처"이고, "북경과 상해가 잠행의 공간인 것에 반해 항주는 만유의 장소였다"[21]라는 견해가 있는데, "공적 세계"와 "사私의 발원처"라는 대비는 일리가 있지만 "잠행潛行"과 "만유漫遊"로 보는 시각은 인정하기 어렵다. 그가 항주 시절 교류했던 석오 이동녕, 성재 이시영을 비롯하여 엄일파, 염온동, 정진국[22] 등의 면면을 봐도, 그의 항주시절을 단순한 만유의 과정으로 보는 것은 설득력이 떨어지는 것이다. 앞서 언급한 대로 심훈의 항주행은 상해에서의 정치적 좌절과 절망이 결정적인 영향을 미친 것으로 보인다. 즉 항주에서 보인 심훈 시의 변화는 '정치적'인 것으로부터의 좌절에서 비롯된 것이라는 점에서, 오히려 '정치적'인 것에 대한 성찰이라는 시각으로 이해하는 것이 타당할 것이다. 그러므로 〈항주유기〉를 비롯한 '항주' 제재 시편의 서정성은 당시 중국 내의 정치적 현실에 대한 비판의식을 내면화한 시적 전략으로 이해할 필요가 있다.[23]

3. '항주杭州' 시절 작품의 서정성과 시조 창작의 전략

심훈이 항주에서 지내는 동안 썼던 시, 그리고 항주와의 관련성을 지닌 시는 〈항주유기〉연작 14편[24]과 그의 첫 번째 아내 이해영에게 보낸 편지에 동봉된 「겨울밤에 내

---

21 한기형, 「'백랑(白浪)'의 잠행 혹은 만유 – 중국에서의 심훈」, 453쪽.

22 엄일파는 엄항섭(嚴恒燮)으로 보성전문학교 상과를 마치고 3·1운동 직후 중국으로 망명하였으며, 1919년 9월 임시정부의 법무부 참사(參事)와 서기(書記)에 임명되었고, 1923년 6월경 지강대학 중학과를 졸업하였다. 염온동은 보성전문학교에서 수학하고 3·1운동에 적극 참여하여 옥고를 치른 다음, 1921년 상해로 망명하여 임시정부와 임시의정원, 독립운동 정당에 관여하였다. 정진국은 1921년 북경에서 기독교청년회에 관여하였고, 상해에서 한국노병회(韓國勞兵會)에 참여하였으며,1929년에는 국내에서 무정부주의 계열 비밀결사 동인회사건(同人會事件)으로 재판을 받은 바 있다. 최기영, 「1910~1920년대 杭州의 한인유학생」, 『서강인문논총』 39집, 서강대 인문과학연구소, 2014. 4, 216~220쪽 참조.

23 하상일, 「심훈의 <항주유기(杭州遊記)>와 시조 창작의 전략」, 『비평문학』 제61호, 한국비평문학회, 2016. 9. 30, 210쪽.

24 「평호추월(平湖秋月)」, 「삼담인월(三潭印月)」, 「채연곡(採蓮曲)」, 「소제춘효(蘇堤春曉)」, 「남병만종(南屏晚鐘)」, 「누외루(樓外樓)」, 「방학정(放鶴亭)」, 「행화촌(杏花村)」, 「악왕분(岳王墳)」, 「고려사(高麗寺)」, 「항

리는 비」, 「기적汽笛」, 「전당강錢塘江 위의 봄밤」, 「뻐꾹새가 운다」 4편[25]을 포함해서 모두 18편이다. 이 가운데 「겨울밤에 내리는 비」, 「뻐꾹새가 운다」는 시의 끝에 '남경南京'이라고 시를 쓴 장소를 밝히고 있어서, 심훈이 북경을 떠나 상해를 거쳐 항주로 가는 과정에 잠시 남경에 머무를 때 쓴 작품으로 보인다. 〈항주유기〉 연작의 경우에도 1931년 6월 ≪삼천리≫에 〈천하의 절승絶勝 소항주유기蘇杭州遊記〉라는 제목으로 발표하면서 "이제 추억의 실마리를 붙잡고 학창시대에 끄적여 두었던 묵은 수첩의 먼지를 털어본다."[26]라고 밝힌 것으로 보아, 실제 이 작품들을 항주 시절에 쓴 것인지 아니면 그때의 초고나 메모를 바탕으로 1930년대 초반에 다시 창작한 것인지는 정확히 알 수가 없다. 이처럼 항주 관련 18편의 작품들은 심훈이 항주 시절 쓴 작품이라고 명확하게 볼 근거는 없지만, 그가 항주에 체류할 당시의 생활이나 정서를 이해하는 데 있어서 아주 중요한 단서가 되는 것은 분명한 사실이다. 특히 심훈이 북경과 상해를 거쳐 항주로 정착하기까지 겪었던 심경의 변화를 유추할 만한 근거는, 그가 항주 시절 쓴 작품으로 추정되는 18편의 시 외에는 사실상 없다고 해도 과언이 아니다. 그가 평소에 일기나 산문 등을 쓸 때 사소한 일상 한 가지도 놓치지 않고 꼼꼼하게 기록하는 습관을 지녔다는 사실을 생각한다면, 항주에서 보낸 시절에 대한 기록을 거의 남기지 않았다는 점은 상당히 큰 의혹으로 남지 않을 수 없다.

심훈의 항주 시절 시 가운데 무엇보다도 주목해야 할 작품은 〈항주유기〉 연작이다. 시조 형식으로 이루어진 14편의 작품은, 대체로 독립을 염원하는 식민지 청년으로서 역사나 현실에 대한 자각이나 의지를 직접적으로 드러내기보다는 개인적 서정성을 두드러지게 표상하고 있다.

성(杭城)의 밤」, 「전단강반(錢塘江畔)에서」, 「목동(牧童)」, 「칠현금(七絃琴)」. 이 시들은 모두 일본 총독부 검열본 『沈熏詩歌集 第一輯』(京城世光印刷社印行, 1932)을 토대로 발간한 『심훈문학전집① 그날이 오면』 (심훈기념사업회 편, 차림, 2000, 156~173쪽)에 수록되어 있다. 그리고 『沈熏文學全集』 1권(詩)(탐구당, 1966, 123~134쪽)에도 실려 있는데, 「목동」과 「칠현금」은 제목이 누락되어 있고, 「전당강(錢塘江) 위의 봄밤」이 「전당강상(錢塘江上)에서」로 제목이 다르게 되어 있으며, 「겨울밤에 내리는 비」, 「기적(汽笛)」, 「뻐꾹새가 운다」와 함께 〈항주유기〉로 묶여 수록되어 있다. 최근 발간된 『심훈 전집 1 : 심훈시가집 외』에도 이 작품들은 실려 있는데, 〈항주유기〉 연작 가운데 「행화촌(杏花村)」은 누락되어 있다.

25 「나의 지극히 사랑하는 해영씨!」, 『심훈전집 8 : 영화평론 외』 480~484쪽. ; 『심훈전집 1 : 심훈시가집 외』 232~238쪽.

26 「항주유기(杭州遊記)」, 『심훈 전집 1 : 심훈시가집 외』 156쪽.

(1)

중천中天의 달빛은 호심湖心으로 쏟아지고

향수는 이슬 내리듯 마음속을 적시네

선잠 깬 어린 물새는 뉘 설움에 우느뇨

(2)

손바닥 부르트도록 뱃전을 뚜드리며

'동해물과 백두산' 떼를 지어 부르다가

동무를 얼싸안고서 느껴느껴 울었네.

(3)

나 어려 귀 너머로 들었던 적벽부赤壁賦를

운파만리雲波萬里 예 와서 당음唐音 읽듯 외단 말가

우화이귀향羽化而歸鄕하여서 내 어버이 뵈옵과저

－「평호추월平湖秋月」 전문[27]

〈항주유기〉는 서호 10경西湖十景의 아름다운 풍광과 정자, 누각 그리고 전통 악기 등을 소재로 자연을 바라보는 화자의 심경을 내면화한 서정적 시풍의 연작시조이다. 심훈이 항주에 머무르면서 서호의 주변을 돌아보고, 그곳의 자연과 역사 그리고 인물들에 자신의 마음을 빗대어 선경후정先景後情이라는 전통 시가詩歌 형식으로 형상화한 작품이다. 인용시「평호추월」은 〈항주유기〉의 주제의식을 응축하고 있는 대표적인 작품으로, ≪삼천리≫에 발표될 당시에는 2연의 끝에 "삼십리三十里 주위周圍나 되는 호수湖水, 한복판에 떠있는 조그만 섬 중中의 수간모옥數間茅屋이 호심정湖心亭이다. 유배流配나 당當한 듯이 그곳에 무료無聊히 두류逗留하시든 석오石吾 선생先生의 초췌憔悴하신 얼골이 다시금 뵈옵는 듯하다."라는 자신의 심경을 덧붙여 놓았다. 즉 항주의 절경 가운데 한 곳인 호심정에서 서호를 바라보면서 자신이 존경했던 독립운동가 가운데 한 사람인 석오 이동녕을 떠올리는 작품으로, 〈항주유기〉 연작을 표층적 차원의 서정성에만 함몰되어 이해해서는 안 되는 중요한 지점을 보여준다. 즉 조국 독립을

---

27 『심훈 전집 1 : 심훈시가집 외』, 157쪽.

갈망하던 식민지 청년이 진정으로 따라가고자 했던 이정표의 초췌한 모습을 바라보는 데서, 항주에 이르는 과정에서 온갖 상처를 경험하고 절망에 부딪쳤던 심훈 자신의 안타까운 심정을 상징적으로 투영시키고 있는 것이다.

「평호추월」에서 화자는 조국에 대한 "향수"와 망명객으로서의 "설움"을 직접적으로 토로할 정도로 이국에서의 생활을 몹시 힘들어하지만, "동무를 얼싸안고서 느껴느껴" 우는 동지적 연대감으로 이러한 현실을 극복하려는 강한 의지를 드러낸다. "손바닥 부르트도록 뱃전을 뚜드리며/'동해물과 백두산' 떼를 지어 부르"는 행위를 통해 절망적 현실과 결코 타협하지 않으려는 결연한 모습을 보이고 있는 것이다. 그럼에도 불구하고 "나 어려 귀 너머로 들었던 적벽부를/운파만리 예 와서 당음 읽듯 외단 말가"에서 알 수 있듯이, 화자가 처한 현실은 중국의 풍나나 경치를 외우고 있는 자신의 무기력한 모습과 마주할 따름이다. 그의 중국행이 조국 독립을 위한 실천적 방향성을 찾는 데 뚜렷한 목표가 있었다는 사실을 염두에 둔다면, 이러한 꿈과 이상이 철저하게 무너지는 경험으로 인해 그의 내면에는 아주 극심한 상처가 자리 잡았기 때문이다. 결국 "우화이귀향하여서 내 어버이 뵈옵과저"에서처럼, 화자는 중국에서의 생활을 정리하고 조국으로 돌아가고자 하는 바람을 가질 수밖에 없다. 이러한 화자의 내면의식은 항주에서의 심훈의 내면의식에 그대로 대응된다. 따라서 「평호추월」은 자연의 아름다움에 젖어 유유자적하는 개인적 서정의 세계를 형상화한 것이 아니라, 중국에서 머무는 동안 그가 겪어야만 했던 무기력한 현실에서 비롯된 좌절을 내면화한 자기성찰적 서정의 세계를 보여준 것이라고 할 수 있다.

> 운연雲烟이 잦아진 골에 독경讀經소리 그윽코나
> 예 와서 고려태자高麗太子 무슨 도를 닦았던고
> 그래도 내 집인 양하여 두 번 세 번 찾았었네.
>
> - 「고려사高麗寺」 전문[28]

〈항주유기〉 연작 가운데 「고려사」도 주목해야 할 작품으로, 화자가 자신이 처한 현실에 대한 회한과 탄식의 정서를 표면화한 시이다. 이는 더 이상 중국에 머물러 있

---

28 『심훈 전집 1 : 심훈시가집 외』 171쪽.

266

지 않고 조속히 조국으로 돌아가고 싶어 했던 항주 시절 심훈의 내면을 대변하고 있다고 할 수 있다. '고려사'는 고려 태자 의천이 머물렀던 곳으로, 화자는 당시 의천에게 "무슨 도를 닦았던"지를 직접적으로 물음으로써 지금 자신이 무엇을 위해 항주에 머무르고 있는지를 자문한다. 이는 중국에서의 생활이 가져다준 깊은 회의를 우회적으로 드러낸 것으로, 심훈이 중국행이 지닌 목적과 역할이 사실상 상실되어 버린 데서 오는 안타까움과 허망함을 의천의 마음에 빗대어 표현한 것으로 볼 수 있다. 이러한 절망적 현실인식은 독립운동에 대한 의지를 다시 한 번 일깨우는 역설적 태도로 기능한다는 점에서 상당히 문제적이다. 즉 당시 항주의 독립운동가들에게 '고려사'가 지닌 역사적 의미에 대한 재발견[29]은 민족의식을 새롭게 자극하는 중요한 기폭제 역할을 했기 때문이다. "그래도 내 집인 양하여 두 번 세 번 찾았었네"라는 데서 알 수 있듯이, 오랫동안 잊혀 있었던 '고려사'의 재발견을 통해 임시정부를 비롯한 독립운동 단체들의 내부적 분열과 대립을 극복함으로써 민족의식의 통합을 지향하는 방향성을 찾고자 했던 것이다.

〈항주유기〉 연작이 모두 시조의 형식으로 이루어졌다는 점도 특별히 주목할 필요가 있다. 〈항주유기〉를 발표할 무렵인 1930년대로 접어들면서 심훈은 시조를 집중적으로 창작했다. 〈농촌의 봄〉이란 제목 아래 「아침」 등 11편, 「근음삼수近吟三數」, 「영춘삼수詠春三數」, 「명사십리明沙十里」, 「해당화海棠花」, 「송도원松濤園」, 「총석정叢石亭」 등 많은 시조를 남겼던 것이다. 이러한 시조 창작은 〈항주유기〉 연작이 모두 시조 형식으로 되어 있다는 사실과 밀접한 연관이 있을 것으로 판단된다. 또한 그의 항주 시절의 시작 활동에서 서정적인 경향성이 두드러졌던 사실을 정치적으로 이해하는 의미 있는 논거가 되기도 한다.

그 형식이 옛것이라고 해서 구태여 버릴 필요는 없을 줄 압니다. 작자에 따라 취

---

29 일제의 침략이 노골화되었던 1919년 무렵 상해와 항주 중심의 유학생, 독립운동가 등은 항주 '고려사'를 참배하고 조선인들에게 그 중건을 호소하였다. 그 일에 앞장섰던 사람이 바로 엄항섭으로, 그는 1923년에 '고려사'를 답사하고, ≪동명(東明)≫에 「고려사(高麗寺)」라는 제목으로 3회 연재를 하였다. 이 글에서 그는 "고려사람들아! 중국(中國) 절승항주(絶勝恒州)에서 '고려사'를 찾자! 그 중에도 승려들아! 불교의 자랑인 '고려사'를 함께 일으키자!"라고 하면서, 고려사의 재발견은 민족의식을 일으키는 중요한 일임을 강조하였다. 조영록, 「일제 강점기 항주(恒州) 고려사(高麗寺)의 재발견과 중건주비회(重建籌備會)」, 『한국근현대사연구』 53, 2016. 6. 한국근현대사학회, 40~72쪽 참조.

편취便取해서 시조의 형식으로 쓰는 것이 행습行習이 된 사람은 시조를 쓰고 신시체新詩體로 쓰고 싶은 사람은 자유로이 신체시를 지을 것이지요. 다만 그 형식에다가 새로운 혼을 주입하고 못하는 데 달릴 것이외다. 그 내용이 여전히 음풍영월식이요 사군자 뒤풀이요 그렇지 않으면

"배불리 먹고 누워 아래 윗배 문지르니

선하품 게게트림 저절로 나노매라

두어라 온돌 아랫목에 뒹구른들 어떠리"

이 따위와 방사한 내용이라면 물론 배격하고 아니할 여부가 없습니다. 시조는 단편적으로 우리의 실생활을 노래하고 기록해두기에는 그 품이 산만한 신시보다는 조촐하고 어여쁘다고 생각합니다. 고려자기엔들 퐁퐁 솟아오르는 산간수山澗水가 담아지지 않을 리야 없겠지요.[30]

심훈은 시조 장르가 민중들의 생활과 일상을 정제된 형식에 담아내는 소박한 '생활시'로서 의미를 지닌다고 보았다. 또한 시조는 "그 형식에다가 새로운 혼을 주입하고 못하는 데"서 현재적 의미를 찾아야 한다는 점에서, "여전히 음풍농월식이요 사군자 뒤풀이요"하는 식의 전통적 안이함에 갇혀서는 안 된다는 점을 분명히 하였다. 이러한 시조의 현재성에 대한 문제의식을 통해 그가 1930년대 이후 시조 창작에 집중한 이유를 짐작할 수 있는데, "우리의 실생활을 노래하고 기록해 두"는 데 유효한 형식으로 시조 장르의 의미를 강조하고 있는 것이다. 앞서 언급한 대로 〈항주유기〉 연작이 발표된 시점인 1930년대에 심훈은 서울에서의 기자 생활을 모두 정리하고 부모님이 계신 충청남도 당진으로 내려와 『영혼의 미소』, 『직녀성』, 『상록수』 등의 소설을 창작하는 데 집중했다. 1930년 발표했던 시 『그날이 오면』과 소설 『동방의 애인』, 『불사조』 등이 일제의 검열로 인해 작품이 훼손되거나 중단됨에 따라, 이러한 일제의 검열을 피하는 우회 전략에 대해 깊이 고민했던 시기였을 것으로 짐작된다. 그 결과 그의 소설은 일제의 검열을 넘어서는 서사 전략으로 '국가'를 '고향'으로 변형시키는 뚜렷한 변화를 시도했는데[31], 1930년대 시조 창작에 주력했던 심훈 시의 전략적 선택 역시 이

---

30 「프로문학에 직언 2」, 『심훈전집 8 : 영화평론 외』, 229~230쪽.

31 「상록수」로 대표되는 심훈의 후기 소설을 단순히 계몽 서사로 읽을 것이 아니라, 식민지 내부에서 허용 가능한 사회주의서사의 변형 혹은 파열로 이해하는 문제의식이 필요하다. 이에 대한 자세한 논의는 '한만수, 「1930년대 '향토'의 발견과 검열우회」, 『한국문학이론과비평』 30, 한국문학이론과비평학회, 2006.' 참조.

와 같은 맥락에서 이해할 수 있다. 즉 식민지 검열로부터 비교적 자유로운 자연과 고향을 제재로 삼아 현실에 대한 비판적 문제의식을 우회적으로 드러내는 시조 장르의 특성을 적극적으로 활용했다고 할 수 있는 것이다. 1930년대 농촌 현실의 피폐함과 고달픈 노동의 일상을 제재로 삼은 그의 시조 작품이 강호한정江湖閑情 류의 개인적 서정의 형식을 띤 전통 시조의 모습과는 전혀 다른 이유도 바로 여기에 있다.

> 항성의 밤저녁은 개가 짖어 깊어가네
> 비단 짜는 오희吳姬는 어이 날밤 새우는고
> 뉘라서 나그네 근심을 올올이 엮어주리
>
> ― 「항성杭城의 밤」 전문[32]

> 황혼의 아기별을 어화漁火와 희롱하고
> 임립林立한 돛대 위에 하현달이 눈 흘길 제
> 포구에 돌아드는 배에 호궁胡弓소리 들리네.
>
> ― 「전당강반錢塘江畔에서」 전문[33]

「항성의 밤」은 망향객으로서의 "나그네 근심"을 해소해줄 누군가를 기다리는 화자의 심정을 담아낸 작품이다. 선경후정의 전통 시조의 구성방식을 그대로 따르고 있지만, 외적 풍경을 내면화하는 화자의 심경을 주목해 본다면 단순한 풍경시나 정물시로만 볼 수 없는 의미심장한 문제의식이 내재되어 있다. "개가 짖어 깊어가는" 항주의 "밤"에서 느낄 수 있는 시적 긴장과 "어이 날밤 새우는고"에 나타나는 인물의 내적 갈등에서, 식민지 청년의 내면에 각인된 긴장과 갈등이라는 시대의식이 상징적으로 투영되어 있기 때문이다. "뉘라서"라는 표현에서 화자의 현실을 공감하는 공동체적 연대에 대한 갈망이 두드러진다는 점에서 이러한 문제의식은 더욱 뚜렷이 부각된다. 결국 이 시조는 항주에서의 심훈의 내면의식을 절제된 형식에 담아낸 것으로, 정치적 혼란이 가중되는 중국에서의 생활과 현실에 대한 깊은 회의를 우회적으로 드러낸 것으로 볼 수 있다. 이러한 내면의 상처와 고통은, 그가 다녔던 지강대학에서 바라

---

32 『심훈 전집 1 : 심훈시가집 외』 172쪽.
33 『심훈 전집 1 : 심훈시가집 외』 174쪽.

본 전당강의 모습을 형상화한 「전당강반에서」에서도 그대로 드러나는데, 전당강 위의 유유자적하는 자연의 모습과는 대조적으로 구슬픈 "호궁소리"를 듣는 화자의 마음에서 이국땅에서 식민지 청년이 느끼는 망향의 정서와 절망적 현실인식이 감각적으로 형상화되어 있는 것이다.

이처럼 심훈의 시조 창작은 표면적으로는 전통적 서정에 바탕을 둔 자연친화적 세계관을 답습하고 있는 것처럼 보이지만, 그 이면을 들여다보면 중국 생활에서 경험한 절망적 현실인식과 1930년대 이후 농촌 현실에 대한 비판적 인식을 효율적으로 드러내기 위한 전략적 장치로 적극 시도된 것으로 볼 수 있다. 결국 심훈의 시조 창작은 식민지 검열의 허용 가능한 형식에 대한 고민의 결과로, 식민지 청년으로서 주체의 좌절과 당대 사회의 모순을 비판하는 우회 전략에 대한 성찰의 결과라고 할 수 있다. 따라서 심훈의 항주 시절은 혁명을 꿈꾸는 식민지 청년이 온갖 갈등과 회의를 거쳐 비로소 올바른 주체를 형성해가는 성숙의 과정으로 이해할 필요가 있다. 〈항주유기〉 연작을 비롯한 그의 항주 시절 작품에 나타난 서정성을 '변화'나 '단절'이 아닌 '성찰'과 '연속'으로 읽어야 하는 이유도 바로 여기에 있다.[34]

4. 식민지 시기 '항주'의 역사적 의미와 심훈의 문학사적 위치

식민지 시기 중국 항주는 대한민국임시정부가 있었던 상해와 더불어 독립운동을 위한 거점 도시로서의 역할을 했다. 1932년 윤봉길 의거 이후 임시정부가 상해에서 항주로 옮겨온 것만 봐도 당시 항주가 지닌 정치적 의미를 짐작하게 한다. 하지만 1920년대만 해도 항주는 임시정부의 거점이었던 상해에 비해서는 크게 주목받지 못했다. 앞서 언급한 것처럼 '고려사' 중건에 대한 논의와 화동 지역 대학과 유학생들에 대한 연구에서 식민지 시기 항주의 현황과 역사적 의미에 대해 소략하게 다루고 있는 정도이다. 물론 중국 화동 지역 전체를 보면 상해와 남경에서 유학한 학생들에 비해 항주에는 소수의 유학생들이 있었을 뿐이다. 하지만 상해 임시정부와 직간접적으로 연결되어 독립운동을 목적으로 한 유학생들과 항주의 연관성은 상당히 큰 것으로 추

---

34 하상일, 「심훈의 <항주유기(杭州遊記)>와 시조 창작의 전략」, 앞의 책, 213~214쪽.

정된다. 심훈이 〈항주유기〉 서문에서 언급했던 엄일파(엄항섭)가 항주 지강대학에 다녔다는 사실처럼, 당시 지강대학을 비롯한 항주 지역 대학과 유학생들의 활동은 독립운동사의 측면에서도 중요하게 논의되어야 할 지점인 것이다. 아마도 심훈이 북경과 상해를 거쳐 항주로 정착하는 과정과 북경대학 유학이라는 표면적인 이유를 접고 항주 지강대학에 다니게 된 사정에도 상해 임시정부와 밀접한 관련이 있었을 것이고, 이러한 과정을 도운 중요한 인물 중의 한 사람이 엄항섭이 아니었을까 추정되기도 한다. 또한 심훈이 항주 시절을 회고하면서 석오 이동녕과 성재 이시영을 언급한 점도 지강대학 시절을 정치적으로 이해하지 않으면 안 되는 중요한 근거가 되기도 하는 것이다.

심훈이 1920년 겨울 중국으로 떠났다고 한다면, 햇수로는 4년이고 만으로는 2년 반 정도 머무르다 1923년 중반에 귀국한 것으로 정리된다.[35] 이 기간 동안 항주에서만 거의 2년 정도를 보냈다는 점에서 심훈과 항주의 관련성은 앞으로 좀 더 실증적인 연구가 이루어질 필요가 있다. 하지만 그의 항주 시절은 〈항주유기〉 연작을 비롯한 십여 편의 시와 그의 아내에게 보낸 편지 외에는 어떤 기록도 찾을 수 없다. 그가 북경을 떠나 상해로 가는 과정이 경성고보 동창생 박헌영이 상해로 이동했던 시기와도 겹친다는 사실과, 중국에 체류하는 동안 이회영, 신채호, 여운형, 이동녕, 이시영 등 독립운동가들과 직접적인 교류를 이어갔다는 점에서, 그의 중국에서의 행보는 여러 가지 비밀스러운 사정으로 인해 의도적으로 왜곡되거나 은폐된 것이 상당히 많았던 것으로 짐작된다. 아마도 항주 시절의 기록이 거의 없는 것도 이러한 이유와 전혀 무관하지는 않을 것으로 생각된다.

이처럼 심훈의 중국에서의 활동은 귀국 이후 그의 문학 창작에 아주 큰 영향을 미친다. 1930년 발표한 「동방의 애인」은 1920년대 상해 지역 공산주의 조직의 활약상을 담은 작품으로, 김원봉의 '의열단'과 상당히 깊은 관련이 있는 것으로 추정된다. 중심 인물 가운데 한 사람인 '박진'이 황포군관학교를 졸업했고 공산주의계열 독립운동 조직에 속해 있었으며, 국내로 잠입하는 과정이 치밀하게 그려진 데서 '의열단'의 활동과 상당한 관련성이 있음을 짐작하게 하는 것이다. 이 작품의 주인공 '김동렬'이 박헌영의 모델로 했다는 점도 이러한 정치적 의도를 뒷받침한다. 1920~30년대 심훈의

---

35 현재 『심훈전집』 9~10권 작업을 진행 중인 김종욱 교수에 의하면, ≪매일신문≫에 '1923년 4월 30일 심대섭 씨 귀국'이라는 기사가 실렸다고 하므로, 전집 발간 이후 정확한 사항을 확인할 것을 미리 밝혀둔다.

문학을 상해임시정부를 중심으로 한 독립운동과 중국을 거점으로 한 동아시아적 시각에서 논의해야 하는 이유도 바로 여기에 있다. 즉 독립운동사, 공산주의운동사, 화동지역 대학 교육과 유학생 활동 등 역사적 사실들에 대한 실증적인 확인을 통해 더욱 구체적인 논의를 이어갈 필요가 있는 것이다. 그의 시 「박군의 얼굴」, 「R씨의 초상」을 비롯하여 1930년에 발표한 대표시 「그날이 오면」 등에 대한 접근도, 심훈의 중국에서의 활동에 내재된 동아시아적 시각에 대한 이해에 바탕을 두지 않으면 그 의미를 정확히 해석해 내기 어렵다. 따라서 심훈의 문학은 1919년 기미독립만세운동 이후 동아시아와의 관련 속에서 한국문학이 어떤 양상과 의미를 확장해 나갔는지를 이해하는 중요한 문학사적 위치에 있다. 이런 점에서 심훈의 문학과 사상의 토대가 되었다고 할 수 있는 중국에서의 활동에 대한 더욱 면밀한 연구가 요구된다. 자료의 미확인과 실증성의 한계로 인해 아직까지 대부분의 사실들이 논리적 추정에 머무르고 있다는 점은 앞으로 심훈 연구가 반드시 해결해 나가야 할 과제임에 틀림없다.

참고문헌

1. 자료

『심훈문학전집(沈熏文學全集)』 1권(詩), 탐구당, 1966,

심훈기념사업회 편, 『심훈문학전집① 그날이 오면』, 차림, 2000.

김종욱·박정희 편, 『심훈 전집 1 : 심훈시가집 외』, 글누림, 2016.

_____ , 『심훈전집 8 : 영화평론 외』, 글누림, 2016.

2. 논문 및 단행본, 낱 글

백영서, 「교육독립론자 차이위안페이 - 중국의 대학과 혁명」, 『전환의 시대 대학은 무엇인가』, 한길사,
        2000, 163~185쪽.

유병석, 「심훈의 생애 연구」, 『국어교육』 제14호, 한국국어교육연구회, 1968, 10~25쪽.

윤석중, 「인물론- 심훈(沈熏)」, 『신문과 방송』, 한국언론진흥재단, 1978, 74~77쪽.

이덕일, 『이회영과 젊은 그들』, 역사의아침, 2009.

조영록, 「일제 강점기 항주(恒州) 고려사(高麗寺)의 재발견과 중건주비회(重建籌備會)」, 『한국근현대사학
        회』 제53집, 2016. 6. 40~72쪽.

조제웅, 「심훈 시 연구」, 영남대 박사논문, 2006.

최기영, 「1910~1920년대 杭州의 한인유학생」, 『서강인문논총』 39집, 서강대 인문과학연구소, 2014. 4,
        205~229쪽.

하상일, 「심훈의 중국에서의 행적과 시세계의 변화」, <2014 월수(越秀)-중원국제한국학연토회(中源國際
        韓國學硏討會) 발표논문집>,
        절강월수외국어대학 한국문화연구소, 2014. 12. 13. 201~221쪽.

_____ , 「심훈과 중국」, 『비평문학』 제55호, 한국비평문학회, 2015. 3. 31, 201~231쪽.

_____ , 「심훈의 <杭州遊記>와 시조 창작의 전략」, 『비평문학』 제61호, 한국비평문학회, 2016. 9. 30,
        203~226쪽.

한기형, 「'백랑(白浪)'의 잠행 혹은 만유 - 중국에서의 심훈」, 『민족문학사연구』 35, 민족문학사학회, 2007,
        438~460쪽.

한만수, 「1930년대 '향토'의 발견과 검열우회」, 『한국문학이론과비평』 30집, 한국문학이론과비평학회,
        2006, 379~402쪽.

니웨이(倪伟), 「마도(魔都)' 모던」, 『ASIA』 25, 2012 여름호, 26~34쪽.

張立程, 汪林茂, 『지강대학사(之江大學史)』, 항주출판사(杭州出版社), 2015.

실패한 가족로망스와
고아들의 공동체

- 심훈의 『직녀성織女星』(1934~1935)을 중심으로

황지영
이화여자대학교 국어국문학과 조교수

1. 가족로망스의 실패를 알리는 징후들

프로이트는 '가족로망스'를 통해서 아이가 성장하면서 사회화되는 과정을 설명한다. 아이에게 부모는 유일한 권위자이자 믿음의 근원이다. 그래서 아이는 아버지처럼 되는 것을 소망하지만 점점 자라면서 아버지가 실제로는 비루하다는 사실을 알게 되고, 이 현실에서 벗어나기 위해 상상 속에서 이상적인 아버지를 만들어낸다.[1] 또한 현실의 아버지와 이상적인 아버지의 간극을 극복하기 위해 '백일몽'을 매개로, 고귀한 진짜 부모가 존재한다거나 형제자매가 어머니의 부정으로 태어난 서자라고 상상한다.

프로이트의 '가족로망스'가 중요한 이유는 이것이 개인의 무의식적 측면뿐 아니라 가족과 국가가 호환 가능한 상징체임을 알려주고, 집단적 무의식으로 작동해 문화와 사회의 발생론으로도 이어질 수 있기 때문이다. '사회'의 기원에 대한 사유가 담긴 「토템과 터부」[2]에서 프로이트는 '사회'란 아버지를 살해하고 그에 대한 죄의식을 공유하

---

1 지그문트 프로이트, 「가족 로맨스」, 『성욕에 관한 세 편의 에세이』, 김정일 역, 열린책들, 2003, 199~202쪽.
2 지그문트 프로이트, 「토템과 타부」, 『종교의 기원』, 이윤기 역, 열린책들, 1997, 203~432쪽.
 「토템과 터부」의 내용을 간단히 정리하면 다음과 같다. 질투심이 많고 폭력적인 아버지는 모든 여자들을 독점하고 자식들을 쫓아내버린다. 그 후 쫓겨난 형제들은 힘을 합쳐서 아버지를 죽이고, 선망과 공포의 대상이었던 아버지의 고기를 먹는다. 아버지의 몸을 먹는 행위를 통해 그들은 자신이 아버지와 일체가 되었다고 생각하고 그의 힘 중 일부가 자신의 것이 되었다고 느낀다. 하지만 시간이 지나면서 형제들은 아버지에 대한 애증의 양가감정 때문에 죄의식에 빠지고, 이를 해소하기 위해 죽은 아버지를 신(토템)으로 만들고, 아버지의 살해를 의례적으로 반복한다. 결국 토템 향연이란 부친 살해라는 범죄 행위의 반복이자 기념축제이다.

는 아들들이 맺은 계약의 산물임을 보여주었다. 이 관점에 따르면 프랑스 혁명은 국왕을 처형함으로써 "가부장적 권위로부터 벗어난 정체政體를 상상해 보기 위한 창조적 노력"[3]이며, '아버지' 국왕을 살해한 '형제' 시민들이 '형재애fraternité'를 중심으로 사회적 연대를 구성하는 가족로망스이다. 그러므로 프랑스 혁명을 통해 등장한 서구적 근대의 주체는 아버지를 살해한 '자발적 고아'이라고 할 수 있다.[4]

하지만 개화기를 거쳐서 식민지기에 접어든 조선에서 프로이트적 가족로망스는 그 원형을 유지하지 못한 채 비틀린 형상으로 등장한다. 이 시기에는 전통적 가치관 속에서 지도자의 역할을 공유하던 군사부君師父, 다시 말해 국가의 수장, 학문의 전달자, 가문의 수호자는 동반 몰락의 길을 걷는다. 조선은 제국 일본의 식민지가 되고, 근대적 지식은 일본, 중국, 서양 등 외국을 통해서 들어오며, 가문의 품위를 유지하기 위해 존재했던 규율들은 새로운 세계로 나아가고자 하는 아들 세대들에게 억압으로 다가온다.

그래서 근대 초기의 지식인들은 유교로 대변되는 전통과의 단절을 통해서 새롭게 '근대'를 만들고자 하였다. 이것은 전통이란 이름 아래 존재하는 기존의 악습을 폐지하고 신교육과 신사상 등 새로운 것을 적극적으로 받아들이는 과정이었다. 그러므로 이광수로 대변되는 근대 주체의 중요한 특징인 '정치적 고아의식'과 '자발적 고아 되기'의 전략[5]은 전통으로서의 '아버지'를 부정하고 스스로를 고아로 규정하는 근대 가족로망스의 산물이다.[6] 여기까지 본다면 프랑스 혁명을 통해서 서구의 근대 주체가 생성되는 방식과 별 다른 차이가 없어 보이지만 문제는 그 다음에 나타난다.

아버지를 부정한 형제들은 연대하여 아버지의 빈자리를 메우고 사회를 구성하는 작업을 진행해야 한다. 그러나 식민지 조선에서는 전통으로서의 아버지가 사라진 자리에 침략의 방식을 통해 새로운 아버지가 등장한다. '전통=조선'의 소멸은 곧 '근대=일본'의 등장을 알리는 것이었기에[7], 이 과정에서 아들들은 사라진 아버지를 부정

3 린 헌트, 『프랑스 혁명의 가족 로망스』, 조한욱 역, 새물결, 2000, 11쪽.
4 김홍중, 「13인의 아해 - 한국 모더니티의 코러스」 『마음의 사회학』 문학동네, 2009, 343~345쪽.
5 허병식, 「고아와 혼혈, 근대의 잔여들」 박선주 외 편, 『고아, 족보 없는 자 : 근대, 국민국가, 개인』 책과함께, 2014, 23~24쪽.
6 권명아, 『가족이야기는 어떻게 만들어지는가』 책세상, 2000, 21~25쪽.
7 김홍중(2009), 앞의 글, 348쪽.

하면서 찾으려 하고, 새로운 아버지를 거부하면서 동시에 그에게 매혹당하는 양가감정 사이를 오간다. 그러므로 전통의 살해자이자 근대의 기획자인 식민지 조선의 지식인들의 자리는 복합적으로 작용하는 두 아버지에 대한 두 가지 양가감정 사이의 '어딘가'라고 할 수 있다.

식민지 조선에서 가족로망스를 둘러싼 현상들은 국가적 상황에 대한 집단 무의식적 차원에서만 작동한 것이 아니었다. 근대화의 바람을 타고 개개의 가정 안에서도 아버지를 넘어서고자 하는 아들들의 욕망이 발견되었다. 그 욕망은 전근대적이고 봉건적인 아버지와 근대적이고 반봉건적인 아들이 첨예하게 대립하고 갈등하는 방식으로 등장하기도 했고, 아들들이 새로운 세계를 찾아 아버지의 세계인 집을 나서는 형태로 나타나기도 했다.

이러한 시대적 상황 속에서 명문가의 자제이면서 왕족과 조혼하였고, 동시에 근대의 발 빠른 수용자였던 심훈은 자신이 자라온 환경과 앞으로 나아가고자 하는 방향 사이에 존재하는 균열을 예감하였다. 그래서 가문의 쇠퇴를 경험하고 첫 번째 부인과 이혼한 후, 1930년대에 창작한 다양한 장편소설들에서 전통과 근대가 혼재되고 교차하면서 나타나는 문제들을 직핍하게 그려냈다. 심훈은 『직녀성』의 '작가의 말'에서 "연애, 결혼, 이혼 문제의 전반"을 통해서 "젊은 남녀들의 생활 이면을 묘사"[8]하겠다는 포부를 밝히고 있다. 이 소설은 《조선중앙일보》에 1934년 3월 24일부터 1935년 2월 26일까지 연재되었고[9], 심훈은 『직녀성』의 원고료를 받아 집필실인 '필경사筆耕舍'를 충남 당진에 짓기도 했다.[10]

이러한 『직녀성』에 대한 기존의 연구는 크게 세 가지 관점에서 정리할 수 있다. 첫 번째는 심훈의 삶과 문학을 함께 다루면서 『직녀성』에 녹아든 심훈의 자전적 요소들을 분석한 연구이다. 이 연구들에서는 심훈의 일대기를 치밀하게 재구성하는 한편, 『직녀성』과 관련해서는 주인공인 '이인숙'이 심훈의 첫 번째 부인인 '이해영'을 모델로 한

---

8 심훈, 「작가의 말」, 《조선중앙일보》, 1934.3.3.; 김종욱·박정희 편, 『심훈 전집4: 직녀성(상)』 글누림, 2016b.

9 『직녀성』은 심훈이 사망한 후 둘째 형 심명섭의 편집본이 1937년에 '한성도서주식회사'에서 상하 2권의 단행본으로 출간되었다. 그 후 나온 전집들은 한성도서주식회사 본을 가지고 『직녀성』 부분을 구성하였으나, 2016년에 나온 '글누림'의 심훈 전집은 신문연재본을 가지고 전집을 구성하였다.

10 심훈, 「필경사잡기(筆耕舍雜記)」 《개벽》, 1935.1.; 김종욱·박정희 편, 『심훈 시가집 외』 글누림, 2016a, 309~310쪽.

것임을 비롯하여, 등장인물들과 심훈 및 주변인물들의 상관성을 분석한다.[11]

두 번째는 『직녀성』의 형식적 측면에 주목한 논문들이다. 권희선과 최원식은 『직녀성』을 동아시아의 전통적인 서사 양식과의 비교 대조를 통해서 그 가능성과 한계를 살피고, 남상권은 이 소설의 가족사소설적 면모를 파헤치기 위해 족보를 비롯한 실증 자료를 치밀하게 제시하였다. 문영광은 소설 속의 공간과 인물설정, 장르 전환 요소를 분석하여 『직녀성』뿐 아니라 유사한 구도를 지니는 심훈의 다른 장편소설들을 이해하는 데도 도움을 주었다.[12]

세 번째로는 『직녀성』의 내용을 분석하여 의미를 도출하는 연구들을 들 수 있다. 유병석과 조남현의 연구는 심훈 소설에 대한 연구가 『상록수』에 치우쳐 있던 시기에 등장했다는 점에서 의의가 있다. 유병석은 『불사조』와 『직녀성』이 지닌 구조적 유사성에 주목하였고, 조남현은 이 소설의 갈등양상을 세대 간 대립과 계급갈등이 중층적으로 작동하는 것으로 설명하였다. 박소은과 이상경은 여성주의적 관점에서 여성 주인공이 지닌 가능성을 탐색하였으며, 권철호는 두 편의 논문을 통해 심훈과 무로후세 코신[室伏高信]의 영향관계를 바탕으로 『직녀성』을 비롯한 심훈의 문학세계 전반을 관통할 수 있는 탁견을 제시하였다.[13]

---

11 신경림 편, 『그날이 오면, 그날이 오며는』, 지문사, 1982.
    오현주, 「심훈의 리얼리즘 문학 연구 : 『직녀성』과 『상록수』를 중심으로」, 《현대문학의 연구》 Vol.4 No,
    1993.
    유병석, 「심훈의 생애연구」, 《국어교육》 14, 1968, 10~25쪽.
    조선영, 「심훈의 삶과 문학 창작과정 연구」 중앙대학교 박사학위논문, 2018.
12 권희선, 「중세 서사체의 계승 혹은 애도 : 심훈의 『직녀성』 연구」 《민족문학사연구》 Vol.20, 2002,
    178~207쪽.
    남상권, 「『직녀성』 연구 : 『직녀성』의 가족사 소설의 성격」, 《우리말글》 Vol.39, 2007, 309~338쪽.
    문광영, 「심훈(沈薰)의 장편 『직녀성(織女星)』의 소설 기법」, 《교육논총》 Vol.20, 2002, 129~164쪽.
    송지현, 「심훈 『직녀성』고-그 드라마적 특성을 중심으로-」, 《한국언어문학》 Vol.31, 1993, 417~429쪽.
    최원식, 「서구 근대소설 對 동아시아 서사- 심훈 『직녀성』의 계보」, 《대동문화연구(大東文化研究)》 Vol.40,
    2002, 137~152쪽.
13 권철호, 「심훈의 장편소설에 나타나는 "사랑의 공동체" - 무로후세 코신[室伏高信]의 수용 양상을 중심으
    로」, 《민족문학사연구》 Vol.55, 2014, 179~209쪽, 「심훈(沈薰)의 장편소설(長篇小說) 『직녀성(織女星)』 재
    고(再考)」, 《語文研究》 Vol.43 No.2, 2015, 357~385쪽.
    박소은, 「새로운 여성상과 사랑의 이념 : 심훈의 『직녀성』」, 《한국문학연구》 Vol.24, 2001, 351~373쪽.
    유병석, 「심훈(沈熏)의 작품세계」, 전광용 외, 『한국현대소설사연구』 민음사, 1984, 286~298쪽.
    이상경, 「근대소설과 구여성 : 심훈의 『직녀성』을 중심으로」, 《민족문학사연구》 Vol.19, 2001, 174~200쪽.
    조남현, 「심훈(沈熏)의 「직녀성(織女星)」에 보인 갈등상」 『한국소설과 갈등』, 문학과비평사, 1990,
    201~219쪽.

본고에서는 양반가의 구여성이 근대적 신여성으로 탈바꿈하는 과정을 여성수난사로 그려낸『직녀성』, 그리고 그 안에 담긴 '아버지'를 비롯한 가족로망스적 요소들을 살펴볼 것이다. 또한 아버지 세대를 부정했지만 그렇다고 아들들의 활약도 기대할 수 없는 시대적 상황 속에서 가족로망스를 넘어서서, 새로운 '사회(주의)'를 건설하려는 '가문-밖-딸들'과 '아버지-없는' 고아들의 연대에 대해 탐색해 보고자 한다.

2. 탕진하는 아들이 불러온 아버지의 몰락

전통과 근대가 교차하던 식민지 시기의 문학적 좌표 속에서 심훈의 자리를 추적하기 위해서는 그가『직녀성』에서 아버지의 몰락을 그려내는 방식에 주목할 필요가 있다.[14]『직녀성』에는 전통적 세계관과 근대적 세계관의 충돌, 신구세대의 마찰, 계급 갈등 등이 등장하지만[15] 그렇다고 해서 아버지는 무조건적으로 부정되어야 할 대상으로 그려지지는 않는다. 주인공 인숙의 아버지인 이한림은 청렴결백하고, 윤자작은 태화탕太和湯이라는 별명을 지닐 만큼 온순하다. 이런 아버지들이 몰락하는 이유는 얼치기 근대인인 아들들 때문이다. 아들들은 아직 얻을 것이 있는 상황에서 아버지를 제대로 부정하지도 못하고, 사회 속에서 자신들의 입지를 만들지도 못한 채 가문의 몰락을 초래한다.

이한림은 갑오년(1894) 이후 조선을 둘러싼 해외 정세가 점점 험악해져 가는 것과 매관매직賣官賣職으로 "위조지폐 같은 첩지"가 판을 치는 꼴을 더는 볼 수가 없어서 선영들이 계신 과천으로 낙향하였다. 본래 그는 서화, 소시와 음률, 거문고 등에 재주가 있었으나, 낙향한 후에는 오직 필묵만으로 무료한 세월을 보낸다. 이것은 진흙탕이 된 세상에서 발을 뺌으로써 지조를 지키기 위한 선택이었다. 그러나 격동의 세월에 능동적으로 맞서지 않고 은둔을 선택한 인간의 결말은 비극적이기 마련이다.

---

14 오현주(1993), 앞의 논문, 98쪽.
    심훈의 의식적 측면과 무의식적 측면을 고찰하기 위해 그의 소설을 살피는 작업이 주효한 이유는 그가 현실에서 소재나 제재를 취해 대중에게 실감을 줄 만한 문학을 창조하는 것이 중요한 과제라고 여기면서 생생하고 실감나는 작품을 창작하기 위해 노력했기 때문이다.
15 조남현(1990), 앞의 책, 210쪽.

이한림은 "다 망헌 세상에 신학문이란 무엇이고 행세란 다 무엇이냐"라는 생각에 아들 경직에게도 학교 공부를 시키는 대신에 사서삼경四書三經을 읽혔다. 인생의 황혼기에 접어든 이한림에게는 수세적인 태도가 삶을 보존하는 안전한 방법으로 보였겠지만, 아직 젊은 경직에게 아버지의 태도는 이해하기 힘든 것, 고루한 것, 더 나아가 피해야 할 것이었다. 그래서 결국 경직은 아버지의 뜻을 져버리고 공금 사백 원을 횡령해서 중국 상해로 도망을 간다. 아들의 가출로 한림은 속이 쓰렸지만 아들이 징역을 사는 것을 막기 위해 일본인 고리대금업자에게 "문전의 옥답 열 마지기"를 잡혀서 문제의 돈을 갚아주고는 시름시름 늙어간다.

경직이 중국으로 가게 된 결정적인 이유는 윤자작의 사촌인 윤보영을 만났기 때문이었다. 시골에서 '상투'를 틀고 진서眞書를 읽던 경직은 '넥타이'를 맨 하이칼라 보영을 만난 후, 자격지심을 느낀다. 동경에서 법과를 나온 보영은 경직이 '새것'과 '변화'에 눈뜨게 만드는 촉진자 역할을 한다. 보영이 경직에게 "케케묵은 유교사상儒敎思想에 젖어서 양반 노름만" 할 때가 아님을 역설하는 장면에서도 알 수 있듯이 보영과 경직은 영향수수관계였다.[16] 하지만 이 둘의 만남은 긍정성을 산출하지 못하고, 경직은 중국에서도 제대로 된 근대를 경험하지 못한 채 초라하게 귀국한다. 이 년 동안 그가 중국에서 배운 것이라곤 담배와 마작과 술뿐이었다.

새로운 문명에 대한 동경과 허영심에 사로잡힌 상투쟁이 청년 경직은 서울로 돌아와 노는계집을 얻어 셋방살림을 하고, 종산을 팔아먹고, 거액의 빚을 또 진다. 그리고 이 소식을 들은 경직의 아내마저 딸을 데리고 집을 나가버린다. 이런 상황 속에서 고리대금업자가 빚을 독촉하자 아들과 인연을 끊은 이한림은 '울화병'에 걸려서 죽고 만다. 얼치기 근대인을 아들로 둔 아버지의 말로는 아들도 잃고, 돈도 잃고, 건강도 잃는 것이었다.

소설 속에서 이한림과 유사한 방식으로 몰락하는 또 다른 아버지는 이한림의 친구이자 사돈인 윤자작이다. 이한림과 윤자작은 서울 회동에서 이웃으로 살면서 함께 자랐다. 이 둘은 한림의 아버지에게 같이 글을 배우고 장가까지 같은 해에 간, 그야말로 죽마고우였다. 원래 윤자작의 집안은 청빈하여 끼니를 때우기도 어려웠는데, 그럼에

16 조남현(1990), 위의 책, 213~214쪽.

도 윤자작은 얌전한 문필, 준수한 외화, 신중한 대인접물, 남자의 도량 등을 갖추었기 누구나 그를 흠모하였다. 그래서 그의 소문을 들은 왕가의 근척인 ○○궁의 윤 판서가 그를 양자로 들였고, 윤 판서가 죽은 후 그가 습작襲爵하여 자작이 되었다.

이런 윤자작에게는 양자로 들어간 가문에 팔십이 넘은 조모가 있었는데, 조모는 아들이 죽은 후부터 계속해서 증손부를 보고 싶다는 말을 입에 달고 살았다. 그래서 윤자작은 자신과 막역한 이한림을 찾아간다. 윤자작이 습작을 한 후 둘 사이는 소원해졌지만 시골에서 적적한 생활을 하던 이한림은 어릴 적 동무인 윤자작을 반기고, 결국 자신의 딸인 인숙을 윤자작네로 시집을 보낸다.

> (1) (용환은) 어느 신문사에 관계를 해서 행세를 하고 싶은데 그 신문사의 주株를 적어도 몇 백 주가량은 사야만 떡 버티고 앉을 만한 지위를 차지하게 된다. 그래서 만일 아버지의 비위를 건드렸다가는 큰 계획이 깨어지고 말 것이라 그 역시 표면으로 부모에게 순종을 하는 것이었다.[17]

> (2) "그래 너(용환) 이놈 이 아비가 숨두 넘어가기 전에 그런 짓을 네맘대루 헌단 말이냐 왕가에서두 마음대로 처리를 못하는 걸 네가 그 땅을 ×놈에게다 잡혀먹어? 이 놈 신문사란 다 뭐 말러 뒈진 거냐. ××가 없는 죽은 목숨이 사업은 뭐구 행세란 다 뭐냐."[18]

그러나 위의 인용문에서도 확인할 수 있듯이 인숙을 며느리로 맞이한 윤자작 역시 아들들의 문란과 사치로 평안한 노후를 보낼 수는 없었다. 근대를 '소비'하는 것으로밖에 배우지 못한 아들들 때문에 갈수록 집안의 평판은 나빠졌고 재산은 축이 났다. 큰아들 용환은 동생의 조혼을 보고 "인간을 장난감으로 취급하는 야만의 제도"라고 생각할 만큼의 의식은 있지만[19], 신문사 사업을 한다고 전답을 팔아서 기생첩을 들이

17 심훈(2016b), 「직녀성」《조선중앙일보》, 1934.4.18.; 앞의 책, 86~87쪽.
18 심훈(2016b), 「직녀성」《조선중앙일보》, 1934.6.29.; 위의 책, 271~272쪽.
19 홍양희, 「'애비 없는' 자식, 그 낙인의 정치학」 박선주 외 편, 『고아, 족보 없는 자 : 근대, 국민국가, 개인』 책과함께, 2014, 220쪽.
    1915년 관통첩의 '조혼 금지'에 따라 식민지 조선에서 "남 17세 미만 여 15세 미만인 자의 혼인신고"는 수리될 수 없었다. 『직녀성』에서 인숙이가 봉환과 결혼을 할 때의 나이는 14세이고 이들의 혼인 시기를 "인도교를 새로 놓은 지가 얼마 되지 않"은 때라는 구절을 통해서 추정해 본다면 1917년 이후이다. 그러므로 인숙

심훈 문학의 전환

고 자동차를 타고 요릿집을 전전한다. 그리고 둘째아들 봉환은 일본으로 건너가 일본인 모델인 사요코를 데리고 조선으로 들어온 후 아내 인숙을 박대하고, 사요코가 떠난 후에는 같은 학교의 음악선생을 건드렸다가 거액의 위자료를 물어줘야 하는 소송에 걸릴 위기에 처한다.

아들들의 탕진으로 인해 집달리들의 차압이 시작되자 윤자작은 자신이 보증을 섰지만 지금은 절교하고 지내는 '박남작'을 찾아간다. 하지만 그 역시 아들인 귀양이 가문의 땅을 몰래 팔아서 사요코와 함께 일본으로 도망간 상태였다. 그러므로 "노형의 자식이나 내 자식이나 한데 묶어서 단매에 때려죽여야" 한다는 박남작의 절규는 더 이상 자생의 여력이 없는 몰락한 아버지들의 목소리를 대변한다. 그리고 이런 절규 뒤에 남는 것은 가문의 붕괴와 대가족의 해체였다.[20]

이 시기에도 청년들을 행동하게 하는 원동력은 '야심', '정열', '용단성' 등이었다. 그리고 이런 가치 뒤에는 '신문배달'을 하든 '인력거'를 끌든 자신의 삶은 스스로 꾸려나가겠다는 굳센 마음과 실천력이 뒤따라야 한다. 1930년대에 창작된 남성 주인공의 성장소설이나 가족사소설에서 아들 세대들이 아버지의 세계와 결별하고 근대로 나아갈 수 있었던 것도 의지와 실행이 공존했기 때문이다. 그러나 『직녀성』에 등장하는 아들들은 하나 같이 허영에 들떠 현실을 직시하지 못하는 것으로 그려진다.

윤자작의 아들 봉환과 박남작의 아들 귀양 등 장안의 모던보이들이 모이는 종로의 '살롱 파리'는 이런 아들들의 문제가 단적으로 드러나는 공간이다. 운동선수, 남녀배우, 예술가, 신문기자 등은 이곳에 모여서 "십전짜리 사교판"을 벌인다. 이곳에서 배우들은 레코드를 틀어놓고 '폭스트롯'을 추고, 귀양은 동경의 첨단 생활을 부러워하며, 봉환은 일본인 애인 사요코를 친구들에게 소개한다. 파산 직전에 놓인 귀족 아들들이 세련된 척하며 일삼은 소비 때문에 결국 아버지와 아들은 함께 파국의 길을 걷는다.

그래서 사생아이자 사회주의자인 박복순은 새로운 가치를 창출하지 못한 채 구습에 젖어 있는 윤자작의 집이 무너지기 시작한 것은 "으레 닥쳐올 운명에 부딪친 것", 즉 '역사적 필연'이라고 생각한다. 아들을 기점으로 시작된 가문의 몰락이 아버지의

과 봉환의 조혼은 조혼이 법으로 금지된 이후에 진행된 것이므로, 조혼에 대한 용환의 냉소적인 태도는 조혼을 구습으로 치부하던 사회적 분위기까지를 반영한 것이라고 할 수 있다.

20 남상권(2007), 앞의 논문, 336쪽.

육체적/상징적 죽음으로 마무리될 때, 이제 가문 안에서 긍정성을 지닌 유일한 존재는 딸들이 된다. 그러므로 『직녀성』에서 아버지와 아들이 몰락하는 구조는 고립무원 상태에 놓인 인숙의 성장을 극적으로 이끌어내기 위한 서사적 장치로서도 기능한다.

3. 은유에 갇힌 가문 속 여성들

『직녀성』을 여성 성장소설로 읽을 경우 서사를 이끌어가는 인물은 이한림의 막내딸인 이인숙이다. 아명만을 쓰던 인숙은 여학교에 입학하고 나서야 '이인숙'이라는 이름을 얻는다. 부모의 딸, 한 집안의 며느리, 남편의 아내라는 가문 속의 위치로 은유화[21]되었던 주인공은 입학을 계기로 고유명사로 불리기 시작한다. 기혼여성인 인숙은 학교 입학을 매개로 가문 밖으로 나가 근대 제도 속으로 편입되어 새로운 생활을 경험한다.

그렇다면 이 소설의 주인공은 '이인숙'이라는 이름을 얻기 전에는 어떤 방식으로 호명되었을까? 우선 그녀의 출가 전 상황을 살펴보자. 『직녀성』의 서사 속에서 '과천'이라는 공간은 인숙이 시집오기 전까지 살았던 공간이자 가족들로부터 '사랑을 받은 공간'이다. 이곳은 "사오년이나 두고 온 세계가 들끓던 구주대전歐洲大戰의 피비린내 나는 비바람"도 피해 가는 '무풍지대無風地帶'였다. 긍정적으로 표현한다면 한가롭고 평화로운 곳이라고 할 수도 있겠지만, 자칫하면 고착화된 삶의 방식이 무한히 반복되어 활기라고는 찾을 수 없는 공간이 될 위험이 있었다. 이곳에서 인숙의 부모는 귀엽고 사랑스러운 인숙을 "우리 방울이, 우리 막내딸 방울이"라고 불렀었다. 자칫 어둡고 무거워질 수 있는 집안의 분위기를 밝게 만들고 가족들 사이를 오가며 재잘대는 인숙은 집안의 재롱둥이였다.

---

21 『직녀성』의 각 장 제목은 그 장의 내용을 충실히 반영하고 있는데 인물에 대한 은유화가 포함된 장 제목은 총 5개이다. 그 중 인숙에 대한 은유화가 드러난 장 제목은 <인형의 결혼>, <'노리개'와 같이>, <백의(白衣)의 성모(聖母)>이다. 나머지 2개는 인숙의 갓난아기를 은유화한 것으로 <장중의 보옥>과 <잃어버린 진주>이다. 인숙과 인숙의 아이만을 은유하는 방식은 세철를 표현해야 할 때 장 제목을 <망명가의 아들>이라고 설명하는 방식과는 대조를 이룬다.

이 무릎에서 저 무릎으로 굴러다니듯 하며 재롱을 부리는 것이 방울 같고, 무어라고 재잘거리며 안방 건너방으로 달랑거리며 드나드는 것이 방울 같고, 총기가 똑똑 띠는 새까만 두 눈이 놀라면 휘둥그레지는 것이 방울 같고, 새 된 듯하고도 가랑가랑한 목소리가 은방울을 흔드는 것 같고, 붙임성 있어 누구에게나 착착 붙이는 것이 꿰어 차고 싶도록 귀엽다고 해서 방울이란 별명을 지어 부른 것이었다.[22]

그러나 '방울'이라는 별명에는 인숙을 향한 가족들의 사랑이 담겨 있긴 하지만 '방울'은 구르는 몸짓과 딸랑거리는 소리로만 표상되는 사물의 이름이다. 위의 인용문에 나온 것처럼 방울이의 특징은 '재롱을 부리는 것', '재잘거리는 것', '달랑거리며 드나드는 것', '눈이 휘둥그레지는 것', '목소리가 은방울 같은 것', '착착 붙이는 것' 등 사물화된 상태로 드러난다. 그러므로 방울이 시절의 인숙은 "꾀꼬리 같은 목소리로 당음唐音까지 줄줄" 외울 만큼 총명하였지만, 이 시기의 인숙을 인격을 지닌 인간이라고 보기는 어렵다.

사물화된 상태에서 이름을 얻지 못한 방울이는 혼처가 정해진 후 "바느질을 배우고 음식 만드는 법과 큰일 치르는 절차를 견습하고 한편으로는 규감閨鑑이니 내칙內則이니 열녀전列女傳이니 하는 책을" 읽으며 시집갈 준비를 한다. '시집갈 준비'라는 명목 아래 방울이가 할 수 있는 일은 계속해서 늘어났지만 기능의 추가 역시 방울이가 수동적인 상태에서 벗어나게 해주지는 못했다.

방울이의 이미지는 인숙의 결혼이 '인형의 결혼'으로 표현될 때 변주의 과정을 거치지만 이 과정 역시 방울이의 존재론적 위상을 바꾼 것은 아니었다. "새빨갛게 연지 곤지를 찍고 품과 화장이 넓은 활옷을 입고 눈을 곱게 감고 앉은" 인숙은 그 외형의 아름다움 때문에 인형으로 은유화된다. 그리고 자신의 의지와는 상관없이 조혼을 하는 인숙의 모습이 부모의 꼭두각시와 같다는 의미에서도 인숙은 인형이라는 볼 수 있다.

대부분의 구여성이 그렇듯이 자아각성을 경험하지 못한 인숙의 결혼 생활은 시증조모의 '노리개'라는 표현으로 압축된다. 이한림은 경제적 어려움 없이 살기를 바라며 열네 살의 인숙을 부잣집에 시집보냈지만 "인숙이는 부잣집으로 시집을 온 덕택에 생후 처음으로 배고픈 것을" 경험한다. 그리고 층층시하의 시집살이의 고단함은 시증조

22　심훈(2016b), 『직녀성』 《조선중앙일보》, 1934.3.31.; 앞의 책, 37쪽.

모에게 『옥루몽』이니 『사씨남정기』니 하는 이야기책을 읽어줄 때 배가 된다. 시증조모는 "벼르고 별러서 얻어 찬 귀여운 노리개"인 인숙을 손에서 놓지 않으려 했다.

> 강아지나 고양이를 고기반찬을 먹여가며 어루만지는 유한부인有閑婦人과 같이 마찬가지로, 이 늙고 병든 시증조모는 인숙이를 언제까지나 각시처럼 눈앞에 앉혀놓거나 동자처럼 심부름을 시켜야만 직성이 풀리는 것이었다.[23]

인용문에서처럼 시증조모가 인숙을 '노리개'로 여기며 놓아주지 않는 것은 인숙의 삶이 아직도 아버지의 세계에 장악당해 있음을 단적으로 보여준다. 이처럼 여성을 사물로 은유화하는 것은 여성을 인격체로 대우하기보다는 물건으로 본다는 것이며, 이것은 사물인 여성에게는 주인이 있음도 함축한다. 마음에 안 들면 버릴 수 있고, 누군가에게 빌려줄 수도 있는 사물화된 여성에게 주체적인 자리는 주어지지 않는다.[24]

이와 같은 은유가 문학의 다양한 지점에서 사용되는 이유는 이것이 표현의 문제인 동시에 사고방식과도 관계가 깊기 때문이다. 인간은 은유적으로 사고하므로 그 사고가 표현되는 방식도 은유적일 수밖에 없다. 그리고 은유의 언어에는 언어를 사용하는 주체의 입장과 관점이 담긴다. 또한 은유화가 진행될 때는 대상에 대한 '부각'과 '은폐'가 작동하고[25], 은유가 서로 다른 것들을 유사성이라는 관점으로 묶으면서 모든 변화하는 것들을 고정시키기 때문에 문제가 된다.[26]

게다가 타자를 생산하는 은유화는 타자가 악 혹은 결핍으로만 표상될 것이라는 편견을 낳는다. 일반적으로 타자는 우리가 아닌 남, 그들, 외부인, 도래자로 그려지고, 이해할 수 없는 일그러진 괴물, 기괴한 자로 형상화된다.[27] 하지만 기억해야 할 것은 『직녀성』에서 확인할 수 있듯이 사랑스러운 '방울'이나 어여쁜 '인형', 귀여운 '노리개'

23 심훈(2016b), 『직녀성』《조선중앙일보》, 1934.4.23.; 위의 책, 102쪽.
24 전혜영, 「여성 관련 은유 표현에 대한 연구- 속담·속언을 중심으로」《이화어문논집》 제15집, 1997, 489 ~490쪽.
25 김주식, 「은유의 이데올로기 분석」《언어과학연구》 56, 2011, 30쪽.
26 김애령, 『여성, 타자의 은유』 그린비, 2012, 72~73쪽.
27 김애령(2012), 위의 책, 72쪽.

처럼 긍정적인 대상으로 은유화 되는 것 역시 타자화의 방식이라는 사실이다. [28]

소설 속에서 인숙이 은유화를 거쳐서 타자화되는 방식은 남편 봉환이 인숙에게 붙여준 '직녀(성)'라는 애칭에서도 드러난다. 봉환은 동경으로 떠나면서 일 년에 한 번 방학 때만 만날 수 있다는 점을 들어 자신과 아내에게 견우와 직녀의 이미지를 덧씌웠다. 은하수를 사이에 둔 견우와 직녀가 오작교가 생기는 칠월칠석 때만 만나는 모습이 자신들과 유사하기 때문이다. 하지만 봉환의 사랑이 시들해지면서 이 둘은 일 년에 한 번도 만나기 어려워진다. 인숙은 시집을 가기 전부터 어머니께 바느질을 배웠고 남편과의 서먹했던 관계를 풀어준 계기 역시 바느질과 관계된 사건이었다. 또한 봉환과 멀어진 후 월부로 산 재봉틀을 가지고 생계를 이어갔다는 점에서 인숙은 옷감을 다루는 '직녀'의 이미지를 유지한다.

그럼에도 '직녀'가 인숙의 주체성과 자발성이 녹아든 명칭이라고 볼 수 없는 이유는, 인숙이 '견우'의 짝으로서의 '직녀'일 수 있는 순간은 봉환이 인숙을 그리움의 대상으로 인정하는 동안뿐이기 때문이다. 그래서 작가는 봉환과 인숙이 이혼계를 부청에 접수한 후에 헤어지는 장면을 "철없는 봉환이 인숙을 '직녀성'이라 부른 것도 짧은 여름밤의 한낱 희롱에 지나지 못하였으리라."라는 문장으로 마무리한다.

요컨대 방울이, 인형, 노리개, 직녀가 될 때까지 작품 속에서 인숙은 끊임없이 은유화되어 그의 삶을 둘러싼 실체적 진실은 희석된다. 자신을 '방울'이라 불렀던 아버지, '노리개' 삼아 놓아주지 않았던 시증조모, '직녀'라는 별명을 지어준 남편. 인숙이 가문 속에 자리 잡고 있는 이들과 결별할 때 그는 비로소 아버지의 딸, 집안의 며느리, 남편의 아내가 아닌 본연의 삶을 사는 '이인숙'이 될 것이다.

4. 아버지 세계의 포월抱越과 가문-밖-딸들의 선택

이 소설 속에서 주요인물인 인숙과 인숙의 시누이인 봉희는, 어릴 때는 아버지들에게 귀엽기만 한 딸이었다. 하지만 이 딸들이 자신의 삶의 주인이 되기 위해서는 정

---

28 황지영, 「근대 여학교 기숙사와 젠더규율의 이중성- 「B사감과 러브레터」 『구원의 여상』, 『은하수』에 나타난 은유화를 중심으로」, 《서강인문논총》 52, 2018.8, 79~80쪽.

신적으로든 실질적으로든 가부장제를 상징하는 아버지(의 세계)와 결별해야만 한다. 아들들은 몰래 재산을 빼돌릴망정 아버지에게 직접적인 반기를 들지 않았지만, 딸들은 자살을 시도하거나 가출을 하는 등 아버지(의 세계)와 전면적인 대결도 불사하면서 주체적인 인간이 되어 간다.

신문에 연재되었던 『직녀성』은 인숙이 아들 '일남─男'을 잃은 후에 상실감과 절망감을 이기지 못하여 '한강 인도교'에서 자살을 하려고 하는 장면에서 시작한다. 심훈은 여러 장편소설들의 서두에서 영화처럼 역순행적 구성을 사용하였다. 이 소설의 서두는 밤중에 젊은 여자 혼자 "한강교로 가는 막차"를 타는 것을 의아하게 바라보는 차장의 시선과 독자의 시선이 겹쳐지면서, 독자들은 소설에 대한 흥미를 가질 수 있었고 몰입도 역시 증가하였다. 권철호의 지적처럼 이러한 장면 배치는 극적 긴장감이 가장 높은 장면을 서사의 도입부에 배치하여 '끌어들이는 서사engaging narrative'로써의 기능을 담당한다.[29]

이 작품에서 '한강 인도교'가 중요한 이유는 강렬한 도입부의 공간적 배경이기 때문만은 아니다. 인숙이 결혼을 통해 보다 강력한 아버지의 세계에 복속되는 과정과 그 세계에서 탈출하는 계기는 모두 '한강 인도교'를 중심으로 그려진다. 열네 살에 울면서 인도교를 건너 문안으로 시집을 갔던 인숙은 시집에서 "문서 없는 노예의 생활"을 하였다. 그리고 스물여섯 살에 아들을 잃고 여자의 몸이란 "평생의 고락이 남의 손에 달렸"다는 것을 깨닫고 이 다리에서 자살을 시도한다. 인숙이 처음으로 인도교를 건너는 장면이 입사의례이자 고난의 시작을 알리는 것이었다면, 마지막으로 다리를 건너는 것은 죽음을 통해서라도 더 이상 아버지 세계의 불합리와 폭력에 순응하지 않을 것임을 다짐하는 계기가 된다.

아들의 죽음, 자살 시도, 이혼 등 고난이 몰아친 이후 심신이 망가진 인숙은 주변 사람들의 친절한 위로와 따뜻한 격려 덕분에 "정신적으로 죽음의 세계에서 거듭 날 용기"가 생겼고, 점차 "새로운 희망의 서광"을 발견한다. 그리고는 가문 속에 갇혀 가족들을 돌보기보다는 "더 큰 행복을 위해" 자신을 희생하는 것이 거룩하고 신성한 일임을 자각한다. 그래서 남을 위해 자발적으로 자신을 희생하겠다는 결심을 한다.

---

29 권철호(2015), 앞의 논문, 368~373쪽.

'오냐, 죽으려던 용기를 가지고 살아보자! 정말 이 세상에 불행한 사람들을 위해서 자살해 버린 셈만 치고 나 한 몸을 바쳐보자! 이번에는 참 정말 남을 위해서 자발적으로 적으나마, 쓸모가 없으나마 이 몸 하나를 희생으로 바치자!'[30]

그런데 여기서 주목해야 할 것은 인숙이 주체가 되어 가는 과정은 아버지(의 세계)와 분리되는 과정이지만, 분리 후에 자립할 수 있는 자양분을 제공한 것 역시 아버지(의 세계)였다는 점이다. 이한림은 '계집애가 글을 배우면 팔자가 사납다'는 말을 믿었으나 '방울'이 시절의 인숙에게는 글을 가르쳤다. "계집애도 기성명은 헐 줄 알아야 후일에 남편헌테도 업신여김을 받지 않"기 때문이다. 그래서 어린 인숙은 시집가기 전까지 열심히 한문책을 읽는다.

이렇게 한문을 익히고 시집을 간 인숙은 남편 봉환이 일본으로 유학을 떠나기 전, 자신을 학교에 보내달라고 남편을 설득한다. 그 후 시누이 봉희를 자신의 편으로 만들고 남편에게 시어른들게 보내는 편지의 구절을 알려주는 등 학교에 갈 수 있는 방안을 적극적으로 모색한다. 아버지의 생각을 이어받은 인숙은 지금은 옛날과 시대가 달라서 "가정부인도 신학문을 모르고 견문이 없으면 앞으로 원만한 결혼 생활을 할 수가 없"다고 생각하게 된 것이다.

그러나 인숙의 정신적 스승인 복순은 인숙과 달리 인숙이 학업을 계속해야 하는 이유는 "도깨비굴" 같은 시집에서 벗어날 때를 대비하고 "자립해 살 준비"를 해야 하기 때문이라고 생각한다. 그래서 보결생이 난 사립여학교에 인숙이 입학할 수 있도록 주선하고, 시가의 가세가 기울면서 인숙이 학업을 중단하자 분개한다. 결국 시댁에서 나온 인숙이가 다시 학교를 다니겠다고 할 때도 복순은 헌 재봉틀을 월부로 얻어다 주면서 인숙이 졸업을 할 수 있게 도와준다.

인숙이 결혼 후 학교에 가서 배운 근대 학문과 생계를 이을 때 사용한 재봉틀, 그리고 유치원 보모라는 직업은 아버지의 세계에서 배웠던 진서와 바느질, 그리고 『규감閨鑑』과 『내칙內則』이 근대적 형태로 모습을 바꾼 것이었다. "딸의 능력을 인정해주고 교육하는 아버지"[31]를 둔 구여성 방울은 신여성 이인숙이 되었지만, 인숙은 마지막까지도 전

30 심훈, 「직녀성」,《조선중앙일보》, 1935.2.12.; 김종욱·박정희 편, 『심훈 전집4: 직녀성(하)』 글누림, 2016c, 389쪽.
31 정선희, 「17·18세기 국문장편소설에서의 부모-자녀 관계 연구」《한국고전연구》 21집, 2010, 181~186쪽.

288

통적 가치관을 버리지 않았다. 그는 아버지의 세계를 변용해서 끌어안고, 또 그것을 넘어서기 위해 새로운 세상을 향해 나아간다. 바느질을 하여 번 돈으로 학교를 마치고, 사회적 차원에서 부덕婦德을 실천하기 위해 유치원 보모가 되기로 결심한 것이다.

한편 귀족 집안의 고명딸인 봉희는 어린 시절부터 학교 교육을 받았으며 학업 성적과 외모가 모두 뛰어난 여성으로 그려진다. 이런 봉희는 혼인을 앞두고 아버지와 전면적으로 대립한다. 봉희의 아버지인 윤자작은 사위감이 좀 모자라긴 하지만 경제적으로 여유가 있는 "계동 한 참판의 집"으로 봉희를 시집보내려 한다. 그러나 자유연애를 통해서 고아이면서 사회주의자인 세철을 사랑하게 된 봉희는 아버지의 뜻을 따르지 않는다.

봉희가 아버지에게 "반역의 깃발"을 든 가장 큰 이유는 자신이 사는 시대는 아버지가 사는 시대와 다르기 때문이었다. 아버지의 시대에는 부모가 정해준 배우자를 만나 순종적으로 사는 삶이 중요했다면, 봉희의 시대에는 결혼 상대를 선택할 자유와 부부의 사랑, 그리고 그 사랑을 지켜가기 위한 정신상의 정조 등이 더 중요하다. 그래서 자신의 생각과 의지가 확고한 봉희는 졸업 전 마지막 시험도 보지 않고 가출을 한 후에 어렵사리 세철과 결혼한다. 그 후 단칸방에서 생활하면서 경제적으로 풍족하진 않지만 만족하며 살아간다. 봉희가 가치를 두는 것은 구속이 동반된 경제적 안정이 아니라 가난을 선택할 자유, 그리고 그 선택에 책임을 지는 태도이기 때문이다.

정리하면 '가족로망스'에서 소외되었던 딸들인 인숙과 봉희는 '가족로망스'의 아들들과 달리, 아버지의 세계에서 배운 것들을 바탕으로 자신들의 삶을 개척해 나간다. 인숙은 '자살 시도' 후 이혼을 하고 전문적인 직업을 가짐으로써, 봉희는 '가출' 후 자유연애와 자유결혼을 성취함으로써 온전한 주체로 거듭난다. 가문-밖-딸들의 자살 시도와 가출은 아버지의 세계로부터 분리되는 경험이자 근대 세계로의 입성을 알리는 서막이었다. 이 서막을 기점으로 아버지 세계의 유산을 품은[抱] 가문-밖-딸들은 아버지의 세계를 넘어서기[越] 위해, 가문 안에서 강요받던 수동성을 벗어던지고 능동적으로 자신과 남을 함께 위하는 삶을 찾기 위해 분투한다.

심훈 문학의 전환

5. 사회주의(자)와의 접속과 고아들의 공동체

개화기를 거쳐 식민지기가 진행되는 동안 양반가가 유지되기 위해서는 시대적 상황과 상호작용을 하는 인물이 가문 안에 하나라도 있어야 했다. 그러나 소설 속에 그려지는 이한림의 가문이나 윤자작의 가문에는 시대를 꿰뚫어보는 인물이 존재하지 않는다. 아버지들은 전통적인 삶의 방식을 고수하고, 근대라는 유행에 휩쓸린 아들들은 집안의 재산을 탈취하여 근대도시가 있는 중국이나 일본으로 도망을 간다. 하지만 이 아들들의 해외로의 이동은 근대에 대한 막연한 동경이었을 뿐 근대적 삶의 태도를 배양하고 근대적 지식을 활용해서 개인과 가문, 사회와 국가의 위기를 극복하는 데까지 나아가지 못한다. 이런 상황 속에서 자의에 의해서든 타의에 의해서든 가문 밖으로 나간 딸들은 '아버지 없는' 고아 사회주의자들과 만나 인생의 다음 단계를 준비한다.

만약 '고아'가 특정한 역사적 맥락이나 정치적 전략의 결과물[32]이라면, 소설 속에서 고아로 그려진 계층은 그 계층에 대한 당대의 인식과 작가가 그에게 부여한 역할을 상징적으로 보여줄 것이다. 『직녀성』에는 처음부터 고아인 상태로 등장하는 복순과 세철, 그리고 아버지 세계와의 분리를 통해서 고아가 되는 인숙과 봉희라는 두 무리의 고아가 등장한다. 전자는 사회주의의 선발대로서 계급투쟁을 통해 식민지 조선의 현실을 바꾸려 하고, 후자는 적극적인 이념을 지니진 않았지만 선발대의 지도를 받아 사회주의의 긍정성을 인정한다. 이들은 가족로망스를 통해 사회를 구성하는 데 실패한 식민지 조선에서, 외부에서 들어온 '사회주의'를 구심점 삼아 근대적 사회를 건설하려고 한다.

인숙을 새로운 세계로 이끈 복순은 계집종의 사생아로 윤자작 부인의 후원 아래 학교를 졸업하였다. 그리고 나이가 차서 시골 토반의 후취로 보내졌으나 박색이라는 이유로 소박을 맞고 다시 윤자작네로 들어온다. 소박 후에도 복순은 붉은 표지의 사회주의 서적을 비롯해서 신문, 잡지, 책 등을 계속 읽어간다. 민적도 없는 고아[33]에다가

---

32 박선주 외 편(2014), 앞의 책, 5쪽.

33 홍양희(2014), 앞의 글, 218쪽.
일본의 영향을 받은 식민지 조선의 법률은 어머니가 있더라도 아버지를 확보하지 못한 아이는 혈통을 모르는, 즉 근본과 뿌리가 '없는' 비정상적인 인간이 되었다. 자식에게서 '어머니'의 '피'를 뽑아버리고, '아버지'의 '혈통'만을 강조하는 이러한 방식은 민적에도 올릴 수 없는 '애비 없는 자식'이라는 타자의 형상을 만들어냈다.

세상에 미련도 없어 보이는 복순은 처음에는 "계급의식의 색안경"을 끼고 '양반의 딸'이자 '귀족집 며느리'인 인숙에게 적대감을 드러낸다.

> "난 어머니 얼굴도 모르고 자라났다우. 더군다나 아버지는 누군지도 모르구…. 민적에두 내 이름이 빠졌으니깐. 일테면 난 조선 사람이 아니구 땅에서 솟았거나 하늘에서 떨어진 사람이죠. 그렇지 않아요? 그래서 내 떨거지라고는 이 세상에 하나두 없으니깐 여간 홀가분하지가 않거든요."[34]

하지만 시간이 지날수록 영리하고 친절한 인숙에게 마음을 열어 세상 형편, 조선 여성들의 불합리한 상황, 자신이 몸을 바치는 (사회)주의 등에 대해 알기 쉽게 설명해 주었다. 그러나 학업을 마치기 위해 화장품을 팔러 다니고 남의 빨래를 해주는 등 고생을 한 복순과 양반가에서 곱게 자란 인숙이 초반에 좋은 관계를 유지할 수 있었던 것은 "사상이 서로 공명되거나 동지"라는 의식 때문이 아니라 "동성끼리의 정의"가 자별해서였다.

한편 봉희에게 영향을 주는 세철은 '살롱 파리'에 모여 있던 예술계의 모던보이들과 대척되는 지점에 놓이며, 강단 있는 남성이자 적극적으로 사회주의를 표방하는 이념형 인물이다. 또한 경성전기학교에 다니는 세철은 근대의 문화예술을 비판하고 과학기술의 가치를 긍정한다.[35] 세철의 아버지는 망명해서 시베리아로 떠났고, 어머니는 복순이 다니던 학교의 선생이었는데 만세통에 감옥에 갔다가 사망하였다. 그래서 세철과 복순은 성도 같고 외로운 처지도 같아서 의남매를 맺는다. 이런 세철에게 봉희가 관심을 보이자 세철은 봉희에게 "귀족―양반―놀고먹는 사람들"이라는 내용이 담긴 편지를 보낸다.

고학을 하면서 매약 행상, 세탁 주문, 겐마이 빵장수 등을 하며 "풀처럼 자라난" 세철은 세상이 모순 덩어리이며 죄악투성이라는 것을 알고 있었다. 그래서 "암흑한 사회의 이면"을 봉희에게 알려주기 위해 함께 "'신마찌'라는 '유곽'"에 간다. 이곳에서 남성과 같은 인간임에도 생존을 위해서 성을 파는 여성들의 고통을 역설하는 세철을

---

34 심훈(2016b), 『직녀성』,《조선중앙일보》, 1934.5.30.; 앞의 책, 204쪽.
35 권희선(2002), 앞의 논문, 194~195쪽.

보고, 봉희는 그의 정의감에 감명 받아 엄숙한 기분을 느낀다.

'복순-인숙'과 '세철-봉희'는 처음부터 '영향수수관계'였지만, 이 관계가 보다 공고해지는 것은 복순과 세철의 사회주의적 활동이 부각된 이후였다. 여자 사상단체의 대표기관인 ××회의 간부이자 서무부 책임자였던 복순은 입이 무거워서 회에서 진행하는 비밀스러운 일이나 중요한 문서를 맡아서 관리하였다. 그런 복순이 어느 날 동지들과 무슨 맹세를 하느냐고 머리를 깎고 얼마 지나지 않아 경찰에 잡혀간다. 그리고 "비밀결사인 사회과학연구회"에 몸담고 있었던 세철마저 경찰에 검거되면서 '복순-인숙'과 '세철-봉희'의 관계는 멈추는 듯하였다.

하지만 복순과 세철이 출소한 후에 이들의 연대는 인정을 넘어 행동의 변화를 이끌어내는 차원까지 발전한다. 인숙은 출소한 복순의 경험담을 들으며 세상에는 불쌍한 사람들과 주의를 위해 투신하는 사람들이 많다는 사실을 알게 된다. 세철은 출소 후에 다리를 절게 되었지만 봉희는 이런 것에 아랑곳하지 않고 세철과 함께 아버지의 집으로 가서 그와 결혼하겠다는 뜻을 밝히고 실행에 옮긴다. 이 둘의 '진정한 사랑'은 심훈이 낭만적 열정을 수반한 연애와 거리를 두고, 동지애적 사랑을 중시한다는 점을 보여준다.[36]

이처럼 고아와 다름없는 가문-밖-딸들이 아버지 없는 사회주의자들과 공명할 수 있었던 이유는, "진정한 사랑이나 우애나 또는 동정"은 함께 고생한 사람들만이 공유할 수 있는 것이기 때문이었다. 게다가 여기에 여성운동에 가담했고 조선의 지식분자로서의 번뇌를 지닌 허의사까지 결합하면서 이들의 관계는 더욱 다원화되고 강력해진다. 시누와 올케 사이였던 인숙과 봉희, 의남매 지간인 복순과 세철, 그리고 새롭게 의자매를 맺은 인숙과 허의사의 관계에서 가문을 유지시키는 '피'는 힘을 발휘하지 못한다. 오히려 이들을 묶어주는 것은 사회주의를 중심으로 한 '뜻[義]'이었다. 그러므로 이들이 모여서 "해삼위 방송국에서 오는 아라사 음악"을 듣는 장면은 시사하는 바가 적지 않다. 사회주의의 나라인 러시아에서 흘러나오는 '행진곡'을 함께 들으며 이들이 구상하는 공동체는 '공유'와 '분업'을 바탕으로 한 것이기 때문이다.

다 각기 적으나마 벌어들이는 대로 공평히 추렴을 내어서 생활을 하여 나갈 것과, 될 수 있는 데까지 생활비를 절약해서 여유를 만들어 ××학원과 유치원에 바칠 것이며

---

36 박소은(2001), 앞의 논문, 369쪽.

(인숙의 월급은 삼십 원으로 정하였다 하나 이십 원만 받으리라 하였다) 조그만 나라를 다스리듯이 이 공동 가정의 대표자로는 복순을 내세워 외교를 맡게 하고, 살림을 주장해 하는 것과 어린애를 양육하는 책임은 인숙이가 지고, 회계위원 노릇은 봉희가 하는데, 세철은 몸을 몇으로 쪼개고 싶도록 바쁜 터이라, 무임소대신無任所大臣격으로 대두리 일을 통찰하게 하기로 헌법을 제정하였다.[37]

이제 이들에게 수직관계를 기반으로 한 아버지의 세계는 큰 의미를 지니지 않는다. 이들은 그 누구의 연고지도 아닌 원산에 모여, 가정교육이 미비한 조선의 현실을 보완하기 위해서 성심성의껏 "수많은 아들딸"들을 키울 준비를 한다. 이것은 사랑의 실현이자 확대된 모성의 새로운 발견[38]이다. 그러므로 이들이 꿈꾸는 수평적 공동체는 아버지와 아들 중심의 가족로망스가 사라진 곳이고, 조선의 별이자 꽃인 아이들이 커나갈 곳이며, 각기 다른 개성을 지닌 고아들이 모여 다초점을 이루는 곳이라고 평가할 수 있다.

이러한 공동체를 통해서 식민지 조선의 젊은이들이 나아갈 바를 제시하고, 각기 다른 계층을 바라보는 "중층적 교차시각을 획득"[39]한 작가의 노력은 치하할 만하다. 하지만 작품의 결말 부분에는 하나의 문제가 남아 있다. 인숙의 수난을 통해서 여성 인물의 성장을 그려내는 『직녀성』의 마지막 장의 제목은 "백의白衣의 성모聖母"이다. 유치원 보모가 된 인숙은 하얀 옷을 입고 아이들을 정성껏 돌보기 때문에 사람들은 인숙을 "백의白衣의 성모聖母"라고 부른다. 아이들을 돌보는 여성을 '성모'의 이미지로 치환하는 것은 근대 소설에서 상투적인 설정이다. 그럼에도 『직녀성』의 이 설정이 비판을 받는 이유는 인숙은 가장 긍정적인 모습으로 그려지는 순간에도 은유화되기 때문이다.

그래서 이 부분은 "근대서사에 대한 작가의 불충분한 탐색, 모더니즘의 간과에서 온 것"이라는 평가를 받기도 하고[40] "유행에 휩쓸렸을 뿐 독창적인 사유의 결과"를 낳지 못한 심훈 소설의 한계로 이야기되기도 한다. [41]심훈은 이혼 후에도 전부인 이해영을 모델로 하여 소설 『직녀성』을 창작하였고, 여성 주인공의 주체성을 부각하기 위

---

37 심훈(2016c), 『직녀성』《조선중앙일보》, 1935.2.25.; 앞의 책, 421쪽.
38 이상경(2001), 앞의 논문, 198쪽.
39 최원식(2002), 앞의 논문, 148쪽.
40 권희선(2002), 앞의 논문, 205쪽.
41 유병석(1984), 앞의 논문, 297쪽.

심훈 문학의 전환

해서 가문과 주인공의 끈을 끊어버리고 나서 다시 인숙의 긍정성을 성모라는 은유를 사용해 설명한다. 그는 아버지의 세계에 존재하는 모든 것들과 단절해야 한다고 생각하지 않았다. 설사 이 장면이 전통과 근대의 교차라는 시대적 특수성과 아버지의 세계를 포월하려고 했던 작가의 세계관이 맞물려서 만들어낸 문제적 지점이라고 하더라도 여전히 아쉬움이 남는 것은 사실이다.

참고문헌

1. 1차 자료

김종욱·박정희 편, 『심훈 전집1: 심훈 시가집 외』, 글누림, 2016a.
——————————, 『심훈 전집4: 직녀성(상)』, 글누림, 2016b.
——————————, 『심훈 전집5: 직녀성(하)』, 글누림, 2016c.

2. 논문

강상순, 「조선후기 장편소설과 가족 로망스」, 《한국고전여성문학연구》 Vol.7, 2003, 33~64쪽.
강유진, 「근대 주체로서의 성장과 가족로망스」, 《어문논집(語文論集)》 Vol.39, 2008, 145~160쪽.
권철호, 「심훈의 장편소설에 나타나는 "사랑의 공동체" – 무로후세 코신[室伏高信]의 수용 양상 중심으로」,
　　　《민족문학사연구》 Vol.55, 2014, 179~209쪽.
_____, 「심훈(沈熏)의 장편소설(長篇小說) 『직녀성(織女星)』 재고(再考)」, 《어문연구(語文研究)》 Vol.43
　　　No.2, 2015, 357~385쪽.
권희선, 「중세 서사체의 계승 혹은 애도 : 심훈의 『직녀성』 연구」, 《민족문학사연구》 Vol.20, 2002,
　　　178~207쪽.
김명인, 「한국 근현대소설과 가족로망스 : 하나의 시론(試論)적 소묘」, 《민족문학사연구》 Vol.32, 2006,
　　　332~352쪽.
김주식, 「은유의 이데올로기 분석」, 『언어과학연구』 56, 2011, 29~52쪽.
김현주, 「구활자본 소설에 나타난 "가정담론"의 대중미학적 원리」, 《반교어문연구(泮矯語文研究)》 Vol.27,
　　　2009, 247~280쪽.
남상권, 「『직녀성』 연구 : 『직녀성』의 가족사 소설의 성격」, 《우리말글》 Vol.39, 2007, 309~338쪽.
문광영, 「심훈(沈薰)의 장편 『직녀성(織女星)』의 소설 기법」, 《교육논총》 Vol.20, 2002, 129~164쪽.
박소은, 「새로운 여성상과 사랑의 이념 : 심훈의 『직녀성』」, 《한국문학연구》 Vol.24, 2001, 351~373쪽.
송지현, 「심훈 직녀성 고-그 드라마적 특성을 중심으로-」, 《한국언어문학》 Vol.31, 1993, 417~429쪽.
오현주, 「심훈의 리얼리즘 문학 연구 : 〈직녀성〉과 〈상록수〉를 중심으로」, 《현대문학의 연구》 Vol.4 No,
　　　1993, 88~113쪽.
유병석, 「심훈의 생애연구」, 《국어교육》 14, 1968, 10~25쪽.
_____, 「심훈(沈熏)의 작품세계」, 전광용 외, 『한국현대소설사연구』, 민음사, 1984, 286-298쪽.
이상경, 「근대소설과 구여성 : 심훈의 『직녀성』을 중심으로」, 《민족문학사연구》 Vol.19, 2001, 174~200쪽.
전혜영, 「여성 관련 은유 표현에 대한 연구- 속담·속언을 중심으로」, 《이화어문논집》 제15집, 1997,
　　　483~505쪽.
조남현, 「심훈(沈熏)의 『직녀성(織女星)』에 보인 갈등상」, 『한국소설과 갈등』, 문학과비평사, 1990, 201~219쪽.
조선영, 「심훈의 삶과 문학 창작과정 연구」, 중앙대학교 박사학위논문, 2018. 」
최원식, 「심훈 『직녀성』의 계보」, 《대동문화연구(大東文化研究)》 Vol.40, 2002, 137~152쪽.
황지영, 「근대 여학교 기숙사와 젠더규율의 이중성- 『B사감과 러브레터』, 『구원의 여상』, 『은하수』에 나타난
　　　은유화를 중심으로」, 《서강인문논총》 52, 2018.8, 73~103쪽.

3. 단행본

권명아, 『가족이야기는 어떻게 만들어지는가』, 책세상, 2000.
김애령, 『여성, 타자의 은유』, 그린비, 2012.

_____ , 『은유의 도서관』, 그린비, 2014.

김홍중, 『마음의 사회학』, 문학동네, 2009.

나병철, 『가족로망스와 성장소설 : 반오이디푸스 문화론』, 문예, 2007.

린 헌트, 『프랑스 혁명의 가족 로망스』, 조한욱 역, 새물결, 2000.

박선주 외 편, 『고아, 족보 없는 자 : 근대, 국민국가, 개인』, 책과함께, 2014.

신경림 편, 『그날이 오면, 그날이 오며는』, 지문사, 1982.

여성문화이론연구소 정신분석세미나팀, 『페미니즘과 정신분석』, 여이연, 2003.

지그문트 프로이트, 『종교의 기원』, 이윤기 역, 열린책들, 1997.

_____ , 『성욕에 관한 세 편의 에세이』, 김정일 역, 열린책들, 2003..

황지영 | 실패한 가족로망스와 고아들의 공동체 - 심훈의 『직녀성』(1934~1935)을 중심으로

'상하이上海 기억'의 소환과 혁명적 노스탤지어[*]
- 심훈의 『동방의 애인』을 중심으로

천춘화[**]

숭실대학교 HK 연구교수
명지대학교 방목기초교육대학 객원교수

---

[*] 이 글은 《한국근대문학연구》20(2019)에 게재된 논문을 재수록한 것임을 밝혀둔다.

[**] 숭실대학교 한국기독교문화연구원 HK연구교수

1. '상하이上海 기억'의 소환과『동방의 애인』

    1919년 경성고보 4학년에 재학 중이던 심훈은 3.1운동에 가담하였다가 8개월간 옥고를 치르고 출옥한다. 훗날 심훈은『필경사잡기筆耕舍雜記』(1936.3.12.)를 통해 그때의 북경행에 대해서 다음과 같이 기술한다. "기미년己未年 겨울 옥고를 치르고 난 나는 어색한 청복淸服으로 변장하고 봉천을 거쳐 북경으로 탈주하였다."[1] "변장"과 "탈주"에서 알 수 있듯이 그의 중국행은 평범한 여행길은 아니었던 것이다. 북경에서 약 3개월간 머물면서 심훈은 이회영, 신채호 등 애국지사들을 가까이에서 대할 기회를 가진다. 심훈의 애초의 계획은 북경대학에서 희곡을 공부하는 것이었지만 그는 생각을 바꾸어 프랑스 유학을 목표하고 상하이로 향한다.[2] 하지만 희망했던 프랑스 유학은 좌절되고 결국 항주의 지강대학芝江大學에서 2년여의 유학생활을 하다가 1923년 귀국한다. 그가 귀국 후 7년 만에 내놓은 본격적인 소설이 바로『동방의 애인』이다.

---

1   심훈,「필경사잡기(筆耕舍雜記)」,『심훈전집-심훈 시가집 외』, 글누림, 2016, 323면.

2   심훈은 이와 같은 변화에 대해서 다음과 같이 기술하고 있다. "북경의 문과를 다니며 극문학을 전공하려던 나는 양포자(樣包子)를 기다랗게 늘이고 허리가 활등처럼 구부러진 혈색 없는 대학생들이 동양차(東洋車)를 타고 통학하는 것을 보니 홍지(鴻志)를 품고 고국을 탈출한 그 당시의 나로서는 그네들의 기상이 너무나 활달치 못함에 실망치 않을 수 없었다. 그뿐 아니라 희곡 같은 과정을 상급이나 되어야 1주일에 겨우 한 시간쯤 그것도 셰익스피어나 이벤의 강의를 할 뿐인 것을 그 대학의 영문과에 수학 중이던 장자일(張子一)씨에게서 듣고 두 번째 낙심을 하였다. 그러던 차에 불란서 정부에서 중국 유학생을 환영한다는 'xx'라는 것이 발기되어 유학생을 모집하는데 조선 학생도 입적만 하면 갈 수 있다는 소식을 듣고 작약하였다."(심훈,「무전여행기: 북경에서 상해까지」,『심훈전집-심훈 시가집 외』, 340면.)

한국문학사에서 심훈과 비슷한 경로를 거쳐 중국 상하이 혹은 그 인근에서 유학하거나 망명한 문인, 지사들이 적지 않다. 상해임시정부에서 《독립신문》의 간행을 맡았던 이광수, 주요한을 필두로 하여 주요섭, 최독견, 강노향, 피천득 등이 있으며 작가 현진건 역시 1918년 셋째 형 현정건을 찾아 상하이로 갔다가 호강대학滬江大學 독일어 전문부에서 1년여 수학하게 된다.[3] 이처럼 상하이를 거쳐 간 문인들은 실로 적지 않다.[4]

중국으로의 유학, 특히 상하이 지역으로의 집중은 3.1운동 직후 급증하였고[5] 1923년 관동대지진 발발 이후 일본으로의 유학이 일시 소강상태를 보이면서 한층 더 인기를 끌기도 했다. 물론 순수한 유학을 목적한 이들도 많지만, 더 많은 이들에게 있어서 상하이는 외적으로는 유학 목적지였고 내적으로는 독립운동을 위한 거점 마련이기도 했다. 이들이 남긴 글과 기록은 많은 연구자들의 관심을 받았고, 특히 문학 분야에서 상하이 지역에 대한 관심과 연구는 일찍부터 시작되었다.

손지봉[6]과 표언복[7]의 연구는 상하이를 배경으로 한 작가, 작품들의 지형도를 펼쳐 보인 점에서 중요한 기초 작업이 되었다. 이를 시작으로 김호웅[8], 정호웅[9] 등의 연구가 뒤를 이었고, 양국화[10], 하상일[11]의 연구가 상하이를 배경으로 한 문인들에 대해 비교적 총체적인 논의를 전개하고 있다. 최근에는 개별적인 작가 연구로 이어지고 있는

---

3 「작가연보」, 이강언 외 편, 『현진건문학전집2』, 국학자료원, 2004, 349면.

4 상하이 지역 한인 유학생과 문인들에 대해서는 하상일의 「근대 상해 이주 한국 문인의 상해 인식과 상해지역 대학의 영향」, 《해항도시문화교섭학》14, 한국해양대학교 국제해양문제연구소, **2016**의 제4장에 비교적 구체적으로 기술되어 있다.

5 손과지에 의하면 1910년 이전 상해에 거주했던 조선인은 50명에 불과했으며 정치활동에 종사하는 사람은 없었다. 그러나 한일합방을 계기로 상해로 망명하는 조선인이 많아졌으며 1919년 말에 이르면 688명에 이르며 이 수치는 20년대 말까지 큰 변화 없이 이어지는데 이 시기 상해 조선인의 주류는 상해에서 독립운동에 종사하는 사람들의 가족과 상해에 정착한 조선인이 대부분이었다. 이 시기 조선인사회의 특징은 선명한 항일적인 성격을 가지고 있었으며 대부분이 불조계에 거주하였다. 그러나 1932년 4월 29일 **윤봉길 의거**를 기점으로 상해 조선인사회의 이와 같은 반일적인 성격은 점점 감소되며 30년대에 들어서면 일본의 득세와 친일분자들의 이주가 점차 많아지면서 상해 조선인사회는 친일적인 성격으로 점차 변화해간다. 따라서 대부분의 조선인들은 불조계가 아닌 공공조계에 살고 있었다.(손과지, 『**상해한인회사(上海韓人社會史): 1910~1945**』, 한울아카데미, 2012.)

6 손지봉, 「1920~30년대 한국문학에 나타난 상해(上海)의 의미」, 한국정신문화연구원 석사학위논문, 1988.

7 표언복, 「해방 전 중국 유이민소설 연구」, 건국대학교 박사학위논문, 2003.

8 김호웅, 「1920~30년대 한국문학과 상해」, 『퇴계학(退溪學)과 한국문화(韓國文化)』35, 경북대학교 퇴계연구소, 2004.

9 정호웅, 「한국 현대소설과 상해」, 《한국언어문화》36, 한국언어문화학회, 2008.

10 양국화, 「한국작가의 상해지역 체험과 그 문학적 형상화」, 인하대학교 석사학위논문, 2011.

11 하상일, 「근대 상해 이주 한국 문인의 상해 배경 문학작품 연구」, 《영주어문》36, 영주어문학회, 2017.

심훈 문학의 전환

추세이며 그중에서도 특히 김광주에 대한 연구는 양적인 면에서도 가히 압도적이라 할 수 있다.[12] 이어 주요섭[13], 최독견[14], 강노향[15] 등에 대한 연구가 이제 막 시작되고 있다. 본고 역시 이와 같은 맥락에서 심훈의 『동방의 애인』을 중심으로 한국 근대문학에서의 또 다른 상하이 이미지를 고찰하는 것을 목표로 한다.

심훈의 중국 체험에 대해서는 이미 여러 연구자들에 의해 논의가 이루어졌다. 주로 한기형[16]과 하상일[17]의 연구에 주목할 수 있는데, 이상의 연구에서 심훈의 중국 체험은 항주시기의 시편들과 상하이 시절의 『동방의 애인』으로 대별되고 있음을 알 수 있다. 연구자들의 『동방의 애인』에 대한 접근은 국제도시 상하이 이미지보다는 작가 심훈의 이념적 성향을 고찰하는 하나의 시각과 근거를 제시하고 있다. 따라서 이 작품이 상하이를 배경으로 하고 있다는 점은 중요하게 의식되고 지적되었음에도 불구하고 『동방의 애인』에서의 상하이 이미지에 대해서는 본격적으로 분석하지 못했다. 본고는 심훈의 상하이 이미지는 그가 막연하게 동경하던 상하이, 처음으로 직접 접하였던 1920년경의 상하이, 그리고 1930년의 시점에서 소환하고 있는 기억 속의 상하이 이미지들이 착종하고 있다는 점에 주목하여 『동방의 애인』을 중심에 두고 그가 재현한 상하이 이미지를 분석하고 나아가 작가 심훈이 왜 1930년의 시점에서 다시 '상하이 기억'을 소환하고 있는지 그 이유의 한 측면을 추적해 보고자 한다.

---

12 김광주에 대한 연구는 서은주의 「1930년대 문학에 나타난 '모던 상항이'의 표상: 김광주의 문학적 글쓰기를 중심으로」,《한국문학이론과 비평》40, 한국문학이론과 비평학회, 2008로 시작되었다고 할 수 있으며 2008년 이래 꾸준히 연구가 이루어지고 있는 실정이다. 특히 최근 2~3년 사이에 김광주와 관련된 새로운 자료들이 발굴되면서 김광주 연구는 한층 더 활기를 띠고 있다.

13 김양수, 「주요섭 소설 속의 상하이: <인력거꾼>과 <살인>을 중심으로」,《중국문학연구》72, 한국중문학회, 2018.

14 김경미, 「모던 상하이의 조선 모던 걸: 최독견의 「향원염사」를 중심으로」,《비교어문연구》46, 비교어문학회, 2017.

15 강옥, 「강노향의 상해 체험 문학 연구」,《민족문화연구》80, 고려대학교 민족문화연구원, 2018, 「강노향의 생애와 노신과의 관련 고찰」,『대동문화연구』102, 성균관대학교 대동문화연구원, 2018.

16 한기형, 「'백랑(白浪)'의 잠행 혹은 만유: 중국에서의 심훈」,『민족문학사연구』35, 민족문학사학회, 2007, 「서사의 로칼리티, 소실된 동아시아: 심훈의 중국 체험과 『동방의 애인』」,『대동문화연구』63, 성균관대학교 대동문화연구원, 2008.

17 하상일, 「심훈의 중국 체류기 시 연구」,『한민족문화연구』51, 한민족문화학회, 2015, 「심훈의 「杭州遊記」와 시조 창작의 전략」,『비평문학』61, 한국비평문학회, 2016, 「심훈과 항주」,『현대문학의 연구』65, 현대문학연구학회, 2018, 「심훈의 상해시절과 『동방의 애인』」,『국학연구』36, 한국국학진흥원, 2018.

2. 3개의 상하이와 젊은 지사들의 연애와 사랑

'동방의 파리', '동양의 런던', '마도魔島 상하이', '코스모폴리탄의 도시' 등 여러 수식어를 가지고 있는 식민지 국제도시 상하이는 문인들에 의해 재현되고 표상될 때에도 그 강렬한 외관 때문에 여전히 '코스모폴리탄의 모던 상하이'[18]로 정의되거나 그렇지 않으면 외관과 달리 도시의 이면에 주목하여 팽창하는 자본의 도시 속에서 밀려난 '하류 인생'을 살아가는 중국인과 조선인들의 '수난의 도시'[19]로 파악되기도 하였다. 하지만 심훈의 상하이는 다소 역동적이고 혁명적인 공간으로 드러난다.

『동방의 애인』은 1930년 10월 21일부터 1930년 12월 10일까지 《조선일보》에 총 39회에 걸쳐 연재되다가 검열에 걸려 중단된 소설이다. 영화소설 『탈춤』이 이에 앞서 발표되기는 하였지만 본격적인 장편으로는 이것이 처음인 셈이다. 이 소설은 3.1운동에서 옥고를 치른 동렬과 박진이라는 두 젊은이가 상하이로 탈출하여 그곳에서 국제 공산당에 가입하면서 이념적인 인물로 성장해가는 과정을 서술하고 있다. 이들의 성장 과정은 동렬-세정, 박진-영숙이라는 두 쌍의 연인이 맺어지는 연애의 서사와 중첩되면서 혁명과 사랑의 합일을 이룩하는 이상적인 모습을 그려내는 한편 혁명과 사랑의 병행 불가능성을 보여주기도 한다.

작품 속에서 3.1운동으로 옥살이를 하고 나온 동렬과 박진은 아무 연고 없이 피 끓는 열정 하나만 믿고 상하이로 향한다. 이와 같은 선택에 대해 소설 속에서는 다음과 같이 서술하고 있다.

> 상해! 상해! 흰옷 입은 무리들이 그 당시에 얼마나 정다이 부르던 도회였던고! 모든 우리의 억울과 불평이 그 곳의 안테나를 통하여 온 세계에 방송되는 듯하였고, 이 땅의 어둠을 헤쳐 볼 새로운 서광도 그곳으로부터 비치어올 듯이 믿어보지도 않았었던가?[20]

---

18 김경미, 앞의 글.
19 김양수, 앞의 글; 강옥 앞의 글.
20 **김종욱·박정희 엮음**, 『심훈 전집1-동방의 애인·불사조』, 글누림, 2016, 37면. 이하 인용문은 작품명과 페이지만 밝힌다.

당시 조선 젊은이들의 상하이에 대한 보편적인 인식의 일단을 보여주는 글귀이다. 상하이를 직접 경험하지는 못했지만 그 도시는 믿음이 가고 희망을 주는 공간임과 동시에 달려만 가면 "모든 우리의 억울함과 불평이" 해결될 것만 같은 그런 마음의 의지처였고 무엇보다도 "이 땅의 어둠"을 거두어내고 "서광"이 함께 비쳐올 그런 확신의 종착지였다. 하지만 "믿어보지 않았었던가"라는 과거시제에는 과거에는 그랬지만 지금은 그렇지 않다는 사실도 함께 내포하고 있다. 이와 같은 막연한 동경과 희망이 기대했던 것만큼이 아니었다는 사실은 곧 이어지는 『상해의 밤』이라는 시에서 확인 가능하다.

상해上海의 밤

충충한 농당弄堂 속에서 매암을 돌며 훈둔장수 모여들어 딱딱이를 칠 때면 두 어깨 웅숭그린 년놈의 떠드는 세상 집집마다 마짱판 두드리는 소리에 아편에 취한듯, 상해의 밤은 깊어간다.

눈먼 늙은이를 이끌며 발 벗은 소녀 구슬픈 호금胡琴에 떨리는 맹강녀孟姜女 노래 애처롭구나! 객창에 그 소리 창자를 끊네.

사마로四馬路 - 오마로 - 골목골목엔 이쾌양디 양쾌양디 인육의 저자 분면하고, 숨바꼭질하는 야ー지野鷄의 콧잔등엔 매독이 우굴우굴 지향을 풍기네

집 떠난 젊은이들은 노주잔을 기울여 걷잡을 길 없는 향수에 한 숨이 길고 취하여 취하여 뱃 속에까지 취하여서는 팔을 뽑아 장검인 듯 내두르다가 채관菜館쏘파에 쓰러져 통곡을 하네
어제도 오늘도 산란한 ××의 꿈자리 용솟음치는 ×××뿌릴 곳을 찾는 꼬오리 망명객의 심사를 뉘라서 알꼬? 영희원影戲院의 샨데리야만 눈물에 젖네[21]

이 시는 심훈의 자작시로서 1920년 11월에 창작되었지만 발표된 적 없는 작품이다.

---

21 『동방의 애인』, 37-38면.

심훈은 동일한 시를 『동방의 애인』 속에 거의 그대로 삽입하고 있는데 우울한 분위기의 이 시편은 당시 상하이와 대면한 젊은 지사들의 서글픔과 우울함을 그대로 전달하고 있다. 저녁에서 밤으로 넘어가는 시간대를 시적 배경으로 하고 있는 이 시는 대표적인 상하이의 밤 풍경이라 할 수 있다. 우선 주목되는 부분은 깊어가는 밤과 함께 높아가는 마작소리인데, 가진 자들이 마작으로 밤을 지새우고 있을 때 삶이 고단한 사람들은 생계를 위해 저녁 장사를 해야 한다. "훈둔장수들은 모여들어 딱딱이"를 쳐가며 저녁 장사를 알리고, 장사 밑천도 없는 처지의 사람들은 구걸을 나서지 않으면 안 된다. 의지가지없는 어린 소녀는 신발도 신지 못한 채 눈먼 할아버지를 이끌고 구걸에 나서고 있다. 한편 "사마로四馬路, 오마로五馬路" 번화가의 뒷골목에서는 매춘부들이 헐값에 몸을 팔고 있다. "사마로, 오마로"는 영국조계[22]의 동서를 잇는 대로大路로서 당시의 가장 번화한 거리였다. 그런데 그 번화함의 이면에는 가장 추악한 "인육의 저자"가 번성하고 있었다. 이러한 도시의 어느 한 구석에서는, 오로지 구국의 열정 하나만을 가지고 혁명의 도시 상하이로 운집한 젊은 열혈 청년들이 빈주머니와 함께 애끓는 향수 속에서 통곡하고 있다. 믿었던 상하이는 가진 것 없는 젊은이들을 너그러이 포용하지 못했고, 이역타향에서의 설움과 고독은 기어이 눈물을 자아내게 하고 말았던 것이다. 이런 설움이 심훈으로 하여금 "북경의 걸인"을 보면서 "대중화의 자랑"을 떠올리게 하였는지도 모르겠다.

『북경의 걸인』 역시 발표된 적 없이 『심훈시가집』에 수록된 작품으로 창작 시기는 1919년 12월로 되어 있다. 이 시는 그가 북경의 정류장에 내렸을 때 그에게 구걸을 하여 오던 걸인들을 보면서 느꼈던 감회를 적은 시이다. 시의 주인공은 "숨도 크게 못

---

22 국제도시로서의 상하이의 성장은 조계지에서부터 시작되었다고 할 수 있다. 양자강 하구의 조그마한 포구에 불과했던 상해가 동양의 파리로 불릴 만큼의 경제문화중심지로 성장이 가능했던 것은 전적으로 개항 때문이었다. 청 정부는 상해를 비롯한 몇 개의 연해도시를 개항하면서 개항한 항구의 일정한 지역에 부동산과 토지를 임대할 수 있는 권한을 외국상인에게 허락하였는데 그것이 바로 조계지의 시초였다. 따라서 상해에 조계지가 형성되기 시작한 것은 1842년 '남경조약'을 체결하고부터였다. 제일 먼저 1845~1846년 양경방(洋涇汫), 이가장(李家莊) 일대에 영국인 거류지가 형성되고, 1848년 미국이 虹口 일대의 토지값이 저렴하다는 사실을 알고 중국의 허가 없이 그곳에 주택과 교회를 건축하면서 홍구 일대가 미국인 거류지가 되었다. 이를 본 프랑스 영사가 프랑스 거류지의 설치를 요구하고 나서면서 1849년에는 프랑스인 거류지도 형성된다. 이와 같이 초기의 상해는 영국인 거류지, 미국인 거류지, 프랑스인 거류지와 상해현성(上海縣城)으로 구성되었는데, 1863년 9월 21일 영국조계와 미국조계가 공공조계로 합병되면서 상해는 공공조계, 프랑스조계, 상해현성이라는 세 구역의 구도로 바뀐다. 이러한 구도는 조계가 폐쇄되는 1942년까지 유지된다.(손과지, 앞의 책, 29면.)

심훈 문학의 전환

쉬고 쫓겨 오는"신세였고, 그런 자신에게 구걸을 하는 걸인들을 보면서 시인은 자신과 걸인들을 비교하여 다음과 같이 쓰고 있다. "정양문 문루 위에 아침햇발을 받아/ 펄펄 날리는 오색기를 쳐다보라/네 몸은 비록 헐벗고 굶주렸어도/저 깃발 그늘에서 자라나지 않았는가?" 즉 그대들은 비록 걸인일망정 주권국가의 국기의 위엄 밑에 살고 있지 않느냐고. 나라 잃은 슬픔과 억울함 그리고 쫓기는 몸으로 남의 나라 땅을 밟은 젊은 지사의 서글픈 자조가 서려 있다. 뿐만 아니라 걸인일망정 그대들은 "대중화의 자랑"이 있고 "잠든 사자의 위엄"이 있는 나라의 백성이니 기꺼이 '나'의 "주의周衣"와 그대의 "남루襤樓"와 바꾸리라 한다.

나라 잃은 슬픔과 나라를 위해 불렀던 "만세"로 옥살이를 하고 나온 고려의 망명객은 억울하고 우울하지 않을 수 없다. 하지만 이들의 우울은 상하이 조계지 중 하나인 보강리에 입성하면서 새로운 전기를 맞게 된다. 상하이에 도착한 이튿날 번화가인 영마대로 구경을 나갔던 동렬과 박진은 우연하게 미결감에서 같이 고초를 겪었던 한윤식을 만나고 그의 도움으로 조선인들이 모여 사는 보강리에 자리를 잡게 된다.

보강리는 프랑스 조계 하비로霞飛路에 위치한 구역으로서 주로 독립 운동가들의 집거지이기도 하다. 하비로에 위치한 금문양행金文洋行의 뒤편이 보강리였고, 이 금문양행은 김시문이 경영하는 작은 과자점이었는데, 그는 독립운동에 꾸준한 지원을 해주었던 상인 중의 한 사람이었다.[23] 인성학교의 교장을 역임했던 이유필 역시 이 보강리에 기거한 적이 있다.[24] 이와 같은 보강리에 입주한 이들은 상하이에 대해 다음과 같이 술회한다. "상해, 그 물건은 상상하던 바와 별다른 것도 없고 풍물이 또한 그다지 신기한 것이 없었으나 잠시 지내 보매도 그 곳에 거류하는 조선 사람의 생활과 집단된 근거라든지 또는 그네들이 움직이고 있는 운동의 동태를 살피기에는 졸연한 일이 아니었다."(39면) 처음 대면했던 상하이의 낯선 풍물들은 이미 익숙해졌으며 그보다도 그들의 관심을 끄는 것은 조선인들의 동태였다. 상하이에서 프랑스 조계로 그리고 다시 상하이 조선인 사회로, 이들의 반경이 좁아지고 있음을 확인할 수 있다. 프랑

---

23 위의 책, 142면.
24 朱曉明, 「20世紀二三十年代上海的朝鮮革命黨与法租界的關系」, 『南都學壇(人文社會科學學報)』32권1호, 2012.1, 46면.

스 조계라는 이와 같은 특수한[25] 환경 속에서 동렬과 박진은 X씨를 만나 국제공산주의자로 성장한다.

주의자로 무장되어 가는 한편 이들의 연애 사업 또한 이채롭게 전개되는 모습을 보여준다. 동렬과 세정은 시종일관 프랑스 조계 내에서 맴돈다. 그들은 모씨가 거처하는 지하 혹은 뒷방에서 그들의 사랑을 키워가고 보금자리를 만들어간다. 그들의 외출 혹은 데이트라고 할 만한 것은 프랑스 조계 내에서의 공원 산책뿐이었다. 작품 속에는 프랑스 조계의 공원이 여러 차례 등장한다. 이 공원은 모든 사람들이 산책을 즐기는 공적인 장소이면서 동시에 서양의 젊은 남녀들이 거리낌 없이 사랑을 속삭이는 연애의 공원이기도 하다. 동렬과 세정에게도 이 공간은 잠시나마 낭만을 즐길 수 있는 공간이지만 동렬은 그 잠깐 동안의 낭만마저도 부담스러워한다. 이들은 공원에서 사랑을 속삭이는 것이 아니라 상하이 조선인사회의 병폐에 대해 논하고 앞으로 그들이 나아가야 할 길에 대해 의논한다. 이들의 연애는 동지적인 사랑의 연대이며 낭만이나 로맨스와는 먼 거리를 보이고 있다. 따라서 이들의 연애는 공적인 혁명사업과 사적인 감정이라는 사이에서 망설이면서 힘겹게 더디게 발전하는 모습이다. 그야말로 프랑스 조계라는 공간에 어울리는 '붉은 연애'라 할 수 있겠다. 동렬과 세정은 혁명과 사랑의 합일이라는 이상적인 조합을 이룩하는 데에 성공한다.

이에 반해 박진과 영숙의 연애는 프랑스 조계가 아닌 북사천로北四川路에서 진행되는 신식연애이다. 원래 영숙에게는 그를 마음에 두고 따라다니는 조상호가 있었지만 박진과 영숙이 이어지면서 이들의 연애는 계몽을 동반한 신식연애의 한 양상을 보인다. 북사천로는 홍구虹口 지역에 위치해 있는 남북을 잇는 대로이고 음식점과 극장, 기원妓院이 밀집해 있는 지역이다. 이 지역이야말로 유흥의 거리이고 연애의 거리에 걸맞은 공간이라 할 수 있다. 가난한 미래의 혁명가들에게 이런 공간은 사치였지만 박진과 영숙은 이 공간에서 신식연애를 흉내 내며 주머니를 비우기도 한다. 영숙은 원래 음악을 전공하는 무남독녀 외딸로서 혁명이나 이념에는 전혀 관심이 없는 인물이다. 그런 그가 박진을 만나게 되면서 점점 이론 공부에 관심을 가지게 되고 나중에

---

25 프랑스 조계의 특수성이라는 것은 프랑스 정부의 불간섭주의를 말한다. 프랑스 정부의 불간섭주의는 1932년 윤봉길 의거 전까지 **지속되지만** 윤봉길 의거를 계기로 일본의 압력에 못 이겨 **더 이상 불간섭주의를 견지하지 못한다. 따라서** 임시정부도 근거지를 옮기게 된다. 반면에 공공조계에서는 일본의 세력이 점차 강대해지면서 1930년대에 들어서면 공공조계는 실질적으로 일본조계나 마찬가지가 되고 만다.

는 제법 연설을 할 정도로까지 발전하게 된다. 하지만 결국에는 이들의 조직에서 멀어져가는 인물이 되고 만다. 박진과 영숙의 연애는 동렬과 세정의 '붉은 연애'와는 대조되는 평범한 신식연애이며 혁명과 사랑의 병행 불가능성을 보여주는 일례가 되기도 한다. 결과적으로는 이리 되었지만 상하이시절의 이들은 혁명 사업을 위해서는 다시 하나의 공간으로 집결하기도 한다.

그럭저럭 또 몇 달이 달음박질을 쳤다. 조용히 수양을 하기에는 X씨의 집은 이목이 번다하고 이따금 재미없는 놈까지 출입한다는 소문이 나서 조심스러웠다. 그네들 몇몇 동지는 으슥한 **중국 지계**에다가 집 한 채를 빌렸다. 우선 비밀히 출판되는 각종의 팸플릿과 내외의 신문잡지를 모으는 것이 그들의 일이었다. 아침부터 책 속에 파묻혔다가 다저녁때에야 만터우 한 개씩으로 끼니를 때우는 날도 많았다.
세정이는 동렬이가 지시하는 대로 스크랩북에 무산계급운동에 관한 기사를 오려 붙이기도 하고 세계 약소민족의 분포分布와 생활 상태며 지역을 따라 생산과 소비되는 비교표를 꾸며나갔다. 그보다도 더 복잡한 각 도시의 공장 노동자들의 노동시간과 임금 기타에 관한 통계를 세밀하게 뽑는 것이 한 가지 학과였다. 또 어떤 날에는 컴퍼스질을 해가며 인도나 애란 같은 나라의 지도를 진종일 그리느라고 눈이 캄캄하고 머리가 몹시 아플 적도 있었다.[26](강조-인용자)

여기서의 "중국 지계"는 '상해 현성'을 말하는 것이다. 앞서 살펴보았듯이 상하이는 처음에는 '영국 조계', '미국 조계', '프랑스 조계', '상해 현성' 이렇게 네 개의 공간으로 구획되었으나 미국조계와 영국조계가 공공조계로 합쳐지면서 다시 '공공 조계', '프랑스 조계', '상해 현성'이라는 3개의 공간으로 구획된다. 『동방의 애인』은 이 3개의 공간을 분명하게 구분하고 있었고 그 각각의 공간적 성격 또한 꿰뚫고 있었다. 이 젊은 혁명가들은 '상해 현성'에 비밀 아지트를 만들어 놓고 그곳에서 본격적인 혁명 사업을 전개해 나갔다. 주로 세정이 이 공간에서 일을 도맡아 진행하는 것으로 나오는데 그녀가 하는 일이 상당히 자세히 소개되고 있음을 볼 수 있다. 그곳에서 세정은 무산계급운동에 관한 기사를 모으고 세계 약소민족에 대한 각 항목별 통계표를 만들고 때로는 지도를 직접 그리기도 하면서 일들을 차근차근 진행해나가고 **있다.** 이 공간에서

---

26 『동방의 애인』, 84면.

이들은 함께 공부하고 함께 일하며 함께 성장해 갔다.

이처럼 『동방의 애인』에서 상하이는 3개의 공간으로 분할됨과 동시에 다시 하나의 공간으로 통합되는 매력을 보여주기도 한다. 3개의 상하이는 각자의 문화가 있었고 각자의 성격이 분명했으며 이 공간들에서 젊은 지사들은 공간을 용도에 맞게 잘 활용하고 있었다.

3. 혁명의 도시 상하이와 주의자들의 성장

상하이 조계가 주목되는 것은 중국의 다른 조계들과는 다른 관례 때문이다. 톈진天津을 비롯한 다른 지역의 조계들은 외국인들만 거주할 수 있었지만 상하이 조계는 중국인의 거주를 허락하고 있었다. 1853년부터 조계지에서의 중국인 거주가 허락되면서 많은 중국인들이 조계지로 유입되었는데 특이한 점은 그 유입된 중국인들이 상하이 지역 사람들이 아닌 중국 전 지역 출신들을 두루 망라하고 있었다는 점이다.[27] 이와 같은 혼거混居는 조계지라는 특이한 공간 속에서 중국 각 지역의 풍습과 서양풍습이 융합되면서 상하이만의 특이한 '조계문화'를 형성하는 기반이 되었다. 건축물, 백화점, 커피하우스, 댄스홀, 공원과 경마장으로 표상되는 근대도시 상하이의 이미지들과 이것들에서 묻어나는 근대성, 퇴폐성 등과 같은 것들이 '조계문화'를 구성하는 중요한 요인이 되기도 하였다.[28] 이처럼 상하이는 문화형성의 최전선을 달리는 '문화 아이콘'이었음과 동시에 사상적인 면에서도 좌익진영의 든든한 근거지였다. 상하이 조계지의 다양한 계급적 구성과 좌익작가군의 형성, 그리고 상인들의 창작과 출판 지원에 의해 이루어진 활발한 출판활동, 이와 같은 내외적인 환경이 어우러지면서 상하이는 중국좌익문학의 발원지로서도 확고부동한 자리를 차지하게 된다.[29] 중국공산당이

---

27 상하이 조계지로 흘러든 중국인들은 산시(陝西), 간쑤(甘肅), 윈난(云南), 구이저우(貴州) 등 변경지역을 포함한 18개 성 출신들이 포함될 정도로 광범위한 지역의 사람들이었다.(이철원(李哲源), 「중국의 근대문화 형성과정에서 상해(上海) 조계(租界)의 영향」, 《중국문화연구》15, 중국문화연구학회, 2009, 548면.)
28 李歐梵, 장동천 외 옮김, 『상하이 모던』, 고려대학교출판부, 2007.
29 이영동(李永東), 「左翼文學思潮的興起与租界文化的關系」, 《山東師範大學學報(人文社會科學版)》51권2호, 2006.

1921년 7월 상하이에서 창립되었다는 사실만으로 그 배경의 일단을 가늠할 수 있다. 나라 잃은 조선의 우국지사들이 상하이로 운집하고 그곳에서 임시정부를 수립할 수 있었던 것은 이와 같은 문화적·사상적 뒷받침이 있었기 때문에 가능한 것이었다.

동렬과 박진은 이러한 상하이에서 주의자로 성장해갔다. 이들은 3.1운동에 가담하였다가 고초를 겪고 풀려나자마자 상하이로 탈출한 인물들이다. 그들은 한 가슴 가득한 열정 하나만을 믿고 이국의 땅이자 희망의 땅이었던 상하이로 찾아들었다. 하지만 그들에게는 넘치는 열정만 있을 뿐 젊은 그들이 가야할 길을 가르쳐주거나 그들을 이끌어주는 이는 없었다. 이런 상황에서 그들이 처음 소개받은 사람은 국내에서도 익히 소문을 들어 잘 알고 있던 X씨였다. 결국 동렬과 박진은 X씨의 지도하에 주의자로 성장하게 되는데 이들의 성장 과정은 비교적 자세하게 그려지고 있다.

> "여기 형편이 그렇도록 한심한 줄은 몰랐어요. 무슨 派 무슨 派를 갈라 가지고 싸움질을 하는 심사도 알 수 없지만, 북도 사람이고 남도 사람이고 간에 우리의 목표는 꼭 한 가지가 아니에요? 왜들 그럴까요?"
>
> "모두 각자위대장이니까 우선 앞장을 나선 사람들의 노루꼬리만한 자존심부터 불살라 버려야 할 것입니다. 다음으로는 단체운동에 아무 훈련도 받지 못한 과도기過渡期의 인물들이 함부로 날뛰는 까닭도 있지요."
>
> "몇 시간 동안 들은 것만으로는 쉽사리 이해할 수가 없지만 제 생각 같아서는 그네들의 싸움이란 전날의 XX를 망해놓던 그 버릇을 되풀이하는 것 같구먼요. 적어도 몇 만 명이 X린 붉은 X를 짓밟으면서 그 위에서 싸움이 무슨 싸움이야요?"
>
> "나는 그들이 하는 일은 듣기만 해도 속이 상합니다. 가공적架空的 민족주의! 환멸幻滅거리지요. 우리는 다른 길을 밟아야 할 것입니다."[30]

동렬과 세정이 불란서공원 산책을 하면서 나눈 대화의 일부분이다. 처음 상하이에 당도한 이들을 당혹하게 하였던 것은 위에서와 같은 조선인사회의 한심한 파벌싸움이었다. 이런 상황을 그들은 "가공적 민족주의"요 "환멸"이라고 비판하면서 '새로운 길'을 모색하고자 한다. 그리고 그 '새로운 길'이라는 것은 "왜 우리는 이다지도 굶주리고 헐벗었으냐?"(81)라는 질문에서부터 시작되며 수개월 동안의 끊임없는 토론에

---

30 『동방의 애인』, 65-66면.

재토론을 거쳐 궁극적으로 "굶주림"의 문제는 계급이나 착취의 문제에 앞서 더욱 근본적인 것임에 합의를 보게 된다.[31] 그리고 이 문제를 해결하기 위해서는 "굳은 단결과 세밀한 조직"이 필요함을 인식하게 된다. 이와 같은 학습과 토론과 고민 끝에 그들은 X씨가 지도하고 있는 국제공산당 동양부에 입당하게 된다.

X씨는 동렬과 박진의 성격에 맞게 그들을 지도한다. 침착하고 두뇌가 명석한 동렬은 책임비서감으로 제격이라 판단하여 그에 맞는 일을 배우게 한다. 동렬은 주로 세정과 함께 당의 업무를 진행했고 더 많은 시간을 어학공부와 이론공부에 투자하는 모습을 보인다.

> 동렬이와 세정이는 여전히 상해를 지키고 모씨와 연락하여 뒷일을 보살피고 한편으로는 어학을 계속하여 공부하였다. 그동안에 새로이 시작한 아라사말이 주의에 관한 새로이 출판되는 책을 뜯어 볼 만큼이나 늘었다. 그가 거처하는 방에는 마르크스의『자본론』을 위시하여 길책이 둘러싸이고 신문잡지로 벽을 바르다시피 하였다. 그와 동시에 동렬이가 모씨의 대신으로 책임을 지고 지휘하는 당의 일은 그 세력이 내지에까지 뻗치고 그곳의 청년당원만 하여도 오륙십 명이나 되었다. 그들의 노력은 그동안 여러 파로 분열이 되어 서로 싸우는 중에서도 그 중의 대표적 존재로서 국제당의 인정을 받았다.[32]

인용에서 보다시피 동렬과 세정, 이들 두 사람이 당의 업무를 주로 맡아보고 있는 실정이다. 그리고 그동안의 노력 덕분에 동렬의 러시아어 실력은 원전을 읽을 정도가 되었고 X씨를 대신하여 책임지고 있는 당의 사업은 국내에까지 세력이 확산되어 괄목할 만한 성과를 이룩하였다. 동렬의 지도로 국내에서는 오륙십 명의 당원들이 양성되었고 복잡한 파벌투쟁 중에서도 존재를 인정받아 국제당의 주목을 받게까지 되었다.

한편 진중하고 조심스러운 동렬에 비해 정의롭고 용감한 박진은 군인체질이라 판

---

31 이와 같은 심훈의 사상적 경향을 이해영은 '12월 테제'와의 관련성 속에서 고찰하고 있다.『동방의 애인』을 시작으로 한 초기의 심훈의 소설들은 주로 주의자들의 삶과 사랑, 그리고 투쟁을 소설화하고 있는 작품들인데 이 세 작품을 '주의자 소설'로 분류하여 주인공들의 사상적 경향과 행보를 '12월 테제'와의 관련성 속에서 고찰하고 있다.(이해영, 「심훈의 '주의자 소설'과 '12월 테제'」,《현대문학의 연구》65, 현대문학연구학회, 2018.)

32 『동방의 애인』, 123-124면.

단하여 X씨는 그를 중국 군관학교의 특별보결 관비생으로 입학시킨다. 군관학교에서의 3년은 박진을 어엿한 군인으로 성장시켰고 중국어 실력은 물론 말타기, 활쏘기 기술까지도 그 누구도 뒤따를 수 없는 수준에까지 이르게 된다. 이러한 박진의 실력과 군인다운 패기와 성격은 군관학교에서도 학교 관계자들과 동기생들의 인정을 받아 춘추시즌 연습 때에는 전교생을 지휘할 수 있는 영광을 누리기도 하였다.

상하이 지역에서의 3년이라는 시간은 열정만 넘치던 두 젊은이를 이론과 군기로 무장한 든든한 일꾼으로 성장시킨다. 3년 뒤 동렬은 모스크바에서 열리는 국제당 청년대회 조선대표로 참석하게 된다. 상하이에서 출발한 그들은 몽고까지 기차로 이동하고 그곳에서는 자동차로 고비사막을 넘어 외몽고를 경유하여 치타에 이르고 그곳에서 다시 기차로 모스크바에 당도한다. 모스크바의 첫인상은 너무 호화로워서 '혁명의 나라 같지 않구나'라는 생각을 하게 만든다. 그들은 회의 일정을 마치고 레닌의 무덤을 비롯하여 모스크바의 국영상점, 농민박물관, 공산대학을 견학하고 저녁에는 가장 큰 볼쇼이극장에서 연극까지 구경한다. 회의는 크렘린궁전에서 열렸으며 대회에서 동렬은 조선어로 간단한 보고를 마친다. 이렇게 성황리에 일정을 마친 이들은 다시 상하이로 돌아온다. 모스크바에서의 회의는 상당히 성공적이었고 동렬 일행의 모스크바 일정은 위에서 보는 바와 같이 아주 자세히 소개되고 있다.

상하이로 돌아온 동렬은 조선으로 귀국하여 경성의 모 잡지사에 임시로 적을 두고 있었다. 그리고 모종의 임무를 받은 박진이 국내로 잠입하던 중 일제 경찰의 수사망에 걸려들고 위기일발의 시각에 기적같이 탈출하여 무진 고생 끝에 서울의 동렬 일행과 합류하는 것이 곧 『동방의 애인』의 첫머리를 장식하는 부분이다.

만약 이 소설이 검열에 걸려 중단되는 일이 없었다면 아마도 동렬과 박진의 국내에서의 활약이 전개될 것이다. 이는 동렬과 세정이 상하이에 있으면서도 국내의 당원 세력을 확대시켜나갔던 점에서도 미루어 짐작할 수 있다. 국내에서의 당 조직 건설과 당원 양성이 아마도 중요한 활약 내역 중의 하나가 되었을 것이다. 그렇다면 심훈은 왜 1930년이라는 시점에서 1920년 초반의 상하이를 소환하고 있었던 것일까?

4. 이념적 유토피아 또는 '상하이 노스탤지어'

심훈이 중국에서 귀국한 것은 1923년이다. 1930년『동방의 애인』을 창작하기 전까지 심훈은 주로 영화, 연극에 관심을 가지고 제작에 직접 참여하거나 영화 공부를 위해 짧게 일본을 다녀오기도 한다. 그리고 아주 잠깐이지만 카프에 적을 두기도 한다. 그런 그가 소설 창작에 나선 것은 바로『동방의 애인』을 통해서이다.『동방의 애인』은 그의 본격적인 첫 작품일 뿐만 아니라 한 번도 들춰낸 적이 없는 '상하이 기억'의 재구성이라는 점에서 중요하다.

앞서 살폈듯이 심훈의 상하이는 여타 작품 속의 상하이와는 변별점을 가지고 있다. 그의 상하이는 다른 작품에 비해 정확하고도 정교하게 상하이에 접근하고 있다. 그가 상하이의 조계지 공간에 주목하게 되는 것은 우연이 아니며 그러한 분명한 경계를 전제로 하고 있음에도 불구하고 그의 상하이는 상당히 낙관적이고 활동적이며 동시에 희망적이다. 이와 같은 상하이 이미지는 그동안 심훈이 머물렀던 북경이나 항주와 비교하였을 때 너무 다르다는 점을 의식하지 않을 수 없다. 1920년경에 창작되었던 북경의 시편들과 1931년에 창작된 항주 회상기들, 이들과 상당한 거리를 보여주고 있다.『북경의 걸인乞人』이나『고루古樓의 삼경三更』 등은 쫓기는 신세인 젊은 지사의 고독과 울분, 그리고 깊은 설움을 기조로 하고 있는 반면에 1931년에 쓰인 〈항주유기〉는 '제2의 고향'인 항주에 대한 개인적인 그리움으로 점철되어 있다.[33] 초기에는 '조국의 상실'이라는 아주 큰 상실의 감정이 주였다면 후기에 오면 지극히 개인적인 그리움이라는 차원으로 전회하고 있다. 이처럼 깊은 고독과 슬픔, 그리고 아련한 그리움이라는 감정 사이에 희망적이고 긍정적인 '상하이 시절'이 자리하고 있는 것이다. 그리고 그 상하이는 친구와 스승에 대한 기억과 닿아 있다.

『동방의 애인』의 동렬이 심훈의 경성고보 동창인 박헌영을 모델로 하고 있다는 점은 공인되는 사실이다. 그리고 심훈의『박군의 얼굴』(1927. 12. 2.)이 박헌영을 모델로 하고 있다는 점도 잘 알려졌다. 이에 비해 또 하나의 중요한 인물인 X씨는 이동휘로

---

33 하상일 역시 이 점에는 주목하고 있다. 그는 "남경과 항주에서 쓴 시들은 역사적 주체로서의 자각보다는 조국을 떠나 살아가는 망향객으로서의 비애와 향수 등 개인적인 정서가 두드러지게 드러나는 것이다"라고 평가하면서 이와 같은 개인적인 감정의 두드러짐 역시 하나의 정치적 목적을 위한 전략인 것으로 읽고자 했다(하상일, 「심훈과 항주」, 《현대문학의 연구》65, 현대문학연구학회, 2018).

알려져 있다. 하지만 박헌영과 달리 심훈과 이동휘의 관계는 거의 알려진 바가 없다. 그럼에도 이동휘로 추측되는 원인은 아마도 작품 속에서 설정되고 있는 인물의 지위나 외모, 그리고 작품의 내용상 상하이 고려공산당에 대한 기록으로 보인다는 점에서 기인한 것으로 추정된다. 하지만 심훈의 상하이 시절과 관련하여 주목되는 또 하나의 인물은 여운형이다.

심훈과 여운형의 관계에 대해서는 일찍이 최원식의 언급이 있었다. 심훈의 『R씨의 초상』(1932. 9. 5.)은 여운형에 대해 쓴 시이며, 심훈의 장례식장에서 여운형이 울면서 심훈의 절필시 『오오, 조선의 남아여』를 낭송할 정도로 그들의 관계는 각별하였다는 것이다.[34] 그렇다면 심훈과 여운형은 어떻게 이어지는 것일까?

두 가지 측면에서 실마리를 얻을 수 있다. 우선 이들의 관계는 이동녕을 연결고리로 하고 있다. 여운형에게 새로운 세상을 보여준 인물은 족숙이라 불리는 여병현이었다. 여병현은 여운형을 서울로 인도하였고 그가 신학문을 접하는 데에 결정적인 역할을 한 인물이다.[35] 그리고 실제로 여운형은 직접 신흥무관학교를 방문한 적이 있는데 그 시기 교장이 바로 이동녕이었다.[36] 그리고 항주시절 심훈은 이동녕 등과 함께 교류하였다. 이로부터 알 수 있는 바 심훈과 여운형의 접점은 아마도 이동녕이었을 가능성이 높다.

심훈의 또 한편의 시 『선생님 생각』(1930. 1. 7.) 역시 여운형에 대한 시라고 판단된다. 이 시를 창작한 1930년 1월 5일은 마침 여운형이 복역하던 시기이다. 여운형은 1929년 7월 10일 상하이에서 체포된 뒤 곧 나가사키를 거쳐 국내로 압송되었으며 1932년 7월 26일 가출옥하기까지 대구에서 복역하게 된다. 시는 영하 20도나 되는 추운 겨울 따뜻한 방에 있으면서 옥중에서 고생할 선생님을 생각하는 내용이다. 그런데 시는 선생님에 대한 걱정보다는, 선생님은 옥중에서 고생하고 계시는데 '나'는 편안하게 있다는 그 불편한 마음을 숨길 수 없는 시적 화자의 내면이 돋보인다. 그중에서도 다음과 같은 기록은 특히 주목을 요한다. "아아 무엇을 망설이고 진작 따르지 못했을까요?/남아 있어 저 한 몸은 편하고 부드러워도/가슴속에 '성에'가 슬고 눈물이

34 최원식, 「심훈연구서설」, 『한국근대문학을 찾아서』, 인하대학교 출판부, 1999.
35 이정식, 『여운형: 시대와 사상을 초월한 융화주의자』, 서울대학교출판부, 2008, 100-101면.
36 여운형의 만주행이 누구와 연관된 것인지에 대해서는 이정식도 명확하게 밝히지 못하고 있다. 다만 여병현이거나 여준이었을 것이라고 추측할 뿐이다.

고드름 됩니다."[37] 함께 하지 못하는 자책과 또 그로부터 생기는 부채감으로 괴로워하는 시적 화자의 내면이 잘 전달된다.

심훈과 여운형의 밀접한 관계를 추정 가능하게 하는 또 하나의 중요한 단서는 『동방의 애인』에서 서술되고 있는 모스크바 극동회의에 대한 기록이다. 지금까지 모스크바 피압박민족대회에 대한 공식적인 기록은 3편 정도인 것으로 알려졌다.[38] 그중에서 김단야의 회고록이 1925년이고, 여운형의 회고록은 1936년이다. 『동방의 애인』이 신문에 연재된 것이 1930년이니 심훈이 참고하였다고 하여도 김단야의 글을 참고하였을 가능성이 높다. 그럼에도 불구하고 심훈의 극동회의 참가 기록은 김단야의 글이 아닌 여운형의 글과 놀랍게도 흡사함에 주목하지 않을 수 없다. 김단야의 모스크바 이동 노선은 '이르크츠크−모스크바−페트로그라드'이지만 여운형의 노선은 상하이에서 출발하여 몽고 고비사막을 넘어 시베리아를 횡단하는 노선이었다. 심훈의 『동방의 애인』은 여운형의 노선을 그대로 서술하고 있다. 뿐만 아니라 여운형이 극동회의 자체보다는 그 이동 과정에 더 중점을 두고 서술하였던 것처럼 심훈의 『동방의 애인』에서의 기록 역시 모스크바까지의 이동 경로에 대해 심혈을 기울여 서술하고 있다. 하지만 여운형의 회상기는 1936년에 연재되었다는 사실을 떠올릴 때, 심훈의 이 기록은 어디에서 온 것일까? 심훈과 여운형의 남다른 관계를 염두에 두지 않을 수 없다.

1930년은 3.1운동이 일어난 지 11년이 되는 해이고 심훈이 중국에서 귀국한 지 7년이 되는 해이다. 병보석으로 출옥한 박헌영이 조선을 빠져나간 지 이태가 되는 해이고 스승으로 모시는 여운형이 상하이에서 피체되어 국내에서 복역하는 중이었다. 추운 겨울날 심훈은 옥중에서 고생하는 여운형을 떠올리면서 "진작 따르지 못했던" 자신을 자책하고 후회하는 중이다. 심훈에게 있어서 상하이는 3.1운동과 긴밀하게 연결

---

37 심훈, 「선생님 생각」, 『심훈 시가집 외』, 글누림, 2016, 108면.
38 차혜영에 따르면 현재까지 모스크바 **극동회의에** 대한 기록은 김단야, 여운형, 임원근의 회고록**이 있을 뿐이다.** 그중에서도 주목되는 것은 김단야와 여운형의 회고록이다. 구체적으로는 다음과 같다. 김단야, 「레닌 회견인상기-그의 서거 일주년에」, 『조선일보』, **1925.1.22.~1925.2.3.**; 여운형, 「나의 회상기1」, 「몽고사막 횡단기2」, 「적색구인도시 고륜3」, 「모스크바의 인상4」, 「서백리아를 거쳐서5」, 『중앙』, 1936.3.~1936.7.(차혜영, 「모스크바 극동피압박민족회의 참가기를 통해 본 혁명의 기억: 김단야, 여운형의 기록을 중심으로」, 『한국근대문학연구』18, **한국근대문학회**, 2017, 72면.)

되는 공간이며 3.1운동의 기억과 체험은 여전히 진행 중이었던 것이다.[39]

『동방의 애인』은 이들을 기억하기 위한 행동이었고 이들의 행적에 대한 기록이었다고 볼 수 있다. 그리고 이들의 활약에 대해 심훈은 희망을 가지고 있었음에 분명하다. 동렬과 박진이라는 극과 극의 성격을 가진 두 일꾼을 둘도 없는 지기이자 동지로 설정함으로써 그는 혁명사업의 안팎을 든든하게 책임질 나름의 이상형을 창조한 것이었다. 심훈에게 있어서 상하이는 성장의 요람이자 발전 가능성의 보고였으며 또 조선혁명의 모태 같은 곳이기도 하였다. 따라서 상하이는 반드시 기억되어야 하는 '혁명의 공간'이었고 이런 의미에서 『동방의 애인』의 '상하이 기억'은 '혁명적 노스탤지어'의 또 다른 이름이었던 것이다.

심훈의 이력을 감안할 때 첫 본격적인 작품인 『동방의 애인』에서 '상하이 기억'을 소환하고 있는 것은 어쩌면 당연한 것이라고 할 수 있다. 그리고 그 기억은 지울 수 없는 낙인 같은 것이었고 내면 깊숙이 묻어 두었던 이념에 대한 신념, 스승과 벗에 대한 기억과 긴밀하게 연관되어 있어 더욱 소중한 것이기도 했다. 『동방의 애인』은 한국문학사에서 본격적으로 '혁명의 공간'으로서의 상하이를 재현한 작품이며, 상하이에 대해 가지고 있는 한국문학의 또 다른 감수성의 하나인 '상하이 노스탤지어'의 한 양상을 보여준 작품이라고 판단된다.

314

---

39 최원식은 심훈에 대하여 다음과 쓰고 있다. "**3.1운동의 아들로서** '운동' 이후 망각을 촉진하는 안팎의 조선들에 저항하면서 그는 그 기억의 전승을 위해 투쟁했다. 문학은 그에게 있어서 일종의 기억학(記憶學)이니, 그의 문학 전체가 3.1운동의 함성에 바쳐진 경의(敬義)라고 해도 지나친 말은 아니다."(최원식, 「서구 **근대소설 대 동아시아 서사: 심훈의 『직녀성』의 계보**」, 《대동문화연구》40, 2002.) 박정희 역시 심훈의 문학을 3.1운동의 '기억학'으로 읽고 있다. 심훈 문학의 강렬하고 역동적인 시적 언어를 비롯한, 그의 문학의 기저에 흐르는 그 '열정'의 기원이 '3.1운동 체험'임을 밝히고 있다.(박정희, 「심훈 문학과 3.1운동의 '기억학'」, 《인문과학연구논총》31, 명지대학교 인문과학연구소, 2016.)

참고문헌

1. 기본자료

김종욱·박정희 편, 『심훈 전집 1 : 심훈시가집 외』, 글누림, 2016.

_____, 『심훈 전집 2 : 동방의 애인·불사조』, 글누림, 2016.

_____, 『심훈 전집 8 : 영화평론 외』, 글누림, 2016.

심   훈, 『그날이 오면 - 심훈 시가집 친일 영인본 일제 조선총독부 검열판』, 맥, 2013.

2. 단행본

손과지(孫科志), 『상해한인사회사(上海韓人社會史): 1910~1945』, 한울아카데미, 2012.

李歐梵 저, 장동천 외 옮김, 『상하이 모던』, 고려대학교출판부, 2007.

이정식, 『여운형: 시대와 사상을 초월한 융화주의자』, 서울대학교 출판부, 2008.

임경석, 『사회주의의 기원』, 역사비평사, 2003.

3. 논문

강   옥, 「강노향의 상해 체험 문학 연구」, 《민족문화연구》80, 고려대학교 민족문화연구원, 2018.

_____, 「강노향의 생애와 노신과의 관련 고찰」, 《대동문화연구》102, 성균관대학교 대동문화연구원, 2018.

김경미, 「모던 상하이의 조선 모던 걸-최독견의 『향원염사』를 중심으로」, 《반교어문연구》46, 반교어문학회, 2017.

김양수, 「주요섭 소설 속의 상하이-<인력거꾼>과 <살인>을 중심으로」, 《중국문학연구》72, 한국중문학회, 2018.

김호웅, 「1920~30년대 조선문학과 상해」, 『퇴계학(退溪學)과 한국문화(韓國文化)』, 경북대학교 퇴계연구소, 2004.

박정희, 「심훈 문학과 3.1운동의 '기억학'」, 《인문과학연구논총》37, 명지대학교 인문과학연구소, 2016.

손지봉, 「1920~30년대 한국문학에 나타난 상해(上海)의 의미」, 한국정신문화연구원 석사학위논문, 1988.

양국화, 「한국작가의 상해지역 체험과 그 문학적 형상화」, 인하대학교 석사학위논문, 2011.

이영동(李永東), 「左翼文學思潮的興起与租界文化的關系」, 《山東師大學學報(人文社會科學版)》51, 2006.

이영미, 「중국 상해의 항일운동과 한국의 문학지식인」, 《평화학연구》13, 한국평화통일학회, 2012.

이해영, 「심훈의 '주의자 소설'과 '12월 테제'」, 《현대문학의 연구》65, 현대문학연구학회, 2018.

이혜진, 「'올드 상하이'의 도시사회학과 식민지 조선인의 원풍경」, 《우리문학연구》51, 우리문학회, 2016.

정은경, 「심훈 문학의 연구현황과 과제-2000년대 이후 새로운 연구 동향을 중심으로」, 《국어문학》67, 국어문학회, 2018.

정호웅, 「한국 현대소설과 상해」, 《한국언어문화》36, 한국언어문화학회, 2008.

차혜영, 「모스크바 극동피압박민족의 참가기를 통해 본 혁명의 기억: 김단야, 여운형의 기록을 중심으로」, 《한국근대문학연구》18, 한국근대문학회, 2017.

최병우, 「심광주의 상해 체험과 그 문학적 형상화 연구」, 《한중인문학연구》25, 한중인문학회, 2008.

최원식, 「심훈연구서설(沈熏硏究序說)」, 『한국근대문학을 찾아서』, 인하대학교 출판부, 1999.

_____, 「서구 근대소설 대(對) 동아시아 서사: 심훈의 『직녀성(織女星)』의 계보」, 《대동문화연구》40, 성균관대학교 대동문화연구원, 2002.

표언복, 「해방 전 중국 유이민소설 연구」, 건국대학교 박사학위논문, 2003.

하상일, 「심훈의 중국 체류기 시 연구」, 《한민족문화연구》51, 한민족문화학회, 2015.

_____, 「근대 상해 이주 한국 문인의 상해 인식과 상해 지역 대학의 영향」, 《해항도시문화교섭학》14, 한국 해양대학교 국제해양문제연구소, 2016.

_____, 「심훈의 「항주유기(杭州游記)」와 시조 창작의 전략」, 《비평문학》61, 한국비평문학회, 2016.

_____, 「심훈의 생애와 시세계의 변천」, 《동북아문화연구》49, 동북아시아문화학회, 2016.

_____, 「근대 상해 이주 한국 문인의 상해 배경 문학작품 연구」, 《영주어문》36, 영주언문학회, 2017.

_____, 「근대 상해 이주 한국 문인의 상해 배경 문학작품 연구」, 《영주어문》36, 영주어문학회, 2017.

_____, 「심훈과 항주」, 《현대문학의 연구》65, 현대문학연구학회, 2018.

_____, 「심훈의 상해시절과 「동방의 애인」」, 《국학연구》36, 한국국학진흥원, 2018.

한기형, 「습작기(1919~1920)의 심훈-신자료 소개와 관련하여」, 《민족문학사연구》22, 민족문학사학회, 2003.

_____, 「백랑(白浪)의 잠행 혹은 만유」, 《민족문학사연구》35, 민족문학사학회, 2007.

_____, 「서사의 로칼리티, 소실된 동아시아: 심훈의 중국 체험과 『동방의 애인』」, 《대동문화연구》63, 성균관대학교 대동문화연구원, 2008.

홍이섭, 「30년대초(年代初)의 농촌(農村)과 심훈문학(沈熏文學)」, 《창작과비평》1972년 가을호.

3·1운동의 경험과
심훈의 대중

황지영
이화여자대학교 국어국문학과 조교수

1. 3·1운동 이후 경합하는 '대중'들

1914년에 제1차 세계대전이 발발하고, 1917년 러시아 혁명이 성공하는 등 3·1운동 직전의 세계정세는 급변하고 있었다. 특히 제1차 세계대전이 끝난 후 소비에트의 레닌과 미국 대통령 윌슨의 민족자결주의 선언으로 식민지 조선의 지식인들은 고무되었다. 서구 열강의 도움을 받아 새로운 시대를 맞이할 수 있다는 기대가 생겨났고, 더불어 10년간 무단통치를 자행한 일본에 대한 분노는 커져만 갔다. 이와 같은 정세 속에서 1919년 3월 1일에 거국적인 봉기가 일어났다.

3·1운동에 3개월간 참여한 인원은 공식적으로 2,02,089명이었고, 이 과정에서 사망자 7,509명과 부상자 15,961명이 발생하였으며 46,948명이 체포되었다.[1] 각계각층에서 수많은 사람들이 참여하였고 출혈도 적지 않았던 3·1운동의 효과는 국내외에서 다양한 양상으로 나타났다. 그중 본고에서 주목하는 것은 사회주의의 확산과 대중운동의 활성화, 그리고 그 기반이 되었던 집합적인 정치주체의 출현이다.

조명희가 「낙동강」(1927)에서 주인공 박성운을 그려낸 것처럼 3·1운동에 참여했던 많은 사람들이 사회주의자가 되었다. 특히 서울과 평양을 중심으로 시작된 3·1운동이 전국으로 퍼지는 데 견인차 역할을 했던 청년 학생들이 이 운동을 겪은 후 사회주의를 주도적

---

1   천정환, 『대중지성의 시대- 새로운 지식문화사를 위하여』 푸른역사, 2008, 227면.

으로 수용하였다.[2] 이들에게 민족해방과 사회주의는 분리된 것이 아니었기에, 이들은 이 중첩의 자장 어딘가에 무게중심을 두고 자신의 이상을 담은 정치적 지향을 만들어갔다.

또한 3·1운동을 통해 조선인들은 의식적 각성을 이루었고, 문화통치가 시작되면서 사회적·문화적 제도가 확대·개방되어 대중 운동이 활발하게 전개되었다. 또한 3·1운동 이후 민중의 심리는 훨씬 대담해져서 관청에 민원을 넣는 행위, 당국자의 부당 행위에 대한 고발, 지주/고용주에 대한 소작농/노동자의 저항, 일본인 관리와 평등한 대우를 요구하는 조선인 관리 등이 증가하였다.[3] 이처럼 3·1운동은 자유와 평등을 비롯한 인간의 기본적인 권리에 대한 감각을 깨우치는 데 일조하였고[4], 조선인 다수가 사회적 현안에 대해 자신의 의견을 제시하는 '정치적 주체'로 거듭나도록 도왔다.[5]

사회주의와 대중운동의 확산은 정치 영역에서 적극적으로 행위하는 집합적 주체의 출현과 함께 가는 것이었다. 정치적 주체의 출현이 자유·평등·정의처럼 보편성을 함의한 기표들이 작용한 효과라면[6], 3·1운동은 정치적 주체의 탄생과 더불어 정치의 변혁을 촉발할 수 있는 시공간이 열리는 순간이었다. 그래서 식민권력과 조선의 지식인들은 모두 이 정치적 주체들이 지닌 힘에 주목하면서 자신들의 사상과 실천의 방향을 가늠하였다.

식민지 시기의 집합적 주체를 가리키는 개념으로는 '계급', '국민', '군중', '대중', '민족', '민중', '인민'[7] 등을 떠올릴 수 있다. 이 중 3·1운동 당시에 주로 사용되었던 '민중'

---

2   전상봉, 『한국 근현대 청년운동사: 청년운동 개념·역사·전망』 두리미디어, 2004, 90~91면.
    총독부 자료에 따르면 3·1운동에는 200여 개의 중등학교와 전문학교 학생 12,880여 명이 참가하였다.
3   편집인, 「격변 우(又) 격변하는 최근의 조선 인심」 《개벽》 37호(창간 3주년 특별호), 1923.7., 8면.
4   김현주, 「'다수'의 정치와 수평적 상호작용으로서의 '사회'」 『사회의 발견- 식민지기 '사회'에 대한 이론과 상상, 그리고 실천(1910~1925)』 소명출판, 2013, 325-326면.
5   허수, 「1920~30년대 식민지 지식인의 '대중' 인식」 한국역사연구회, 《역사와 현실》 No.77, 2010, 322면.
6   강경덕, 「인민의 민주주의? 라클라우의 '인민주의'와 발리바르의 '자유-평등 명제'의 비교연구」 충남대학교 인문과학연구소, 《인문학연구》 통권 111호, 2018, 272-273면.
7   박명규, 『국민·인민·시민- 개념사로 본 한국의 정치주체』 소화, 2009, 21면.
    코젤렉에 따르면 정치적·사회적 개념어에는 여러 '시층(time strata)'이 중첩되어 있다. 그는 세 가지 시간성을 첫째 'democracy'처럼 오래전에 존재하던 용어가 지금도 그 의미를 이느 정도 유지하는 개념, 둘째 'civil society'와 같이 이전에도 단어로서 존재했으나 사회적으로 재구성되고 재번역된 이후 의미가 현저하게 달라진 개념, 셋째 'Fascism', 'Maxism'처럼 새로운 시대에 만들어진 개념으로 구분한다. 이런 분류는 이념형적인 것이어서 실제로는 혼합적인 형태가 많다.
    집합적인 정치주체들에 대한 개념은 코젤렉의 분류방식에 따르면 두 번째 유형에 해당하는 어휘들이다. 다시 말해 이것들은 근대 이전부터 사용되고 활용되던 단어인데 근대에 접어들면서 서구로부터 새로운 개념이 소개되고 그 번역어로 사용되면서 의미에 큰 전환이 일어난 것들이다. 또 한국사회의 역사적 격변과 맞물리면서 한국만의 독특한 함의도 내포하게 된 개념어들이다.

을 대신하여, 3·1운동 이후 여러 진영에서 반복적으로 사용된 개념은 계급, 대중, 민족이었다. 사실 계급-대중-민족은 완전히 구별되지 않으며, 서로 착종되고 전이되는 양상을 보인다. 그러므로 문제는 이들을 개별적으로 검토하는 것이 아니라 계급과 대중, 민족과 대중, 계급과 민족이 서로 길항하면서 어떻게 상호작용하는가를 살피는 것이다.[8]

이 셋 중 식민지 조선에서 가장 큰 힘을 발휘한 것은 단연 '민족'이었고, '대중'은 민족에 근거하면서 동시에 민족에서 벗어나는 힘을 지닌 것이었다. 민족-대중이 서로 다른 지향과 정체성을 지닌 계급의 소속원들을 포괄하면서 사회를 평균화할 때, 이에 대한 반작용으로 '계급'이 등장하였다. 3·1운동은 민족-대중의 융합이 저항민족주의로 발현된 사건이었으며, 노동계급이 사회의 전면으로 부상하는 시발점이었다. 그래서 3·1운동 이후 계급-대중은 민족-대중만큼이나 중요성을 지니게 되었고, 사회주의자들은 민족-대중을 계급-대중으로 바꾸기 위한 운동을 이어갔다.[9] 이처럼 의미장 안에서 민족과 계급이 대결구도를 만들어가는 중에도, '대중'은 민족과도 연결되고 계급과도 연동되면서 복합적인 의미체계를 만들었고 시간이 흐름에 따라 그 의미작용이 변화해 갔다.[10]

1920년대 초에 사회주의 세력에 의해 주도적으로 사용된 '대중'은 '민중'보다 훨씬 정치성을 띤 용어였다. 김기진과 박영희를 비롯한 사회주의자들은 '대중'을, 마르크스적 정치 혁명의 주체가 되는 노동자와 농민 계급을 가리키기 위해 사용하였다.[11] 하지만 시간이 지나면서 사회주의 진영, 특히 카프 안에서도 '대중' 혹은 '대중화'에 대한 의견은 통일되지 못하고 분열되어 '대중화 논쟁'[12]이 벌어지기도 하였다. 정치적 영

---

8 천정환(2008), 앞의 책, 130면.

9 천정환(2008), 위의 책, 272-273면.

10 허수(2010), 앞의 논문, 365-366면.
1920~30년대에 발간된 잡지들에 나타난 '대중' 개념의 용례들을 분석해 보면 이 시기의 대중에 대한 견해는 식민권력의 지배 대상이나 (민족)사회주의 운동의 동원 대상으로 파악하는 입장과 도시대중문화의 형성과 관련된 문화적 주체로 보는 입장이 양분된다. 전자는 1920~25년 사이에 '무산대중', '노동대중', '대중운동' 순으로 나타났으며, 1926~33년에 '대중'은 '민중'으로 대체되어 사용되기도 하였다. 1934년 이후에 본격화된 후자는 '대중소설', '대중문학', '대중공론' 순으로 사용되었는데, 이것은 대중매체의 발달과 맞물리면서 나타난 현상이었다.

11 김지영, 「1920년대 대중문학 개념 연구」, 우리문학회, 《우리문학비평(文學研究)》 Vol.48, 2015, 230-232면.

12 홍석춘, 임성춘, 「동아시아의 문화와 문화적 정체성」, 한울, 2009, 123-124면.
문예 대중화는 누구를 위한 문학을 창작할 것인지의 문제부터 작품의 수준을 규정하는 보급과 제고의 문제

역에서 대중이 어떤 기표들을 매개로 집합화하고 주체화하는지가 중요했던 만큼[13] 카프 안팎에서 대중을 둘러싸고 벌어졌던 의미 투쟁들은 아직 공백에 가까웠던 '대중'이라는 기표를 어떤 의미들로 채워나갈지를 고민하는 정치적 과정이었다.

그렇다면 '대중'에 대한 의미를 만들어가던 시기에 의견이 하나로 모아지지 않은 이유는 무엇일까? 혹시 그 기원에 불균질적이고 유동적인 대중을 직접 목도한 경험의 유무가 존재하는 것은 아닐까? 또한 대중에 대한 의견을 피력하는 발화 주체가 자신을 대중과의 관계에서 어디에 위치시키는지가 중요했던 것은 아닐까? 더 나아가 이러한 경험의 유무가 대중에게 다가가는 방법을 다르게 설정하게 만든 것은 아닐까?

본고에서는 이러한 질문들에 대한 답을 찾기 위해 염군사에 관여하였고 초창기 카프에 몸을 담갔지만, 이후에는 카프와 거리를 두면서도 사회주의적 지향을 포기하지 않았던 심훈에게 주목해 보려고 한다. 카프의 '대중'과 심훈의 '대중' 사이에 놓인 거리[14] 그리고 그 거리의 이유를 3·1운동을 중심으로 추적해 본다면, 대중과 자신을 분리하지 않았던 심훈과 자신이 놓인 상황과 접촉의 대상에 따라 그 성격이 변하는 대중의 속성에 대해 살필 수 있을 것이다. 또한 심훈의 정치적 무의식 속에 남아 있는 3·1운동과 그 환희의 시공간 속에서 만난 대중의 경험이 그의 문학에서 어떻게 현현되고 그의 문학관에 어떤 영향을 끼쳤는지도 밝힐 수 있을 것이다.[15]

를 거쳐, 궁극적으로는 창작 방법 및 조직 문제로 귀결된다. 이러한 문제는 대중성과 당파성의 관계, 즉 대중의 진정한 이해를 대변하고 휴머니즘적·민주주의적 지향을 대중이 쉽게 이해할 수 있는 대중의 언어로 표현하는 대중성의 원리를 프로문학의 원리인 당파성과 결합하는 문제에 기초한다. 그러므로 문예대중화는 미학의 중심 범주인 대중성과 당파성을 결합하는 조직적 운동의 형태라고 할 수 있다.

13 강경덕(2018), 앞의 논문, 275면.
"라클라우는 대중이 어떤 특정한 표상들을 매개로 집합화하고 주체화하는 과정을 정치의 핵심 동학으로 파악한다. 대중은 근본적으로 불균질적이며 그 이름 아래 다양한 차이를 지닌 개인과 집단이 공존하고 있다. 따라서 집합으로서 대중은 근본적으로 불균등한 차이의 논리에 의해 규정된다. 하지만 어떤 사회적 변혁을 이끄는 대중운동이 나타나기 위해서는 대중 내의 개별적·집단적 차이들은 통합(억압)되고 여러 주체들이 하나의 집합적 주체로 응집(통일화)되어야 하는데, 그러한 통일화는 어떤 특정한 세력이나 집단이 자신을 보편적 주체로 규정하면서 대중을 대표하게 될 때 나타난다."

14 박정희, 「심훈 문학과 3.1운동의 '기억학'」 명지대학교 인문과학연구소, 《인문과학연구논총》 Vol.37 No.1, 2016, 90면.
박정희는 기존의 논의들을 수용하면서 심훈이 김기진의 예술대중화론의 자장 안에 있으며, 카프의 밖에서 '프로문학의 대중적 회로'를 개척하기 위해 고투했다고 평가한다.

15 정은경, 「심훈 문학의 연구현황과 과제」 국어문학회, 《국어문학》 Vol.67, 2018, 248면.
정은경은 최근 이루어지고 있는 심훈에 대한 연구들이 심훈의 정치성과 대중성의 간극을 메우려는 시도의 일환이라고 평가하면서, 이러한 경향의 연구로 한기형, 하상일, 박정희, 권철호의 논문을 언급하고 있다.

2. 반복되는 3·1운동의 기억과 대중의 무리

　심훈에 대한 연구는 작가론, 장르론, 개별 작품론 등 다양한 측면에서 계속 이루어지고 있다. 그중 심훈 문학의 기원을 3·1운동에서 찾는 연구로는 권보드래, 박정희, 조선영, 한기형 등의 논문을 들 수 있다.[16] 권보드래는 3·1운동을 소설의 주요 모티프로 수용한 식민지 시기의 소설들이 후일담의 형태로 재현됨에 주목하였다. 그러면서 심훈의 「찬미가에 싸인 원혼」은 숭고의 정조로 기울고, 장편소설인 『영원의 미소』와 『동방의 애인』은 3·1운동의 정신을 계승한 것이라고 평가하였다. 박정희는 열정의 언어로 가득 찬 심훈 문학의 기원에 3·1운동이 있을 뿐 아니라 심훈의 문학 자체가 "'신성한 3·1운동'을 '기억'하는 행위"임을 강조하면서 의미를 부여하였다. 조선영은 심훈의 생애를 바탕으로 심훈의 문학세계를 조명하면서 심훈의 문학이 3·1운동에서 비롯되었다고 분석하였다. 마지막으로 한기형은 심훈이 습작기에 창작한 「찬미가에 싸인 원혼」에서 "한국 근대문학의 필연적 화두인 정치성·사회성·문학성의 통일이라는 과제가 3·1운동을 통해 구체적으로 시작"되었다고 논평하였다.

　3·1운동과 관련하여 이러한 평가를 받는 심훈은 3·1운동 1주년이 다가오는 1920년 2월 29일자 일기에 내일이 3월 1일이라 경비가 심하다는 말과 함께 "아! 내일이 3월 1일이로구나! 아! 내일이 3월 1일이로구나!"라는 감격을 드러낸다. 심훈은 삶의 좌표를 바꿔준 3·1운동[17]을 일 년 후에도 벅참과 설렘을 담아 기억한다. 그리고 다음날인 3월 1일의 일기에서는 3·1운동의 속성에 '거룩함'과 '신성함'이 더해지면서 이러한 감

16　심훈에 대한 연구는 작가론, 장르론, 개별 작품론 등 다양한 측면에서 지금까지 계속되고 있다. 그 중 심훈 문학의 기원을 3·1운동에서 찾는 논문들은 다음과 같다.
　　권보드래, 「3·1운동과 "개조"의 후예들–식민지시기 후일담 소설의 계보」, 민족문학사학회·민족문학사연구소, 《민족문학사연구》 Vol.58, 2015, 219~254면.
　　박정희(2016), 앞의 논문, 87~119면.
　　조선영(2018), 앞의 논문.
　　한기형, 「습작기(1919~1920)의 심훈 : 신자료 소개와 관련하여」, 민족문학사학회, 《민족문학사연구》 No.22, 2003, 190~222면.

17　류시현, 「1920년대 삼일운동에 관한 기억 –시간, 장소 그리고 '민족/민중'」, 한국역사연구회, 《역사와 현실》 No.74, 2009, 184면.
　　3·1운동 이후 3·1운동 당시 '나는 학생이었다.', '나는 직장에 다니고 있었다.' 등의 표현이 자주 등장한다. 이것은 조선인들에게 3·1운동이 개인의 지위와 역할이 무엇인지를 밝히며, 이전과 이후의 삶의 변화를 가늠하는 시간적 기준점이었음을 뜻한다.

정이 더욱 고조된다. 아래의 인용문에서 확인할 수 있듯이 심훈은 「기미독립선언서」의 내용을 일부 차용하면서 이 역사적인 순간을 '조령祖靈'들과 '수만의 동포'와 '옥중에서 신음하는 형제'들이 힘을 합쳐 계승하기를 기대한다.

> 3월 1일(월요일)
>
> 오늘이 우리 단족檀族에 전천년 후만대에 기념할 3월 1일! 우리 민족이 자주민임과 우리나라가 독립국임을 세계만방에 선언하여 무궁화 삼천리가 자유를 갈구하는 만세의 부르짖음으로 2천만의 동포가 일시에 분기, 열광하여 뒤끓던 날ー 오ー 3월 1일이여! 4252년 3월 1일이여! 이 어수선한 틈을 뚫고 세월은 잊지도 않고 거룩한 3월 1일은 횡성橫城을 찾아오도다. 신성한 3월 1일은 찾아오도다. 오! 우리의 조령祖靈이시여, 원수의 칼에 피를 흘린 수만의 동포여. 옥중에 신음하는 형제여. 1876년 7월 4일 필라델피아 독립각에서 우러나오던 종소리가 우리 백두산 위에는 없으리잇가? 아! 붓을 들매 손이 떨리고 눈물이 앞을 가리는도다.[18]

심훈의 기억 속에서 3·1운동은 "무궁화 삼천리가 자유를 갈구하는 만세의 부르짖음으로" 가득 찬 날이자, "2천만의 동포가 일시에 분기, 열광하여 뒤끓던 날"이었다. 이날의 기억을 구성하는 두 가지 핵심 인자는 '그날'로 대변되는 시간과 '무리'의 이미지이다. 심훈 문학에서 '그날'은 과거에 경험한 '3·1운동의 날'이라는 의미와 앞으로 도래할 '해방의 날'이라는 이중적 의미를 동시에 지닌다. 이 두 날 모두 억압 받던 우리 민족이 해방의 지점과 연결된다는 공통점이 있다. 그리고 '2천만의 동포'이자 '우리'로도 호명되는 무리들은 심훈이 3·1운동의 현장에서 만난 대중들의 모습을 재현한다. 이러한 무리의 이미지들은 심훈의 시 세계 전반을 관통하면서 우리 민족의 역사적 상징성과 결합한다.

심훈은 십대 후반부터 삼십대 초반까지 거의 십오 년 동안 창작한 시를 묶어서 1932년에 『심훈 시가집ー 1919~1932』을 발행하였다.[19] 이 시집의 '머릿말씀'에는 "미칠 듯이 파도치는 정열에 마음이 부대끼면" "서글픈 충동으로 누더기를 기워서 조각보를 만들어 본 것"이 시가 되었다는 설명이 나온다. 심훈에게 시는 "솔직한 내 마음

---

18 김종욱·박정희 편, 『영화평론 외ー 심훈 전집 08』 글누림, 2016, 450면.
19 김종욱·박정희 편, 『심훈 시가집 외ー 심훈 전집 01』 글누림, 2016, 15-187면.

의 결정結晶"이며 "정감情感의 파동波動"이다. 이 시집의 '서시序詩'인 「밤」(1923)에서 이것은 "무거운 근심에 짓눌려 깊이 모를 연못 속에서 자맥질"하는 마음으로 표현된다. 그래서인지 마음에 휘몰아치는 격랑을 다스리기 위해 심훈의 시들에는 현재의 비참함과 미래의 지향이 함께 담겨 있다.[20]

많은 조선인들이 3·1운동의 실패로 무기력에 빠져있던 1920년대에 심훈이 창작한 시들에는 자신과 같은 무리에 속한 사람들에게 침강하는 마음에 휩쓸려서는 안 된다고 외치는 목소리가 자주 출현한다. 「통곡痛哭 속에서」(1926)의 화자는 큰 길에 넘치는 백의白衣의 물결 속에서 울음소리가 들리더라도, 무력에 의해 "쫓겨 가는 무리"는 쓰러져버린 한낱 우상 앞에 무릎을 꿇어서는 안 된다고 역설한다. 현실이 '통곡'으로 대변되더라도 우상에게 굴복하지 않는다면 재기의 가능성은 아직 남아 있기 때문이다.

그리고 「거리의 봄」(1929)의 화자는 죽은 줄 알았던 늙은 거지가 다시 돌아온 봄에 살아 있다면 그는 이 땅의 선지자가 될 수 있음을 이야기한다. 그러면서 젊은 벗들에게 눈물을 거두고 탄식의 뿌리를 뽑아버리자고 요청한다. "분격憤激한 무리는 몰리며 짓밟히며/ 땅에 엎디어 마지막 비명을" 지르지만 그래도 절대 물러서서는 안 된다. 살아남은 늙은 거지처럼 우리 역시 새봄을 맞이하기 위해 불굴의 정신을 절대 잃지 말아야 한다.

두 시의 화자가 간절히 바라는 것처럼 고통의 시간을 버텨야 하는 이유는 인고의 시간을 보낸 후에야 '즐거운 봄'을 향유할 수 있기 때문이다. 「봄의 서곡」(1931)에서는 가슴이 찢어질 듯한 아픔이 지금을 대표하는 감각으로 제시되지만, 이것은 "새로운 우리의 봄을 빚어내려는 창조의 고통"임이 밝혀진다. 그래서 우리는 "심금心琴엔 먼지 앉고 줄은 낡았으나마" '노래'를 부르고 '어깨춤'을 출 수 있는 것이다. 앞으로 올 '우리 봄'은 탄식만 한다고 알아서 오는 것이 아니기에, 그대와 나는 우리의 역사가 눈물에 미끄러져 뒷걸음치지 않게 하기 위해 "개미떼처럼 한데 뭉쳐" 폐허를 지키고, "퇴각을 모르는 전위의 투사"(「필경筆耕」(1930))가 되어야 한다.

심훈이 시 속에서 반복해서 호명하는 '우리'는 대중을 형상화한 무리와 심훈의 관계를 짐작케 한다. 열아홉 살의 청년 학생으로 3·1운동에 참여하였던 심훈은 그곳에서

---

20 『심훈 시가집』은 '봄의 서곡(序曲)', '통곡(痛哭) 속에서', '짝 잃은 기러기', '태양(太陽)의 임종(臨終)', '거국편(去國篇)', '항주유기(杭州遊記)' 등 총 6개의 장으로 구성되어 있으나, 본고에서는 특수성을 지닌 중국에서 창작된 시들과 시조는 분석의 대상에서 제외하였다.

집합적 정치주체인 거대한 대중의 무리를 경험하였고, 자신과 그들이 공동의 목표를 지녔다는 사실을 발견하였다. 또한 시인은 의지를 담은 화자와 겹쳐지는 동시에 통곡하고 있는 청자의 위치에도 자리한다. 3·1운동을 함께 경험한 '우리' 모두는 시 속의 화자이자 청자가 될 수 있으며, 무리로서의 대중이라는 정체성을 공유한다. 이처럼 '무리로서의 대중'이 등장하는 심훈의 시들은 심훈이 대중의 중심에 자신을 놓고 대중을 상상했다는 사실을 보여준다.

심훈의 시 속에 명멸하듯 등장하는 무리의 이미지는 '나'와 '너', 그리고 '우리'에 빛, 열기, 운동성 등이 결합하여 3·1운동의 현장을 환기시킨다. 여기에 당위의 어조와 투쟁에 대한 호소가 결합되면 심훈의 자유에 대한 열정뿐 아니라 이를 획득하기 위한 저항으로서의 열정도 드러난다.[21] 특히 다가오는 미래의 희망을 노래하는 1930년대 이후에 창작된 시들에 포함된 '봄', '노래', '창조', '춤', '불굴', '전진', '역사', '무리' 등의 단어들을 조합하면 다음과 같은 문장이 만들어진다. '무리들이 역사 앞에서 불굴의 정신을 갖고 전진할 때 우리는 다가오는 창조의 봄에 기쁨의 노래와 춤을 만끽할 수 있을 것이다.'

3. 감옥에서 만난 실체적 개인들

3·1운동이 일어나자 심훈뿐 아니라 김기진·박영희·박종화·송영·채만식 등 서울 시내 중등학교의 많은 학생들이 만세를 부르고 격문을 돌렸다.[22] 그 중 심훈은 경성고등보통학교 4학년에 다니던 열아홉 살 때 3·1운동에 참여했다가 1919년 3월 5일 밤 해명여관 앞에서 헌병에게 체포되어, 가족에게 상황을 알리지도 못한 채 서대문 형무소에 수감되었다. 그리고 같은 해 8월 30일 경성지방법원의 예심종결결정을 거쳐 정식

---

21 박정희(2016), 앞의 논문, 91면.
22 권보드래, 『3월 1일의 밤- 폭력의 세기에 꾸는 평화의 꿈』, 돌베개, 2019, 481-485, 519면.
　　권보드래는 '3·1운동 세대'로서의 『백조』 동인을 분석하면서 이들의 '학생 기질'에 의미를 부여한다. 그의 논의에 따르면 빙허·석영·월탄·회월·팔봉 등 『백조』 동인은 주로 고등보통학교 재학 중에 3·1운동을 경험하면서, 일종의 '성인식'을 경험한 세대이다. 배재고보의 김기진과 박영희는 1919년 3월 1일 서울 시내를 행진했고, 3월 5일 학생 시위에 참여했으며 선언이나 격문류를 배포하기도 했다. 그러나 심훈과 달리 이 둘은 단순 가담자로 분류되어 유치장에서 곧 풀려났다.

심훈 문학의 전환

재판에 회부되었고, 11월 6일 '보안법 및 출판법 위반'으로 징역 6개월에 집행유예 3년을 선고받았다. 그는 미결 기간까지 포함해 약 8개월 동안 옥고를 치렀다.[23]

출소 후 심훈은 감옥 생활의 경험을 담아 단편소설 「찬미가讚美歌에 싸인 원혼冤魂」(1920)을 발표하고 본격적으로 문학가의 길을 걷기 시작하였다. 이 소설은 감옥 안에서 죽음을 맞이한 칠십이 넘은 "천도교의 서울대교구장"의 죽음을 애도하는 내용으로, 편지글인 「감옥에서 어머니께 올린 글월」(1919)과 거의 유사한 구조를 지니고 있으나 약간의 변주도 이루어지고 있다. 그러므로 심훈 문학의 기원에 3·1운동이 있음을 이야기하기 위해서는 이 두 작품에서 단서를 찾아나가야 한다.

심훈의 이 두 글은 3·1운동의 현장에서 봤던 집합적 정치주체이자 '무리로서의 대중'이 소분되어 식별 가능한 개인이 되었을 때 나타나는 모습들을 담고 있다. 우선 「감옥에서 어머니께 올린 글월」은 막내아들의 생사를 몰라 애를 태우는 어머니로 독자가 특정되어 있는 편지글이기 때문에, 친근감을 표시하는 감정적인 수사들이 자주 등장한다. 또한 검열을 고려하지 않은 만큼 3·1운동을 떠올리게 만드는 서술들도 직접적으로 제시되고 있다. 그런데 이 글에서 가장 중요한 것은 심훈이 감옥을 거치면서 3·1운동에 참여했던 대중들이 '실체적 개인'임을 깨닫는다는 사실이다.

이 글에 따르면 심훈은 서대문 형무소 28호에서 2007번으로 불리면서 목사, 상투쟁이, 천도교 도사, 학생 동무 등 열아홉 명과 함께 수감되어 있었다. 거리에서 "한데 뭉쳐 행동을 같이 하"던 무리로서의 대중들은 이곳에서 각각의 사연을 지닌 '특정인'으로 전환된다. 특히 임종을 맞이한 시골 노인은 선지피를 토하며 죽기 전, 떨리는 손으로 심훈의 손을 굳세게 잡았던 존재였다.

심훈은 3·1운동의 현장에서 "여럿이 떼 지어 부르던 노래" 속에 담긴 조선인들의 소망과 집단행동의 위대함을 인식하고, 덥고 비좁아 '생지옥'을 방불케 하는 감옥 안에서 "샛별과 같이 빛나"는 눈을 지닌 사람들을 만났다. 이 만남은 심훈이 자진해서 "가시밭을 밟기 시작"하는 데, 다시 말해 "어머님보다도 더 크신 어머님을 위하여 한 몸을 바치"겠다는 의지를 굳히는 데 결정적인 역할을 한다.

한편 「찬미가讚美歌에 싸인 원혼冤魂」은 「감옥에서 어머니께 올린 글월」을 소설 형식

---

23 조선영, 「심훈의 삶과 문학 창작과정 연구」, 중앙대학교 대학원, 박사학위논문, 2018, 11-12면.
　　심훈의 수감 기간에 대해서는 의견이 분분한데, 11월 6일 출소는 국가보훈처의 자료에 따른 것이다.

으로 재구성한 글이다. 1920년 3월 16일자 심훈의 일기에는 종일 들어앉아 "감옥 안에서 천도교 대교구장(서울)이 돌아갈 때와 그의 시체를 보고 그 감상을 쓴 것"[24]이 이 소설이 되었다는 구절이 등장한다. 이를 통해 한기형은 소설 속에 등장하는 천도교 서울 대교구장이 실존인물이며, 3·1운동 당시 67세였던 장기렴임을 밝히기도 하였다.[25]

실제 경험을 바탕으로 하는 이 소설 속에서 감옥 안에 있는 "팔십 명의 동고同苦하는 젊은 사람들"은 함께 "옛날이야기도 하고 가는 소리로 망향가"도 부르며, 병든 노인을 가족처럼 간호한다. 조국의 독립을 위해 만세를 불렀던 대중들은 감옥 안에서 '노인 간호'라는 공동의 목표를 위해 다시 힘을 모은다. 쇠약해진 노인의 몸은 검푸른 피가 엉긴 '발', 우묵하게 들어간 '두 눈', 앓는/신음하는 '소리', 혈기 없고 주름살 잡힌 '얼굴', 높았다 얕았다 하는 '가슴', 식어가는 '몸', 벌벌 떨리는 찬 '손' 등으로 분절되어 제시된다. 시간이 흘러가면서 병든 노인의 신체 부위에 대한 서술이 하나씩 늘어갈 때마다 노인의 죽음은 기정사실이 된다.

하지만 노인의 이마를 냉수로 축여주는 K군이 있고, K군의 등을 두드려주는 노인이 있는 한 노인의 죽음은 비극이라고만은 할 수 없다. "노인의 흐릿한 눈과 소년의 샛별 같은 눈"이 마주치면서 둘의 정신은 이어진다. 이처럼 소설 속에서 노인으로 대변되는 3·1운동에 참여했던 대중들은 자신만의 몸과 정신을 지닌 존재로 재창조되고, 노인의 정신은 소년에게로 이어져 투쟁의 역사가 멈추지 않을 것임을 암시한다.

검열로 인해서 임종 직전 노인이 남긴 말은 삭제되었지만 살아남은 말들인 '여러분의 자손'과 '공부 잘…'을 통해서도 노인이 하려던 말은 충분히 짐작할 수 있다. 계속해서 공부하며 투쟁의 의지를 이어간다면 여러분의 자손은 반드시 독립을 이룰 것이라는 '예시豫示의 말'은 죽은 노인을 설명하는 '화평한 기운', '낙원', '자유의 천국' 등의 말들과 연결되면서 조선 민족의 미래가 밝을 것임을 시사한다.

이처럼 이 작품에서 감옥은 민족의 지도자가 죽음을 맞이하는 공간이자, 유사가족 구조가 만들어지는 공간이며, 민족의 미래가 점쳐지는 공간이다. 또한 죽어가는 천도교 서울 대교구장의 곁을 지키며 '성경'을 읽고, 그가 죽은 후에는 "상제께 기도"를 하면서 기독교의 '찬미가'를 부르는 공간이기도 하다. 이것은 조선인들을 규율화

---

24 김종욱·박정희 편, 『영화평론 외- 심훈 전집 08』 글누림, 2016, 457면.
25 한기형(2003), 앞의 논문, 196면.

하기 위한 감옥이 본연의 기능을 수행하지 못할 뿐 아니라 조선인들이 일제에 대한 저항을 도모할 수 있는 곳으로 역전되었음을 보여준다. 또한 다양한 성향의 사람이 모여 있는 감옥은 상이한 가치들이 교차하면서 공존하는 곳이자, 새로운 질서와 관계가 만들어지는 곳이다. 이곳에서 대중은 실체적 개인들이 모여 만들어지는 것이지만, 그 결합은 산술적인 방식을 넘어서서 이질적인 것들의 융합과 변화까지를 포괄한다는 것이 밝혀진다.

3·1운동에 참여하기 전에도 심훈은 반항아적인 기질이 있는 청년 학생이었다. 그는 일본인 수학 선생이 마음에 들지 않아서 시험 때마다 백지를 냈다. 그래서 그의 '학생 성향 조사서'에는 "영리하나 경솔하여 모든 명령 등을 확실하게 실행하지 않는다. 게으른 편이어서 결석·지각 등이 많고 평소부터 훈계를 받아온 자이다."[26]라는 구절이 담겨 있다. 근대교육이 지향하는 규율화에 순응하지 않으면서 독서와 글쓰기를 통해 내면을 가다듬었던 심훈은 대중의 한사람으로서 감옥에서 다양한 대중들과 접촉하였다. 그리고 이 체험을 통해 멀리에서 보면 대중은 '무리'의 형상을 지니지만, 가까이서 관찰하면 그 무리를 이루는 요소들은 자신만의 독특한 내력을 지닌 '실체적 개인'이라는 사실을 터득한다.

대중과 실체적 개인의 상관관계를 이해한 심훈은 1921년 중국으로 향한다. 그가 중국으로 떠난 표면적인 이유는 "북경대학의 문과를 다니며 극문학을 전공하"[27]는 것이었다. 하지만 그가 중국에서 보인 행적은 극문학 공부보다는 이동녕, 이시영, 신채호 등 민족 지도자들 및 엄항섭, 염온동, 유우상, 정진국 등 임시정부의 청년들과 교류하면서 3·1정신을 이어가는 것에 좀 더 무게가 실려 있다. 그래서 하상일은 심훈의 중국행은 식민지 청년인 심훈이 "역사적 주체로서의 자각과 새로운 시대를 열어나가기 위한 실천적 방법을 찾고자 한 정치적 목표의식의 결과였다"고 평가한다.[28]

심훈은 중국에서 대중의 한 사람인 자신을 따뜻하게 맞아 주는 투사들을 만나고, 대중을 이끄는 지도자의 역할과 그들의 정신에 대해 생각하였다. 그리고 이러한 생

---

26 국사편찬위원회 편, 『한민족독립운동사자료집』(15권), 국사편찬위원회, 1994; 김종욱·박정희 편, 『심훈 연구 자료- 심훈 전집 09』 글누림, 2019, 21면.

27 심훈, 「무전여행기: 북경에서 상해까지」 (출처 미상) ; 김종욱·박정희 편, 『심훈 시가집 외- 심훈 전집 01』 글누림, 2016, 340면.

28 하상일, 「심훈과 중국」 한국비평문학회, 《비평문학(批評文學)》 55, 2015, 204-206면.

각은 산송장이 되어 옥문을 나서는 박 군을 보고 그가 당한 고초를 갚아줄 것을 다짐하는 「박 군의 얼굴」(1927), 옥에 계신 선생님을 생각하며 안타까워하는 「선생님 생각」(1930), 샛별처럼 빛나는 R씨의 눈동자를 그림으로 남기고 싶어 하는 「R씨의 초상」(1932) 등 그의 시 작품 속에서 다시 한 번 확인할 수 있다. 또한 중국에서의 경험은 3·1정신과 함께 이어져, 이후의 소설 작품들에서 3·1정신을 계승한 지도자와 잠재적 대중으로서의 아이들로 이분되어 형상화되었다.

4. 3·1정신의 계승과 잠재적 대중의 형상화

그럼 이제 심훈의 영화소설과 장편소설들에서 3·1운동과 대중이 어떤 방식으로 형상화되었는지 알아보자.[29] 우선 영화소설인 「탈춤」(1926)은 연재 전부터 '조선 최초의 영화소설'로 소개된 점[30], 당시에는 흔하지 않았던 역순행적 구성을 사용한 점, 연재될 때 삽화 대신에 소설의 장면을 스틸 사진으로 찍어서 제공한 점, 이후에 시나리오로 각색된 점 등으로도 많은 사람들의 관심을 모았다.

이런 점들도 물론 중요하기는 하지만 본고에서 이 작품이 중요한 이유는 대중에 대한 심훈의 인식이 이 작품에서 변곡점을 맞이했기 때문이다. 심훈은 3·1운동의 현장에서 대중의 한 사람으로서 무리로서의 대중을 경험했고, 감옥 안에서 대중을 이루는 실체적 개인들을 만났다. 그러다 이 작품에 오면 3·1운동을 경험한 인물은 일반적인 대중이기를 멈추고 불의에 맞서 싸우는 존재로 거듭난다.[31]

---

29 4장에서는 주인공이 3·1운동과 직간접적으로 관련이 있는 「탈출」 「동방의 애인」 「직녀성」 「상록수」에 대해서만 구체적으로 다룬다. 3·1운동과의 관련성이 적어 이 장에서 다루진 않았지만 「먼 동이 틀 때」 「불사조」 「영원의 미소」 역시 불의에 저항하는 주인공들이 등장하는 작품들이다.

30 조선영, 앞의 논문, 74면.
1926년 11월 9일부터 12월 14일까지 34회에 걸쳐 「탈춤」이 연재되기 전 신문 예고에는 이 작품이 조선 최초의 영화소설이라고 소개되고 있지만, 지금까지 밝혀진 바로는 조선 최초의 영화소설은 1926년 4월 4일부터 5월 16일까지 총 7회에 걸쳐 연재된 김일영의 「삼림에 섭언」이다.

31 엄상희, 「심훈의 서사텍스트와 남성 영웅의 형상」 고려대학교 한국어문교육연구소, 《한국어문교육》 22, 2017, 161-188면.
이 논문에서는 강흥렬이 펼치는 활극적 요소가 시각적 스펙터클을 창출한다는 점에 주목하였다. 그리고 악한과 대결하는 그의 영웅적 면모는 심훈의 이후 장편소설들에서도 '민족영웅의 형상'으로 반복된다는 사실을 고찰하였다.

중학교 삼학년 때 "온 조선의 젊은 사람의 피를 끓게 하던 사건"에 참여했던 「탈춤」의 강흥렬은 감옥 안에서 온갖 고초를 겪으면서도, 같이 일하던 동지들의 정보를 말하지 않기 위해 혀를 깨물어서 반벙어리가 되었다. 삼 년 후 출옥했지만 이미 그의 몸과 마음은 망가졌고 가족들은 파산한 상태였다. 게다가 그는 불만 보면 발작을 일으켰다. 그렇지만 의협심이 많은 그는 여전히 악행을 저지르는 친일 부르주아와 대결하는 존재로 그려진다. 그의 삶은 평탄치 않았으나 그는 살아 있는 동안 3·1정신을 끝까지 계승하였다.

한편 장편소설 『동방의 애인』(1930)에서 3·1운동은 주요 인물들이 만나는 계기가 되고, 서사가 진행되면서 3·1운동의 현장에서 만났던 대중들이 개별적인 목소리를 지닌 정치주체로 복원된다. 이 장편소설에서 3·1운동의 경험을 공유한 주요 인물들은 유사한 삶의 지향을 지니고 살아간다. 이들이 삶의 방향을 찾지 못해 헤맬 때 3·1운동의 경험은 인생의 나침판과 같은 역할을 하여 이들이 올바른 삶을 지속하도록 돕는다.

『동방의 애인』은 "연애소설의 형식으로 사회주의 혁명"[32]을 그리는데, 이 작품의 주인공인 박진과 김동렬은 서울에 있는 사립중학교의 동창생이자 막역한 사이이다. 이들은 '기미년'에 둘이 함께 ××공보의 원고를 쓰고 등사판질을 하고 그것을 배달하다가 같이 경찰서를 거쳐 감옥에 갔다. 그리고 호송되어 가는 도중에 ××학당의 시위운동을 지휘했던 여학생 강세정을 만난다. 3·1운동과 이 만남을 계기로 "보다 더 크고 깊고 변함이 없는 사랑"[33]을 추구하는 동렬과 세정은 결혼을 하고, 진이와 동렬은 "넓은 무대를 찾자"는 공동의 목표를 가지고 더 깊은 우정을 나눈다.

진이와 동렬이는 일 년이 넘는 형기를 마치고 옥문을 나섰다. 그동안에 치른 가지가지의 고초는 한 풀이 꺾이기는커녕 그들로 하여금 도리어 참을성을 길러주고 의기를 돋우기에 가장 귀중한 체험이 되었던 것이다.
"넓은 무대를 찾자! 우리가 마음껏 소리 지르고 힘껏 뛰어볼 곳으로 나가자!"
하고 부르짖은 것은 서대문 감옥 문을 나서자 무학재를 넘는 시뻘건 태양 밑에서 두 동지가 굳은 악수로 맹세한 말이었다. 그들의 가슴 속에는 정의의 심장이 뛰놀고 새로운 희망은 그들의 혈관 속에서 청춘의 피를 끓였다.[34]

32 하상일(2015), 앞의 논문, 219면.
33 김종욱·박정희 편, 『동방의 애인·불사조- 심훈 전집 02』 글누림, 2010, 15면.
34 김종욱·박정희 편, 『동방의 애인·불사조- 심훈 전집 02』 글누림, 2016, 36면.

『동방의 애인』은 "아리따운 여학생이 3·1운동을 겪으면서 사회와 정치에, 그리고 자주적 사랑에 눈뜨는 장면"에서 시작한다. 이 소설에서 3·1운동은 주요인물들의 "타락에 대한 항체로 작용"[35]하고, 투쟁 의지를 담은 3·1정신은 개개인들의 삶 속에서 사라지지 않고 남아 정치적 무의식으로 자리 잡는다. 대중을 이끄는 지도자가 될 이들은 3·1정신을 사회주의 운동으로 이어가면서 대중을 위한 투쟁을 멈추지 않는다.

다음으로 『직녀성』(1934~35)과 『상록수』(1935~36)[36]에는 "배우고야 무슨 일이든지 한다."[37]라는 세계관을 가진 3·1운동의 후속세대들[38]이 등장한다. 『직녀성』에서 가장 긍정적으로 그려지는 세철은 강단 있고 적극적이며 사회주의를 표방하는 인물이다. 그는 지금은 고아이지만 3·1운동에 참여했던 부모님의 저항 정신을 이어받았다. 그의 어머니는 학교의 선생이었는데 만세통에 감옥에 갔다가 사망하였고, 아버지는 망명해서 시베리아로 떠났다. 그래서 고학을 하면서 어렵게 자란 세철은 지금보다 나은 조선을 만들기 위한 준비를 한다.

이런 세철을 중심으로 소설 속의 주요인물들은 원산에 모여 가정교육이 미비한 조선의 현실을 보완하기 위해서 성심성의껏 "사람의 꽃송이들"인 "수많은 아들딸"들을 키울 공동체를 만든다. 이것은 교육을 통한 사랑의 실현이자 확대된 모성의 새로운 발견[39]이며, 조국의 미래를 위해서 자신들의 오늘을 희생하겠다는 의지의 변용이다.[40] 그러므로 이들이 꿈꾸는 공동체는 각기 다른 개성을 지닌 조선의 아이들이 공동의 지

---

35 권보드래(2019), 앞의 책, 407-416면.
36 김지영(2015), 앞의 논문, 251면.
 이 두 작품은 지식·문화의 하방에 있는 최대 다수의 대중들의 취향 속에 숨어 있는 사회적 잠재력과 가능성을 견인하기 위해 전통적인 서사와 재래적 소설의 독서 관습을 활용하고 있다.
37 김종욱·박정희 편, 『상록수- 심훈 전집 06』 글누림, 2016, 159면.
38 김남천, 「삼일운동」 이재명 편, 『해방기 남북한 극문학 선집』 평민사, 2012, 11면.
 3·1운동 후속세대인 김남천은 해방 후에 창작한 희곡 「삼일운동」의 '헌사(獻詞)'에서 3·1운동을 다음과 같이 기억하고 있다.
 "내가 태극기(太極旗)를 우러러 처음 보기는 1919년 기미년(己未年) 삼월 일일 보통학교(普通學校) 일학년 나이 아홉 살 때였다. 아침 햇발이 유난히 빛나고 아름답던 그날 수 십 군중(群衆)의 선두에서 천천히 퍼득이며 방선문(訪仙門)을 거쳐 고을로 행진해 들어오는 태극기(太極旗) - 이 농민군중(農民群衆)의 선두(先頭)에 선 최초의 태극기 밑에서 내 고향 수 백 동포(同胞)가 왜군헌(倭軍憲)의 총(銃)칼에 피를 뿌리고 쓰러졌다. 0래(0來) 이십 수년 간 고향 젊은이로서 태극기와 붉은 기를 사수(死守)하여 혹은 넘어지고 쓰러진 이 혹은 총칼에 몰려서 옥(獄)에 갇힌 이 그 수를 헤아릴 길이 없다."
39 이상경, 「근대소설과 구여성 : 심훈의 『직녀성』을 중심으로」 『민족문학사연구』 Vol.19, 2001, 198면.
40 황지영, 「실패한 가족로망스와 고아들의 공동체- 심훈의 『직녀성(織女星)』(1934~1935)을 중심으로」 《한국고전연구》 45집, 2019, 124-127면.

향을 지닌 집합적 정치주체로 커나갈 준비를 하는 곳이다.

『직녀성』의 이 부분과 유사한 모습은 『상록수』에서 영신이 청석골에 만든 강습소에서도 재현된다. 주재소에서 공간의 협소함과 그로 인한 위험성을 이유로 130명인 학생 수를 80명으로 줄이라고 하자, 영신이 교실에서 50명의 아이들을 내보내려고 하면서 아이들과 선생들 사이에서 실랑이가 벌어졌다. 결국 쫓겨난 아이들은 "예배당을 에두른 야트막한 담"에 매달려서 담 안을 넘겨다보는 "사람의 열매"로 묘사된다. 이들을 위해 칠판의 위치를 옮기고 교실 안팎의 아이들이 함께 독본의 구절을 외울 때 그 소리는 "누구에게 발악하는 것"[41]처럼 들린다.

심훈이 살아 있는 동안 3·1정신은 그의 내면에서 정치적 무의식으로 작동하며 삶과 문학의 길잡이가 되어 주었다. 혁명의 시간을 경험한 3·1운동 세대답게 심훈은 새로운 문명을 진취적으로 수용하였고 낯선 환경을 향해 나아가는 것에 주저하지 않았다. 또한 대중들을 위해 3·1운동의 현장과 3·1운동의 주체들이 이후에도 투쟁의 주체로 살아가는 모습이 담긴 작품들을 꾸준히 창작하였다.

이러한 노력은 그가 의도했든 의도하지 않았든 문학 작품 속에서 3·1정신이 다음 세대들에게로 이어지는 모습으로 나타났다. 『동방의 애인』이 3·1운동에 직접 참여한 세대를 주인공으로 한 작품이라면, 『직녀성』과 『상록수』의 주인공들은 3·1운동을 알기는 하지만 직접 참여하지는 않은 3·1운동 후속세대이다. 이들은 3·1정신을 이어받아 사회를 변혁하기 위해 사회주의자로 활약하기도 하고, 농촌 계몽을 위해 투신하기도 하며, 아이들의 교육에 전념하기도 한다. 그리고 이러한 활동들은 최종적으로 조선의 미래를 책임질 다음 세대를 육성하는 것으로 이어진다.

그러므로 심훈이 마지막으로 창작한 두 장편소설에서 아이들을 위한 공동체의 서사가 펼쳐지는 것은 시사하는 바가 적지 않다. 시에서도 확인할 수 있었듯이 십대 말에 3·1운동에 참여한 심훈은 이십대에는 무기력에 저항하는 모습을 보였다면, 삼십대에는 3·1운동의 기억을 곱씹으며 미래의 희망을 이야기하였다. 삼십대 중반에 창작한 『직녀성』과 『상록수』에서 발견되는 아이들을 위한 공동체 역시 미래에 대한 희망을 무리의 이미지와 버무려서 제시하고 있다. 그러니 3·1정신을 이어받은 희생적인

---

41 김종욱·박정희 편, 『상록수- 심훈 전집 06』 글누림, 2016, 160면.

계도자들이 대중의 잠재태인 아이들을 교육하는 모습은 저항성을 지닌 '집합적 정치 주체의 재생산'이라고 적극적으로 해석할 수 있을 것이다.

5. 대중을 둘러싼 접촉과 변이의 상상력

지금까지 살펴본 것처럼 3·1운동을 경험하고 감옥과 중국을 다녀오면서 심훈은 끊임없이 대중(성)에 대해 고민하였다. 그래서 그의 소설은 당대의 지식인들로부터 대중성에 천착한 통속소설이라는 평가[42]를 듣기도 하였고, 계급적 각성을 위한 도구이길 거부한 그의 영화는 "고린내 나는 신흥예술"[43]이라는 비판을 받기도 하였다. 하지만 심훈의 마지막 작품인 『상록수』[44]가 《동아일보》의 현상공모에 당선되고 엄청난 인기를 끌었던 점, 그리고 이 작품의 영화화에 천 명 이상의 인원이 참여하기로 한 점 등은 그가 대중들의 관심과 흥미를 정확히 파악하고 있었음을 짐작케 한다. 또한 영화에 대한 심훈의 관심은 선구적인 근대 문물에 대한 감각과 대중적 확산력을 지닌 매체에 대한 활용 욕망을 보여준다.

본고에서는 심훈이 대중에게 관심을 갖게 된 기원에 수많은 대중들을 실제로 목도했던 경험, 즉 3·1운동이 있음을 가정하고 논의를 진행하였다. 강렬한 집합적 정치주체로서의 무리를 목격한 3·1운동의 경험은 그의 무/의식에 남아서 창작 활동에 영향을 미쳤고, 3·1운동의 현장 속에서는 거대한 흐름이었던 대중의 형상은 그의 문학 작품들 속에서 장르의 특이성을 반영하며 다채롭게 재구성되었다. 그리고 심훈은 이 무리에 대한 기억을 반복 소환하여 현재의 무기력에 저항하고 미래의 희망을 직조해 나갔다.

심훈이 활동하던 시기에 심훈만큼 대중에 대해 적극적으로 사유한 것은 카프 출신

---

42 임화, 「통속소설론」, 《동아일보》, 1938.11.17.~11.27.; 임화문학예술전집 편찬위원회 편, 『문학의 논리- 임화 문학예술 전집3』, 소명출판, 2009, 315면.
심훈 사후에 임화는 심훈이 "예술소설의 불행을 통속소설 발전의 계기로 전환시킨 일인자"라며 그의 문학적 성과를 부분적으로나마 인정하였다.

43 만년설(萬年雪, 한설야), 「영화예술에 대한 관견」, 『중외일보』, 1928.7.2.

44 「본보 창간 15주년 기념 오백원 장편소설, 심훈 씨 작 『상록수』 채택」, 《동아일보》, 1935.8.13.; 김종욱·박정희 편, 『심훈 연구 자료- 심훈 전집 09』, 글누림, 2010, 253-255면.

의 작가들이었다. 그러나 문학/예술의 대중화를 추구하면서도 사회주의에 대한 관심을 놓지 않았던 심훈도 계급의식의 확대를 최우선 과제로 설정한 카프와 오랫동안 함께 할 수는 없었다. 그래서 카프와 갈라선 후 심훈은 조선 대중의 현실은 도외시하면서 외국에서 들어온 이론만을 반복하는 카프를 비판하였고, 임화는 심훈이 유해한 "소부르조아적 반동의 역할을 수행"[45]한다고 비판하였다.

물론 심훈과 카프가 상호 비판을 거듭했다고 해서 심훈의 문학은 대중성만, 카프의 문학은 계급성만을 지녔다고 보긴 어렵다. 오히려 이 둘의 차이는 대중성과 계급성을 아우르는 방식의 차이로 이해할 때 보다 설득력을 갖는다. 심훈이 대중성을 중심에 두고 계급성을 끌어안는 방식을 사용하면서 대중에게 다가가는 전략을 사용했다면, 카프는 대중성과 계급성을 일치시키면서 자신들이 있는 곳으로 대중들을 끌어올리는 전략을 사용했다. 계급-대중 혹은 무산대중을 유사한 형태로 반복해서 재현하는 카프의 작가들과 달리 심훈은 계급성이 녹아든 대중성을 바탕으로 문학 작품 속에서 대중의 다양한 속성들을 제시하였다. 또한 시간이 흐름에 따라 자신과 대중이 맺는 관계가 변하고 있음을 간파하고 그 변화들도 작품 속에 녹여냈다.

심훈의 시 속에서 대중의 무리는 봄, 빛, 열기, 행렬 등과의 연쇄 속에 놓이면서 3·1운동의 현장을 상기시켰다. 그리고 3·1운동 후 감옥에 들어간 경험을 바탕으로 창작된 글들에서는 무리로서의 대중은 각각의 특성을 지닌 개인들의 집합임이 밝혀진다. 다음으로 중국에서 민족의 지도자들과 교류한 심훈은 대중을 이끄는 지도자들의 형상에도 관심을 갖는다. 마지막으로 장편소설에서는 3·1운동의 정신이 운동에 직접 참여한 세대뿐 아니라 그 후속세대들에게까지 이어지는 모습이 발견된다. 이러한 변주들은 대중 속에 자신을 포함시키고 그 무리 안에서 자신의 역할에 변화를 가하면서 대중성을 사유했던 심훈의 특징을 잘 보여준다.

심훈에게 3·1운동의 현장에서 처음 만난 대중은 이질적인 개인들의 군집이면서 동시에 공동의 지향을 지닌 집합적 정치주체였다. 고정되지 않고 변화하는 과정 중에 있는 이들은 새로운 상황이나 사람과 접촉하면 기존과는 다른 존재로 변신할 수 있다. 이들은 일정한 흐름을 지니고 있지만 어떤 것과 접속하느냐에 따라서 혹은 어떤 상황

45 임화, 「조선영화가 가진 반동적 소시민성의 말살 – 심훈 등의 도량에 항하야」, 《중외일보》, 1928.7.28.~8.4.; 백문임, 『임화의 영화』, 소명출판, 2015, 222면.

에 놓이느냐에 따라서 그 규정 양상이 달라질 수도 있다. 그러므로 심훈이 마지막 작품들에서 어떤 형태로든 변신할 수 있는 아이들을 대중의 잠재태로서 제시한 것은 그가 대중에 대해 가지고 있는 '접촉'과 '변이'의 상상력을 단적으로 보여준 것이자, 아이들이 3·1운동의 정신을 이어가기를 바라는 소망이 담긴 것이라고 평가할 수 있다.

참고문헌

1. 기본 자료

김종욱·박정희 편, 『심훈 전집』 1~8, 글누림, 2016.
_____ , 『심훈 전집』 9, 글누림, 2019.

2. 국내 논문 및 단행본

강경덕, 「인민의 민주주의? 라클라우의 '인민주의'와 발리바르의 '자유-평등 명제'의 비교연구」, 충남대학교
　　　　인문과학연구소, 《인문학연구》 111, 2018, 271-306면.
국사편찬위원회 편, 《한민족독립운동사자료집》 15권, 국사편찬위원회, 1994.
권보드래, 「3·1운동과 "개조"의 후예들-식민지시기 후일담 소설의 계보」, 민족문학사학회·민족문학사연구
　　　　소, 《민족문학사연구》 58, 2015, 219-254면.
_____ , 『3월 1일의 밤- 폭력의 세기에 꾸는 평화의 꿈』, 돌베개, 2019.
김지영, 「1920년대 대중문학 개념 연구」, 우리문학회, 《우리문학연구(文學研究)》 48, 2015, 215-260면.
김현주, 『사회의 발견- 식민지기 '사회'에 대한 이론과 상상, 그리고 실천(1910~1925)』, 소명출판, 2013.
류시현, 「1920년대 삼일운동에 관한 기억 -시간, 장소 그리고 '민족/민중'」, 한국역사연구회, 《역사와 현실》
　　　　74, 2009, 175-202면.
만년설(萬年雪, 한설야), 「영화예술에 대한 관견」, 《중외일보》, 1928.7.2.
박명규, 『국민·인민·시민- 개념사로 본 한국의 정치주체』, 소화, 2009.
박정희, 「심훈 문학과 3.1운동의 '기억학'」, 명지대학교 인문과학연구소, 《인문과학연구논총》 37(1), 2016,
　　　　87-119면.
박헌호, 『1919년 3월 1일에 묻다』, 성균관대학교 출판부, 2009.
윤기정, 「최근 문예 잡감」, 《조선지광》 74, 1927.12.
엄상희, 「심훈의 서사텍스트와 남성 영웅의 형상」, 고려대학교 한국어문교육연구소, 《한국어문교육》 22,
　　　　2017, 161-188면.
이상경, 「근대소설과 구어성 : 심훈의 『직녀성』을 중심으로」, 민족문학사학회, 《민족문학사연구》 19, 2001,
　　　　174~200면.
이재명 편, 『해방기 남북한 극문학 선집』, 평민사, 2012.
임　화, 「통속소설론」, 《동아일보》, 1938.11.17.~11.27.
임화문학예술전집 편찬위원회 편, 『문학의 논리- 임화 문학예술 전집3』, 소명출판, 2009.
전상봉, 『한국 근현대 청년운동사: 청년운동 개념·역사·전망』, 두리미디어, 2004.
정은경, 「심훈 문학의 연구현황과 과제」, 국어문학회, 《국어문학》 67, 2018, 227-255면.
조선영, 「심훈의 삶과 문학 창작과정 연구」, 중앙대학교 대학원, 박사학위논문, 2018.
차승기, 「프롤레타리아 문학과 대중화 또는 문학운동과 외부성의 문제」, 인하대학교 한국학연구소 《한국학
　　　　연구》 37, 2015, 189-215면.
천정환, 『대중지성의 시대- 새로운 지식문화사를 위하여』, 푸른역사, 2008.
편집인, 「격변 우(又) 격변하는 최근의 조선 인심」, 《개벽》 37, 1923.7., 8면.
하상일, 「심훈과 중국」, 한국비평문학회, 《비평문학(批評文學)》 55, 2015, 201-231면.
한기형, 「습작기(1919~1920)의 심훈 : 신자료 소개와 관련하여」, 민족문학사학회, 《민족문학사연구》 22,
　　　　2003, 190-222면.
_____ , 「서사의 로칼리티, 소실된 동아시아 ─심훈의 중국체험과 『동방의 애인』」, 성균관대학교 대동문화

연구원, 《대동문화연구(大東文化硏究)》 63, 2008, 425-447면.

허 수, 「1920~30년대 식민지 지식인의 '대중' 인식」 한국역사연구회, 《역사와 현실》 77, 2010, 321-384면.

_____ , 「식민지기 '집합적 주체'에 관한 개념사적 접근 —《동아일보》 기사제목 분석을 중심으로」 역사문제연구소, 『역사문제연구』 14(1), 2010, 133-193면.

홍석춘, 임성춘, 『동아시아의 문화와 문화적 정체성』 한울, 2009.

황지영, 「실패한 가족로망스와 고아들의 공동체- 심훈의 『직녀성(織女星)』(1934~1935)을 중심으로」 한국고전연구학회, 《한국고전연구》 45, 2019, 103-132면.

심훈의 시조관과
시조의 변모 과정 연구[*]

허진

고려대학교 국어국문학과 박사 졸업
현대문학 전공

---

[*] 이 논문은 BK21 플러스 고려대학교 한국어문학 미래인재육성사업단의 지원으로 작성되었음.

1. 머리말

심훈은 시, 시조, 소설, 영화소설, 시나리오, 영화평론, 문학평론 등 다양한 장르에 속하는 작품을 남겼다. 하지만 그동안의 선행 연구 중 심훈의 시조 작품 자체에 주목한 연구는 많지 않다. 신웅순은 「심훈 시조 고考」[1]에서 심훈의 시조들을 총체적으로 검토하고 있다. 이 논문에서 신웅순은 심훈의 시조를 초기 시조(1920-1929)와 후기 시조(1930-1934)로 나누고, 1930년대에 들어와서야 심훈이 전문적으로 시조를 창작했다고 평가한다. 신웅순은 심훈이 이병기, 김억 등과 마찬가지로 시조 부흥에 관심을 가지고 있었음을 선행 연구자 가운데 최초로 주목했다. 김준은 「심훈 시조 연구」[2]에서 심훈이 시조 읊기에 능했던 어머니 해평 윤씨와 집안의 영향으로 시조에 관심을 갖게 되었을 가능성을 제기한다. 이 논문은 심훈이 남긴 시조의 전체적인 현황과 「근음삼수」의 창작일자[3]에 대한 문제 제기 등을 담고 있어 심훈 시조 연구에 하나의 중요한 지침을 제공하고 있다. 하상일은 「심훈의 「항주유기」와 시조 창작의 전략」에서 심훈이 1930년대에 시조를 창작한 이유로 "식민지 검열 체계로부터 비교적 자유로운 자연과

---

1   신웅순, 「심훈 시조 고(考)」《한국문예비평연구》 제36집(2011).

2   김준, 「심훈 시조 연구」《열상고전연구》 제59집(2017).

3   「근음삼수」는 1934년 11월 2일 《조선중앙일보》에 발표된 연시조로 『심훈시가집』에 수록되지 않은 작품이다. 김종욱·박정희의 『심훈 전집』에서는 이 시조의 창작일을 '12월 11일'로 밝히고 있다. 그러나 김준이 그의 논문에서 미디어가온이 제공한 고신문 데이터베이스를 스캔해놓은 자료에 따르면, 「근음삼수」의 창작일은 '10월 21일'로 볼 수도 있어서 확인이 필요해 보인다.

고향을 제재로 화자의 모순된 심경을 내면화하기에 가장 적합한 장르가 시조였기 때문"[4]이라고 주장한다. 즉 심훈이 그의 소설에서 일본의 검열을 피하기 위해, '국가'를 '고향'으로 에둘러 표현하는 서사 전략을 구사한 것처럼, 시에서는 국가적이거나 공동체적인 지향성을 은폐하기 위해 '시조'라는 형식을 채택해 자연과 고향을 다루었다는 것이다. 하지만 하상일은 검열을 피하기 위한 방법으로 왜 심훈이 시조에 관심을 갖게 되었는지에 대해서는 설명을 제시하지 않고 있다. 한편 하상일은 「심훈의 중국 체류기 시 연구」[5]에서 「항주유기」 시조들에 대한 분석을 통해 심훈이 중국 체류 시절 자기 성찰의 과정을 거쳐 식민지 현실에 대한 자기 인식을 확립했을 것이라고 추론한다. 그는 이 같은 문제의식을 심화시켜 「심훈과 항주」에서는 "심훈의 시조 창작은 표면적으로는 전통적 서정에 바탕을 둔 자연친화적 세계관을 답습하고 있는 것처럼 보이지만, 그 이면을 들여다보면 중국 생활에서 경험한 절망적 현실인식과 1930년대 이후 농촌 현실에 대한 비판적 인식을 효율적으로 드러내기 위한 전략적 장치로 적극 시도된 것"[6]이라고 평가한다. 한기형은 「습작기(1919~1920)의 심훈」[7]에서 심훈의 일기에 포함된 시조 작품을 발굴해 소개했고, 「백랑白浪의 잠행 혹은 만유」[8]에서는 「항주유기」에 실린 시조 중 「삼담인월」과 「평호추월」을 분석하며, 심훈에게 '항주'라는 공간이 지니는 의미에 대해 탐구했다. 정은경은 「심훈 문학의 연구현황과 과제」[9]에서 2000년대 이후 진행된 심훈 연구의 성과를 전기 및 서지, 시 연구 및 중국체험, 영화 및 다매체, 여성상 및 서사양식, 기독교 및 사상원류, 작중인물과 실제 모델로 나누어 총체적으로 검토하며, "심훈 시조의 미학성을 어떻게 볼 것인가"[10]와 전체 작품 수에 대한 확정을 심훈 시 연구의 과제로 제시했다.

이 논문은 이와 같은 선행 연구의 연장선상에 위치한다. 다만 본고는 선행 연구와 변별점을 마련하기 위해 심훈의 시조 작품 선행 연구들의 타당한 결론들을 수용하는

340

4　하상일, 「심훈의 「항주유기」와 시조 창작의 전략」, 《비평문학》 제61호(2016), 215쪽.

5　하상일, 「심훈의 중국 체류기 시 연구」, 《한민족 문화연구》 제51집(2015).

6　하상일, 「심훈과 항주」, 《현대문학의 연구》 제65권(2018), 88쪽.

7　한기형, 「습작기(1919~1920)의 심훈」, 《민족문학사연구》 제22권(2003).

8　한기형, 「'백랑(白浪)'의 잠행 혹은 만유: 중국에서의 심훈」, 《민족문학사연구》 제35권(2007).

9　정은경, 「심훈 문학의 연구현황과 과제: 2000년대 이후 새로운 연구 동향을 중심으로」, 《국어문학》 제67집(2018).

10　정은경(2018), 위의 논문, 227쪽.

한편, 선행 연구와 변별점을 마련하기 위해 심훈의 시조 작품 전체를 대상으로 연구를 진행하고자 한다. 그 이유는 심훈의 시조 세계를 통시적으로 고찰한 연구가 드물기 때문이다. 구체적으로 본론의 Ⅱ장에서는 심훈 시조의 전체적인 현황을 살펴볼 것이고, Ⅲ장에서는 시조에 대한 심훈의 관점과 입장을 검토할 것이며, Ⅳ장에서는 심훈이 남긴 시조 작품의 변모 과정과 주제 의식에 대해 살펴볼 것이다.

심훈의 시조에 대한 본격적인 연구가 필요한 이유는 단순히 그동안의 선행 연구가 심훈의 시조에 비교적 덜 관심을 할애했기 때문만은 아니다. 심훈의 시조 작품 자체에 대한 본격적인 연구가 필요한 이유는 첫째, 시조에 대한 심훈의 관심이 일회적인 것이 아니라 그의 생애 동안 지속적으로 나타나고 있기 때문이다. 심훈은 습작 시절 쓴 1920년 1월 5일 자와 3월 29일 자의 일기에서 시조 작품을 직접적으로 인용하고 있으며[11], 1930년대에는 《삼천리》, 《신여성》, 《중앙》, 《조선중앙일보》 등 여러 매체를 통해 시조를 발표했다. 이러한 점으로 보건대, 시조에 대한 심훈의 관심은 일회적인 것이 아니라, 그의 생애 동안 지속적으로 이어져 온 것임을 알 수 있다. 또한 심훈은 일기에 시조를 적어두고 지인에게 시조를 써주었을 만큼 시조를 비교적 익숙하고 친숙한 장르로 여기고 있었다. 둘째, 심훈은 1932년 1월 15일부터 1월 16일까지 《동아일보》에 연재한 「프로문학에 직언 1, 2, 3」의 2장에 '시조時調는'이라는 소제목을 달고, 시조에 대한 자신의 입장과 생각을 분명하게 밝혀두었다. 즉 심훈은 시조에 대해 나름의 입장과 관점을 가지고 있었고, 그 입장과 관점은 심훈의 시조 창작에도 반영되었다. 셋째, 무엇보다 가장 중요한 것은 심훈이 남긴 시조 작품 중에는 「근음삼수」, 「원수의 봄」과 같이 문학적으로 의미 있는 성취를 보인 작품이 있으며, 이러한 작품을 분석해봄으로써 심훈의 농촌소설을 더 잘 이해할 수도 있기 때문에 심훈의 시조에 대한

---

11 한기형은 「습작기(1919~1920)의 심훈」에서 1920년 1월 5일 자와 1920년 3월 29일 자의 심훈의 일기에 수록된 시조 작품을 소개했다. 심훈의 일기에서 미발표된 시조를 찾아낸 것은 이 연구의 성과이다. 그러나 1920년 1월 5일 자의 일기에 수록된 글은 시조로 볼 수 있는지 재검토가 필요해 보인다. 이 글은 일기의 후반부에 이어지고 있어서 일기의 한 부분으로 볼 수 있고, 초장·중장·종장 등의 장 구분 없이 작성되었다. 또한 심훈의 일기에는 이 글이 시조라는 언급이 별도로 되어 있지 않다. 반면 1920년 3월 29일 자의 일기에 삽입된 시조에는 시조라는 심훈의 언급이 있고, 초장·중장·종장 등의 장 구분이 되어 있다. 1920년 1월 5일 자의 일기 후반부에 나오는 글은 다음과 같다. "천국이 밝다 한들 이보다 더 밝으며, 좋단들 이보다 더 좋을 수 있으랴. 백설 덮인 지붕 위에 명월은 문안하는데 선생은 어디 가고, 물 마른 시내 곁에 빈 집만 외따로", 한기형, 「습작기(1919~1920)의 심훈」 《민족문학사연구》 제22권(2003), 심훈, 「심훈의 미공개 일기」 『심훈 전집』8(글누림, 2016).

연구적 관심이 필요하다.

이 논문에서는 김종욱·박정희가 2016년에 엮은 글누림출판사의 『심훈 전집』[12]을 주된 연구 대상으로 삼았고, 2013년 맥출판사에서 펴낸 『그날이 오면: 심훈 시가집 친필 영인본』[13]과 1966년 탐구당에서 발간한 『심훈문학전집』도 함께 검토했다. 글누림출판사의 전집을 연구의 대상으로 삼은 이유는 글누림출판사의 『심훈 전집』이 가장 최근에 나온 전집으로서 그동안의 연구 성과를 집대성하고 있기 때문이다 또한 글누림출판사의 『심훈 전집』은 1931년 『삼천리』에 실린 시조와 1932년 심훈이 생전에 엮은 『심훈 시가집』의 '항주유기' 편에 실린 시조를 함께 수록하고 있어서 심훈 시조의 개작 과정을 살펴볼 수도 있다는 장점이 있다. 맥출판사의 『그 날이 오면: 심훈 시가집 친필 영인본』은 심훈의 3남인 심재호가 자료를 기증하여 출간한 책으로, 심훈의 친필 원고 위에 조선총독부가 검열하여 삭제하도록 한 내용이 붉은색으로 표시되어 있다. 이 책은 충청남도의 지원을 받아 심훈유품보존회가 기획하여 출간했고, 비매품이기 때문에 일반 서점에서는 구할 수 없고, 대학 도서관에서 대출 및 열람이 가능하다. 탐구당의 『심훈문학전집』은 심훈 시조의 전체적인 출간 현황과 글누림출판사의 전집에 누락된 「행화촌」을 검토하기 위한 목적에서 본 연구에 활용되었다.

2. 심훈 시조의 전체적 현황 분석

심훈의 시조는 총 27편[14]으로 크게 매체를 통해 발표된 시조와 미발표 시조로 나뉜다.

---

12 심훈, 『심훈 전집』(글누림, 2016).
13 심훈, 『그날이 오면: 심훈 시가집 친필 영인본』(맥, 2013).
14 심훈의 시조 중에는 연작시조로 쓰인 농촌 시조들이 있는데, 이들을 모두 개별적인 작품으로 볼 경우 작품의 수는 더 늘어난다. ①1920년의 일기에 적어놓은 시조: 「천국이 밝다 한들」, 「천만리라 먼 줄 알고」 등 2편 ②『심훈 시가집』의 '항주유기'에 실린 시조: 「평호추월」, 「삼담인월」, 「채련곡」, 「소제춘효」, 「남병만종」, 「누외루」, 「방학정」, 「행화촌」, 「악왕분」, 「고려사」, 「항성의 밤」, 「전당강반에서」, 「목동」, 「칠현금」 등 14편 ③《신여성》에 실린 시조: 「명사십리」, 「해당화」, 「송도원」, 「총석정」 등 4편 ④《중앙》에 실린 시조: 「농촌의 봄」(「아침」, 「창을 여니」, 「마당에서」, 「나물 캐는 처녀」, 「달밤」, 「벗에게」로 구성된 연시조)에 포함된 6수 ⑤《조선중앙일보》에 실린 시조: 「근음삼수」(「아침」, 「낮」, 「밤」 등으로 구성된 연시조 혹은 연작시조)에 포함된 3수 ⑥농촌을 다룬 미발표 시조: 「보리밭」, 「소」, 「내 친구」, 「버들피리」, 「원수의 봄」 등 5수로 전체 시조의 작품 수는 34편이다. 다만 여기에서 1920년 1월 5일 자 일기에 수록된 「천국이 밝다 한들」은 시조로 볼 수 있는지에 대해 섬세하게 재논의할 필요가 있다.

발표 지면과 매체를 기준으로 심훈의 시조를 분류해보면, ①1920년의 일기에 포함된 시조: 「천국이 밝다 한들」, 「천만리라 먼 줄 알고」 등 2편 ②『심훈 시가집』의 「항주유기」에 실린 시조: 「평호추월」, 「삼담인월」, 「채련곡」, 「소제춘효」, 「남병만종」, 「누외루」, 「방학정」, 「행화촌」, 「악왕분」, 「고려사」, 「항성의 밤」, 「전당강반에서」, 「목동」, 「칠현금」 등 14편 ③《신여성》에 실린 시조: 「명사십리」, 「해당화」, 「송도원」, 「총석정」 등 4편 ④《중앙》에 실린 시조: 「농촌의 봄」(「아침」, 「창을 여니」, 「마당에서」, 「나물 캐는 처녀」, 「달밤」, 「벗에게」 등으로 구성된 연시조) 1편 ⑤《조선중앙일보》에 실린 시조: 「근음삼수」(「아침」, 「낮」, 「밤」 등으로 구성된 연시조) 등 1편 ⑥농촌을 다룬 미발표 시조: 「보리밭」, 「소」, 「내 친구」, 「버들피리」, 「원수의 봄」 등 5편이다. 「보리밭」, 「소」, 「내 친구」, 「버들피리」, 「원수의 봄」은 탐구당의 『심훈문학전집』과 글누림출판사의 『심훈 전집』에는 「농촌의 봄」 안에 포함되어 있다. 이상과 같은 심훈 시조의 전체적인 현황은 아래의 표 1과 같다.

|| |

번호	제목	최초 발표 지면	심훈시가집 (1932)[15]	탐구당 전집 (1966)	글누림 전집 (2016)	기타
1	천국이 밝다 한들	《사상계》 1963. 12.	미수록	수록	수록	제목은 연구자가 시조의 첫 구를 따서 임의로 붙인 것임. 심훈의 1920년 1월 5일자 일기에 수록. 이 작품을 시조로 볼 수 있을지 논의가 필요함.
2	천만리라 먼 줄 알고	《사상계》 1963. 12.	미수록	수록	수록	제목은 연구자가 시조의 첫 구를 따서 임의로 붙인 것임. 심훈의 1920년 3월 29일자 일기에 수록. 두 수로 구성된 연시조.
3	평호추월	《삼천리》 1931. 6.	수록	수록	수록	《삼천리》 발표 당시 제목은 「서호월야」. 연시조
4	삼담인월	-	수록	수록	수록	
5	채련곡	《삼천리》 1931. 6.	수록	수록	수록	연시조

15 맥출판사의 『그날이 오면』에 나오는 『심훈 시가집』 영인본을 토대로 정리했음을 밝힌다.

심훈 문학의 전환

6	소제춘효	《삼천리》 1931. 6.	수록	수록	수록	《삼천리》 발표 당시 제목은 「백제춘효」.
7	남병만종	《삼천리》 1931. 6.	수록	수록	수록	
8	누외루	《삼천리》 1931. 6.	수록	수록	수록	
9	방학정	-	수록	수록	수록	
10	행화촌	-	수록	수록	미수록	
11	악왕분	《삼천리》 1931. 6.	수록	수록	수록	
12	고려사	-	수록	수록	수록	
13	항성의 밤	《삼천리》 1931. 6.	수록	수록	수록	
14	전당강반 에서	《삼천리》 1931. 6.	수록	수록	수록	《삼천리》 발표 당시 제목은 「전당의 황혼」.
15	목동	《삼천리》 1931. 6.	수록	미수록	수록	
16	칠현금	《삼천리》 1931. 6.	수록	미수록	수록	
17	명사십리	《신여성》 1933. 8.	수록	수록	수록	연시조
18	해당화	《신여성》 1933. 8.	수록	수록	수록	연시조

19	송도원	《신여성》 1933. 8.	수록	수록	수록	연시조
20	총석정	《신여성》 1933. 8.	수록	수록	수록	연시조
21	농촌의 봄	《중앙》 1933. 4.	미수록	수록	수록	「아침」, 「창을 여니」, 「마당에서」, 「나물 캐는 처녀」, 「달밤」, 「벗에게」 등 6편으로 구성된 연작시조
22	근음삼수	《조선중앙일보》 1934. 11. 2.	미수록	수록	수록	「아침」, 「낮」, 「밤」 등 세 수의 연시조 혹은 연작시조
23	보리밭	-	미수록	수록	수록	탐구당과 글누림 전집에서는 「농촌의 봄」에 실려 있음.
24	소	-	미수록	수록	수록	탐구당과 글누림 전집에서는 「농촌의 봄」에 실려 있음.
25	내 친구	-	미수록	수록	수록	탐구당과 글누림 전집에서는 「농촌의 봄」에 실려 있음.
26	버들피리	-	미수록	수록	수록	탐구당과 글누림 전집에서는 「농촌의 봄」에 실려 있음.
27	원수의 봄	-	미수록	수록	수록	탐구당과 글누림 전집에서는 「농촌의 봄」에 실려 있음. 두 수로 구성된 연시조.

이 시조들을 다시 시기에 따라 나누면, ①1920년에 창작된 시조: 심훈의 일기에 실린 2편 ②『심훈 시가집』(1932)에 수록된 시조: 「항주유기」에 수록된 14편과 《신여성》(1933)을 통해 발표된 뒤 『심훈 시가집』의 「봄의 서곡」에 실린 4편 ③『심훈 시가집』(1932) 이후에 발표되거나 미발표된 시조: 「농촌의 봄」, 「근음삼수」, 농촌을 다룬 미발표 시조 5편 등 총 7편으로 나누어볼 수 있다.

이 중에서 최근의 선행 연구가 가장 많이 주목한 시조는 ②『심훈 시가집』에 실린 시조 중 「항주유기」에 수록된 14편이다. 이 시조들은 주로 중국 유학 시절 심훈의 행적과 사상을 탐구하기 위한 목적에서 주로 연구되었다. 하지만 심훈의 시조 중 의미 있는 성취를 이룬 시조 작품은 '③『심훈 시가집』이후에 발표되거나 미발표된 시조'들이다. 따라서 본 논문의 Ⅳ장에서는 이 시조들에 대해 집중적으로 분석함으로써, 심훈 시조의 주제 의식에 대해 고찰해볼 것이다. 또한 이 시조들은 심훈이 1930년대에 창작한 농촌소설과도 주제의식 면에서 연관되고 있기 때문에 분석해볼 필요가 있다.

이러한 심훈 시조의 전체적 현황을 분석해보면, 심훈의 시조 창작은 1930년대에 집중되어 있으며, 이 시조들은 《삼천리》, 《신여성》, 《중앙》, 《조선중앙일보》 등 여러 매체를 통해 발표되었다. 이러한 점으로 보아 시조에 대한 심훈의 관심은 일회적인 관심이 아니라, 지속적인 관심이었던 것으로 보인다. 또한 심훈이 습작기인 1920년대에 개인적인 기록인 일기를 쓰면서, 시조로 자신의 감정을 표현했다는 점은 심훈이 그만큼 시조에 대해 익숙하고, 친숙하게 느꼈다는 사실을 추론케 하는 근거가 된다. 이와 관련하여 선행 연구에서는 심훈이 어머니 해평 윤씨와 한문학적 소양을 지닌 아버지의 영향으로 유년 시절부터 시조와 한문학 작품을 접했음이 언급된 바 있다.[16]

또한 심훈이 남긴 전체 27편의 시조 가운데 연시조 또는 연작시조는 「천만리라 먼 줄 알고」, 「평호추월」, 「채련곡」, 「명사십리」, 「해당화」, 「송도원」, 「총석정」, 「농촌의 봄」, 「근음삼수」, 「원수의 봄」 등 10편으로 나타나고 있다. 이는 전체의 37%에 해당하는 비율이다. 탐구당의 『심훈문학전집』에 실린 「보리밭」, 「소」, 「내 친구」, 「버들피리」, 「원수의 봄」을 「농촌의 봄」에 포함되는 연작시조의 한 부분으로 보면, 전체 시조의 편수는 22편이 되고, 연시조와 연작은 9편이 되어 연시조와 연작이 차지하는 비율은 40%로 더 늘어난다. 이러한 분석을 통해 심훈이 시조의 형식적인 측면에서 연시조나 연작시조를 쓰는 등 새로움을 추구하려 노력했다는 것을 알 수 있다. 한편 심훈이 이와 같은 연시조와 연작시조를 창작한 것은 당대의 문학적 흐름을 따른 것이다. 가람 이병기는 「시조時調는 혁신革新하자」[17]에서 "연작連作을 쓰자"고 강조했는데, 그 내용의 일 절을 제시하면 다음과 같다.

---

16 김준, 「심훈 시조 연구」, 《열상고전연구》 제59집(2017), 171~173쪽.
17 이병기, 「시조(時調)는 혁신(革新)하자」, 《동아일보》, 1932년 1월 23일-2월 4일 자.

종래從來의 시조時調에 한 수首가 한 편篇이 되게 하여 완전完全히 한 독립獨立한 생각을 표현表現하였다. 무론 이러게 할 경우도 있다. 그러나 오늘날 우리의 생활상生活相은 예전보다도 퍽 복잡複雜하여지고 새 자극刺戟 많이 받게 됨을 따라 또한 작자作者의 성공成功도 가지가지로 많을 것이다. 그것을 겨우 한 수首만으로 표현表現한다면 아무리 그 선線을 굵게 하여 하드라도 될 수 없으며 된대야 부자연不自然하게 되고 말 것이니 자연 그 표현表現을 전개展開시킬수밧게 업다. 워낙 시조형時調形 그것부터가 얼마라도 전개展開시킬 수 있게 된 것이다. 필연 당연한 일이다.

그런데 그 표현방법表現方法을 전개展開시키자는 것은 곳 연작連作을 쓰자 함이다. 그러면 연작連作이란 것은 무엇인가.

그는 한 제목題目을 가지고 한 수首 이상以上으로 몇 수首까지든지를 지어 한 편篇으로 하는데 한 제목題目에 대하여 그 시문時間이나 위치位置는 같든 다르든 다만 그 감정感情의 통일統一만 되게 하는 것이다. 가령 이에 다섯 수首가 한 편篇이 된다면 그 다섯 수首가 각각 독립獨立한 것이면서도 서로 관련關聯이 있어 전개展開되고 통일統一된 것이다. 혹은 그 다섯 수首가 각각各各 독립성獨立性은 잃드라도 전편全篇으로서 통일統一만 되고 보면 좋을 것 아니냐고 할 이도 있겠으나 이건 또한 문제問題가 되는 게 시조時調로서는 어려운 일이다. 잘못하다는 시조時調가 아니고 다른 것이 되고 만다.[18]

심훈이 연시조와 연작시조를 쓴 것은 이러한 동시대의 분위기를 의식한 것이었을 가능성이 높다. 참고로 1930년대에 출판된 가람 이병기의 『가람시조집』(1939)에는 연시조가 특히 많이 수록되어 있다.

다음으로 작품이 게재된 전집의 체제를 살펴보면, 탐구당의 『심훈문학전집』에는 「전당강상에서」, 「겨울밤에 내리는 비」, 「기적」, 「뻐꾹새가 온다」가 '항주유기'라는 소제목 하에 포함되어 있으나, 이 작품들은 전부 시조가 아니라 현대시이다. 또한 탐구당의 『심훈문학전집』에는 『심훈 시가집』의 시조 중 「목동」과 「칠현금」이 수록되어 있지 않고, 글누림출판사의 『심훈 전집』에는 『심훈 시가집』과 탐구당의 『심훈문학전집』에 실려 있는 「행화촌」이 누락되어 있다.[19] 이 점은 추후 개정판이 나올 때 보완해야 할 점이라고 생각한다.

---

18 이병기, 「시조(時調)는 혁신(革新)하자」, 《동아일보》, 5면, 1932년 2월 2일 자. 띄어쓰기는 현대어 표기에 맞추어 수정함.

19 글누림출판사의 『심훈 전집』에 「행화촌」이 누락된 사실은 (사)심훈선생기념사업회가 주최한 2018년 제2회 심훈포럼에서 하상일 선생님께서 말씀해주셨다. 이 글에서는 『심훈 시가집』과 탐구당의 『심훈문학전집』을 검토한 결과, 글누림출판사의 『심훈 전집』에 「행화촌」이 누락되었음을 확인하였다.

심훈 문학의 전환

3. 심훈의 시조판 - 「프로문학에 직언 1, 2, 3」(1932), 「필경사잡기」(1935)를 중심으로

심훈은 시조 장르만을 위한 별도의 비평이나 문학론을 남겨 두지는 않았다. 그러나 심훈은 《동아일보》에 1932년 1월 15일부터 16일까지 연재한 「프로문학에 직언 1, 2, 3」에서 시조에 대한 자신의 입장을 분명하게 피력한다. 그 글의 전문은 아래와 같다.

> 그 형식形式이 옛것이라고 해서 구태어 버릴 필요必要는 업슬 줄 압니다. 작자作者에 쌀아 취편取便해서 시조時調의 형식形式으로 쓰는 것이 행습行習이 된 사람은 시조時調를 쓰고 신시체新詩體로 쓰고 십흔 사람은 자유自由로히 신체시新體詩를 지을 것이요. 다만 그 형식形式에다가 새로운 혼魂을 주입注入하고 못하는 데 달릴 것이외다. 그 내용內容이 여전如前히 음풍영월식吟風詠月式이요 사군자四君子 뒤풀이요 그러치 안흐면
> "배불리 먹고 누어 아래우ㅅ배 문지르니
> 선하품 계계터림 저절로 나노매라
> 두어라 온돌아래목에 뒹굴른들 어쩌리"
> 이 짜위와 방사倣似한 내용內容이라면 물론勿論 배격排擊하고 아니할 여부與否가 업습니다. 시조時調는 단편적短片的으로 우리의 실생활實生活을 노래하고 기록記錄해두기에는 그 "폼"이 산만散漫한 신시新詩보다는 조촐하고 어엽보다고 생각합니다. 고려자기高麗磁器엔들 풍풍 솟아오르는 산간수山澗水가 담어지지 안흘 리理야 업겟지요.[20]

심훈은 이 글에서 시조 형식에 "새로운 혼魂을 주입注入"해야 한다고 주장한다. 시조 문학의 성공 여부를 판단하는 기준이 바로 '새로운 혼'에 달려 있다는 것이다. 여기에서 심훈이 말한 "새로운 혼"은 시조가 담아야 하는 새로운 정신을 의미하는 것으로 볼 수 있다. 심훈은 이어지는 문장에서 음풍영월 식의 시조, 사군자 뒤풀이 식의 시조를 배격해야 한다고 시조에 대한 자신의 입장을 뚜렷하게 표명했다. 또한 심훈은 별 의미 없이 개인의 한가함을 노래하는 시조에 대해서도 배격해야 한다는 입장을 보인다. 이로 미루어 보면, 심훈은 자연의 아름다움을 찬양하는 시조나 사군자와 더불어

---

20 심훈, 「프로문학(文學)에 직언(直言) 1, 2, 3」《동아일보》, 1932년 1월 15일 자, 5면. 띄어쓰기는 현대어 표기에 맞추어 수정함.

인의예지仁義禮智, 효제충신孝悌忠信과 같은 유교적 이데올로기를 다루는 시조에 대해서는 높이 평가하지 않았던 것으로 보인다. 대신에 심훈은 "우리의 실생활을 노래하고 기록해두기에는 (시조가) 그 폼이 산만한 신시보다는 조촐하고 어엽보다"고 주장하며, 시조 문학이 실생활을 노래하고 기록해두어야 한다는 생각을 피력한다. 따라서 심훈이 말한 '새로운 혼'은 실생활에서 유발되는 정서와 관련이 있는 정신의 한 경지일 것으로 해석된다. 이 "실생활實生活을 노래하고 기록記錄해"야 한다는 생각은 리얼리즘 정신과 통한다. 심훈은 어떤 이념이나 주의보다 실제 생활을 문학이 다루어야 한다는 생각을 가지고 있었다. 그는 「프로문학에 직언 1, 2, 3」에 "그러므로 아프로 이른바 민족주의民族主義 문학文學은 그 주의主義를 고수固守하는 작가作家들 자체自體가 좀 더 엄숙嚴肅한 『리아리즘』에 입각立脚하야 방향方向을 전환轉換하기에 혼신渾身의 노력努力을 하지 안흐면 안 되리라고 생각합니다"[21]라고 기술했다.

또한 주목해볼 만한 점은 심훈의 이 같은 시조에 대한 입장이 「프로문학에 직언 1, 2, 3」에 포함되어 있다는 점이다. 심훈이 「프로문학에 직언 1, 2, 3」을 《동아일보》에 발표한 시점은 심훈이 카프와 결별한 이후의 시점이다. 심훈은 1922년 이적효·이호·김홍파·김두수·최승일·김영팔·송영 등과 함께 염군사에 가담했고[22] 1925년에는 카프

---

21 심훈, 위의 글.
22 심훈이 염군사에 관여한 시기에 대해서는 연구자 별로 상이한 견해가 존재한다. 우선 글누림 출판사의 『심훈 전집』에 실린 연보는 심훈이 1922년 9월 "이적효, 이호, 김홍파, 김두수, 최승일, 김영팔, 송영 등과 함께 '염군사(焰郡社)'를 조직하였다.(이듬해에 귀국한 심훈이 염군사의 조직단계에서부터 동참을 한 것인지 귀국 후 가입한 것인지 불분명함)"이라고 밝히고 있다. 하지만 최원식은 「심훈연구서설」에서 "심훈은 1923년 염군사에 가담한다. …… 염군사는 기관지 『염군』의 창간호와 2화가 거듭 발행금지가처분을 받게 되면서 1923년 조직 확장에 들어가 이때 심훈·최승일(崔承一)·김영팔(金永八) 등이 새로이 가담하게 되었던 것이다"라고 적고 있다. 또한 주인은 "염군사는 1924년에 同人들이 도쿄, 고베, 간도, 천진 등으로 떠난 것을 계기로 활동이 축소되기 시작한다. 이를 극복하기 위해 조직내(組織內)에 문학부, 극부, 음악부를 건립하여 활동을 재기(再起)하는데, 이때서야 경기고보 출신의 심훈이 등장한다. 따라서 심훈은 '염군사'의 출발점(出發點)에 동행(同行)한 것이 아니라 '염군사'의 기본 조직이 와해되는 시점 즉, 다른 측면에서는 회생(回生)해보려는 기점(起點)에서 동인(同人) 활동을 시작함으로써 '염군사'의 초기 멤버와 그 출발점(出發點)이 달랐음이 확인된다"라고 서술하며, 심훈이 1924년에 염군사에 가입했다고 주장하고 있다. 그리고 유병석은 「심훈(沈熏)의 생애(生涯) 연구(研究)」에 "1922년(年)" 염군사(焰郡社) 조직(組織)에 심대섭(沈大燮)이 참가(參加)하였다 함은 잘못이다. "염군사(焰郡社)" 조직(組織)이 1922년(年) 아니던가, 심훈(沈熏)이 가입하지 않았던가, 조직(組織)한 뒤에 참가(加入)한 것이어야 한다"라고 기록하고 있다. 유병석은 심훈의 귀국 시점을 1923년으로 보고 있으며, 염군사에 심훈이 가입한 것은 염군사가 조직된 1922년 9월보다 나중의 일일 것이라고 추론한다. 심훈, 「작가 연보」, 『심훈 전집』8(글누림, 2016), 535쪽; 최원식, 「심훈연구서설」, 김학성 외 『한국(韓國) 근대(近代) 문학사(文學史)의 쟁점(爭點)』(창작과 비평, 1990), 241쪽; 주인, 「'심훈' 문학 연구 방법에 대한 서설」, 『어문논집』 제34집(2006), 254-255쪽; 유병석, 「심훈(沈熏)의 생애(生涯) 연구(研究)」,《국어교육》 제14권(1968), 14쪽; 이상의 내용은 정은경, 「심훈 문학의 연구현황과

에도 참여했다. 하지만 1927년 그가 시나리오를 쓰고 감독을 맡은 영화 「먼동이 틀 때」가 단성사에서 개봉했을 때, 한설야가 「영화예술映畵藝術에 대對한 관견管見」[23]에서 그의 영화에 대해 혹평을 하자, 심훈은 「우리 민중民衆은 어쩌한 영화映畵를 요구要求하는가?—를 논論하야 『만년설萬年雪』군君에게」[24]를 써서 한설야의 비평에 대해 반론을 펼친다. 심훈은 이 글에서 "『맑키즘』의 견지見地로써만 영화映畵를 보고 이른바 유물사관적唯物史觀的 변증법辨證法을 가지고 『키네마』를 척도尺度하려 함은 예술藝術의 본질本質조차 터득攄得치 못한 고루固陋한 편견偏見"[25]이라고 주장한다. 임화가 심훈의 이 글에 대해 「조선영화朝鮮映畵가 가진 반동적反動的 소시민성小市民性의 말살抹殺—심훈沈薰 등等의 도량跳梁에 항抗하야—」[26]를 써서 심훈의 글에 대해 재반론을 펼쳤지만, 심훈은 임화의 비평에 대해서는 별다른 대응을 하지 않았다. 하지만 이 논쟁은 심훈이 카프 계열의 예술가들과 거리를 두는 계기가 되었다.

심훈이 《동아일보》에 「프로문학에 직언 1, 2, 3」을 발표한 1932년은 심훈이 이러한 논쟁 끝에 카프와 완전히 결별한 이후의 시점이다. 심훈은 「프로문학에 직언 1, 2, 3」에서 프로문학에 대해 "아직까지는 수數만흔 프로작가作家 중中에 조예造詣와 표현력表現力을 가진 즉卽 일가一家를 이루운 작가作家가 다섯 손가락도 꼽아지지 안는 것은 크게 유감遺憾입니다"[27]라고 카프 계열 예술가들을 비판한다. 그가 이 글의 2장에 굳이 '시조時調는'이라는 소제목을 달고, 시조에 대한 자신의 입장을 밝힌 것은 1920–1930년대에 문단에서 일어났던 시조부흥운동이 프로문학에 대한 반격이었다는 점을 심훈이 분명히 인식하고 있었음을 의미한다. 이와 관련해 조동일은 『한국문학통사』에서 시조부흥운동에 대해 아래와 같이 서술하고 있다.

과제: 2000년대 이후 새로운 연구 동향을 중심으로」, 《국어문학》 제67집(2018)을 참조하여 원 논문을 확인한 뒤에 정리하였음을 밝힌다.

23 만년설, 「영화예술(映畵藝術)에 대(對)한 관견(管見)」, 《중외일보》, 1928년 7월 1일-7월 9일 자.

24 심훈, 「우리 민중(民衆)은 어떠한 영화(映畵)를 요구(要求)하는가?—를 논(論)하야 『만년설(萬年雪)』군(君)에게」, 《중외일보》, 1928년 7월 11일-7월 27일 자.

25 심훈, 「우리 민중(民衆)은 어떠한 영화(映畵)를 요구(要求)하는가?—를 논(論)하야 『만년설(萬年雪)』군(君)에게」, 《중외일보》, 1928년 7월 13일 자, 3면. 띄어쓰기는 현대어 표기에 맞추어 수정함.

26 임화, 「조선영화(朝鮮映畵)가 가진 반동적(反動的) 소시민성(小市民性)의 말살(抹殺)—심훈(沈薰) 등(等)의 도량(跳梁)에 항(抗)하야—」, 《중외일보》, 1928년 7월 28일-8월 4일 자.

27 심훈, 「프로문학(文學)에 직언(直言) 1, 2, 3」, 《동아일보》, 1932년 1월 15일 자, 5면. 띄어쓰기는 현대어 표기에 맞추어 수정함.

1920년대 중반에 시조부흥운동이 일어난 것은 시조 계승을 염려해야 할 사태가 생겼기 때문이 아니다. 문학의 노선을 둘러싼 논쟁을 유리하게 이끌기 위해 시조가 필요했던 것이 더 중요한 이유이다. 좌파에서 계급문학을 주장하는 데 맞서서 우파가 반론을 펴면서 계급을 초월한 민족문학의 정수인 시조에 커다란 의의를 부여하고 시조 부흥을 주장했다.[28]

특히 조동일은 『한국문학통사』에서 시조부흥운동과 관련해 심훈을 거론하고 있는데, 그 내용은 다음과 같다.

《동아일보》1932년 2월 6일자 〈문단전망〉에서 시조부흥의 찬반론을 다시 실을 때는 찬성론이 열세에 몰렸다. 김억金億, 심훈沈熏, 정인섭鄭寅燮 등은 시조를 부흥하려면 내용이나 표현을 새롭게 해야 한다고 했다.[29]

즉 심훈은 비록 사상적으로는 우파 민족주의자들과 입장을 같이 하지 않았지만, 프로 문학을 비판하고, 시조의 부흥을 주장했던 점에서는 시조부흥론을 주장하는 문인들과 일맥상통하는 입장을 가지고 있었다. 이로 미루어 보면, 심훈은 문단 내에서 카프 계열의 좌파와 민족주의 계열의 우파 등 특정한 정치적 분파에 속하지 않고, 양 측 모두와 일정한 긴장 관계와 거리를 유지하며, 자신만의 고유한 생각과 입장을 견지해 나갔던 것으로 보인다.

한편 심훈은 「필경사잡기」[30]에 남구만의 시조를 인용하며, 자신이 추구하는 문학에 대한 관점을 밝혀두었다. 그 내용은 다음과 같다.

동창이 밝았느냐 노고지리 우지진다
소 치는 아해놈은 상기 아니 일었느냐
재 넘어 사래 긴 밭을 언제 갈려 하느니.

---

28 조동일, 『한국문학통사』5(지식산업사, 2005), 289-291쪽.
29 조동일, 앞의 책, 297쪽.
30 심훈의 수필 중 「필경사잡기」는 『개벽』(1935. 1)에 실린 「필경사잡기 : 최근의 심경을 적어 K우(友)에게」와 《동아일보》(1936년 3월 12일~18일)에 실린 「필경사잡기」 두 편이 있다. 이 논문에서 다루는 「필경사잡기」는 『개벽』에 실린 「필경사잡기 : 최근의 심경을 적어 K우(友)에게」이다.

내 무슨 태평성대의 일민逸民이어니 삼십에 겨우 귀가 달린 청춘의 몸으로 어느 새 남구만南九萬 옹의 심경을 본떠 보려 함인가. 이 피폐한 농촌을 음풍영월吟風咏月의 대상을 삼고저 일부러 당진 구석으로 귀양살이를 온 것일까.[31]

이 글은 시조에 대한 심훈의 입장이 분명하게 드러난 글이라고 보기는 어렵다. 하지만 이 글에는 농촌에 대한 심훈의 생각과 당진에 귀향한 뒤, 농촌을 대상으로 심훈이 하고 싶어 했던 문학에 대한 생각이 은연중에 나타나 있다. 이 글에서 심훈은 남구만처럼 "동창東窓이 밝았느냐 노고지리 우지진다"와 같은 시조를 창작하러 자신이 당진에 귀향한 것이 아님을 밝히고 있다. 또한 그는 농촌을 한가로운 소요의 공간이나 치유의 공간으로 인식하고 있지 않았으며, 대신에 피폐한 곳으로 여기고 있었다. 이처럼 필경사를 당진에 설계하여 짓고, 문필 활동에 몰두할 무렵의 심훈은 농촌에 대해 현실적 인식을 가지고 있었다. 심훈은 「필경사잡기」에서 남구만 및 임포와 자신을 대비함으로써 이러한 생각을 은연중에 드러낸다. 또한 심훈은 「프로문학에 직언 1, 2, 3」에서 밝힌 것과 마찬가지로, 「필경사잡기」에서도 음풍영월 식의 문학을 지양해야 한다고 주장하고 있다. 이러한 심훈의 문학관은 「필경사잡기」와 비슷한 시기에 창작된 농촌을 다룬 심훈의 시조 작품에 반영되어 나타나고 있다.[32] 그 작품들은 「근음삼수」, 「원수의 봄」 등이다.

4. 심훈 시조의 변모 과정 및 주제 의식

심훈의 시조 중 일기에 삽입된 시조는 총 3수이다. 1920년 1월 5일 자의 일기에 시조 1수가, 1920년 3월 29일 자의 일기에 2수가 포함되어 있다. 그런데 1920년 1월 5일 자의 일기에 삽입된 시조는 초장, 중장, 종장의 장 구분 없이 작성되었고, 형식적인

31 심훈, 「필경사잡기」, 「심훈 전집」1(글누림, 2016), 310-311쪽.
32 하상일은 「심훈의 「항주유기」와 시조 창작의 전략」에서 심훈이 1930년대 농촌 현실에 대한 인식을 바탕으로 시조를 창작했음을 고찰했다. 또한 김준도 심훈이 농촌의 모순에 대해 인식하고 있었고, 이를 문학 작품에 투영하였다는 견해를 보여주었다. 하상일, 「심훈의 「항주유기」와 시조 창작의 전략」, 《비평문학》 제61호 (2016), 215~219쪽; 김준, 「심훈 시조 연구」, 《열상고전연구》 제59집(2017), 183~184쪽 참조.

면에서도 시조로 보기 어려운 점이 있어서 이 작품을 시조로 볼 수 있을지에 대해서는 별도의 섬세한 고려와 논의가 필요하다. 또한 1920년 3월 29일 자 일기에 포함된 시조는 두 수인데, 이 시조를 연시조로 볼 것인지, 별도의 시조 작품 둘로 볼 것인지에 대해서도 추후 검토를 해볼 필요가 있다. 다만, 여기에서는 3월 29일 자의 일기에 포함된 두 수의 시조는 이 두 시조의 주제 의식이 이어지고 있기 때문에 별도의 작품으로 보기보다 하나의 작품으로 다루기로 한다. 심훈의 1920년 3월 29일 자의 일기에 실린 시조는 다음과 같다.

> 천만리라 먼 줄 알고 터 볼려도 아셨더니.
> 엷은 종이 한 장밖에 정든 벗이 숨단 말가
> 두어라 이 천지에 우리 양인 뿐인가 하노라.
>
> 이향異鄕에 병든 벗을 내 어이 떼고 갈랴
> 이제 이제 허는 중에 봄날은 그물은 제
> 어렴풋한 피리소리 객창客窓에 들리는고야.[33]

두 수로 이루어진 이 시조의 주제 의식은 친구에 대한 우정이고, 주된 정조는 쓸쓸함이다. 그는 이 시조가 삽입된 1920년 3월 29일 자의 일기에서 "조반 뒤에 곧 집으로 나갈 양으로 가는 길에 최철 군을 찾았다. 위인이 재조가 있고 총명하고 친절한 여성적 남자다. 나는 그의 부드러운 성격에 끌렸음이다. 그러나 그는 며칠 동안 감기로 누웠다. 나는 그를 위안해줄 겸 방한욱方漢郁 군과 종일 서독書讀을 하다가 갈 길에 시조 둘을 주었다"[34]라고 이 시조의 창작 배경을 밝혀두었다. 심훈 연보에 따르면, 이 시조가 쓰인 1920년에 심훈은 3·1운동으로 옥고를 치르고 나와, 흑석동 집과 가회동에 있는 심우섭의 집에 기거하며 문학을 공부하고 있었다.[35] 이 일기에 등장하는 최철과 방한욱이 누구인지는 알려지지 않았다. 다만 심훈이 지기인 최철이 감기에 걸렸다는 소식을 듣고, 시조를 지어 방한욱에게 주었다고 한 것으로 보아 심훈, 최철, 방

---

33 심훈, 『심훈 전집』8(글누림, 2016), 463-464쪽.
34 심훈(2016), 위의 책, 463쪽.
35 심훈(2016), 위의 책, 534쪽 참조.

한욱은 서로 아는 사이였던 듯하다. 또 이 시조로 보건대, 심훈은 아픈 벗을 생각하며 시조를 지어줄 정도로 다정다감한 성격이었던 듯하다.

이 시조는 심훈의 일기에 삽입된 시조이고, 심훈이 생전에 『심훈 시가집』을 엮을 때에도 포함시키지 않았던 시조인 만큼, 심훈이 일반 독자에게 공개할 생각으로 지은 시조는 아닌 듯하다. 그보다 이 시조는 심훈이 친구인 방한욱과 최철에게만 보일 목적으로 쓴 심훈의 사적인 기록에 가깝다. 그러나 심훈이 습작 시절에 지은 이 시조를 통해 시조 문학에 대한 심훈의 관심도와 친밀도를 짐작해볼 수 있다. 심훈 연보에 따르면, 심훈의 "어머니 윤씨는 기억력이 탁월했으며 글재주가 있었고 친척모임에는 그의 시조 읊기가 반드시 들어갔을 정도였다"[36]고 한다. 이처럼 유년 시절부터 어머니를 통해 시조를 접하고 자랐던 심훈은 청년이 되어서도 시조를 지어 지인에게 선물로 줄 정도로 시조 장르에 대해 친숙하게 여기고 있었다. 그러한 시조에 대한 심훈의 관심은 1930년대에 이르면, 항주 유학 시절의 경험을 시조로 표현해 『삼천리』라는 공적인 매체를 통해 발표하는 것으로 이어진다.

「항주유기」에 실린 열네 편의 시조는 항주의 경개절승을 유람하고 난 뒤의 감회나 소회를 다룬 기행시조가 대부분이다. 이 시조들은 ①항주의 경개절승에 대한 감흥과 소회를 밝힌 시조: 「삼담인월」, 「소제춘효」, 「남병만종」 ②관광지를 돌아본 뒤 조국에 대한 그리움이나 민족의식을 표현한 시조: 「평호추월」, 「고려사」 ③자연과 풍경의 아름다움을 노래한 시조: 「채련곡」, 「목동」 ④유학 시절의 경험과 감정을 다룬 시조: 「누외루」, 「항성의 밤」, 「전당강반에서」, 「칠현금」 ⑤중국의 고사 및 역사와 관련이 있는 시조: 「행화촌」, 「방학정」, 「악왕분」으로 분류된다.

(1)
중천中天의 달빛은 호심湖心으로 쏟아지고
향수는 이슬 내리듯 마음속을 적시네
선잠 깬 어린 물새는 뉘 설움에 우느뇨

20리 주위나 되는 넓은 호수 한복판에 떠있는 수간모옥數間茅屋이 호심정湖心亭이다.

---

36 심훈(2016), 위의 책, 533쪽.

허진 | 심훈의 시조관과 시조의 변모 과정 연구

(2)

손바닥 부릍도록 뱃전을 뚜드리며

'동해물과 백두산'을 떼를 지어 부르다가

동무를 얼싸안고서 느껴느껴 울었네

(3)

나 어려 귀 너머로 들었던 적벽부赤壁賦를

운파만리雲波萬里 예 와서 당음唐音 읽듯 외단 말가

우화이귀향羽化而歸鄕 하여서 내 어버이 뵈옵과저

—「평호추월平湖秋月」 전문[37]

심훈은 「평호추월」의 첫째 수에서 서호의 조용하고 평화로운 정경을 묘사하면서 '물새'에게 자신의 서러운 감정을 이입했다. 여기에서 '물새'는 객관적 상관물이고, 시간적 배경은 밤이다. 두 번째 수에서는 뱃놀이를 하며, 애국가의 한 구절인 "동해물과 백두산"을 외치며 동무를 얼싸안고 눈물을 흘리는 화자의 모습이 나타난다. 세 번째 수에는 고국에 계신 부모님을 뵙고 싶은 화자의 소망이 드러나 있다.

「평호추월」은 서호의 풍경에 대한 묘사에서 출발하여, 감정의 분출과 소망의 제시로 나아가는 전형적인 선경후정先景後情의 구조를 보이고 있다.[38] 구체적으로 첫째 수에서는 서호의 정경이 묘사되는데, 이 경치를 바라보는 화자는 고향에 대한 향수를 느끼고 있는 상태이다. 그런 쓸쓸한 마음으로 서호를 보니, 잠에서 깬 물새가 우는 것도 서러워 보이는 것이다. 둘째 수에서는 화자가 배를 타고 서호를 유람하다가 손바닥이 부르트도록 뱃전을 두드리며, 애국가를 부르는 장면이 제시된다. 첫째 수에서 고향에 대한 그리움이 드러난다면, 둘째 수에서는 잃어버린 조국에 대한 강한 정념이 나타난다. 마지막으로 셋째 수에서 화자는 어려서 귀 너머로 들었던 소동파의 「적벽부」를 떠올리며, "우화이귀향"하여 어버이를 뵙고 싶다고 말한다. 이 시조에는 화자가 그리움을

---

37 심훈, 「심훈 전집」1(글누림, 2016), 157쪽.

38 「평호추월」의 선경후정 구조에 대해서는 하상일에 의해 다음과 같이 언급된 바 있다. "즉 그가 항주에 머무를 당시에 서호(西湖)의 경치를 유람하면서 아름다운 자연 풍광에 자신의 마음을 빗대어 표현함으로써 선경후정(先景後情)에 바탕을 둔 전통 시가(詩歌)의 정신을 형상화한 것이다.", 하상일, 「심훈의 「항주유기」와 시조 창작의 전략」 《비평문학》 제61호(2016), 211쪽.

느끼는 대상이 고향, 조국, 어버이 등으로 구체적으로 제시되어 있으며, 이를 통해 중국 유학 시절 심훈이 가졌던 사상이나 감정, 정서를 짐작해볼 수 있다. 또한 기행시조로 분류해볼 수 있는 이 시조에는 여정과 감상이 드러나 있다. 한편 심훈이 이 시조의 셋째 수 종장에 소동파의 한문학 작품인 「적벽부」의 한 구절('우화이등선羽化而登僊')을 변형하여 인용한 것에서는 심훈의 한문학적 소양이 상당했음을 알 수 있다.

> 운연雲煙이 잦아진 골에 독경讀經 소리 그윽코나
> 예 와서 고려태자高麗太子 무슨 도를 닦았던고
> 그래도 내 집인 양하여 두 번 세 번 찾았었네
>
> ― 「고려사高麗寺」 전문[39]

「고려사」에서는 고려 시대의 태자이자 승려였던 대각국사 의천이 『화엄경』을 배우고 돌아온 절인 항주의 고려사를 방문한 심훈의 모습이 나타난다. 의천은 927년에 창건된 항주의 혜인선사에서 『화엄경』을 배우고 고려로 귀국한 뒤, 이 절에 『금장경』을 보내고 절의 중창을 도왔다고 한다. 그 때부터 혜인선사는 중국에서 고려사라고 불리게 되었다.[40] 심훈은 중국에서 유학하는 동안 고국과 연관이 있는 이 절이 "내 집인 양" 느껴져 여러 번 찾았다고 종장에서 언급한다. 「고려사」에는 타향에서 고국과 연관된 장소를 반복해 찾으며, 객수를 달랬던 청년 시절 심훈의 조국과 고향에 대한 그리움이 잘 드러나 있다.

이 두 시조를 보면, 항주 유학 시절 심훈은 여행을 통해 견문을 넓히는 한편, 식민지 청년으로서의 자기 인식을 심화했음을 알 수 있다. 심훈은 「항주유기」에 "항주杭州는 나의 제2의 고향이다. … 더구나 그때에 유배나 당한 듯이, 호반湖畔에 소요逍遙하시던 석오石吾, 성재省齋 두 분 선생님과, 고생을 같이하며 허심탄회로 교유하던 엄일파嚴一派, 염온동廉溫東, 정진국鄭鎭國 등 제우諸友가 몹시 그립다"[41]라고 적어두었다. 이러한 독립 운동가들 및 망명객들과의 교류는 심훈의 내적 세계관에 일정한 자극을 주었을

심훈(2016), 위의 책, 171쪽.
40 『한국민족문학대백과』 인터넷판 참조(2022년 1월 3일 검색).
  https://terms.naver.com/entry.naver?docId=526883&cid=46648&categoryId=46648
41 심훈, 「항주유기」, 『심훈 전집』1(글누림, 2016), 156쪽.

허진 | 심훈의 시조관과 시조의 변모 과정 연구

것이다. 더구나 심훈은 3·1운동으로 옥고를 치르고 나온 뒤, 북경과 상해를 거쳐 항주에 체류하고 있던 터였다. 북경에서도, 상해에서도 자신의 나아갈 길과 할 일을 발견하지 못했던 심훈에게 항주는 치유의 장소였을 것이고, 심훈은 항주의 여러 아름다운 관광지를 돌아보며, 자기의 내면을 풍요롭게 하는 시간을 보냈을 것이다. 항주에 체류하는 동안 심훈은 서호 10경 등 항주의 여러 관광지를 돌아보면서, 자기가 돌아가서 활동해야 할 조국에 대한 그리움과 애정을 키워나갔다. 「항주유기」에 실린 심훈의 시조는 식민지시기에 창작된 시조 문학의 한 부분으로서도 의미가 있지만, 중국 유학 시절 심훈이 어떤 과정을 거쳐서 식민지 청년으로서의 자기의식을 확립해갔는가를 보여주는 자료로서도 의미가 있다.

한편 심훈에게 항주가 지니는 의미에 대해서는 선행 연구에 "상해가 공적 세계라면 항주는 감각과 정서에 기초한 사私의 발원처"[42]였으며, "북경과 상해가 잠행의 공간인 것에 반해 항주는 만유의 장소"[43]였다는 견해와 심훈이 항주에서 보낸 시간은 "'자기성찰'의 과정"[44]이었으며, "조국의 독립을 향한 역사 인식과 문학의 방향은 더욱 선명하게 내면화되는 계기"[45]였다는 견해가 존재한다. 심훈이 남긴 시조를 통해 이 점에 대해 생각해보면, 심훈은 항주에서 개인의 내면을 가다듬는 시간을 보내며, 유람을 통해 자기 자신의 공적인 역할과 임무를 자각했던 것으로 보인다. 따라서 심훈은 어딘가에 얽매이지 않고, 한가로이 이곳저곳을 유람하며, 자기의 내면을 성찰하고, 민족이나 역사와 관련해 자기의 입장과 생각을 확립해나갔던 것으로 보인다.

이처럼 심훈의 시조 세계는 1920년대에는 개인적 기록인 일기를 통해 사적인 우정을 다루었으나, 1930년대에 이르면, 항주의 경개절승을 관광하고 난 뒤, 조국과 민족에 대한 생각과 감회를 표현하는 방향으로 나아간다. 심훈의 시조가 실린 매체가 일기에서 《삼천리》라는 공적인 매체로 변화한 것과 마찬가지로, 그의 시조가 담고 있는 사상 역시도 개인적 우정에서 조국과 민족에 대한 그리움으로 확장되고 있는 것이다. 그리고 이렇게 확장된 심훈의 세계관은 식민지 시대의 농촌이 처한 삶의 현실을

42　한기형, 「'백랑(白浪)'의 잠행 혹은 만유: 중국에서의 심훈」『민족문학사연구』제35권(2007), 453쪽.
43　한기형, 위의 논문, 453쪽.
44　하상일, 「심훈의 중국 체류기 시 연구」『한민족 문화연구』제51집(2015), 101쪽.
45　하상일, 위의 논문, 101쪽.

다룬 시조들에서 구체성과 진실성을 획득하여, 식민지 시대 시조 문학의 한 영역을 개척하기에 이른다.

농촌을 다룬 심훈의 시조들은 1933년 4월 《중앙》에 발표된 「농촌의 봄」, 1934년 11월 2일 《조선중앙일보》에 게재된 「근음삼수」, 그리고 미발표된 「보리밭」, 「소」, 「내 친구」, 「버들피리」, 「원수의 봄」 등 7편이다. 이 중에는 연작시조로 볼 수 있는 작품이 포함되어 있으므로, 연작시조의 한 수를 개별적인 작품으로 보면, 작품의 수는 더 늘어난다.

농촌을 다룬 이 시조들을 발표하던 무렵 심훈은 고향인 당진에 기거하고 있었다. 심훈은 1930~1932년 동안 일본의 검열로 인해 세 차례에 걸쳐 작품 활동이 중단되거나, 시가집을 내려고 계획했던 일이 무산되는 일을 겪었다. 1930년에는 『동방의 애인』이 검열로 인해 2달 만에 연재가 중단되었고, 1931년에서 1932년 사이에는 『불사조』를 《조선일보》에 연재하지만, 이 작품 역시 검열에 걸려 연재가 중단되었다. 그리고 1932년에는 『심훈 시가집』을 발간하기 위해 준비했으나, 조선총독부의 검열에 걸려 이 책의 출판 역시 무산되었다. 이러한 일련의 사건을 겪은 뒤 심훈이 당진에서 쓴 소설이 『영원의 미소』이다. 이 작품은 계숙과 수영이 지주계급인 조경호의 횡포에 맞서 농촌에서 새로운 삶의 가능성을 발견한다는 내용으로, 농촌에 대한 심훈의 관심이 처음으로 표현된 소설이다. 또 심훈은 당진에서 실존인물인 최용신을 모델로 하여, 그의 대표작인 『상록수』를 집필하기도 했다. 심훈의 농촌을 다룬 시조들은 1933~1934년에 발표된 것으로서, 시기적으로 『영원의 미소』와 『상록수』 사이에 위치한다.

심훈은 이 시조들에서 1932년 《동아일보》에 게재한 「프로문학에 직언 1, 2, 3」에서 분명하게 표명했던 시조에 대한 그의 입장을 작품으로 구현해냈다. 즉 음풍영월식의 시조, 사군자 뒤풀이에 지나지 않는 시조를 지양하고, 실생활을 노래하고 다루는 시조를 창작한 것이다. 아래에 제시하는 작품들은 그러한 경향을 보여주는 작품들이다.

－아침－

서리 찬 새벽부터 뉘 집에서 씨아를 트나

우러러 보니 기러기 때 머리 위에 한 줄기라
이 땅의 무엇이 그리워 밤새 가며 왔는고

－낮－

볏단 세는 소리 어이 그리 구슬프뇨
싯누런 금 벼이삭 까마귀라 다 쪼는데
오늘도 이팝 한 그릇 못 얻어 자셨는가

－밤－

창밖에 게 누구요, 부스럭 부스럭
아낙네 이슥토록 콩 거두는 소릴세
달밤이 원수로구려 단잠 언제 자려오

－ 「근음삼수」 전문[46]

「근음삼수」에는 농촌의 아침과 낮, 밤의 풍경이 시간적 순서를 따라 제시되고 있
다.[47] 이 풍경은 「항주유기」의 「목동」에 등장하는 한가로운 농촌의 모습과는 사뭇 다른
풍경이다. 심훈이 항주에서 접한 중국의 농촌 풍경은 "수우水牛를 비껴 타고 초적草
笛 부는"[48] 한가로운 소년이 죽순 캐던 어린 누이의 환대와 마중을 받던 전원적이고
목가적인 풍경이었다. 하지만 심훈이 조선에 귀국한 뒤에 마주하게 된 농촌의 풍경은
그와 같이 한가하고 여유롭지 못한 상태이다. 그래서 이 시조에는 구체적인 노동의
장면과 함께 농민의 서러움과 애환이 아울러 등장한다. 구체적으로 「아침」에는 수확
한 목화송이에서 씨앗을 빼내는 작업인 씨아를 트는 장면이 제시되어 있고, 「낮」에는
볏단을 세는 농부의 구슬픈 목소리가 나온다. 또한 「밤」에는 밤이 깊도록 잠을 이루지
못하고 콩을 거두는 아낙네의 모습이 묘사되어 있다. 즉 심훈의 눈에 비친 조선의 농

---

46 심훈, 「근음삼수」 『심훈 전집』1(글누림, 2016), 228쪽.
47 이 시조가 시간적 순서에 따라 전개되고 있다는 인식은 하상일의 논문에도 나타나고 있다. 하상일은 이
작품에 대해 "농촌에서의 하루의 고된 일상을 '아침-낮-밤'의 시간 순서로 그려낸 작품"이라고 기술했다.
하상일, 「심훈의 「항주유기」와 시조 창작의 전략」《비평문학》제61호(2016), 218쪽.
48 심훈, 「목동」 『심훈 전집』1(글누림, 2016), 176쪽.

심훈 문학의 전환

촌은 항주의 농촌과 같은 한가하고 여유로운 공간이 아니라 아침, 낮, 밤이라는 시간의 구분과 상관없이 노동이 이루어지는 삶의 공간이었던 것이다. 이는 심훈이 「프로문학에 직언 1, 2, 3」에서 주장한 "새로운 혼"을 담은 시조를 써야 한다는 입장, "실생활을 노래하고 기록"하기에는 시조가 신시보다 유리하다는 입장 등 그의 시조관이 구체적인 작품의 사례에서 구현된 경우라 할 수 있다.

한편 첫째 수인 「아침」에서 이 시조의 화자는 기러기를 향해 "이 땅의 무엇이 그리워 밤새 가며 왔는고"라고 묻고 있는데, 이는 심훈이 그 자신에게 묻는 질문으로도 볼 수 있다. 또한 이 구절은 화자가 조선의 농촌에서 아무런 희망도 발견하지 못하고 있음을 암시한다. 심훈이 인식한 1930년대 조선의 농촌은 그리워할 것이 남아 있지 않은 공간이었던 것이다. 또한 「낮」에서는 종장에서 시조의 화자가 농부를 향해 "오늘도 이팝 한 그릇 못 얻어 자셨는가"라고 묻고 있고, 「밤」에서는 이슥한 밤이 되도록 고된 노동을 하고 있는 여인을 보며 화자가 "달밤이 원수로구려 잠은 언제 자려오"라고 묻고 있다. 심훈의 「근음삼수」는 이처럼 농민들의 빈곤과 고된 노동의 장면을 생생하게 묘사하고 있으며, 대구를 이루는 종장의 질문들을 통해 1930년대 조선의 농촌이 처한 현실을 실감나게 보여주고 있다.

누더기 단벌옷에 비를 흠뻑 맞으면서
늙은이 전대 차고 집집마다 동냥하네
기나 긴 원수의 봄을 무얼 먹고 산단 말요

당신이 거지라면 내 마음 덜 상할걸
엊그제 떠나갔던 박첨지가 저 꼴이라
밥 한 술 얻어먹는 죄에 얼굴 화끈 다는구료

— 「원수의 봄」 전문[49]

「원수의 봄」에서 심훈은 좀 더 직접적인 언어로 식민지 농촌이 처한 현실을 묘사한다. 두 수로 이루어진 이 시조는 첫 번째 수에서 한 명의 늙은 노인이 동냥을 하는 장

---

49 심훈, 「농촌의 봄」, 『심훈 전집』1(글누림, 2016), 223쪽.

면을 묘사하고 있으며, 두 번째 수에서는 그 노인의 빈곤이 식민지 조선의 농민이 처한 일반적인 현실이었음을 보여주고 있다. 구체적으로 이 시조를 살펴보면, 늙은 노인이 누더기 단벌옷을 입고, 비를 맞으며 집집마다 동냥을 다닐 정도로, 식민지 농촌의 현실은 궁핍하다. 그런 농촌에 찾아오는 봄은 희망과 소생의 봄이 아니라, "원수의 봄"일 뿐이라고 이 시조의 작자인 심훈은 말하고 있다. 두 번째 수에서 이 시조의 화자는 첫 번째 수에 묘사된 노인이 특수한 사례가 아니라고 말하고 있다. 중장에 표현된 바처럼, 엊그제 떠나갔던 박 첨지의 모습이 그 노인의 모습에 겹쳐진다면, 이는 식민지의 농촌에 사는 여느 필부의 모습이 그 노인의 모습과 다르지 않다는 의미이다. 이는 사실상 식민지 시대에 농촌이 자립적인 경제 활동이 불가능한 지경에 이르렀음을 의미한다. 농부들은 농사를 지어도 생계를 유지하는 것이 불가능하기 때문에 밥을 동냥하여 먹고 살거나, 스스로 논을 버리고 떠나 유민이 되기도 했다. 둘째 수의 종장에서 그러한 빈민으로 전락한 농민은 타인의 밥을 동냥하고 있다는 점 때문에, 부끄러워 얼굴이 화끈 달아오른다. 가난은 이처럼 평범한 농민들에게 수치심을 자아내고 있으며, 심훈은 이를 예리하게 묘사하여 그의 시조에 가감 없이 기록했다. 이처럼 심훈은 1930년대의 농촌이 처한 비참한 현실을 그의 시조 작품에서 직접적인 묘사를 통해 보여주고 있다.

이러한 농촌에 대한 심훈의 관심은 시조 외에 그의 소설 작품에서도 나타나고 있다. 심훈은 1933년 7월 10일부터 1934년 1월 10일까지 《조선중앙일보》에 연재한 『영원의 미소』와 1935년 9월 10일부터 1936년 2월 15일까지 《동아일보》에 게재한 『상록수』에서도 농촌의 현실을 다루었다. 『영원의 미소』에 제시된 농촌의 현실은 그의 시조에 나타난 것과 별반 다르지 않다. 그러나 서사 장르인 소설에서 심훈은 공동체 정신과 동지애로 그와 같은 비참한 현실을 극복해야 한다는 계몽 의식을 드러낸다. 이 점은 농촌을 다룬 심훈의 시조와 그의 소설이 보이는 결정적인 차이라고 할 수 있을 것이다. 즉 심훈은 시조에서 농촌의 현실을 생생하게 묘사하고, 그에 수반하는 감정과 정서를 드러내었다면, 소설에서는 그 현실을 극복할 방안을 아울러 제시하고 있으며, 시조와는 다르게 희망적으로 결말을 마무리하고 있다.

5. 맺음말

심훈은 어린 시절부터 어머니의 영향으로 시조에 대해 친숙하게 느끼고 있었다. 그는 습작 시절인 1920년에 쓴 일기에 시조를 적어놓았고, 1930년대 이후에는 《삼천리》, 《신여성》, 《중앙》, 《조선중앙일보》 등 여러 매체를 통해 시조를 발표했다. 이러한 점으로 보건대, 시조에 대한 심훈의 관심은 일회적인 것이 아니었으며, 그의 생애 동안 지속적으로 이어져 온 것임을 알 수 있다. 또한 심훈은 1932년 《동아일보》에 게재한 「프로문학에 직언 1, 2, 3」에서 시조에 대한 그의 입장을 뚜렷하게 밝히기도 했다. 본고는 이러한 점에 주목하여 심훈의 시조 작품 전체를 대상으로 연구를 진행했다.

본론의 Ⅱ장에서는 심훈이 지금까지 남긴 모든 시조의 현황과 게재 지면을 확인하였다. 발표 지면과 매체를 기준으로 심훈의 시조를 분류해보면, ①1920년의 일기에 포함된 시조: 「천국이 밝다 한들」, 「천만리라 먼 줄 알고」 등 2편 ②『심훈 시가집』의 「항주유기」에 실린 시조: 「평호추월」, 「삼담인월」, 「채련곡」, 「소제춘효」, 「남병만종」, 「누외루」, 「방학정」, 「행화촌」, 「악왕분」, 「고려사」, 「항성의 밤」, 「전당강반에서」, 「목동」, 「칠현금」 등 14편 ③《신여성》에 실린 시조: 「명사십리」, 「해당화」, 「송도원」, 「총석정」 등 4편 ④《중앙》에 실린 시조: 「농촌의 봄」(「아침」, 「창을 여니」, 「마당에서」, 「나물 캐는 처녀」, 「달밤」, 「벗에게」 등으로 구성된 연시조) 등 1편 ⑤《조선중앙일보》에 실린 시조: 「근음삼수」(「아침」, 「낮」, 「밤」 등으로 구성된 연시조) 등 1편 ⑥농촌을 다룬 미발표 시조: 「보리밭」, 「소」, 「내 친구」, 「버들피리」, 「원수의 봄」 등 5편으로 전체 27편이다. 이 가운데 「보리밭」, 「소」, 「내 친구」, 「버들피리」, 「원수의 봄」은 탐구당의 『심훈문학전집』과 글누림출판사의 『심훈 전집』에는 「농촌의 봄」 안에 포함되어 있다. 여기에는 연작시조가 다수 포함되어 있는 바, 연작시조의 한 수를 개별적인 작품으로 본다면, 심훈이 남긴 시조의 작품 수는 더 늘어날 수도 있음을 밝혀둔다.

다음으로 본론의 Ⅲ장에서는 심훈이 그의 시조에 대한 입장을 뚜렷하게 표명한 「프로문학에 직언 1, 2, 3」과 심훈의 수필인 「필경사잡기」에 나타난 심훈의 시조관을 분석하였다. 심훈은 「프로문학에 직언 1, 2, 3」에서 시조 형식에 "새로운 혼魂을 주입注入" 해야 한다고 주장했으며, 여기서 심훈이 말한 '새로운 혼'은 실생활에서 유발되는 실감실정의 정서와 관련이 있는 것으로 해석된다. 심훈은 문학이 이념이나 주의보다 실생활을 다루어야 한다고 생각했다. 또한 심훈은 「필경사잡기」에서 남구만 및 임포와 자신을 대비하였고, 자신은 음풍영월 식의 시조를 추구하지 않는다는 입장을 밝혀두었다.

마지막으로 본론의 IV장에서는 심훈의 시조 세계를 검토하였다. 1920년도에 쓴 일기에 나타난 심훈의 시조는 개인적 우정을 주제로 하고 있으며, 이 시조는 공적으로 발표할 계획과 무관하게 작성된 것이다. 그러나 심훈이 습작 시절에 지은 이 시조를 통해 시조 문학에 대한 심훈의 관심도와 친밀도를 짐작해볼 수 있다.

시조에 대한 심훈의 관심은 1930년대에 이르면, 항주 유학 시절의 경험을 시조로 표현해 『삼천리』라는 공적인 매체를 통해 발표하는 것으로 이어진다. 「항주유기」에 실린 열네 편의 시조는 항주의 경개절승을 유람하고 난 뒤의 감회나 소회를 다룬 기행시조가 대부분이다. 이 시조들은 ①항주의 경개절승에 대한 감흥과 소회를 밝힌 시조: 「삼담인월」, 「소제춘효」, 「남병만종」 ②관광지를 돌아본 뒤 조국에 대한 그리움이나 민족의식을 표현한 시조: 「평호추월」, 「고려사」 ③자연과 풍경의 아름다움을 노래한 시조: 「채련곡」, 「목동」 ④유학 시절의 경험과 감정을 다룬 시조: 「누외루」, 「항성의 밤」, 「전당강반에서」, 「칠현금」 ⑤중국의 고사 및 역사와 관련이 있는 시조: 「행화촌」, 「방학정」, 「악왕분」으로 분류된다. 「항주유기」 시조들을 통해 유추해보면, 항주 유학 시절 심훈은 어딘가에 얽매이지 않고, 한가로이 이곳저곳을 유람하며, 자기의 내면을 성찰하고, 민족이나 역사와 관련해 자기의 입장과 생각을 확립해나갔던 것으로 보인다.

이처럼 심훈의 시조 세계는 1920년대에는 개인적 기록인 일기를 통해 사적인 우정을 다루었으나, 1930년대에 이르면, 항주의 경개절승을 관광하고 난 뒤, 조국과 민족에 대한 생각과 감회를 표현하는 방향으로 나아간다. 심훈의 시조가 실린 매체가 일기에서 《삼천리》라는 공적 매체로 변화한 것과 마찬가지로, 그의 시조가 다루고 있는 사상 역시도 개인적 우정에서 조국과 민족에 대한 그리움과 소회로 확장되고 있는 것이다. 그리고 이러한 확장된 심훈의 세계관은 농촌을 다룬 시조들에서 구체적인 삶의 현실과 결합하여 그가 「프로문학에 직언 1, 2, 3」에서 주장한 '새로운 혼'을 내포하기에 이른다.

농촌을 다룬 심훈의 시조들은 1934년 4월 《중앙》에 발표된 「농촌의 봄」, 1934년 11월 2일 《조선중앙일보》에 게재된 「근음삼수」, 그리고 미발표된 「보리밭」, 「소」, 「내 친구」, 「버들피리」, 「원수의 봄」 등 7편이다. 심훈은 이 시조들에서 1932년 《동아일보》에

게재한 「프로문학에 직언 1, 2, 3」에서 분명하게 표명했던 시조에 대한 그의 입장을 구현해냈다. 즉 음풍영월 식의 시조, 사군자 뒤풀이에 지나지 않는 시조를 지양하고, 실생활을 노래하고 다루는 시조를 창작한 것이다.

이러한 농촌에 대한 심훈의 관심은 시조 외에 그의 소설 작품에서도 나타나고 있다. 심훈은 1933년 7월 10일부터 1934년 1월 10일까지 《조선중앙일보》에 연재한 『영원의 미소』와 1935년 9월 10일부터 1936년 2월 15일까지 《동아일보》에 게재한 『상록수』에서도 농촌을 다루었다. 『영원의 미소』에 제시된 농촌의 현실은 그의 시조에 나타난 것과 별반 다르지 않다. 그러나 서사 장르인 소설에서 심훈은 공동체 정신과 동지애로 비참한 농촌의 현실을 극복해야 한다는 계몽 의식을 드러낸다. 이 점은 농촌을 다룬 심훈의 시조와 소설이 보이는 결정적인 차이라고 할 수 있을 것이다. 즉 심훈은 시조에서 농촌의 현실을 생생하게 묘사하고 그에 수반하는 감정과 정서를 드러내는 것에 그쳤다면, 소설에서는 그 현실을 극복할 방안을 아울러 제시하고 있으며, 희망적으로 결말을 마무리하고 있다.

심훈의 시조 작품은 그 나름의 변별되는 지점과 개성을 가지고 있다. 특히 농촌을 다룬 시조들이 그러하다. 이 시조들은 심훈이 남긴 문학적 성취의 하나로서 검토되는 한편, 시조 문학의 한 부분으로 새롭게 자리매김되어야 할 필요가 있다.

참고문헌

1. 1차 자료

《동아일보》, 《중외일보》.

심 훈, 『심훈문학전집』. 탐구당, 1966.

_____, 『그날이 오면 : 심훈 시가집 친필 영인본』. 맥, 2013.

김종욱·박정희 편, 『심훈 전집』 1, 8, 글누림, 2016.

최남선, 『백팔번뇌(百八煩惱)』(영인본). 한국학연구소, 1987.

2. 단행본

권영민, 『한국현대문학사』. 민음사, 2002.

조동일, 『한국문학통사』 5. 지식산업사, 2005.

최원식 외, 『한국(韓國) 근대(近代) 문학사(文學史)의 쟁점(爭點)』. 창작과 비평, 1990.

3. 논문 및 기타

김 준, 「심훈 시조 연구」, 《열상고전연구》 59집, 2017, 167-191쪽.

신웅순, 「심훈 시조고(考)」, 《한국문예비평연구》 36집, 2011, 183-200쪽.

유병석, 「심훈(沈熏)의 생애(生涯) 연구(硏究)」, 《국어교육》 14권, 1968, 10-25쪽.

정은경, 「심훈 문학의 연구현황과 과제: 2000년대 이후 새로운 연구 동향을 중심으로」, 《국어문학》 67집,
       2018, 227-255쪽.

주 인, 「'심훈' 문학 연구 방법에 대한 서설」, 《어문논집》 34집, 2006, 249-269쪽.

하상일, 「심훈과 중국」, 《비평문학》 55호, 2015, 201-231쪽.

_____, 「심훈의 중국체류기 시 연구」, 《한민족 문화연구》 51집, 2015, 75-108쪽.

_____, 「심훈의 「항주유기」와 시조 창작의 전략」, 《비평문학》 61호, 2016, 203-226쪽.

_____, 「심훈의 생애와 시세계의 변천」, 《동북아 문화연구》 49집, 2016, 95-116쪽.

_____, 「심훈과 항주」, 《현대문학의 연구》 65권, 2018, 71-96쪽.

한기형, 「습작기(1919~1920)의 심훈」, 《민족문학사연구》 22권, 2003, 190-222쪽.

_____, 「'백랑(白浪)'의 잠행, 혹은 만유: 중국에서의 심훈」, 《민족문학사연구》 35권, 2007, 438-460쪽.

만년설, 「영화예술(映畵藝術)에 대(對)한 관견(管見)」, 《중외일보》, 1928년 7월 1일-7월 9일.

심 훈, 「프로문학(文學)에 직언(直言) 1, 2, 3」, 《동아일보》, 1932년 1월 15일.

_____, 「우리 민중(民衆)은 어떠한 영화(映畵)를 요구(要求)하는가?—를 논(論)하야 『만년설(萬年雪)』군(君)
       에게」, 《중외일보》, 1928년 7월 11일-7월 27일.

이병기, 「시조(時調)는 혁신(革新)하자」, 《동아일보》, 1932년 1월 23일-2월 4일.

임화, 「조선영화(朝鮮映畵)가 가진 반동적(反動的) 소시민성(小市民性)의 말살(抹殺)—심훈(沈熏) 등(等)의
       도량(跳梁)에 항(抗)하야—」, 《중외일보》, 1928년 7월 28일-8월 4일.

5. 사이트

국립중앙도서관 대한민국 신문 아카이브(http://www.nl.go.kr/newspaper).

네이버 뉴스라이브러리(http://newslibrary.naver.com).

\<상록수\> 콘텐츠의
크로스미디어 스토리텔링 전개양상

유진월

한서대학교 미디어문예창작학과 교수

1. 서론

심훈은 소설 『상록수』와 시 「그날이 오면」으로 알려져 있는 1930년대의 대표적 문인
이다. 그는 일제강점기에 3.1운동에 참여하여 옥고를 치른 후 남달리 강한 민족의식
을 갖게 되었다. 이 사건으로 경성고보를 퇴학당한 후 중국으로 가서 단재 신채호나
우당 이회영 등 당시의 대표적인 독립운동가들과의 교유를 통해 독립에 대한 의지를
불태우기도 했다. 이 시기 신채호와 이회영은 일제와 어떠한 형태의 타협도 거부하는
절대독립론과 무장투쟁론을 주장하고 있었다. 임시정부의 외교 독립운동노선을 비판
하고 있었던 이들과의 만남은 심훈에게 독립에 대한 각오를 다지게 하는 계기가 되었
다. 심훈이 지속적으로 항일 문학작품을 남겼던 것도 이런 영향이 있었다. 그는 지강
대학에서 수학한 후 자신의 방식으로 조국을 위해 헌신할 결심을 하고 귀국했다. 방
대한 양의 소설과 시를 썼던 현실참여적인 작가였으나 그의 역량은 문학에만 국한되
지 않고 여러 예술 분야를 넘나드는 종합적 예술가의 면모를 띠고 있었다는 점에서
현대적인 예술 활동의 선구자로서의 면모를 보여준다.

이경손의 영화 〈장한몽〉에 배우로 참여한 것을 시작으로 영화계에 첫발을 내딛게
된 그는 영화 공부를 위해 일본 유학도 했다. 돌아와서는 스스로 시나리오를 쓰고 감
독하여 영화 〈먼 동이 틀 때〉를 제작하여 성공을 거두기도 했다. 본격적인 평론을 쓴
영화평론가이기도 한 그의 활동은 우리나라의 초창기 영화사에 큰 족적을 남겼다.

그럼에도 그 다양한 활동은 『상록수』라는 소설의 명성에 가려져 오히려 문학사에서 그를 농촌계몽소설가라는 지엽적인 범주에 머물게 한다.

그는 시, 소설, 시나리오, 영화평론, 문학평론, 수필 등 다양한 장르에 걸쳐 문학적 업적을 남겼다. 1966년 심훈 사후 30주기를 기하여 『심훈문학전집』(탐구당, 전 3권)이 출간된 바 있고 2016년에는 최초 발표본을 저본으로 하여 전 작품을 집대성한 『심훈 전집』(글누림, 전9권)[1]이 출간됨으로써 심훈 연구의 새로운 시대를 열게 되었다.

그동안 심훈에 관한 연구로는 200여 편 정도의 논문[2]이 있다. 장르별로는 소설에 관한 연구가 가장 많고 종합적으로 연구한 학위논문도 많이 축적되어 있으며 영화 쪽 연구가 증가하고 있는 추세이다. 『상록수』가 대표작인 만큼 제목에 '상록수'가 들어가 있는 연구만 해도 40여 편 정도의 논문이 있는데 실제로는 소설론이나 작가론 등의 포괄적인 논문에서도 거의 다룬 것을 고려하면 상당히 많은 연구가 이루어진 상황이다. 관련 논문들은 농촌문학[3], 계몽문학[4], 실존인물과의 관계[5], 민족의식[6], 여성상[7], 영화[8] 등에 관한 연구가 주를 이루고 있다. 〈상록수〉에 대한 기존의 평가에 기반한 고정관념에서 출발한 연구가 많은 편이다.

본고에서는 심훈의 대표작인 〈상록수〉의 전개과정을 스토리텔링이라는 관점에서 고찰하고자 한다. 기존에는 하나의 콘텐츠를 여러 가지로 활용하는 것을 OSMU One Source Multi Use의 방식이라 포괄적으로 지칭하였다. 그러나 최근에는 매체전환에 따른 스토리텔링의 변형 양상을 크로스미디어 스토리텔링과 트랜스미디어 스토리텔링이라는 보다 정밀한 용어를 사용하여 구분하고 있다. 크로스미디어 스토리텔링은 성공한 원작을 각색을 통해 다매체로 확장시키는 방식이고, 트랜스미디어 스토리텔링

1 김종욱, 박정희 편, 『심훈전집』, 글누림, 2016. 심훈의 작품을 시, 소설, 시나리오, 평론 등으로 분류한 8권과 관련자료 1권을 묶어 9권으로 출간. 앞으로 인용은 『전집』과 권수로 표시함.
2 그동안의 연구목록은 『전집』에 작가론, 시, 소설, 영화, 학위논문 등으로 분류 정리되어 있다.
    또한 정은경, 「심훈 문학의 연구현황과 과제― 2000년대 이후 새로운 연구 동향을 중심으로―」, 《국어문학》 67, 2018.은 그간의 모든 연구를 집대성하여 분류하고 있다
3 정한숙, 「농민소설의 변용과정」, 《아세아연구》 15(4), 고려대학교, 1972.
4 김윤식, 「문화계몽주의의 유형과 그 성격 : 〈상록수〉의 문제점」, 『언어와 문학』, 역락, 2001.
5 류양선, 「심훈의 〈상록수〉 모델론」, 《한국현대문학연구》 13, 2003.
6 김화선, 「한글보급과 민족형성의 양상 : 심훈의 〈상록수〉를 중심으로」, 《어문연구》 51, 2006.
7 이상경, 「근대소설과 구여성: 심훈의 직녀성을 중심으로」, 『민족문학사연구』 19, 2001.
8 김종욱, 「〈상록수〉의 '통속성'과 영화적 구성원리」, 《외국문학》 1993, 봄.
    박정희, 「영화감독 심훈의 소설 〈상록수〉 연구」, 《한국현대문학연구》 21, 2007.

은 매체별 스토리의 반복을 회피하되 각 스토리 갈래들이 연결되어 있어서 적극적인 매체 횡단을 통해 하나의 스토리 세계를 향유하는 방식이다. 전자가 성공한 원작을 매체 특성에 맞게 '다시 쓰기'하는 방식이라면 후자는 새로운 스토리를 '덧붙여 쓰고' '새로 쓰기'하는 방식이라는 점에서 차이가 있다. 매체 전환 스토리텔링은 반복, 압축, 연장, 확장, 수정, 치환, 인용의 일곱 가지 방식으로 전환되는데 크로스미디어 스토리텔링은 그중에서 반복, 압축, 연장의 세 가지 방식을 주로 사용[9]한다. 반복은 스토리 변화가 거의 없는 충실한 각색을 의미한다. 압축은 원작 스토리의 여러 구성요소를 합치고 혼합하는 방식으로 방대한 원작 서사를 매체 전환할 때 특히 효과적이다. 연장은 원작의 스토리 세계와 메인 플롯은 유지한 채 세부 요소나 에피소드 단위로 생략하거나 추가하는 것[10]이다. 본고에서는 현재까지 이루어진 〈상록수〉의 변화 과정이 원작과 큰 변화가 없다는 점에서 크로스미디어 스토리텔링의 관점에서 비교 분석하고자 한다.

2. 본론

1) 심훈의 <상록수>와 스토리텔링

〈상록수〉를 쓸 무렵 심훈의 전후사정은 다음과 같다. 1932년 심훈은 부모와 장조카 심재영이 살고 있는 충남 당진군 송악면 부곡리로 내려가 본가의 사랑채에서 머물렀는데 낙향 이유에 관해 다음과 같이 밝히고 있다.

> 도회는 과연 나의 반생에 무엇을 끼쳐 주었는가! 술과 실연과 환경에 대한 환멸과 생에 대한 권태와 그리고 회색의 인생관을 주었을 뿐이다. 나이 어린 로맨티스트에게 일찌감치 세기말적 기분을 길러주고, 의지가 굳지 못한 희뚝희뚝하는 예술청년으로 하여금 찰나적 향락주의에 침윤케 하고, 활사회活社會에 무용의 장물長物이요, 실인생實人生의

---

9   Dowd, T., Niederman, M., Fry, M., & Steiff, Josef, Storytelling Across Worlds:Transmedia for Cre-atives and Producers. Focal Press, 2013. 서성은, 「트랜스미디어 스토리텔링의 캐릭터 구축 전략 연구」, 《인문콘텐츠》 51호, 2018, 72쪽에서 재인용.

10 서성은, 앞의 글, 72쪽.

부유층인 창백한 인텔리의 낙인을 찍어서 행려병자와 같이 아스팔트 바닥에다가 내어
버리려 들지 않았던가.[11]

당시 영화라는 신문명의 실천적 참여자였던 댄디보이 심훈은 도시의 삶을 '환멸,
권태, 세기말, 향락주의, 창백한 인텔리, 행려병자' 등의 비판적인 단어들로 요약하고
그 반대의 삶이 향토에 있기라도 하듯 갑작스레 당진으로 낙향했다. 현실에서의 한계
를 느꼈을 때 새 길을 찾아 중국으로 일본으로 떠나곤 하던 결단력과 용기는 다시금
그에게 새로운 길로 나아가게 했다. 민족과 조국의 상징성을 그대로 담고 있는 땅과
민중 곧 순수성을 지닌 미개척지로서의 향토에서 일제에 대한 저항의 새로운 방식을
찾고자 한 것이다. 글을 모르는 미개한 동포, 농사밖에 모르는 무지한 백성, 일제에
대항할 줄도 모르고 억압에 순종하는 무기력한 민중 속에서 원시적 건강성을 찾고 교
육을 통해 그들을 계몽하고 교화시키는 뜻을 펼칠 수 있는 가능성을 꿈꾸었다.

도시에서의 지적인 항쟁에서 만족스런 결과를 얻지 못하였으나 스스로를 패배자
라고 규정하지는 않는다며 낙향한 향토에서 그는 절망과 희망을 동시에 발견한다. 한
편으로는 가난한 농촌의 삶에 대해서 동정을 느끼는 반면 어떠한 영웅의 삶보다도 당
당한 삶이라 평가하기도 했다. "나는 영웅을 숭배하기는커녕 그 얼굴에 침을 뱉고자
하는 자이다. 그러나 이 농촌의 소영웅들 앞에서는 머리를 들지 못한다. 그네들을 쳐
다볼 면목이 없기 때문이다."[12] 이러한 양가적 감정은 자신에 대해서도 마찬가지였으
니 언론사 최초의 투쟁인 철필구락부 사건으로 신문사를 그만두고 내려온 것에 의미
를 부여하면서도 글을 써서 호구지책을 삼은 자신에 대해서 회의를 품었다. 예술가
의 사회 무용론을 피력하기도 하고 엿장수 앞에서 우는 아들에게 엿 하나를 못 사주
는 가난하고 무능한 아비의 생활에서 비애감도 느꼈다. 그래서 그는 시 「어린 것에게」
(1932. 9. 4.)에서 다음과 같이 썼다.

이 손으로 너는 장차 무엇을 하려느냐,
네가 씩씩하게 자라나면 무슨 일을 하려느냐,

11 심훈은 1935년과 1936년에 걸쳐 두 편의 필경사잡기를 남겼다. 심훈, 「필경사잡기-최근의 심경을 적어 K
우에게」, 《개벽》, 1935.1. 6-10면. 『전집』1권, 312쪽.
12 심훈, 「필경사잡기」, 《동아일보》, 1936.8.12.-18. 『전집』1권, 339쪽.

붓대는 잡지마라, 행여 붓대만은 잡지 말아라.

죽기 전 아비의 유언이다. 호미를 쥐어라! 쇠마치를 잡아라![13]

'재건이 낳은 지 넉 달 열흘 되는 날'이라는 부제가 달려 있다. 아들에게는 일제 강점의 암울한 현실을 절대 물려주지 않겠다는 의지를 표방하는 동시에 조국의 비참한 현실을 극복하고 나아가려면 무력하고 나약한 모습으로 방황하는 인텔리 계층보다는 '호미'와 '쇠마치'를 잡은 투쟁하고 실천할 세력이 필요하다는 것을 암시하고 있다.

이후 심훈은 1933년 『영원의 미소』를 탈고하여 조선중앙일보에 연재했으며 조선중앙일보의 학예부장으로 부임했다. 1934년 신문사를 그만두고 『직녀성』을 조선중앙일보에 연재했고 그 원고료로 필경사를 지어 본가에서 나갔다. 그 무렵 심재영과 공동경작회 회원들과 가까이 지냈다. 그리고 당진의 한진포구와 부곡리를 합쳐 한곡리라는 가상의 마을을 세우고 박동혁이라는 이상적인 청년을 상상했다. 1935년 그렇게 구상한 『상록수』를 50여 일만에 탈고하여 동아일보 창간 15주년 공모전에 보내 당선된 후 상금 500원을 받아 그중 100원을 상록학원 건립에 기부하기도 했다.

『상록수』는 안산에서 농촌계몽운동에 헌신하던 최용신과 당진에 살던 심훈의 장조카 심재영을 모델로[14] 하여 쓴 소설로 알려져 있다. 이후 심훈은 소설을 시나리오로 각색했다. 비록 영화로 만들지는 못했으나 배우와 제작진을 꾸리고 사무실까지 열었던 것으로 보아 영화화하기 직전까지 간 것으로 보인다. 이후 실제로 영화가 완성된 것은 신상옥 감독(1961년)과 임권택 감독(1978년)에 의해서이다. 1980년대의 인기 프로그램이었던 TV문학관에서도 드라마로 방영했다. 현재 〈상록수〉와 관련해서 안산에서는 최용신 기념관을, 당진에서는 심훈 기념관을 중심으로 여러 가지 문화 사업을 진행하면서 이들의 삶과 역사를 기리고 있다. 이상을 정리하면 다음과 같다.

---

13 『전집』 1권, 128쪽.
14 최근 심재영이 〈상록수〉의 모델이 아니라는 논란이 있으나 소설이 실존인물의 전기나 다큐멘터리가 아닌 이상 작가에게 깊은 인상을 주거나 영향을 미쳐서 창작의 강력한 동기를 부여하는 경우 모델이 되었다고 할 수 있다.

분류		제목	주제	분야	연도
문학	1	상록수	심훈 작	소설	1935
	2	상록수	심훈 작	시나리오	1936
영상	3	상록수	신상옥 감독 김강윤 각본 원작 심훈	영화	1961
	4	상록수	임권택 감독 김강윤 각본 원작 심훈	영화	1978
	5	상록수	김재순 연출	드라마(TV문학관)	1985.10.12.
지역문화	6	상록문화제	당진시	문화예술축제	1977
	7	심훈상록수 기념사업회	사단법인	기념사업	2006
	8	최용신 기념관	안산시	기념관	2007
	9	심훈 기념관 필경사	당진시	기념관	2014

1935년부터 시작된 〈상록수〉의 변화 과정이 오늘날까지 지속되고 있다는 점에서 첫째, 〈상록수〉라는 콘텐츠가 이렇게 긴 세월에 걸쳐 재매개되고 있는 이유를 알아보고 둘째, 그 변화 양상의 특성을 추출하여 비교하며 셋째, 이상의 과정을 기반으로 앞으로 〈상록수〉의 발전방향을 모색하고 심훈정신을 계승 발전하는 방식과 그의 문학과 예술의 진정한 의미를 찾아내고 향유하며 확산하는 방안을 모색하는 데까지 나아가고자 한다.

스토리텔링은 향유자의 체험을 창조적으로 조작하는 전략적 구성과 그 실천이라는 점에서 참여중심, 체험중심, 과정중심의 향유적 담화양식이다. 따라서 ①서사, 장르, 매체, 구현 기술 등의 텍스트 중심 논의와 ②향유자의 소구 및 향유 활성화 양상 및 방안에 대한 향유중심 논의 그리고 ③구현 목적에 따르는 스토리텔링의 성격에 대한 논의(주로 수익, 유통, 비즈니스 등의 성과에 대한 기대와 효과)를 포함해야 한다.[15] 곧 텍스트 중심, 향유자 중심, 성과 중심의 측면에서 스토리텔링 논의가 필요하다는 점을 고려하여 논의를 전개할 것이다.

---

15 박기수 외, 「문화콘텐츠 스토리텔링의 현황과 전망」, 《인문콘텐츠》 제27호, 2012, 14쪽.

2) 문자 중심 스토리텔링 - 원작의 힘, 현실과 상상력의 변증법적 지향

심훈의 소설 『상록수』는 일제강점기라는 피폐한 현실과 그러한 시대를 바라보는 작가정신과 상상력이 만나 이루어진 결실이다. 1930년대의 비참한 농촌 현실에서 최용신과 심재영을 포함한 당시 청년들의 농촌 계몽 활동이 하나의 테제라면 이를 바라보는 심훈의 작가의식과 세계관 그리고 시대를 보는 관점 등이 안티테제가 되고, 이상화된 상상력의 완결판으로서 소설 『상록수』가 신테제로, 곧 합의 경지로 탄생한 것이다. 동아일보 현상공모 당선작이라는 명성과 신문 연재로 당대에도 유명세를 떨쳤고 오늘에 이르기까지 1930년대의 대표작 중 하나로 평가되고 있다.

아는 것이 힘이고 배워야 산다는 『상록수』의 주인공 영신의 외침은 조국을 잃은 무지한 민중들을 일깨우려한 심훈의 의지를 보여준다. 영신을 억압하던 고리대금업자는 일제의 하수인으로 그에 대한 저항은 독립투쟁과 다를 바 없다. 점점 거세지는 일제의 탄압을 피해 독립운동을 농촌계몽운동으로 바꾼 것이 30년대 당진으로 낙향한 심훈이 택한 나름의 독립운동이라 할 수 있다. 중국에서 본 독립운동의 분열상과 문화예술계에서 본 획일화된 프로문학론에 실망한 심훈은 이런 방식의 실천으로 선회하였고 영신의 희생과 동혁의 강인함을 통해 이상을 향해 나아가는 젊은이들의 의지를 우회적으로 그려냈다.

〈상록수〉의 소설과 시나리오 구조를 비교하면 다음과 같다.

구조	소설 소제목	핵심사건	시나리오 소제목	특성
발단	1. 쌍두취행진곡	영신과 동혁의 첫 만남	1. 쌍두취행진곡	(반복)
전개	2. 일적천금	영신의 한곡리 방문	2. 일적천금	(압축)
	3. 기상나팔	공동경작화와 농촌 현실		
	4. 가슴속의 비밀			
	5. 해당화 필 때	사랑의 고백	3. 해당화 필 때	(반복)
위기	6. 제삼의 고향	강습소를 지으려는 영신의 노력	4. 불개미와 같이	(압축)
	7. 불개미와 같이	청석골 회관건립		
	8. 그리운 명절	약혼자와 담판 짓는 영신		(생략)
	9. 반가운 손님	맹장염으로 쓰러진 영신/ 달려와서 간호하는 동혁	5. 새로운 출발	(압축)

절정	10. 새로운 출발	동혁은 기천과 담판을 지어 마을사람들의 빚을 없애줌	5. 새로운 출발	(압축)
	11. 반역의 불길	동화의 방화로 감옥에 가는 동혁	6. 반역의 불길	(변경)
	12. 내 고향 그리워	일본 유학을 갔다가 병에 걸려 돌아오는 영신		(생략)
결말	13. 천사의 임종	아이들을 가르치다 죽는 영신	7. 최후의 한사람	(압축)
	14. 최후의 한사람	재기를 다짐하는 동혁		

소설은 14개의 장으로 이루어져 있는데 발단 부분은 두 사람의 첫 만남을 그렸다. 전개 부분은 영신의 한곡리 방문을 통해 동혁의 농촌 활동을, 위기 부분은 영신의 청석골에서의 활동상을 그렸다. 각각 4개의 장에서 두 사람의 활동상을 나란히 그린 후 절정 부분에서 동혁은 감옥으로 끌려가고 영신은 과로로 죽음의 위기에 처하게 된다. 영신이 고생 끝에 죽고 감옥에서 나온 동혁이 영신의 장례식에 참석하여 새로운 의지를 다지는 것으로 작품이 끝난다. 전체적으로 평이하고 단조로운 구조인데다 소설에서 시나리오로 변화하는 과정에는 크로스미디어 스토리텔링의 주요 방법인 반복과 압축을 사용하고 있어서 두 개의 스토리는 거의 차이가 없다.

소설은 사적인 글쓰기의 영역으로 온전히 작가의 의도에 의한 고유의 플롯을 갖는 스토리텔링의 방식을 취한다. 길이의 제한도 없고 독자를 크게 의식하지 않는다는 점에서 작가의 개성과 독창성을 마음껏 드러낼 수 있다. 그러나 영화로 넘어가면 작가의 시나리오는 전체적인 구성요소들 중의 하나가 되고 연기, 음악, 의상, 촬영, 녹음, 편집 등의 다양한 예술 영역의 협동과정에 의해 융합이 이루어지면서 새로운 스토리텔링이 구현된다. 그 과정에 기본적으로 자본의 투입이 있어야 하고 이익의 산출이라는 경제원리에 의해 제작이 결정된다. 영화에서 작가의 순수성은 자본과 어느 정도의 결탁과 타협이 이루어지고 대중성과 오락성이라는 요소를 고려하게 되며 길이의 제약도 받게 된다. 영화 체험이 있는 심훈은 소설의 스토리에서 생략과 압축을 해서 영화에 적합한 시나리오를 써야 했다.

주인공은 언제나 도덕적 갈등을 겪게 되고 하나의 선택을 해야 하는데 영신과 동혁도 사랑과 농촌운동이라는 두 가지의 선 앞에 서 있다. 두 사람은 개인적인 삶보다는 공동체의 목표를 위한 희생의 삶을 택한다. 당시 자유연애의 열풍이 지식인과 신여성들에게 하나의 유행처럼 번지고 있었지만 영신과 동혁은 부르주아적 사랑보다는 프롤레타리아적 연애, 곧 동지적 사랑을 택한 연인이었다. 심훈의 소설들은 자유연애를 많이 다루는데 특히 『동방의 애인』에서는 자본주의적 세속성을 비판하면서 동지적 사랑을 선택하는 인물들을 통해서 이념적 동지간의 사회주의적 연애를 강조하고 있다. 시대적 상황을 고려할 때 개인의 낭만적 연애보다는 대의를 위해 사랑을 양보하는 동지적 사랑이 의의도 있고 대중의 동의를 얻기도 쉬웠을 것이다.

1926년 조선 최초의 동반정사로 알려진 윤심덕과 김우진의 죽음이 알려졌을 때 심훈은 "값비싼 오뇌에 백랍같이 창백한 인텔리의 얼굴 / 허영에 찌든 여류예술가의 풀어헤친 머리털 / 서로 얼싸안고 물 위에서 소용돌이를 한다."는 내용의 시 「현해탄」(1927)을 발표하면서 지식인들의 무책임한 자살을 강하게 비난했다. 심훈은 자신에 대해서나 남에 대해서나 실천하지 않는 '창백한 인텔리'에 대해서 극도의 혐오감을 가지고 있었다.

'허영에 찌든' 여성에 대해서도 비난의 시각을 가지고 있던 심훈은 〈상록수〉에서 화장도 하지 않고 신식의상도 입지 않는 건전한 신여성 영신을 그렸다. 기독교적 희생과 봉사의 정신을 바탕으로 이타적인 삶의 목표를 향해 죽기까지 최선을 다하는 영신의 삶은 작가에게나 독자에게나 모두 감동을 준다. 다만 이상을 향해 나아가는 청춘남녀 중에서 여성이 병에 걸려 죽는다는 설정은 비판의 여지가 있다. 심훈이 최용신의 기사를 읽고 그 희생적인 삶과 죽음에 감명을 받아 작품을 쓰게 된 만큼 죽음이라는 결말을 당연하게 여겼을 수 있다. '최후의 한 사람'이라는 소제목은 결국 동혁을 의미하는 것으로 마지막 순간에는 남성이 유일한 주인공으로 남는다. 발전적인 결말을 지향하는 대신 현실의 죽음을 재연하여 여성의 희생을 바탕에 깔고 영웅적 남성의 강인함을 강조하는 결말은 남성 작가의 한계를 보여준다.

시나리오는 64개의 씬으로 구성되어 있으며 장르의 특성상 소설의 장면들이 축소되거나 삭제되어 있다. 발단, 전개, 위기가 4장으로 절정, 결말이 3장으로 이루어져 있으며 상당 부분을 생략했다. 표제를 중심으로 하여 분류해보면 소설에서는 두 사람의 장이 「쌍두취 행진곡」, 「해당화 필 때」 2개이고 이후 동혁의 장과 영신의 장이 각각 6장씩 동일하게 배분되어 있다. 반면 시나리오에서는 두 사람의 장이 3개, 동혁의 장이 3개인 반면 영신의 장은 청석학원 건립을 위해 노력하는 장 1개뿐이다. 학원을 짓기 위한 기부금을 받으러 가서 비겁한 유지와 맞서는 영신의 기개와 용기를 보여주는 청석골의 잔치 장면도 한곡리의 잔치로 바꾸고 그날 동화의 방화사건이 나는 것으로 사건을 집약해서 동혁의 의리와 책임감을 강조했다. 영신이 고생하는 어머니를 생각하면서도 이상을 위해 약혼자를 뿌리치는 장면이나 영신의 내적 갈등을 이해하는 데 필요한 어머니와의 애틋한 관계 등도 삭제했다. 영신은 일본 유학을 갔다가 병들어 귀국하는 것이 아니라 처음 입원했던 병원에서 돌아와서 병이 악화되어 죽는 것으로 압축했다. 영신의 과로에서 기인한 두 번의 건강상의 위기를 한 번으로 축소한 것은 영신의 목숨을 바치기까지의 치열한 노력과 희생정신을 약화시킨 것이다. 이야기의 분량이 인물의 중요성과 정비례하는 것은 아니라 해도 영신 장면 위주의 생략과 압축은 아쉬운 점이다.

소설에서 시나리오로의 각색을 비교 분석한 결과 극도로 충실한 각색에 해당하는 '반복'과 원작 스토리 세계의 여러 구성요소를 혼합하는 '압축'을 주로 사용한 것을 알 수 있다. 곧 성공한 원작을 매체 특성에 맞게 '다시 쓰기'하는 방식에 머물고 있는 크로스미디어 스토리텔링의 방식을 여실히 보여준 것이다.

또한 시나리오의 '나오는 사람들'의 순서를 보면 박동혁, 동화, 그의 아버지, 그의 어머니에 이어 농우회원들이 모두 나열된 후 채영신은 중간에 나온다. 소설에서는 최용신의 삶과 죽음이 창작의 동기가 된 만큼 영신이 주인공이거나 동혁과 공동 주인공이라면 시나리오에서는 동혁이 주인공으로 변화했다. 당시는 여성에 대한 인식이 매우 낮고 극소수의 신여성을 통해 여권의식이 싹트던 시절이다. 최용신 또한 루씨 고등보통학교를 졸업한 신여성으로 여성의 사회적 역할과 권리를 당당하게 역설[16]했고 특히 농촌계몽운동에 앞장설 것을 주장했다. 이러한 시대적 상황에서 심훈 또한 아직 여성에 대한 인식이 높지 않았으며 동혁이 무의식중에 심훈의 페르소나로 작용했기에 영신보다 동혁을 주인공으로 강조한 것이다. 또한 심훈은 감동을 주는 문학작품으로서의 소설과 대중적인 구경거리로서의 영화의 차이를 잘 알고 있었기에 영화에서 채영신의 희생을 더 비극적으로 강조하여 관객의 마음을 울리고 강인한 남성상 동혁을 통해 비참한 시대에 통쾌한 카타르시스와 희망을 주려고 했던 것이다.

---

16 "이 사회는 무엇을 요구하며 또 누구를 찾는가 사회는 새 교육을 받은 새 일꾼을 요구한다. 여기에 교육받은 여성들이 자진해 분투하면 완전한 사회가 건설될 줄로 믿는다.", 최용신이 루씨 여자고등보통학교를 최우등으로 졸업하면서 남긴 말, 「교문에서 농촌으로」, 《조선일보》, 1928.4.1.

심훈이 영화에 관심을 갖던 당시 곧 1920년대부터 1930년대 말까지의 20여 년간 통계에 의하면 연극공연장, 영화관, 경마장, 마작장, 당구장 등에 입장한 총인원은 18,080,707명이고 이 중 영화관 관람객 수는 12,501,300명[17]으로 60퍼센트가 넘었다. 조선의 근대화가 이루어지던 이 시기에 영화가 일반 대중들에게 어느 정도 인기가 있었는지 알 수 있다.

심훈이 1925년 〈장한몽〉에 처음 영화배우로 등장한 이후 직접 시나리오를 쓰고 감독한 〈먼 동이 틀 때〉는 1927년 작으로 나운규의 〈들쥐〉, 〈금붕어〉를 포함하여 10편의 영화가 발표된 해였다. 한설야는 만년설이라는 필명으로 영화가 계급을 위한 것이 되어야 한다고 주장하면서 〈먼 동이 틀 때〉를 상징적으로나 표현적으로나 실패한 작품이라고 했다. '이경손, 심훈, 나운규 등은 모두 괴뢰의 조종사로서는 제 스스로가 일등 면허장을 들고 다닐지 모르나 가소로운 날탕패에 불과하다'고 혹평[18]했다. 이에 대해 심훈은 '마르크시즘의 견지로서만 영화를 보고 이른바 유물사관적 변증법을 가지고 키네마를 척도하려는 예술의 본질조차 터득치 못한 고루한 편견'[19]이라 반박했다. 그러자 임화[20]는 다시 비판의 글을 연재하면서 심훈, 이경손, 나운규 등을 비판하고 조선 민중이 진정으로 원하는 영화를 키워나가기 위하여 나아갈 것을 요구했다.

이러한 일련의 과정에서 한 달 이상의 논쟁이 이어졌다. 그 외에도 논쟁에 참여한 글이 다수인 것을 볼 때 심훈의 영화가 당시 얼마나 문제작이었는지 알 수 있고 심훈이 나운규와 어깨를 나란히 한 당대를 대표하는 영화인이었음도 알 수 있다. 심훈은 영화가 민중에게 즐거움을 주어야 한다는 대중적 목표를 가지고 있음을 밝혔고 영화가 절대로 이념의 도구와 수단이 아니라고 하면서 당시 계급문학의 진영과 거리를 두었다. 모든 지식인이 항일과 투쟁이라는 목표 아래에서 예술조차 그러한 의식을 담아내는 것에 가치를 두었지만 심훈은 어떠한 시대적 상황이라 할지라도 예술 고

---

17 윤금선, 『경성의 극장만담』, 연극과인간, 2005, 70쪽.
18 만년설, 「영화 예술에 대한 관견」, 《중외일보》, 1928.7.1.-9. 『전집』9권, 158-173쪽.
19 심훈, 「우리 민중은 어떠한 영화를 요구하는가?-를 논하여 만년설 군에게」, 《중외일보》, 1928.7.11.-27. 『전집』8권, 73-95쪽.
20 임화, 「조선영화가 가진 반동적 소시민성의 말살-심훈 군의 도량에 항하야」, 《중외일보》, 7.28.-8.4. 『전집』9권, 174-188쪽.

유의 목적성이 있음을 분명히 함으로써 예술에 대한 소신을 지켰고 그것을 드러내는 것을 주저하지 않았다.

시나리오 〈상록수〉가 소설과 달라진 지점은 이러한 심훈의 영화관에 기인하는 것이다. 〈상록수〉를 영화화하려고 애쓰던 1936년은 나운규의 발성영화 〈아리랑〉을 비롯해서 15편의 영화가 발표됨[21]으로써 당대 최다의 작품이 제작된 근대영화의 전성기였다. 심훈도 발성영화가 도입되던 당시 새로운 예술에 대한 열의로 가득 차 있었다.

〈상록수〉의 영화화에 관한 기사[22]에 보면 '전10권의 사운드판 영화로 고려영화사 이창용의 제작으로 1936년 4월부터 촬영을 개시하여 9월 경 개봉 예정'이라고 하면서 '원작 감독-심훈, 촬영-양세웅, 주연-강홍식, 전옥, 안정옥' 등의 관계자를 밝히고 있다. 강홍식은 심훈의 〈먼 동이 틀 때〉에서도 주연을 맡았던 배우이고 전옥은 당대 최고의 여배우로 명성이 높았으며 안정옥은 1930년 심훈이 재혼한 아내이다. 심훈, 강홍식, 양세웅, 이창용의 동아일보 방문 사진과 함께 실린 기사에는 '충남 당진군 송악면 부곡리 주민, 청년, 아동 천여 명 총출동'이라 하여 이 영화가 전례 없는 대규모의 인원을 동원한 대작으로 기획되었음을 알 수 있다. 고려영화사에서 임시 사무소를 두고 준비를 시작했다는 이 기사에도 불구하고 영화촬영은 이루어지지 못했고[23] 그해 9월 16일 심훈은 장티푸스로 사망한다.

심훈은 한국의 초기 영화사의 개척자에 해당할 정도로 선구적 영화인이다. 일본 유학을 했고 시나리오 창작부터 배우와 연출과 제작 전반에 걸친 구체적인 활동은 물론 영화평론에 이르기까지 영화와 관련된 모든 활동을 경험했다. 영상을 고려한 소설을 쓴 것이나 영화소설이라는 실험적 분야의 창작을 하고 시나리오를 남긴 점 등은 한국 영화사에서 독보적인 실천으로 의미 있게 평가해야 한다. 그럼에도 심훈이 농촌계몽소설이라는 극히 한정적인 카테고리에 갇혀 있는 것은 한국근대예술사에서 문제적인 지점이다.

---

21 「조선문화급산업박람회」, 《삼천리》 12권 5호, 1940. 윤금선, 앞의 책, 72-79쪽 참조.
22 《동아일보》, 1936. 3. 18. 『전집』9권, 267쪽.
23 '일제의 방해로' 이루어지지 못했다고 한다. 『전집』9권, 401쪽.

3) 영상 중심 스토리텔링 - 영화, 대중화의 성공과 한계

〈상록수〉가 마침내 영화로 완성되는 것은 심훈 사후 25년이 지나서 신상옥 감독에 의해서였다. "농촌 계몽운동을 통해 일제하의 민족의식과 일제억압에 대한 저항, 배우지 못한 사람들의 배우고자 하는 열망, 나라 잃은 청년들의 애국심, 농촌 계몽운동에 헌신하는 대학생들과 그들 사이의 순애보를 그려냈다. 남녀 주인공이 그 당시 농촌에서 민족의 비운을 어떻게 타개해 나갔는가에 초점을 두고 한 여성의 신념이 힘없는 농민들에게 얼마나 큰 희망을 불어넣는지를 보여준다."[24]는 평을 받았다. 영화는 1961년 9월 추석 무렵 전국 각지에서 개봉되었고 흥행에서도 성공했다. 1962년 제1회 대종상에서 영신 역의 최은희가 여우주연상을 받았고 영화를 제작한 신필름이 공로상을 받음으로써 이 영화는 신상옥과 최은희의 대표적인 작품이 되었다. 제9회 아시아영화제에서 동혁 역의 신영균이 남우주연상, 건배 역의 허장강이 남우조연상을 받았다. 이 영화는 2003년 5월 14일 프랑스에서 개막된 제56회 칸국제영화제에서도 소개되었는데 칸국제영화제가 우리나라 감독의 영화를 회고전에 초대한 것은 그때가 처음이다. 이 영화는 1978년 임권택 감독에 의해 한혜숙, 김희라 주연으로 리메이크 되었다.

문학작품이 영화화되는 것은 두 가지의 측면에서 문화사적 의의가 있다.[25] 첫째는 어떤 소설이 영화로 재생산되는 것은 단순한 선택이 아니라 특정한 시대적 맥락을 새겨 넣은 선택이라는 점이다. 이것은 많은 제작비와 인력 그리고 장비와 시간 등을 들여 제작해야 하는 영화에 있어서 그 제작을 가능하게 하는 특수한 시대적 동력이 작용한다는 의미이다. 둘째는 이러한 역학을 통해 선택된 원작 소설은 특정한 이데올로기적 효과를 가지도록 형상화된다. 사회적 담론으로서 영화가 갖는 기능은 바로 영화텍스트 내부의 이데올로기적 효과와 밀접한 관련을 가진다. 근대소설의 영화화는 영화가 독립적인 예술로서 자리를 잡아가는 과도기적 단계에서 생겨나 60년대 영화법의 비호 아래에서 이루어진 것이며 농촌을 배경으로 하여 제작됨으로써 '한국적인 것'으로 의미화된 것이다. 30년대 농촌 운동을 모델로 한 농촌 운동의 60년대적인 맥락은 농촌

---

24 《경향신문》, 1961. 9. 26.
25 노지승, 「1960년대, 근대소설의 영화적 재생산 양상과 그 의미」, 《한국현대문학연구》20, 2006, 505-506쪽.

을 계몽하고 개조하는 것뿐만 아니라 공동체적 가치를 앞세움으로써 이에 대응되는 도시의 향락적인 문화와 잘못된 근대성을 계도한다는 이중성을 띠게 된다. 여기에 고향 그 자체의 훼손되지 않음을 은유하는 시골 처녀나 일신을 아끼지 않는 희생적이고 열정적인 여성들은 농촌이라는 공간이 표상하는 공동체적인 가치관을 육화하고 있다.[26]

〈상록수〉의 두 번의 영화화는 이러한 시대적 맥락 안에서 고려되어야 한다. 영화 〈상록수〉는 1960년대와 1970년대의 독재와 경제부흥과 산업화시대를 배경으로 당대의 이데올로기를 내면화하여 극화함으로써 시대적 요구에 부응하려는 영화사적 결과물이라 하겠다.

영화는 심훈 원작, 김강윤 시나리오라고 밝히고 있으며 심훈의 소설과 시나리오와 기본적인 줄거리는 같다. 심훈의 소설은 남녀 주인공이 이끌어간 반면 시나리오에서는 동혁을 주인공으로 내세웠다. 반면 신상옥의 영화는 영신을 동혁보다 강조함으로써 〈상록수〉의 핵심이 영신임을 분명히 했다. 영화는 청석골에서 영신의 활동상을 중심으로 전개된다. 한 예로 한곡리의 농우회관 건립은 이미 완성된 후의 상황이 그려진 반면 청석학원은 건립의 전 과정이 자세하게 표현되고 그 과정에서 영신의 역할과 마을사람들의 변화를 감동적으로 그려내고 있다.

한곡리에서 건배의 스토리가 자세하게 그려지는 것도 인상적이다. 가난으로 인하여 동지들을 배반하고 개인의 이익을 추구하는 배신자가 될 수밖에 없는 건배의 사정을 비난이 아닌 동정과 이해의 시선으로 그려냄으로써 공감을 이끌어냈다. 이 사건은 동혁에게 교육보다도 경제가 먼저라는 의식의 변화를 주게 되는데 농촌운동의 방향성에 대한 심훈의 사상을 볼 수 있는 동시에 60년대와 70년대 한국 사회가 요구했던 경제 최우선 이데올로기의 표방이기도 하다.

영화는 대중적 관심을 위해 러브스토리를 강조한다. 영신이 한곡리를 방문했다가 헤어지기 전 동혁과 사랑의 맹세를 하는 장면과 영신이 동혁의 편지를 품에 안고 '사랑해요'라고 말하며 죽어가는 장면은 소설에서 강조하던 동지적 사랑보다는 일반적인 로맨스를 그리고 있다. 이와 같은 로맨스의 강조는 영화라는 매체에서 기본적인 것으로 영화는 어떠한 사상과 사건을 다루더라도 러브스토리와 멜로드라마를 기반으로

---

26 노지승, 앞의 글, 521쪽.

하기 때문이다. 러브스토리에는 삼각관계가 거의 들어가는데 영신에게 약혼자가 있다는 소설의 에피소드[27]는 심훈의 시나리오와 마찬가지로 영화에서도 삭제되어 영신의 농촌운동과 동혁에 대한 사랑에만 집중하고 있다.

감옥에서 나온 동혁은 마침내 청석골로 오지만 이미 죽은 영신의 상여 행렬을 만나게 된다. 오열하는 동혁의 배경으로 하늘을 향해 푸른 상록수가 햇살 아래 빛나고 두 사람의 의지를 상징하는 종소리가 울린다. 한 사람은 죽고 한 사람이 남은 비극적 현실에서 카메라가 위로 향하면서 하늘과 햇빛과 상록수를 보여주며 종소리로 마치는 엔딩장면은 상록수의 상징성을 드러내며 남은 이들이 현실을 극복하고 이상을 추구하며 나아가리라는 것을 의미한다.

1961년의 영화는 1935년과 그다지 달라진 것도 없을 만큼 여전히 무지하고 가난한 농촌의 현실을 현란한 기교도 거대 자본도 없이 그려냈다. 관객을 이끌어가는 힘은 오직 영신과 동혁의 순수한 희생정신과 봉사하는 실천적 삶에서 오는 정직함뿐이다. 60년대도 여전히 가난한 삶이라 아는 것이 힘이고 배워야 산다는 외침이 유효하고 의미 있는 지침으로 남아 있었기에 영화는 성공할 수 있었다.

또한 임권택의 〈상록수〉가 발표된 1978년은 산업화를 통한 경제부흥이 점진적으로 이루어졌지만 농촌은 1961년과 마찬가지로 여전히 빈궁한 가운데 공익을 중시하는 희생적 인간형과 가난을 떨치고 일어나려는 개인의 의지와 노력이 다시 한 번 요구되던 시절이었다. 새마을운동이라는 맥락에서 본다면 〈상록수〉가 다시 한 번 영화화될 수 있는 시대적 요구와 성공요인이 있었다. 내용은 대동소이하지만 결말에서 동혁을 일제의 고문으로 폐인이 되어 영신의 죽음 앞에서도 의식이 없는 안타까운 모습으로 그렸다. 소설과 시나리오의 '최후의 일인'이라는 소제목이 담고 있는 최후의 희망마저 없애버린 비극적인 결말로 공익을 위한 개인의 희생을 극단적으로 강조한 것이다.

향유자 중심의 스토리텔링이라는 측면에서 볼 때 영화는 원작이 가진 희생과 봉사의 정신에 대한 감동을 기반으로 대중적 요소를 가미함으로써 작품 내부의 스토리텔링에 충실한 것은 물론 당대 최고의 감독과 배우들을 기용하여 영화라는 매체 자체의 스토리텔링에 부합하는 작품으로 거듭났다는 점, 그리고 여전히 가난과 무지를 극복

---

27 영신의 의사와 무관한 약혼자여서 영신과 동혁의 사랑에 크게 장애물로 기능하지도 않고 재미와 감동도 주지 못하는 인물이라 삭제한 것이다.

하지 못한 민중들을 일깨워야 한다는 시대적 요구와도 맞아떨어지는 스토리텔링으로서 유효한 작품이라는 점 등이 성공요인이라 할 수 있다.

또한 KBS의 'TV문학관'을 통해 드라마로도 방영되었는데 이 프로그램은 개발독재 시대를 거치며 정향된 '문예'라는 예술 관념을 기반으로 하여 문예영화와 같은 스펙터클을 TV를 통해 구현한 프로그램이었다. 'TV문학관'은 오랫동안 군사정권과 대중에게 검증받아온 안전한 원작과 서사를 선택하여 TV판 문예영화를 선보임으로써 성공을 거두었다. 격동의 근현대사도 운명적인 것으로 의미화 되어버리는 프로그램의 거대한 기획의도[28] 안에서 〈상록수〉 또한 50여 년의 시대적 격차에도 불구하고 새로운 해석 없이 여주인공의 희생과 죽음을 감상적인 시각으로 접근하여 서글픈 정서를 드러내는 작품에 머물게 되었다.

그럼에도 이러한 다시쓰기의 과정에서 원텍스트와 산출텍스트는 상호적인 관계를 형성한다. 소설에서 강력한 영상 매체로의 변형은 원작 소설에 대한 새로운 해석의 지평을 마련한다. 시대적 상황과의 긴밀한 관계 속에서 산출된 두 편의 영화와 한 편의 드라마는 소설 『상록수』의 정전화에 큰 영향을 미쳤다. 1930년대 농촌문학의 대표작으로 교과서에 실려 모든 국민이 이 작품을 통해 일제시대를 읽어냈고 비참한 농민의 삶과 희생적인 영웅상이 생의 모델로 제시되었으며 시대를 관통하는 봉사정신, 근면과 생의 의지 등 당대가 요구하는 교훈적인 삶의 지향성을 하나의 모범적인 사례로 각인시킨 것이다.

4) 지역문화 중심 스토리텔링 - 과거의 현재화, 미래로 나아가기

문화학자인 에드워드 타일러는 문화를 지식, 예술, 믿음, 도덕, 법, 관습 등 인간이 사회의 구성원으로서 획득한 능력 혹은 습관의 총체라 말한다. 문화를 일종의 사회구성원간의 합의된 상징체계 혹은 생활양식으로 보는 것이다. 문화가 형성되기까지 일정 규모의 집단 내에서 공유 및 선별 과정이 선행되어야 하고 그 결과 유의미한 문화적 산물만이 살아남는다는 것이다. 한편 문화는 집단에 새로 편입된 구성원들에게 사회화라는 학습효과를 가져다주고 현재의 환경과도 끊임없이 상호작용을 일으킨다.[29]

---

28 박유희, 「1980년대 문예드라마 <TV문학관> 연구」, 《한국극예술연구》 57, 2017, 107쪽.
29 류철균 외, 『트랜스미디어 스토리텔링의 이해』, 이화여자대학교 출판부, 2015, 222쪽.

오늘날 80여 년 전의 심훈의 활동과 〈상록수〉를 지역문화콘텐츠로 수용하고 기념하며 학습해나가는 현상은 바로 이러한 관점에서 볼 수 있다. 특히 요즘은 지역마다 특징 있는 문화콘텐츠 사업에 큰 관심을 기울이고 있는데 이는 지역을 널리 알리고 구성원들에게 문화적 자긍심을 높이는 목표 외에도 관광사업과 연계함으로써 지역 경제에도 도움을 주기 위함이다. 심훈과 상록수 콘텐츠가 당진이라는 지역 집단에 어떤 유의미한 가치로 작용하는 것인가 검토해보아야 할 것이다.

심훈이 1930년대 부곡리의 청년농우회 활동에 깊은 관심을 갖고 심재영을 비롯한 회원들과 친하게 어울려 지냈다는 사실을 통해서 당진은 심훈 콘텐츠의 역사적 가치를 획득한다. 이 지역이 〈상록수〉라는 문학작품이 갖는 문학사적 의의의 기반이 된다는 자긍심은 심훈을 지역의 문화콘텐츠로 의미화하려는 공동체의 자연스러운 목표가 된다. 또한 〈상록수〉가 빈궁한 농어촌 지역의 경제부흥을 야기한 정신적 동력으로 작용했다는 믿음도 상록수 정신을 공동체의 표상으로 삼게 한다.

스토리텔링은 향유자의 체험을 창조적으로 조작하는 전략적 구성과 그 실천이라는 점에서 참여중심, 체험중심, 과정중심의 향유적 담화양식이다.[30] 특히 과거를 현재화하는 작업이자 지역민들의 활동으로 이루어지는 기념관 운영과 문화제 행사는 참여중심과 체험 중심의 향유적 스토리텔링 과정이다. 시민들의 자발적인 참여와 적극적인 활동이 아니라면 이러한 스토리텔링은 불가능하다.

심훈기념관 건립은 2014년 당진시를 중심으로 이루어졌으며 유족들이 3천여 점의 관련 유품을 기증하여 콘텐츠화가 가능했다. 기념관은 내부의 전시와 외부의 시설물로 이루어진다. 심훈이 직접 짓고 작품을 썼던 필경사가 있어서 그의 삶과 문학창작 현장을 직접적으로 볼 수 있고 심훈의 동상과 함께 「그날이 오면」의 시문학비가 있어서 대표작을 감상할 수 있다. 그 밖에 〈상록수〉 중에서 영신과 동혁이 종을 치며 서 있는 모습과 동혁이 어린아이와 글을 읽는 장면을 형상화한 조형물, 그리고 상록수 상징물 등이 있지만 미적 수준에서는 아쉬움이 있다.

심훈을 기억하는 방식으로서 기념관 내부의 기본적인 방향성은 다음과 같다. '탄생과 성장기를 보여주는 민족의식의 태동 → 3.1운동 참여를 중심으로 한 저항의 불꽃 →

---

30 박기수 외, 「문화콘텐츠 스토리텔링의 현황과 전망」, 《인문콘텐츠》 제27호, 2012, 14쪽.

문화 영화활동을 중심으로 한 희망의 빛 → 항일문학의 금자탑으로서의 그날이 오면'
이라는 기승전결의 구조가 상록수로 통합되는 방식으로 구성되어 있다. 항일운동, 문
학, 영화활동 등 심훈의 일생이 당진 정착과 계몽운동을 통해 〈상록수〉로 집약되는 것
으로 보고 당진 정착의 의의를 극대화하려는 것이다. 서울에서 나고 자란데다 중국과
일본까지 다녀온 심훈이 당진에 정착한 것은 일생일대의 방향전환이라는 점에서 그
의 선택과 가치관이 투영된 것으로 볼 수 있다.

한편 안산시에서도 2007년 〈상록수〉의 주인공 채영신의 모델인 최용신[31]을 기리는
최용신 기념관을 샘골강습소가 있던 상록수공원 내에 세우고 그 뜻을 추모하고 있다.
최용신이 활동하던 샘골강습소를 당시의 모습대로 복원해 놓았고 전시실에는 최용신
의 건국훈장, 『상록수』 초판본과 국어교재, 당시의 성경 등 관련 유물이 전시되어 있
다. 근처에 향토유적 제18호로 지정된 최용신 묘역과 심훈 문학 기념비가 있다.

최용신의 이야기는 1935년 1월 27일 조선중앙일보에 "수원군하의 선각자, 무산아
동의 자모 23세를 일기로 최용신 양 별세, 사업에 살던 여성"이라는 제목의 부고 기
사가 나면서부터 시작되었다. 이후 1935년 3월 2일, 조선중앙일보에 "썩은 한 개의
밀알, 브나르도의 선각자 고 최용신 양의 일생, 인테리 여성들아 여기에 한번 눈을 던
지라"는 제목의 기사가 2회로 연재되었다. 기사에서는 최용신의 유언, 약혼자 K군의
존재, 마을 사람들이 치러준 장례식의 풍경, 최용신을 기억하려고 유물을 나누어 가
져간 마을 사람들 이야기 등이 다루어졌다. 그리고 한 잡지사 기자가 샘골을 찾아가
마을 사람들이 기억하고 있는 최용신의 이야기를 취재하였다. 최용신이 마을 사람들
과 아동들을 가르치고 생활하면서 있었던 일들을 기록한 그 기사는 동아일보사의 잡
지 《신가정》 5월호에 실렸다. 심훈의 소설 『상록수』가 발표된 것도 이 시점[32]이다.

최용신의 삶은 심훈의 소설과 시나리오를 통해 문학작품으로 재연되었고 30여 년
후에는 영화로 만들어졌다. 이후 다시 50여 년이 지난 후 지역의 문화콘텐츠로 소환
되어 오늘의 시민들과 함께 호흡하게 되었다. 최용신과 심훈은 서로 만난 적이 없지
만 〈상록수〉를 매개로 하여 안산시와 당진시에서 서로를 기억하는 지역문화의 핵심
콘텐츠로 구성되어 기념되고 있다.

---

31 최용신(1909~1935)은 일제강점기의 농촌계몽가이다.
32 윤유석, 「스토리텔링을 통한 지역 역사인물의 대중화」, 《인문콘텐츠》 제19호, 2010, 305쪽.

당진시의 경우 심훈 콘텐츠는 상록문화제를 통해서도 기억되고 있다. 상록문화제는 심훈의 상록수 정신을 이어받아 향토문화를 발전시키려는 뜻에서 1977년부터 시작되었고 추모행사, 당진사랑 문예대회, 문화제 등으로 이루어진다. 시민의 참여가 중요한 이러한 행사들은 흥미와 재미라는 요소를 부가하여 여러 가지 행사를 연계하고 있는데 오늘날 모든 지역에서 이루어지는 지역문화콘텐츠 사업들이 대동소이하다는 점에서 비판적 검토가 필요하다.

앞으로 스토리텔링에 관한 담론은 더 '산업적', '전략적', '실용적', '매체 친화적', '콘텍스트적', '절차적'인 방향으로 세분화되어야 한다. 다양한 분과학문의 실용적 방법론과 급변하는 매체 환경, 핵심 기술을 바탕으로 장르별 콘텐츠 제작 단계에 따라 적용해야 할 스토리텔링 기술을 변별해 이론화해야 할 것이다.[33] 지금까지의 기념관, 문화제, 기념사업회 등이 진행해왔던 사업들을 전반적으로 비판하고 재구성해야 할 필요가 있다. 세상은 급속도로 변화하고 있으며 문화적 상황은 다매체의 활발한 변화 양상을 보여주며 특히 스토리텔링 분야에서 상호간의 인터랙티브 소통방식이나 적극적인 수용자의 참여와 체험을 유도하는 방식으로 진화하고 있다. 그런 상황에서 변별력 없는 기념관이나 행사의 전개방식은 심훈이라는 역동적 콘텐츠를 지루한 틀 안에 넣을 수도 있다. 문화제 또한 타 지역의 축제와 어떻게 차별성을 유지하고 심훈의 정신을 선양하고 확장해나갈 수 있는지 고민이 필요하다. 오늘도 여전히 진취적이고 흥미진진한 살아 있는 인물로서의 심훈의 매력을 발굴하여 소통할 수 있는 새로운 스토리텔링이 요구된다. 과거의 유산을 현재화하는 과정에서 미래지향적 비전을 가지고 나아가는 것이야말로 진정한 발전방향이라 할 수 있다.

3. 결론

심훈의 〈상록수〉를 중심으로 한 문화콘텐츠의 흐름을 크로스미디어 스토리텔링의 시각에서 검토해보았다. 심훈이 1935년 안산지역의 농촌운동가 최용신의 삶과 죽음을 토대로 하여 창작한 소설 『상록수』와 시나리오 〈상록수〉는 문자 중심의 스토리텔링

---

33 박기수 외, 앞의 글, 12쪽.

으로 향후 상록수 콘텐츠에서 OSMU의 원형이 된다. 1961년 대중화의 성공을 보여준 신상옥 감독의 영화 〈상록수〉는 시대적 요구에 걸맞은 영상 중심의 스토리텔링을 사용하여 대중화에 성공했다. 과거를 현재화하기 위한 기념관 건립과 지역의 관련 사업들은 문화콘텐츠 중심 스토리텔링이라 할 수 있는데 향유자들과의 현실적 교류와 참여를 활성화함으로써 미래지향성을 담보할 수 있는 스토리텔링이 요구된다. 현재까지 심훈 콘텐츠는 OSMU의 경제적 원리에 부합하여 매체만 달라질 뿐 원작을 그대로 반복하는 크로스미디어 스토리텔링에 머물러 있었다.

이제 급속하게 변화하는 시대를 맞이하여 새로운 미래지향적 콘텐츠의 활용이 요구된다. 단순한 수용자의 자리에 머물러 있던 사용자들을 적극적인 참여자로 만들 수 있는 동력이 필요하다. 크로스미디어 스토리텔링을 넘어선 트랜스미디어 스토리텔링의 활용을 통한 새로운 창작콘텐츠로 나아갈 시점에 있는 것이다. 그러한 방향으로 나아가기 위한 제언은 다음과 같다.

첫째, 심훈이 『상록수』의 작가로만 알려져 있는 현실에 문제를 제기하고 근대의 종합 예술가로서의 심훈을 바로 알려야 한다. 농촌계몽소설가를 넘어선 심훈의 작품세계와 다양한 활동에 대한 인식이 필요하다. 또한 당진이라는 지역의 인물로 국한하지 말고 서울, 안산, 당진의 지역 간 연계를 통해 민족과 국가 차원의 인물로 격상시키려는 노력도 필요하다.

둘째, 현재 있는 콘텐츠를 더 효과적으로 활용할 수 있는 전략이 필요하다. 심훈기념관, 필경사, 동상, 심재영 가옥 등을 하나로 묶는 스토리텔링을 통해 흥미 있는 코스를 만들어야 한다. 필경사와 문학관이 너무 외진 곳에 있으므로 당진 시내에 스토리텔링이 가미된 생동감 있고 특색 있는 동상과 거리 조성을 통해서 친숙한 인물로 이미지화해야 한다. 방대한 작품이 남아 있는 만큼 연구의 활성화를 통해 심훈과 그의 문학세계를 정립할 수 있도록 정기적인 학술대회를 열어 지속적으로 연구가 진행될 수 있도록 하고 그 결과물의 출판과 가공으로 연구성과를 대중적으로 확산해야 한다.

셋째, 이러한 노력들이 쌓여 심훈과 〈상록수〉에 대한 새로운 해석이 축적되면 재매개를 지향하는 활성화 방안으로 트랜스미디어 스토리텔링을 이용한 콘텐츠의 창작으로 나아갈 수 있다. 최근의 드라마, 영화, 뮤지컬계에서 근대 인물을 소환하여 큰 성공을 거두고 있는 것에 주목하고 심훈이라는 역동적 인물의 창작콘텐츠에 관심을 기울여야 한다. 〈상록수〉에 새로운 의미가 부여되고 심훈도 농촌계몽소설가라는 경직된 옷을 벗고 근대의 댄디보이로서 참신한 콘텐츠로 부활할 수 있을 것이다. 이상에서 과거에서 현재까지의 〈상록수〉 콘텐츠의 흐름을 통해 미래로 나아갈 시각을 확보하고 발전적 시각을 제시해 보았다.

참고문헌

1. 1차 자료

김윤식 「문화계몽주의의 유형과 그 성격:<상록수>의 문제점」『언어와 문학』 역락, 2001.

김종욱, 「<상록수>의 '통속성'과 영화적 구성원리」《외국문학》, 1993, 봄. 148-163쪽.

김종욱, 박정희 편, 『심훈전집』 1~9, 글누림, 2016.

김화선, 「한글보급과 민족형성의 양상: 심훈의 <상록수>를 중심으로」《어문연구》 51, 2006. 7-29쪽.

노지승, 「1960년대, 근대소설의 영화적 재생산 양상과 그 의미」《한국현대문학연구》 20, 2006.
    503-534쪽.

류양선, 「심훈의 <상록수> 모델론」《한국현대문학연구》 13, 2003. 241-267쪽.

류철균, 『트랜스미디어 스토리텔링의 이해』 이화여자대학교 출판부, 2015. 222쪽.

박기수 외, 「문화콘텐츠 스토리텔링의 현황과 전망」《인문콘텐츠》 제27호, 2012. 9-25쪽.

박유희, 「1980년대 문예드라마 <TV문학관> 연구」《한국극예술연구》 57, 2017. 106-149쪽.

박정희, 「영화감독 심훈의 소설 <상록수> 연구」《한국현대문학연구》 21, 2007. 109-141쪽.

서성은, 「트랜스미디어 스토리텔링의 캐릭터 구축 전략 연구」《인문콘텐츠》 51호, 2018. 69-91쪽.

윤금선, 『경성의 극장만담』 연극과인간, 2005. 70-79쪽.

윤유석, 「스토리텔링을 통한 지역 역사인물의 대중화」《인문콘텐츠》 18호, 2010. 301-325쪽.

이상경, 「근대소설과 구여성: 심훈의 직녀성을 중심으로」《민족문학사연구》 19, 2001.

정은경, 「심훈 문학의 연구현황과 과제 -2000년대 이후 새로운 연구 동향을 중심으로-」《국어문학》 67,
    2018. 227-255쪽.

정한숙, 「농민소설의 변용과정」《아세아연구》 15(4), 고려대학교, 1972. 81-108쪽.

최용신, 「교문에서 농촌으로」《조선일보》, 1928.4.1.

심훈문학연구총서 4

심훈 문학의 전환

2021년 12월 30일 펴냄

펴낸이 김재범
펴낸곳 (주)아시아

지은이 하상일 외
기획·엮음 (사)심훈선생기념사업회
편집 이근욱, 최지애
관리 박수연, 홍희표
디자인 이인영

출판등록 2006년 1월 27일
등록번호 제406-2006-000004호
주소 경기도 파주시 회동길 445
전화 031-944-5058
팩스 070-7611-2505
홈페이지 www.bookasia.org
이메일 bookasia@hanmail.net

ISBN 979-11-5662-585-8 (93800)

*값은 뒤표지에 있습니다.